本書由南溟出版基金贊助出版

博客思出版社

現代文學 59

人生400度

400 Degrees in Lifetime

小黑牛

Yuqin He

目錄

第四部　天堂遺夢　198

第五部　有位佳人，在水一方　279

南溟出版基金

鵬之徙於南溟也，水擊三千里，摶扶搖而上者九萬里。

——莊子《逍遙遊》

南溟出版基金之創立是為了紀念蕭宗謀先生。蕭先生任世界書局總經理多年，對臺灣出版界貢獻良多，曾因領導出版《永樂大典》流失於海外的珍貴佚文而獲金鼎獎，臨終得見《四庫薈要》面世，含笑九泉。

本基金以資助澳洲及紐西蘭華文作家出版其作品為宗旨。凡在澳洲及紐西蘭以華文寫作者，均可申請。

特此鳴謝南溟出版基金資助本書出版。

第一部　淚灑三洋湖

第一章　淚灑三洋湖

大河蝦天未亮就出去了，這會兒卻不知從哪兒冒了出來，慌慌張張地往家裡跑。她的手不停地擅抖著，一進屋拉住我就往外跑：

「趕快躲起來，他們來了。」

「誰來了？」我問。

「捉你的人。」

「誰要捉我？」

「不行，來不及了。」大河蝦自顧自地說著，拉著我又往茅屋走去，邊走邊囑咐我：

「你不要怕！要一口咬定你是 Ngo Sinh，三里村人，今年二十歲，是我的表弟。來探我一年了。不，不，不能說那麼久，就說有五、六個月了吧。」說完，她把我按在竹凳上，自己急急地往茅廁走去。

我覺得很不對頭，但又不知道發生了什麼事兒，正揣摩著她的話，幾個男人嚷嚷著走了進來，其中有兩個還穿著越南軍人的制服。我心裡一陣慌亂，竟聽不懂他們說了些什麼。大河蝦這會兒從茅廁裡走了出來，雙手整理著衣服下擺，彷彿剛剛解完手繫好褲腰帶的樣子。

「幾位大哥辛苦了，想喝點什麼？我去煮茶吧？」她試探著問，臉上堆滿了笑容，手開始忙開了，我發覺她的手仍然在輕微地擅抖。

「查戶口呢，怎麼會多出一個人來？哪兒來的？」來人並不搭理大河蝦，對著我吼叫。「我不住這裡的，我是三里村人。」

「叫什麼名字？」來人板著臉問我。

「我姓 Ngo 名 Sinh」

「今年多大？」

「二十歲」

「三里村人跑這裡來幹什麼？」

「來探我的表姐。」我照大河蝦的吩咐對答。

「來多久了？」

「五個多月了。」

「為什麼待那麼久？」

「他也不想啊！他原本想住一、兩個星期就走的，誰知道那邊的人（指中國人）打了過來，回不去了。你看，這兒還給他們打傷了。」大河蝦搶著說，並彎腰低頭把我那仍然敷著藥膏的腿腳抬起來給他們看，痛得我嗷嗷直叫，跌倒在地。他們看了我的腿一眼，轉過臉，領頭的盯著大河蝦懷疑地問：

「他真是你表弟？」。

「我有十個膽子也不敢騙你們。他真是我表弟，我大姨媽的三兒子。」

「那你跑什麼？」他惡狠狠地問。

「不好意思，我剛剛急著上廁所，沒有留意幾位來了，怠慢了，怠慢了。」大河蝦陪著笑臉把茶水放在當頭的手上。

「要不要帶回去？」年輕的問領頭的。

「我表弟腿腳傷得厲害，沒法走路啊。過幾天等他能走時我一定讓他到您那兒去報到。一定，一定。」大河蝦耍出她那燦爛的大笑臉，照得人眼花繚亂。

領頭的看了看大河蝦踱出了茅屋，幾個人在房子及周圍轉了轉，又問了一些問題，接下大河蝦送過來的幾個水果走了。

他們一走遠大河蝦就說，這兒住不得了，我們得馬上走，要不就來不及了。

「為什麼要走？」

「他們盯上你了。」

「盯上我什麼？」

「懷疑你來路不對。」

「我剛剛不是告訴他們，我是三里村人嗎？」

「他們很快就會查出你不是三里村人，你也不是我表弟。」

「怎麼會呢？」

「政府有嚴格的戶籍管理制度，哪個家庭有多少人，現年幾歲，在哪兒幹什麼，他們都有紀錄的。我是有個遠房表弟叫 Ngo Sinh 住在三里村，今年二十歲，但他早就當兵去了，根本不會到我這兒來住這麼久。他們回去之後與我表弟那邊的部隊一通氣，就知道我們在騙他們。如果你是個當兵的，怎麼會在開戰前跑到我這兒呢？」

我越聽越緊張，同時也很奇怪：三里村的 Ngo Sinh 本來是我表兄，現在怎麼會成了她的表弟？這兩個 Ngo Sinh 究竟是同名同姓的兩個人還是同一個人？

「還站在那兒發什麼愣？真想給他們捉了去？」大河蝦說，往日這些「查戶口」的只要有懷疑就把人帶走。今天我們運氣好，他們沒有開車來，又不能把你扛著走，看你那一腿殘廢，又住在荒無人煙的山林裡，他們估計你一時半刻也跑不掉的，要不然他們當場就把你帶走了。

「抓了去會怎樣？他們會殺我嗎？」我緊張起來。這是我第一次在外人面前毫無遮攔地表現出對死亡的恐懼。說完後我又為自己的膽怯害臊。我們一直把「視死如歸」當作軍人應有的品質，我也一直朝著這個方向努力，並想把這種努力貫徹到實踐中去。但是當我真正走上戰場，看著戰友們如秋風掃落葉般一排排地倒下去時，我震驚了：原來生命是如此的脆弱！如此的不堪一擊！難道，我們所有的英雄故事都只是存在於書本上嗎？當我明白生命的脆弱和人死不能復生的嚴峻時，才覺得生命的可貴和美好。我有時會想：是誰要打這個仗？這仗真的非打不可嗎？有沒有別的解決方法？

「誰知道會怎樣，但肯定不會有好結果。即使他們不殺你，但把你打成殘廢，再投到大牢裡，你受得了嗎？他們能放你回去嗎？就算他們真能放你回去，中國那邊會怎麼樣處理你？他們會不會把你當成逃兵或者間諜？」

逃兵在戰場上是要就地正法的，這我知道。如果我回去後當逃兵給抓起來，想來下場也是槍斃，那不單命沒了，連家裡的顏面也丟盡，又何苦呢？間諜是真正的壞人、賣國賊那更不會有好下場了！我急了，問大河蝦：「那我們搬到哪兒？」

「搬到他們找不到的地方。」

大河蝦的行李家當很少，兩個鐘頭不到就收拾好了，吃過午飯我們把東西扛到獨木舟上去放好。正要走時大河蝦突然說：「我們回去再看一眼吧，看看有沒有漏掉什麼。」說完她抬腳就往回走。

我們在茅草屋子的前後轉了一圈，大河蝦說：「我們還是把竹篙拿回去吧，在外面風吹雨淋容易壞。反正房子空著也是空著，說不準我們哪天要回來住。」於是她把晾衣服的竹竿拿起來，讓我先把兩條竹叉子收進屋裡擺好。

我正要出來時，大河蝦肩上扛著兩條竹篙進來了。竹篙有點兒長，放不到我擺叉子的那扇牆上。她叫我把叉子挪到寬一點的那邊去。我剛把叉子放好，她一竹篙敲在我的頭上，敲得我一陣頭暈目眩的。

「你幹什麼？」我條件反射地一手把竹篙推開。一條竹篙從大河蝦肩上滑落，正好砸在我赤裸裸的腳背上。我低頭看腳時，另一條竹篙又差點撞到我臉上，我生氣了，用力一推竹篙並怒聲罵道：「你是眼睛瞎了看不見人亂撞亂砸，還是故意想趁我不備下毒手？」

我剛說完就看到那條大竹篙往大河蝦的背後滑去，接著大河蝦人也軟綿綿地倒在地上，竹篙掉到一邊去了。

「喂，你幹嘛？」我大叫，可是大河蝦毫無反應。我想她是太累了休息一會兒就好，於是我站起身來準備出去走走。

我跨出草屋，看到滿眼陌生，心裡有點兒不爽又折了回去。我把大竹篙從地上撿起來，這才發現這條竹篙巒沉的，它是前天大河蝦才砍回來的，生濕而結實。我心裡一驚：剛剛我用力推竹篙時是不是打著大河蝦了？她不會有什麼事吧？

我把竹篙移到另一邊的地上，在大河蝦的身邊蹲了下來：「你醒醒，你醒醒。」我坐在地上又推又捏的，可是她卻不理不睬。

她不會死了吧？這麼一想我慌了。我抖抖嗦嗦地把手放在她鼻子底下一探，糟了，沒感覺！

我急出了一身汗，有一種天正在塌下來的感覺。我把她敲死了？我殺了大河蝦？我殺了我的救命恩人？

看著雙目微閉的大河蝦，我無法接受這眼前的一切！這個堅強的女人的生命怎麼會如此的脆弱，竹竿撞一下就香消玉殞？！

「大河蝦，你不會死！你不能死！你不可以死！」我頭疼欲裂，雙手抱著腦袋嚎叫起來。

大河蝦雖然不是我的親人，但是她冒著生命救了我，她對我恩重於山，我還沒來得及報答她啊！這八個多月來我們相依為命，她是我唯一的依靠。現在她卻莫名其妙地死了，我人生地不熟的，沒有了她我怎麼辦啊！

她不會死的，竹篙敲一下怎麼就會死呢？就算是心臟病發作她也不會死得那麼快的。對，她會不會有心臟病啊？我安慰著自己試著慢慢平靜了下來。我一邊輕輕地移動著她的手腳，把她的身體平擺在地上，一邊在記憶裡搜尋著部隊裡學來的急救方法。我要給她做心臟起博，我小心地解開了她衣服的扭扣以免把肋骨壓傷，我把手放在她的內衣上，正要往下按時，我感覺到了她心臟的博動。

大河蝦沒死！我大喜，止不住就淚水橫流！

我不知道怎麼樣去照顧她才能維持她的生命。我看看堅硬的木床，草席和被子都已經搬到木舟上了。我坐在地上，小心翼翼地抱起了她，我想，地下太涼，我不能讓她凍著。

我抱起她時，發現她的身體還是溫軟的，這更堅定了我的信念——她還活著！我把她放回地上。我雙膝跪下趴著身體、正要對她施行人工呼吸時，她的眼皮動了一下，接著睜開了雙眼。她看到我的姿勢，臉一紅不好意思地笑道：「地板那麼硬，還是到屋後的稻草堆裡去吧。」

我有點兒哭笑不得，問她：「你沒事吧？」經過剛才的驚嚇，我對大河蝦生出了一種惺惺相惜之情，我第一次用這麼溫柔而關切的語氣跟她說話。

「沒有呀！你怎麼了？」她反而對我的關心不習慣，有點兒奇怪地看了看我。「我怎麼會躺在這兒呢？」

「你暈倒了，鼻子都沒氣了，我還以為你死了呢。」我笑看著她。

「別咒我，我命硬著呢。」她「吃吃」地笑著，眼睛半眯著向我射來熱辣辣的光芒。

我不由自主地接下了大河蝦熾熱的目光，心裡有一種說不出來的激動。我們互相注視著對方，身體無意識地越靠越近，我俯下身體伸出手想抱住她，給她男人的溫存和體貼。

「你有自己的愛人，你怎麼可以再愛上一個寡婦呢？而且還是越南寡婦！」我的理智抗拒著，我下意識地坐直了身體。

「可是你們已經孤男寡女地生活在一起了，而且早就有了雲雨之交。」我內心的另一個自己在試著妥協。

「但是那是在黑暗的夜晚做的，你們誰也看不見誰。」

我想在這之前我確實沒有愛過大河蝦。我與她性交時從來沒有對她做過任何的親昵動作或者熱身愛撫，常常是被她撩撥急了就爬上去，當我進入她的身體時我儘量不把她與我白天見到的那個越南女人聯想在一起，有時我甚至幻想成我是在跟自己的中國妻子做愛。

為了挽救我的失態，我把伸出去的雙手換成鐵耙狀，撕牙裂齒、雙目圓瞪嚷道：「你敢嚇我？掐死你！」

「我哪敢嚇你？」大河蝦的眼睛一下黯淡了下來，她收起了笑容，邊說邊坐了起來。

「你會閉息功呀？」我有點兒於心不忍，不自然地笑著，無話找話。

「什麼閉息功？」她面無表情地問。

「閉息功就是你剛剛那樣哎。『引氣入腹，一息自住，不出不入，無來無去』。這可是中國古老的養生法啊，你是無師自通啊」我想起一個喜歡氣功的戰友的話，便拿了來逗她。

「奇談怪論！你做給我看看。」大河蝦果然神情開朗起來，伸過手來捏住了我的鼻子和嘴巴。我一會兒就弊得要窒息了，趕緊把她的手推開。

「你坐好別動。」我想起剛才大河蝦暈倒的事，心裡還真的有點兒奇怪。

我把手指伸到大河蝦的鼻子下面，我發現她的鼻息特別的輕，如果手稍微放遠一點就幾乎感覺不到了。我想她剛剛暈倒時可能是有氣息的，只是我心慌意亂沒感覺到。我又檢查了一下她的頭部和脖子，除了耳朵和脖子之間有一塊很大的紅印子以外，其它地方沒發現什麼異樣，確定她沒事後我把濕竹篙扛到了竹叉上放好我們便一起出門了。

午後的太陽曬得林子格外的綠，油亮亮的樹木發著柔和的光，照得人慵慵欲睡。我跟在大河蝦的後面向河邊走去。

「小心，有蛇。」大河蝦突然大叫一聲往左拐，「呼」的一下一條黑蛇已竄到我的腳邊。我抬腳一跳，它從我的腳邊滑下溜走，我還沒有看清楚它就已經消失在草叢裡了。

「咬到你沒有？」大河蝦轉過身來問我。

「不是很清楚。它撞過來時我的腳背好像刺疼了一下，但我不知道是茅草紮的還是蛇咬的。」

「你站住別動，讓我看看。」大河蝦說著彎下了腰。

「這兒明明有蛇，還不快點離開？」我不理她快步走了起來。

「不是走了嗎？你停下來讓我看看是怎麼回事嘛。」大河蝦試圖來抓我的手。我掙脫她跑了起來。不等大河蝦追上來，我發現左腳好像繃漲得難受。我低頭一看，發現腳已經腫成了嬰兒胖，滾圓滾圓的，五個腳趾縮在一起像雨後的磨菇又短又圓。與此同時，我感覺到頭有點暈，腳像多灌了一層水銀沉得無法邁動。

「怎麼會腫得那麼快啊！」大河蝦低下頭看了看，「這麼小的傷口，只有兩個牙印子，確實是毒蛇。」

「你怎麼知道？」

「你沒有聽說嗎？牙印成排的不毒，牙印少少的只有一個、兩個或者三個的便是毒蛇。」大河蝦說著取下自己的皮帶綁在我的小腿上。

「是這樣綁嗎？這樣有用嗎？」她問我，想來她也是第一次碰到這種情況，而她以為我在部隊待過便應該知道所有野外的生存本領。

我搖搖頭：「我也不知道。」

「怎麼辦呢？怎麼辦啊？又沒有蛇藥。也不知道那是什麼蛇、有多毒。」大河蝦在我面前走過來又走過去，急得眼淚都要流下來了。

「不行，你不能死。我不能讓你死。你別動，我要試一試。」不等我反應過來她已經俯伏在地，一手抓住我的腳腕、一手撐在地上。我不知道她要幹什麼，直到她把嘴巴對住我的腳背吸吮起來。

「你幹什麼？」我問她，她不理我，我想把腳抽走，但被她緊緊扣住了腳腕。

她吸了一會兒，什麼也沒有吸到，終於坐了起來。但她並沒有放棄的意思，她苦著臉，一雙眼睛快速地轉了轉，她把手伸到我面前：「把你的工具刀拿給我用一下。」

「幹什麼？」我問。

「我要把傷口割大一些，好把毒液吸出來！」

「你吸它幹嘛？你不要命了？」我心裡十分震撼：我是她什麼人啊？！一次又一次，為了救我，這個女人連自己的小命也不顧不管了！可是她只是個女人，她吃了什麼樣的豹子膽，那麼的勇敢無畏！

「怎麼樣我也得試一下，我不能看著你中毒身亡。」

「我就能看著你中毒身亡嗎？」我急了，不肯把工具刀給她。

「我不會有事的，你信我啦。」她說著猛地從我褲腰帶上把工具刀搶去。「你閉上眼睛，忍一下。」她命令道。

「我不！你把我當什麼人了？」

「你不想聽我的話是吧？好！我在你面前割腕自殺，我說到做到。」大河蝦一下把工具刀打開對著自己的手腕。

「你別做傻事啊。」我順從地閉上了雙眼。只聽到「嚓嚓」兩聲，我腳背一陣刀割的疼痛。

我強忍著疼痛睜開眼，只見大河蝦已經匍伏在地吸吮著我的腳背，她吸一口便抬起頭來往旁邊吐一下。她吐出來的血液很快就在泥草上結成一小灘的血塊。血塊顏血深淺不一，有的棗紅，有的已經轉紫。

我僵硬腫漲的腳像漏氣的輪胎慢慢地鬆軟了下來。我腳下輕鬆了不少，但心裡卻沉重起來。看到大河蝦微微起伏的身體，我鼻子一酸：她會中毒嗎？她會死嗎？

那會兒我就想，我這條命是她救回來的。只要她沒事，這輩子我給她做牛做馬使喚。看著她發青的嘴唇，我心裡隱隱作痛，「你上來，我背你。」我蹲在她前面。

「真的？」她笑了一下。她的笑容疲憊無力，牙縫裡還帶著絲絲血跡，竟有種恐怖感。我把她背到河邊讓她把嘴巴裡的殘血清洗乾淨。

我們駕著木舟順河而下，在一個寬大的河口進入另一條大河，再沿河而上。

大河蝦帶著我兜兜轉轉，也不知道走了多少大，最後我們來到了一個很長的湖泊。

湖面不寬但長得望不到頭，三面環山，山上長著濃郁的森林。湖岸周圍是險峻的懸岸峭壁，湖泊附近少有人煙，真是個和平而美麗的避難處。我們把狹長的獨木舟泊在湖心，我把船篙一橫，身體往船裡一丟，心如魚歸大海，說不出的放鬆。

湖看上去很深，湖水泛著碧玉般溫潤的青綠，水面飄著一層厚重的白霧，太陽斜照在霧氣上，湖面就像披上了一件明亮的薄紗。

小時候媽媽給我講過一個關於田螺姑娘的故事。故事裡說一個貧窮的放牛娃看到田坎上有個田螺，不忍心讓耕地的牛和幹活的人踩著，就把它撿回家放到水缸裡養著。原來這田螺是個水仙女變的，為了報答善良的放牛娃，田螺姑娘等放牛娃出門後，就從水缸裡跑出來煮飯洗衣。

看著湖面的薄紗晃動著，變化著，時濃時淡，我真的覺得有個水仙女子在湖面走動。

大河蝦說，這兒很安全，不會有人再找到這兒來了。

「我們在哪兒？離諒山有多遠？」

「很遠，我們已經進入高平省的三洋湖地段了。」

高平省在越南的北部，西連河江（**Ha Giang**），南接諒山，東北與中國廣西省接壤，也是中越戰爭的戰場之一。高平特殊的地理位置，使其成為中越兩國的戰略要地，多次處於戰亂動盪之中。在中越發展歷史上，它曾幾度易手，在中國與越南的版圖上交替出現。

高平省屬於山區，森林茂密，峋崖怪石，地勢險峻，經濟落後，人口密度小，是越南少數民族聚居的地方。當年胡志明曾看中這兒易躲難尋、易守難攻的自然環境，把它作為越南共產黨的發展基地。

今日大河蝦也學了這一招，不辭勞苦地把我帶到了三洋湖畔。我們在湖的南岸流連了很久，終於決定暫時定居下來。

我們已經很累了，吃了點東西，打算先在小船裡過夜。

夜間涼氣逼人。半夜我醒了過來，身子冷得發抖。月光下只見大河蝦坐在船頭，長長的影子拉在水裡，淒涼而孤獨，像個鬼魂。山上的樹連著影子，變得更加濃密而厚重。月色下的湖面靜得出奇，只在遠處的某些亮點偶爾有風吹過或樹葉落下帶起少許漪漣，暗光浮動，讓人心裡掀起一種不踏實的感覺。

大河蝦看上去不像在欣賞夜色，一個女子對著這陌生的黑夜，坐得離我那麼遠，她會不會害怕？我翻了個身從喉嚨裡弄出一點聲音，暗示我已經醒了。果然，她走回來挨著我坐了下來：

「你也給凍醒了？」她問，我「嗯」了一聲。

「知道山區冷，但沒有想到會這麼冷。」她看著湖水心事重重，「我們得到岸上蓋個房子。」她說。「湖那麼深那麼大，應該有不少魚。可是天那麼冷……」她打住沒有往下說了。

「我們可以多放點茅草，把四面牆和屋頂都加得厚厚的。」

「我不是說房子，我在說魚。」她看了我一眼，懶得理我，自顧自地發愁去了。我的睡意已消，也坐了起來。看著四周嚴嚴實實的林木，也跟著發起愁來：「是呀，這兒那麼崎嶇，不像有地方耕種水稻的樣子，以後恐怕只能天天吃魚了。人影也不見，還不知道有沒有市場，是不是能買到油鹽？」

「你想得倒美，天天有魚吃已是神仙的日子了，還有什麼可抱怨的？」

我們坐了很久，天一點兒也沒有要亮的意思。月亮在雲裡慢吞吞地晃著，把秋夜拖得無限地漫長。大河蝦打開一個大包裹，從裡面翻出兩件舊衣裳丟給我，沒好氣地說：「我那死鬼丈夫的，將就著穿吧，好歹還能禦個寒。」

我拿在手上捏了一下，很簿，都是單衣，還打著不少補丁。

我把衣裳穿好，挨著大河蝦躺回船裡。大河蝦轉過身來緊緊地抱住我，在彼此的溫暖下我們的身子停止了冷顫，慚慚暖和起來，又睡回去了。

天亮了好久我們才醒，醒來看到一湖的陽光我們精神為之一振，我們在小舟上伸展完筋骨活動開了四肢就開始往湖裡撒網。原本以為那麼大的湖應該有大把的魚，可是撒了幾次卻連魚影子都沒有見著，我們都慌了。

「不會沒有魚的，湖那麼大，水裡那麼多水草和葉子。我們換個地方吧。」我安慰自己。

大河蝦拿起竹杆：「我們找地方搭房子去，中午天暖了再出來打魚，我還沒有見過沒有魚的湖呢。可能是天太冷魚躲起來了。」

我們把船開到南岸。見到遠處有三幾處茅屋，大河蝦激動得有點語無倫次，用手指劃著：「那邊有人家啊，不止我們兩個人。嘿，不止一家呢，這邊還有。對，對，就是那樣的茅屋，多厚實呀，一定很暖和。不難蓋的，先找些直的樹木、山藤，還有乾茅草，看到沒有？山腳下那些茅草就行，黃黃的，好顏色啊，肯定已經乾枯了。」

我們決定先搭房子安頓下來，並立刻分頭行動：我到對面的山上去物色勻稱、平直、木質堅硬的樹木作為椿子和樑柱，大河蝦到山腳下去割那些枯黃的茅草。

房子蓋得很順利，日正中時房子的框架已經搭好了。我們吃過午飯，準備稍作休息後給房子加茅草。大河蝦看了一眼堆在一邊的茅草說，這裡雨水多，茅草容易漏水，要去弄一些大塊的野巴蕉葉子及表面光滑的樹皮來，那樣不易積水。

大河蝦走開後我開始給房子的側牆加茅草。我很快把一邊牆做起來了，而且做得非常厚實，我正為此得意時大河蝦回來了，她衝著我不滿地大叫：

「你怎麼不從屋頂做起？」

「都一樣要做，從哪兒做起不一樣？」我頭都不回，繼續做第二面牆。

「你沒有看見這天氣？晚上要是下雨下雪的怎麼辦？」

「我不懂看，我爸爸又不做天老爺。」我沒好氣地頂她。心想，我老家廣西還在北邊，我自小到大還沒有見過雪呢！十一月至來年四月份是高平地區的乾季，下雨的機會本來就少，還說什麼下雪，一點地理常識都沒有，卻偏偏還要指手劃腳！

大河蝦生氣了，走上前來奪下我手上的山藤往地下一擲：「不想幹就別幹！」她怒氣衝衝地沿著木樁和柱子爬到房頂去了。

我也來氣了，抬起腳就往地下的茅草亂踢一氣，把茅草踢得亂七八糟之後便跑到湖邊對著湖水發呆生悶氣。偶爾回頭，我看到大河蝦竄柱爬樑的像隻猴子，她身手似乎比我還靈活矯健，我心裡生出點點失落，覺得自己像個多餘的人。

我待到天黑才鬱鬱寡歡地回去，大河蝦自個兒爬上爬下把茅草鋪了一半。我們吃了點下午的剩飯，誰也不想搭理誰，各人抱了一把茅草鋪在茅屋的一角睡了。我故意睡在屋頂裸露的一半，大河蝦睡在鋪了茅草的那一半。

半夜醒來，臉上涼涼的，用手一摸，濕濕的。真下雨了？可怎麼聽不到雨聲？朦朦朧朧中只覺得又有東西飄到臉上手上，輕輕的涼涼的。原來下雪了！還真給大河蝦說中了。

我正不知如何是好時，只聽大河蝦粗聲地叫道：「還不到這邊來，等著生病呀？」

「我樂意待在這兒，關你屁事！」我雖然冷得渾身發抖，但就是不想向她屈服。

她不出聲了，過了一會兒她抱著被子過來了：「行，要凍咱們一起凍。不想活了就一起死吧，一起死了在下面也有個伴兒」，她的聲音斷斷續續，伴隨著抽吸鼻子的抽泣聲，我知道她在強忍著不願意哭出來。

第二章　猴戲寡婦島

憑心而論，大河蝦可能是我這輩子裡真心實意地待我、愛我、真正在乎我、甚至把我的生命看得比她自己還金貴的唯一一個女人了。現在回想起來，如果我的生命中沒有過蓮妹，也許我會安於與大河蝦的生活的，但我當時老是拿她與蓮妹相比。

蓮妹乖巧溫順，有強烈的羞恥感。她名如其人，苗條的身子、白淨的肌膚，配上明眸皓齒，真的像蓮花一樣亭亭玉立，看著賞心悅目。中學時讀周敦頤的《愛蓮說》時，我特別喜歡。老師要求背誦課文，我背誦完後還要用鋼筆端端正正地把它抄在我的日記本上。每次讀到「予獨愛蓮之出淤泥而不染，濯清漣而不妖」時我就情不自禁地側過臉去看坐在我旁邊的蓮妹浮想聯翩。她真的是「出淤泥而不染，濯清漣而不妖」啊！同樣生活在山區農村，山裡來土裡去的日曬風吹雨淋，別的女孩冬日捂得白白淨淨的臉蛋夏天一個農忙假就又曬得黑不溜湫了，唯獨蓮妹，一年四季白白嫩嫩，冰清玉潔的臉上沒有一絲瑕疵，雙臂像粉藕，指如削蔥根，她自尊自重、心地善良且待人寬厚。

大河蝦卻正好相反，我有時覺得她像個蕩婦。有時天還沒黑她就粘在我身邊往褲襠裡亂摸。在她的挑逗下，我覺得自己也慢慢地變得淫蕩下流起來，我生活的唯一樂趣似乎單純得只有做愛了。當我趴在她身上翻雲覆雨時我覺得她真是世界上最好的女人，但當我從她身上爬起來後看著她坦胸露乳、肆無顧忌地躺在草席上時，我心裡頭便看不起她，有時甚至不想再見到她。

在我的觀念裡，做愛是男人的事，女人向男人示愛就是不夠端莊自重甚至可稱為輕佻淫蕩。我不知道我的這些想法從哪裡來的，我父母從來不跟我們談論這些事情，他們也從不在我們面前做任何親昵的動作。

我一直以為男人女人結婚就是想要生孩子給老人家抱孫子，直到我喜歡上了蓮妹，我才知道想跟一個人結婚其實是因為喜歡她，想時時刻刻與她待在一起，可以毫無顧忌地看她、拉她的手，可以摸她、抱她、與她親熱，生孩子只是親熱的結果而不是原因。悶熱的夏天夜裡，村裡偶有男人晚飯過後會光著膊子在村頭乘涼聊天，蓮妹路過時總是低下頭去快快走開。我跟她己是明媒正娶的夫妻，但一見我脫褲子她便羞紅了臉，更別說主動挑逗我了。

在我短短二十年的人生中，前面的十九年都是在父母、老師和部隊領導的安排和教育下度過的，我很少困惑過，因為我的現狀和前景總是清晰明瞭，我不需要對自己的人生作太多的思考。

這八九個月來我雖然與大河蝦生活在一起，但我的身體、感情以至於思想都是自由的，而我並不習慣於這種自由，反而常常覺得不知所措、孤獨無助，沒有人再為我的人生作主，也沒有人可以商量和排解，我不得不學著自己思考。我有時會問自己：我為什麼可以陶醉於自己在大河蝦體內痛快淋漓、卻無法忍受她在我眼前自由綻放？

大河蝦似乎挺滿意我們的生活現狀，她每天樂呵呵的，早早起來做飯，早餐後我們在湖邊割草翻地開荒。她帶有各種各樣的糧食和蔬菜的種子，她一會兒給我描述春暖時雪豆滿枝的豐收，一會兒又憧憬著夏天稻香滿園的景象。接近中午時我們會到湖裡去打漁。秋冬打漁有時要靠運氣，有些日子累到天黑依然一無所獲，有時才日過中午就己足夠三餐兩日的。

三洋湖是個婀娜多姿的湖泊，霧起的日子它看起來更像一條河。它湖寬僅一百到六百米，很多湖段左右一覽無餘；但長有八九公里，一望無際，迂回曲折的湖面寬闊處偶有小島，島上總是林木高聳。

「那個孤島像不像我？」有一天路過湖中一個小島時大河蝦指著小島問我。

「啊？一個圓圓的小島，怎麼會跟人相像？」我覺得大河蝦有點不知所云。

「不是長的樣子，我說的是它的情形。你看啊，我一個寡婦，無靠不依，一個人孤獨地活在世上。

那個小島也一樣，孤零零地站在湖心，站了幾百年幾千年的也可能幾萬年，而且還要一直站下去。一輩子啊，等誰呢？它太小太不起眼了，又沒啥好看好玩的，沒有人會注意它關心它的，更不會有船會想到在那裡停靠了。你說對不對？

「不對！很快就會有人去看它、去關心它的」。我調轉船頭向著那個孤島用力劃過去。我不知道自己怎麼回事，說我討厭大河蝦吧，好像也談不上，但我總愛與她唱反調。

我把船開了過去繞著小島轉了三圈並停靠在小島旁邊。

小島其實就是一塊巨大的岩石，石縫裡長滿了樹，我隨便數了數，竟有近百種樹種。樹長得高矮參差，樹形錯落有致，倒是十分和諧好看。只是岩石太陡，看來不易攀登，我沒搭理大河蝦自己躺在船上休息。

融融的暖日照在勞累了半天的肢體上，說不出的舒服，不知不覺地我就睡著了。

我是個警醒的人，船一晃動就把我搖醒。醒來發現我們捕來的魚全不見了，我看看太陽，好像並沒有移動多少，想來也就睡了不到半個鐘頭吧？這個地區人煙稀少，平日打漁就很少見到別的漁船，但我還是往附近看了看，視野之內並不見船隻走動，估計並沒有人到過我們的船，我想一定是大河蝦把魚倒回湖裡去了。我們辛辛苦苦打撈來的糧食幹嘛不聲不響地就倒掉？我怒氣衝衝地走過去一腳把她踢醒，大聲質問：

「你為什麼要把魚倒掉？」

「你說什麼？」她一頭霧水地看著我。她順著我的手指向魚簍子看過去，恍然大悟過來。

「我沒有呀？」她邊說邊狐疑地環顧四周，「真的不是我幹的，我一直躺在這邊，連動都沒有動過一下。」

正說著一道金光在眼前劃過，「呼」的一下消失在空中。我們嚇了一跳，面面相覷。正在猜疑，

「啪」的一下，我的後腦勺挨了不癢不痛的一巴掌，我回頭一看，一個金色的毛球待在空中，大河蝦「哈」的一聲大笑起來。

下午兩點鐘的太陽明晃晃的照得我兩眼發花，還沒有看清楚那金色大球是什麼，「啪」的一下又挨了另外一巴掌。「哈-哈-哈-哈」，大河蝦更是笑得前仰後合。

「哈-哈-哈-哈」，另外一個笑聲自空中傳來。

原來拍我的竟是一隻金絲小猴子！它細長的前臂拉著一棵高聳的樹枝，一彈一縱地在樹上玩耍，看到我被它拍得暈頭轉向，竟然也像人一樣地大笑起來。小猴子的身體只有兔子大小，長長的尾巴跟著跳躍一甩一抖的，金色的絨毛在陽光下熠熠生輝。我看它時它停止了跳躍，一手抓著樹枝一隻手好像在頭上抓撓思考，兩隻明亮的大眼睛好奇地看著我們，那天真可愛的樣子像極了孩子。

「劈劈啪啪」的攀沿聲從岩石上傳來，我們順著聲音看過去，一隻母猴子從孤島裡走了出來。

這只猴子的體形有樹上那只的三四倍大。它雙腿健壯，背上腿上的毛色棕黑，腦門、雙耳、脖子、手背腳背的毛是金色的，臉上及肚皮上的白色絨毛細短而平滑，一對鬆弛的乳房掛在胸前亂晃。

母猴看了看四周坐了下來，向樹上發出「唔唔」的叫喚同時伸出兩支長而健碩的手臂，樹上的小猴子便縱身跳了下來，撲在大猴子的懷裡，大、小猴子便抱在一起又滾又笑，小猴的笑聲稚嫩甜蜜，母猴的笑聲滿足歡快，真像人間的母子戲耍，看得我目瞪口呆。

大河蝦站在船上忍不住笑出了聲，猴子們停了下來看著我們。

大河蝦看著它們母性大發，也學著大猴子的樣子伸出兩隻前臂，她以為小猴子也會縱身跳到她這裡來，可是小猴子一個轉身扔了一件東西過來，突然的一條魚就到了大河蝦的懷裡。這回輪到我笑得前仰後合了。

原來偷魚的竟是那只美麗的金絲猴子！

「撲，撲，撲……」，小猴子扔得又快準，一會兒，我們打撈的魚已經全部回到了船上，有一半已扔進了魚簍子裡。

「猴子偷我們的魚做什麼呢？」大河蝦自言自語地沉思起來，「難道它們也想吃魚」，她走到魚簍邊上，嘗試著把魚簍外面的一條魚撿了起來往島上扔過去。那小猴子動作甚是敏捷，「呼」地從它母親懷抱裡跳了出來，接住了那條飛魚。

「它們還真的想要魚」，大河蝦說著又撿了一條魚扔了過去，小猴子又接住了。她於是把魚簍外面的那些魚一條接一條地全都扔了過去。那小猴子真是身懷絕技，竟一條不拉地全部接了下來。大河蝦才停了下來，小猴子看了看我們，又開始把魚一條條地往我們船上的魚簍子裡扔。

他們就這樣一來一往的，就像我們小時候在學校遊園活動中玩投擲遊戲。

最後還剩兩條魚扔在簍子外面時，大河蝦不再去撿魚扔魚了，於是坐下休息，笑咪咪地看著小猴子。那猴兒似乎受到了鼓舞，竟沿著纜繩和船弦往船裡走了過來。它走幾步看一眼大河蝦又看一眼猴媽媽。它走到魚簍子旁邊，把那兩條漏簍之魚撿了起來，縱的一下跳回了島上，於是又開始了它的遊戲。

那一天，我就這樣地看著大河蝦和金絲猴玩耍，直到太陽偏西。他們玩得如此默契如此開心，不知道是猴通人性還是人通猴性。我心裡就想，達爾文是不是也曾經這樣子與猴子遊戲過所以得出猿猴進化成人的結論？

如果你也如我一樣親眼目睹過一隻從未接受過任何的人工智慧培訓和文化教育的年幼猴子能如此親和暢通地與人交流遊戲，你還會懷疑猴子不是我們最近的衍親？

第三章　笑傲江湖吟風月

三洋湖畔有一種高大美麗的水鳥，羽毛潔白，脖子細長，扁長的嘴巴和瘦高的腿是深褐色的，張開的翅膀直徑有一米多寬，樣子像仙鶴（我故且叫它們白鶴吧）。當它們飛翔時逸逸生風，瀟洒無比。

白鶴經常三五成群地到湖裡覓食或在湖邊戲耍，有時會見到嘴巴顏色豔麗的白鶴圍著嘴巴顏色暗淡的轉，想盡千方百計地挑逗對方—用嘴啄它、用身體拱它、用腳掌扇它、把脖子搭到對方脖子上摩擦……使盡各種招數，你躲我尋，你走我追。到最後，那只被挑逗的白鶴兒不動了，溫溫順順地收起美麗高貴的脖子蹲在水草上。嘴巴豔麗的白鶴這才稍停下來，伸長脖子向天長歌幾聲，然後爬到蹲在水草上的仙鶴身上……原來它之前的百般挑逗是在求愛。

大河蝦說，鳥類與人類正好相反。鳥類，羽毛、嘴巴、雙腿顏色亮麗的往往是公的；而人類，打扮得花枝招展的往往是女人。

我就想，公追母、男追女，這是自然法則啊！鳥兒做愛前母的還會矜持半天，大河蝦卻怎麼連這一點本能都丟了？真是連鳥都不如。

有一天我們兩個小時不到就打撈到十多條魚，有兩條還特別大，桶裡放不下只好放在船甲板上。自從我們搬到三洋湖畔我們還沒有這麼大豐收過。我心裡喜滋滋的，覺得一周內應該肉食無憂了。

大河蝦對著桶裡的魚充滿憐惜地說：「你們怎麼這麼笨啊！好好的日子不過卻偏偏撞到我網裡來。」說完她提起水桶竟然把十多條小魚倒回湖裡去了。我有點兒懊惱地責備她：「你有病呀？好不容易才碰上個好日子，弄夠了一個星期吃的，你幹嘛給我倒了？」

「你不看這幾天天氣回暖？那魚放一個星期不臭掉？」

「你不會用來淹鹹魚嗎？」我知道大河蝦帶了一大袋的鹽過來。

「淹鹹魚？想得美！在我沒有弄清楚哪裡可以搞到鹽之前，我是不會糟蹋那些鹽的。你不知道我那袋鹽有多金貴！」

大河蝦見我一個下午都悶悶不樂，就想了個法子，回家後我們在湖邊挖了一個長方形的池子，她在池子與湖泊之間挖了條水溝把水引到池子裡來。第二天她又編了兩個竹格子網插在了水池與湖泊之間的水溝裡。

她直起腰拍拍身上的碎草和泥塵說：「好了，以後魚打多了就在這池裡放養，不再丟回湖裡去了，免得有人心疼」。

於是我們有了自己的魚池子，它與大湖相通相連，我們不用去給它加水換水，因為有竹格網攔著，我們的魚也不會跑到湖裡去。

多年以後我回到中國，親戚帶著我到北海去看他們如何巧用天然海水海域圍海養魚時，他滿懷欽佩地感歎：「是誰發明這種養殖法的啊？！真是太厲害了！他應該去申請技術專利！」。我想起大河蝦的魚池子，這種做法她二十多年前就已經用上了，我當時不覺得有什麼稀奇，因為在與大河蝦生活的日子裡，類似的生活竅門和主意俯拾皆是，她根本不需要過腦，我也就熟視無睹，直到親戚點醒，我才意識到大河蝦的過人智慧。

我們有了自己的魚池子存放吃不完的活魚，我們就真的過上了「三天打魚兩天曬網」的日子，生活輕鬆了一些。

「你讀了幾年書？」有一天大河蝦小心翼翼地問我。

「九年。」

「什麼文憑？」

「高中畢業呀。」[1]

「那你認得很多字吧？會讀小說嗎？」

我不高興了，「小瞧我？我《三國演義》和《水滸傳》都能看，還有什麼小說我看不了？」

大河蝦從她的一堆寶貝家當裡掏出一個布包，激動地攤了開來：「看，這是天下最好看的小說！但很多字我都不認識，我朋友就慢慢念給我聽。寫得真好啊！我一有空就去找那個朋友念上一段，回家躺在床上就想那個故事喲，有時想得都睡不著覺。但是後來我爺爺要我嫁到南邊來，我沒有辦法去聽我朋友念書了，我們都很傷心。我出嫁前朋友把這套書當作禮物送給了我。這書金貴著，我們那兒買不到的，我朋友的親戚從香港寄到南越，再托人從南越帶過來的。」大河蝦說著眼睛紅了起來。

「你那個朋友是男的還是女的？」我以為自己從來都不在乎大河蝦，包括她的過去、現在和未來，可不知道怎麼的那會兒我心裡卻有了一種刺刺的不舒服感。

「是男是女重要嗎？」大河蝦挑畔地吊起她本來還挺好看的大眼睛，把額頭擠出一條條難看的皺紋，又老又醜的樣子。

「好—笑，重不重要是對你。對我，空氣而已，跟屁沒什麼分別。只是看你『我朋友』長、『我朋友』短地說得費勁，想教你用簡短一些的『你、我、他』來說話嘖」。我把頭轉到了一邊，裝出一副滿不在乎的樣子。

那套書名叫《笑傲江湖》[2]。

我翻了翻，它是用繁體字印刷的。我這回頭大了，因為我們大陸是用簡體字教學的，但我已經誇下海口，加上正好無所事事，也就只好硬著頭皮去讀那套書了。我先是半猜著看，沒想到才看了幾

1 我們那時小學讀五年、初中、高中各兩年。從小學入學到高中畢業總共九年。

2 《笑傲江湖》是香港著名武俠小說家金庸一九六七年的作品。

頁就被故事情節吸引住了。我還從來沒有接觸過這麼好看的小說，因此對繁體字的排斥情緒一下就消失得無影無蹤，我的識字能力突飛猛進，幾天以後，我已經可以讀得很流暢不用再靠上下文來猜測那些筆劃濃密的繁體字了。

天暖的日子，如果不去打魚幹活，我和大河蝦就坐在三洋湖畔、靠著她做好的草垛子一起讀《笑傲江湖》。

讀到練功或武打場面我倆有時就站起來跟著書比劃。我們都是第一次接觸武俠小說，被書裡跌宕起伏的故事情節和行俠仗義的江湖義士所征服。我們都把小說描述的東西當作生活在那個時候的人的真實生活來看，就覺得他們的徒子徒孫可能還活在世上的某個神秘角落，幻想著天降機緣自己能碰到他們，亦能練就一身絕世武功，我還特意用硬木給自己和大河蝦各做了一把劍。

我們看小說的進度很慢，因為大河蝦的中文不夠好，我得慢慢地給她念，而她又不肯錯過任何一個細節，碰到難懂的地方還要用越南話給她解釋。

我慢慢發現，大河蝦其實是個聰明好學、記憶力超強的女人。她學過幾年中文，認識不少的漢字，我心情好的時候也會用手指點著教她讀個一頁半頁的，碰到這種時候她會一反平日老成持重的常態，興高采烈得像個孩子，合上書本之後還要拉著我在湖邊不停地說呀走的。

我們倆都瘋狂地愛上了書裡的人物，尤其是令狐沖和任盈盈。大河蝦常常替任盈盈打抱不平，覺得那個岳大小姐背棄了令狐沖，令狐沖卻還要像個傻瓜一樣地愛著她等著她，而對盈盈的愛卻視若無睹。

「嶽靈珊是個心地單純善良、美麗可愛的女孩子。令狐沖跟她青梅竹馬，怎麼可以說忘就忘呢？」我有過類似經歷，設身處地，非常理解令狐沖。

「但任盈盈那麼愛他、為他做了那麼多，她甚至寧願用自己的自由和性命來救他，他就不能給她一個交待？」

「交待什麼？」我問。

「娶她呀。」她看我明知故問的樣子，矛頭一下轉向了我：「我看你們男人都一樣，這邊受著人家的好，心裡頭又想著別的女人。」我知道大河蝦由任盈盈的故事聯想到了自己的遭遇。

看她那又氣又急的樣子我覺得好笑。

「我這就給你交待吧」，我放下小說，一個箭步衝過去攔腰抱住了她。

我把她抱到草席上放下。她濃密的頭發散了一地，鋪在乳黃色的乾草席上真是美麗極了，我情不自禁地脫去了她的衣服，她閉上雙眼側轉了身子。

山上秋色正濃，一樹樹的紅黃相映，輝煌壯麗。山形樹色倒影水中，如詩如畫，勝似仙境。草垛溫暖如室，金燦燦的陽光照在她細柔的皮膚上，她的皮膚顯得那麼光潔誘人。我輕輕地彎下了腰跪在她的腳邊，那一刻，我覺得令狐沖就是我，我就是令狐沖，而草席上那個曲線優美的女子就是任盈盈就是我的愛，我心甘情願地在做著她想要我做的「交待」。我覺得自己愛意盈盈，我閉上了雙眼盡情地體驗著愛帶給我的美妙心動。

我一手攬著我愛人纖柔的肩膀，一手梳理著她的長長秀髮，我把它們一根根地理順放好。我摸到她細軟的耳垂、秀氣的脖子，忍不住就輕輕吻了起來。我的手游過她單薄的雙肩，蕩過她平滑的背脊，碰觸到了她奇峰異突的雙臀和股溝，我渾身似有一股電流衝過，帶來一陣愉悅的暈眩，下體激漲、心跳加劇……這一次我不再是往日那種純粹的發洩，而是對她極盡了溫柔體貼，而她也報以同樣的柔情蜜意。

我們赤身裸體暴露在陽光下，心靈和肉體沉浸在愛的歡愉中，物我兩忘，沒有了半點的羞澀之感。我把她壓在身下，看著她激情燃燒的紅唇和舌尖，我的舌頭便不由自主地捲了過去。我的舌頭像軟鞭一樣在她的嘴裡遊竄，追逐著她細軟濕潤的舌頭，吸吮、糾纏，直到我氣喘如牛而她也嬌嗔不止。我翻身下來把她從地上扶起，她微睜開眼瞄了一下我赤裸的身體，右腿往我身體左邊滑了過去，人便騎到了我身上。大地為床天作衣，我們就在草鋪上認認真真地像湖畔的仙鶴一樣坦坦蕩蕩地做起愛來……

第四章　風雪洞裡誦悲歌

我們在《笑傲江湖》的催情下度過了金色浪漫的秋天。

那段日子，我們忘了人間的艱難困苦，除了一周兩次出湖打魚，我們幾乎整日沉迷於小說，學著俠客舞刀弄劍、談情說愛。我們在湖邊縱情高歌，在草地上忘我做愛，生活在一個只有我們兩人才能感知的無憂無慮、虛無飄渺的美麗「江湖」中。

笑傲江湖的日子隨著寒冬的逼近慢慢地消失，山上的秋意與樹上的葉子一樣也由濃變淡漸漸地褪去，唯一還記掛著秋日的是山腳下那一大片的金黃。

「秋天好看，金樹好看」大河蝦指著山腳下金色的大樹說。

「那樹叫苦楝樹，樹上會長一枝枝的果子，我們叫它苦楝籽，樣子有點像黃皮果，吃起來面面的有點甜味，據說有毒。我小時候吃過，臉腫得像豬頭。」我說。

「苦戀樹呀?苦戀樹上還生著苦戀仔，好苦命的樹啊！」大河蝦說著，眼淚竟「卟嗒卟嗒」地往下滴。
我心裡一驚，這不像大河蝦啊！大河蝦平日可不是一個見月傷心、見花落淚的女人。
我們的書讀完了，天氣也越來越冷，我們不再在「江湖」邊上練武高歌。
湖裡的魚也躲起來了，我們打撈的魚越來越少，當魚池裡再也沒有富餘的魚可養時，肉體強烈的饑餓感喚醒了我的意識，我回想著前段的快樂時光，恍若做夢。可是大河蝦卻仍然深陷於她的虛擬世界裡，她學了很多中文字，可以自己看《笑傲江湖》了，成日拿著小說翻來閱去，甚至大段大段地去背，我都搞不懂她是在跟我談戀愛還是在跟書裡的令狐沖談戀愛。
冬天山裡奇冷，湖裡打不到魚，儲存的食物又有限，只能少少地吃，我們常常餓得雙腿發軟。在饑寒交迫的嚴峻境遇下，大河蝦也無法再笑傲江湖，被嚴酷的現實生活打回了原形——精打細算的越南寡婦。
冬筍是我們冬天裡很重要的食物。冬筍是竹子的芽，冬天在土裡孕育，到春暖時，春雨一來便從地下冒出，是為「雨後春筍」。現在很多人都知道，冬筍經開水濾過、熱油旺火爆炒，又爽又脆，不單美味可口還非常開胃。但是，如果天天讓你吃冬筍，還經常沒有油，只怕你吃三頓就不想吃了。更要命的是，那竹筍還會把你沾在嘴邊和腸子裡的油漬刷得乾乾淨淨，讓你越吃越餓。
在越南的很多山區都長有野生的山竹，在高平省也有，但離我們住的地方比較遠，通常要走兩個多小時的山路。天氣好時我們會帶上鐵鎬到山上去挖冬筍，大多數時候我們會兩個人一起去，也有幾次是我一個人去的。
一九八〇年深冬接近年關的一天，大河蝦早上起來頭暈想吐，我便一個人進山去了。
我在山上挖著冬筍，聽見一陣撲騰撲騰的聲音，我知道附近有動物了，很激動。我尋聲跟去，那只小東西十分機靈，藏在樹叢與草藤之間貓著地邊躲邊跑。我跟了近一里路，它鑽進一個石灰岩洞裡了。我不死心跟著進了岩洞，越往深裡走岩洞越暗，洞裡處處是倒懸的石筍，堅硬而鋒利，一不小心就會碰得頭破血流。走了不到二十米，我摔了兩跤，雙膝疼得火辣辣的，手也給掛破了，那只小東西卻不知去向。

洞裡靜得出奇，遠處偶有滴水之聲，只是分不清從何而來。洞裡有洞，迂迴曲折，我擔心再走下去會迷路，於是按原路退了出來。

出到洞口卻看到山上飛飛灑灑地飄著白花兒。我的天！下雪了！

站在山洞口，我想得趕緊下山回家。但是我才挖了半袋的冬筍和山薯（淮山），那麼大老遠地跑來有點兒不甘心就這樣回去。心想，再幹一會兒，弄多一些食物，免得大過年的還得為下一餐發愁。

我在山上尋找、轉悠了一陣，找到一條很大的山薯，有碗口粗，想來一定長了很多年。山薯像竹竿一樣往深處長，越往深處越大，只是它長的地方太陡峭，山石又多。

不知道挖了多久，山薯已有兩尺長了，我抬頭喘氣時發現山上已白茫茫的一片了。我停了下來，搖了搖山薯，往上拉了拉，把它弄斷。我把山薯提在手裡，真沉！該有十多斤吧。

我把它折成兩段，把一段放到袋裡，我正要放第二段時，大袋子口一歪，裡面的東西呼啦啦往山下滾。我急了，這可是我忙了一天的收穫，一定得追回來！

我拿著鐵鎬和大袋子，把滾得老遠的山薯和冬筍一個個找回來裝好後，再用山藤把袋子口紮得緊緊的，提了提，很沉，收穫還不錯。我很滿意地收拾工具準備回家。我把袋子放在左肩上，右手提著鐵鎬，心情愉快地回家了。

雪越下越大，我的路越走越長，我突然意識到自己來到了一個陌生的山坡地，下面並沒有我要去的三洋湖—我迷路了。

我沿著走過的山再走回去，可是山上已蓋了一層白雪，一眼看去都差不多，似乎這兒也來過、那兒也到過。就這樣我在山上來回地走，越走越糊塗。

我已經精疲力盡，又冷又餓。我的褲子濕透了，鞋子沾滿泥巴和積雪。我肩上的山貨越來越沉，但我不能丟下它，因為食物就是我們的命根子。鐵鎬提在手裡像隻大象，奇重無比，但它是我們挖山貨的工具，是我們命根子的命根子，更不能丟。

眼看天越來越黑，我的心「咕咚咕咚」地跳著，跳得我六神無主，恐懼很快籠罩過來，罩得我透不過氣來。

上天見憐，我一轉身發現自己竟回到了上午追趕小動物的那個岩洞邊。回家已經不可能了，我決定到洞裡躲一躲。想到可以在洞裡過一夜，不至於在雪地裡凍死，雖然心裡一陣淒涼，但多少還有點兒慶幸。

那真是我人生中最漫長的一個難眠之夜啊！

在那個黑夜裡，我想了很多很多，我想起我死去的戰友、我辛勞的父母、我貌美如花的愛人、我兒時的夥伴、我家鄉的祠堂和水溝、我村裡的田野和稻香，還有山上的毛桃和酸梅……我想家極了，我恨不得馬上回去！不管別人把我當叛徒也好、當逃兵也罷！我攥緊了拳頭蹦地站了起來，放開嗓門大聲唱了起來：

「一座座青山緊相連，
一朵朵白雲繞山間，
一片片梯田一層層綠，
一陣陣歌聲隨風傳……」

我把《誰不說俺家鄉好》唱了一遍又一遍，唱得淚眼婆娑。我不去試擦，任由淚水在臉上痛快地流淌。我喊著唱，哭著唱，流著鼻涕唱，直唱得聲嘶力竭，直哭得雙眼紅腫，但心裡舒服了好多。

我覺得好累，躺在一塊稍微平坦的岩石上，我閉上雙眼試圖強迫自己睡一會兒，可是眼睛雖然閉上了腦子卻像開了一扇窗，往事如影，在窗口飄飛。

第五章　窮奇河畔度生死

「殺了他，殺了他」

「打死他，打死他」

「他是中國人。」

「不！他是越南人，是我表弟！」

……

人們吵吵嚷嚷的，怒氣衝衝的，聲音離我很近。

我被吵醒，想知道發生了什麼事。我焦急地想睜眼看看，但睫毛像有漿糊粘著，怎麼也睜不開。

我用手擦了擦，原來粘住我眼睫毛的是風乾了的血漿！我恢復了神智，意識到自己正處在中越戰場的前線。強烈的陽光刺得我眼睛發痛，我把雙眼眯成一條縫，透過粘滿血漿和泥塵的濃密睫毛，我看到一大圈的人倒懸著，一雙雙眼睛瞪著我，急不可待地想知道我是誰。

「告訴大家，你叫什麼名字」，一個女人的聲音溫柔地說。

我辨不清那是誰在說話，但我知道他們說的是越南話，我在邊境長大，越南話講得很好。我並沒有死，而是落在越南人手裡了。

我記得自己踩著了一個小地雷，而後又掉在一個越南人挖的陷阱裡。兩把長滿利齒的夾子牢牢地夾住了我的雙腿，我痛得昏死過去。

我醒來時已經是半夜，月亮溫柔地照著我麻木的四肢，星星點點的露水像極了我愛人的眼淚，輕輕地親吻和撫慰著我饑渴的肌膚。四周寂靜肅穆，沒有炮聲、槍聲和人聲，蟲子小心翼翼的鳴叫遙遠而疏稀。

我還活著？我懷疑地嘗試著舉起雙手，對！它們能動，完好無損的。我又抬了一下腳，噉！我的腿被夾住了，疼痛難忍，但我還是一陣狂喜：我還活著！我還活著！我止不住地熱淚盈眶。戰場上見了那麼多的死亡，我對生便有了別樣的認識。

藉著月光我細細地看那夾著我雙腿的傢夥，我認出那是山裡人用來逮捕野豬的鐵夾子。當地的越南人經常用些土工具來對付我們：他們把鐵夾子埋在土坑裡，上面用茅草輕輕輔上，再蓋上一層薄薄的泥土，外面很難看出來，一旦踩上去，十有八九會被夾住；另一種是自製的小地雷，威力不大，不容易炸死人，但一旦踩上，往往炸個雙腿殘廢讓你欲生不得欲死不能。然後，要麼被自己的部隊踩死要麼被汽車坦克壓死。

我在山裡長大，憑著山裡人的經驗我知道踩上了野豬夾子，用力地掙扎是無濟於事的，它只會讓夾子越吃越緊，最後把腿上的肌肉一條條地刮去，要麼被主人逮去、要麼血流至盡最後枯竭而死。

我忍著疼痛彎下腰，雙手試探著從膝下向小腿摸去。在小腿半中間我摸到了兩排生硬兇狠的鐵牙齒，它們張著牙死死地咬住我的小腿肚子。我雙手各執夾子的一邊，牢牢抓穩用力一掰，把右腳往上一提。我真切地感覺到我的右腳已經到了夾子之外，我舒了一口氣鬆開了手。「喳」地鈍鈍的一聲響，一陣鑽心的疼痛從腿上傳來！原是在我鬆手之時尚未完全恢復知覺的右腳又踩回了鐵夾子裡。我的右腿從半張的利齒穿過，活生生地刮出兩排血肉模糊的印子。我痛得渾身無力，喘息著趴在地上。

「你不能就這樣趴下！」我腦子清醒過來，對自己下了道命令。

「只要我們有強大的內心，就不會被敵人打倒！」這是指導員經常跟我們說的。我現在的敵人是誰？就是我肉體的疼痛！肉體的痛苦算得了什麼！我要戰勝它！我一定能戰勝它！我振作起來，活動了一下頭頸和上身，感覺到雙手充滿了力量，我忍著疼痛彎下腰再去掰鐵夾子，這一次成功地解放了左腿。

我稍作喘息把第二條腿也放了出來。

此時天已微亮，空氣沉悶，血的腥臭味在四周彌漫。我把軍衣脫了，抹去頭上的血污和泥巴，爬出土坑，辯認著方向。

我們是晚間衝過這片坡地的，四周沒有什麼明顯的標記能夠喚起我的記憶。遠處的土丘朦朦朧朧，樣子看起來都差不多。最後我認認真真地回憶起我最初在土坑裡的方向來，我想，我是往回撤退的時候掉入土坑的，屁股朝向的應該是越南，那臉朝著的便是我親愛的祖國中華人民共和國了。「早上起來面向太陽，前面是東，後面是西，左面是北，右面是南。」要不，就等到太陽出來吧。那樣我就不會錯了。但我立刻否定了自己的想法，此處不能久留！萬一又從哪兒跑出個越南鬼子，不把我生吃了才怪呢。趁天還不太亮，我得趕快走，於是我朝著我認為是北方的祖國爬去。

一路上，除了死人還是死人，天上和地下都沒有一絲兒生氣。用「屍橫遍野」來形容一點都不過分。各種死狀慘不忍睹。起初我很害怕，既而傷心，而後便有些麻木和慶幸了。

我不忍心從我的戰友們的身軀上爬過去，所以常常得繞著爬，我想我一定是在繞圈子時迷失了方向。爬了不知多久，遇到一個陡坡，我是摔下去那瞬間才意識到的，手腕和胳膊似乎折斷了般疼痛不止，饑餓口渴和痛楚終於讓我再次昏死過去。

我們對越南的戰爭是在一九七九年二月十七日正式開始的。那天，《人民日報》登出了一篇名為《是可忍，孰不可忍？——來自中越邊境的報告》的訪問記，我們連把這篇文章當作動員報告，討論起來我們人人義憤填膺，慷慨激昂，我們終於向全世界發出聲音了：我們中國人民不再隱忍了！我們真的要對越南開戰了！我們終於可以好好地教訓這個忘恩負義的亞洲小霸王了！

據說我軍動用了二十萬的兵力，分左、中、右三路大軍，在五百哩長的邊境戰線上對越南發起進攻。

我所在的中線大軍負責進攻諒山。

諒山是越南東北的戰略要地，是河內的門戶，越南軍方早在這兒布下了堅固的軍事防禦系統。

在攻佔諒山北部外圍的戰略要點同登時，我們負責清剿越軍殘餘的任務。我們剛剛接近一個看起來十分普通的越南村莊，還沒有發現敵人的蹤跡，一排冷槍就掃了過來，走在前面的戰友便一個個倒了下去。十分鐘不到，就有七個戰友倒下了。

進入越南之前，部隊宣佈了此次戰爭的群眾紀律：只殺敵軍（包括越南軍人、警察和民兵）、不擾百姓。誰知道越南人狡詐多端，他們可說是全民皆兵呀。那些放冷槍的，有些是婦女和老人，有些是十二、三歲的毛孩子。我們防不勝防，還沒有與敵方部隊正面交鋒就已經傷亡慘重，抬運傷亡戰士的擔架隊在野地裡望不到邊，無限延伸的死亡警示著戰爭的殘酷無情。面對一個個曾經在一起摸爬滾打的戰友的死去我們痛心徹骨。事情上報回指揮部，指揮部下達了新的指示，我們不再寬大為懷，見到村寨便燒，見人就殺，來個「三光」政策。

佔領同登後，經過一段時間的休整，二月二十七日，我們正式向越南的東北重鎮諒山進攻。我們部隊的戰士都裝備著老式的 56 式半自動步槍，只有班長、排長、連長這些部隊幹部才配帶自動步槍。而敵人則清一色地裝備著高級的自動步槍，他們的火力很猛，因此我們在火力密集程度上遠遠趕不上敵軍，很多時候都需要用機槍才能壓制敵人火力掩護戰士前進。

經過一個星期的激烈戰鬥，三月四日我軍攻佔了諒山。可是，緊接著我們就得到撤退命令。三月五日，我們開始撤退，誰知敵人卻意外地進行兇猛的反攻，我軍陷入混亂，我的班長犧牲了，排長也不知去向，人員傷亡十分慘重。我就是在撤退時受傷掉隊的。

我們與越南人已經勢不兩立，水火不容。今日被他們抓住，不被他們千刀萬剮才怪呢。我知道自己必死無疑，乾脆閉上了雙眼，要剁要剮隨你們！

「別吵，別吵，讓他說話。好兄弟，你還記得我嗎？我是表姐 Ha Giang。我娘家就在離你們三里村不遠的楊桃村，我們村頭有三顆又高又大的百年大楊桃。」那個女人的聲音很耐心。

「我這兄弟傷得厲害，腦子疼糊塗了。」這女人看我沒有反應，代我解釋。

「我是 Ngo Sinh，三里村人。」，我摸摸自己赤裸的上身，意識到自己並沒有讓人輕易識別的標誌，於是急中生智，把我表兄的名字用越南話說了出來，我說得有氣無力，而後假裝暈死過去。

「你們都聽到了吧？他是 Ngo Sinh，三里村人。我們從小就認識的，還有點親戚關係。他小時候老來我們村摘楊桃，一大堆黑瘦的小毛孩子在樹上竄來竄去的像群猴子，我們一幫女孩子在樹下昂著頭等他們往下扔楊桃。有一次他掛在樹上尿急了下不來，拉開褲子就撒，樹下的小女孩們驚得張口結舌竟然忘了躲避……」那個女人對眾人喋喋不休地說著，圍著的人慢慢散去。

那個女人趁機把我扶起，半拖半扛著進了附近的一片翠竹林子，來到了奇窮河邊。她把我放下，用芭蕉葉子從河裡舀了一些水給我洗手洗臉，又不知從哪兒弄來了一筒涼米飯和一罐清水。我們靠在河邊，女人不說話，只用手把米飯一撮撮地抓出來，放到我的嘴巴裡。

吃過飯，她把我扔在奇窮河畔，一個人走了。

我躺在敵國領土裡那條曾經在我們的軍用地圖上出現過無數遍的陌生河流的岸邊，木然地看著滔滔而過的污穢河水。

一隻狹長的木船從林木茂密的河裡轉了出來，我很緊張，拉了兩片芭蕉葉子把身體遮掩起來，恐懼再次籠罩過來。

小木船近了，開船的是救我的那個女人。我這才留意到她還非常年輕，長著一張標緻的臉蛋兒。船的一邊放著一堆漁網，漁網的旁邊放著一堆死了的雞鴨，雞鴨的身上沾著灰塵和血污，雞鴨堆裡頭還有一隻小豬。小豬的頭上嵌著一片炸碎的鐵片，小豬很瘦，看不出是家養的還是野豬。我猜想這些禽畜大概是炮火下的不幸者。

女人搖著櫓，上身向前弓著，很用力的樣子。船在河邊掉了個頭靠到了岸邊，女人扶我爬上小船，等我趴穩後，她就把一堆漁網雜物散灑在我身上，又拿了一頂竹笠帽蓋住我的臉，這才慢慢地把小船撐離了河岸。小船沿著她來的方向再折回去。

岸邊的樹木傷殘累累，芭蕉葉上落滿塵土。河水仍然污濁，紅紅的血污一陣陣地流過。河裡障礙物很多，生生折斷的樹枝從陡峭的崖石上垂釣下來，有時就橫在水裡，一團團茅草與樹枝樹葉裹纏在一起，夾帶著人和動物的屍體，難聞的血腥和腐臭撲鼻而來。我們走走停停，約摸過了半個上午，來到了諒山市。

諒山市是諒山省的省會，奇窮河橫貫其中把它一分為二。

諒山市是我們這次中越戰爭的主要戰場，經過一個星期的激烈戰鬥，南北市區都成了一堆堆的廢墟，街頭巷尾堆放著越軍丟棄的武器彈藥和各種食品。此時雖是白天，但在煙雨朦朦的霧氣裡，到處散發著陰沉沉冷森森的氣味。

女人緊蹦著臉，把竹帽放得很低，彷彿要把眼前的一切隔開，可是，似乎又有什麼東西牽引著她的神經，使得她的眼睛不時會越過帽沿射出去。每看一眼，她的身子就弓得更低，雙手把櫓握得更緊。她好像要用盡她平生最大的力氣去搖櫓，使船走得更快，儘快逃離這個滿目瘡痍的地方。直到走出諒山市她才放鬆了手站直身子。她回頭又看了幾眼諒山市，抽了抽鼻子，抬起衣袖來回地抹，把汗水和淚水一塊兒抹乾淨。

第六章　翠竹林裡復蒙羞

救我的越南女人叫 **Ha Giang**。

那時的越南女孩大多個子矮小，很多女孩的個子在一點三五到一點五米之間，而且大多胸平臀扁的像是營養不良。**Ha Giang** 的個子將近一米六，在越南女人中算是高挑身材了，而且她臀部豐滿腰身纖細，更像成熟的中國少婦。

Ha Giang 把我弄回家的當天，就把我全身脫得精光給我洗澡。我覺得羞愧難當，但又無力抗爭，況且我滿身泥沙和血臭，也確實需要好好洗洗。但我與她素不相識，實在羞愧，我閉上了雙眼不敢看她，她竟然自己吟起小調來，歌詞含糊不清，曲調聽著倒是優美和樂的。

我十分驚訝，沒想到才從死人堆裡走過來的她竟有心情唱歌。她粗糙的手掌在我肌肉飽滿的手臂上來回洗擦，向我結實的胸膛移去，當她的手遊動到我的小腹時，動作停了下來。我睜開眼，看到她滿臉掛滿了淚珠，嘴巴卻依然一張一合地唱著，聲音細小如蚊，悲悲切切地讓人不堪聆聽。

我在 **Ha Giang** 的悉心照料下慢慢康復起來。

我不知道怎麼樣去描述我與這個越南女人的關係。我和這個女人整整生活了兩年。我從來沒有叫過她的名字，只在心裡給她起了個外號「大河蝦」，因為「Giang」在越南文裡是「大河」的意思，她的姓「Ha」聽起來聲音跟中文的「蝦」字差不多。

初初那個星期這個女人無微不至地照顧我，親自出門採藥給我敷傷口，給我做飯洗衣。她救了她的敵人，我知道這需要有多大的勇氣和決心，我也能想像這對她有多大的危險，心裡對她充滿了感激和敬佩，還夾雜著難以言表的親切和溫情。但是有一次她給我沖涼時有意無意地摸了我的陽具，我當時沒有吭聲，之後她便常常故伎重演而且得寸進尺，有時借幫我清潔蛋蛋的機會抓住我的陽具不放，這讓我又羞又急，十分反感。

十多天以後我的手能夠活動了我便拒絕她幫我沖涼，雖然十分辛苦但我堅持自己清洗。她不避不躲地就站在邊上看，我叫她走開她不單不走，反而指著我的下身咯咯地笑了起來：

「看你那個醜東西，垂頭喪氣的。我檢查過了，沒有被我的夾子夾傷。那大概是生來就是沒用的了。」

原來那夾子是這個女人放的！難怪她要對我這麼好，贖罪呢！這些天來蒙受的羞辱讓我十分憤怒，我轉過身、瘸著腿、濕淋淋地衝了過去：

「你才是個醜東西呢，不要臉的婊子！你夾我！你害我！我沒用？你才沒用呢！就幹給你看看。」幹就幹了，我要報那一夾之仇！國仇家恨一起湧上心頭，我的本能和獸性同時被激怒了，我把對越南人的憤怒、對戰爭的失落和對自己的不幸全部發洩到了這個女人身上。

在那亂蓬蓬的草鋪裡，我對著我的仇人、我的救命恩人——準確地說，是一個成熟的、渴望性欲的女人——認認真真、毫無顧忌地幹了起來。她不懼不躲，卻是很逢迎的樣子，嘴巴不時還發出壓抑著的呻吟。

事後她不單一點也不生氣，還拿著扇子給我扇風趕蚊子，滿臉春風得意狀，彷彿凱旋歸來的火雞。我又一次覺得蒙辱，覺得自己又一次中了她的圈套。

此後幾天我對她充滿了不屑和戒備。我想像著小時候看的電影和連環畫，心想，這個女人一定是越南特務。她喬裝打扮成農村婦女，所有救我的細節都是她精心設計的陰謀，她一開始就識破了我的身份，她只是要用女色來引誘我，想把我變成她的爪牙，換取她所要的機密情報。這個狡猾而沒有廉恥的特務、可惡的女人！

我覺得我對不起我的祖國、我死去的戰友，我對不起我的愛人，更對不起作為解放軍戰士的我自己。但我又慶幸自己發現得早，沒有對她透露任何我軍的資訊，失身只是個人的損失，但走漏軍事機密可是國家的損失啊！

我為自己確定了與這個女特務巧妙周旋、鬥智鬥勇的策略。我想，自己身處敵人心腹，必須處處小心為是。首要的是自我偽裝、自我保護，獲取敵人的信任，而後趁機竊取敵人的情報，等我們的部隊再打回這兒來時，我就能帶著珍貴的軍事情報歸隊建功立業了。

想好之後，我為那天晚上的魯莽行為向這個女人道歉。

這個女人笑了笑說：

「做了就做了道什麼歉？我又沒有怪你。孤男寡女的，又是個正常的男人，換了誰誰不一樣啊。」她低眉順眼地說著，偶爾挑起眼角來偷看我一眼，臉上浮起兩片紅暈，竟有幾分的嬌羞動人，我血往上湧雙腿間蹦地一下鼓漲開去。我不敢看她，極快地轉過身子把那根該死的東西藏了起來。

「我一個人住在這個林子裡已經整整一年了。一個人住在這荒山野嶺，你不知道有多孤獨、多難熬！你如果肯在我這兒住下來，我也有個伴」，她順下雙眉娓娓道著。

一個年輕的女人住在這杳無人煙的林子裡幹什麼？也不害怕，一定是特務才這麼膽大。我冷靜了下來，假裝關心地說：

「是呀，一個人住在這兒也夠讓人擔心的，幹嘛不回村裡與大家一起住呀？」

「唉，我們村離這兒太遠，回不去了。我老公那邊的村子倒是不遠，可是又回不得啊！」她歎了一口長氣，好像真的很無奈的樣子。

「啊，你有丈夫？」我驚得張著嘴巴。

「是。不過現在沒了。」她平淡地說。

女人隨後告訴我，她在越南北部與中國交界的一個村莊出生長大，父親很早就過世了，她和媽媽一直與爺爺奶奶、叔叔、姑姑們同住，叔叔結婚後便感覺房子越來越小。「想轉個身找個放屁的地方都沒有。我那嬸嬸也太能生了，七年裡生養了四個孩子。」

「你知道的了，隔壁鄰居的，總會少不了摩擦，邊境也一樣，時不時地會生出些事端來。有時是中國人說我們越南人關了他們的豬，越南人說他們牽走了我們的牛，反正都是些小事，有時鬧得亂糟糟的，但不幾日又沒事了。但是不知怎麼的，前幾年，那些小事就變了，當兵的就開槍了，有時還一大隊人參加進來，鬧出人命來了，成大事了。人們傳說要打仗了。我爺爺托親戚給我介紹對象，想把我嫁到安全的內地來。他們給我介紹了一個男人，比我還矮一拳，相親時我很不高興。可是那個男人喜歡上了我，像著了魔一樣。我媽媽也嫌他生得矮小而且長相平庸。可是那個男人回我爺爺說他真的特別喜歡我，他會比任何男人都疼我關心我，還發誓說要一輩子對我好。」

爺爺看那個男人是個機靈會過日子的人，就答應了這門親事，並與男方家講好由男方負責岳母的養老送終。作為交換，爺爺免了他們的一半禮金。於是她的媽媽便被當作「陪嫁」與剛滿十九歲的她一起到了涼山這邊的農村。

剛來時她們母女倆與丈夫一家人同住在村子裡。她丈夫家兄弟姐妹八個，加上父母、爺爺奶奶、兩個年長的妯娌和五個侄子侄女，一大家子二十一人，日子也並不比她原來的家好過，經常是饑一頓飽一頓的，最讓她難受的是大家庭裡的口角是非常年不斷。

她丈夫雖然生得矮小，但特別能幹，心細脾氣又好，他對妻子疼愛有加對岳母體貼無度。妯娌和公婆看在眼裡，日子久了，心裡的不舒服越積越多，於是丈夫不在家時便拿她們母女倆出氣。住了一段時間，實在合不來。丈夫那時在山林附近開荒耕種，搭有茅屋供短期守夜，母女倆遂與丈夫商量著搬到林子裡來長住。

可是好日子才開頭，丈夫外出幹活時就出了意外不幸過世，連根苗兒都沒有來得及留下。

婆婆認為兒子是被兒媳婦害死的，對她們母女倆恨之入骨。村子裡的人也討厭她不願意看到她，這倒不是因為她與村裡頭的人也結有樑子，主要是因為連年戰爭附近的男人銳減，男人被女人寵著金貴得很，而大河蝦年紀輕輕的就守了寡，所以村子裡的女人都提防著她，生怕她勾引了自己的男人。

老家那邊一方面是打仗動亂，另一方面是她出嫁以後她和媽媽的房子已經給了叔叔。回老家探探親還能在侄女的床上擠擠，要長期居住定遭人嫌棄，村裡人也會看賤她和她娘家人。她和媽媽實在無處可去，只好在異鄉的林子裡繼續生活，好歹這裡有屋有田，她與母親辛勤勞作亦可勉強度日。可是後來母親因病去逝，她就一個人住在這兒……

我不動聲色地聽著，心裡卻明鏡似的，我警告自己：不要被謊言蒙蔽了你的眼睛和心靈！女人都特別會編故事，尤其是眼前這個特務女人。我暗暗下定決心：總有一天，我會揭穿你的真面目的！

第七章　我未棄家，家何棄我？

我在自己想像的「地下戰鬥」中與「越南女特務」大河蝦周旋著。在相當長的日子裡，我的精神十分緊張。我偷偷地仔細檢查她的房前屋後，想看看有無發報機或者情報之類的東西。我跟蹤她外出幹活，看她是否與別的特務接頭。但我發現她除了偶爾到附近的一個小集市買點生活必需品之外，幾乎過著與世隔絕的生活。她問過我幾次關於我自己的事，見我不願意談她也就懶得問了。

兩個月的休戰坡地上長出了密密的青草，嫩得讓人不忍心踐踏。

初夏的天氣雖然很熱，但空氣並不沉悶，偶爾還透來絲絲涼風。風兒掠過竹林邊的坡地飄然地拂到我的臉上，我躺在大河蝦編織的竹席上，看著滿滿的月亮從從容容地從天的那一邊升起，慢慢地溶入灰白色的天空，紫色的暮靄在月亮周圍飄動，整個天際是那麼的和睦而安祥，她超然地俯視著人間的風雨煙雲和生生滅滅。

年輕人都愛幻想，就是在饑不果腹、生死難料時也不例外。

大河蝦爬到我身邊，用詩情畫意、溫柔無比的聲音跟我說：

「你看那月亮，真好看，清清麗麗、超凡脫俗的樣子。她來自天的另一邊，想來，天的那一邊應該是個美麗的世界，乾淨、富足、祥和。」

「我想會是的，那兒沒有戰爭，沒有饑餓，一定與我們這兒不一樣。」我受了感染，說完便沉浸在無邊的幻想和嚮往中，她輕聲地應和著把頭靠了過來，我們相依相伴、共同分享月亮帶給我們的片刻平靜和溫馨。

晚風吹拂著窗外的竹林，細長的竹葉在林裡投下斑駁跳躍的影子。蟲子開始不甘寂寞地鼓噪。大河蝦翻了一下身轉臉對著我，有點遲疑地問：

「我是不是生得很醜樣？」我警惕起來，推開了她。
「不醜。」
「很老？」
「也不老」
「那你會不會嫌我嫁過人？」
「你想到哪裡去了？我只是暫時住在你這兒養傷，傷好了我還得回去的。」
「回你的頭！你以為你真的能回去？你們的部隊早就撤走了。他們沒準早把你當死人了。」
「你說什麼？」原來她真的知道我是中國軍人！我嚇得坐了起來。
「叫那麼大聲幹什麼？嚇死人了。」大河蝦也坐直了身子。
「你是不是早就知道我的身份了？」
「知道呀」，大河蝦一副理所當然的樣子。
「我不是三里村人。」
「我知道。」
「我也不是越南人。」
「我也知道。」
「你什麼時候知道的？」
「你躺在死屍堆裡時我就知道了。」
「那？你什麼都知道，你還要救我？你救的可是一個敵人！一個隨時都會傷害你甚至殺了你的男人！你老實交代，你為什麼要救我？」我逼視著她。
「因為，因為我需要……」這個能言善辯的女人說了一半便停住了。

「需要什麼？」

她不說話，滿臉漲得通紅。

「說呀，你為什麼要救一個敵人？」我窮追不捨。

「我沒有把你當敵人，我只把你當作男人。我都對你那麼好了，把什麼都給了你。怎麼會是敵人呢？」大河蝦急了。

「我不是說現在，我說打仗那會兒。」

「你別問了，我不能告訴你。」她突然轉過臉去，搓著雙手，很難為情的樣子。

那晚她把她聽到的關於戰爭的消息都告訴了我。她聽人說，中國軍隊死傷無數，雖然攻下高平、老街、同登、諒山等二十幾座越南城市，但卻時常受到越南游擊隊的偷襲。中國軍隊後來直逼河內，致使河內市大亂，但是不知道為什麼中國軍隊卻意外地撤出了越南。整個戰事前後只有二十八天。

那就是說，我們那次的撤退就算是戰爭結束了？我覺得不可思議。

「誰贏了？」我急切地問。

「你們用了二十多萬的軍隊和民工，死了四、五萬，受傷無數。我們死了兩、三萬。你說誰贏了？」

「誰輸誰贏」的話題我和大河蝦爭吵了大半天，我相信我們贏了因為我知道我們佔領了涼山和很多其他城市，但這個「結論」無法掩飾我的沮喪。

沒想到我曾經那麼期待參與的神聖戰爭就這麼莫名其妙地結束了！而滿腔熱血、一心想要報效祖國的我還沒有來得及建功立業就自己先倒下了。更可笑的是，我現在竟然苟且地活在敵人的地盤上，而且還與一個敵方的女人不明不白地住在一起。

這兩個月來，支持我活下去的，是我的戰爭回歸夢，不管白天黑夜，我天天都做著我們的部隊打回附近、我伺機回到自己的隊伍裡重建戰功的美夢。可是這仗卻不打了，我怎麼回到我深愛的部隊我親愛的祖國啊？！

那時我才二十歲，一個稚嫩的小夥子，胸腔裡跳躍著一顆天真無瑕的心，無法承托外界的風雲變換，只覺得自己成了一個毫無骨氣、是非不分的壞人，是個逃兵、叛徒。

我覺得生活一下子沒了希望。

我恨自己沒有光榮地死去卻苟且地活著。

「你去死吧、去死吧。」我咒罵自己。罵完自己我又罵大河蝦：「你為什麼不殺了我？你是個白癡、笨蛋，哪有人跑去救敵人的？你救我做什麼？你救了我我也不會感激你的！你殺了我，你應該殺了我。你殺了我吧，我是你的敵人……」我跪在地上一步步向大河蝦進逼和乞求。

大河蝦一步步地後退，絆倒在門檻上跌了一跤。

我難過之極，抱著頭痛哭起來。

大河蝦挪了過來，她把我的頭抱在懷裡，摸著我的頭髮。我心裡很想推開她，但我的頭卻踏踏實實地偎在她的懷裡不願離去。我像個被人拋棄的落難孩子，而且還是個迷了路的外鄉人，等待、行走、尋找，寒冷、饑餓、孤獨、害怕……這會兒，雖然沒有找到溫暖的家，卻終於有了一個願意收留我、可以讓我停歇的地方，我心裡十分感激，為自己這幾個月來對大河蝦的誤會深感內疚。

我在大河蝦的懷抱裡情緒慢慢穩定下來並漸漸入睡，醒來時天已經大亮。大河蝦把做好的豆子粥和鹹蘿蔔端到竹子編成的飯桌上。

吃過早餐，大河蝦把兩個結實的大圓木墩從前門滾到茅屋側面背蔭的地方，她讓我坐下要給我理髮：「看，頭髮長了，都快長成個姑娘了。這麼秀氣的大姑娘，給人看見，提親的人都要排長隊了。」

「這頭髮好啊！又濃又黑，亮得都刮得出油啊」，她撫摸著我的頭髮說。一會兒她又用手指在我的頭頂轉著圈圈說：「你知道嗎？你頭頂上長著兩個圈兒呢！小時候一定是個調皮搗蛋的主。」她摸了又摸，竟有點愛不惜手的樣子。「多好看的一個後生哥啊！誰嫁了他睡著都會笑出聲來……」

那天大河蝦破例地沒有出門，不知道她是不是擔心我不想活了去尋了短見，花了一整天陪著我，還不斷地找機會誇我、逗我開心。

過了幾天，我情緒穩定了下來後，大河蝦語重心長地對我說：「你不要再說回去的傻話了，你現在能回去嗎？你們的部隊來到我們這兒見人就殺、見村就燒，現在這裡的人都恨死中國人了！如果人家知道了你的身份，你還沒走出這片林子就會給人用亂棍打死、亂石砸死。又或者被人抓起來，挖眼珠子割舌頭、剝皮折骨、開膛剖腹。總之，憤怒到極點的人就像中了魔中了邪，什麼事兒都可能幹得出來。」

我不知道大河蝦說的是真話還是故意嚇唬我，但她不像要出賣我、傷害我的樣子。我想，她一個女人，如果真要害我也就沒有必要煞費苦心地救我、治我、照顧我、還要千方百計地逗我開心了。

越南各村已經平靜下來，人們恢復了正常的生活和生產。

我繼續在大河蝦的家裡養傷，一住又是兩個月。其實我的傷早已無大礙，但我神情沮喪，精神上沒了依託，覺著活著毫無意義。但我是從死人堆裡爬出來的，我不會再輕易放棄我的生命。我才二十出頭，剛剛結了婚，娶的是我們村裡最好看最賢慧的女孩，我還有很多的事沒有做。可我現在卻哪裡都去不了、什麼也做不了。我心裡苦啊！有時憋得心裡發慌，就拿頭往木柱子上撞，直撞得天旋地轉方覺心裡舒服一些。有好幾次撞著撞著就撞倒在大河蝦的身上，於是我倆不知怎麼的就抱頭痛哭起來。

我對大河蝦的敵意和反感慢慢地消失了。我們打仗那會兒是有一些越南村民用裝野獸的兇器去傷害中國人。但大河蝦說，她並不太恨中國人，她外公外婆都是中國人，結了婚才遷居越南的。她在邊境長大，小時候經常有中國孩子來她們村，她與他們一起玩。那些中國人跟他們一樣，對孩子挺好，進了村見了孩子都會給點兒糖果餅乾或水果什麼的。她唯一想不明白的是平日那麼友好的中國人為什麼突然要翻臉來侵略他們。

「什麼？我們侵略你們？是因為你們侵略了我們！我們是自衛反擊，保家衛國！」我義正辭嚴地糾正她。

「『自衛反擊』？你有沒有腦子呀？！你們有九億人，而我們才五千萬，誰敢老虎頭上動土？明明是你們恃強欺弱、以大欺小！」

「胡說！你們是人少，可是你們仗著有別人撐腰，三番五次地挑起邊界爭端，嚴重地侵擾了我們邊境居民的日常生活，使他們無法進行正常的生產活動。我國政府一再發出警告，你們的政府卻置若罔聞，一意孤行。我們是在忍無可忍的情況下，被迫發動邊界自衛反擊戰的。」我把我們政治學習和戰爭動員的內容搬了出來。

大河蝦也不示弱，她說：「是你們政府想稱霸亞洲，不斷侵佔鄰邦的領土，我們僅僅是反抗外族侵略而已。相對你們而言，我們越南是地小人少，但是我們也是一個獨立自主的國家，總不能任你們打而不吭氣吧？」

「越南是小，但卻霸王得很呢，不是還要把人家柬埔寨占了嗎？！」

「我們與柬埔寨打仗關你們什麼事啊？」

「當然有關了，柬埔寨是我們的同志加兄弟。兄弟有難我們能就手旁觀嗎？」

「嘿，我就不明白了，」大河蝦冷笑了一下，繼續說：「赤棉是個那麼邪惡的政權，你們還跟它稱兄道弟！你知道他們都幹些什麼嗎？在全國搞大清洗！他們把城裡的人都趕到農村去，不肯去的就殺掉。那樣一個窮凶極惡、殺人如麻的大魔頭，你們怎麼還會幫他？我們打，是在替天行道，替無辜被殺的越南人和柬埔寨人報仇，為全人類除禍害！」

大河蝦越說越激動，最後站了起來，揮舞著雙手，「他們殺死了多少人你知道嗎？兩百萬，兩百萬啊！都是手無寸鐵的老百姓！這樣血腥獨裁的政府要來幹什麼？再不推翻它柬埔寨的人就要被他們殺光了。你知不知道？在那個暴君的統治下，柬埔寨人過的是什麼日子？他們天天擔驚受怕，惶惶度日。那兒的越南人四處逃命，沒有來得及逃的很多都被殺了。而且他們還佔領了我們不少地方，你知道嗎？」

大河蝦的話讓我很吃驚，我不知道她說的事情有幾分真假，這些事我從來都沒有聽說過。越南侵略柬埔寨的事，部隊報紙和新聞廣播裡都有講，具體起因是什麼我不太清楚，也沒有去想過去問過，就是覺得越南這個小霸王，連幫過他的老大哥中國都敢挑釁，欺負鄰里小國那自然是不在話下。

我一時腦子轉不過彎來，發了好一陣子呆，我才有些兒不服氣地說：「你們越南不也霸佔別人的領土嗎？把我們的西沙群島和南沙群島都搶了去。」

「那些島嶼本來就是我們的。」大河蝦理所當然地說。

「不是你們的！是我們的！」我大聲宣稱，覺得大河蝦蠻不講理。

「怎麼會是你們的呢？一百年前就已經在我們的地圖上了。」大河蝦也提高了聲調。

「五百年前，它就在我們中國版圖裡了。明朝時候，你知道嗎？它們就屬於中國的領土了。」

「你這人怎麼扯那麼遠？這樣說下去還有意義嗎？你不說更早時的秦朝漢朝？那時越南和中國還是一個國家呢！可是後來我們越南不是獨立了嗎？它獨立了，它周圍原來屬於越南各郡的海域和島嶼就該歸屬越南，對不對？」

「不對！為什麼你們獨立了就要歸你們？」

「我給你打個比方吧。就像我們，和公公婆婆他們分家，他們的老家當然歸他們，但他們不能把我和我老公住的房子、我們睡的床、還有我們的衣服我的陪嫁也拿走對不對？分家時，講道理的老人家都會把田地和財產均分，讓每個兒子都領有他們原來耕種的份額和一部分財產，你說是不是？」

我不懂越南歷史，不知道大河蝦說的關於越南獨立的事是真是假。而我的領土和疆域的概念都來源於我們的歷史教科書和部隊的學習。面對大河蝦的反問，我不知道怎麼回答。但就分家這事，我們老家可是經常有的。一般而言，誰家四代同堂和睦相處必受人稱頌，吵著要分家的往往是那些娶了媳婦便忘了娘的反骨仔或者是被老婆修理得服服貼貼的窩囊廢。那些跟媳婦串通一氣吵吵鬧鬧要分家的兒子最招人嫌棄了。

「你想得美，如果我是那個做老子的，不把那反骨仔浸豬籠或者亂棍打出已經很好了，還想給他分田地分財產？！做夢！」

「如果錯不在兒子媳婦，而是婆婆偏心，子叔妯娌又難相處，成日拿新過門的小媳婦出氣、甚至合夥欺負她，那不分開住你讓人家小媳婦的日子怎麼過啊？」

「住在一個大家庭裡碰碰磕磕自是難免，連這一點都不能忍受怎麼做人家的老婆啊！」我臉上露著不屑。

「你又沒做過人家媳婦沒受過那種惡氣你當然說得輕鬆。」大河蝦也從鼻吼裡哼了哼。

……

我們就這樣爭來爭去，從國家戰爭扯到家庭糾紛，誰也說服不了誰，最後還是大河蝦先平靜下來扯開了話題。

大河蝦說，我娘家是信佛的，我們不喜歡殺生，更不喜歡害人。但是打仗那會兒個個村的人都想盡辦法防禦敵人，如果我什麼都不做，別人會說我的。我就裝了那麼一次夾子，而且挑的是最舊最鈍的一套去的，誰知道還真的夾傷了人。當我看見你痛苦地在地上爬行，拖著半殘的雙腿時，我心裡生出一種莫名的恐懼。我想，老天爺在上面正眼睜睜地看著呢，我怎麼可以殺人？我看著你沾滿泥土卻依然好看的臉蛋，心裡十分難過：那麼年輕英俊的一個男人，或許還只是一個大男孩，可能連女人都沒有碰過，怎麼可以就這樣地死去？我知道你是我們的敵人，但是我覺得你不是一個壞人。我看得出，你是一個善良的人。

「我是一個善良的人？你從哪兒看出來的？」我好奇起來。

「你都半死不活了，可是還是不忍心從自己的戰友身上爬過去，這不說明你有慈悲之心嘛！有慈悲之心的人就是善良的人。」大河蝦想當然地說，「你昏倒的那一刻，我心都疼了，我不知道從哪兒來的膽子，看看四周沒有人，我衝到你的身旁，把你的軍衣脫下藏了起來。」

大河蝦救我其實還有另外一個原因，只怕她自己也沒有意識到，我是日後在她的行為和言語中感悟出來的。那就是，她需要一個男人！這種源於動物本能的生理需求，才是激發她驚人勇氣的最原始的動力，讓她突破了作為常人該有的理性思維和顧慮。

說來也很可悲啊！越南，這個五千萬人口的國家，男人已經十分稀缺，狹長的三十二萬平方公里的國土裡，已經沒法再提供一個適合做丈夫的正常男人給大河蝦了。可她也不怨天尤人的，相反，她覺得上蒼其實已經夠眷顧於她的了，給了她一次機會，而有很多的越南女人卻是一輩子都與男人無緣，終老姑婆。而這，都是因為越南長時間戰爭不斷造成的。先是一九六一年至一九七五年長達十多年的內戰；南北越剛剛統一又展開了對柬埔寨的戰爭，越、柬戰爭尚未結束中越戰爭又爆發，青壯男人大都徵兵入伍隨部隊轉戰各地，大量男人戰死沙場，有些村寨有四分之三的婚齡女子無法找到適齡的男人婚配，甚至出現幾個女人共侍一夫的怪現象。

像大河蝦這種外來寡婦，想在當地找個年輕男人重新組織家庭自然是白日做夢，就算想找個有生育能力的父親輩的男人明媒正娶她也不太可能。她雖然頗有姿色，可是受寡多時卻依然門庭冷落，只有爺爺輩的老人看著她姣好的面容和豐滿的身材流露出一臉的惋惜。

大河蝦自己也看得明明白白，如此下去她只能孤獨終老。可是她才二十三歲，正當花樣年齡，她還沒有真正愛過，沒有生下過一男半女，她不甘心！她不想孤寡一人老死山林，她要另避蹊徑，找尋自己的幸福。

我也不甘心啊！我是一個中國人，還那麼年輕，怎麼可能留在深山老林裡與一個越南寡婦度過一生！我緊握雙拳站了起來。「絕對不可能！我一定要離開這個女人！離開越南！」我站在山洞裡對著黑暗的世界發誓。

當我的雙手放鬆下來時我的眼皮開始打架，我坐了下來哼著我思鄉的兒歌靠著一堆乾草睡著了。

夜裡我被幾頭野豬拱醒，它們嗷嗷地叫著抗議我占了它們的豬窩。

我看著肥豬高興起來，心想這不是給我送「年肉」來了嗎？我已經三月不知豬肉味了。我抓起鐵鎬，對著最肥最大的那頭砸了過去，豬們一哄而散。只有那只大肥豬不躲不閃，竟從容不迫地從後面拿出一把九齒釘耙接住了我的鐵鎬。原來它是八戒！我撥腿想跑，卻怎麼也跑不起來。我大吃一驚，掙扎著睜開雙眼，只見洞口白亮亮的。啊，野豬呢？我四下看看，卻怎麼也找不出豬拱過的痕跡。

原來是南柯一夢！

我抓了一把雪擦擦臉清醒過來，又塞了幾把雪進嘴裡，雪水順著我的喉嚨往下流，把我的五臟六腑都凍醒了，我背起山貨回家。

冬日的太陽照進樹林，斑斑點點落在我的身上，晨風吹醒了林木，搖出「吱吱喳喳」的合唱，讓我想起家鄉的早晨一扇扇門兒打開的聲音，接著是女人們熱熱鬧鬧或老人們和和氣氣或男人們大大咧咧的招呼聲，我心裡飄過一陣溫暖，但隨即卻被洶湧而來的無奈和絕望淹沒，我腳下一軟，雙膝跪倒在地：「爸，媽，我怎麼辦啊！我回不去！」我忍不住大哭起來。

這一哭怎麼也停不下來，直到白雪融化，黑土裸露，地上出現幾個圓圓的黑影子。我擦了擦眼睛，發現那些圓圓的影子有點兒像我家鄉的榛子。我聽到我的肚子「咕——」的一聲長叫。我砸開了一個榛子，把白白的榛子肉放到嘴裡，我嚼出一股清甜的味道，略帶生澀，但我覺得好吃，我又吃了幾個，感覺到肚子隱隱作痛，我停了下來。還是弄回去炒了再吃，我想，於是開始把能撿到的榛子攏到一起放進我的大袋子。

我直起身，發現我的膝蓋又酸又痛，膝蓋以下的褲子又濕又髒。感覺又冷又餓，我不敢久留，提了東西去找回家的路。平時兩個鐘頭的路我走了足足半天。

「回來了？」大河蝦從床上抬起頭，並沒有要下床來的意思。

「我不回來誰伺候你？」我沒好氣地說，心裡窩著火：我差點兒給凍死在外面，你可好，鑽在被窩裡暖到中午還不想起來。

「還算有良心。」她嘟噥著又躺回床上去了，似乎對我的一夜未歸漠不關心。我心想，她只是撿了個奴隸，怎麼會關心我的死活？我死了，她可能會因為少了一個勞動力而為她自己的生存擔憂，絕對不會為我而傷心的。

「不要以為只有你的良心還在，別人的都餵狼去了。」我沒好氣地頂了她一句。我差點凍死在山上，你卻在這裡風言風語。

我拿了柴火正要點燃時，大河蝦走了過來：「我來燒。」她拿過柴草說。

「用不著，你滾遠一點！」，我一把搶過柴草。我生起爐火，換了衣服。坐在暖暖的爐火旁，心卻是涼涼的。孤獨、無奈、絕望，百般滋味湧上心頭，我撫摸著酸疼的脖子和肩背肌肉，越想越覺得這種日子無法忍受。

除夕夜大河蝦做了一頓豐盛的晚餐，她鄭重其事地說要跟我商量重要的事情。

「什麼事？」

「你想不想要個孩子？」她用熱烈而期待的目光看著我。

「神經病？」我對她吼了一聲，她低下了頭。

我被她的想法嚇壞了。她是越南人，而我是越南人的仇人！我怎麼可能在敵人的地盤裡生兒育女生活一輩子？更何況我們兩個生活在這大森林裡，連自己都養不活怎麼養孩子？

第八章 情絕苦戀樹

我能強烈地感覺到大河蝦真的很想有個孩子，她這種近乎瘋狂的想法讓我害怕極了。

我不能、也不想一輩子裝做越南人！我們中國有句古訓叫「行不改名坐不改姓」，更別說投靠敵國了！我不斷地告訴自己，我現在躲在這大山裡是萬不得已的，是暫時的緩兵之計，是為了保存實力，不做無謂的犧牲，我們還有一句古訓，叫「留得青山在，不怕沒柴燒」。

我開始有意地疏遠大河蝦，可是，當夜幕降臨，寒冷而黑暗的嚴酷世界把我們又推在了一起，我們不得不相擁而眠。當早上的太陽暖暖地照在我們的茅屋頂上時，我的身體又開始燥熱難耐，我的雄性荷爾蒙蓋過了我的理智，於是我又爬到大河蝦的身上，滋肆地發洩我動物的本能。

我開始做惡夢，夢見大河蝦挺著一個大肚子在湖邊晃！她晃得我心驚膽戰的，半夜醒來就睡不著了，越想越害怕。我知道我們與越南的戰爭並沒有真正結束，邊境衝突還時有發生，越南人對中國人已經恨之入骨，我怕某一天我被越南人認出來給亂棍打死，所以我一直在思考著如何離開越南。我更害怕貧窮，我的家鄉已經夠窮的了，但這兒比我的家鄉窮十倍。這兒的人窮怕了窮瘋了，人人都想著要離開，彷彿離開了這兒就離開了饑餓貧窮。我沒有瘋，才不會把自己扔給貧窮！

我要離開這兒！離開這個想把我捆住的女人！

大河蝦一輩子貧苦慣了，她似乎安於在這深山老林裡隱居的日子，對惡劣的生存環境並沒有什麼怨尤和擔心，因而也沒有想要去改變它的念想和動力。

但我不一樣，山非我山、國非我國，妻亦非我妻，我找不出要在這裡生存下去的理由！孤獨和絕望常常壓迫著我，讓我覺得天地蒼茫心無歸依，我常常生出要馬上逃離這大山和這女人的念頭，並會無緣無故地想發脾氣。大河蝦如果試圖勸說我，我會更加暴跳如雷。

我們平日燒飯做菜的燃料主要是乾木柴，但木柴較難點燃，所以我們會用茅草先燒一陣直到木柴燃燒起來才停止添茅草。越南北部高原地帶冬季是為旱季，雨水很少，山上的茅草入秋時節就開始變黃乾枯。有空的時候我們會割下枯黃的茅草捆成一捆捆搬回茅屋邊上囤積起來備用。木柴也就近砍來截成一段段、漏空架著在屋腳晾曬風乾。

元宵節之後不料下了一場不大但持續了很長時間的冬雨。大河蝦燒火時屋裡濃煙滾滾嗆得人眼淚直流、喉嚨奇癢難受。

「煙嗆死人了，你怎麼燒個火都不會？」我心裡煩躁起來。

「雨下了那麼久，柴草不是淋濕了嗎？」大河蝦嘟噥著。煙繼續滾，火卻燒不起來。

「你不會翻底下沒淋著雨的來燒嗎？真是死豬腦袋。」我繼續發洩我的無名怒火。

「我就是翻底下的，是沒有淋著，但是回潮厲害，不好燒。前幾天我說要下雨了叫你搬多一點乾柴草進屋裡來，你不信。」

「啊，你沒有長手腳呀？你幹嘛不自己搬去？」自己燒不著火反而怨起我來，我正好一肚子氣沒處發，走過去一腳就踢在那堆半死不活的濕木柴上，火星四濺。「我憑什麼要聽你指使？」我大聲地質問大河蝦。

「叫你幹點活就叫指使你了？這個家你沒份嗎？」大河蝦也不示弱。

豈有此理，有米都煮不出飯的拙婦，竟敢還嘴頂撞！我走過去扇了大河蝦一個耳光，她嘴上安靜了下來。

接下來的幾天我不搭理她，她默默地承受著，一如即往地洗衣做飯、給那長滿花蕾的雪豆苗除草培土。我覺得她的這種忍辱負重可憐又可氣，明顯是故意氣我讓我心裡難受，於是我罵她：

「你死人呀？！」她不出聲，轉過身子抹了下眼淚，扛起水盆到湖邊洗衣去了。

「這是一個鋼鐵做成的活死人，在哪裡住對她都一樣，跟什麼人在一起或者不在一起對她也都是一樣。」我看著她的背影想，我才不願意像她這樣地「死著」生活一輩子，我要離開這兒，越快越好。我轉身回到屋裡提了衣服和我一直私下準備好的布袋偷偷地出了門。

我離開了大河蝦和她的破茅屋，腳下越走越快，很快就隱身於山林之間。山路沿著地勢彎彎曲曲在山林裡穿行，有些路段相當崎嶇，但作為一個山村長大又接受過正規軍事訓練的我，還是走得相當的快。

空山寂靜，偶爾吹過幾陣兒風，把眼前的草木搖出大小不一的弧度，驚起幾隻鳥雀，它們嘰嘰喳喳地叫上幾句，山林又回歸寂靜。

山裡沒有一個人影。走了一陣，我隱隱約約地聽到腳步聲在山間迴響，這回聲越來越大，前面的回音沒消完後面的又跟了過來。深山老林裡怎麼會有人呢？我心神不定地回了幾次頭都沒有看見人，我猜測那該是我自己的腳步的回音吧，於是心情放鬆下來繼續往前趕路。

走了約摸十多分鐘，我聽到後面有「的噠噠」疾走的腳步聲，這步子好快，明顯不是我的腳步回音。我嚇了一跳，回頭去看，這腳步聲似乎又不在後面，而是拐到了側邊，時遠時近的有點捉摸不定。我整個神經緊張起來，腳下加快了步子。突然那腳步聲轉到了我前面並弄出了一陣很大的「劈劈啪啪」聲，接著我聽到一個聲音在叫：

「哎呀——」

我緊張地往前走去，遠遠地就看到大河蝦氣喘噓噓地倒在地上，她左手撫著肚子，右手死死抓著一個自製的竹籃子。很明顯，剛剛那動作很大的「劈劈啪啪」聲是她弄出來的。她抄了一段陡峭的近路想攔截我，但走得太急踩著了鬆散的石頭摔了一大跤從山路上滾了下來。如果不是有那顆大樹擋住了她可能會滾得更遠，如果撞到大石頭可能就小命也不保了。

大河蝦是個何等聰明的人！她肯定在我一進林子就意識到了我要逃跑！原來那個一直在山間迴響的腳步聲竟是她的！

她要幹嘛？想來攔我回去！沒那麼容易！我的第一個念頭就是：跑！

我本能地掉轉頭就跑！跑了一回兒我反應過來，我這不是往回跑嗎？我沒有回頭路可走！我只能向前！向前！一直向前！我要趁大河蝦還沒有來得及站起來拉我的時候衝越過去！於是我飛奔起來。

可是遲了！等我快步跑近大樹下時，大河蝦已經坐了起來！

我不顧一切狂奔起來，我跑過大樹，跑過大河蝦。

可是她並沒有伸手來抓我！也沒有要來追我的意思。

她不就是來阻攔我的嗎？為什麼又不攔我了？

我心裡有點兒奇怪，忍不住停下腳步回頭去看，我看到大河蝦左額角滲出鮮紅的血流，沿著她濃密的眉毛往左邊流去，再繞過她微往裡凹的大眼睛的眼角流入她的鬢角髮際。她上衣的袖子被撕去一塊，露出一節細小的胳膊，上面被括了好幾條痕跡，血跡和著泥塵，使她那本來細嫩秀氣的手臂變得花裡胡俏。

我有點兒於心不忍，腳下本能地往回走，我伸出手去想扶她起來，可是她蹦地一下已經自己站了起來。她並不說話，用手擦去掛在眼角的血珠，把血水抹在粗厚的棉布褲子上。

大樹底下是一個開闊的平地，周圍東一棵西一棵地長著一些樹形相近但個頭小得多的同類樹種，原來我們已經到了山腳下的那片苦楝樹林。中間那棵高大的苦楝樹直徑估計有半米，樹在半中間分成三枝主幹朝向不同的三個方向長出去，樹幹均勻粗大，撐出好大的樹傘，葉子已經掉光，新鮮的芽包爬滿了枝丫。

大河蝦臉色青青地靠在大樹幹上喘氣，她把小竹籃遞到我面前。竹籃裡放著一些吃的：一塊元宵節做的彩色糯米甜糕點、野巴蕉葉包著的一團米飯、一把番薯乾、一大包帶殼的花生、幾片竹筍。我知道，這是「我們家」裡能找到的所有現成食物了。

她把米飯放在我的手上，那飯團還是熱的。「吃了再趕路」，她說。

我很意外，本來我以為她是來攔截我的，沒想到她是來給我送行的。我心裡開始解凍回暖。我偷偷地看了她一眼，她臉上沒有表情。

我把飯團放回竹籃裡：「你留著吃。」

「叫你吃你就吃！我家裡有米，我可以煮，我餓不死的……」她臉上仍然沒有表情，但聲音是帶著哭腔的。我不敢看她，低下頭把飯團就著竹筍吃了。

「我家裡有米」，我品味著她的話。這個「家」曾經是我和大河蝦共同擁有的，她也一直用「我們家」來稱呼它，可現在……

她把番薯乾與花生放到我的包裡。我把花生拎了出來。那花生是大河蝦留來做種子的，花生將是她的主要食物之一。她把那麼大袋的花生種給了我，開春後她去哪兒弄種子？

大河蝦沒有說話，又把花生種塞回我的包裡。並從她的上衣口袋裡取出一個小布袋塞到我手裡。我打開一看，是我的中華人民共和國軍人證、一對解放軍肩章，還有一小塊黃燦燦、照得人眼睛發花的東西——那竟是金條！我這輩子還是第一次看到！

我把軍人證和肩章拿走，金條放回了她手裡。這小塊金條是她前夫給她娘家的禮金，她爺爺心疼她外嫁異鄉，把禮金轉交給了她以救急難，她一直沒捨得用。

大河蝦臉色非常難看，雙眼噙滿淚水。她很粗暴地一把搶過我的包裹，蹲下，把金條塞到我的包裡。

「找不到他就回來。」她說。我不知道她說的「他」是指誰，也不清楚她是否知道我要去哪裡、去找誰。

她站起來走到我面前。我知道我再也不會回來了，我們要永別了，我想握一握她的手或者拍一拍她的肩膀又或者擁抱一下她。但我什麼也沒有做，我轉過身，走了。

我聽到遲遲疑疑的腳步聲在後面響起，我知道大河蝦又跟了過來。

我沒有理睬她繼續往前走。又走了幾分鐘，感覺她還在跟著我。這回我停了下來轉過身去，她有點意外，緊張得像個作弊而被人當場揭穿的孩子，連話都說不利索了。「你，你走。我，這就回家。噢，我走這頭，不走你那頭」，她說完一個轉身，竟迎面撞在了另外一棵苦楝樹上。

我覺得自己不能像個女人一樣婆婆媽媽、當斷不斷的。我狠了狠心，沒有倒回去扶大河蝦，而是轉身絕情而去。

大河蝦木然地杵在哪兒，喃喃自語：「苦戀樹，苦戀樹生出來的籽叫苦戀仔。苦命的仔啊！」

第二部　偷渡

第九章　命懸稻莖繩

三十天以後，我失望地走在越南南部西貢市郊。

我是來找大河蝦的表弟 Ngo Sinh 的。從大河蝦的談話中，我己經敢肯定她的表弟其實就是我表兄，我們小時候經常在一塊兒玩。

我們住在三洋湖的日子裡，大河蝦聯繫上了她表弟的家人，她的親戚在信裡說，Sinh 沒有去打仗，而是跟著部隊到西貢執行任務來了。

Ngo Sinh 的地址是我瞞著大河蝦從她親戚的信件裡偷偷抄來的。我照著地址找來，卻發現西貢市郊根本沒有這樣的地址。

在走投無路之下，我把大河蝦送給我的金條放在手心裡捏了整整一夜，終於下定決心把它交到了一個蛇頭手上。蛇頭答應帶我離開越南偷渡到香港。

在蛇頭的安排下，我和一幫想去香港的越南華人來到越南東部城市 QuyNhon（歸仁）的一個港口。

港口的各個碼頭都有駐軍把守。我們的漁船等在離一個民用碼頭十幾海哩的海面，我們準備通過一艘客船接渡進入漁船。

我們分批進入碼頭。算我們幸運，前面的一批十幾個人給了執勤的駐軍一些美國鈔票、以乘客的身份順利地進入一艘客船。我和七個漁民打扮的人第二批進入碼頭，駐軍收受了我們的金錢，我們踏上了進入碼頭的沙塵通道，一顆懸著的心平穩了下來。

通向碼頭的道路不算太遠，走了一陣就看到客船了。我們滿心歡喜地轉彎往登船口走時，後面卻突然亂了起來。只見進來一幫軍人，還未等大家反應過來便開始抓人，人們驚恐地四散逃跑。原來這幫軍人與今天執勤的那幫是對頭，接到密報趕來搗亂。

我沒有大件行李又是軍人出身，逃跑的本領自然很好，我沒有跟其他人一塊兒往前面的碼頭狂奔，而是反其道而行往陸地走去。結果我溜掉了，而其他往碼頭方向逃跑的人卻一個不剩地給逮了回來。有一個極能游泳的人跳到海裡試圖從水中遁逃，結果被駐軍用亂槍打死。被抓回來的人被投入監獄關了三個月。

正應了中國的那句諺語：「塞翁失馬，焉知非福」。

第一次偷渡失敗後，在身無分文之際我卻意外地認識了一位頗有遠見卓識、富有同情心的越南華僑。這個奇遇改變了我的一生。

人的命運有時真的很懸乎，一件細小的事情，或是一念之差，就有可能完全改變。

偷渡失敗的那天，我從碼頭逃走，在驚惶中我走了好幾里路，直到感覺到膀胱鼓漲才停頓下來，然後我發現自己到了一個完全陌生的地方。我站在一片菜地之前，急得要命，可近處有人走動，我不能隨地方便。後來見到遠處的菜地旁邊有個破爛的矮小茅房，還不夠人頭高，我猜想那該是茅廁了，便急急地走了過去。

茅廁的門是用細小的竹子排好綁捆在一起的，稻莖結成的繩子掛在竹門與門框之間，算是門閂了，我正要打開廁所門，從竹籬笆門瞄過去我看到有個人影在裡面。

「好了沒有？」我用越南話問。不見人回答，我又再問一次。

「沒——」，裡面傳出一聲沉重而冗長的男人答話，像在呻吟。

我一個大活人，總不能讓屎憋死。於是我避開靠路的一面，挨著茅廁蹲在外面的菜地上解決了。

我正在繫褲帶時，「啪」的一聲從茅廁裡傳來，把我嚇了一跳。心想：「裡面才開始呢，好在沒等他。」。

我繫好褲子，從茅廁的拐角轉回來。心想：「也不知這老兄吃了多少，拉得那麼起勁，聲音都傳半里路了」，我忍不住好奇地越過低矮的茅廁門往裡看了一眼。奇怪，人怎麼不見了？看看路上，不見人影。沒理由啊！只是繫褲帶的當兒他能走到哪兒去？不成他會飛呀？還是我被那幫王八蛋越南駐軍整得驚魂未定耳鳴眼花、廁所裡原來根本沒人？

我一邊想著忍不住又往茅廁裡看了一眼，媽呀！原來人已經掉到糞坑裡去了。糞坑很深，四壁陡滑，裡面積滿了大糞和雨水，而掉在糞坑裡的人已經是滿身屎尿、髒不拉嘰了。

一個大男人屙個屎都掉糞坑裡，真沒用！我忍住笑走開了。

走了兩步又覺得有點兒不對勁，他怎麼會一聲不吭呢？我轉過身走回來，仔細地打量了一下，發現掉糞坑裡的是個老人，萎縮著坐在糞池子裡，好像已經不會動了。

不好，會不會昏死過去了？我本能地伸手去撩開掛在茅廁門上的稻莖草繩。

死就死了，與我何干？大驚小怪的，又不是沒有見過死人，自己都泥菩薩過河，保不準什麼時候就死在街邊或者海裡沒人搭理呢！我縮回手正想轉身走開，可是，我好像聽見一聲軟弱無助的歎息聲，那麼的無奈、那麼的悲傷。我的心收縮了一下，不再猶豫，極快地推開了茅廁門。

我把老人從糞坑裡拖了起來，他已經不能走動，我只好背著他走。在附近找了條水渠，我把他放在水渠裡，洗乾淨他再洗乾淨我自己。老人坐在水渠裡，淚水沿著臉額流了下來。

「謝謝你啊，年輕人。這個世道，活著也難受。我這把老骨頭，死不足惜，死不足惜。但我真不敢相信自己會死在臭屎坑裡啊！難不成還真成了遺臭萬年？！」他苦笑了一下，眼淚開始在眼睛裡打轉，「要不是碰到你，真的就死在那兒了。」他沒有抹他的眼淚，扁著嘴巴，壓抑著不讓自己哭出來。那個樣子，比哭還讓人不忍心看。

我按著老人的指點把他背回家去。

這個老人知道我已經走投無路後，收留了我。我絕處逢生，竟在這個老人的家裡過上了一段溫飽無憂的好日子。

這個老人就是王老先生。

王老先生原來在越南南部的西貢市[1]做貿易，他生意做得很大，遍及中國、香港、新加坡、馬來西亞及其他東南亞國家。越南內戰前期，他把大部分的資產轉移到了海外，並把家中成年子女都安排到香港及新加坡經營生意去了。

一九七五年北越統一南越後，北越解放軍進駐西貢市，到處搜尋金錢和有價物品。

一天中午，王老正在打電話，十幾個北越解放軍衝進來，他們把王老的電話線掐斷，責令王老交出所有的美元和黃金。王老把家裡能搜得到的錢都拿了出來，結果只有一些美金零頭和一紮越南幣。

1 西貢市，即胡志明市。位於越南南部，在湄公河三角洲東北。曾為越南共和國（又稱南越）首都，社會經濟發展受西方影響，商業發達，曾有「東方巴黎」之稱。一九七五年四月三十日，越南民主共和國（北越）統一全國後，為紀念越南共產黨的主要創立者胡志明，便將其改名為「胡志明市」，英語為 **Ho Chi Minh City**。二〇一四年統計人口約一千兩百萬。

當時社會混亂，人人擔心通貨膨脹，沒有人想要越南貨幣。北越解放軍看著王家講究的寬敞大屋，怎麼也不相信他只有這點兒錢。他們認為王老一定把錢財藏了起來，於是他們用刺刀紮入沙發和床墊，看裡面有無金錢首飾。又拿來鐵鍬、鎬、錘及其它工具，把磚牆、木頭地板、瓷磚等敲碎撬開，還是找不到錢，他們仍不肯放棄，決定在他家住下來，在前後院掘地三尺，一定要把他藏匿的金銀財寶找出來。

他們看到王家潤澤光潔的陶瓷坐廁，愛不釋手，以為那是造型獨特的魚缸，於是弄了幾尾漂亮的金魚放到廁缸裡養著。王老沒有留意，一沖水魚便跑了兩尾。那些軍人看著抽水馬桶十分納悶，怎麼也想不明白這麼漂亮的東西怎麼拿來拉屎拉尿，於是懷疑是王老先生心懷惡意故意矇騙他們，更加認定他是個故意搗亂、心存復辟陰謀的頑固的階級敵人。

於是北越解放軍限制了王老的活動，強迫他參加政治學習，還要他寫歌頌胡志明和北越解放軍的心得體會，時不時地羞辱他打罵他。王老原是個有錢體面的生意人，本來對北越的統治就心存惶恐和不滿，這會兒又被這般對待，便更加痛下決心，哪怕是葬身大海也要讓一家人離開越南。

越南內戰結束後的幾年，王老陸陸續續把父母、子女及其他至親弄出了越南，最小的兒子在偷渡中喪生，剩下他一人帶著一個十三歲的侄女 **Vianh**（蔚安）離開了西貢市，搬到歸仁市的這個港灣小城來。

我認識王老時他已經百病纏身。三個月後，他辭世而去，留下孤苦零丁、尚未成年的蔚安。

直到這時我才知道蔚安並不是王老的親戚，她也是與我一樣的落難人，兩年前偷渡未遂、親人走失，王老收留了她。

第十章 大海茫茫，何處為家

王老臨終前問我和蔚安，他走後我們想不想在越南住下去，我們都說不想。於是王老把他在港口的一套房子賣了，換回一打薄薄的黃金片子。他把黃金一分為二交給我和蔚安，並把他的一個好朋友的聯繫地址給了我們，讓我辦完他的後事後帶著蔚安一起走。

王老的朋友住在越南南端的一個港口，他以前在內河跑運輸，擁有十多條運輸船，主要行走在湄公河、西貢河和同奈河道上。南北越統一前後他把大部分生意賣了，此刻正準備帶領一家大小離開越南。他把一隻在內河運輸的大風帆船稍作維修，換上了當時性能很好的新型發動機。他花了兩個多月的時間對港口駐軍和檢查站的情況作了詳細調查，瞭解到有一隊駐軍很貪婪、吃大不吃小。他說如果我們出手夠大方、出逃成功的機會就很大。在他的倡議下，大人出黃金十五兩、小孩十二兩，湊足一袋。船主把黃金交到駐軍領隊的手中，當天深夜四點，我們靜悄悄地離開了港口上了船。包括船主一家我們共有六十五人，二十一個成年男子，剩下的就是女人和孩子，最小的一個男孩只有兩歲。

偷渡日記：各懷鬼胎的第一天

船在淩晨四點半離開港灣，天還很黑，岸邊的椰林被一陣陣的海風吹拂著、搖曳著，像有很多的人影在閃動，看著讓人心慌。

船開出港口十分鐘後，船主打斷了大家的思路：

「鄉親們，停下你們手中的活計吧」。女人和孩子們，閉上你們閒雜的嘴巴，抬起頭睜大眼，好好看一看，這就是你的家鄉、你的國土，這一走可能就永遠也見不著她了。不管你愛也好恨也好，你都要失去她了。好好地看看吧，能記住多少就記多少」。他的手指著碼頭聲音發抖，他實在太悲傷，說不下去了。

船上的人聽了，女人開始流淚，男人開始發呆。

天空漸漸變白，椰林海岸變得越來越遙遠，最終消失在人們的視線裡。

「終於離開了這個鬼地方。」我舒了一口長氣，不管前方等待我的是什麼，我畢竟不用在敵人的國土裡戰戰兢兢地偷生，我的心慢慢地踏實下來，而船裡的有些人卻哭了。

我們船的目的地是馬來西亞。至於為什麼要去馬來西亞那已經不是我所能選擇的了，我當時的目標就是離開越南，對我而言到哪裡都可以只要不待在越南就行。

船主選擇去馬來西亞是因為他有兄弟在海外而他的大部份財產也已經轉移到了海外。他說到馬來西亞後，因為沒有護照和簽證我們會被投入難民營。當然了，船主的目標並不是為了做難民，難民營只是他通往西方發達國家的一個跳板。他說先進難民營住下來，他才聯繫他在美國的兄弟擔保他離開馬來西亞到別的西方國家去。

船離開越南往東進入南海，從印度洋吹來的西南季風經過馬來半島和印尼東部島嶼的阻擋，風勢已經明顯減弱，我們在風平浪靜中度過了偷渡的第一天。人們雖然傷心，但對前景還是樂觀的，船主估計三天後我們便可以到達馬來西亞了，人們情緒高漲起來。但到了馬來西亞又能怎麼樣，我心中卻是一點底兒也沒有。

偷渡日記：第二天—船上火災

第二天太陽起得特別的早，七點鐘不到便已白灼灼地照得人頭暈眼花。中午時分，船上莫名其妙地著了火，人們驚慌失措趕緊就近拿水往火裡潑。幾分鐘後火熄滅了，人們突然醒悟過來：飲用的水幾乎沒了，都餵火去了。

看著茫茫的大海，恐懼刹時揪住了人們的心頭。

船主開始追尋失火的原因，排除完其它因素後，最後認為是男人抽煙引起的。

「是誰的煙點燃火種呢？」船主問。男人們你看看我、我看看他就是沒有人肯站出來承認，而船上的成年男人幾乎個個都抽煙。

「Di Me! 不想活了還七辛八苦跑出來幹嘛？」有個男人大聲地抱怨。

「哪只狗幹的？死出來呀，是只公的就不要敢做不敢當！」另一個男人粗聲大氣地罵著。

「追查出來又有什麼用？又不能把他怎麼樣？」有個女人小聲地嘟噥。

「怎麼沒有用？他不是活得不耐煩了嗎？找出來了就直接丟到海裡去餵魚！」有人高聲宣稱。

「燒都燒了，就是弄死他又有什麼用啊。」坐在我邊上的一個老阿媽說。

「就是，誰的命不是命？說得那麼狠毒的。以後抽煙小心點就是了。」有個聲音尖細的女人附和著，但是她顯然不夠膽兒與男人對抗，聲音細小得像是說給自已聽的。

「是呀，都過去了就算了吧。查出來也沒有什麼用。你們男人以後抽煙時小心點就是了。」

「好吧，這次咱們就不追究了。大家互相看著點，以後小心些，誰抽煙再引起火災，就別再坐在我的船上。」船主板著臉宣佈。

「乾脆就別讓他們抽了，反正抽煙又抽不飽，不抽也死不了……」蔚安插嘴。

「你一個小稚雞懂什麼？男人煙癮上來了很難受的。」有個中年婦女用有點兒不滿的口氣阻止蔚安繼續往下說。

「就是，反了天了。哪有女人不讓男人抽煙的？」那個聲音尖細的女人轉過身來冷冷地掃了蔚安一眼。

「哎呀，沒關係了，以後誰家男人抽煙時女人幫著盯著點就是。」

……

女人們你一句我一句地和著稀泥、出著主意。

我聽著才知道越南的男人在女人心目中多有地位，就算在偷渡逃亡的日子她們還為了男人的那口愛好而吵得熱熱鬧鬧，她們既不願意委屈了自己的男人，又擔心揪出自家的男人或兒子來遭全船人的怨恨。

偷渡日記：第三、四天──命垂垂於脫水

船在恐慌中繼續向前行駛，按照船主的說法，三天後我們就應該進入馬來西亞海域了。在越南時我聽王老先生說，從越南偷渡出去的，有坐小木舟小漁船的也有坐大風帆船的，有些漁船被風浪吹走衝破，人也跟著葬身大海。有的漁船在撞破前在馬來西亞海域被當地海軍巡邏船救走，也有的是在公海裡被美國、義大利等西方的大油輪、大商船救走。

我看著一望無際的大海，多麼希望馬來西亞的海軍或某個國家的大油船大商船會出現在海上啊！我們出發時大家都帶了很多的乾糧食品，但是因為第一天的火災我們第二天就開始斷水了。在熱帶的船上度過了滴水不沾的第二天後，人們的精神和心境便低落下去。第三天很多人已經嚴重脫水，為了活命，人們把拉出來的尿又喝了回去。

第四天，人們連尿也拉不出來了，有些人實在忍受不了，心裡躍躍欲試想去舀海水來喝，但舀了起來又潑了回去。個個身體都非常虛弱，船上靜得沒有一絲兒人氣，沒有人有力氣坐起或者站直，

很多人已經進入半昏迷狀態。我們人挨著人躺著，用肌膚的相互接觸來感受著對方的存在並鼓勵對方活下去。

「媽—媽—水—水」，那個兩歲的男孩張著兩片乾裂的長滿血泡的雙唇喃喃著。

「乖孩子，再忍一忍，水很快就有了。」他的媽媽用無力的手撫摸著孩子的小手安慰著、不敢多看孩子一眼。

下午一點多，一陣馬達聲從遠方傳來，這位媽媽像突然得了神力，一下子站直了身體。

「快打信號！」船主說，他試圖起來，但渾身無力。

「快，打信號！」他又重複了兩次。

那個媽媽反應過來，她扯下身上的白花衣裳舉在空中搖晃、揮舞：「Help! Help! Help us!」（救救我們），她用英文叫喊著。

船上所有的人一下子驚醒過來，希望之火一下點燃了所有人的心頭，他們驚喜著、歡呼著，拿出所有醒目的衣物來招呼，用盡所有的力量來呼喊：「Help! Help! Help……」。

可是那艘船上的人似乎一點也沒有察覺，不理不睬地，在眾人的祈求和呼救聲中越走越遠，最後消失在海的盡頭。

我們船上的人一個個絕望地跌回船艙裡。

「媽-媽，媽-媽」，兩歲男孩的喃喃之語已經細得聽不見了，只看見他乾裂的雙唇在一開一合，嘴角邊一層白白的口水沫漬跟著一晃一晃，像條即將斷氣的鯽魚。

「媽-媽，媽-媽。」兩歲男孩慢慢停止了喃喃之語，兩片嘴唇像寒冬裡龜裂的稻田，粗糙而呆板，在陽光照耀下反射著銀灰色的白鱗。

「天-哪！求求您，可憐可憐我的孩子吧。如果你一定要讓他死，也要讓他吃飽喝足了才死啊。」

孩子的媽媽對著上天跪拜哭泣。

孩子的爸爸突然站了起來，拉過就近一個木桶，用繩子一結，往海裡一丟，一抖一拉，舀了半桶海水上來，他從木桶裡舀了一碗水，抱起奄奄一息的兒子，正要往他嘴裡灌海水，孩子的媽媽一把奪下那碗水：

「看啊，老天爺顯靈了！」

孩子的爸爸順著他老婆的視線往天上看去，一大塊雲團正急匆匆地往這邊飄動過來。船上的人都睜開了眼睛，死死盯牢那片雲團，生怕它在半路上走丟。大家屏住呼吸，沒有人敢說一句話，生怕把雲團驚走。在我們看來，那片雲是有靈性有生命的，每個人內心都在默默地祈禱，祈禱那片祥雲降福於我們這幫受難之人。

雲層越積越厚，越走越快。下午兩點左右，呼啦啦真的下起了大雨，人們驚呼起來，仰起臉龐張大嘴巴去迎接這天降甘霖。甜甜的雨水從口裡接入、一路滋潤到喉嚨腸胃和四肢，那種滿足，那種幸福，那種發自肺腑的對上蒼的感激，非我之筆墨所能形容，只有經歷了如此渴望的人才能明白。

喝過雨水，人們的思維清醒過來，身體也慢慢恢復了力氣，開始打開儲水的木桶木盆來接水。因為有了缺水的經歷，人們心有餘悸，有人把其他器物也擺出來接水。

「用水桶裝就行了，別裝太多。」船主叫道，他的叫聲經過落雨聲的稀釋輕而易舉地就被忙碌的人們忽略掉了。人們有樣學樣，把所有能裝水的器物都擺出來接水。為了擠出更多的地方來放盆盆罐罐，幾乎所有的人都站了起來。

我看到船主跟他周圍的人比手畫腳地說著，很焦急的樣子。他試圖往船中間走過來，但是過道被接水的器皿占住了。

熱帶裡的午雨洋洋灑灑，一旦下起來就沒打算停似的，船上很快就浸滿了雨水。

「船要沉了！」我身邊的一個女人驚叫起來。我這才發現船舷離海面已經十分的接近了。「船要沉了！」更多的人喊起來。人們慌了，趕緊把接來的雨水往海裡倒，男人們用盆子把船艙裡的水往海裡舀潑。

船主喊著，「把沒用的東西丟掉吧。船一旦沉沒，我們連命都沒有了，還留著那麼多東西幹什麼用啊？」於是人們開始把錙重物品往海裡扔。

匆匆忙忙地，人們把該扔的東西扔掉了，有些不該扔的也已經扔出去了。下午四點雨卻突然停住了，一時天舒雲展，碧海藍天，纖塵不染，十分美麗清爽。

所幸船上大木桶裡的雨水還在，人們心裡踏實了點兒。

船在海上又走了一天，船主意識到船並沒有像計畫的那樣來到馬來西亞，而是在我們不知道的海域飄蕩，在全船人員脫水昏迷的那兩天，船隨著季風和海浪越飄越遠，脫離了原來的方向。

偷渡日記：第六天—滅絕人性的海盜淫賊

第六天上午，一隻船出現在遠處，我們船的人趕緊拿起所有醒目的衣物在空中搖晃、揮舞。

那船很快靠了過來，原來是一隻打漁人的船。船上或坐或站載著十幾個壯漢，他們皮膚黝黑、赤膊著上身、下身只穿著一件小褲叉。可是他們手裡拿的並不是打漁人的工具，於是拿著長槍、大刀、斧頭或錘子，樣子十分橫蠻兇狠。原來是一幫海盜！我們船上的女人見了覺得既噁心又驚恐，把臉藏了起來。

船主試圖把船開走，可是海盜們緊追不捨，他們的船比我們的馬力大，一會兒就堵在了我們的前面。我們的船主還想掉頭再逃，船未轉身，一條帶鉤的纜繩已經到了我們的欄杆上。海盜們藉著纜繩靠到我們的船側，跳上我們的船。幾個樣子兇殘的海盜把長槍頂在我們船主和他附近的男人們的身上，用濃重泰國口音的英文、指手劃腳地要我們把值錢的東西拿出來，並派人分頭過來搜身。他們打開女人的頭髮，伸手到別人的褲襠、乳房等所有他們認為可能藏錢的地方去搜去摸。稍不順從就拳腳相加，船上哭叫飲泣聲此起彼伏。

有一個二十出頭的女子，在越南剛剛大學畢業，她十分珍視自己的文憑，把文憑藏在內褲裡頭。海盜以為這個女子藏的是美鈔，用一把帶鏽的匕首把女子的內褲挑開，發現裡面竟是一張於他毫無用處的紙文憑。失望的海盜大怒，抓起那個女子一把扔到大海裡。那個花樣年華的青春女子帶著一臉的驚愕，還沒有明白怎麼回事就被海浪捲走。

船上的人被海盜的殘忍行為震驚了，他們曾經那麼熱愛自己的生命，他們忍痛拋棄了自己的財產、家園、故鄉故土，只帶著自己唯一珍貴的生命出來，以為只要活著便有希望。可是在這群海盜眼中，他們只是一群雞鴨不如的毫無價值的東西。失去了體力的人們現在連活著的希望也快要失去了，人們聽天由命地閉上了雙眼，不知道也不願意去想去看下一個被扔進海裡的是誰。

人們的恐懼和綿羊般的馴服有效地配合了海盜的搶掠，也略為緩和了他們暴躁橫蠻的行為，他們不再打人殺人只一心一意地搜掠有價值的金銀手飾和美鈔。

搶掠完畢，海盜挑了四個年青漂亮的女子，他們責令其餘的人靠到船的兩頭並背過身去。海盜們喝令那四個女子把自己的衣服脫去，就在船裡輪流姦污了她們。

女孩子們沒有呼天搶地的哭叫，但她們的暗暗飲泣聽著更讓人撕心裂肝。她們初始還用越南話乞求大夥搭救，可是船裡沒有人出聲，沒有人有能力有膽識去救。我們的心戰慄著，絞痛著，強迫自已不要去聽、去想、去看、去感受。

蔚安咬著雙唇靠緊我，身子抖得厲害。

半下午，當另一艘漁船出現在海上時，女人們開始害怕，我們不敢再打信號，只希望對方的船快些兒開走，可是那船偏偏繞了過來。近了，又是一群海盜！他們上了我們的船，先找了幾個女孩子去發洩，之後再叫所有的人脫了衣服、搜身找錢。我們的心已經麻木，海盜叫我們做什麼我們就機械地照做。可是我們身上已經沒有多少值錢的東西了，海盜們收穫甚少，一氣之下，他們把我們的食物和日用品拿走或丟入大海，又刺穿了好幾隻儲水的木桶才憤然而去。

我們早已是一群毫無自衛能力的半生不死的人，雖然滿腔怒火，卻也只能忍受任人宰割的悲涼，默默地目送海浪把我們的物品衝得越來越遠。

我搜尋了一下我和蔚安的行李，只搜出兩包肉鬆和牛肉乾。肉鬆和牛肉乾是王老先生教我和蔚安做的，我們一決定要離開越南時就開始著手準備，前後買了不下五十斤的豬肉牛肉。上船後不久，蔚安嫌我吃得太快，遂把食物都放到她的一個大袋裡保管起來，每次只抓小小的一把出來分。可現在海盜把大部分的肉鬆都搶走了。

我們很快又進入缺水狀態，但是經過了這麼多劫難，這次大家不再恐慌，對生死也表現得十分的淡然：如果老天爺注定要我死，又有誰能救呢？認命吧。

偷渡日記：第七天—良心未泯的海盜

第七天，另一艘大漁船靠了過來，船上又是一群赤膊的男人。我們現在明白了，這些漁船上的男人其實是泰國的漁民，他們跟自己的老婆孩子說是出海打漁，但是他們並不安分於漁民的打漁營生，很多時候是在海上幹著恃強欺弱、姦淫虜掠的勾當，他們就是人們眼中的海盜。上世紀七、八十年代泰國漁民盜海成風，在泰國灣、馬來半島海域、南海及附近海域十分猖獗。

但是這次上來的海盜心地善良一些，他們看到我們中的大部分人因為缺水虛脫得奄奄一息，便把食物和飲用水送到我們船上，等我們吃飽喝足活了過來，他們也不上來搜身搶掠，只是問我們身上有無值錢的東西，如果有就拿出來給他們。

我們告訴他們，海盜來過兩次了，錢財都已經被搶掠一空。這些海盜看著我們被砍壞的大木桶表示理解，問我們要去哪兒，我們說原來是想到馬來西亞，但在海裡迷失了方向。海盜告訴我們這裡離菲律賓最近。

我們船上既沒有食物又沒有飲用水，最要緊的自然是離開這茫茫大海。海盜帶我們的船走了半天，停了下來，告訴我們怎麼走才可以到達菲律賓。而後他們提出要幾個女子去陪他們過夜。人都有感激之心，人家救了我們，而我們又已是身無長物，唯有以身相報，所以船裡的人都沒有表現出多少的不滿，幾個被點中的女孩子也合作地站起來低著頭跟著對方上了他們的船。第二天一早，他們把女孩子們送回我們船，並送來了一些食物和飲用水，還有一個航海指示儀。

船主根據這幫善心的海盜的指點帶著我們往東邊開去。

偷渡日記：第九天—劫後餘生

在茫茫的大海上度過了慢長而艱險的八天之後，第九天，我們終於看到了一些零星島嶼。海上漂泊的日子很快就要結束了，大家鬆了一口氣，有點兒不相信眼中所見。

島嶼越來越近，島上青綠的樹木、空中飛動的海鳥，把船上死沉沉的氣氛帶活過來，人們的口舌開始蘇醒，慢慢恢復了交談。

有人輕輕地哼起了越南著名的民歌《Qua Cau Gio Bay》（《過橋時風吹走了》），慢慢有人跟著唱了起來，越唱越多人加入，最後其他的人也停止了交談，全船的人一起放聲唱了起來：

Yeu nhau coi non oi a cho nhau（我脫竹帽送戀人）
Ve nha doi rang cha doi me a a a a（回家撒謊瞞父母）
Rang a oi a qua cau（當我穿過小橋時）
Rang a oi a qua cau（當我穿過小橋時）
Tinh tinh tinh gio bay（風兒把它吹走了）
Tinh tinh tinh gio bay（風兒把它吹走了）
Yeu nhau coi ao oi a cho nhau（我脫衣裳送戀人）
Ve nha doi rang cha doi me a a a a（回家撒謊瞞父母）
Rang a oi a qua cau（當我穿過小橋時）
Rang a oi a qua cau（當我穿過小橋時）
Tinh tinh tinh gio bay（風兒把它飄走了）
Tinh tinh tinh gio bay（風兒把它飄走了）
Yeu nhau coi nhan oi a cho nhau（我脫戒指送戀人）
Ve nha doi rang cha doi me a a a a（回家撒謊瞞父母）
Rang a oi a qua cau（當我穿過小橋時）
Rang a oi a qua cau（當我穿過小橋時）
Tinh tinh tinh danh roi（它掉河裡沖走了）
Tinh tinh tinh danh roi（它掉河裡沖走了）

我們六十多人來自不同的地方，上船前互不相識，但是經過一場場海上劫難，我們親密得像一個大家庭，心心相連，歌唱得非常整齊，就像一個人在唱。我們唱得盪氣迴腸，淚流滿面。唱完《Qua Cau Gio Bay》，我們唱《Trong Com》《米鼓》[1]，再唱《Chuyen Tinh Nang Chau Pha》（《周花小姐的愛情故事》）。我們一支接一支地唱著，一遍又一遍地重複著，就像我們在大海裡的航行一樣，停不下來，一直唱到聲嘶力竭。

「澎」的一聲巨響，船劇烈地搖晃起來，水「嘩」的一聲從船底噴湧而入。就在希望觸手可及時，我們的船撞到海水下面的珊瑚礁了！

第十一章　鳳凰花開

真是生死莫測啊！我們逃過了那麼多的海上劫難，就在我們接近綠島、心中重新燃起對生的渴望時船卻又觸礁了。

我們對著呼呼湧入的海水發了一陣子呆，在船主的動員下我們依依不捨地離開了我們生死與共的大漁船。

我們分批朝著不遠的綠島游了過去，先游到淺水灘上的人停了下來等待後面的人，然後大夥兒

1《米鼓》是越南流傳了幾百年的著名民歌。米鼓，是一種掛在腹前的腰鼓，用雙手從兩旁擊拍的越南傳統樂器。

手拉著手往島上走去。海浪衝過來，淹到了個子矮小的人的頭上，他們屏住呼吸，個子高的人死死抓牢他們的手；海浪退去後，我們繼續前進。有兩次大浪把我們中的一些人沖走了，幸好有幾個游水游得極好的人把他們撈了回來。

面對著深不可測、變化無常的大海，我們深知個人的渺小，我們知道應該團結在一起，互相幫助互相依靠才能生存下去。

上到島上我們抱成一團，為又一次的死裡逃生，我們激動得哭了。

儘管我們的船主有豐富的開船經驗，但他的經驗是在內河，這次偷渡是他第一次在大海上航行。當我們的船被海底的珊瑚礁撞破時他也很意外，他忍痛指揮大家離開了他那艘從越南帶著我們在海上漂泊了八天八夜的大漁船。

大家匆匆忙忙地離船逃命時什麼都沒有帶出來，因為我們那時候並不知道我們的船為什麼會破，也不知道那海有多深、我們的船什麼時候會沉到海裡去。當我們聚集在海灘慶祝我們的成功逃生時，卻發現我們的漁船沉了一半便停了下來，似乎有什麼撐住了。船主於是組織那些游泳好手回到船上把大夥兒的行李和打漁的工具搬到島上來。

這真是一個讓人終生難忘的美麗小島啊！

白色的沙灘清潔乾淨得像是假的，一粒粒細柔的沙子晶瑩剔透、白得發亮，像磨碎的水晶或者珍珠。遠處山上是油綠茂密的熱帶雨林，林子向山坡低處延伸是一株株寬大華美的鳳凰樹。橙紅色的鳳凰花正熱烈地開著，燒成了一片火的海洋，十分壯觀。再往山腳下走，一排排高挑的椰樹偉立岸邊，遺世獨立地享受著海風海景，把濃情一片的火鳳凰與清麗脫俗的白沙灘分隔了開來。

我們後來給這個小島起了個美麗的名字叫「鳳凰花開」。

「看啊，椰子！」船主九歲的兒子驚喜地呼叫起來，撒開兩隻又黑又瘦的小腿像箭一樣地就往山腳下飛跑過去。

饑餓的人們失去了思考的本能，想也不想地就跟著那個小毛孩子的身影走了過去。走近些一看，哇！每棵椰子樹上都結滿了椰子，一堆堆地大小不一地堆在樹上。

我們走到椰樹跟前，發現船主的兒子已經爬到一棵樹上了。那棵椰樹有十幾米高，他雙手抱著樹幹像個瘦猴，頭頂距離椰子果實也就兩三米遠，但他明顯地已經精疲力盡，雙腳十分緩慢地往上挪，樹幹太大，他的雙手無法環抱它，因而顯得愈加吃力。

船主看到兒子爬得那麼高，急了，遠遠地就用廣東話朝他兒子喊：

「傑仔，落來，落來啦。」

船主的父親是從廣東過去的，他雖然在越南出生，但他們家裡一直保持著老家的方言，船主也如他父親一樣把他的所有孩子都送到華文學校去上學。

傑仔掉轉頭看了一眼走過來的爸爸又轉了回去，他抬頭看了看近在咫尺、碩大誘人的綠色椰子，堅定地喊了一聲：

「我唔落！我要食椰子！」喊完傑仔彷彿怕父親跑來扯他後腿似的，不知從哪兒來了股蠻力氣，像隻青蛙一樣雙腿用力一蹬，屁股一撅，身子上挺，雙手往上挪了一大節。他再左一蹬右一蹬地，又往上爬去。終於爬到了長滿棕皮和枝葉的椰樹頂端那段，粗糙的椰樹毛紮著了他的小臉蛋，刺癢刺癢的，他心裡大喜，昂頭看去，一大串椰子從椰樹上越過他的頭伸到外面去了，他激動得難以自持。

「乖仔，落來」船主已經到了樹下，他仰起頭對兒子耐心地叫著。人們已經聚集到了椰樹附近，嘰嘰喳喳地說著，有些年輕人開始尋找目標，想找出哪一棵椰樹的果實已經夠多夠大而樹又較為矮小容易攀爬。

「傑仔，聽你爸爸話，落來喇」，別的大人也幫著喊。

傑仔目不轉睛地盯牢離他最近的一隻椰子果實：清香甜美的椰汁就在裡面！清爽嫩滑的椰肉就在裡面！

傑仔太渴望了！他已經費了九牛二虎之力爬了上來，清涼潤滑的椰子觸手可及，他怎麼可以就這樣前功盡棄？！他不再理會樹下大人們的叫喚又往上撐了撐，調整了一下方向，空出右手去摘吊得最近的那個椰子。可是椰子太大，他的小手摸到了椰子光滑的表皮，他這邊摸一下那邊量一下，根本無法拿住它。傑仔雖然只有九歲，但他是個爬樹摘果子的老手，他見無法拿住椰子，就改變策略把手換到椰子底部，他想托著椰子旋轉擰斷它的臍蒂，就像他往日摘大柚子時那樣，可是那個椰子似乎生了根，任傑仔怎麼用力它都巍然不動。

樹下跟傑仔說話的聲音依然不斷，多數是叫他下來的，只有幾個稚嫩的聲音在為他自豪為他叫好。

「爬了那麼高，要是我我就不下來，怎麼也要摘個椰子先」。一個小朋友替傑仔焦急，深怕他聽了大人們的話放棄椰子滑下樹來。

「對，轉它，用力轉」，小朋友給傑子打氣。

「兩個手一起嘛。」另一個小朋友雙腳在地上跺著，兩隻小手伸在空中，彷彿他也抱著一個大椰子，他五指叉開、手心相向地在空中轉著手腕。

傑仔大概已經急糊塗了，他好像忘記了自己在樹上，真的空出了左手、雙手一起去摘椰子。那個椰子離樹幹已經有一尺遠，當傑仔雙手用力時，他忘了兼顧他的身子，於是他的身體被拉著離開了樹幹，他的雙腿失去了力量，人被吊了起來，懸在十多米高的半空。

地上的人們心也一下子被懸吊了起來，大家停止了叫喊和交談，正要爬樹的年輕人放棄了爬樹，已經開始爬樹的人也停了下來，大家聚集到了傑仔所在的樹底下，昂著頭屏氣凝神地看著吊在樹上的傑仔，不知怎麼辦才好。

傑仔的父親心裡甚是焦急，但他畢竟是幾十年在風浪裡滾打過來的老船主，臨危之時仍方寸不亂，他一邊安慰樹上的兒子：「乖仔，別怕，抱實那個椰子，爸爸尋東西來接你」一邊找尋可用之物。他看到了我手裡的漁網，他讓我把漁網打開，有幾個醒目的人自動自覺地圍了過來幫忙拉著漁網的周邊。

「往這邊靠一點，你往那邊走兩步」，船主根據他兒子的位置調整著我們的漁網。我們剛站好，傑仔就「撲」地掉了下來，仰面摔倒在我們的漁網裡，手裡還抱著一隻大椰子。原來椰子蒂斷了！好險啊！船主的臉都嚇青了。

有了傑仔的驚險經歷，人們開始冷靜了下來，不再蠢蠢欲動去爬樹摘椰子了。有人打開包裹尋找砍刀和別的工具。幾分鐘後有人掄刀砍樹了。

「別砍啊，小王八蛋！砍完你吃什麼？」船主痛心地叫著，「誰也不知道我們在這裡要停留多久，找不找得到什麼吃的喝的。如果一年半載沒有人來救我們，我們還得靠這些椰樹養活啊！我警告你們，誰再砍椰子樹我就把他的手剁了！」他連嚇帶蒙地大聲宣佈。

「誰最會爬樹？」船主詢問大家，人們看看那些高聳偉岸的椰樹，然後你看看我、我看看你，都不出聲。

「這個人會，他不單能爬樹，還能爬牆。」蔚安指著我說。

我知道蔚安是想看我出洋相，我氣得臉都青了。

記得在王老先生家時，有一次蔚安晾曬的衣服被風吹到楊桃樹上了，她用竹篙去勾，衣服勾破了都沒有勾下來。我自告奮勇地上樹給她取了下來，並跟她吹嘘了一通我不但能爬樹而且還有飛簷走壁之能，還順便嘲笑了她一下。她不服氣地說：「這樹誰不會爬呀？我只不過是不想讓鄰居看見了笑話，說我一個女孩子家沒規沒矩的像個野孩子」。

船主向我走了過來，他拍了拍我的肩頭：「吳生，要不要試一下？」

眾目睽睽之下我只好點頭同意。

「你等一下」船主又拍了一下我的肩頭，轉身從傑仔懷裡把椰子取走。他拿過身邊一個男人的菜刀，手起刀落，把椰子的蓋斜劈了開去。他把帶著椰肉的那一小片椰殼交給了傑仔，把裝滿椰汁的椰子捧到我面前：「你喝了這椰子水再爬。」

真是仁義之人啊！我捧著椰子喝了兩口，椰子水鮮美甘甜，清香無比，這真是天下最好喝的東西啊！天上的玉帝和王母娘娘喝的瓊漿玉液也可能就是這樣了，我想。

我把椰子還給了傑仔，這是他用生命和勇氣換來的，我不能獨食了。

我開始爬樹，爬了一段船主才把菜刀傳給我。我拿著菜刀，在眾目睽睽下爬到了接近樹頂、長滿椰子的樹幹上。我揮舞著菜刀把椰樹上最大的一串椰子砍了下來，沉重的椰子落在地上引來一陣驚喜的歡呼，彷彿全船人的生存都維繫在我的一身爬樹功夫和一把菜刀上，我自信心通體膨脹，渾身充滿了力量，我揮舞菜刀「唰唰唰」地連砍了幾串椰子，直到船主說「夠了」我才停了下來。

「吳生，把菜刀丟到這邊再下來」，船主把他右邊的人叫開，我從樹上把刀丟了下去。我這才發現自己已經累得雙腿發軟，無法夾住樹幹支撐身體了。我用雙手抱牢樹幹，一下一下地慢慢往下面撐溜，下到離地兩三米時看到別人或關心或讚賞的目光，我精神大振，雙腿彷彿充了電似的，我放開雙手一下子從樹上跳了下來。我站直身子拍拍手上的樹渣覺得自己像個得勝歸來的英雄，心裡充滿了自豪和滿足。

原來為別人做事被別人讚賞是這麼美好的事情。

我得意地看了一眼蔚安，她不以為然地對我翹了翹嘴巴把臉別到一邊去，彷彿在說「看把你得意得…」，但這會兒我已經不生她的氣不與她計較了，倒是有點感謝她把我供了出來，讓我當眾露了本事長了臉面。

幾十個椰子堆在沙灘上，人們圍成一圈挑選著自己心儀的綠寶貝，挑選好後便坐在沙灘上想辦法打開椰子弄椰子汁喝。

我抱起一個圓滾溜青的大椰子坐在沙灘上，從口袋裡取出了隨身攜帶的多功能野戰工具套刀。我的多功能刀裡面有水果刀、鑽子、小剪刀、指甲鉗、銼子、掏耳匙等等。

我掰開水果刀，切開了椰子潤滑的表皮，往裡再切時，卻發現那皮又厚又韌。我用了很多的功夫和力氣，總算把一側的椰子皮切掉了，但是裡面竟然出現了一層硬殼，任我那三寸水果小刀怎麼紮也紮不進去、切不開來。我把椰子高舉過頭對著地下的石頭摔了過去，試圖砸裂椰子內殼。椰子在地上滾了幾圈，我拿起來一看，裡層硬殼依然完好無損。

我抱起椰子搖了搖，我能真切地感覺到裡面有液體在跟著流動。我前後左右地翻著椰子看，卻怎麼也找不到破綻，心裡不禁困惑起來：這椰子外有韌如棕櫚的層層厚皮、內有牢不可破的堅硬椰殼，而這椰子又不長腳不長嘴的長年掛在高高的樹上，這椰水是怎麼喝進去灌進去的呢？它會不會一出生就包了一團水啊？不可能啊，我在樹上看到很多小椰子，有些也就手指頭大小，怎麼可能包得住那麼大一團的水？真是神奇啊！

我旁邊的幾個男女已經捧著椰子在美美地享受著椰汁了，而我還在對著自己的椰子無從下手。蔚安這時似笑非笑地看了我一眼，我有點兒不服氣了，拿起椰子又開始敲敲砸砸地來回折騰。

傑仔這時跑了過來，他拉著我的褲腿說：「大哥哥，你不喜歡喝椰子水嗎？」我剛剛爬樹摘椰子的舉動已經征服了傑仔，他用崇拜的眼光仰視著我。

「喜歡呀，我這就是想砸開來喝呀」。

「啊，你不要那樣砸，砸破了椰子水會流走的」。

「不砸它不開呀，怎麼有椰子水喝呢？」

喝過椰汁的傑仔恢復了活潑的靈性，他搖著身子神氣活現地繼續說：「大哥哥，我告訴你呀，每個椰子都長著三隻眼，你只要把一隻眼打開來就能喝了。」說完他從地上抱起那個被我砸得遍體鱗傷、沾滿沙子的椰子，用小手指指點著椰子結蒂的頂端說：「就這裡，這裡，還有這裡，就是椰子眼了，這三個點你往哪個紮都行」。

我拿過水果刀按照他指的地方刮了刮，果然看到三個小圓點，相隔有一點五釐米左右，非常勻稱地分佈在椰子頂端。我把椰子捧在面前端詳，發現頂端的兩個眼確實是眼睛，而例外的一隻眼其實是嘴巴。橫著看整個椰子就是一個猴子臉，這個猴椰子正充滿笑意地看著我呢！

我朝椰猴子的嘴巴挖去，果然是塊鬆軟的質地，挖了幾下便有奶白的椰肉出來，我把椰肉放在嘴裡，嫩滑細膩，清香可口。我繼續往下挖，中空處便是椰汁儲藏之地了，我大喜，放下刀具，雙手棒起椰子高舉過頭，我昂起頭張大嘴巴對準椰子開口處，可是等了好久卻並不像期待中那樣有椰子水流出來。我把椰子拿下來看了看，還用手指探入小孔，我真真切切地觸摸到了水質的東西，我舔了一下手指，清甜的味道，果然是椰子水啊！我再次把椰子舉過頭頂，平平正正的開口朝下，可是與剛才一樣，滴水未出，我搖了搖，還是沒有水出來。我再看看別人，怎麼人家的椰子水就能棒著喝呢？我又搖了搖，水沉沉的，這就怪了，一個開口朝下的椰子竟然倒不出水來！真見鬼了！

別人看我猴急的樣子，樂了，紛紛放下手中的吃食，像看耍猴一樣地看著我。傑仔也站在一旁笑個不止，等笑過癮了他才走過來對我說：「你不要把椰子舉那麼正，水才能出來。」我於是把椰子斜舉著，可是水仍倒不出來。

「這椰子水太滿了，你要再挖多一個眼。」我又按傑仔的指點把另一個椰子眼挖開。我斜舉著椰子張開嘴巴，新鮮的椰子汁像個小水流一樣潺潺流入我乾涸的口中，沿著我的喉嚨下去，滋潤著我的五臟六腑，太舒服了！

喝完椰子汁後，我腦子閃過一道靈光，突然有一種豁然開朗之感：原來椰子裡面的水是從這三隻眼裡進去的！原來這不是椰子的眼睛，而是椰子的嘴巴。難怪椰子從開花到果實成熟要十二個月，比人十月懷胎還要久呢！那麼小的嘴巴要吸那麼多的水，還要供養裡面的椰肉生成長厚。

我借來菜刀把椰子殼劈開，學著別人的樣子把一塊椰子殼劈成勺子，把厚嫩的椰肉括鬆，一勺勺地挖出吃了。兩個椰子下去，竟吃出了鮮肉的味道，有了點飽漲肉膩的感覺，生理和心理都十分的滿足。

新鮮美味的椰汁椰肉滋潤了我們的生命，在船上束縛了八天的孩子吃飽喝足後恢復了好動的天性，無拘無束地在沙灘上蹦來跳去，美麗的小島一下子變得熱鬧起來。

生機盎然的小島給我們帶來了新的希望，堅定了我們存活下去的信念。

水是生命之源，經過這段海上漂泊的日子我們更深刻地理解了這個事實。我們決定分頭去找尋可以飲用的水源。

我們六十四人分成四隊人馬，左、右兩隊沿著海岸線尋找，中間的兩隊分左右兩翼往樹木茂盛的山裡去。

我們約好，不管找不找得到水源，太陽落山前一定要回到原地集合。

右邊海岸線由我帶隊。

光腳踩在細軟的沙子上舒服得就想躺在上面睡一覺。走過一片沙灘，是一片奇形怪狀的懸崖，它們或倒立山邊，或往海裡斜鋪出去，又或者從海水裡兀然而出。我們攀上高處的一塊山崖往海邊望去，我的天！那海邊若隱若現的礁石叢裡竟然有好幾艘毀壞的大船！我心頭一緊：原來這是一個不祥之島！那麼多的船隻在這裡觸礁，哪又有多少的生命在這裡葬送？

謝天謝地，我們四路人馬中的其他三路都找到了適合飲用的淡水。

我們隊雖然沒有找到水源，但在海邊不遠的山坳處找到了一個避風的山洞。山洞由溶岩鑄成，估計有十一、二米寬二十米深，是個寬敞的天然石廳。「太好了！颳風下雨的日子我們也有地方住了。」有人高興得手舞足蹈。

與蛇共棲

傍晚我們坐在潔白的沙灘上吃了些山上摘來的野果和椰子肉，看著太陽從金色變成橙紅沉入海裡，有些人開始躺下休息。

海風慢慢轉涼，有人開始覺得冷了。我們意識到不可能在沙灘上過夜，因為夜深之後會更冷。有人想起我們找到的那個山洞，於是決定到那兒去過夜。

我們摸索著走了一個小時，快到山洞門口時，「劈哩啪啦」地從洞裡衝出一群鳥兒，鳥兒從人們頭上飛掠而過，把毫無心裡準備的人們嚇了一跳。

男人們用木棍在山洞四周、洞口、洞裡敲打了一陣，把剩餘的幾隻鳥兒和野兔一快兒驚走了。見沒有什麼響動了，才讓大夥兒一塊進去過夜。

我們人挨著人圍成一個長圓形，小孩與女人睡在中間。在海上擔驚受怕了八天後，大家都疲憊不堪，我們很快就睡著了。

半夜，睡在離洞口較近的我被凍醒。外面「淅淅灑灑」地下著雨，海風吹打著海浪在遠處咆哮，聽得人心頭髮緊。我又餓又冷，雖然四肢和身體仍然很累，但腦子卻十分清醒，躺了好久怎麼也無法入睡，我索性坐了起來。

「什麼事?」有人輕聲地問。原來睡在我旁邊的人也被凍醒了，在伸手不見五指的黑暗中我循著聲音慢慢地挪了過去，他也抖嗦著身子挨了過來，我們相靠在一起取暖。人越靠越多，很快，我發現我們幾十個人已經相擁在一起了，我們像一家人一樣親密地相擁著一起抵禦寒冷和饑餓。我們實在是太累了，慢慢地大家相擁著又睡了。

太陽露出海面，金色的陽光暖暖地照進我們睡覺的山洞，我睜開眼睛，強烈的光線照得我雙眼刺疼刺疼的。幾隻蝙蝠在洞門口「撲撲」地飛騰，我正要坐起來時，發現洞裡暗了下來，我朝山洞門口看去，哇—操!黑壓壓的一大片蝙蝠遮天蔽日地飛了進來。

我驚呆了，沒等我反應過來蝙蝠們已經進了山洞，我正想著要不要喚醒大家，蝙蝠們已不知去向，我心裡七上八落的，看看周圍，大家已不再相擁地坐著，而是姿態各異地躺在地上睡得正酣。

我又看了看山洞，心想，蝙蝠們晚間出去撲食也許累了，已各回自個兒的窩裡休息去了，根本沒有留意我們，想來也不會對我們有什麼危險。於是我換了個舒服的姿勢，閉上眼睛繼續睡。

我醒來時已經是半上午，一隻山雞在山洞門口走來走去非常焦急的樣子。我順著它的視線看去，看到山洞的半壁上有個小坑，坑裡鋪著柔軟的碎草，像個鳥窩，窩裡有五個滑溜溜的蛋，比普遍的雞蛋要小一些。

原來山雞要下蛋了!面對著這麼多陌生的造訪者，它正發愁怎麼進去呢。我大喜過望，輕輕地走到山雞前。那山雞以前可能沒有碰見過人，竟不知道人世間的兇險，她挺胸昂首好奇地看著我。我用手一圍，一隻又肥又大的母山雞便到了懷裡。

「咯—咯—咯，」山雞邊叫邊用力地掙扎。

山雞一叫把大夥兒都吵醒了，人們慢慢地站了起來，看著那山雞，伸伸腰踢踢腿，覺得生活比昨天多了些希望，正商量著怎麼樣去多抓一些山雞及其它野鳥回來吃時，一個女人大聲叫了起來：

「快來看啊，他怎麼了？」

大家圍過去，發現睡在最裡面的一個年輕男子仍然躺在地上，半張著嘴，面色發青，表情僵硬。站在前面的女人用手推了那個男子一下，沒有動靜。

「他死了。」女人雙肩發抖哭了起來，其它的女人和孩子害怕了，紛紛走了出來。

幾個男人把那個男子扛到洞口光亮處，翻看了他的全身，發現並無傷口。後來在他的耳跟後面看到一個指甲般大小的印子。一個有閱歷的中年人說，那是蛇咬的。中年人還說，蛇一般不襲擊無攻擊傾向的人，它怎麼會去咬一個熟睡的人呢？可能是因為我們占了它的家。

人們聽得毛骨聳然，最後大家決定搬家把山洞還給它的主人。

我們都很傷心，因為這是我們偷渡以來死去的第二個人。第一個是那個被海盜丟到海裡的女大學畢業生，事發突然，而且海浪一下就把她捲走了，沒有人看到她的死亡。

男人們把死者扛到海邊，正準備推到海裡海葬了他，蔚安突然大聲地叫了起來：「等一等，」她怯生生地低下了頭看著自己的腳趾說：「我們不能讓他白白地死去，讓他捎個信兒找人來救我們吧」。大家回頭看著這個面容消瘦、發育遲緩的十三歲女孩，臉上露出了驚訝的神色：這個不起眼的丫頭，怎麼會想出這種聰明的主意？

「我們找塊木板，把他放在上面，寫上字，再把他放到海裡。」蔚安誰都不看自顧自地說，「我們辛辛苦苦地從家裡逃出來，我們不能在這兒等著被餓死、被凍死、被毒蛇咬死」她說著，越蹲越低，終於蹲在地上哭了起來。

我想起頭天尋找飲用水時見到的廢船，於是與幾個男人到那兒走了一趟。我們帶回來一塊灰白色的大木板。另外幾個人在山上找到了顏色鮮豔的樹汁並取來一些柔韌的山藤，婦女們找來了一條白色的上衣。我們用樹汁在那件白上衣上用英文寫上：「HELP! 63 people, island south of Philippines(救救六十三條生命，菲律賓南面的一個島)」我們把衣服上的樹汁字曬乾，給死者換上了那件白色的上衣，把他綁在木板上。

大海是我們的希望，它讓我們多了一條生活的出路，讓我們逃離了不堪忍受的地方。可是大海又是無情的，它把我們從一個困境帶到了另一個絕境。我們跪在沙灘上，請求大海及老天爺賜福於我們，不要再折磨我們，帶上我們的信使，指引善良有愛心的人們來搭救我們。當男人們心情沉重地把死者扛到海邊時，他們也把我們全船六十三人的希望一塊兒交給了大海。

「停住，」蔚安對著信使吶喊。

一個海浪衝過來，把我們的信使連同木板帶出十幾米遠。

「我們還得在木板的另一面也寫上字，兩面都得有字才行……」蔚安懊惱地跺了一下腳。

可是太遲了，信使在海水裡漂浮了幾分鐘，一個海浪又衝過來，木板翻了個身，把信使蓋在了水裡，留下隻字未寫的木板的背面在海水裡漂呀蕩呀，最後消失在人們的視線裡。

又一線生存的希望破滅，淚水從蔚安及別的女人的眼裡滲了出來。

不死之灰

我們不能再回山洞裡過夜了，我曾經留意過右岸邊那幾艘廢船隻，建議大家到那兒去看看。

廢船有好幾艘，有兩艘很大的漁船，一艘灰色，另一艘白色，上面的船艙都還好，船舷離水面有兩米多高，船裡的廚房還有一些刀碗瓢盆。船上到處都是鳥屎，我們稍作打掃決定暫時就分頭住在這兩艘廢船上。我、蔚安和其它三十人一起住進了灰色的船，我們管它叫「海上旅館」；其它的人住到了白色的一艘，他們管它叫「白色王宮」，戲稱「白宮」。

當天，我們到山上摘了些野果子充饑，並用樹幹和山藤做了幾個長短不一的梯子。從那以後，摘椰子就用木梯而不用我爬樹了。

下午我們在淺水的海灘裡抓了些螃蟹和海蚌，有些人試著用削尖的竹子或木棍來紮魚，但是很難紮上。

傍晚，當我們吃著晚飯時，一群海鷗呼啦啦地飛了過來，大搖大擺地走進船艙。我們放下吃的去趕它們，它們一下子飛走了。過了一陣另一群海鳥飛來，我們又去趕，它們飛到船頂上去了，吱吱喳喳地鬧了半天就是不肯離去。眾海鳥似乎對我們人占鳥巢十分的不滿，可是這漁船原本就是人打造的，它們是鳥占人窩，占得久了便據為己有，反而視人為入侵者，我們這叫物歸原主。於是我和幾個男人拿了木棍和石子，跑到船艙上去嚇去轟去趕它們。

蔚安從船艙裡跑了出來，一把搶下我的木棍，罵道：「笨蛋！就該活活餓死！送上門來的糧食，白白地給你們轟走了。」我驚呆了，看著這個營養不良的蔚安，怎麼也想不明白她那個小小的腦袋怎麼會轉得那麼快。

「看著我幹嘛？快去抓呀。」

我們醒悟過來轉身去抓海鳥，可是太遲了，海鳥早已飛得精光。

從此，我們改成白天休息睡覺，晚上抓鳥。但鳥兒聰明著呢，它們很快就發現了人類的危險，於是不再光顧我們的船隻，我們就只好循著它們的行蹤去尋找它們。我們埋伏在海邊的石崖上，當海鳥來時我們就搞突然襲擊，用木棍去敲去打、用手去抓。有些海鳥很大很兇猛很有力氣，它們會用爪子抓我們，用嘴來啄我們，拼盡全力來搏鬥和掙扎。可是鳥兒一旦到了我們手上，任它怎麼啄怎麼抓我們都不會放手。每天晚上，我們的雙手都會被鳥抓破刮花，有時甚至是額頭、臉蛋、手臂、肩膀或雙腳。舊的傷口好了新的傷口又來了，但我們不能退縮，否則就有可能被餓死。

近海灘的魚、蚌、蟹很快就被人們撿光抓光了，樹上的椰子也在急劇地減少。

兩個月後，當樹上只剩下一些拳頭大小的幼嫩椰子時，終於有一艘義大利貨船經過，他們把我們帶到了離菲律賓群島較近的一個印尼避難所（也有人叫它難民營）。因為饑餓和疾病以及抓魚時被海水衝走，我們「海上旅館」的人員已減少了三分之一，「白宮」也有十一個人先後離開了人世。

我們離開越南時六十五人的逃難隊伍至此只剩下四十一人了。

第十二章　伽琅島避難所

我們所到的避難所在伽琅島上，與我們離開的那個鳳凰花開得漫山遍野的美麗的菲律賓小島相比，這真是一個千瘡百孔、慘不忍睹的島嶼。

伽琅島的岸邊泊滿了亂七八糟、奇形怪狀、大小不一的破漁船、風帆船、小木舟、小竹排還有很多叫不上名稱的水上運行工具。沙灘不再白亮，黃澀澀的沙子上面到處都是垃圾。沙堆和垃圾之間是赤腳裸身的小孩，多半孩子們的頭髮半長不短、亂蓬蓬、濕漉漉地沾著沙子，黝黑的臉上掛滿沙子和亂髮，分不清是男孩還是女孩。

沙灘不遠處豎著一個灰白色的舊木牌，有人頭那麼高，上面寫著」伽琅島第一避難所」。木牌後面便是密密麻麻的木頭房子、茅草棚子和芭蕉葉棚子，男人們光著膀子走來走去，還有很多孩子及女人的身影在房子之間晃動。

再往高處遠處看便是菜地，一隴隴地擁擠著，連崖石之間的縫隙也不放過，菜地直逼山頂，在山頂的那塊大石頭邊猝然而止。

伽琅島距離印尼本土還有幾百海裡，聽說原本也是一個無人居住的荒島。一九七五年第一批為逃避北越共產黨強權政策的越南船民一百多人到來時，島上長滿了茂盛的熱帶原始森林，野獸頻繁地在山上及岸邊出沒。為了生存，這些船民開始在島上伐木築巢、安營紮寨、墾荒耕種，過著一種半原始人的群居生活。一年後，島上的逃難船民增加到八千多，山上能用的木材都被砍來修建房屋或者做家俱，不成材的便做了燒水煮食的燃料。

成千上萬的越南船民在伽琅島避難和謀生的事引起了西方國際人道主義的注意，他們運來了糧食和醫療藥品，把伽琅島開避成臨時避難所。避難所的成立又吸引來了更多的難民船民。

我們來時伽琅島上已經住了三萬多人，山已不再是山，島也不再像島，而是地地道道的一個難民營—難民聚居的營盤。

難民營裡擁擠不堪，我們一時無法在岸上找到立足之地，只好待在岸邊的破船上過了幾個星期，直到一個加拿大人道主義代表團的人來把一些人接走，我們才陸續上岸、被分配到幾個小木棚裡。

我所在的木棚大約有兩米多寬五米多長，我與同船的另外兩家人及蔚安共九個人一起住在裡面，晚上人挨著人睡覺，居住環境其實比我們的「海上旅館」還差，但這兒還是非常地吸引人，因為這兒是聯合國難民委員會（The United Nations High Commissioner for Refugees 簡稱 UNHCR）屬下的一個難民營，入住難民營的人有希望被送往西方自由民主的發達國家，包括美國、加拿大、義大利、比利時、西德、法國、丹麥、挪威、荷蘭、日本、澳大利亞和紐西蘭等等。聽說這些發達的西方國家好像有什麼協定，每年都會因為人道主義的原因而接收一定數量的難民。難民營裡有食物和日用品供給，每人每天可以分得大米六兩，魚、雞、青豆罐頭各一罐，還有茶、咖啡、白糖等等，孩子還能得到奶粉和餅乾。這兒還有醫生和醫院，但因為缺少房子和建築材料，醫院就設在一條大船上。

難民營就像我們老家鄉下的雜貨市場，喧鬧吵雜混亂，裡面住著來自不同國家的人，大部分是越南華人，也有馬來西亞人、印尼華人、緬甸人，甚至還有來自社會主義國家的柬埔寨人和中國人，他們穿著不同的服裝，操著不同的語言。有些人的衣物似乎是從老家帶來的，一看便讓人覺得他們都是在某地醞釀已久、有備而來的，他們不像是在逃難、倒像是長時間地走親戚串門兒。有一些人似乎還很富有，據說衣箱裡裝著大塊的金磚或金條。

越南話是難民營裡面最流行的語言，其次是中國話，包括白話（又稱廣東話，在廣東和廣西廣泛使用）、福建話、潮洲話、客家話、海南話、普通話還有中國的其它方言土語。很多人在裡面一住就是幾年，孩子們沒法接受正常的教育，無所事事的年輕人很早就開始談戀愛生孩子了。難民營裡的人總體文化程度較低，但學習語言的熱情和能力卻非常驚人，很多人在三幾年內便能學會說幾種語言。像難民營學校的華文老師譚先生（人們沿用古風稱老師為「先生」），她是一個印尼華人，住在難民營裡多年，她能用流利的印尼話、越南話、柬埔寨話、潮洲話、廣東話、普通話、客家話七種語言與人交流，英文也略知一、二。譚先生看我人生得還算斯文，又能講一口流利的普通話，所以認定我是一個「有文化」的人，便拿了她的課本來讓我讀。她發現我不單能斷文識字還會組詞造句時，滿心歡喜。從此以後，只要她生病或者有別的事就讓我代她上課。

第十三章　蔚安

我家有女初長成

我在難民營一住就是六年，在那兒認識了很多朋友。

蔚安不愛說話、心思較重，因而朋友不多。王老先生把她託付給了我，我覺得我有責任照顧好她。經歷了後來的那麼多生死劫難之後，我更是把她當作自己的親妹妹，有什麼好吃好玩的活動我都會把她帶在身邊。

蔚安是一個長得很不起眼的越南女孩，她皮膚黝黑，拖著兩條瘦骨伶仃的細長胳膊，扁平羸弱的身子骨架比同齡的女孩子小了一整圈。可是她的腦子思想卻比同齡女孩成熟得多，一雙黑亮的大眼睛老是閃著讓人琢磨不透的光芒。她雖然年紀小小，但感情上非常獨立，從在王老先生家開始，她口口聲聲叫我大哥，但事實上很多時候都是她拿主意我做事。

蔚安十五歲那年的某一天，我發現她身上開始有了變化，而我對她的看法也跟著發生了變化。

那是一個還不算太熱的早春，我與一幫狐朋狗友在海邊聊天，講著一些不太文雅的閒話：

「見到馬克醫生的女朋友了嗎？她這裡長得，真是那個……」馬克醫生是難民營裡的洋人志願工作者，長得像隻瘦猴，長手長腿的一身黃毛。

「那個、那個、什麼呀？說話吞吞吐吐的，沒勁！」

「就是胸脯上的那兩個東西叻，這樣長法。」一個朋友張開雙手的五個手指在胸前搭起兩個巨大的圓弧，意思是那個洋女人的乳房有這麼大。

「對，屁股長成這樣……」另一個人站起來，兩隻手從胯旁往後圍，在空中畫了一個又大又圓的肥屁股。

此時蔚安與三個姑娘從坡地上走了過來，我們趕緊閉上嘴，但是人人都因為剛才的話題而變得心躁眼饞，臉上雖然擺出一副正經相但眼睛卻不住地往姑娘們的臉蛋、脖子、胸襟和身體敏感部位掃瞄，一邊偷看一邊揣摩和想像。

我不願意在蔚安及她的朋友面前顯得粗魯失禮，只跟她打了個招呼便轉頭與旁邊的人說話。她們走過去後我才扭過頭來，從後面打量著這四個女孩子，我突然發現蔚安不再是個乾瘦扁平的小女孩了，她長大了，像個青春少女了：細長勻稱的脖子閃著潤澤的光，圓圓的屁股襯在細細的腰肢下一步一搖擺的十分生動好看。

「哪個長得好看？」姑娘們走過去之後男人們開始對她們評頭論足。

「中間靠左邊那個身材好」，有個男的說。

「是蠻高挑的，可是她的腰身好像硬板了點兒，像男人一樣。我覺得右邊那個最好看，腰又細又軟。」

「我也喜歡右邊的。她臉蛋兒好看，你們看到她的眼睛沒有？又大又亮！我看她時，她瞪了我一眼，真紮人啊！紮得人心癢癢的。她走過去後，我背後一瞧，她奶奶的！這女人怎麼連屁股蛋子都長得那麼誘人！就這樣，圓圓的，不大不小，正合我意。」一個剛剛加入我們談話、個子矮小、長相猥鎖的男人自我陶醉地敘說著，還要用手在胸前比劃著人家屁股的大小和形狀。

右邊那個女孩正是蔚安。一股怒氣往我頭上冒，我抓起一把沙子就往他頭上丟去：「喜歡你的頭！再看我挖掉你的狗眼！」我罵道。

那男人不服氣了，也用沙子來打我：「你他媽的誰呀！憑什麼你看得我看不得？」。

「你配嗎？！」我衝過去抓住他的衣服把他拎了起來往前一推。

「你他媽的狗眼看人低！我怎麼就不配了？不就一個有點兒姿色的小妞兒，有什麼了不起的！」

他說著竟然反撲過來想與我撕打。我腳下一撂手上一推他便四腳朝天地仰面倒在了沙地上。

「我說你不配你就不配。我警告你，你給我放老實點，你敢對她動一點兒歪腦筋我就收拾了你！」

「還有你、你、你，我醜話說在前頭，誰敢對我妹妹動一點兒歪念頭、我就對他不客氣。到時別怪我不念朋友情份！」，我指著其他的幾個朋友大聲地警告，說完仍然心氣難平，我氣鼓鼓大踏步地離開了他們。

走在回家的路上，我心裡生出一種前所未有的強烈的危機感，覺得初長成人的蔚安危機四伏而她卻渾然不覺，我在照顧她的責任上又給自己增加了要保護她、不讓她被無賴騙走的緊迫感。

自那以後我就不知不覺地討好蔚安，尋找機會與她獨處，挖空心思想吸引她的注意力。可是她對我似乎沒有變化，口頭上依然叫我大哥，依然對我差來遣去，說話尖酸刻薄不留情面，當著別人的面毫無顧忌地罵我「笨蛋」。可奇怪的是，我不再為此生氣了，彷彿受她的奚落、挨她的責罵不再是丟面子的事情，反而是一種榮耀，是我與她關係非比尋常的證明。

我想我是真正長大了，二十三歲的我情欲膨漲，渴望愛人也渴望被女人所愛。有時我會有意無意地在朋友圈裡說些莫名其妙的誑語，說蔚安和我私下裡是如何的心心相印，以此暗示蔚安已經名花有主，希望別人少打她的歪主意。我說得多了自己也信以為真，行為說話便常常以蔚安的男朋友自居。我的朋友大多是尚未成家的青年男子，大都是在難民營混大的粗人，他們也就把蔚安對我的冷熱諷當作情人之間的打情罵俏，總是站在一旁直樂，心中羨慕不已。

難民營裡想學華文的孩子越來越多，譚先生教不過來了。她按孩子的進度把他們分成了幾個班，她教高級班孩子造句和作文，讓我去教初級班的口語和識字。

我成了學校裡的一個教書先生，心裡自然非常高興，雖然教師都是志願工作者，沒有固定的工資收入，但有一些教學津貼。我把那年的津貼存了下來，把錢交給了譚先生，求她幫忙去托馬克醫生幫我買一條裙子。我知道譚先生與馬克的關係不錯，有時她會托他買些一般人買不到的東西。

「你一個大男人買裙子幹什麼？」譚先生問我。我一下不知道怎麼說了，臉漲得跟猴子屁股般紅。

「朋友托買的。」我口齒不清地敷衍她。

「那可不行，讓你朋友想辦法去買吧。人家馬克醫生很忙的，有大把的病人要處理，我是非到萬不得已時是不會去麻煩他的。幫朋友的朋友買裙子，我哪好意思去求他辦這種事啊？」譚先生顯出為難的樣子。「這樣吧，我去市場時幫你留意一下有沒有漂亮的裙子。你那個朋友有多高？多大年齡？」譚先生看到我很失望的樣子，轉而幫我想別的辦法。

「這裡的市場我看過了，沒有那種裙子。」

「哪一種裙子？」

「一褶一褶的，那種很整齊勻稱的細褶子。」

「你說百褶裙？有啊，我在市場看到過。」

「但市場裡沒有我要的顏色，款式也不一樣啊。」

「你還挺挑的嘛。說說看你要的是什麼顏色、什麼樣的款式？」譚先生好奇起來。

「藍色的，很亮的那種藍。對了，你見過馬克醫生的女朋友的，我要的就是與她穿的一模一樣的裙子。」

「是那條寶藍色的百褶裙呀，我記得。啊，我明白了，是你想買。送給誰呀？是不是心裡有了喜歡的女孩子？」譚先生似乎才省悟過來，「是誰呀？說給我聽聽，我得看看那種裙子合不合適她穿才行。」

我告訴譚先生我喜歡上了同屋的越南女孩蔚安。而現在喜歡她的男人有一大堆，我如果不及時下手就怕她被別人追走了。

「那你就趕快下手嘛。又在同屋，近水樓臺先得月，怎麼會被別人追去呢？」譚先生不解地問。

我告訴她，同屋更難，我試過幾次都不成，可能是因為我們在一起太久太熟了，反而不知道怎麼樣向她表示愛意。上次馬克醫生的女朋友來時，我們同屋的女人都說她那條裙子好看。蔚安晚上做了個夢，她夢到自己也有那樣一條裙子，竟然抱著枕頭笑得醒了過來。第二天我也做了一個夢，夢中我送了蔚安那條裙子，她高興地穿上裙子讓我抱她，於是我便抱著她大笑起來，把半屋的人都笑醒了。

「譚先生，你不覺得這個夢是一個預兆嗎？」

「什麼預兆？」譚先生問。

「誰送了她那條裙了她就跟誰了。所以我無論如何得買到那條裙子。可是，我每天都去市場轉，一直都沒有看到。」

「我也看過，這裡確實不賣那種裙子。」譚先生邊想邊點頭。

難民營是個文化多元、風俗千姿百態的地方，幾乎每個月都有人在慶祝節日，有東方的有西方的，有為陽世的也有為陰間的，其中以過年和耶誕節最為隆重。

耶誕節前夕，難民營的市場上出現了紅紅綠綠的聖誕裝飾品，小攤上擺出了好看的小禮物。我徘徊在一個專賣頭繩、髮卡、髮結和其它頭飾的小攤檔旁邊，想像著蔚安可愛的樣子和她可能喜歡的東西，我拿拿這個捏捏那個，不知道要買什麼才好。

「別用死力拉呀，拉壞了就沒有人買了。」有個聲音對我說，我一回頭，發現譚先生站在那兒。

「你一個大男人，也用這些花花綠綠的東西呀？」她取笑我。

「不是我用，想買了送人。」我不好意思地站了起來。

「啊，我明白了。要給夢中情人送聖延禮物了。不用買了，有人已經幫你準備好了，你跟我一塊兒取去」。譚先生笑眯眯地看著我說。

我跟著譚先生離開了嘈雜的市場朝海邊走去，走到了停泊在海島西岸的大船旁邊。大船的第二層船弦上掛著一個大橫幅，上面寫著「琅伽島避難所醫院」。連接船與海岸的是一排厚實的木板。木板被無數的鞋子和腳丫子踩過，泛出一層淡淡的褐色亞光，像蒼老而憨厚的打漁人的臉。透過木板縫隙隱約可見下面的海水，渾渾濁濁的說不上是什麼顏色。海水上面浮著稀稀落落的塑膠紙和飲料瓶，它們與島上的居民一樣，一天到晚百無聊賴地晃蕩著。

譚先生踏上了通往大船的木板，我這才明白譚先生是要去找馬克醫生，我有點不好意思地在海岸邊停了下來。譚先生走了一會兒發現身邊沒有人，便回頭來招呼我，我搖了搖頭說：「他不認識我，跟著去不好吧？我在這兒等你就行了。」

「沒事的，馬克人很好的。」譚先生走回來拉著我過了木板上了船。

見著馬克醫生了，我沒有想到他是個如此溫和真誠的人，笑起來像個心地單純的大孩子。

「Lisa 把你的聖誕禮物寄來了，她擔心禮物不能在耶誕節前到達，特意加了快件。」

Lisa 是馬克的女朋友。馬克醫生說完眉開眼笑地把一個包裹交到我手中。我接下包裹急不可待地打了開來，一條嶄新的寶藍色百褶裙在我眼前一亮。譚先生拿著裙子左看右看讚不絕口，看完還幫我把裙子小心地折疊起來包了回去。

馬克這會兒拿來兩個精緻的小盒子。「譚小姐，這是給你的聖誕禮物，希望你喜歡。」馬克把紅色的那個禮品盒子給了譚先生。譚先生說了聲謝謝欣然接下，她看了看禮盒便開始解綁著禮盒、打著小蝴蝶結的繩子。

我有點兒意外，心想：譚先生今日糊塗了？怎麼連起碼的禮貌都忘了、當著馬克的面就開禮盒看禮物？從小我的父母就教育我們，過年親戚給的紅包不要當面打開，那樣不禮貌，會顯得我們沒教養、很貪財的樣子。而且我們家窮親戚多，當著客人的面開紅包，那些紅包包得少的親戚會覺得很傷面子。

可是馬克似乎不介意，他微笑地看著譚先生開禮物。禮物打開時裡面竟是一條七彩蠟燭！

我很吃驚，不明白這個洋鬼子醫生，市場上的蠟燭一毛錢好幾條，他送人家蠟燭做聖誕禮物怎麼就送一條呢？而且還要鄭重其事地包得那麼好，禮品盒子都不知道要比蠟燭貴多少錢呢！用那麼多錢買無用的盒子不如多買幾條有用的蠟燭。

「真漂亮，謝謝你，馬克。」譚先生端詳著那支蠟燭老臉笑成了一朵花。

「可是，再漂亮的蠟燭不也是用來燒的嗎？」我不解地嘟噥。

「馬克，星以為這是蠟燭呢。」潭老師吃吃地笑了起來。

不是蠟燭為什麼要做成蠟燭的樣子？我正在不明不白地想時，馬克把深水藍的那個盒子交到了我手上：「星，這個給你，祝你聖誕快樂！」

「No」我說著急忙把盒子塞回了馬克手中，我知道「No」是「不要」的意思。中國人講究禮上往來，我托人家辦事自己還空著手來，怎麼還好意思再拿人家的東西走？

「你不喜歡？可是你還沒有打開看裡面是什麼東西啊。」馬克有點兒失望。譚先生把馬克的話翻譯給我聽，我有點不知所措。

「不是，我喜歡。」我用中文說。

「啊？你喜歡？」馬克顯然被我的行為搞糊塗了，露出一臉的困惑。

譚先生對我說：「你看，馬克傷心了。你這樣拒絕人家不禮貌，趕緊接下禮物吧。」

我看著被我塞回馬克手上的盒子更是不知所措。禮物已經退回去了，我怎麼接啊！可是譚先生說我拒絕了人家的禮物，人家傷心了。我已經麻煩他托人買裙子寄裙子了，我感謝他都來不及怎麼可以再傷他的心？

我於是伸手從馬克手裡把禮物拿了回來。因為出手太快，有點像搶的樣子。馬克和譚先生都被我的舉動驚呆了。

「他太喜歡你送的禮物了」，譚先生說完後自己忍不住大笑起來，馬克聽了也喜笑顏開。我起初還覺得不好意思，但被他們善意的笑感染了，心情慢慢放鬆下來，也跟著他們笑了起來。

我拿著裙子和聖誕禮品高高興興地告別了馬克告別了潭先生。

耶誕節對我而言只是湊湊熱鬧的小日子，我並不想把裙子當作聖誕禮物送了出去。它將是我的定情信物，我要留到我們過大年時送才夠莊重才更有意義。我回到家小心翼翼地把裙子存放在我自製的木箱子裡。

年二十八上午，同屋的人們都出去逛街辦年貨了，只剩我和蔚安在屋裡。我想，我得抓住時機把我的禮物送出去同時把「心意」表達出來。

我激動地打開木箱拿出裙子，心裡默念著醞釀了無數遍的求婚的話：「蔚安，我想一輩子照顧你，不單做你的大哥哥，還要做你的好丈夫，一輩子疼你照顧你，好不好？」。但當我雙手捧著裙子轉過身來時，卻發現蔚安已不在屋裡。

「蔚安」，我呼喚著走近門口。

「什麼事？」她站在門外背著身子問我，好像要出去的樣子。

「你進來一下。」我滿懷希望地等著她回身看見裙子時驚喜的叫聲。

「你說吧，我聽著呢」，她依然背對著我，並沒有要轉身回屋的意思。

我開始忐忑不安起來，「你進來一下好不好？」我聽見自己用企求的語氣在跟她說話。她轉過身慢吞吞地走了進來。

「我買了條裙子送給你過年。」我把手伸了過去。

蔚安漫不經心地走了過來，當看清楚我手裡拿的百褶裙時，她雙眼放光，一把接過裙子抖了開來，在身上比來比去驚喜地叫了起來：「你從哪裡弄來的？我在市場裡找過很多次了，都沒見著。」

「托朋友買的，從很遠很遠的澳大利亞運過來的。」我有點兒得意地賣弄。

「哇！很貴吧？」

「不貴。」我輕描淡寫地說。

那可是我半年的積儲，怎麼不貴啊！但是我弄不明白我當時為什麼要那樣說，而且說完還故作瀟洒地邁出了木棚。出了木棚才想起自己送裙子的目的，遂折轉身想回去補說點什麼，卻見蔚安已經迫不及待地把門關上試穿裙子去了。

我在門口站了一會兒，聽到裡面哼起歡快的歌聲。歌詞是越南人喜聞樂見的情歌，但蔚安把本來曲折纏綿的傷感情歌唱得輕鬆愉快，失去了原有的韻味，但多了幾分調皮，我忍不住笑了起來。感覺到她滿滿的快樂，我心裡生出實實在在的幸福，幸福得把求婚一事也拋到九霄雲裡去了。

除夕夜蔚安美滋滋地換上了我送的新裙子吃年夜飯，她坐在我旁邊偶爾用眼角瞟我一眼，我側過臉去看她時她便抿嘴一笑。她的笑嫵媚無比，揉得我心頭漪漣陣陣。

年初一她又穿著新裙子與同屋的女人上街去了，我在後面跟了長長的一段路，看著她姣好的身材在裙子裡面優美地擺動，我心裡便喜滋滋地想，好鞍配好馬！這裙子就像專為她設計的。想著將有一天我也會像她的女友們一樣與她拉著手攬著腰肩並肩地一起逛街，我心裡就甜蜜蜜的。

我快步追了上去跟在蔚安身邊，她側臉看了我一眼有點奇怪地問：「你不去跟你的朋友玩？」

「我們不也是朋友嗎？」我說，同時指指她又指指我自己，她嫣然一笑不說話。我跟著她們漫無目的地閒逛聽著她們嘰嘰喳喳地說笑，覺得這些女人個個都是敘事天才，竟可以三言兩語便把日常的芝麻小事說得生動有趣。從那以後只要有蔚安在場我便非常樂意地加入女人們的聊天。觀察蔚安對別人（包括我）說話的反應成了我新的愛好，她的一顰一笑、每一言語都牽動著我的神經和心情。

心有所想、情有所依的日子過得充實而甜蜜。我們在平和而美好的日子裡一起走過了溫暖而生機勃勃的春天。我以為我們的眉目傳情便是愛情的信約，執手相看相親相愛的日子指日可待，只等機會來臨捅破那層羞澀窗紙即水到渠成，而我現在所要做的就是捕捉這種「捅紙」的機會。

一個夏日的傍晚，我和蔚安在沙灘上散步。她走著走著給一條樹枝拌了一下，我扶住了她，並趁此機會抓住了她的雙臂然後是她的雙肩。見她沒有拒絕的意思，我膽子一下壯了起來，攔腰抱住了她，隔著衣服我開始撫摸她的身體。她的身子是如此柔軟好摸，抱在懷裡我渾身有一種觸電般的驚悚而酥麻的感覺，腦子一下被震得有點恍恍惚惚如同生活在半夢半醒中。當時天還未全黑，遠處有人走動，我知道我應該把她放開，但我的雙手卻像著了魔一樣不聽使喚，它們撩開了她的衣服，陶醉地在她背部上下滑行。她的肌膚是那麼的柔嫩光滑，我的雙手被它們深深地吸引著，最後滑進了她的股溝、臀部。

蔚安似乎這時才反應過來，口中嚷嚷：「你幹什麼亂摸人家嘛？」從我懷裡掙脫出去，並反身一腳用力地踢在了我的腳背上，「臭流氓！臭流氓！」她生氣地大聲罵著，轉身跑了。

早夭的愛情

我瘋狂地愛上了蔚安，而她也似乎接受了我的眉目傳情，我們有很多時候獨處聊天和散步，我沉浸在甜蜜的愛戀中。可是，那晚蔚安摔跤我乘攙扶她的機會撫摸了她時，她卻生氣地踢了我一腳並憤怒地罵我是「臭流氓！」，連看我一眼都懶得看了，我們的美好關係便由此刹然中止。

我沒有想到蔚安會拒絕我，而且是以這種形式。

我的戀愛都還沒有真正開始就無情地結束了。我心裡十分難受，這幾個月來我把自己對蔚安的「心懷鬼胎」想像成了她對我的柔情蜜意，她看我的每一眼我都以為是另有意味，其實她一直就那樣看我的，是我自己自作多情了。

可是，為什麼她對別人說話總是客客氣氣而對我說話卻是直來直去呢？如果不是關係親密她憑什麼對我無所顧忌？

我想呀想的想得頭暈腦漲就是想不明白。

突然一個念頭閃入我腦中：她是討厭我才會那樣對我的啊！因為她根本就不在乎我，又怎麼會在乎我的感受呢！所以才會毫不客氣地損我、罵我，我不高興我生氣甚至我死了跟她一毛錢關係都沒有！

可是她為什麼要討厭我啊？！我可是一直把她當作親人來照顧啊！難道是我長得惹人討厭？抑或是我的性格、我的聲調、我說話的樣子惹人討厭，還是因為我是落難的且來路不明的窮人？極有可能她一開始見到我就不喜歡我的。對的，她從來就沒有喜歡過我，至少，她是一直不尊重我甚至是看不起我的，老嫌我笨，對我差來譴去的。現在，她覺得我沾了她的便宜，是個流氓無賴，更會從心底裡看不起我了。

想明白了之後更覺沮喪，我從地上站了起來止不住地想哭想喊想罵人打人。她怎麼可以那樣對我？我那麼喜歡她對她那麼好，她怎麼可以一邊討厭我一邊又心安理得地接受了我所有的關心和照顧？她這不是在利用我的感情嗎？

那晚我沒有去找我的朋友，一個人坐在海邊品嘗我人生第一次失戀的痛苦：活著不能跟心愛的人在一起活著還有什麼意思啊！那會兒我真的連死的心思都有了，就是鼓不起死的勇氣。

我的愛情才發芽就這樣地天折了。

我在海邊坐到天快亮了才回到小木棚，一屋的人睡得正酣，沒有人在意我的存在和來去，我摸索著走到自己的床上和衣躺下，但我無法入睡，聽著他們不同的鼾聲、想像著他們做著不同的美夢，我知道蔚安的夢裡不會有我，而我的夢裡卻只有她一個。

接下來的日子過得灰暗無趣。

蔚安不再像以前一樣沒事就自然而然地跟我出門與我的朋友鬼混。在小木棚裡在別人面前我們還像從前一樣相處，但我知道她這是做給別人看的，我也就配合她一起演戲。但我知道我是無法再像以前一樣待她了，她跟我說話時不再看我，我也不敢再正眼看她。我心裡越想越懊惱：人家一個還沒長成的黃花閨女，對我沒有那個意思，我卻亂摸人家，那不是流氓行為是什麼？她心裡一定在恨我，鄙視我。這不？偷雞不著蝕把米，女朋友沒撈著，連原有的兄妹情份也丟了。

但我的朋友們依然一如既往地只要說起男女之間的事就會扯到我和蔚安身上來。而我又不願意把我與蔚安鬧翻的事情告訴他們。有一段時間我很怕聽到蔚安的名字，而他們卻似乎越來越頻繁地提起她，提到她時又沒有具體的事情和名目，我心下猜想他們一定從別人的口裡聽到了什麼。我碰到別的女孩子跟她們打招呼時，她們似乎也有意不看我、躲避我。難道我真的那麼可怕嗎？

為什麼會這樣？難道蔚安跟別人說了我摸她的事？不可能吧？她這樣說有什麼好處？不是自己

壞自己的名聲嗎?但她可以說得含糊其詞!譬如說我愛沾女孩子便宜、會趁人不備耍流氓之類的話,既發洩了她對我的厭惡又報復了我亂摸她的仇恨。

可是她為什麼要仇恨我呢?我一直那麼關心她照顧她,她就一點舊情都不念?

小茅屋裡的甜蜜時光

本來我是個性情開朗愛交朋友也容易交朋友的人,特別是當了華文老師之後,我自我感覺更好,覺得自己是個蠻得人心的青年才俊。可是現在我不太愛見朋友了,有時我聽著他們談論女人我會覺得心煩氣躁,於是站起來溜走。我變得不愛說話怕見熟人了,有時我覺得壓抑極了,不知怎麼辦好。可是我又沒有地方可去,只好回到小木棚坐在自己的床上發呆,有人進來時我就拿起那本翻得爛熟的中文教材假裝看書。好幾次蔚安回來時在屋裡冷不丁地被我翻書的聲音嚇了一跳。有一天,她終於忍不住地主動問了我一句:

「為什麼不出去?」不是明知故問嗎?我心想,沒有搭理她。「跟你說話呢!為什麼老待在屋裡?!」她提高了嗓門。

「沒地方可去。」我心灰意懶地答。

「奇怪,怎麼會沒有地方去?你不是有一大堆豬朋狗友嗎?以前天天一放下飯碗就往外跑,什麼時候見你屁股貼過凳子?」

「我沒有朋友。」

「你的朋友呢?」

「明知故問。」

「你什麼意思？」蔚安把嗓門提得更高，恢復了以前跟我爭吵的架勢。她已經很久懶得這樣理我了。我不知怎麼的竟然有些感動，這才發現自己原來那麼喜歡與她吵架。我彷彿撿回了半個以前的我，也直著脖子衝著她吼：

「我是臭流氓，是一個壞人，誰喜歡跟一個壞人做朋友？」

「誰說過你是壞人？」她的音量低了下來。

「不是你說的？那為什麼個個女孩子都躲著我？」我的音量也不自覺地降低了。

「嗚—，你怎麼可以這樣，摸了人家還去追逐別的女孩子？」蔚安委屈地哭了起來。

我一聽生氣了，你這什麼意思？我哪有去追逐別的女孩子？但看著她哭得傷心的樣子我心疼起來，於是柔聲軟氣地說：「沒有了，你別瞎猜，我沒有去追別人。」

「嗚—，你怎麼可以這樣的？不喜歡人家就不要抱人家不要摸人家。」蔚安是個能幹堅強的小女子，我很少看到她哭，她這一哭把我哭糊塗了。事後想想那麼明顯的暗示但我當時腦子就是轉不過彎來，心想這怎麼回事啊？明明是你不喜歡我怎麼反成了我不喜歡你？你不是生我的氣不讓我摸嗎？

「我不要你的裙子了，你喜歡送誰就送給誰去。」蔚安說著把那條寶藍色的裙子從她的木箱裡拿出來扔到了我的床上。

這可是我給她的定情信物啊，怎麼可以說退就退？

「不喜歡人家就不要老送人家東西。還送人家那麼貴重的裙子。這不是害人家嗎？」

我的思維順著她的話走。突然明白了：她這是吃醋呢！在說反話來刺激我。難道她不是真生我的氣？那她為什麼那麼兇狠地踢我一腳？難道她是無意的抑或只是出於少女的羞澀的自然反應？這樣一想我心裡激動起來，說話都有點發抖：

「我沒有不喜歡你。真的，我喜歡你，就只喜歡你一個人。」

「那你為什麼那麼久不理人家？」蔚安停止了哭泣。

「我沒有不理你啊，是你不理我。是你不讓我理你。」我站了起來走過去，張開雙手禁不住想抱一抱她，但想到那一腳我又有點猶豫了，不知道她想不想被人抱。

可是還沒有來得及等我想明白，蔚安嬌小的身子就在我的懷抱裡了，我事後都想不明白是我的手不聽腦子指揮去抱了她還是她自己滑到我懷裡來的。

有了兩情相悅、心甘情願的肌膚之親之後，我們的關係便突飛猛進。幾個星期後我和蔚安躲著別人偷偷摸摸地睡上了。

這彷彿是我人生第一次談戀愛，我渴望與蔚安待在一起，靠近她，親近她，摸她抱她，晚上睡覺時我想著她，真想分分秒秒把她帶在身上含在嘴裡。可是事與願違，我們都來自於傳統的東方文化，就是在街上拉個手蔚安都不願意，擔心有人會議論她，更別說在別人面前摟摟抱抱了。蔚安是個生活上比較撿點的人，就算在我們九人同住的小木棚裡，如果我略有親昵舉動她也會渾身不自在，所以我不得不控制自己的欲望，心裡便常常有憋屈之感。

半年之後有一家朋友搬走了，我花了點錢把他們的小茅屋頂了下來搬到那裡去住了，小茅屋便成了我們幽會的地方。小茅屋雖然簡陋，卻是我們的私人空間，我們可以在裡面自自由由地戀愛，無拘無束地親熱。蔚安幾乎天天晚飯後都會跑來我那裡待著。那一天過了時間她不來我就會坐立不安，我想去看她但往往又不敢離開小茅屋，生怕我一離開她就來了，我們反而錯過了對方。這樣來往了兩個月，我終於說服了蔚安搬出木棚與我同居。

在小茅屋裡度過的日子是我一生中最美好甜蜜的時光。如果不是後來發生的綁架事件，我真願意與蔚安在小茅屋裡度過我的一生一世。

第十四章　蔚安被劫

那是深秋的一個凌晨，大約兩三點鐘，幾個青壯男人趁我們熟睡之際撬開了我們的門，偷偷摸摸地跑進我們的小茅屋，他們塞住蔚安的嘴巴扛了就往外跑。蔚安出門前拉著茅屋的木樁不放，把我搖醒過來。

我伸手摸去，發現蔚安不在床上，黑暗中我感覺到有不少人影晃動，心裡一慌連忙大叫「蔚安，蔚安」。我聽不到回答，但有弊悶著的「唔唔」之聲，我感覺得出是蔚安發出的。我反應過來光腳追了出去，可是兩個兇惡的男人把我擋住了，他們一頓拳打腳踢把我打得不省人事。

我醒來後發現蔚安已經被他們劫走了，我想去找她，但才站起來就一陣頭暈，我的右手臂好像散了架，靠肩膀處鼓出了一塊巨大的骨頭，頂得我肩膀周圍的筋和皮都緊緊的，我只要稍一動彈就痛疼不止。我扶著右手跌跌撞撞地摸黑走到我們以前住的木棚，心存僥倖地想著蔚安沒準已經逃離危險回到了我們的老房子。我敲開了他們的門，可是蔚安並不在那裡。他們看我傷成那樣，怎麼也不肯讓我回去了，他們扶我躺了下來，寬慰我天亮了再想辦法。

第二天一大早，鄰居來看望我照顧我，並派人分頭到營地各處尋找蔚安。譚先生及其他朋友也來了，他們把我送到了海上醫院。

馬克醫生摸著我的手臂說，你的肩膀無大礙，只是脫臼而已。

「對不起，我現在要幫你把骨頭調整過來，會很疼，但很快就好。」馬克等譚先生翻譯完，他左手摸著我的肩膀捏了幾下，右手突然扯起我右手一拉一轉一推，「嘎、噠、咚」三聲，我的手臂回到了原來的位置。馬克醫生讓我動了動，我發現我的手馬上可以活動了，只是還有點麻木和隱隱的疼痛。馬克建議我們去報案，於是譚先生領著我到難民營的行政管理辦公室去報案。

接下來我和朋友們四處尋找蔚安，可是幾天過去一無所獲。我知道蔚安真的被人搶走了。搶到哪裡、搶去幹什麼？他們會不會打她？他們會強暴她嗎？會殺了她嗎？我每一分鐘都擔心著，這樣的擔心和猜想逼得我幾乎發瘋，夜裡無法入睡。我白天神志不清地到處亂撞，找遍每一個我能想到的角落，試圖把蔚安給找出來。

一個星期後蔚安回來了。

我當時在山坡上，看到她雙腿難看地張開、蹣跚著從沙灘邊上慢慢地往我們住的地方移動。我從山上飛奔而下，蔚安看見我，腳步停了下來，她扁著嘴巴強忍著不哭出聲來，淚水卻止不住地往下流，身子搖晃著。我走到她跟前時才發現她額上、臉上、脖子和手臂上傷痕累累，她雙眼紅腫、臉色死灰。我的心刺痛得厲害，伸手去抱她，她晃了晃便倒在我懷裡昏死過去。

我肝腸寸斷，跌跌撞撞地把她抱到醫院。醫生給她作了檢查，發現她已經很久未進過食物，下體嚴重受傷、紅腫得雙腿無法併攏。

搶走蔚安的是一幫印尼的軍人，他們是由印尼政府派駐伽琅島維護島上治安的。可是這些駐軍監守自盜、無法無天，常常幹些傷天害理的事情。他們把蔚安綁架到部隊輪奸，有時一天竟多達幾十人次。蔚安經常被蹂躪得痛苦難忍昏死過去。後來那些印尼軍人覺得她實在太虛弱、無法滿足他們的獸欲，又去綁架了另外兩個女孩子，把昏迷中的蔚安扔到隔壁一間廢置的破舊小板房裡。

「放開我，放開我」，半下午一聲慘叫橫空而來，把蔚安從迷迷糊糊中驚醒過來。靠海一邊的窗門半開著，太陽白亮亮地刺著她的雙眼。她轉了一下身子，把臉轉到了背光的一邊。

「不要啊！不──」一聲更加慘厲驚恐的聲音劃了過來，而後剎然而止，彷彿被人割斷了聲帶，聲音就懸在了半空，再也續不回去。蔚安艱難地支起了上身，慢慢站了起來，走到背光那邊的窗戶，她看到隔壁房子裡一個印尼大兵正壓在一個年輕的女子身上，房子四面還站著四、五個大兵。她的心像被人揪住一樣劇烈地疼痛起來，使她忘記了身體的痛楚。

她關上背光那面的窗戶，走回靠海的一邊。她仔細地觀察這個窗戶，發現窗門與窗框接口處的釘子已經生銹、接口處的木頭也腐朽鬆動了。

她用力搖了幾下，窗門慢慢鬆動了。她繼續搖，窗門終於掉了下來。她把窗門放在地上靠著牆，然後扶著窗櫺站到窗門上，從窗口爬了出去。

她站在滾燙的沙地裡向四周看了一看，發現沒有人追過來，就沿著海邊的小路拚命地向前跑。

她跑啊跑，跌倒了，爬起來，再跌倒，再爬起來。不知跑了多久，她終於看見了熟悉的小房、沙灘。她還看見一個熟悉的身影正朝自己走了過來，她鬆了一口氣眼前一黑，身子跟著雙腿軟了下去……

為了安全，我沒有把蔚安接回我們的小茅屋，我們搬回原來的木棚去住了。晚上，我們三個家庭的四個男人就睡在靠門邊，女人和孩子睡在中央和裡屋，這樣如果有印尼大兵到來，我們男人可以最先知道。

第十五章　蔚安離去

蔚安十七歲時，在海上的大船醫院裡順利地生下了我們的兒子。

我開始為做爸爸感到自豪。我很愛我的小家庭，我開始學習照顧孩子、做飯、洗衣、拾掇房子。

我無微不至地照顧著我的小小老婆和小小兒子。我們的兒子喝著他年輕的媽媽的豐乳奶汁，他年輕的媽媽喝著國際救援組織分配給我們的優質奶粉，兩人都長得白白胖胖。

為了給我的寶貝兒子和漂亮老婆更好的營養和更多的疼愛，我有時會到近海去抓魚、釣魚，但收穫不多。當時難民營裡也能買得到鮮魚及其他食品，但我們身上沒有多少錢。有了家有了老婆孩子，我覺得我應該承擔起更多養家糊口的責任，我開始琢磨著怎麼樣去賺錢。

伽琅島的難民營從一九七五年開始建立，到了一九八五年，它已經發展成一個相當成熟的小社會，除了非營利性質的學校、教堂和寺廟外，還有很多以營利為目的的商業機構，像飯店、茶樓、咖啡廳、傢俱店、衣物首飾店之類，甚至還有房地產業、地下黃金外匯交易市場。

有商業就存在勞務市場，在朋友的介紹下，我不教書的時候就到一個飯店的廚房去幫忙，主要工作是備菜、調味、執掌油鍋，碰到人客多時老闆會差我幫手炒菜、到外面收拾碗碟。但那個飯店是兩家人合夥開的，他們兩家四口勞動力幾乎可以應付過去，我只在他們中有人請假或傳統節日飯店繁忙時才補個缺，一個月也就去幫個七、八天，很多日子還是閒著。

國際援救組織供應的食物大部分是罐頭，而有不少人又有海外親戚接濟，經濟上比較富裕，所以難民營裡的海鮮市場非常興旺。初初是地下黑市，做的人多了慢慢便公開化了。海鮮主要是由印尼的漁民供應，難民營裡有生意頭腦的人拿回營裡高價賣出，一轉手就賺個幾十美金。

當時伽琅島由印尼的軍隊監管著，與印尼本土隔離開來，印尼漁民不能進入伽琅島，所以難民營裡做生意的人就與印尼漁民串通好，冒險到幾里外的海面交接海鮮和其它貨物。後來一個朋友介紹我去跟船，每週三和週六的早晨，我和那個朋友開船到三四里外的一個接頭點把魚蝦運回難民營裡，老闆給我的工錢比飯店裡高了很多。我手頭慢慢寬裕起來，偶爾可以帶著一家人下館子，還給蔚安買了一枚足金鑽戒。

蔚安生完孩子後身體慢慢豐滿起來，人也長高長大長白皙了，她兩頰粉紅，細嫩的肌膚吹彈即破，看著讓人倍加愛惜。我給她買鑽戒的當兒，對面賣衣服的阿姨熱情地走了過來，手上挽著幾件時髦的衣服，她拉著蔚安一件件的比試，每比一件她就帶著幾分討好讚幾聲。蔚安要了一件粉紅襯衫，一頂粉白洋帽兒，一穿一戴，十分的合身。她雙眼本來就又大又亮，再加上紅潤的雙唇，真是豔若桃花，看得街上的男男女女都不忍離去。我抱著孩子在蔚安的旁邊炫耀地走著，那種自豪和滿足，把我自己都羨慕死了。

到海上去交接海鮮需要有過人的膽識和銳敏的思維，才能靈活機動地應付各種突發事件，我的踏實可靠和機智勇敢很快就贏得了老闆的賞識和信任，一個月後他便讓我獨立去交接生意，而且去的次數越來越多。半年以後，他讓我負責傳、幫、帶小兄弟的活兒。我的薪金也因為職位的不斷提升而一漲再漲，我們在伽琅島上的小日子因此越過越紅火。我不單豐衣足食，還有一個人見人羡的漂亮老婆和一幫肯捧我排場的小兄弟，我覺得自己總算混出了個人模狗樣。

可是蔚安卻不這麼想，她的眼睛從來看的都不是踩在我們腳下的伽琅島的平實土地，她的夢想在遙遠的地方，那裡沒有饑餓沒有貧寒沒有骯髒，更不會有醜惡的印尼大兵。

難民營的人走了一批又來一批，蔚安滿懷希望地耐心地等待著，等待著某個西方人道主義代表團把我們接走，接到一個自由民主、沒有饑餓和齷齪、不用擔驚受怕的樂土去。

美國代表團來了，他們把會說英語、接受過良好教育的青壯男女接走了。

英國代表團來了，他們把有技術、有手藝的人接走了。

澳大利亞的代表團也來了，他們極具仁愛之心，看著難民營的生存環境、聽著船民們的苦難歷程，流下了一把把同情的淚水。只要是難民良民，不分男女老幼，他們什麼人都要，可是名額有限，又把我們選漏了。

等下一次吧，我們的願望總是可以實現的，我總是這麼安慰著蔚安。

我們入住伽琅島五年以後，與我們一同從越南坐船過來的四十一人中有三十九個人先後離開了伽琅島，他們中的八個人不到一年就被海外親戚擔保轉道去了別的國家，另外的三十一人也陸陸續續地被國際人道主義代表團接走，一半去了美國和加拿大，另一半去了澳大利亞、紐西蘭和歐洲，留在難民營的只剩下兩個人，那就是蔚安和我。

有人說，西方人看重人的品格，他們想要的是本性善良、遵紀守法、規規矩矩的好人，而不是會到他們國家擾民生事的人。而我因為參與了海上非法的走私活動，便是「犯法」之人，身上有了污點，上了他們的黑名單，每次選人都會被第一批剔除出去。有人甚至說我是難民營裡的黑社會頭目，「人家西方是講究法治的國家，哪有那麼傻會把走私犯、黑社會頭頭接到自己國家去的？等到老死島上吧。」

蔚安是在去商店買東西時聽到別人議論這事的。西方自由的樂土永遠地對我們門上了大門，我們花了這麼多年一起打造的美夢一下子破滅了。她聽完之後東西也忘了買氣鼓鼓地空著雙手回來，一回到家便對我大發雷霆：

「吳星，我告訴你，你想老死在這個破棚子裡可以，但不要拖著我！我一直就奇怪呢，都是同一條船過來的，有文化的走了，沒有文化的也走了；老的人家要了，小的人家也要了。我們不缺胳膊不缺腿的，人家怎麼就是不要我們呢？我還以為是自己命不好，該倒楣。原來是你搞的！你還嫌這幾年沒害夠我，還要害我一輩子？」

「我這幾年辛辛苦苦不都是為了你？我怎麼害你了？」我也來氣了。

「還死不承認。如果不是你，我會變成這樣嗎？看看這個小兔崽仔。」蔚安指著我們的寶貝兒子，臉氣得變了形。

「你她媽的吃錯了藥，嫌我也罷了，竟敢拿我的兒子出氣！」我一巴掌劈了過去，她竟然早有預料似的，頭一低身子一扭，閃到了兒子的後面。

兒子看著爸爸媽媽怒目相向拳掌相加，一臉惶恐，竟也站了起來想找地方躲避。蔚安一伸手把兒子攔住，抱住兒子哭了起來：

「我們不走，也不躲，讓他打吧，打死了更好，乾乾脆脆。」她竟把兒子推到我的面前。

我覺得很堵，這個女人，無理取鬧的明明是她，這會兒卻是一副無辜的樣子。是，我是參與了海上走私、黑市交易，可是我不去冒險，你能活得這麼滋潤嗎？我連自己的小命都不要了，不就是為了你和我們的寶貝兒子嗎？我怎麼知道代表團會因此而嫌棄我們？如果知道，我就是天天喝清水也會熬過來的。

兒子兩歲時，事情有了轉機，蔚安聯繫上了她在澳大利亞的一個遠房叔叔，她叔叔同意擔保我們到澳大利亞去，並且很快寄來了邀請信。叔叔要蔚安把我們的情況寫成書面材料給他寄過去。我和蔚安高興極了，真可謂「山窮水盡疑無路，柳暗花明又一村」啊！沒想到我們的願望還會有實現的時候！我們找人照了「全家福」，又加拍了單人照以備做護照用。我們連夜開始寫信，把該填寫的表格填了，第三天，又跑去找譚先生校對和修改。我們用了整整六天的時間，把能做的都做了。第七天，我們把那些資料連同全家的希望一起寄了出去。

事情進行得很順利，五個月後，她的叔叔來信要我們辦理護照。我們既無出生證明又沒有身份證件，但是在譚先生和伽琅島難民營管理處的幫助下，護照還是辦了下來。

又過了幾個月，叔叔把一切都辦妥了，而且寄來了飛往悉尼的單程機票。

只是，機票只有兩張！一張是蔚安的，另一張是我們親愛的兒子的！

這怎麼可能呢？！蔚安不是一直說要走我們一起走的嗎？！

我把信封翻來倒去地看了又看，又在四周找了又找，我想一定是不小心機票從指間滑走了。我又到信件收發處去看，我想，可能是叔叔不小心把我的機票漏掉了、之後發現了又會另外郵寄一封信過來。我還找到信件收發員，仔細地詢問蔚安的信是何時到達難民營、何時交到蔚安手裡、中間經過了什麼人的手、是否有人打開過蔚安的信封再粘上……

等所有的疑問都排除之後，我終於不得不接受事實：我根本不在擔保之列！

第三部　赤身之旅

第十六章　命逝如風，了無痕跡

在伽琅島難民營的日子裡，為了讓心愛的老婆和兒子能豐衣足食，我鋌而走險幫別人到海上交接海鮮，因而誤入歧途成了走私犯、黑社會頭目而失去了移民西方文明富裕國家的機會，蔚安為此與我大吵大鬧了很久。

後來蔚安聯繫上了早年移居悉尼的一個遠房叔父，她叔父答應擔保我們到澳大利亞去。可是等到寄來的機票只有兩張時我才發現她叔父根本沒有擔保我！

「你叔叔為什麼要這樣活生生地拆散我們一家人？難道他也把我當成了難民營裡的走私犯、黑社會、騙了他的侄女還搞出一個孩子來的流氓？！難道我就真的是個那麼不堪、不讓人待見的無賴之徒嗎？」我憤怒地質問。

可是看著蔚安有點兒愧疚但似乎過於平靜的表情，我終於明白，蔚安其實早就知道或者預料到了這樣的結局。但這又是為什麼啊？！我先是憤怒，憤怒過後又覺得十分沮喪，心裡特別難受。

蔚安說：「沒關係的，我先過去不也一樣？等我住定下來後再把你擔保過去。」蔚安的許諾給我失落的心平添了許多的溫暖和希望。

蔚安走的時候非常高興，她說她到了悉尼會給我寫信。

人們都說澳大利亞是人間天堂，那裡的人住著高樓大廈或者花園洋房。房子裡貯著用不完的涼氣和暖氣。天冷了暖氣便自動從地上冒出來，天熱了涼氣便自己從房頂上吹下來。住在那裡的人不用工作都可以天天有肉吃、政府還給發工資和分配住房。對了，那裡的人過的日子就是我們一直在追求的理想的共產主義社會：豐衣足食，老有所養，讀書、看病公家全包了，工作是為了滿足個人的興趣，不想幹活就不幹，想幹活、喜歡幹活才去幹。而且那裡的人心地善良、不發脾氣、不爭不搶、和藹易處。

我很快就想通了，我應該為我的老婆和兒子能到那樣一個天堂般的美好世界去而感到欣慰。蔚安說得對，沒關係的，只要她和兒子能出去，我在這兒多待些時日又有什麼關係？我不再怨恨蔚安的叔叔：我自己沒有本事給老婆和孩子一個舒適的家，她叔叔給了，我應該感激他才是。他雖然沒有擔保我，但他把我老婆接了過去，不就給我打通了通向澳大利亞的希望之路嗎？我的老婆接我過去也一樣，遲就遲點有什麼關係呢？我現在應該安安心心地等待老婆擔保我到人間天堂去團聚才是。

可是，我的老婆和兒子到了天堂之後便沒了消息。

我每天給老婆和兒子寫信，寫完寄到她叔父的住處。可是信寄出去無數封，卻一封回信也沒有。後來我懷疑我抄寫的英文地址有錯或者字母寫得不好人家郵局的人看不懂，所以沒辦法把信寄到蔚安的叔叔家，於是我把一打的信封都拿到譚先生處，讓她照著叔叔寄來的地址幫我把所有的信封都寫好。

可是日子一天天地過去了，我依然見不到我老婆寄來的片言隻語。

從小到大缺衣少食的我，什麼苦日子沒捱過？現在我在難民營裡雖然能吃飽穿暖，可是那種沒有盡頭、不生不死的精神上的折磨，比饑餓寒冷還要痛苦千倍萬倍。

我的日子變得昏暗無望，我常常夢到我老婆乘坐的飛機掉下來了，我老婆又領著兒子回家來了。早晨醒來我就會像瘋子一樣在難民營裡到處打聽有無飛機從天上掉下來的消息。

「你擔心過頭了，飛機怎麼會從天上掉下來呢？」人家用同情的目光看著我。

「怎麼就不可能了呢？我們坐過船的就知道不是有很多船給風吹走了、給浪打翻了嗎？」我反問。

「真是奇怪，你是希望你老婆坐的飛機掉下來還是希望他們飛走了？」別人問我。

「當然是掉下來咯」我說，連想都不用想。

「你捨得呀？那麼漂亮的老婆。」

「你神經病呀？掉下來不就回來了，不捨得才想她掉下來嘛。」

「你才神經病呢！飛機飛得那麼高，從天上掉下來不摔個稀巴爛呀？她還能活著回來？」別人用奇怪的目光看著我，好像我真的是神經病一樣。

難民營裡有個行政管理辦公室，辦公室的門前是信件收發處。隔天下午，郵遞員就會到信件收發處來收發信件。我天天盼著郵遞員來，每次見他一下郵船，我就按捺不住心頭的激動，小跑著奔下沙灘跟著他回到信件收發處，看他把信件一封封往外放。可是，每次盼來的都是失望，失望漸漸積累成絕望。

我終於不得不承認，我被人甩了，我什麼都不是了，跟無賴差不多，比流氓也好不到哪兒去。失去妻兒再加上失去信心，我覺得活著真的是一種煎熬。

我跟譚先生說，我活得難受極了，真的生不如死。她說，你以前活得不是有滋有味嗎？那是為什麼？

我說那怎麼相同呢？我那時有老婆、有孩子呀。

有老婆孩子就活得有滋有味了，那就去把他們找回來呀。

去哪裡找？

既然你活得比死還難受，該去哪兒找就去哪兒找，上天入地也好、漂洋過海也罷，大不了一死，反正你己經生不如死，怎麼著不比現在活著好？

譚先生的話讓我豁然開朗：對，我就到澳大利亞去找他們！我還年輕，不能就這樣蔫下去！我要尋找新的出路，大不了葬身大海！

那時難民營裡流傳著聯合國要關閉一些難民營的消息，人們議論著擔心著伽琅島難民營也在關閉之列。有些人開始暗中活動準備偷渡到印尼本土，再從印尼本土往南邊的鄰國澳大利亞跑。

經過一個多月的籌備，一九八八年，我跟著一幫沒有希望被西方人道主義代表團選上、又不甘心被遣送回越南的人趕到一個荒蕪的海灣，上了一艘漁船。漁船上面擠滿了男男女女三十五人，老的己經有六十多歲，小的只有五、六歲。

漁船駛向茫茫的大海，想起從越南偷渡到菲律賓的經歷，無名的恐懼湧上我的心頭。海的博大無邊點撥了我關於前途的聯想，我孤注一擲偷渡去澳洲就如在海上搏擊，既渺茫又風險。我在身體疲乏、心智迷惘中度過了第二次偷渡的第一天。

第二天早上醒來看見船上的人都在吃東西。我睜開眼睛看見太陽已移到半天，估計己是半上午，我有點兒奇怪自己怎麼會睡得那麼死。我活動了一下四肢，覺得身體健康有力、頭腦清醒、思維活躍，心情也跟著好了很多。

我在奔向新的生活，把前途交給大海吧。我對自己說，心裡也隨之釋然。人有時就是這樣，當你有很多的出路和選擇時往往喜歡瞻前顧後瞎揣摩把自己嚇來唬去折騰得夜不成眠，而當別無選擇時反而會從容鎮定下來。

船一連走了幾天，一直風平浪靜，我儘量坐在自己的一小塊地盤，一天只進食兩頓，一則可以節省食物二則減少排泄。沒有廁所，只在靠船尾的地方拉了一塊布，屎尿都拉在一個木頭盆裡，往海裡一倒便是。木盆經過很多人無數次的使用，尿漬和糞渣子厚厚的粘在上面，又沉又滑，又髒又臭。為了防止倒屎尿時木盆滑入大海，船主還在木盆上鑿了一個眼，用繩子綁住繫在船上。

我左手邊是兩個中年男人，一米六左右的個子，又赤又瘦，像風乾的臘肉，他們的嘴巴似乎永遠都不會閒著：醒著的時候要麼吸煙要麼就說個沒完，睡著的時候要麼說夢話要麼打呼嚕。坐在我右手邊的是一個年輕女人，一米四幾的個子，瘦小柔弱。

我一米七五的壯實身子，對左右鄰居而言，仿如龐然大物，充滿了威脅。年輕的女鄰居一會兒說我的腿伸過了她的地盤一會兒又抱怨我打瞌睡時銅錘般沉的大腦袋撞疼了她。我剛一挪屁股，左邊的「臘肉」又叫了起來：「大個子，你能不能給我留點地方？我們可是男人，總不能上下層疊在一起睡吧？」

過多的肢體碰磕和熏人的汗臭和體味讓人覺得日子特別的漫長，而逃避這種漫長日子的唯一出路便是沉睡，所以我把大部分時間都用在昏睡上了。

美麗的山茶花開得碩大，蓋滿了整個的山村，我在大片的石灰岩裡疾走，走了很長很長的一段時間。我覺得很累，但我知道我不能停，我必須尋找下去，但我又不知道自己在尋找什麼。突然聽見有人喊：「放炸藥了——」，我很緊張，想起蓮妹還在山上，我抬起腳往山上跑，可是我跑不遠，敵人的飛石和子彈跟得緊緊的，地上還有小地雷和鐵夾子。我提了提氣、腳尖用力地往那如石台般大的石灰岩上一蹬，終於飛跑了起來。我雙腳輪流著，每一次落地後再蹬，我都能藉著支撐物臨空飛跑十米八米甚至更遠，最後我終於飛了起來，我飛過不毛的山丘，飛過竹葉扶疏的林子，我踩著海浪而去……沒有子彈和飛石，我自由了，我翱翔在高高的天空，劃著遊船般圓滑的曲線，蕩呀蕩。我淘氣的兒子從我背後伸出小腦袋。「回去」，我伸出手把他的小腦袋拍了回去。「哇，哇，哇」他哭了起來，聲音又細又尖，像極了女人，而後更多的吵鬧聲跟著響了起來……

我醒了過來，睜開半隻眼睛，我看到船上亂成一團，朦朧的夜光中閃著詭譎怪誕的刀光劍影，有點兒像連環畫裡的佈景。船頭上站著一個陌生的高大漢子，左手拿著一把大馬燈，右手舉著一個火把。他光著膀子，穿著一條褲腳齊膝長的大褲叉，腰裡紮著一條寬大的軟腰帶，腰帶的左邊捆著一條大纜繩，右邊是一把說不上名字的兇器，比菜刀彎，比鐮刀直。漢子頭頂溜光，嘴上卻長著濃密的鬍子，鬍子很長，把嘴巴下巴全遮住了。他嘴裡嚷嚷著，手裡的火把往一個人身上點過去，那人畏懼地往另一邊躲，我認出那是我們開船的師傅，船師傅的雙手已被人捆了起來。另一個陌生的男人做出要把船師傅推下海去的架勢。

我聽到被嚇得哆哆嗦嗦的抽泣，又聞到新鮮的血腥味，我意識到我們遇到海盜了。

「不想死的，就快點把值錢的東西拿出來！」有人大聲吆喝著。

「撲」的一下，有人往我嘴巴裡塞了一團東西。我條件反射般舌頭往外一頂，一隻軟柔的手用力一塞，又把東西塞回我嘴裡，我感覺到這是一隻熟悉的年輕女人的手，於是把東西含住了。

「啞巴，你也起來，把值錢的東西拿出來。」那個女人用手扶我站了起來，然後便動手解自己的手錶、項鍊，並把她及我的包裹打開。幾個海盜一聲不響地看著，另外兩個人拿了一個袋子來收東西。東西扔在袋裡叮噹作響，聽著像金銀器物的聲音。

聽著海盜走遠，船上靜寂得像死一樣。夜風吹著一團團的黑雲，在人們的腦袋裡翻滾。人們像木頭般僵死，不敢挪動，不敢呼吸，不敢相信自己還活著。

「救救他吧，他要死了。」黑暗中一聲撕心裂肝的哀求讓人們意識到自己還活著。可是沒有人挪動也沒有人呼應，或者是人們都在等待著別人的挪動和呼應。

「爸爸，你不要死。」一個哆哆嗦嗦的孩子的聲音穿腸而出，聽得人們心酸難忍。

船主走到哭叫的女人身邊，他摸了摸受傷者，無奈地對那個女人說，都斷氣了，救不了啦。都跟你們說清楚了，偷渡這事，九死一生，你好好地活著把孩子帶大吧。

一隻手向我的臉上摸了過來，它摸到我的嘴巴，一捏，另一隻手極其粗魯地勾著挖了過來。我的嘴巴一張，一團黃澄澄的東西帶著我的體溫被那只手挖了去。是黃金！我身邊的這個越南女人，讓我給她藏匿黃金，如果被海盜發現，我的命一定保不住了。我十分生氣，正要發作，她的另一隻手撫摸了一下我鬍子拉雜的髒臉，聲音軟軟地說：「我不會虧待你的。」

死了丈夫的女人和她的兒子陰陰地哭了好久，船主在幾個男人的幫助下把死者丟到海裡去了。這個丈夫是被海盜砍傷的，當時他見到有海盜上船，趕忙把財物往尿盆底下藏，只想為老婆兒子留下一點兒吃用的，因此招來殺身之禍。

第二天我醒來時天已經很亮，藍色的天空纖塵不染，彷彿天底下的世界從來就是這麼明朗，這麼清澈，這麼純粹，這麼空明，美好得讓人想哭。

我環顧四周，清點著船上的人頭，比原來少了一個，但少的是誰長得怎樣卻怎麼也想不起來了。生命的消失就這麼了無痕跡，除了昨晚他老婆和兒子的幾聲嚎哭和一陣抽泣可以印證他曾經活過以外。生命的意義還原到僅僅為了給妻子留下一點財富、給兒子留下一條活路。

我知道，我的消失甚至會比這還要渺小還要虛無，不會有人會為我的消失而傷心落淚。我縱使能僥倖逃過海上的劫難，也難免被餓死或凍死在下一站的街頭巷尾。

我看看身邊這個弱小的女人，這個以我的生命為賭注換取她那沉甸甸的金子的女人，彷彿黑夜裡見到了曙光——她可能是這條船上僅存的還有財富的人了，我一定得討好她、跟牢她、佔有她。

這個女人對我似乎也好了些兒，她不再埋怨我侵佔她的地盤；相反地，對我有時略為放縱的行為表示接納。譬如，我的手碰著了她的身體，我的腳碰倒了她的水杯。我們在海上漂泊了半個多月，食物和飲用水己經少之又少、寶貴非常，而她卻把她的食物拿出來與我分享。晚上我們已經能夠背靠著背休息了，我摸了一下她裸露的手臂，她也沒有拒絕的意思。我知道我很快就可以得手，與多個女人的關係和經驗讓我成竹在胸。

夜裡，她莫名其妙地生起病來，咳嗽得厲害，還發起了高燒。船主給了她一些退熱散，又給了她一些治肺炎的藥。

兩天後，她的病似乎好了不少，她喘著氣說：「我不能死，只要熬到澳洲，一切都會好起來的」。她又說，我的親戚會帶我去看醫生，看悉尼最好的醫生，會講越南話的醫生。他們已經給我選好了對象，只要結婚，我就可以合法地留在澳大利亞，我就可以開始我平安而美好的未來。她說著說著聲音小了下去。

半夜，我聽到幾聲微弱的、不連貫的叫喚：「水、水、水」，我坐了起來，月光下我看到身旁那個弱小的越南女人嘴巴一張一合。船上靜悄悄的，幾個沉睡的男人打著頻率不一的呼嚕。我狠了狠心輕輕地躺了回去。我沒有再睡，聽著那個女人慢慢變得絕望而無聲的呼救。淩晨，在大家醒來之前我摸索著翻開了那個女人僵硬的手，把她包裹裡的金子取走了。

天亮之後，在距離澳洲北岸幾百海哩的公海上，船主吆喝著我把這個年輕女人的屍體丟到海裡。她的食品、飲用水和衣物很快就被周圍的人搶光了。她瘦小的身子在海裡漂浮了好一陣，終於消失在眾人已經與動物無異的獸性目光中。

這個年輕而柔弱的女人，這個臨危不懼、生死尚不能自保之時還能算計別人的聰明的女人，沒想到計來算去也只是為他人積聚錢財和活路。

第十七章　飄在大海上空的風箏

我們進到澳洲水域，準備在北部領地某個荒廢的碼頭靠岸。

我們在難民營裡已經聽過無數偷渡成功的案例，知道要緊的是跟澳洲的華人或者越南人接上頭，由他們介紹到華人或者越南人的農場裡，就能在農場裡偷偷地幹活掙錢生存下去，以後再找機會申請合法身份。如果運氣好碰到澳洲政府大赦，身份沒準一下子就搞定了。

找誰去接頭呢？我本來保存著蔚安她叔叔寄來的信封，上面有他的回郵通信地址，可是被海盜搶走扔到大海裡去了。我曾經試著把它們記在腦子裡，儘管那些雞腸子般的英文字母非常難記，但我當時確實把它們記下來了，可是現在怎麼努力也只想得起幾個不連貫的英文字母。船上一個叫唐穹的男人說，他有個難民營的朋友前幾年到了悉尼的一家農場，他後來還寫過信給他。他有他的電話和地址，只要我們一上岸，他就會想辦法去聯繫那個朋友。

我聽得激動起來，眼前湧現起大片的果園菜園，豐碩的果子掛滿樹枝，正等著我們這幫窮鄉僻壤裡出來的勤奮勞工去採摘；新翻的菜地潮濕溫潤，正等著我們去播種耕耘。我們的破舊漁船一下子變成了大飛船，在茫茫大海裡犁出一條光明大道，直通向我們要去工作掙錢的悉尼農場。

我被自己的美好憧憬迷住了，想像著很快就可以到達悉尼與我的老婆孩子團聚，我激動得差點被自己的心跳震暈。我哪裡知道，悉尼距離我們計劃登陸的北部海岸還有幾千公里呢！不單是我，其它很多人也都跟我一樣，把澳大利亞想成了與越南一樣的小國家，靠個小木舟或一輛腳踏單車騎幾日就可以從東走到西。

大家正談得興奮，兩艘掛著澳大利亞國旗的海上巡邏船左右包抄過來。他們跟我們船上幾個會說英文的人談了很久，我聽不懂他們說什麼，但從他們憂心忡忡的表情看，我們知道大勢不妙。

澳大利亞的海軍搬了一些食物和飲用水過來後便回他們船去了。人們圍著那幾個懂英文的人七嘴八舌地問開了，想把事情弄個明白。可是他們也說不太清楚，但有一點是確定的，就是澳大利亞海軍認為我們應該退回公海裡去。我這才知道我們是屬於非法入境的「黑船」。

後來澳洲海軍知道我們歷盡艱險才到達這裡又起了憐憫之心。我們的漁船沒有給海浪捲翻沉沒已經算是奇跡，如果把我們趕回大海，一定凶多吉少。從人道主義出發，他們不能那樣做。可是他們又不能讓我們進入澳洲，阻止非法入境者是他們的職責。經過商討我們接受了他們的建議：退回距離澳洲最近的公海等待澳大利亞政府的決定。

退回公海的第一天，大家興高采烈的像過大年。那晚我們吃得真香啊！一個個吃得肥鼓頸直、肚漲腹滿的。我們對仁慈的澳大利亞人充滿了好感和熱望，我們覺得他們一定會救我們的。我們現在的任務是舒舒服服地睡上一覺，明天精神飽滿地迎接澳大利亞代表團、跟著他們登上美好的澳洲新大陸。

第二天，我滿懷希望地醒來，看見滿船的男女老少熱情高漲：吃飽喝足的孩子們重複著他們永遠也玩不煩膩的遊戲。女人們在仔細地梳頭編辮子。兩個男人在刮鬍子，因為全船隻有兩把刮鬍刀，所以剩下的男人們就耐心地等待著輪流刮。有個年輕女孩開始給在越南的奶奶寫信，把就要登陸澳大利亞的喜訊告訴奶奶，她一邊寫一邊流淚，把個信箋弄得淚跡斑斑……

整整一天，我們在船上翹首以待，可是我們的救星音訊全無，澳大利亞大陸似乎也隨著日出日落而變得遙不可及了。我們在渴望中度過了漫長的一天，當夜幕再次籠罩下來時，我帶著微微的惶恐默默地祈禱：天老爺啊，您開開恩吧！明天讓我上岸進入澳大利亞去見我日思夜想的妻兒，下世做牛做馬都行啊！我祈禱完畢，帶著新的希望慢慢睡去。

第三天，一艘澳大利亞的大船靠了過來，乳白色的大船乾淨而清爽，看著真讓人舒服。「船來了，接我們的大船來了」有人高興地叫著。我跟著興高采烈的人們站了起來。看到船上下來一群高大的白人，他們搬來了很多東西：吃的、喝的、穿的，還有一大堆的儀器和設備，卻唯獨沒有入境通知書或允許證之類的文件。原來他們並不是政府的代表！他們是澳洲某個電視臺的記者和一群義工。他們給我們錄影、找我們談話，安慰我們、鼓勵我們一定要好好地活著，不能放棄希望，他們一定會盡最大的努力來幫助我們留在澳大利亞。

這時，我才明白過來事情並沒有我們想像的那麼簡單。我們只有等待。

我們的船在公海裡一等就是七天七夜。

那是多麼難熬的七天七夜啊！就像饑餓之極的人聞到飯香、坐到桌旁看到滿桌的美食卻不讓吃一樣；又像飄在大海上空的風箏，我們偉大的希望卻被細小的繩子吊在半空，每一陣戲謔的風都可以把繩子吹斷，每一個未可預知的海浪都可以把希望沖走。

澳大利亞政府的代表團來了又去了。我們船的人希望以「難民」的身份得到澳大利亞政府的援救進入澳洲，可是澳洲政府經過簡短聽證後認為我們不符合難民資格，因為我們的所屬國越南現在已無戰亂又無天災，我們也拿不出回去會受到政治迫害的證據，談判陷入僵局。

之後幾天，電視、報紙和電臺等新聞媒體都先後有人上船來採訪，同情我們的呼聲也越來越高，澳洲政府逼於輿論終於同意我們的破船靠岸。

船一靠岸，我們便被幾個穿著警服的高大白人引到了停在碼頭不遠處的一輛四十多個坐位的汽車裡。

那天天氣特別炎熱，從碼頭到客車短短幾百米的路程大家走得有點喘不過氣來，唇乾舌燥的。汽車旁邊站著一個五十多歲的女警，她給我們每人發了一瓶蒸餾水，拿到水的人迫不及待地擰開蓋子昂起頭「咕隆咕隆」地大口喝了起來，排在後面的人喉朧也跟著乾響。

登上車門，一股涼氣撲面而來，還帶著一股柳丁的清香。客車的駕駛座上已經坐了一個面善的中年男人，他偶爾看我們一眼，眯著嘴巴微微笑著點下頭。車裡很清爽乾淨，所有的座位都用絨布包著，絨布是深藍底色上面印著好看的小紅花。車窗玻璃一塵不染，都嚴嚴實實地關著。車窗上有一排的灰藍色窗簾，它們半收在窗邊整齊地垂著，佈簾新新的沒有一絲的雜色。

我哪裡見過這麼嶄新豪華的客車？站在過道裡這裡看看那裡摸摸，後面的人被堵在了車門口有點不耐煩地喊著「往裡走呀，別堵在中間。」

我在中國也坐過多次長途汽車，汽車裡總是一股熏人的煙酒和嘔吐物夾雜在一起的味道，車窗玻璃永遠沾滿灰塵，有些還掛著風乾的嘔吐物殘渣，而且總是有幾個車窗玻璃是關不住的，在顛簸的旅程裡劈啪作響。車座一般是黑色或深綠的皮革，皮革磨得遍體鱗傷，露出黃褐色的海綿，坐車的小孩子沒事幹就摳著海綿玩，把座墊摳出更多的坑坑窪窪。

「怎麼汽車也可以做得這麼舒服這麼高級？！」我自言自語地感歎著。

「『笨死』的東西，哪一款不舒服不高級？！」坐在旁邊的唐穹用怪聲怪調的廣東話接著說。

「你說誰笨呢？」我不滿地看了他一眼。

「你真是，我哪有說你笨，我講的是汽車牌子『笨死』，德國產的，世界上最好的汽車。」唐穹露出了驚訝和不解的神色。

汽車把我們運送到一個機場，我下了汽車發現剛才站在碼頭的警察已經站在了平展的機場上，他們看著我們下了汽車又把我們領上了飛機。

這是我第一次坐飛機，踏進飛機的那一瞬間我竟有點兒神思恍惚，不敢相信自己的眼睛和感覺。在我們那個時候的中國，只有高級的部隊首長和政府領導才有資格坐飛機的啊！就算坐火車臥鋪，也必須有單位證明還得是處級以上幹部才能坐。我心裡十分不解：為什麼澳大利亞人要給我們那麼高的待遇啊？！他們要送我們到哪裡去？

我坐在靠窗的位置，正在琢磨遠處那個掛在杆子頂端像魚泡形狀的大布袋是什麼東西時，飛機動了起來。

飛機要起飛了。我想，我看到那個大布袋往後退，然後越來越快，「啪嚓」的一聲飛機離開了地面，我的耳朵突然一陣刺疼，接著鼻子裡衝出一股嗆人的糊味，頭跟著也暈了起來，我看到地面在傾斜、傾斜，而後我看到了遠處藍色的一望無際的海水……

我看了一眼唐穹，他雙手護著耳朵，臉難看地扭曲著。我再看旁邊的那兩個女人，也是一臉痛苦的樣子。我心裡一陣驚慌：為什麼會這樣？難道碼頭上那個女人發給我們的水有毒？他們這是要幹什麼？難道要把我們送回海洋裡去執法？！難怪前幾天給我們吃好喝好呢。原來是想黃泉路上送我們一程！幸好我還享用過好車坐過了飛機！死前算是開了眼界了……

我正在絕望地胡思亂想時，飛場平穩了下來，我看到唐穹坐直了身子，雙手慢慢從耳朵上移開，在太陽穴上按摩了一陣，他舒了口氣，放下雙手對我展顏一笑。我再看別人，發現個個都神情平靜像沒事人一般，我收回心思，感覺耳朵和鼻子都好了，只是頭還有點兒暈。

我瞄了一下窗外，媽呀！太漂亮了！一團團粉白的浮雲蓬蓬鬆鬆地孵在下面，它們很輕盈，很抱團地靠在一起，擺出各種溫情脈脈的姿態。

「雲，雲」我拍著唐穹的肩膀，「你看，你看，那些真的是雲呢！我們飛到了雲的上面來了。」

「真的？！」唐穹也是第一次坐飛機，他斜著身子往我身邊靠。我挺直腰板，狠不得把自己變成石板魚貼到坐椅靠背上以便騰出更多的空間讓唐穹也能一飽眼福。

「我們的飛機鑽到雲堆裡去了，」唐穹一會兒興奮地叫，「看到沒有？雲在往後飛呢，飛得真快。」

「看到了，看到了，我們簡直是在水簾洞裡飛！像不？」

「像，像，太像了。」唐穹應和著。我們頭挨著頭輪流著看，「不，不是水簾洞，是雲簾洞」，我糾正自己，「是天幕」唐穹說。我們又叫又笑的高興得忘乎所以，直到飛機下降當再次遭受耳痛鼻嗆頭暈時，我們才稍停下來。

下了飛機，我們又被引領到一輛豪華的『笨死』牌大客車上。

客車過處有不少的高樓大廈，陽光跌在平滑似水的玻璃牆上，碎成明晃晃的銀色波光。燈柱高高地整齊排著，在空中嫣然彎腰，俯吊出一朵朵葵花般的好看的燈頭。路上是密密麻麻大小不一的私人汽車，它們像蜻蜓咬尾一樣，在大馬路上蜿蜒出三條巨大的撲地長龍。

這是真正的城裡了，車裡的人都十分興奮，我看著「撲地長龍」問唐穹：「那些都是『笨死』的車嗎？」，他看了看離我們最近的幾輛，搖了搖頭「不是，除了那輛『土爺他』別的牌子我也不認識。」

「『土爺他』？」我好奇地看著他。

「什麼土爺他土爺你的？人家叫 TOYOTA，日本很有名的一個牌子。」唐穹看了我一眼，對我的無知露出一種無奈的同情。很多年之後我才發現當初被我聽成『笨死』的車牌其實叫『賓士』，是一個著名的德國品牌車。

「我在中國看到的車一般都是白色、黑色或軍綠色，你看這裡的車什麼顏色都有，除了白色和黑色，還有銀色、紅色、藍色、綠色、紫色、金色、黃色，還有很多說不出顏色的，真漂亮。」

「你喜歡什麼顏色的？」

「我？」我懵了一下，我想，什麼顏色與我有關係嗎？與我沒有關係的東西我想它幹嘛？我當時怎麼也不敢去想我將來也可以擁有自己的私家車。

「我不知道。我沒想過。」我如實交待。

「你現在想呀。我喜歡黑色的。」唐穹興致勃勃地說，「你看啊，黑色的看起來多高級。香港電影裡的有錢人都開黑的，黑社會的大佬也都開黑車。」

「我喜歡白色，乾乾淨淨。澳洲人肯定也是最喜歡白色的。你看路上白色的最多了。」我說。

唐穹說，不，路上黑車多過白車，你看這邊。於是我們為了這個與自己毫不相干的關於「澳洲人喜歡黑車多還是白車多」的問題爭得面紅耳赤，最後我們決定算數量定輸贏，唐穹算路上走的黑車我算白車。

在我算到第一千五百八十三輛時，我們的車拐進了一條破舊的公路，路的一邊是紅色圍牆，另一邊是些單層或兩層的房子，房子沒有門面也很少窗戶，看似沒有人居住的地方，路上沒有任何車輛出入。

我正在奇怪，車停了下來。我們來到了一個建築物的門前。我抬頭一看，發現前面的建築物與一路過來的房子很不一樣，它的大門關著，靠大門兩邊有很高的圍牆，我估計有五、六米高，圍牆的上邊是結實的鐵絲網圈，每一條鐵絲上都長滿了鋒利的鐵齒。鐵絲網裡面靠右是一塊空地、上面有露天的桌子和椅子，有的桌上還撐著太陽傘。人們在裡面或坐或站，或聊天或散步，樣子十分悠閒，像是在公園裡消遣。

見到我們下車，距離鐵絲網較近的幾群人停止了聊天望向我們，臉上有的帶著好奇，有的是看熱鬧的激動，有的嫌惡，有的漠然。我仔細看了一下，發現裡面除了像我們這樣的黃種人外，還有黑種人、棕色人，甚至還有不少白人呢！這個發現讓我十分意外。

大鐵門在我們靠近前徐徐打開了。「這是什麼地方？」我用越南話問身邊的人。

「拘留中心，還能是什麼地方？人家說話時你不聽，現在又問來問去。」他不耐煩地說，連看都懶得看我。我放慢腳步等到唐穹，我們跟著大部隊進了拘留中心的大門。「碰」的一聲，鐵柵欄門在我們身後關了起來。

我回頭透過鐵柵欄門看了一眼門外那輛豪華的大賓士車，心裡說不出的踏實，大門關住了我的自由，但也圍起了安全的屏障，讓我真真實實地感覺到自己站在了澳大利亞的土地上、進到了它的院子裡。

拘留中心的管理人員給我們這群人中的每一家安排了一個房子，其餘的散戶按自願組合的形式每兩人住一間。

我們住的是一排平房，共有八個套間，每個套間裡面有沖涼房和廁所。房子很乾淨，一個粽色的咖啡桌、兩張舒適的扶手椅，兩張加大的板栗色木頭單人床上鋪著乾爽的淡藍色床褥，床兩邊是與床同色的床頭櫃，櫃子上放著好看的帶著米色燈罩的床頭燈。

這真的是拘留中心嗎？這麼好的設置，我簡直不敢相信！這輩子我還沒有住過這麼乾淨舒適的房間呢！

第十八章　在澳洲拘留中心的日子

澳大利亞政府沒有接受我們作為「難民」的申請。相反地，作為非法入境者，我們被送進了移民局屬下的一個拘留中心。

一個肥大的半黑女人走進來，她給我們帶了一堆日用品：一堆白色衣物、牙膏、牙刷、杯子等物，隔壁住戶因為有孩子還配有嬰兒奶粉。她告訴我們，她叫 Lucy（音近「露西」），是拘留中心的管理員，主要工作是負責住在拘留中心裡面的人們的日常生活，我們有事可以隨時到前面的辦公室找她。

露西稱拘留中心為「Our Village」（我們的村子），稱我們為這裡的 residents（居民）、villagers（村民）。她說話平和親切，聽著覺得真像是自己村莊裡一個平易近人的鄰居或者是體恤民情的鄉村女幹部。

露西派完日用品便領著我們這批新「村民」去熟悉環境。我們先到對面的飯堂，露西告訴我們裡面有西餐也有亞洲米飯，午餐和晚飯是熱的熟食，有專門的廚師煮食，我們到了開飯時間到飯堂去領便是。早餐、上午茶和下午茶自己弄，有鮮奶、果汁、麵包和麥片，每人還配有餅乾和一些零吃。軟飲料有可口可樂、芬達、雪碧等，都是免費的，想喝多少自己到飲料機器上去取就是。

回到房間，我翻了一下露西送來的我們自以為是衣服的那堆白色東西，發現它們並不是衣物，而是又厚又結實的毛巾織物。其中有兩塊是四方毛巾，一尺不到，我猜想那可能是洗臉用的。有兩條長方形的，有六、七十公分長，我想大概是洗澡用的了。最底下的兩條大概有七、八十公分寬一米四、五長，那麼長那麼大那麼厚，幹什麼用呢？不會也是用來洗澡的吧？可一浸水會很沉的，誰有那麼大的力氣拿呢？我拿在手上和身上比了比，最後認為它們是小孩的被子，是露西送錯了。我走到其它房間去看了看，發現每個房子都有，不像是送錯的樣子。

「那叫 bath towel，是洗澡後用來擦身上的水珠的，同時也可以拿來包住身體免得受涼。」有個從福建偷渡過來、在拘留中心住了一段日子的男人說。

「什麼？用來擦水？」我自小的習慣是洗完澡把手巾擰乾把身體上的水珠擦去就穿衣服了，在鄉下如此，到了部隊也是如此，我的所有戰友都是如此。

「鬼佬有很多不同用途的毛巾。像那塊小四方的叫 face towel（臉巾），是洗臉用的。那塊大點長方形的叫 hand towel（手巾），是擦手用的。又粗又厚、比 hand towel 稍大的那條叫 bath mat，一般放在沖涼房的門口的地下，主要是洗完澡出來時用來吸乾腳上的水的」，那個福建人倚著門跟我們解釋。

「那該叫『腳巾』了？」我插嘴，「媽呀，那麼多講究，真麻煩。看我們，人手一條長方薄毛巾，洗臉、搓背、洗屁股、洗腳、擦水全部搞定，實用又方便。哪裡需要分什麼擦臉、擦手、擦腳和擦身體的，不是純粹浪費東西嗎？」鬼佬的這種奢侈，真讓我受不了。

「什麼浪費？這才叫生活。真是生來的賤骨頭，給你過一下像樣一點的生活都不行。你千里迢迢跑這來幹啥？好好享受吧。有住有吃，衣食無憂，坐監獄比坐龍船舒服多了！」同室的阮文軍叫道。

我擺弄著那些乾淨清爽的純棉毛巾，愛不惜手，我怎麼可能捨得拿它們來擦水？我不理他們，重新把毛巾疊得整整齊齊放進我的床頭櫃裡。

我來澳大利亞是為了尋找老婆孩子，到了這時才知道，茫茫人海，去哪兒找他們？而且我也不可能外出去找他們，一來我是「黑民」被關在拘留中心毫無自由，二來我不懂英文，即使能越獄逃跑，走出拘留中心也分不清東南西北，恐怕連自己都找不回來還談什麼找人？

唐穹說：「找人一定要到外面去找嗎？你登個尋人啟事試試呀！」他住在我們隔壁，沒事就往我們房間跑。唐穹是第三代華僑，在越南上過大學，他英文不錯，越南話特牛，廣東話也講得流利（只是腔調有點怪怪的），還能閱讀和書寫中文。唐穹喜歡說話，他在拘留中心的一半時間是用來看報紙、看電視，另一半時間就在各個房間傳播他看來的各種新聞和八卦。

「什麼？尋人啟事？怎麼弄？」我還是第一次聽到這種說法。那時的中國鄉下我們每個人都有自己固定的地方住，除非探親訪友或者墟日趕集，人們很少離開村莊，每個人都住在自己該住的地方，找人直接到他家去或者到他幹活的地方去找就行，找不著就問村裡的其他人。到了部隊，我們更是有嚴格的出入制度和活動範圍，找人就在部隊營防裡走走問問就見著了，從來沒有聽說過要登出來的。

「『尋人啟事』就是找人的告示，你寫了登在報紙上，她看報紙時不就看見了？」唐穹解釋。

我在中國也看報紙，卻從來沒有留意過有尋人啟事。

我覺得唐穹的主意不錯，但轉念一想又有點喪氣，「可是蔚安不懂英文，登了她也看不到啊。」這兒又不是越南，蔚安哪會看什麼報紙啊！就像我們拘留中心的報紙和大廳裡的電視，除了懂英文的唐穹和阮文軍，哪裡有越南人去看它？

「你等等，說不準這兒有越南人辦的報紙。」唐穹說完就轉身溜出去了。

過了很久唐穹回來了，一副心花怒放的樣子，還未進門就嚷嚷開了：「我告訴你們，悉尼真的有越南人辦的報紙，而且不止一種，有好多種，聽說很多都是不用錢的，在購物中心或者商店門口擺著任你拿。露西說周末她會找時間到越南人聚居的社區去一趟，下周幫我們帶幾份越南報紙回來。」

唐穹的話讓我覺得不可思議，他怎麼膽子那麼大、竟敢去找管理員幫忙？我沒有接話，因為我不知道真假，這個地方的人做事不一樣。

我是個在部隊當過兵的人，像我們這種偷渡強行進入別人國境的人，人家不當場擊斃我們已經算是仁慈之極了。現在人家露西心好，稱我們為「村子裡的居民」，但是我知道我們是被拘留的黑民，換成中國的說法我們其實就是臨時監獄關押的犯人，而露西便是看管犯人的幹部，我對幹部們除了恭恭敬敬是不敢有別的奢望的，怎麼可能去麻煩人家找人家幫忙？人家又憑什麼要幫我們？

「人家會不會就隨口說說？你這麼高興是不是有點為時過早呀？」阮文軍冷冷地回了一句，不知是懷疑唐穹的話還是懷疑露西的為人。

阮文軍的冷言冷語絲毫不影響唐穹的美好心情，他激動著用一種近乎癡迷的聲調說：「露西的英文說得真好。」

唐穹說的露西就是拘留中心那個留短髮的半黑女管理員。拘留中心的管理員一半是白人，另一半是有色人種，包括棕色、黑色和黃種人。

露西應該算是棕色人種，她長著一雙又圓又大的眼睛，一個圓短的塌鼻子和微微外翻的雙唇，她的臉也是圓的。露西圓滾的身材與剛從海上上來的臘肉般的越南船民形成鮮明的對比，船民的臉和四肢都是突顯的骨頭和關節，而露西卻是肉呼呼的，圓潤的十指看不見關節，取而代之的是一個個像小酒窩般凹下去的小圓點。相對其它管理人員而言，露西的個子偏矮，但在瘦小的越南人眼中，她己是又高又大。露西雖然此較肥胖，但行動起來卻不笨拙，做事幹練利索。她愛笑，笑時露出一口整齊好看的潔白牙齒，三十多歲的人，笑得單純燦爛、毫無城府，把新入住的村民的不安和小心眼也一齊笑走了，看著便讓人開心。她愛用一種甜甜的香水，經她抱過的東西便留有一股甜甜的粉香。經歷了無數劫難才從破漁船上上來的男人和女人們很自然地就對她生出一份好感和親近。

「廢話，人家本來就是說英文的能不好嗎？你的越南話不也說得很好嗎？」阮文軍嘲笑唐穹。

我們那時對澳大利亞一無所知，以為澳大利亞是發達的西方國家，是白人的世界，所以看到有色人種往往有一種錯覺，以為他們是外來移民，發現人家一張口一舉手一投足跟西方人一樣我們就會覺得奇怪。後來我知道澳洲是移民國家，有很多的人種，但看到行為西化的有色人種我還是會不自覺地感到意外，其實唐穹和阮文軍也有這種感覺。

「人家脾氣還挺好的，我這麼結結巴巴的英文，她卻很有耐心，一直笑咪咪地聽著我說完。還說我的英文說得 "very good"。」

「你的英文我還不知道？那也叫"very good"？有自知之明沒有？」阮文軍樂了，露出一副嘲諷的神色。

「又不是我說的，是露西說的。人家那樣說說明人家不嫌棄我們嘛。反正我聽了還是很高興的。」

星期一早上，我們才吃過早餐，就見露西扛著一大疊報紙過來了。好傢伙，她不僅給我們帶來了越南文報紙，還有中文報紙和雜誌，有免費的也有用錢買的！唐穹、我和阮文軍都感動得不知說什麼才好，我們都來自不太會口頭表達謝意的亞洲文化背景，只一味高興地咧嘴傻笑，直到露西出了門唐穹才反應過來朝著她的背影說了幾聲"Thank you very much"，露西回頭朝我們笑笑，她燦爛真誠的笑容使我們頓覺生活美好了很多。

在唐穹和阮文軍的慫恿下，我跟著他們去找了露西，說想麻煩她幫我在越南人的報紙上登尋人啟事，她想都沒有想就一口答應下來："No problem,I will do it for you.I hope it will help"（沒問題，我會幫你辦，我希望它能幫到你）。

第二個星期，露西又帶回一大疊越南文報紙，裡面登著我的尋人啟事！露西不是在一份報紙上登，而是在三種報紙上同時登！尋人啟事大意如下：

丈夫Ngo Sinh，自印尼伽琅島來，尋找二十歲的妻子Vianh和三歲兒子Bao。

廣告上還附上了悉尼沃裡物拘留中心的聯繫位址和電話。

自從登了尋人啟事之後，我就天天滿懷希望地盼著蔚安或者別的知情者的電話。可是半個月過去沒有一點音信。

我不死心，打算在越南文和中文報紙上繼續尋人。以前聽蔚安說她的叔叔是越南華僑，會說中文。我想他在悉尼住了很多年，說不準有不少華人朋友，沒準朋友看見了也可轉告他們，那不就多了一條線索？

我們翻著露西送來的那疊報紙，找來最大那份報紙打電話到報社去問，才知道尋人啟事屬於「廣告」類，要收費，而且還挺貴的，登三個月要六十元，我很吃驚。我那時兩手空空，拘留所的朋友們也與我情況類似，不可能借得到那麼多錢。怎麼辦？

「才幾十個字就收人家那麼多錢。登了還不一定有人看。」我喪氣地說。

「對呀，蔚安哪裡會想到你已經到了悉尼？她當然不會去翻看那條炸豆腐泡一般大小的尋人啟事了。」阮文軍同意我的說法。

「是啊，那麼一小條廣告，是很容易被忽略過去的。要不我們把它做在第一頁，大大的字，一眼就看到，就像這個一樣。」我看著一份免費報紙的餐館開張廣告說，並為自己的設想激動著。「大報紙要錢我們就找小報紙做，小報紙不是免費的嗎？不用錢隨便拿，沒準更多人看呢。」

唐穹和阮文軍也很興奮，我們拿著免費小報衝到電話亭，打通了報社的電話。我告訴報社的人我想在他們的報紙的頭版刊登尋找老婆孩子的廣告。

「啊？這樣？尋人啟事很少登在頭版的。」對方沉吟了一會接著說。

「登在別的版面沒有用，看不到，上個月在好幾家報紙上登過呢，也沒找著他們。我想還是登在頭版好，最好是整一個版面，連登一個月。」

「也行哪，你要怎麼登？你有他們的照片嗎？」

「沒有，弄丟了。」

「這樣呀？沒有照片你要整一個版面幹嘛？你在右上角放個四乘六的一塊吧。那位置顯眼，你自己也省點錢。」

省點錢？什麼錢？我還沒有來得及細想，只聽對方已經在說：「第一版整個版面登一次要$48。

我們的報紙是週報，每個星期五出一期，一個月是四期，一月優惠價 $99。但是單登 4x6 的一小塊，優惠價 $33 我給你登一個月，就放在報紙的右邊、挨著報紙的出版日期和報社的聯繫電話，最顯眼了。」

我們三人你看看我、我看看你都不敢相信自己的耳朵。

「不是免費的嗎？怎麼也要錢？」我很不理解地問。

「你這人太有意思了。免費是我們免費送給你們看，我請人要給錢的啊，人家印刷廠也不會免費給我印，還有紙張、材料和排版工具，我都得自己花錢買的。」辦報紙的人耐著性子跟我說，「如果你覺得頭版太貴，可以考慮放在別的版面，中間的版面便宜一半。」

我在聯合國難民委員會管轄下的伽琅島難民營生活了六年，西方世界給我們送吃的喝的用的穿的，沒有向我們要過半毛錢。到了悉尼的沃裡物拘留中心，我們的吃穿住用也是免費的，我已經習慣了這種不用花錢的日子了，以為到了西方社會就什麼都是免費的，沒有想到自己才開始辦事就碰到這麼大的麻煩，不單要錢，還是大錢！

看來還是人生地不熟呀，人家不認我們，我想。怎麼辦呢？看來還得再找露西，上次是托露西登的，人家根本沒有提到錢的事兒。

唐穹領著我到了拘留中心管理辦公室，從外面看到裡面有一男一女兩個白人，我們停了下來，心裡有點怯怯的不知道該不該進去，可是我又不願意離開。

「要不我們就在這兒等吧？這樣子進去是不是有點兒冒失？人家會不會生氣？會不會覺得我們沒有禮貌，打攪了他們？」我忐忑不安地拉住唐穹說。

「也好。這兩個人我沒有打過交道，不知道好不好說話……」唐穹也有些猶豫。我們正說著，裡面的那個男人走了出來："Hello,do you need any help? I am Tom"（你們好，需要幫忙嗎？我是湯姆）」他張開大嘴巴笑著，一副大大咧咧的樣子，並伸出巨大的右手來，我離湯姆最近，但我被突而其來的變化弄得有點兒暈，木木地站在那兒，好在唐穹見過世面，他反應過來握住了湯姆的大手。

唐穹告訴湯姆我們想找露西。湯姆說，露西很快就回來，你們想不想到辦公室裡坐著等？

雖然湯姆的態度平易友好得甚至有點兒謙和，但我還是心虛虛的，跟唐穹說「不要進去」。

我沒有跟這兒的人打過交道，不知道他們心裡想些什麼。在我成長的環境裡，上下尊卑是有嚴格的分界線的。小時候在村裡我對長輩言聽計從，儘量做個大人眼中的乖孩子；學生時代我對老師和學校領導敬畏有加；年長一點後去公社辦事時往往排隊侯站直到雙腳發麻、受到幹部們的嫌棄和呵斥時我忍氣吞聲、唯唯諾諾，入伍當兵對領導更是唯命是從。

這會兒站在拘留所辦公室的門口，我明明白白地告訴自己，你是偷渡者、黑民，而湯姆是看管監獄的幹部，怎麼可以隨便進人家辦公室去坐坐呢？如果人家那只是表面應付一下，我們真的不知深淺地進去了，不就冒犯了人家？萬一人家不高興起來，會不會找我們麻煩？當然了，對我們這種從九死一生中逃出來的人而言，什麼麻煩和苦難都無多大所謂了，只要不把我們趕出澳洲就行。

唐穹告訴湯姆，事情不急的，我們先回去一會再回來找露西。於是我們退到離辦公室稍遠、湯姆看不到的地方去等候。

一會兒就見到露西端著一杯咖啡往辦公室走去，我和唐穹趕緊跟了過去。

"Lucy，How are you ?"（露西，你好嗎？）」唐穹邊走邊打招呼。

"Hi,Gong. I am fine.How's it going ?"（穹，我挺好的，你怎麼樣？）」露西回過頭來熱情地打招呼，見到我又加了句 **"How are you? Sinh"**。（你好嗎？星）

露西知道我們找她一定有事，寒暄之後便直奔主題：「**Any news about Vianh?**（有關於蔚安的消息嗎？）」

我們搖了搖頭。

「What can I do for you?（我能幫你做點什麼？）」

唐穹告訴她我想再登報找人的事，但是報社要收廣告費，看她能不能幫我們跟報社通融一下免了我們的費用。

露西說，嗯，在報紙上刊登尋人啟事是要收費的。

「你去說情也沒有用？」我們覺得不可思議。

「喔，我又不是人家的老闆，人家為什麼要聽我的？」露西反倒笑了，她好奇地反問我們。

「你是政府官員呀，幫政府做事也要收錢？」我想不明白，在我們那裡，報紙是公家（國家）的，幹部也是公家的，公家的人給公家辦事當然不用收錢了。像我們部隊的報紙，如果我們要搞乒乓球、藍球比賽我們也會在報上登個消息，寫了讓宣傳幹事送過去就行，從來都沒有聽過要交錢的事。

露西說，澳洲的報紙都是私人的。很多小報都是賣不到錢的，印刷報紙的費用和各種成本開支主要就通過廣告費來補貼。如果政府要在人家的報紙上做廣告，人家也要收費的。

「那上次你幫我登的為什麼不要錢？」我不明白。

「人家有收費的。」

「啊？我們沒有聽你提起過。」，我有點兒不好意思。

「我知道你沒有錢，就幫你付了。對不起，沒有告訴你。」露西說。

原來這樣！人家幫我辦事不單沒有報酬還要自掏腰包倒貼，那我怎麼好意思再麻煩人家！想別的法子吧，我跟唐穹說了自己的想法，告別露西回到住處。

「幾十塊錢，你是個末路窮途的難民，自然是筆鉅款了。可是人家露西是當地人，她的收入高，一百兩百對她可能只是水牛身上的一根毛。你就求她幫個忙唄。好好的機會被你白白地糟蹋了……」

阮文軍嘆惜地發著牢騷。

「你有沒有搞錯？上次人家自己墊了，現在還讓人家出？」唐穹皺起眉頭表示不滿。

「誰叫她那麼愛管閒事？不找她找誰？」阮文軍說。

「窮山惡水出刁民，真的沒錯。都還坐著監就敢撿軟的欺，真若留你下來，出去了不翻天才怪呢！」唐穹邊說邊白了阮文軍一眼。

「別盡說我，你不也一樣？有機會就往人家那兒湊。」阮文軍不服氣了。

「別抬舉我，我哪敢跟你一樣？我找露西主要是為了熟悉這兒的環境，問下事情，練練口語，可從來沒有要占人家便宜的意思。」

「你說誰占人家便宜呢？我有要過她一分錢嗎？我有動過她、摸過她一下嗎？我連正眼都沒敢看她一眼！不像有此人，沒事就往人家身邊湊，聞著人家身上的香味腳下就邁不動了。」阮文軍這回真的生氣了，他直著脖子與唐穹吵起來。

唐穹被阮文軍這麼一說也生氣了，「他媽的，你這張臭嘴就是欠打。不教訓教訓你，你就只管胡說八道！」，兩人竟動手打了起來。我急了，事情是因我而起，忙走過去救架，把唐穹推了出去。

我突然想起那塊金子，那塊我從同船死去的女人包裡摸來的、曾經沾滿我的唾液的黃燦燦的小金塊，這才想起我把它連同我的破褲子一起留在了破漁船上，我狠不得抽自己幾個耳光！為此我一夜無法入睡。

第二天一早我還沒有起床唐穹就風風火火地撞了進來：「我昨天想了一個晚上，我想到了一個辦法，一個絕妙的辦法。」他說，「登廣告不是要錢嗎？我們沒錢不登了，但我們可以給報社投稿呀。你把你的故事寫下來投到報社去。如果他們用了，你不就有稿費了！」

「可是人家如果不用我們的稿件呢？」我除了讀書時寫過老師佈置的作文之外還沒有自己寫過

文章呢，更別說在報紙上發表了。

「你都還沒有寫怎麼就知道人家不用呢？我已經琢磨了好幾份報紙的文章，發現很多的文章寫的都是個人的經歷。你把自己的寫出來，我幫你潤色潤色，你的故事會比他們的有看頭，真的，你信我好了。」

「你的意思是如果別人用了我寫的東西就會給我發稿費？我們就可以用稿費登報找人了？」

「對呀，你不覺得這是一個好辦法嗎？」

「好是好，就是不知道我寫不寫得來。寫不好人家也不會用的。」

「你先試試再說嘛！反正你也整天閒著。說不準呀，你的故事一登出來，正好給蔚安或者熟悉她的人看到了，她自己就找上門來了，你連尋人啟事都不用登了。」唐穹越說越來勁，說得我也跟著激動起來。

第十九章　赤身之旅

在唐穹的鼓勵下，我開始寫我和蔚安的故事，我用中文來寫，唐穹幫我潤色並翻譯成越南文，同時把文章投到中文和越南文報社去。

文章由一組組的小故事組成，我給整個系列的文章起了個名字叫《赤身之旅》。《赤身之旅》的第一篇的初稿是這樣子的：

《赤身之旅·歸仁初識》

序：吳星，一個劫後餘生的青年男人，為了尋找愛妻和兒子，他置生死於度外，把所有積蓄交給了蛇頭，換來了一個偷渡機會。兩個月前他從印尼的伽琅島避難所潛逃出來，毅然地登上一艘破舊的漁船，開始了他尋妻覓子的赤身之旅。他橫跨班達海、阿拉弗拉海，九死一生，終於來到了澳洲……

吳星的妻子半年前投奔悉尼的叔叔去了，她說到了悉尼安頓下來便會接他過去，但是她這一去之後就音訊全無。他原本以為自己是一家之主，妻子走後他才明白其實他心裡還住著另外一個主子，那就是妻子，妻子才是他生活的主心骨，沒有她的日子生活就沒有了方向。

妻子是坐飛機離開印尼的，但他沒有到機場去送行，因為妻子是到印尼本土坐飛機走的。伽琅島距離印尼本土有幾百海裡，而他是個沒有資格離開伽琅島的人—因為，為了讓妻兒生活得更好，他不慎誤入海上走私活動而進了黑名單。

妻子是一九八八年五月二十日坐船離開伽琅島到印尼本土的，他和很多人到碼頭去送行。妻子和兒子的苦日子終於結束了，他本來應該為他們高興的，但是當妻子站在甲板上跟他招手告別時，他才意識到自己不能沒有她。「蔚安，你回來。」他想都沒有想就脫口而出。別人看著他，一個個露出驚詫的神色。大家都是在各種各樣的劫難中熬過來的，什麼大風大浪的人生苦難沒有見過？倒是這些驚詫的眼神讓他覺得怪異。

那種驚詫他在妻子的眼睛裡也見過。那是七年前的一天，他在逃亡的途中救起了一個掉在茅坑裡不能動彈的老人，當他背著濕漉漉的老人回到他家時，開門處，一個身材瘦小的女童站在院子的中央，她睜著兩隻圓溜溜的大眼睛驚詫地看著他：

「你，誰？！你把我大伯怎麼了？你，放下我大伯。你，出去！」她指著大門大聲而鎮定地對他命令說。可是她那一副驚恐的雙眼告訴他，她的鎮定是強裝出來的。

他看著她瘦小羸弱的身子，心想，紙漿糊出來的單薄小丫頭片子，嚇唬誰呢？忍不住差點笑出了聲。

這小女孩看他大伯並沒有自己要下來的意思，有點奇怪，大伯怎麼了？大伯早上出去時還是好好的啊，現在怎麼要別人背著回來而且還不懂得自己下來了？

她意識到大事不妙，指指門口的一把大椅子示意他把老人放在那裡。「大伯，我扶你下來」，她快步地走了過去扶住大伯，同時態度也友好下來，而且一下改了口：「大哥，我大伯怎麼了？」。

多機靈的一個小姑娘！他想。

小姑娘用怯生生的眼神看著他，一副沒了依靠可憐兮兮的樣子，看得他好心疼。那一刻，他生出一種責任感，覺得這個單薄而機靈的小妹妹需要他，她的大伯病成那樣，沒有辦法照顧她了；相反，她得照顧已得重病的大伯了，我不幫她誰幫？

可是住下之後，他發現自己大錯特錯了，這個看起來只有八、九歲、名叫蔚安的小姑娘根本不需要他，她買菜、燒飯、洗衣、搞衛生，給她大伯端茶倒水、洗臉擦身修指甲，收拾房子……她樣樣都懂幹，而且幹得非常漂亮，不用別人安排和使喚，就像一個真正的家庭主婦一樣，把這個家治理得井井有條。而他，倒顯得有點多餘，除了扶大伯上下床大小便之外，基本沒有他的事。他有時試著幫下她，但似乎做什麼都做不好或者不合她的要求，最後只能掃掃地、燒燒火，聽她使喚著幫她打打下手。

當時蔚安其實已經十三歲了，只是因為營養不良發育遲緩，長得黃猴瘦弱、個頭矮小。但她少年老成，什麼都懂，而他卻是個在男孩堆裡長大的人，心粗手笨，缺少心眼，很多時候他反而被她騙得團團轉。

有一次，大伯說要大便，她叫了他好幾聲，他磨蹭了好一會兒才來，結果大伯把屎拉在了床上，弄得她花了大半天幫大伯擦身和換洗床褥。她生氣了，但她不願意在大伯面前發作。吃過晚飯，安置好大伯後，她悄悄地跟他說要帶他出去吃好吃的。

他跟著她走了好多路，七彎八拐地到了一個野地，黑古隆咚的深夜，她不知從哪兒弄來了兩個香蕉，她剝了一個掰了一半給他，那香蕉很香很甜。「好吃嗎？大哥」她在黑暗中甜甜地叫著問。

「好吃。比以前我吃過的要香得多甜得多，而且這香味很不一樣。」

「怎麼不一樣了？」

「這香味很新鮮，還有一種粉粉的感覺。」

「那當然，這香蕉是在樹上自然熟的，而街上買來的都是漚熟的或者用煙悶熟的。」

「你喜歡吃，這條就全讓給你了。」她把還未剝開的另一條塞到他手上。那麼好吃的香蕉我豈能獨食？他學著她的樣子剝了香蕉掰了一半給她，她開心得咯咯地笑起來。在黑暗裡分享美食讓他感覺特別的溫馨和甜蜜，他快樂地張開大口吃了起來，因只顧著聽她說笑沒有留意嘴上的東西，等他吞咽下去時才發現嘴裡的香蕉又苦又澀，好像吃了肥皂般有一層澀澀的東西沾在舌頭和喉嚨裡，咽不下去又吐不出來，只能難受地張開嘴巴乾咳。「哇！這條好生啊，那麼難吃」，她叫起來。

他們摸黑著回到家裡，她給他端來了一碗水。「喝口水就好」，她笑意盈盈地說，眼睛卻不看他。他沒作多想端起大碗就大口喝了起來。一口下去才發現原來水裡放了辣椒，辣得他眼淚鼻涕直流，蔚安這時再也忍不住了，抱著肚子笑彎了腰，把大伯都吵醒了。大伯在裡屋問他們笑什麼。「大哥給我講笑話呢！」這個小妮子對大伯說。「那麼好笑呀，今天晚了，你們去睡吧，明天說給大伯聽聽」。大伯說。

第二天，蔚安把作弄他吃生澀香蕉和喝辣椒水的事添油加醋地說給大伯聽，他們伯侄笑成一團，他當時別說有多氣憤了。可是現在回想起來那段日子有多美好啊！他真願意天天被她作弄、讓她笑話。能夠親眼看著她靈氣十足的一顰一笑、一舉一動，便是幸福；能夠親耳聽著她像風鈴般鮮脆的笑聲在簷前屋後飄蕩，便是甜蜜。

在歸仁的日子裡，他、蔚安和大伯三人一起度過了充滿天倫之樂的三個月。大伯視蔚安和他如同自己的孩子，他供他們衣食住宿、囑他們愛惜生命、教他們為人處世、鼓勵他們積極向上。在那亂世塵緣裡他們三人相惺相惜、相親相愛如同一家。大伯辭世之前還給他倆預留了錢財和出路，讓他們跟著大伯的好友坐上漁船逃離那個被獨裁政權統治著、充滿排華惡浪的國土。

兩個星期後我收到一封沉甸甸的信，用很大的黃色牛皮紙信封裝著。

這是我九年來收到的第一封信啊！我激動得雙手發抖，誰會給我寄那麼大的一封信呢？一定是我刊登的尋人啟事生效了！我日思夜想的老婆給我寄來的！對了，一定是她，除了她沒有人會給我寫信的。那麼大一封信她一定寫了很久，是她一離開伽琅島就開始寫的，上面盡是思念我的話語，就像我思念她的一樣。這麼想著我就有點捨不得當著別人的面打開，不自覺地就把信件緊緊地抱在懷裡。

阮文軍焦急起來：「你快開呀，你不開我開了啊」，他從我懷裡把信搶去，翻來倒去地看，想找出寄信人的姓名和地址來，結果只在信封的左上角看到小小的幾行英文字：「**If undeliverable please return to GPO BOX 940 Sydney 2000**」，我們都不太明白那是什麼意思，阮文軍乾脆一手把信撕開了。

原來是一份報紙！他翻開了報紙，「《歸仁初識》？吳星，你的文章登出來了。你看，你看呀！」阮文軍激動地翻著報紙大聲地叫著。

原來不是蔚安的信！我很失望，禁不住眼淚就流了下來。

阮文軍聽不到我的回應，停下來看我，我趕緊垂下眼簾掩飾心情。我從桌上拿過信封打開來往裡瞄，但信封裡面什麼也沒有。我又把信封口朝下倒了倒，什麼也沒有倒出來。我走到阮文軍身旁，從他手上搶下了報紙、並把散在地上的報紙全部抱了起來。

「你幹什麼？留一半給我呀，你一下看不完那麼多。」阮文軍大聲叫了起來。

我不想理他，看了看周圍發現沒有什麼遺漏我才抱著報紙回到自己床邊。我翻開每一張報紙看了看又抖了抖，還是什麼也沒有。

「錢呢？」我問。

「什麼錢？哪裡來的錢？」阮文軍站在旁邊不解地反問我。

「稿費呀！」我朝他吼了起來。

不是蔚安的信！蔚安沒有來信！也沒有稿費！沒有稿費我哪裡來錢去登尋人啟事找我的老婆孩子？！我實在控制不住自己的憤怒和失望，一拳就打了過去，阮文軍腳一挪，我的拳頭就砸在了空氣裡，顯得十分的無趣。我把雙手收了回來交叉地抱在胸前試圖給自己一點支持和自尊，同時也把雙腳收回交疊著放在前面靠著床沿。

「我沒有拿啊。」信是阮文軍撕開的，他有點兒心虛也有點兒糊塗。

「我有說你拿了嗎？」我又一頭朝他腿上撞了過去，他閃了閃，我的額頭撞在了空氣裡。折疊著四肢的我一下子失去了平衡竟摔倒在地上，我當時腦子想著蔚安的事一時沒有反應過來，就這樣木頭木腦地像個大冬瓜一樣朝地下滾下去，樣子十分的荒唐可笑。但阮文軍這回不敢笑我，他開始在報紙堆裡頭翻尋。他找到一張疊成三折的白色信紙，乖乖地把信放到了我的床頭櫃上。

我摸著摔得發麻的半邊屁股爬了起來。

「喔，額角流血了」，阮文軍拿著面巾紙走到我的面前想幫我擦拭。

「別動我！」，我一把搶過紙巾，我不知道為什麼要發那麼大的脾氣，但我就是控制不住。我胡亂地擦了一下額頭和臉龐把紙巾丟在垃圾桶裡便去拿信來看，信是編輯寫來的，他說：

尊敬的吳先生：

非常感謝您的投稿。文章是您的辛勤付出，本應得到相應的報酬，無奈報社是在提襟見肘的狀態下維持運作的，而報紙又是免費贈閱，報社暫時還無力給作者們支付稿酬，十分抱歉。希望您能理解並積極投稿支持吾報，磕謝。

我心灰意懶地把信紙丟在地上，仰面朝天地倒在了床上，睡了。

「他怎麼了？趕緊叫人來救人啊！」

「他臉上流血，不知怎麼了。」有人說。

我被吵醒，情緒十分低落，懶得去管別人的事。我閉著眼睛想：別人的臉上流血算什麼？我的心都要流血了。

「他怎麼七竅流血啊？叫都叫不醒，不知行不行了。」另一個人說。

出人命了？這麼嚴重呀，是誰呀？我睜開雙眼，抬腿一翹坐了起來。明亮的燈光下我發現自己的房子擠滿了人。

「發生了什麼事？」，我問。

人們非常驚訝，瞠目結舌地瞪著我的臉。我回頭看了看，試圖確定他們是在看我後面的人或東西。但我後面只是一堵平常之極的白色牆壁，沒有比平日多出什麼也沒有缺少什麼。

「你沒事吧？」有人問我。我有點兒莫名其妙，我能有什麼事呢？難道有人殺了人躲進牆後面的洗浴間去了？我雙手操起椅子轉身往裡走去。一開浴室門我被自己嚇了一跳：鏡子裡滿臉是血的人是我啊！原來我額角的血流了一會兒，我用紙巾擦額角時也沒有在意，擦完額角又去擦別的地方，弄得一臉都是血。別人經過看我滿臉是血、仰面躺在床上無聲無息，進來叫了幾聲我睡得太死沒有聽到，便以為我七竅流血而死，遂找人來救我。

阮文軍這會兒也擠了進來，他把信撿了起來看了看，把信放回我的床頭櫃上。

報社不給錢還叫人家繼續寫稿，而我沒有錢他們就不肯登我的尋人啟事！尋人啊，這麼重要的事都不讓登！什麼道理啊！我越想越生氣，猛然坐了起來拿出圓珠筆，照著編緝的口氣寫了一封回信：

尊敬的編緝先生：

非常感謝您的來信。

我千里迢迢、赤身南渡來到澳洲尋找我的愛妻和幼子。無奈本人是在捉襟見肘的狀態下偷渡到澳洲來的，來了之後又被投入拘留大牢，而自己又不懂英語。可否借貴報一角幫我登個尋人啟事？因本人身無分文，暫時還無力給貴報支付廣告費用，十分抱歉。希望您能理解並積極幫我刊登廣告支持我尋找妻兒。磕謝

附尋妻廣告內容如下：

丈夫吳星尋找愛妻蔚安，其於去年五月攜愛子豹兒自印尼伽琅島到悉尼投奔叔叔。如有知情者請與沃裡物拘留中心聯繫，電話 xxxxxxx。

我把這封信與最近寫的《赤身之旅》的第二篇《守護一生》一同寄給了報社。

《赤身之旅．守護一生》

《赤身之旅．守護一生》的初稿是這樣的：

在茫茫的大海裡，吳星和蔚安乘坐的漁船多次遭遇海盜被洗劫一空，之後又迷失了方向，所幸後來被人指引到了那個鳳凰花開、椰子飄香的美麗小島而得以生存。

在那裡，他們沒有路燈和煤油，沒有現代文明和工具，他們像人類的老祖先那樣靠天養命，過著日出而作、日落而休、捕魚獵鳥的群居生活。

一個月光溶溶的夏夜，人們開始休停歇息，他發現她獨自一人往海邊走去，他擔憂而又好奇地悄悄跟了過去。椰樹和林木在路上投下一個個變形的黑影，她一個人就這麼走呀走的，一會兒走入黑暗一會兒又走入光明。

她看起來形影孤單讓他心疼，但是她內心似乎並不覺得孤獨，她一會兒扯一扯垂下來的樹枝，一會兒又踢一下腳下的石子，一會兒在月光下拉著裙擺轉圈圈。轉夠了，停下來，開始在裙兜裡拿出一件東西，兩條小手臂兒往空中平伸出去、兩手似乎抓著什麼繞著手腕靈活地旋轉，而人卻是一縱一縱地上下跳動，原來她在跳繩。只是她手裡沒有繩子、她也沒有穿著漂亮可愛的小擺裙而只有一身破衣爛褲。可是她沉迷在自己想像的虛擬世界裡，口裡還念念有詞地數著「……30、31、32……」，一個人自得其樂地玩耍著，時兒雙腳跳時兒單腳輪流著跳，她轉著靈巧的身子，左右跨跳完又前後雙腳變換著花樣跳。

他這才發現，平日在人前老成持重、規規矩矩的她一人獨處時是這麼的逍遙自在，一身的孩子稚氣，引得他也童心大發，跟著在樹下彈跳，頻頻挑戰自己去觸摸更高處的樹枝。

可是她突然地停了下來不再玩她的遊戲了，她收拾起孩童純真，中規中矩地走了。

她甩著兩隻細小的胳膊拐了個彎走向海邊。海濤聲時遠時近高低起伏，海邊有三三兩兩的人在乘涼聊天。她沒有朝有人的地方走去，而是往右拐過了幾個沙包。人們都放開了嗓了自然地說話，聲音很大，但被濤聲擠來撞去的弄得支離破碎，他試圖分辨著哪群是他熟悉的朋友，神思開了一會兒小差她便不見了。他心裡一慌，叫著她的名字朝著她消失的地方走過去。突然他腳下絆著一個東西摔了個狗搶屎，而她惡作劇的笑聲從黑暗的沙堆後面響了起來。

「你幹嘛絆我？」，他生氣了，吐出一口沙子，含糊不清地責問。

「嘿！你還敢那麼凶？！我問你，你幹嘛跟蹤我？」她說著竟一屁股坐在了他的腰上、雙手按著他的背肌不讓他起來。她本來身輕體瘦的，拚力氣根本不是他的對手，但是他身為兄長想讓她高興就沒有用力掰她下來。

「原來你早就知道我跟著你？」

「你以為我是聾子？腳步聲大得像敲山打石。」

「哪你為什麼不吱聲？」

「我幹嘛要吱聲？是你先偷偷地跟著我的。嘿，還以為我不知道，我就來個將計就計……」她眉飛色舞地說著，彷彿制服了小偷的保安。他的右手被她捉著掰到了背後，而左手被自己的身體壓在了下面，雖然姿勢彆扭不太舒服，但是她身子輕也壓不疼。他是真心疼她，小妹妹平日寂寞寡歡的，難得今日好心情好興致，就陪她玩玩吧。

可是她竟然真的以為自己騎的是馬，他的手就是韁繩，隨她怎麼掰怎麼扯都行。他終於忍不住疼痛了，又擔心這孩子不知輕重把他的手扯脫臼了。他在沙地裡掙扎著側了一下身體調整好姿勢，雙腿一曲縮到了肚子下面腰往上一弓，她一下失去平衡，從他的腰脊滑向肩膀頭頂摔到了前面。他一翻身起來，這回輪到他坐到了她的腰上。

她「哇」的一聲竟哭了起來。他嚇了一跳，心想，我只是假意坐坐逗你玩的，又沒有真正用力，怎麼就壓疼你了呢？他趕緊起身誠惶誠恐地問：

「怎麼了？摔疼了還是壓疼了？」

「沒有。」

「不疼哪你哭什麼？」他莫名其妙。

「我是一個女孩子。你怎麼可以這樣騎在人家身上啊？！」她彷彿受了天大委屈，說完接著又哭開了。

聽她這麼一哭一鬧，他有點懵了，不知道怎麼辦才好。在他的印象中，她只是一個小孩子，他的小妹妹，一個同病相憐、患難與共、生死相依的親人。他沒有想到她已經自覺地意識到自己是個女人了。可是她騎在他身上時她只是個孩子，與他一塊打鬧的玩伴，怎麼輪到他騎她時她就變成了女孩子、該男女有別、竟至於到了哭得那麼傷心的地步？他真弄不懂她，因為那時的他還真的沒有把她當作異性來看待。

「你欺負我。你欺負我只有一個人。沒有爸爸媽媽也沒有了大伯……可是，你怎麼可以這樣子欺負我啊？我當你是我哥哥，我把好吃的都分給你……」。

「你不喜歡騎，我以後不騎了就是。」他看她越哭越傷心，真的很心疼，拉過她瘦小的雙手：「我也把你當我的妹妹啊！我不是在跟你玩嗎？怎麼會欺負你呢？我不單不會欺負你，我也不會讓別人欺負你。」他那時真的這麼想，要保護他這個妹妹，一生一世守護她。以後他有錢了要給她買漂亮的小裙子、看著她開開心心地與同齡的小朋友跳繩子踢鍵子。

「你一個人跑海邊來幹嘛？」他問她。

「來看看我爸爸媽媽」她說。

「你爸爸媽媽？」

「嗯，大伯說，爸爸媽媽是在月亮圓滿的那天坐船走的。大伯說月滿的夏日要到海邊去紀念爸爸媽媽，給他們燒點錢送點衣服，讓他們在那邊的日子好過些。昨晚大伯又跟我說了。大伯還說了很多別的事，我們聊了一整夜。」蔚安說，她談論父母和大伯的口氣嚴肅但不悲傷，她彷彿真的相信他們真實地存在於另一個世界，聽得他傷心不已。

「可是這兒沒有……」他想說「紙錢紙衣」之類的話，但蔚安心領神會地接下了話題：

「有了，我已經給了他們很多的衣服，我還給媽媽做了裙子，我還跟媽媽跳舞，爸爸在一邊看。爸爸還與媽媽一起甩繩子讓我跳繩呢。」

他聽著她的敘說，回想著剛才路上的一幕，心酸之極。他摸摸她的額頭，發現她並沒有發燒症狀，經歷了那麼多的打擊和劫難，她不會神志失常出現幻覺、又或者把夢境當作現實了吧？他突然覺得害怕，擔心她生出跑到海裡去尋找她父母之類的怪念頭，他一把抱住了她瘦小的身子，叮囑她：「以後想爸爸媽媽時不要一個人到海邊來，要叫上哥哥。」

她第一次那麼溫順地「嗯」了聲，竟然靠在他懷裡睡著了。他就這樣抱著她睡了一夜，像慈父像兄長。

一個星期後報社又給我寄來了新一期的報紙，沒想到編緝把我的尋人啟事作了改動加在了我的文章的後面：「吳星千里迢迢、踏浪尋妻的故事令人感動，如有知其妻兒下落者請速與本報聯繫以成人之美。」

我看了大受啟發，把我的尋人啟事附在文章後寄給了另外一個越南文報社。唐穹說，反正他們也不給你付稿費，一稿多投不算不道德，你就多投幾份吧。於是我就把我的每篇文章都重抄了好幾遍，給我能找到的越文和中文報紙和雜誌都寄去。《赤身之旅》第三篇《伽琅島之吻》寫的是我埋在心中的一個秘密，蔚安曾經問過我幾次我都難於啟齒，後來想要告訴她真相時她已經不在身邊。

《赤身之旅．伽琅島之吻》

在印尼的伽琅島難民營衣食無憂地生活了兩年，蔚安從一個乾癟癟的小丫頭出落成了一個十五歲的窈窕淑女。相對別的女孩，她顯得性格內向，平日不惹事不與人爭吵。在生人面前寡言少語，即使碰到開心的事也只輕抿淺笑，實足的嫺靜處子。在熟人面前卻是完全換了一個人，笑起來時眉飛色舞、霞燒雙頰，爭吵起來牙尖嘴利，而生起氣來更是暴風驟雨連個過度的預報也沒有。

吳星也從一個不解風情的大兵混成了一個情竇大開、色膽初長的成熟男人，沒事就叼根香煙與一幫街頭混混站在街邊打架看女人。早上出門前往往把一頭時髦長髮梳得服服貼貼一絲不苟，晚上回家時卻是一頭蓬鬆亂髮夾著泥沙與雜草。有時為了一個夢中女孩被別的男人口頭輕薄了幾句可以吵得天翻地覆甚至大打出手。為了追求女孩和與狐朋狗友攀比他們常覺囊中羞澀，因而吃著國際救援組織的免費口糧時能再有一份工作便成為他們生活的偉大目標。吳星在一個朋友的介紹下到了一個餐館打雜，一下成了那幫狐朋狗友裡最早實現偉大目標的單身男人。

一個和風輕拂的迷人夏夜，他結束了在餐館忙碌的一天，收拾完畢正要出門，朦朧的月色下他看到蔚安輕巧的身影從餐館門前晃過。他趕緊提上宵夜悄悄地跟在了她後面。

月光把她的身影照得細長而孤單，但因了一個形影相隨的癡情男子而變得意味深長。

她是一個耳聰目明的女孩，他還沒有走近她便已經辨別出了誰的腳步聲。她也知道他是有意在跟蹤她，因為她發現他最近幹這種偷偷摸摸的事兒已經不止一次了。至於他為什麼要跟蹤她，她卻不甚瞭解。她只覺得這個哥哥變得有點兒怪怪的，行為不再光朋磊落、說話經常吞吞吐吐，而近來更是生出這種間諜式的愛好。她今日好奇心起，想弄明白怎麼回事。她故意兜了幾條街，發現他也跟著轉，說他有啥事嘛卻又不見他叫她。

她確定他不是碰巧路過，而是有意跟蹤。

怎麼可以這樣跟著人家？她雖然是個在人前行為規矩檢點的人，但內心卻是自由而任性的，她受不了這種被人暗中監視的感覺。她轉入橫街走了幾步，突然轉身往回走去，與剛拐轉街角的他撞個正著。

「幹什麼去？」她唬視著他。

「跟著你。」她撞得意外問得突然，他無法找到更好的藉口只好如實交待。

「跟著我幹什麼？」這回她真生氣了。

「做你保鏢呀，保護我家妹妹。」他平靜了下來，恢復了白天從街上混混那裡沾染來的油腔滑調，「我家妹妹那麼漂亮，不知有多少人打她的壞主意呢。」

女人都是喜歡被關注被愛護的，尤其是像蔚安這種沒了爹娘、自小又沒長成個小可愛、長期缺少關注的女孩子，他三幾句話就把她降服了。

「我幹嘛要你保護？」她嘴上雖然說得硬梆梆但是心裡的氣已經消了一半。

「我是你哥哥呀，我有責任的，你要遇到壞人怎麼辦？」

「這兒還能有誰比你更壞？」她不再生氣了，嘟著嘴哆著氣地數落他，「壞人保鏢，我要到海邊去乘涼，你還要繼續你的跟蹤工作嗎？」

「跟！當然。」她這是在變相地邀請他，並許諾了他跟蹤的合法性，他爽快地答應了，心裡竟然激動得嘣嘣亂跳，好像是第一次與她單獨相處似的。

其實他們以前經常在一起玩耍的，但自從在伽琅島住定下來之後，慢慢地他們各自有了自己的朋友圈子便較少單獨地在一起了，他的朋友主要是些年齡相仿的男子，而她的朋友則多是十幾歲的少女。

近幾個月來，他常常在朋友的餐館幫忙，有兩個白天還要給孩子上中文課，就更沒有機會與她單獨相處了。自從那次因為那個猥瑣男的輕薄之詞而與之打了一架後，吳星再見到她時就莫名奇妙地緊張起來，往往開了口都不知道說什麼好，就只好在後面悄悄地跟她走一段，想知道她在做什麼與誰在一起。

他真的擔心她碰到壞人嗎？街上人那麼多，又都互相認識，她又不愛惹事生非能有誰會當眾欺負她？他跟著她其實只是擔心她跟別的男人接觸、約會。他不再把她當作自己的小妹妹來關愛了，他想她的時候是完全另一番景象了，他想她時不再是以前那種略帶擔憂的兄妹關懷，而是毫無來由的肢體亢奮。他想得最多的是她吹彈可破的水嫩臉蛋、潮濕柔軟的雙唇、細嫩的脖子和肉感好看的身體。他想，有沒有別的男人在打她的主意、給過她什麼暗示？她會不會喜歡上他們？他想到她可能會去找別的男子玩時他就會魂不守舍、心亂如麻。可是他每次跟蹤時都只看到她去找那些小女生，他便會暫時放下了心，彷彿他剛剛做了個體面的護花使者，心滿意足地走了回來。

他們來到了海濱，找了個人少的地方坐下。

「好香哦」站在下風處的她吸了吸鼻子叫了起來。他這才想起自己一直提在手上從餐館帶出來的食物，忙把塑膠袋打開遞到她面前。

「春卷呀！阿哈，好久沒吃了。」她高興地咧開嘴巴笑了起來，想也不想就伸手抓了一條去吃。

看她吃得那麼香，他很開心很滿足。她的頭髮長長了，濃黑發亮的一大把，在小腦袋後面生動地擺動著。她的小額頭亮晶晶的可愛極了，他忍不住就彎起手指彈了一下，她側側臉想躲開，可是已經來不及了。她側臉時她的馬尾辮子就掃在他的手腕上，癢癢的很撩人，撩得他眼光直勾勾地就定在了她的臉上。她有一張好看的鵝蛋小臉，一雙大眼睛在月光下褶褶生輝，水嫩的臉頰柔軟如脂，豐滿的雙唇性感迷人。他已經好久沒有這麼仔細地看她了。她變了，越變越好看了。而他看她的眼神也變了，變得癡迷而專注，它不再是如炊煙般溫柔的兄長式的慈愛，而是烈火般熾熱的男女情愛，他忍不住把臉湊了過去想吻她。

「你幹什麼？」她瞪起雙眼問他。

「你臉上有塊春卷餡，想幫你抹掉，但我手上又是油又是沙子的怕弄髒了你，所以就想乾脆用嘴巴吃掉它算了，那麼香的肉餡別浪費了。」他說。

她笑著躲開了，並把剛才不小心掉到沙子裡的那小半節春卷抓了起來塞到他的嘴巴裡，「想吃就吃這個。」她說完還用手輕輕地拍了拍他的臉蛋，站起身來大笑著走了。也不知道她是真信了他的騙人鬼話還是明白了他的狼子野心。而她這無意識的輕輕一拍卻直把他拍得暈頭暈腦，他視她的這一舉動為親密的愛撫，他回味著她柔軟的手掌，想像著她的十指蘭香，竟然全身血液噴張，下體急漲，使他無法站立。他對她的愛戀和想望從此翻新一頁，如鳳凰花開，越開越燦爛越燒越熱烈。

蒼天有眼，蔚安終於看到了我的文章，知道我到了澳洲！

一天蔚安打電話到拘留中心來了。當我聽到電話傳呼時，心裡那個激動呀，恨不得飛奔過去抱住我那小小老婆親個夠，我抑制住「突突」的心跳跑到了傳達室，我拿起電話，那頭傳來我親愛的老婆的聲音：「你還好嗎？」，她細小的聲音真是動聽極了。

「我很好，很好，真的。住的好、吃的也好。」我找到我老婆了，我很快就要見到我至親至愛的老婆兒子了，能不好嗎？！

「蔚安，蔚安」我聽到電話那頭有個聲音在叫她。「好就好，我現在不方便講電話」，老婆突然「啪」的一下把電話掛了。

老婆很忙？我還不知道她過得好不好，也沒有來得及記下她的電話和通信地址呢！為什麼不方便講電話？叫她的人是誰呢？好像是個男人的聲音，那他是誰呢？為什麼他一叫她就掛了？難道他是她的老闆、叫她回去幹活？她找到工作了？一定是了，蔚安一定是偷偷拿了工廠的電話打給我的，給老闆發現了。

電話真是神奇的東西啊！一條電線就能講話，兩個人離得那麼遠，我都不知道她在哪兒卻能聽到她的聲音，聽起來還清清楚楚的！電話費想來一定很貴的了。在中國，只有高級領導才能安裝和使用電話的。資本家是專門剝削工人的，他們不讓工人休息，更不可能讓他們使用電話這麼高級的東西了。沒有關係，好老婆，你不用去偷人家的電話來打了，你可以給我寫信，我能等。我只要知道你真的到了澳大利亞，真的活著，我就心滿意足了。

我在浮想聯翩的思緒下無法入睡，於是就想著我老婆給我寫的信。我還沒有見過她寫的信，她會寫些什麼呢？她會寫信嗎？她連小學都沒有讀完啊。

我又想，如果我老婆給我寫信那肯定是寫越南文了，那我又不會認怎麼辦？還得找阮文軍讀，不行啊！哪那傢夥不是什麼都知道了？看來單會講越南話還不夠啊，我還得學讀越南文字，還得會寫，這樣才能給我老婆回信。我在難民營裡那麼多時間怎麼就沒有想起這檔子事呢？白白浪費了那麼多時間！

這個古靈精怪的小小老婆，幸好她書讀得不多，要不我還真難降服她。想到這裡我忍不住笑出了聲音。

「這傢夥，平日陰鬼一樣，接了個電話，睡著做夢都偷笑了。」阮文軍在對面床上自言自語。

隔了一天，我的自傳體故事《赤身之旅》第四篇《黑色曼陀羅》在報紙上登了出來。

蔚安從一個醜小鴨蛻變成了美麗迷人的天鵝，而她自己卻並不知道。從小營養不良長得像個小豆疤的她似乎習慣了被人冷落，又或者少女懷春的那份躁動和虛榮尚未降臨，她對男人投在她身上的眼光毫無知覺。可是吳星卻不一樣，他覺得那些男人的眼光充滿了貪婪和不懷好意。他日日如坐針氈，只要他看到哪個男人往蔚安身上多看了幾眼，他就會把這個男人放入他心裡的黑名單成為他要留意的、對蔚安有潛在威脅的人。

蔚安長得好看，別人多看幾眼本來很正常，不單男人愛看她，女人也愛看。真要說對蔚安有威脅的倒不是男人，而是女人，特別是長得有點姿色的年輕女人，她們客觀地成為蔚安擇偶的競爭對手。而個別心眼兒小的女人，看蔚安時往往帶著酸意和妒嫉，她們有時會說些打擊她的話做些傷害她的事，使她不能像那些家境良好的女孩一樣擁有一個漂亮女孩該有的自信和矜恃；相反，她常常感到自卑，並因此而落落寡歡，但也正因如此，她有了種與眾不同的氣質，美麗加上謙遜，略帶不自信的憂傷眼神，像嬌弱易折的花朵，讓她更加楚楚動人、撩人疼愛。

住在難民營裡的很多年輕人都無所事事，有不少女孩十五六歲便談情說愛結婚嫁人。這時與蔚安常在一起的幾個女孩子也或明或暗地開始單獨與男人有了來往。

有一天蔚安與她的女友們去逛街，她看中了一條絲巾，擺地攤的正好是個年輕男子，付錢時蔚安才發現沒有帶錢，那幾個女孩子就逗那個男子，讓他把絲巾送給蔚安算了。男人臉一紅，竟真的把絲巾送給了蔚安。

也不知道那個小生意男人從哪裡知道了蔚安的住址，自打那以後他就像著了魔一般，隔三差五就拎著吃的往蔚安住的地方跑，有時還送她件頭飾或者衣服，弄得吳星又煩又惱的。可蔚安就不一樣了，她欣欣然地接受了那個男人的饋贈，並喜滋滋地穿著帶著他送的東西跟他東遊西逛。那個男子雖然個頭不高，但有個挺直的鼻樑和俊氣的嘴巴，加上穿著時髦得體，蔚安覺得他簡直像個電影明星，跟他走在一起她覺得特別的有面子。

吳星跟蔚安說，不要跟這個人來往。蔚安問為什麼？「他一看就不是個好人。」吳星說。

「怎麼會呢？他對人挺好的。你對他那麼凶，他從來都沒有說過你一句壞話。」蔚安替他辯護，看樣子她似乎喜歡上了他，吳星已經顧不得吃醋，心裡升起一種危機感。

「我不喜歡他。」吳星不知怎麼跟她說了，只好擺出兄長的權威來。

「為什麼呀？我們屋裡的人都喜歡他，除了你。我的朋友也說他好。」聽蔚安的話好像吳星不喜歡他是吳星的問題。

「他愛送我東西。」蔚安喜滋滋地說。她自己窮，知道錢的珍貴，她覺得一個男人為了她那麼捨得花錢，一定是特別喜歡她對她真心實意才是。

「你不要老收人家的東西好不好？」吳星皺著眉頭露出一副嫌棄的表情，不知是嫌棄那個男人的東西還是嫌棄她貪他的東西。

「關你什麼事？」蔚安不高興了，她是個自重、不愛佔人便宜的女孩。但是，於兩個情竇初開的年輕人來說，她接受的不僅僅是他的禮物更是他的情意。

「怎麼不關我的事？吃人家的嘴軟拿人家的手軟。以後人家想怎麼樣你，你能說不嗎？」

「不要你管！」蔚安想，人家送她東西是真心喜歡她，想借此傳情遞意。而吳星卻把人家想成那種手上有了點錢就愛拿點小恩小惠討女孩子歡心趁機佔女孩子便宜的人了。

「我是你哥，我不管你誰管？！我提醒你啊，那個傢夥弄不好是個採花賊。你聽說過沒有？有些男人是專門糟蹋人家女孩子的，有個採花賊還被女孩子的家人找人修理過呢。」

「你胡說八道！我不要聽！」蔚安摔門而去。她簡直要被那個自稱是她哥哥的男人氣瘋了！她好不容易交了個帥氣而又有錢的男朋友，他卻那麼打擊她。她的男朋友怎麼會是壞人呢？他不可以是壞人的！一個小時前他還溫存地拉著她的手在沙灘上散步呢，她聽到自己的心在歡樂地歌唱。她是多麼渴望這個男人就這麼一直拉著自己的手走下去啊！

可是就在蔚安和吳星賭氣、任他說什麼她都不予理睬的時候，那個在市場上擺地攤賣絲巾的帥氣男人卻不再來找蔚安了。

幾天之後蔚安實在忍不住就跑去找那個男人。那個男人的臉上一塊青一塊紫的好像傷得不輕，他低著頭對蔚安說：「你走吧，以後別再來找我。」蔚安還沒有來得及轉身離開，他又加了一句：「我們之間就當什麼也沒有發生過，麻煩你以後不要再跟別人提起我的名字。」

蔚安本來對男女之情還懵裡懵懂的，是這個出手闊綽的男人催生了她愛情的種子，可是，就在她情竇初開、正準備不顧哥哥的反對勇敢地與他共涉愛河時，他卻棄她而去了。

蔚安覺得心「蹦」的大跳了一下就沒感覺了，腦子一片空白，身體無依無靠空空的飄飄的無法平衡。她不知所措，跌跌撞撞地衝到海邊、躲在無人的海灘一角放聲大哭。她的哭聲傷心欲絕，她哭完之後用手在沙地裡刨了一個大坑，把自己埋在坑裡只露出一個臉蛋。把自己埋起來後她覺得心裡舒服多了，她的身體因了充分接觸大地感覺有了些許依靠而變得略為踏實了些。

潮水一撥撥地來去，慢慢地往海灘上攀爬。蔚安似乎已經與天地溶為一體，她浸在潮濕的沙地裡，一點也沒有要挪動的意思。

蔚安就這樣躺在沙地裡肆意地流淚，直到吳星找到她。

吳星看得心疼不己。他叫她起來，她充耳不聞，雙目緊閉。他用手去拉她，她放棄合作，彷彿鐵定了心要與潮水共漲落。

他終於跪了下去，雙手深深插入沙地裡把沙子刨去，把她抱了起來。他把她放在遠離潮水的海邊。她靠坐在一個大石頭上，面朝大海，不言不笑，空洞的眼神像個石雕。她潮濕的長髮沉甸甸地垂在背後，沾滿沙子的髮絲繞在耳邊、脖子上，濕透的衣裳變得單薄而半透明，它們緊貼著她的身體使她愈顯玲瓏剔透，孤獨淒美得讓人不忍心看。

蔚安傷心至此倒是讓吳星十分地意外和難過，本來他以為她與那個男人交往不久，感情道路上又沒有經歷過什麼坎坷，兩人的感情應該深不到哪兒去的，但沒想到蔚安如此投入。

愛情最痛是初戀。蔚安正處在青春期，感情本來就細膩的她變得更加敏感，她不知道發生了什麼，原本纏纏綿綿、每晚分手回家時都難分難捨的關係說散就散了，連個理由都沒有，這讓她倍覺傷痛。

蔚安越想越不甘心，終於決定找那個男人問個明白。他支吾半天說，不關你的事，是我的命不夠硬，交往不起。蔚安聽得一頭霧水，再三追問，那個帥氣的「地攤男」終於吞吞吐吐地說，「有人說，你是曼陀羅花，碰不得。」

「曼陀羅是什麼東西？跟我有什麼關係？」她再問時，「地攤男」又不說了。

蔚安不死心，轉彎抹角地問了別人。有人告訴她，曼陀羅花是美麗而神秘的情花，芬香撲鼻，聞著會讓人癡迷，產生幻覺，故此常聞此花的人容易多情。

「什麼亂七八糟的？」她自言自語地說著，卻還是想不出這曼陀羅花與分手有什麼關係。

可是那個「地攤男」帥哥聽的卻是曼陀羅花的另外一個版本：曼陀羅花其實是一種劇毒的花，但它卻以美麗芳香來誘惑別人，使人興奮、發情。男人聞了此花會頭暈、亂性，中毒太深會要了性命。

人家開始跟那個「地攤男」說這些時，他覺得人家那是在拿他開玩笑，笑他被漂亮女孩迷得神魂顛倒了。人家用美麗芬芳的花來形容他的女朋友他還自豪得很呢。可是第一次拉過蔚安的手後，他就惡運連連—第二天走路莫名其妙地天上掉下個木樁子把他砸暈，第三天在黑暗中被一個老爺子錯認成搞了他年幼孫女的「採花賊」，被老爺子的幾個兒子一頓狠揍打得鼻青臉腫—心裡不免就害怕起來。

「地攤男」不知道這是天意還是有人存心害他，「黑色曼陀羅最是美麗高貴，是花中精靈，最通靈性，但是要用男人的鮮血來培養灌溉，它才長得更加美麗空靈。」他想起那人說的話，聯想到蔚安偏黑的皮膚以及蔚安談戀愛後變得更加生動美麗的臉孔，覺得人家的比喻是另有深意的，心裡不禁打了個寒顫，把對蔚安的熱情冷凍了一半。恰在此時有人又說蔚安嘴毒，並旁徵博引，說前段時間蔚安在街上說了句話就把好朋友弄得大吐不止。人們添油加醋，越傳越神，聽著覺得蔚安簡直就是一個會念符咒的巫婆，把「地攤男」心裡的另一半激情也嚇跑了。

做生意的人最是迷信，處理起感情之事往往更能從現實利害出發，像這個「地攤男」，小小的挫折和輿論再加上他媽媽的反對，他沒有多少心裡鬥爭就把蔚安給甩了。

蔚安把朋友弄得大吐不止確有其事。事情起源於一條圓襬小花連衣裙，那是吳星在難民營拿到第一筆收入時在地攤上給蔚安買的。她那時還是個小不點女孩，當晚穿上就拉著大哥哥往海邊走去，她說「我有漂亮的裙子了，我要穿去給爸爸媽媽看一下」。他陪著她在海邊待了很久，她講了很多關於父母的事，美好得不真實，他不知道是她記憶裡的還是夢裡的或者是想像出來的。但他很耐心地聽著，很願意分享她的故事和分擔她的沉重。

天涼的日子蔚安把裙子收了起來，誰知下次再穿時竟有點鼓鼓囊囊的，胸部又擠又緊，她彎腰時把背後的拉鍊蹦裂了，與她在一起的那個漂亮女孩沒有告訴她，於是她裸露著半個後背在外面逛了半日。

再次見到那個漂亮女友時，蔚安問她知不知道自己頭天露著後背在街上走？

「知道呀」那個女孩說。

「知道那你為什麼不幫我拉一下?」蔚安生氣了。

「我忘了。」那女孩說,「露的只是一點點後背啦,有什麼關係喲?值得生那麼大氣?又不是露前面喲。」那個女孩用手指絞著自己的長辮子不以為然地說,說完瞪著蔚安的胸脯看了半天,用誇張的口氣大叫起來:「我的媽呀!你的奶子怎麼長得那麼快啊?都要趕上對門那個奶孩子的大媽了。」說得蔚安面紅耳赤、又氣又羞。

那個時候的女孩比較保守,胸脯豐滿會覺得不好意思,千方百計地想穿個小褂子小內衣把它們壓下去讓胸脯看起來扁平一些。蔚安從孩子進入少女青春期,心裡還沒有來得及接受體態的變化,本來就覺得自己哪兒都不對勁、有點兒自卑,而她的朋友卻當面嘲笑她,說她長得像個奶孩子的大媽,而且還要說得那麼大聲,彷彿要讓全世界的人都知道,她覺得羞愧難當。

「你還說?再說我撕爛你的嘴巴,還要剝皮拆骨。」蔚安虛張聲勢地罵她。

「哇」的一聲,那女孩捧著肚子竟大吐起來,把早上吃進去的食物全吐了出來之後還不休止,又蹲在地上乾嘔,把個黃膽水也嘔得一乾二淨。

蔚安一下慌了神,站在旁邊不知所措。

原來是蔚安一句「剝皮拆骨」刺激了那個朋友。那女孩也是從越南來的,是在「排華」浪潮中被逼離開越南的華僑難民。她所乘坐的漁船在海上漂了一個多月,在沒有了食物的極度饑餓下發生了人吃人的事情,船上的強者真的把病弱者剝皮拆骨吃了。

「剝皮拆骨」對於很多人來說只是一個成語而已,與「千刀萬剮」「敲骨吸髓」一樣只是為了發洩心中憤怒的詞語,可對於那個女孩子而言,卻是一幕幕活生生的真實場景,已經成了她的心理陰影,她只要一想起它就會噁心不已、嘔吐不止。

此後那個女孩只要一見到蔚安穿那條花裙子就煩，蔚安於是不敢再穿那條裙子了。在很長的一段時間，她不敢去見那個朋友，甚至不敢走過她住的那條街道。

誰知有人竟借題發揮，說蔚安的嘴毒，她罵人時其實就是在念咒語，會把人家的五臟六腑都咒得翻江倒海，身體頂不住的頭暈、噁心甚至嘔吐，並有名有姓地指證某女某時某刻跟蔚安在一起時因為得罪了她被她咒得黃膽水都嘔乾了。

吳星聽得十分生氣，當場罵了那幾個女人並搧了其中兩個女人一記耳光。那些女人哪咽得下這口氣？可是她們口頭八卦人家惹來的是非，也不太好意思找家裡男人幫忙出氣。她們都是過來人，一看就知道吳星暗戀著自己的乾妹妹，於是她們想了個暗中報復的辦法：把蔚安介紹給了那個手頭上略為寬裕、在難民營的地攤上販賣衣服的帥哥。

吳星一看蔚安真跟別人好上了，自然急紅了眼，他叫蔚安不要跟那個男人來往，蔚安不但不聽還跟他大鬧到幾乎翻臉。

吳星沒有辦法只好使陰招了，他到處放風說「地攤男」是「採花賊」並讓幾個兄弟偷偷地把他打了一頓。而那個男人又偏偏輕信了別人的謠言，終於把蔚安給甩了。

蔚安與那個男人分手本來就是吳星想要的結果，可是看到蔚安如此失魂落魄吳星心裡也十分難過。他懷著矛盾的心理去找「地攤男」，想看看有無挽回的餘地。誰知那個男人卻說：「那麼漂亮的女人你幹嘛不自己留著、偏要讓給我？你以為我傻呀？哼，想害死我。」那個自作聰明的「地攤男」從鼻子裡哼了一口氣出來，聽得吳星七竅冒煙，但這回他沒有揍他。他轉身健步如飛地走了，心裡反而輕鬆下來：這種孬種，鳥人一個！幸好蔚安沒跟他。這樣想著他就有點感激他甩了她了。

「地攤男」在蔚安身邊的出現和消失讓吳星深深地意識到：他不能再拖延了，從保護蔚安和自身的利益出發，他必須以最快的速度讓蔚安明白自己的心意，把她留在自己身邊。

從那天開始，吳星進入了荊棘叢生卻也是芳香一路的摘取「黑色曼陀羅花」之路……

就在《黑色曼陀羅》在報紙上登出來的第二天，我老婆又來電話了。可是這次她的聲音卻不再動聽，她說：「你瞎寫什麼呢？你覺得你做的那些醜事情很有意思嗎？純粹就是地痞流氓的行為，還好意思寫出來登在報紙上讓別人看？」她薄情的口氣裡帶著怨怒，把我的激情逼進了冷宮。

「你能不能不要再提我的事？我討厭別人把我的過去抖出來給人家做茶餘飯後的笑話。如果你真那麼喜歡寫你就寫點別的吧，不要再提我。」頓了頓，她有點黯然地說：「我的要求其實很簡單，我不求榮華富貴，我只需要一個家，一個不用擔驚受怕、平平安安、和和睦睦的家。這些我都已經找到了。我付出了我的半生才得到的東西，我不希望有人來把它拿走。」

有人要來把你的東西拿走？莫名其妙！這輩子我圖過你什麼嗎？天地良心，除了想照顧你、給你做牛做馬，我別無他念！

可是這個冷酷的蔚安，我們同甘共苦、出生入死六年，自從她離開難民營我就無時無刻不在牽掛她、天天在念著她的好，我連命都不要了跑到澳大利亞來找她，而她卻一句不冷不熱的「你不要再在報紙上瞎寫來打擾我的生活了」便把電話掛斷了。她把我從一個希望的巔峰打入了絕望的地獄，我一下子就懵了。

我那時還不太懂用電話，對著話筒焦急地大喊大叫起來：「老婆，老婆，你回來。你什麼意思？我不明白！你給我把話說清楚……」，我以為她聽到了會重新跟我說話，就像以前在伽琅島一樣，只要我一發脾氣她就會乖乖地聽我的。可是我喊了半天也沒有人搭理，我抱著電話禁不住放聲痛哭起來。

唐穹走了過來，他把話筒拿走掛回電話機裡，把我推回寢室。他倒了一杯涼水放到我的床頭櫃上，又把紙巾盒推到我的右手旁邊。他在我對面坐下沉著嗓子說：

「哭夠了沒有？哭給誰聽做給誰看哪？反正那個女人是看不見也聽不到的。還是面對現實吧。她既然已經有了新的生活，你也就不用替她操心了。至於你，也不會有人為你操心的，你還是先想想自己今後的日子怎麼辦吧。」

唐穹的話雖然說得冷淡刻薄，但卻像一張止血帖，一下子把我流血的心止住了。心雖然仍是刺疼的，但卻恢復了功能，支持著我的腦子正常地去思考。

第二十章　律師瑪麗

在拘留中心的頭兩個月，我們都長胖了很多，阮文軍原本稀少的頭髮竟日漸變得濃密起來。

「這就是新鮮牛奶的魅力！」阮文軍左手捋著腦門右手拿著一把大梳子站在浴室寬大的鏡子前笑得肌肉堆在臉頰，樣子十分的滑稽。可我真的笑不起來，蔚安的行為讓我十分的震怒也十分的困惑，她對我的感情雖然不及我對她的深厚，但她是我看著、照顧著長大的。我們生活在一起的日子裡，她還是喜歡我關心我的。更何況我們還共同生育了一個兒子！九死一生地跑過來，就算是只有一面之緣的同鄉也應該來看看，而且那麼多的澳洲人民和媒體都對我們表示同情和關注，她怎麼說不理就不理了？！她怎麼會變得如此鐵石心腸、無情無義？

「**Mr.Sinh Ngo，please come to the gate，someone wants to see you**（Sinh Ngo先生，請到大門口來一下，有人想見你。）」在拘留中心裡，我最先學會和熟記的第一句完整的英文句子就是這一句了。我期待著蔚安的出現，我擔心聽不懂傳達室的呼叫而錯過了她，可是今日播音器裡播到第三遍，我還是不敢相信那是在叫我。

蔚安不是不要我了嗎？她怎麼會來呢？不會的，是幻覺！完了，我是不是得了神經病？滿腦子想的都是她，現在甚至連聲音都虛擬出來了，我痛苦地揉著耳朵倒在扶手椅上。

阮文軍跳到我的面前，一拳打在我的肩膀上，拉住我的胳膊就往外拽：「走呀，你。你老婆看你來啦。」

老婆，你還是來了，你真的來了！我說呢，你不會那麼絕情的！我激動著，內心歡呼著與阮文軍一路小跑著來到探訪者進出的大門。

「嘿，看到沒有？是哪個？」阮文軍一路問著，他也很激動，問得我心慌意亂起來。

「你不見都給鐵片子鐵棍子擋著，我哪兒看得見誰是誰呀？！」透過大鐵門，我真的沒有看到熟悉的身影。我只看到一對荷槍實彈的門衛一邊一個站在門邊，我心裡有點兒害怕，停下了腳步。

大門開了一條縫，一個女人從門縫裡擠了進來，是白皮膚的西洋女人，不是蔚安。我倆的眼睛繼續盯住門口，可門衛把大門關上了，沒有人再進來。

看著慢慢合上的鐵門，我真想放聲大哭。

「我明明聽到叫你的名字的，而且房號也對呀。」阮文軍不解地自語，撫了一下我的胳膊以作道歉和安慰。我死死盯牢大門，想看看是否有蔚安的影子，她是否臨時改變了主意又不要見我了。可是那又是為什麼呢？她為什麼來了又不想見我？難道她真的有了別人？

「這就是你要找的 Sinh Ngo 先生。」管理員露西領著剛剛進門的那個西洋女人來到了我的面前。

「找我？」我指了指自己的鼻子，不敢相信。我拉了阮文軍一把，「你給我翻譯，一定是認錯人了。」

「你好，吳先生。我叫瑪麗，我想跟你聊聊。」西洋女人肯定地說。

「你確定你要找的人是我？」我問那個女人。

「是的，我要找吳星，從珈琅島難民營來的，是你吧？」

來拘留中心探望我的瑪麗三十出頭、中等身材。她的臉蛋不算漂亮，鼻樑及臉頰上長著淡竭色的太陽斑。她的眼睛是灰色的，很大很深，眼睫毛又濃又長，還向上翻捲著，像畫出來的一樣美。瑪麗還有一口非常整齊、晶亮潔白的牙齒。她很愛笑，笑起來很好看，讓人覺得很親和、可信賴。

瑪麗自我介紹說她是一個「越南人的媳婦」—她丈夫是一個越裔醫生。兩個月前，她在電視上看到我們的事件，被我們追求自由的勇氣和在惡劣環境下生存的意志和毅力深深感動。前段時間，她丈夫一家把聽來的有關我們在海上和避難島的一些生活細節講給她聽，她感動得淚眼滂沱。她丈夫的大嫂更是哭得泣不成聲，她也在珈琅島避難所待過而且也有過艱難的偷渡經歷，同是天涯淪落人，她不能接受我們被遣返的命運，懇求瑪麗幫一幫這群孤苦無助的落難人。

瑪麗是一個富有同情心的律師，她亦不忍心坐視政府把我們送回去，於是決定幫助我們。

我們全船三十五人，到達澳洲的有三十三人，除了一人被親戚擔保接走外，還有三十二人住在拘留中心。瑪麗讓我約了大家一起座談，挨個地作了記錄，阮文軍和唐穹充當了臨時翻譯。

臨走，瑪麗握住我的手說：「相信我，我會竭盡所能讓你們重獲自由，讓你們在澳洲寬容而公平的社會環境裡愉快地生活，實現你們千里迢迢、踏浪而來的美好願望。」

瑪麗的出現給我們全船的人帶來了新的希望。送走瑪麗，回到寢室，我感覺到胸脯和四肢都充滿了力量，我看到鏡子裡的我成熟、健壯而充滿了英武之氣，心情一下明朗起來。

「等我出了拘留中心，三、五年裡打出一片漂亮的新天地！再娶個漂亮的洋妹子！死蔚安，去你媽的蛋！找上門來我還不認呢！」我對著鏡子說。

瑪麗第二次來時帶來了幾十份難民申請表格，鼓勵我們嘗試著申請難民取得合法的社會地位和生活保障：「只要申請成功，你們就可以離開拘留中心，你們就可以享有公費醫療，領取社會福利金，你們的孩子就可以像所有的澳洲孩子一樣享受義務教育，享受美麗的藍天碧海和無拘無束的自由生活。」

瑪麗不懂講越南話也不懂講中文，而我們三十二人中只有唐穹和阮文軍的英文還算可以，所以很多時候都要由這兩個人翻譯，碰到某些細節，他們也經常聽不明白，大家交流起來十分辛苦。幸好瑪麗交友甚廣，她找到了一個願意為我們做義工的專業越語英文雙料翻譯，這個義工除了幫我們作口頭翻譯外，還幫我們填寫申請材料。

我們的第一份申請材料是向移民局申請難民保護的。申請呈上去之前，瑪麗帶了翻譯來把三十多份材料從頭至尾檢查一遍，我們確認後再一一簽上名字。

瑪麗沒有親自把申請交給移民局，而是讓我們各人自己寄去。

瑪麗走前反復地叮囑我們：從今天起，所有有關申請的行動和與移民局打交道的細節，包括日期、諮詢事宜、經手人、過程、結果等等都要用文字記下。你們也可以把自己在等待過程中的焦急、擔憂、痛苦和無奈的心情記錄下來。她還鼓勵我們把個人經歷的苦難、尤其是在海上的劫難寫下來。

我們中有幾個人很能寫，他們晝夜伏案，邊寫邊哭，很快寫出了一個個動人的故事。其中有一個是南越軍人，為了逃避越北解放軍的追殺，自己一個人在森林裡躲避了幾個月，出來時連家裡人都認不出來了。另一個越南華僑，因為越南排華浪潮而被逼離開越南，他偷渡六次、家財散盡才成功地從越南逃出來，卻又被印度軍隊抓到島上關了八個月。還有很多人不能寫或不想寫的，瑪麗讓他們說。揭傷疤總是痛苦的，個個都說得淚流滿面、悲痛不已，令人十分不忍。瑪麗把這些錄了像錄了音。

瑪麗把我們的故事翻譯成英文寄給報刊、雜誌，把錄音錄影帶編輯好寄給了電臺、電視臺，她又約了國會議員、親自把所有資料送上門去。

第二十一章　打官司

三個星期後，瑪麗帶著翻譯來看我們。她問我們有沒有接到移民局的信件或電話。我們都說沒有接到。心想，移民局哪會這麼快就批准我們的申請呢？又過了兩個星期，瑪麗又來看我們了，我們仍未接到任何移民局的資訊。

「移民局收到你們的申請後的兩周內就應該與你們聯繫的。」瑪麗說。

「是不是他們不想考慮我們的申請？」我們開始擔心。

「要不打電話問問？」有人提議。

移民局的電話打通了，接電話的官員說，我們案件的具體進展他不清楚，因為他不負責這個案件。阮文軍說，那麻煩你叫負責我的案件的人聽電話。對方說他病了沒有來上班，讓他明天再打電話去問。

從那以後，每天早上九點，唐穹和阮文軍準時到我們住房斜對面的公共電話亭去打電話。打了很多天才找到那個叫裴綽的官員。阮文軍很激動，結結巴巴地說，想知道我們的難民申請批了沒有。裴綽沉吟了一會，態度和藹地說：「你等一下，我去查查。」

阮文軍緊緊地捏著電話，緊張得雙手發抖。馬上就要知道結果了，不知是禍是福，我和唐穹也緊張得心碰碰亂跳。

「謝謝你還等著，你們的申請收到了，是這樣的……」裴緯說，話未說完，一隻鴿子停在電話機上，不偏不倚的，它那大爪子踩到掛話筒的地方，把電話掛斷了。阮文軍很生氣，揮手就去抓那只鴿子的脖子，鴿子「咯」地叫了一聲飛走了。阮文軍再打電話時，要麼電話占線，要麼是裴緯在開會，打了半天毫無結果，倒是招來幾個等著想用公共電話的人的不滿。

第二天阮文軍又上電話亭去了，電話那頭的裴緯溫和地告訴阮文軍，我們就要開始辦理你的案子了。

阮文軍問：「要多久才有結果？」

「我們正在加緊辦理，一旦有結果我們就會通知你。」

「還需要什麼材料嗎？」

「如果需要，我們會通知你的。」

「依你看，我們的申請能獲得批准嗎？」

「我現在不能說。你放鬆點，我們會按政策辦理的。」裴緯友好地說。

「他對我們印象挺好的，應該會讓我們留下來的吧？」阮文軍放下電話自言自語。

「他說他對我們印象挺好的呀？」我高興起來。

「他沒有這樣說，是我聽出來的。」

「你聽出來的？怎麼聽出來的？」我心裡又不踏實起來。

「他態度好極了，我都能聽出他是面帶笑容跟我說的。他知道我英文不好，還故意說得慢慢的。」

阮文軍回憶著說。

此後，阮文軍又打過幾次電話，但是每次接電話的人都不同，加之他的英語又不太好，始終沒問出個結果來。我們心裡忐忑不安，瑪麗說按理半個月內案子就會被受理，但我們的案件拖了兩個多月，沒有什麼進展，這是不是意味著我們的申請不被人家考慮呢？

「接到過移民局的書面通知沒有？」瑪麗問。

「沒有呀。」阮文軍憂心重重。

瑪麗似乎並不在意移民局批不批准我們的申請。想了一下說：「這樣也好。從今以後你們不用再打電話去問了。我替你們打官司吧。」瑪麗說。

大夥兒都很高興，慶幸自己碰上了這麼好心的律師。

瑪麗一走，大夥兒才發現肚子已經餓得呱呱直叫，一看，開飯時間已過了一半，於是急急忙忙往廚房跑。廚房裡飄出一股濃烈的印度香料味。「又是咖哩」，有人開始發牢騷。

我們剛從船裡上來那會兒，什麼都能吃，吃什麼都香、吃什麼都滿足。可現在人們開始埋怨廚房的伙食太偏了，一周只有一個晚上的中餐，而西餐與印度餐卻各有三個晚上。西餐還有些兒變化，有土豆塊燉牛肉、燉羊肉或者烤羊肉、土豆泥、南瓜泥、烘番薯、皮薩餅、麵包、炸薯條等，吃起來蠻有味道的。而印度餐就不一樣了，一大堆的香料放下去，什麼肉都是一個味，那味道太香太濃，聞得多了心下生厭反胃，便把香味也聞成了臭味。

我沒有急著去廚房，於是拿了中午存下的麵包、端上一杯牛奶走到就近的室外涼棚下面的條凳上坐下。我用鮮牛奶送麵包，吃得既香又有營養，心裡挺滿足的。大夥們端著晚飯很自然地聚了過來，邊吃邊就打官司的事情議論起來。

談得正激動，突然有人問：「請律師要給錢嗎？」

「瑪麗不是說要幫我們打嗎？還請啥律師呀？」另一個人覺得這問題問得好生奇怪。

「瑪麗就是律師嘛。聽翻譯說，人家請瑪麗出庭一次，要付好幾百甚至上千元的律師費的。」

「哇，那麼多！我們哪裡有錢請她呀？」

「難怪那麼熱情幫我們，原來是為自己拉生意來了。鼓動我們向移民局申請難民只是個序幕，等場子拉開了，我們上不去下不來，只能把官司交給她了。一網打撈了三十二人，這生意可是夠大的啊。」有人嘟嘟噥噥地說。

「既然我們沒有錢請律師，跟她說不打不就行了嗎？我們就耐心地等待移民局的申請吧。免得被人家牽著鼻子轉，身份還沒有拿著就先欠上一屁股的債。」有人附和著。

「對呀，還是等一等吧，萬一移民局批准了我們的申請呢？我們現在不是白折騰？」

「都說律師最會掙錢，這話兒一點不假。看她如何收費吧。」

「人家瑪麗是真心想幫我們。不打也就罷了，何苦把人家想得那麼壞？」我有點兒不高興地說。

唐穹附和我說：「打官司是輸的一方出錢，贏的那方是不用出的。」

「誰能保證我們一定贏，如果輸了呢？」

「不會的。我們要對瑪麗有信心。她是個專業的移民事務律師，她打過很多移民官司的，幾乎可以說是百戰百勝。」

「唐穹，你怎麼知道她百戰百勝？不都是那個翻譯說的嗎？我看她本來就是與瑪麗一夥兒的，串通好了提前替她做宣傳的。要不，她與咱們非親非故，憑什麼免費幫我們做翻譯？」阮文軍不服氣，與唐穹爭執起來。

爭論了幾天，大夥分成了兩派：支持打官司的以唐穹為首，他們相信瑪麗一定能打贏官司。不支持打官司的以阮文軍為首，認為應該耐心地等待移民局對難民申請的裁決然後再做定奪。

我呢，其實沒有太多的主見，只想隨大流，對兩者的決定都無太大的所謂。但是想著瑪麗最初找的是我，而唐穹是我們這幫人裡最有遠見卓識的，而且他又一直那麼賣力地幫我，我覺得應該站在他一邊。心下裡想，贏了我們就留下來了，律師費別人自會出的。輸了我也不會有什麼損失，反正我沒有錢給律師，就賴唄，大不了坐監，而我本來就已經在坐監了，也不在乎多坐幾年，反正我本來就不想回越南去。這兒坐監有吃有住的，房子比我以前住過的廣西鄉下和部隊營房不知要舒適多少倍，而與大河蝦在越南的茅房、菲律賓的「海上旅館」和印尼的難民營比起來，更是一個天上一個地下。

第二十二章　民告官

瑪麗再次來訪時人們不像以前那麼激動了。唐穹那派把瑪麗圍在中間，阮文軍的人員則圍在外圈，雖然他們不想打官司，但也不想錯過任何與打官司有關的資訊。

「瑪麗，你說要幫我們打官司，可是我們都沒有錢，萬一我們輸了怎麼辦？我們都沒有收入，是付不起你的律師費的。」阮文軍擠到裡面問瑪麗。

「你們不用為此操心。不管你們是贏是輸，我都不會收你們的錢。我是自願、無償地為你們提供服務的，直到看到你們走出拘留中心為止。」瑪麗面帶微笑當眾宣佈。

大夥兒面面相覷。

瑪麗已經在感情、道義和申請難民的事務上給了我們慷慨無私的支持和幫助，本就沒有人敢奢望這麼多。

我更是不敢相信自己的耳朵，臉一下子紅到了耳根。我第一次，也是最徹頭徹尾的一次，把瑪麗從頭到腳細細地看了一遍，怎麼也看不明白她為什麼要這麼熱心地幫助我們。

瑪麗向阮文軍和唐穹要電話紀錄，阮文軍從貼身的口袋裡取出一個小本子來給了她。

這小本子裡詳細地記錄了何時何地打過電話給移民局、問了些什麼、得到了怎樣的答覆，是瑪麗囑咐他們記錄的。

瑪麗翻看完小本子，臉上露出滿意的微笑，「幹得好！」她跟阮文軍說。「這樣我就更有信心與移民局打這場官司了。」她胸有成竹地說。

「與移民局打官司？」大夥兒又是一驚，才想起打官司是要有原告和被告，可是移民局是澳大利亞的政府部門啊，我們怎麼能告它呢？

「是呀，我們要告移民局，而且越快越好。」

「可是，告它什麼呢？」阮文軍有點兒困惑。我更不理解，心想，我們不是在請求移民局批准我們留下來嗎？你能言善辯，又是澳大利亞的註冊律師，你出面向移民局催一催，讓他們辦得快一點就好了，告它幹什麼？在自己的國土我們都不願意惹官司上身，何況跑到別人的地盤來？就是吃了豹子膽也不敢惹事生非。

「告它拖延辦案哪。」瑪麗閃著一雙美麗的大眼睛笑著說。

我們一聽都傻了，腦子似乎一下進入了缺氧的真空箱裡，一雙雙眼睛困惑地看著瑪麗。

「對的，就告它拖延辦案。」瑪麗堅定地說。大夥兒慢慢蘇醒過來，七嘴八舌地議論開了。有人說：「只要移民局能批准我們的申請，拖拉一點有什麼關係？反正我們有吃有住，也不差三天兩月的。」

「就是，我們把移民局往法院一告，移民局的領導們一生氣，就是本來想批的也不會再批了！」

「對呀，移民局本來就代表政府，人家大權在握。而我們是非法入境的黑民，本來就理虧，人家沒有把我們直接趕回公海去就已經很不錯了。現在吃著人家的住著人家的，還要坐在人家的地頭上跟它作對，這成嗎？」

「法在人家手裡，人家開不開恩全靠我們是否能感動他們，怎麼能反而去告人家？」

「不要擔心，法不在別人手裡，而是在你的手裡。所有的人，包括澳大利亞人和非澳大利亞人，在法律面前都會被一視同仁的。」翻譯說。

「書面上當然都那樣寫了。」

「書面上那樣寫人們就得那樣做呀。澳大利亞是一個法治社會，你們放心，我們有專門的保障措施來確保人們不會被政府和官員馬馬虎虎或不公平地對待的。你們的國家可能情況不一樣，在澳洲，司法是獨立的，法律是不受政府或某個高級官員操縱的。相反法律會制裁政府官員，如果他們沒有做好自己該做的工作。」瑪麗笑著解釋。

在我看來，瑪麗的這套理論簡直就是孩子畫餅、猴子撈月。世上真存在那麼公平的法律嗎？憑什麼人家要把我們這些非法船民與澳大利亞人一視同仁？

瞧瑪麗那副天真的樣子，有些人也像我一樣開始懷疑：她真的是律師嗎？她真的替人打過官司嗎？她贏過嗎？我不懷疑她的善良和正直，她是真心想幫我們，但她有這個能力嗎？既然都要撕破臉皮去打官司了，卻不是要求移民局給予我們難民身份，而是告他們辦事拖拉。人家辦事拖不拖拉是政府內部的事，我們管得著嗎？

「我知道，你們不願意惹官司。在你們的文化裡，上法庭是件不好的事情。但在澳洲，人們的看法就有點不一樣了。我們認為每個人都有申張自己不平的權利。如果你覺得受到了不公平的對待，就向法院起訴他們討回公道。」瑪麗好像看懂了我們的心似的。

「那我們直接告移民局不夠人道、不批准我們的申請不是更好嗎？」有人說。

「沒有法律規定移民局一定要見到船民就得收留他們啊。而且，移民局也沒有通知你申請失敗了，是吧？」瑪麗說。

「是沒有，但你不是說兩周內他們就應該受理嗎？這麼久都沒有消息，不擺明了就是不想批我們嗎？」

「只要你還沒有接到申請失敗的通知，你就不能說他們不批准你們，就無法把這作為上訴理由。而且就算你們的申請沒有被批准，你們以此告他們就不太有理由，因為法律沒有規定他們一定要批准你們的申請。」瑪麗停了一下，她把翻譯叫到身邊，跟她低頭交談了一會兒，抬起頭看著大家，她露出了較為嚴肅的神色說：

「我的朋友們，咱們要分清楚兩點：移民局『應該受理』跟他們『實際上有無受理』是兩回事。前者是政策，後者是執行人員的行為。如果執行人員沒有按照政策辦事，他們有錯，我們就可以告他們。法院就是法院，它只對你呈上來的案子作出誰錯與誰對的判決。它不可以對你們的難民申請做出給還是不給的決定，因為這個決定只能由移民局來做。每個部門都有每個部門的職責，法院不能越俎代庖。」

「要不我們再等等？如果移民局批了我們，那就最好了。如果不批，我們再告它好不好？」阮文軍試探地問。

「移民局如果想不批你們，一定可以列出很多理由。相反地，要批准你們的申請，理由就不充足了。」

「如果我們等到申請被拒絕了再上訴，那時就很難了。他們接下來就會以最快的速度把你們遣返回原住國。」

「為什麼？」

「因為國際公約上並沒有保護經濟難民的條約。國際上只承認有戰爭難民、政治難民、種族與宗教難民和自然災害難民，人們把經濟難民列為非法移民，由各國自行裁決。澳洲政府以前雖然接納了很多的經濟難民，但那時很多工作沒有人做，澳洲需要勞動力。可現在不一樣了，很多人都沒有工作做。」

「但我們事實上是難民呀。在伽琅島上，我們同船從越南出來的人，大部分早就作為難民被接走了。」我說。

「每個案件都是獨立的。島上有人成了難民不等於島上的所有人都應該是難民。按照現在的難民條例，你們中的很多人是不符合難民條件的，有個別還算基本說得過去，但也要看運氣，有很多疑點，可上可下，就看移民官員怎麼斟酌決斷了。」

「我們不能算難民，那誰是難民？」阮文軍急了。

「Under international law,refugees are persons who owing to well-founded fear of being persecuted for reasons of race,religion,nationality,membership of a particular social group or political opinion,is outside the country of his nationality and is unable or,owing to such fear,is unwilling to avail himself of the protection of that country. Generally,refugee are people who have been forced to flee their homes,their lands……」瑪麗彷彿進入了法庭，不等義工翻譯，滔滔不絕地往下說。

阮文軍更急了，打斷她：「瑪麗，求你再說一遍吧，說慢點，我們都沒有聽明白。」

「國際法認為，難民是因種族、宗教、國籍、特殊社會團體成員或者政治見解的原因，而又有恐懼被迫害的事實依據，置身於原籍國領域外不願意或者不能返回原籍國或受該國保護的人。一般情況下，難民是被迫離開他們的家、他們的國土……」，義工趕緊給我們翻譯。

「看看，你們符合嗎?你們中的幾個人當年是受到迫害，但現在這些情況已經消除、不存在了。

如果現在移民局把你們送回越南，相信越南政府不會抓你們的，所以你們來澳洲避難的說法就不能成立了。澳洲政府對於戰爭難民和政治難民都會很容易批准，但對於經濟上的難民，國際上公認那是非法移民，沒有要求政府一定要去保護他們。而事實上，有很多國家對於非法入境者是採取強行遣返措施的。」

「可是，當初申請難民保護不也是你主張和支持的嗎？」瑪麗一開始就知道我們不符合難民要求，又何必慫恿我們去申請呢？我們都不明白。

「是呀，你們有這個想法，我覺得也不妨試試。你們提出難民申請，也不是一點機會都沒有，因為除了政治、戰亂、自然災害、種族和宗教難民外，每年澳洲政府還根據情況准許一些非法移民以人道主義的名義留下來。」

「那我們為什麼不等等？說不定移民局會給我們人道主義呢。」阮文軍說。

「不能等。」瑪麗肯定地說。

「為什麼不能等？」唐穹問。

「從策略上講，如果你們什麼都不做，那是坐以待斃。如果你們有了行動，我們就可以抓住移民申請和審批過程中的漏洞和差錯來做文章。現在打這個官司是箭在弦上，勢在必行了，而且也可以說是個好時候」。

「為什麼非現在打不可？」唐穹熱切地問。

「主要有三個理由。第一，現在又有一條從中國福建來的非法移民船進入澳洲境內，上面有一百五十多人。他們的情況不比你們好，甚至可以說比你們還糟。如果給你們批了，那他們呢？現在政府和民間的分歧很大，有要求全部遣返的，也有要求給予人道支持的，但前者呼聲更高。移民局的壓力很大。」

「你的意思是，如果移民局聽取了多數人的意願，會把我們全部送走？」

「如果再拖延下去，有這種可能，所以，我說是『勢在必行』嘛，再等下去對我們沒有好處。第二，我們打官司的良機來了，不能讓它錯過。因為移民局在審批我們的案件過程中出了差錯，我們可以借題發揮，官司打起來勝算較大。

第三，如果等他們不批了再起訴就遲了，我已經說過，不批你們不犯法，你再上訴也找不出更好的理由，那時再告移民局，勝算的機會就變得很微小了。」

原來，申請難民只是瑪麗幫我們打官司的著手點。沒有律師代理，我們的案子容易被移民局疏忽，難怪瑪麗當時要我們自己去寄申請呢！原來這是她的策略！

第二十三章　叫化子陪審團

又過了兩個月，瑪麗通知我們，我們的案件已經進入正式訴訟程序。據說可能會有陪審團出席。如果那樣的話，我們的官司成功與否還得看陪審團裡有些什麼人，瑪麗的說辭能否說服他們。

「案子不是由法官來判嗎？怎麼又出來一個陪審團？」我很不明白，問唐穹。

唐穹說：「我原來也以為只有法官才判案的。瑪麗說，在澳洲，很多案子確實是由法官來判。但對於某些特別的案例，法院往往會邀請陪審團一起判。」

「什麼是特別的案例？」

唐穹回憶了一下，說：「有很多人關心的案子，或者對社會影響大的都屬於特別的案例。好像還包括那些有爭議的、難判的，以前沒有出現過的新情況、法律沒有明確的條文去管的，我記不太清楚了。」

聽唐穹一說，我好像有些兒明白了，「啊，就是『疑難雜症』類的案子了，一般的法官判不了的，就找陪審團。那麼，陪審團是不是就是把很多厲害的法官和律師請到一起陪著審理的意思？」

「好像不是，好像陪審團員就是一般的平民百姓。」唐穹猶豫著說。

「平民百姓？怎麼可能呢！」我不信地搖搖頭。

儘管瑪麗每次來都會耐心地把案情的發展告訴我們，但是因為我們來自不同的社會制度和文化背景，大部分人對那些法律術語和程序並不理解。

當我再次見到瑪麗時，我決定要把事情弄個明白，我跟著唐穹在瑪麗的對面坐下，我說：「陪審團是什麼？是不是很多法官和律師組團陪著審案？」

「No, No, the jury is not made of judges and lawyers（不，不，陪審團不是由法官和律師組成的）」瑪麗搖著頭大笑起來。

「啊？不是法官和律師，那誰來呢？」我吃了一驚。

「Jurors are ordinary people, they are picked from citizens. The jury is formed by 12 to 18 jurors. A fair trail, our jury system……」瑪麗說。

「陪審團的成員都是普遍老百姓，從居民裡選來的。陪審團是由十二到十八名陪審員組成的。公平審判，這就是我們陪審制度的理念……」

「真的有公平的法律、公正的審判嗎？」有人帶著懷疑問。

「我只能說，公平公正是相對的。法律是人制訂出來的，是人為的東西就不可避免有其局限性。

但是如果一個法律代表的是多數人的利益它就是相對公平的，是吧？法律在當時的條件下是公平的，可是我們的社會從來就沒有停止過發展，時日變遷有些條文就不一定代表大眾的意願了。陪審團制度的設立就是為了糾正和補充法律的不完善之處。從民間選出的形形色色的陪審員代表了更廣泛的民意，越接近民意就離公平和正義越近。」女翻譯說。

「那是不是說，我們能不能留下來是由老百姓來定了？」有人問。

「可以這麼理解。」

還有這樣判案的！人們十分好奇，七嘴八舌地問了起來。

「那什麼樣的人才有資格進入陪審團？」

「年滿十八歲，有選舉權的當地公民就可以了。」

「那陪審員是怎麼選上的？」

「從選舉資料庫裡隨機撿出來的。」

「隨機撿出來後會有人去考察他們合不合適嗎？」

「有的，會有面試的。」

「啊，這樣就可以把那些文化程度低的人淘汰掉。」阮文軍舒了一口長氣。

翻譯笑了笑說：「面試不是考文化知識，它主要是看看他們的精神正不正常，身體是否足夠健康，因為出庭一次可能需要好幾個小時。當然了，還要看他有無弱智、英文是不是足夠好，因為他必須有能力看懂有關案件的文件，在法庭上聽得明白別人說的話，還能用英文表達出自己的見解。」

「那麼容易呀？那不是任何一個正常人都可以成為陪審員了？」

「對呀，一個正常的成年人、平常的人就行了。不過還有一點，還得看那人的職業，有些人是沒有資格參加陪審團的。」

「那當然，再怎麼樣也不能選一個叫花子進陪審團啊。」阮文軍插嘴。

「那倒不一定，叫花子也是可以進陪審團的，只要他有固定的住址、參加公民選舉就行。」

「啊？連叫花子都有資格成為陪審員，哪還有什麼樣的人不可以啊？」有人吃驚地大叫起來。

「不是看你是什麼人，而是看你從事什麼樣的工作。像警察就不行，過去十年裡在警察局工作過的官員和執業律師也不行，還有與犯罪偵探、調查、司法、審判有關的人員都沒有資格進入陪審團。」

「為什麼？這些人不是更加懂得法律嗎？」

「正因為他們是法律和官司方面的專業人士，才不能參加。」

「為什麼？懂得法律的人反而沒有資格參與陪審？」

「我想你們對陪審團的作用可能不太明白。」瑪麗看到我們一副迷茫的樣子，笑了笑繼續解釋：「法律是一種尺度，民意更是一個尺度，法院對一個案子的判決還要考慮公眾的心理接受因素，很多案子由陪審團來裁決考慮的範圍更全面，比起由某個法官或執行機構來判決顯得更公正更能為百姓理解和接受。澳大利亞實行由陪審團審判就是為了避免過分依賴於某個法官的理解或者受某一團體過激情緒的左右，以求審判更公平公正。」

「瑪麗，你說警察和司法人員不能進入陪審團，卻沒有提到犯人。是不是犯人也可以成為陪審員？」阮文軍故意開瑪麗的玩笑。

沒想到瑪麗轉過頭去正而八經地跟阮文軍解釋：「當然可以，如果犯罪較輕，判刑不超過三個月是可以的。」

啊！我又一次傻眼了。就我的理解，判了徒刑的人不是要剝奪政治權利的嗎？我雖然不太明白政治權利是什麼，但在我們那裡他們是不能參軍不能上大學的，他們往往被排除在正常人的生活之外，怎麼可能讓他們參加到陪審團去、像法官一樣坐在法院參與審理判案去決定別人的命運呢？

後來又聽唐穹說，澳洲的陪審團制度可是很嚴肅的事情，履行陪審與參與選舉一樣是公民的權利也是義務，如果一個人被抽上拿到陪審員傳票而置之不理、拒絕出庭履行陪審義務會被當作是一種犯罪行為。

「這麼小的事就算犯罪呀？要判刑嗎？」我不禁好奇起來。

「我也問過這個問題，好像不用，交幾百塊錢罰款就行，但會被記錄在案。而有犯罪記錄的人就麻煩了，譬如說，找工作吧，正規的公司都不願意招他們，政府部門更不可能考慮他們了。」

沒想到澳大利亞的法律那麼嚴格。從那以後我慢慢地改了我意氣用事想幹什麼就幹什麼的行為習慣，我開始留意周圍的人和事，用心去感覺什麼事可以做什麼事可能不能做，有疑問就問阮文軍或者唐穹。有時我都覺得自已成了個過於小心謹慎的人，前怕狼後怕虎的好像失去了主心骨。

上法庭那天，大家都想去看看，當然了，去了也聽不懂只能看熱鬧。最後是阮文軍和唐穹代表我們出庭。據阮文軍說，那場面真是精彩之極，瑪麗那真叫動之以情、曉之以理。

瑪麗首先列舉了一堆移民申請的政策和條例，有條不紊地歷數移民局的官僚和不負責任的拖延，接著她把申請人如何在痛苦的煎熬中等待的情形描述出來。瑪麗那有條理的辯答，把陪審團的人說得頻頻頷首。她接著曉之以理，她說《世界人權宣言》第二十二條規定，作為社會的一員，每個人都有權利享受社會保障，有權利享受個人尊嚴和人格的自由發展所必需的生活水準。在《經濟、社會、文化權利國際公約》裡也規定了免於恐懼和匱乏的自由的理想。可是，在我們享受著現代化成果中豐富的物質文明和民主自由時，為什麼不能對一幫歷盡艱難、冒著生命危險、千里迢迢慕名而來、想為自己謀求一份最基本的生存權利的落難船民給予一份同情和關懷呢？她那富於感染力的說辭，把好幾個陪審團成員感動得雙眼泛紅。

瑪麗在法庭上的出色表現取得了陪審團大多數成員的支持，官司以移民局失敗告終。兩周以後，移民局批准了我們的申請。

第二十四章　天堂之鳥

一九八九年五月十二日，我成了澳大利亞的合法居民！夢寐以求的天堂之鳥！我將遠離人間苦難，飛向美好藍天，與天堂裡那些金髮碧眼的洋人同起同坐、分享優越的社會福利！死蔚安！去你媽的！我咬著牙齒罵著，激動得無法入睡。

離開拘留中心那天，天空下著朦朦細雨，狂風吹得雨絲橫飛、毫無頭緒，也找不著方向。我心情並不像想像中的那麼輕鬆愉快，想起自己漂洋過海、出生入死來找老婆孩子，想盡千方百計讓老婆知道我冒死偷渡來找她而她卻不認自己，現在就算是走出了拘留中心，生活卻沒有了方向，活著又有什麼意思？

我雙眼茫茫、腦子空空，正自四處張望時，迎面走來了斜對面住的黑人阿利克，他穿著一條短袖套頭衫，幾條又長又細的傷痕，像義大利麵條一樣扒在他的脖子和手臂上。

阮文軍和我一樣驚奇，他盯著阿利克問：「你不是逃出去了嗎？」。阿利克上周趁人不注意爬過五六米高的鐵絲網逃出了拘留中心。這事鬧得沸沸揚揚，人盡皆知。

「我回來了，找不到地方住，也找不到工作做。」阿利克搖著頭說。

「你不是有同鄉在悉尼嗎？」阮文軍問。

「沒有用的，狗屎！我給他打電話，他說他不住悉尼了，離我很遠，他不來接我，也不肯告訴我他住在哪裡。出去四天，我只吃過兩頓，很餓，很累。還是回來的好，有吃的，有床睡。」阿利克無可奈何地說。阿利克住在拘留中心有一年多了，他會英文，可是他的案子怎麼也結不下來，相比之下，我們真是幸運之極。

唐穹早已經與他在難民營時的老朋友聯繫上了，他的老朋友在悉尼郊外的一家農場種菜，農場主人正好想找個人幫手。一大早那個農場主就開了一輛越野車帶著唐穹的朋友一起過來把他接走了。餘下我們三十一人不知去哪裡是好，大夥兒說出去住下後再慢慢來吧。

唐穹走的時候跑去管理處找露西告別，露西給了唐穹一個真誠的擁抱，唐穹紅著眼睛用濃重的鼻音代表我們發了長篇大論的感謝詞：

「露西，你是我們這輩子碰到的最善良的人。你有世界上最美麗動人的微笑和金子般的美好心靈。我們永遠都不會忘記你對我們的鼓勵和幫助，我們在這個地方度過了很多美好的日子。我們會想念你的。謝謝你，好人有好報，祝福你一生幸福快樂。」

想起露西對我們的好，我們都有點戀戀不捨。收拾停當後我們都去找露西告別，她給每人一個結實的擁抱。這是我第一次與當地人進行這種禮節性的擁抱，露西輕輕地拍了兩下我的背說：「我希望你有一個美好的將來。」我搖了搖頭，她看著我的眼睛說：「請你相信，一切都會好起來的。」看著她堅定的眼神，我心裡踏實了很多，覺得生活還是有很多的期待。

我事後想想有點兒奇怪，以前我看到別人擁抱時心裡老覺得彆扭，可今天當露西張開懷抱時我卻很自然地迎了上去，我以前那些男女授受不親的殘舊觀念也跑得無影無蹤，我當時只想通過最後一次的擁抱傳達我深深的感激和謝意，而我也真切地感覺到了露西的真誠和良好願望。

有時就是這麼簡單，一句溫暖的話語、一個真誠的擁抱就能鼓勵他人，給人生活的勇氣和力量。

瑪麗說好要來接我們，並答應幫我們聯繫臨時住宿。我們中的一些人上午十一點鐘就去退房，人們也陸陸續續地互相道過分手的話語了，只等瑪麗一到便可簽字走人。可是等到中午仍不見瑪麗人影，看到外面侃侃而下的雨水，大家開始焦慮起來。

拘留中心左邊的操場離入口最近，附近障礙物少，我們冒著雨一遍遍來回地往操場跑，試圖能在入口處看到瑪麗。

下午一點多鐘，一輛大巴士停在了入口處。接著我們便聽到廣播叫我們到門口簽字。原來大巴是瑪麗租來接我們的。

雨下得很大，拘留中心外面的柏油路己經破舊，坑坑窪窪的積了不少雨水。瑪麗撐著一把紅黑白三色相間的巨大雨傘，她進到拘留中心合上雨傘、把雨傘倒提著拿在手上，雨水從傘布往傘骨頂流去聚成了水龍頭。她薄薄的平跟皮鞋己經濕透，沾著灰色的泥漿，小腿肚子上沾著污穢的水珠，齊膝的裙邊己經半濕。她看見我們，臉上露出舒心的微笑。

我上到巴士時，發現裡面坐著兩個陌生男人。我們坐穩後，瑪麗介紹說，巴士上的那兩位是當地越南僑民社區的領袖，他們可以給我們提供住宿幫助和安居諮詢。

那是兩個中年人，個頭都只有一米六出頭，其中一個長得結實而精明，下巴尖前額寬，頭髮沿著前額和兩鬢剃得非常整齊，濃密而粗硬的發質往上壘出一個豐茂而有形有狀的小山，上唇留著一撮小鬍子，鬍子修剪得十分的精緻。這個「小鬍子」站在瑪麗邊上友好而溫厚地笑著，耐心地等待著瑪麗把話講完。

「悉尼越裔歡迎你們加入我們的社區。」小鬍子用越南話說，並作了個簡單的自我介紹。我坐得離他較遠，並不太留意他的話，心想自己並不是越南人，出去以後各走各的道，想來也不會有什麼交往。

小鬍子說：「你們是勇敢的求索者，我很佩服你們，你們駕著一隻舊漁船千里迢迢、乘風破浪橫渡大洋是一件了不起的大事，能來到悉尼是一件大事中的幸事，能合法地留下來更是一件幸事中的大好事！」他說，越南民族是一個聰明勇敢、能吃苦耐勞、不屈不撓的族群，我相信你們將來會在悉尼大有作為的。

小鬍子還說，為了解決我們的住宿問題，他已經與越裔社區的人們聯繫過了，很多人家都願意接我們到他們的家去臨時居住一段日子，讓我們有個過度的緩衝階段適應新的生活和尋找住宿。

與小鬍子同來的那個人掏出了一個名單，上面是願意接收我們的人家的名字。他一家一家地介紹著，住哪裡、家裡都有些什麼人、住著什麼樣的房子、可以接收多少個人、願意接收些什麼樣的人譬如說是男的還是女的、大人還是孩子。根據人家提出的條件把我們對號入座分到了十七戶人家。巴士而後挨家把我們送了過去。

小鬍子家也接收了兩個人。小鬍子家距離拘留中心挺遠的，車開到他家時車上的人已經走得七七八八了，瑪麗和另外一個越南僑領都已經下了車。當時雨下得很大，霧氣和水簾使視線短淺而朦朧，才下午四點鐘，便有一種己近黃昏的感覺。

比起前面經過的十幾家越南人家，小鬍子的房子算是比較漂亮的了。它是一座獨立的單層洋房，房子前院花園的正中是一棵日本楓樹，棗紅色的葉子在秋雨裡活潑地飄搖，楓樹腳下及周圍是嫩綠的草地，繞草地的邊緣種著很多玫瑰，玫瑰花開得十分嬌豔美麗。房子的瓦是紅色的，很新很亮。門前的車道是紅磚鋪就的，很寬很平。白色、對開的兩扇大門上有兩個半圓的弧形，樣子氣派。

車剛在小鬍子家門前停穩，他家的門就開了，一個女人低著頭走了出來，她穿著一條白底綠色花紋的連衣裙，身材苗條而曲線優美。她左手扶著門框、伸出一隻好看的光腳丫子去挑放在門外的拖鞋，再提起另外一隻腳去穿另一隻拖鞋。她走到門角落邊的竹籃子裡取了一把紅色的雨傘，打開雨傘放在地上，又伸手拿了兩把雨傘夾在左手和身體之間，這才伸手去拿放在地上打開的雨傘。她撐著紅色的雨傘走進雨簾。

「雨太大了，你別過來。」小鬍子對著那個女人關切地叫著。也不知是雨聲實在太大那女的沒有聽到還是她執意如此，只見她娴娴然地向我們走了過來，當她走到車門前準備把雨傘交給小鬍子時，她抬起頭來笑了。

天哪！那女人竟是蔚安！我的老婆！她粉嫩的臉蛋在紅雨傘的映照下嬌豔如花，美若天仙。

我一下子從座位上彈了起來，「蔚安」，我剛叫出聲，車門就關上了，車接著開動了，紅雨傘很快便消失在雨中。

難道小鬍子就是蔚安的叔叔？！真是踏破鐵鞋無處覓，得來全不費工夫！

可是，我怎麼回到小鬍子家呢？糟了，我連小鬍子叫什麼名字都沒有留意，以後怎麼找他呀？我趕緊問車上的人，竟沒有人記得住他的名字，真是一群關蠢了的豬！

我跑過去用越南話問司機他認不認識剛剛下車的人？司機搖了搖頭。我又問他剛剛那條街叫什麼名字，他依然搖了搖頭。一個司機怎麼會連街名都不懂呢？我不死心，改用廣東話問他，這回他有點不耐煩了：「**Can you just sit down please? I don't understand what you said.**（你可不可以回去坐好？我不知道你說什麼）」。原來他不懂越南話也不懂中文，只是長了一張似黃非黃的亞洲人皮膚而已。

怎麼辦啊？唐穹上午就走了，阮文軍也已經下車。我看看車裡，那個略懂英文的越南女人也不在。「這裡有沒有人會英文？」我朝車裡的人問，人們看了我一眼都不好意思地笑了笑。正在此時，司機念我的名字了。

「該你下車了」有人提醒我，我魂不守舍地站起來走了出去。「你的行李」，有人把我的豬籠袋塞到了我手上，我拎著袋子下了車，司機關上了車門。

我看著緩緩啟動的巴士，心想：它要去哪裡呢？司機又是怎麼知道去哪裡啊？他一定有每戶人家的地址！真笨！在車上時我怎麼沒有想到？！我追了過去，「停一下，停一下」我站在雨裡揮舞著雙手大聲叫著，司機彷彿沒有聽見，巴士繼續往前開去。

正在我絕望之際巴士停了下來。我大喜，甩開雙腿跑了過去。

可是，就在我跑近巴士時它啟動了。原來它剛才並不是為了等我，而是碰到了紅燈！

我看著大巴慢慢地開過十字路口，我加快了腳步跑了過去。身旁是一溜溜的小汽車，有人按起了喇叭，我沒有閒心去理會他們，我的希望就在前方，我不能停下我追趕的腳步。有一個人把車窗玻璃門搖下來對我大喊大叫，我也懶得理他繼續前跑，可是他竟然不厭其煩地重複著，車子開到了我前面還把臉和手伸到大雨中比劃，我這回明白了，他在說：「**Stop running, it is dangours!**」（別跑了，危險！）。我哪裡顧得了那麼多！再危險也沒有海上偷渡危險呀！我繼續追趕我的大巴。然後我就聽到更多的喇叭聲，並且聽到一句廣東話：「大佬，咁中意跑就到人行道上去跑喇，勿好阻住人哋開車」，我側過頭去，發現邊上有個華人老太太開著車窗在跟我說話，我這才意識到那些人按喇叭是在按我！

我閃到人行道上，站在雨裡看著巴士越開越快，明明白白地感覺到我與蔚安的距離越來越遠。當巴士消失在朦朦的雨霧裡時，剛剛浮出水面的有關蔚安的線索也由此斷了，我感到無比絕望。

第四部　天堂遺夢

第二十五章　沒有出生證的人

接收我的是一個叫李洪濤的越南華僑。

李洪濤家住的是一層樓的洋房，右邊是車庫左邊是住房。前院方方正正的小花園是簡簡單單的一塊草地，與外面的人行道用橫木條隔開，橫木的高度只及膝蓋，屬於防君子不防小人的低矮籬笆。門廊地板是一塊高出草地的灰色水泥，大約四五平方米，與地面有兩個台梯連接著，門口放著兩雙拖鞋和一把雨傘。靠近門廊的屋腳下左邊種著幾株玖瑰，玖瑰上還有幾朵即將凋謝的花。門廊的右邊種著一棵山茶樹，樹上結著手指頭般大小的花蕾，雨水在厚實油亮的葉片上凝成一顆顆透明的珠子，珠子隨著枝葉的抖動輕輕地左右搖晃，就是不肯落下地來。

我一身雨水地站在門前，正要舉手敲門，門開了，一個三十多歲的黑瘦女人走了出來。「你是吳星吧？」她大大方方地看著我問。

我點了下頭，問她：「這是李洪濤先生的家嗎？」。

「對的，李洪濤是我先生，你就叫我李嫂吧。你快點進來，外面下雨。」她伸手來幫我拎我的豬籠袋，「我幫你拎小的……」她說，她一定以為我還有一個大行李在後面。

「不用，我也沒有什麼東西，就一個袋。」，我說。她「啊」了一聲不再跟我客氣，領著我進了屋。

李洪濤家住的是三個睡房的舊屋子，據李嫂說這套房子已經近百年了，但我感覺裡面的裝修還是挺好的。

進門是淺褐色的地毯，門廳右邊是正廳，正廳有一個很大的玻璃窗子，垂垂的淡黃色布窗簾上有些若隱若現的圖案，甚是乾爽好看。廳裡擺著一套塵土色的小格子布沙發，沙發對面是一個白色的組裝茶几，茶几上面放的不是茶具而是一個電視和幾本彩色的小人書，其中攤開的一本書上面躺著一個奶瓶。奶瓶似乎剛剛用過，殘留著奶白色的半口牛奶。

門廳往裡走幾步左邊是一條小走廊，三個睡房、沖涼房、洗手間和廁所就分佈在走廊的兩側。

廚房與正廳只一牆之隔，廚房往裡走是一個小飯廳，以廚房的長條檯面作為間隔，廚房除了左右兩邊的門之外幾乎都是電器、檯面和櫃子，我第一次看到西式廚房，當場就被廚房的寬敞亮堂驚呆了。

李洪濤夫妻有三個孩子：大的女兒蕾蕾還不滿十歲；老二五歲，是個男孩；小的剛會走路，也是個男孩。他們一家在香港的難民營裡住了八年，一年前才由悉尼的哥哥擔保過來。他們一家都會講越南話、廣東話和潮州話，待人也熱情。

李洪濤說，他的孩子還小，如果我想長期在他家居住，他可以先騰出一個睡房分租給我，周租十五元。如果我不想長住也沒有關係，他可以讓我免費住一段時間，等找到房子後再搬出去。

他問我會不會英文，我搖搖頭。他說，他們夫妻倆也不會。他現在住的地方在悉尼的南邊，雖然離他哥哥很近，但周圍都是講英語的，生活很不方便。他正在醞釀著到悉尼西邊的越南阜去租房子。

「越南阜？」我覺得名字好奇怪。

「是呀，因為那兒聚居了很多亞洲人，尤其是越南人，所以當地人就叫它越南阜，也有人叫它亞洲城。對，這兒還有唐人街，但唐人街在悉尼市中心，那裡是商業中心，即使有房子出租我們也租不起。

在越南阜和唐人街買東西看醫生，你都不需要講英語，你只要會講中文就行了。如果你懂廣東話，你就可以在唐人街找到工作了。在越南阜就更簡單了，你只要懂越南話、廣東話和國語（指普通話）中的任何一種就行了。」

李洪濤跟我描述了他第一次去越南阜的情形，簡直有種回到了家的感覺，讓我忍不住就想到那兒去看一看。

李洪濤夫妻人很好。我住下的當天晚上，他們就問我需不需要幫忙帶我去社會福利部辦理手續以便領取生活費。我說有人帶帶我當然好啊，不懂認英文一出門就怕走丟了，但是人家澳洲真的會給我發生活費嗎？

「當然了，難民一批准就有的。」李洪濤肯定地說。

「你得先帶他去開銀行帳號。」李嫂插話。

「為什麼呀？」我有點好奇。

「因為社會福利部不給人發放現金，他們只能把錢轉到你的銀行帳號裡。」

「對了，你把你所有能帶的個人身份證明都帶上。開銀行戶口和去社會福利部都要用。」

我吃過晚飯回到屋裡，我翻出我難民申請的備份表格、離開拘留中心時拘留中心給我的一堆文件。

「就這些？你沒有出生證什麼的？」李洪濤看著桌上的文件發愁。

我搖了搖頭。

「搞丟了？這麼重要的東西你怎麼不好好保管？」李嫂是擔心加責備。

「不是，我沒有出生證。」

「出生證我都有，我弟弟也有，連我的小弟弟都有。叔叔，你都那麼大了怎麼會沒有啊？」蕾蕾覺得好奇怪。

「就是沒有啊，我們那裡的人都沒有。」我說。

「真的？」蕾蕾半信半疑。

「唔，真的」，我肯定地點點頭。

我一九五九年生在廣西農村，當時的農村不需要出生證，我們除了戶口本，什麼都不需要。不像現在，懷孕要有結婚證，生孩子要有政府開具的准生證，孩子出生後得去有關部門辦出生證明。孩子打疫苗要有出生證，上學時得帶上計生證、出生證還有戶口本什麼的。

我們那時的鄉下簡單多了，生孩子不用上醫院，叫鄰村的接生婆來就行，孩子滿一個月時，給孩子起個名字，家裡殺頭豬請親戚朋友來吃一頓便算是廣而告之，給孩子一個「合法」的出處了。如果生的是男孩，來年的正月十五還會吊燈籠。燈籠是在祖宗祠堂裡吊的，主要是為了告訴祖上我們又添丁了，讓祖宗給孩子賜福去災，保佑孩子長大成人。

這之後的某一天爸爸高興了就到大隊（可能相當於現在的「村委辦」吧）去坐坐，順便告訴大隊衛生院，我家多了個孩子，是男是女，姓甚名誰。衛生院的鄉村醫生就會告訴父母，什麼時候該帶孩子來打防疫針。

孩子到上學年齡了，家長如果有空就帶孩子去學校註冊上學，告訴學校這是誰家孩子叫什麼名字今年幾歲就行，沒有空就讓孩子跟著已經上學的年長孩子去註冊。我第一次註冊就是跟著我的堂兄去的，註冊老師頭也不抬地問我：「叫什麼名字？」

「石頭仔」我說，村裡的人都這麼叫我，據我媽說我小時長得結實，個頭不大但很重，大姑婆過年回娘家探親，想來抱抱才過周歲的我結果把腰閃了：「哇，石頭一樣重啊！」，從此別人就管我叫「石頭仔」。

「學名呢？」註冊老師透過老花眼鏡從上面看了我一眼。

「不知道。」我如實回答。

「你爸爸叫什麼名字？」

「阿偉叔。」我說，站在我後面的孩子哄的一聲笑了。「『阿偉叔』是我們叫的，不是你爸爸的正名」，同村的一個較大的孩子在我耳邊說。

「幾歲？」註冊老師又問了一句。

「虛歲七歲周歲五歲」我這回學精了，把知道的都說了。按我們那裡的演算法，一出生便是一歲，這叫『虛歲』，其實我覺得一點都不虛，我在媽媽肚子裡不是住了十個月嗎？過一年長一歲，所以年底出生的孩子虛歲就比周歲多出兩歲了。

「不夠歲數，」老師這回抬起頭來仔細看了我一眼，臉上露出愉快的神情，他正了正眼鏡說：「石頭仔，想讀書了？好事，好事，不過你還小了點兒，過兩年再來吧。」說完輕輕拍了兩下我的頭，「下一個，」他越過我的頭往後面叫，於是很快就有別的孩子擠到我前面來了。

我申請當兵時倒是有問過出生年月，我爸爸說，那麼久了哪裡記得？你是過年前生的，農曆是十二月新曆應該是一月吧？你就寫一月十五日吧，這樣好記。我新兵檔案裡的出生日期就是這樣來的。至於出生證明，我從來就沒有看過。

「沒有出生證可能有點難辦啊。」李嫂擔憂地說。

「坐船過來的，有多少人有出生證？先試試吧。對了，你不是批難民了嗎？有沒有信件？」李洪濤問。

我回到睡房裡把我的豬籠袋又翻了一遍，把移民局給我的全部信件都拿了出來，共有四封。

「這兩封是最近的，信看起來都一樣，不知是哪一封？」我說。

「都拿上，是移民局的信件都拿上，說不準封封都有用。」李洪濤說。

第二天吃過早餐，我就跟著李洪濤出去了。他家離本地區的鬧市不遠，據他說也就十公里左右，我們走了幾百米穿過兩條橫街就到了公共汽車站。早上的公共汽車人很多，人們看見車來了便站了起來排成一隊，隊形排得鬆鬆垮垮、彎彎扭扭的但不影響排隊秩序。上到車裡看見有很多人站著，可是前面兩排座位卻是空的，「這些澳洲人真奇怪，怎麼那麼喜歡站著？」我心裡想，拉了拉李洪濤的衣襟，他靠著我就近坐了下來。

多年以後，我才知道澳洲公共汽車裡有專門的老人孕婦座位，我和李洪濤那天坐的就是這種專座，而我倆當時還心安理得地坐在車裡旁若無人地大聲聊著直到下車，也沒有留意別人異樣的眼光。類似的事情在我新移民的生活裡常有遭遇，我開始以為是自己長著黃色皮膚講著蹩腳英語而被人歧視，慢慢地才意識到是自己的行為欠妥、不合符人家的價值觀而招來公憤，因而開始學習新的文明和社會規範。

銀行裡正好有個會說廣東話的年輕人，語言溝通上沒有問題了，可是問我住址時，我答不出來，李洪濤自己也答不上來，他借了銀行的電話打回家去問，家裡沒有人接電話。他打電話問他哥哥，他哥哥也不在家。我很緊張，擔心銀行的人不高興了把我們趕出去。我有些局促地看著前面的工作人員，他對我笑了一下，好像也沒有什麼不高興不耐煩的樣子，我心裡踏實了下來。最後，還是銀行的人有經驗，他問李洪濤：「你剛才說你與他住在同一棟房子？」

「對呀」李洪濤拍了一下大腿，這才想起自己出門前不是特意帶上了電費單嗎？電費單上有住址啊！怎麼一緊張就把什麼都忘了？李洪濤趕緊掏出電費單給工作人員。

到了社會福利部，事情就順利多了，他們知道我們不懂英文，便打通了一個中英文翻譯人員的電話，她在電話裡幫我們雙方翻譯，福利部的官員好性格好心情，心平氣和地幫我把事情辦得妥妥當當。

第二十六章　最後一條線索

辦完事李洪濤送我回來後他才去上班，我一人在家無所事事，便坐在後院的長椅上尋思起來，想起我錢包裡存著律師瑪麗留給我的電話小紙條，就想試試打個電話給瑪麗，看她能不能幫我找到小鬍子的聯繫電話。

我打開錢包，發現紙條還在，我回到廚房試著撥了那一串號碼，「嘟─嘟─」的一聲還真的通了，我一陣驚慌趕緊放了電話。好在她還沒有來得及接電話，要不我說什麼呢？她不懂中文和越南文，而我又不懂英文。我踱出廚房又不甘心，搜腸刮肚地把在拘留中心學的那幾個英文單詞想了一通，終於湊出了一句自認為瑪麗聽得懂的句子。我先把中文的句子寫了下來「勞駕了，瑪麗，我想要蔚安叔叔的電話」，我再把要說的英文句子用中文標了音念了好幾遍：「一屎丘死米，瑪麗，矮娃蔚安暗摳死放（Excuse me, I want Vianh's uncle's phone）」

我鼓足勇氣再次撥了瑪麗的電話，「嘟─嘟─嘟─」電話通了，「一屎丘死米，瑪麗，矮娃蔚安暗摳死放」我對著話筒說了一遍。電話還在「嘟」，我等了一下，發現對面有人講話了。對，是瑪麗的聲音！只是她嘰哩呱啦的自顧自地說，也不知道她是否知道我是誰，而我又不知道她在說什麼。我等她講完，我又重講了一篇。我講完之後對方卻不再吭聲，「瑪麗，Hello，瑪麗，Hello」我叫了好幾聲，對方就是不吭氣，過一會就響起很短促的「嗶、嗶」聲了。我試了幾次，每次都一樣。

李嫂接孩子回來時，我正在對著電話「Hello,Hello」地叫。我放下電話跟李嫂說：「瑪麗家的電話怎麼這麼差啊？我都要給它弄成神經病了。」

「我英文很差，也幫不上你。要不叫孩子試試？」

蕾蕾接過我的小紙條，幫我接通了電話，她什麼都沒有講，過了一會兒就把電話掛了，大笑著說：「人家那是錄音電話，哪裡有人在家啊？」

「什麼叫錄音電話？」我問。

「錄音電話就是把聲音錄下來放在電話機裡，沒有人在家的時候，有人打電話來時答錄機便自動播放錄音。這裡的人都這樣。」李嫂一邊弄吃的一邊給我解釋。她洗了幾個雪梨，沖了幾杯美祿並兌了些牛奶進去，又用微波爐熱了一大盤薯條，招呼我和孩子們坐下來一起吃。

「怪不得呢，我就感覺對方每次講的好像都是一樣的東西。」我恍然大悟。

「錄音電話不單可以給人放錄音，它還可以留言。」蕾蕾說。

「留人？」我不太明白。蕾蕾捧著雪梨又笑了，李嫂趕忙解釋：「是留言，就是你有什麼想說的對著電話說，它錄下你的話，等主人回來就可以查聽留言，回復你的電話。」

「這麼好呀！那我們就留言啊。來，蕾蕾，你幫我留言。」

蕾蕾大概覺得好玩，她立刻放下吃了一半的雪梨，光著兩隻正在瘋長、大得與她的個頭不合比例的大腳丫子就往廚房跑去，她洗完手回來一邊走一邊問：「你想留什麼話呀？」

「讓我想想……就說，我是吳星，我看到我的一個朋友，她住在一個越南領導的家裡。那個越南領導就是小鬍子。我想找他的電話號碼，讓她回來給你家打電話」

「小鬍子？他叫小鬍子？」李嫂懷疑地問。

「不，不，他不叫小鬍子，是一個長著小鬍子的越南男人，他那天來拘留中心接我們，一說瑪麗就會明白的。」。

「叔叔，什麼叫領導？我不懂。」蕾蕾問。

「領導？就是那種管著別人也管著很多事的人。」

「啊，我懂了，就像我們的老師。」

「不是老師。這樣吧，蕾蕾，我們不管那個『領導』的事了，就說那天來接我們的越南人就好了。」

「好，電話號碼呢？」蕾蕾伸出一隻小手。

我說：「我剛剛不是給你了嗎？」

「我打完還給你了。」蕾蕾肯定地說。

「有嗎？」

「有嘞，我看到你放在這裡了。」蕾蕾用手指指著飯桌一角。我想起來了，她確實把寫有電話號碼的小紙條交回給了我，而且是在一接通電話的時候就給的，我當時正向她弟弟要紙筆準備記小鬍子的電話號碼呢。

「蕾蕾，不要玩了，那電話號碼很重要的，你趕緊把紙條還給叔叔！」李嫂以為蕾蕾故意把紙條藏了起來，有點不耐煩地衝著蕾蕾吼。

「媽，我沒有拿，都說我早把紙條還給叔叔了。」蕾蕾覺得委屈了，翹著小嘴巴慢吞吞地離開了飯桌。

「那你還不快點幫叔叔找哎。」李嫂這回是真急了，她也跟著幫我四處查看。

「一定是弟弟拿走了」，蕾蕾突然想起我們打電話時她的兩個弟弟也在邊上。電話座機放在廚房的長條檯面靠牆的一角，隔著一排椅子便是飯桌，我們打電話時李嫂五歲的大兒子就在飯桌和椅子之間爬上爬下，而小兒子則扶著椅子圍著飯桌轉圈圈呢。

蕾蕾把大弟弟拉了過來，指著飯桌的一角，用手比劃著問弟弟見著這麼一張小紙條沒有？弟弟興奮地點著頭說：「有」。

蕾蕾說：「弟弟乖，把紙條給姐姐」。弟弟一個骨碌從椅子上溜下來拉著姐姐就跑，他把姐姐帶到廁所、把馬桶蓋揭開指著馬桶說：「紙條髒髒，扔這裡了。」

蕾蕾低頭一看，馬桶裡哪有什麼紙條?!「沒有啊，弟弟」蕾蕾看著弟弟說。

「沖走了。弟弟有沖廁所的。」小傢夥說。彷彿擔心姐姐不相信他會沖廁所似的，一邊說一邊把馬桶蓋放下，爬到馬桶蓋上站著，用盡吃奶之力按下了馬桶的水閘，馬桶立馬「咕隆隆，咕隆隆」地響了起來。他從馬桶蓋上滑下來，把蓋子打開給姐姐看：「see,very clean（看吧，沖得很乾淨）」，說完雙手叉腰，彷佛自己是個能幹的男子漢。小傢夥剛上學前班不久，他以前在家一直用嬰兒便盆，但到了學校就用廁所了。開學的第一天老師就教他們怎麼上廁所、沖廁所、洗手。回到家後，小傢夥就不願意再用便盆了。不過學校的廁所是專為少兒準備的，小而輕，而家裡的沖水按鈕又大又沉，有時他沒有把廁所沖乾淨，姐姐說過他，於是他就搬來一個小凳子放在座廁旁邊，乾脆爬到廁所蓋上去沖，又能用上力又好玩。

我找尋蔚安的唯一線索就這麼弄丟了。看到李嫂焦急而充滿歉意的眼光，我也只好收斂起自己的怨氣和無奈，畢竟人家不是有意的，而且又是一個少不更事的五歲孩童，我也沒法與他計較啊！何況又是我自己不小心放桌上的。

我決定在李洪濤家住下了。隔日我跟著他們夫婦一起到越南皇去看房子。

第二十七章　越南皇

越南皇有它自己的英文名字叫 **Cabramatta**，讀音是「卡巴拉瑪塔」，也有人稱其為「卡市」。它在悉尼的西部，距離悉尼市中心有三十多公里，早在一七九五年就有歐洲移民在此定居種養，十九世紀五十年代建有鐵路運輸牲畜、貨物和居民。第二次世界大戰之後，更多的歐洲新移民在這裡安頓下來使它成了悉尼西部的一個商業中心。越南戰爭之後，作為南越政府的支持者、美國的同盟國的澳大利亞，在北越統一南越之後接收了大量從南越逃出來的越民難民，這些越南難民主要是由越南華裔、南越政府官員和部隊服役人員組成，他們在卡市及其附近聚居下來之後很快就使卡市從一個白種人占主體的歐裔社區發展成了一個以越南人為主的亞洲商業中心。

一九八九年，當我們走在卡市市中心的商業街上，滿眼看到的是亞洲餐館、食品、蔬菜、水果和亞洲雜貨店，服裝店賣的衣服鞋襪也是亞洲人的小型號小尺碼，街上走的也多是亞洲黃種人面孔，店家和顧客基本都以越南話或廣東話交流。診所、會計師事務所和律師樓裡的前臺接待員都懂一種或多種亞洲語言，裡面有懂越南話和廣東話的醫生、會計師和律師。銀行裡也有會講越南話的職員，政府部門裡有懂各種亞洲方言的翻譯人員……我們的鄰居曾半開玩笑地說：「生活在卡市的人們可以不懂英文但必須至少懂一種亞洲方言」。

卡市市中心最熱鬧的地方被劃為步行街，街口立有高大雄偉的中華牌坊。

「悉尼市中心的唐人街你去過沒有？」站在牌坊下面，李嫂抬著頭問我。我搖了搖頭。她說：「唐人街的牌坊都沒有這裡的牌坊氣派呢！」

「天下為公」李洪濤念著正中間巨大紅色牌碑上刻著的燙金大字。

「『天下為公』是什麼意思？」蕾蕾問她爸爸，「『天下為公』就是國家是大家的」。

「THE WORLD IS FOR US TO SHARE AND TO RESPECT」蕾蕾念完上面的英文高興地叫起來：「啊，我明白了，上面也寫著呢。爸爸，它說的不是國家，是這個世界，the World」，蕾蕾補充。

牌坊大概是後人為紀念孫中山所建。燙金大字旁邊注有「中國國父—孫文」，左右兩邊的側門上的豎碑上分別寫著孫中山追求的政治理想：「民主」、「自由」。

我們穿過步行街來到另一頭，發現這邊的街口也有一套一模一樣的牌坊，門上正中寫的是「止於至善」和英文「TO REST IN THE HIGHEST EXCELLENCE」，左右兩側是「明德」、「新民」。

我們在牌坊下流連了很久，我生出一種錯覺，以為是到了中國的某個城市，我想會不會孫中山的老家就是這個樣子？想著想著就想到我的家鄉，鼻子酸酸的。

越南阜的東西比我們住的南區便宜好多，房租也低。租房仲介帶我們去看了兩套三臥室的單層洋房，李洪濤夫妻看中了後面那套一百三十六平方米帶後花園的，它比我們住著的南區那間大了三十多平方米，周租 $45。這套房子的每間睡房都很大，主臥室裡還有一大排立櫃。

李洪濤說他們夫妻可以帶著兩歲的小兒子住主臥室，蕾蕾與弟弟住一間，走廊盡頭的那間稍小一點的我住。李洪濤說他們的主臥室較大，我一個人交十二元房租就行了，這樣我一周省了三元錢的房租，他們也省了十五元。

想著我一個人還得煮食實在有點煩，於是我跟李嫂商量搭夥。李嫂問我，你想怎麼搭法？我說，我一個星期交三十元伙食費，你們吃什麼我就吃什麼。李嫂沒有接話，她看著李洪濤。

「有空的時候我也可以幫著做飯。我在一個小餐館做過，懂炒菜的。」我以為他們不願意，趕緊聲明。「我們商量一下再答覆你。」李嫂看了一眼毫無反應的丈夫有點不好意思地笑著說。

我點了點頭，無趣地離開他們回到我的房間。心想，你們家的伙食我又不是不知道，一周也不過五十元。我一個人出三十元，已經夠意思的了，我不會再加價的！不肯就拉倒，我又不是不會做，我一個人吃沒準更好，想吃香就吃香想喝辣就喝辣！

正想著李洪濤來敲我的門，我開了門。他說：「阿星哪，如果你覺得跟我們搭夥更方便些，那也行，不過不用那麼多錢，十元就足夠買米買菜和油鹽醬醋了。這樣吧，房租加伙食，你一個星期給二十五元給你嫂子，煤氣和電費平均分攤，你看行不行？？我們都是初來乍到的人，飲食上沒有太多的講究，什麼便宜就買什麼，你嘴也不要挑，跟我一樣，你嫂子煮什麼我們就吃什麼。」

我只會一個勁地點頭，竟然說不出一句話來。李洪濤拍了拍我的肩膀，笑著繼續說：「這樣最好，我們就不用為了用廚房你等我、我等你的，你也省了買菜、做飯的時間。每頓少做一輪飯，咱們也省些煤氣和水電。」

「好，好，好！」我終於口齒清楚說出了三個字。

「好，就這樣定了。」李洪濤高興地轉身走了。

我感慨萬千，李洪濤一家真是好人、老實人啊！我雖然初來乍到，他們不單沒有欺負我，而且連一點占我便宜的想法都沒有，我打從心眼裡感激他們，同時對這對長相平庸的越南華僑生出一種敬意。

我向李洪濤一家打聽「越南僑領」小鬍子的消息，李洪濤說，悉尼有不少的越南社區和團體，僑領很多，「一米六五左右的個子、留著小鬍子的中年越南人」這種描述不具特徵，太多這樣的越南人了。

「他家裡住著一個從印尼來的侄女叫蔚安。蔚安二十歲左右，長得很好看，帶著一個三、四歲的男孩。」我補充。

「既然是來澳洲找人，你為什麼不帶上她叔叔的地址呢？」

我怎麼會不帶？因為擔心弄濕，我還特意用塑膠紙包上。只是海上劫難重重，地址被海盜搜去，他們看到那個被重重包裹的東西原來並不是他們想要的美金，就生氣地把它扔到大海裡去了。

蔚安叔叔的地址我在伽琅島時已經寫過無數遍，但因為是英文，很難記，每次都是拿著他寄來的信封一個字母一個字母認認真真地抄寫的，抄完就忘了。這些我沒有說給李洪濤聽，也沒有告訴他們蔚安是我的老婆。想著蔚安在電話裡都不想認我了，我還老婆長老婆短的不是丟人現眼嗎？

李洪濤說，他來悉尼的時間也不長，認識的人不多。這次領我進來住是他哥哥來聯繫的，他會找機會把這件事告訴他哥哥，讓他給我留意一下。

他又說，悉尼那麼大找個人不容易啊，但既然你確定她在這兒，遲早總會找得著的。你先安頓下來，找份工作掙錢過好自己的日子要緊。舊日的朋友嘛，能在這兒見著面、敘敘舊當然很好，也是很難得的，慢慢來吧。

第二十八章　悉尼尋工記

我們搬家那天李洪濤的哥哥開車來幫我們搬。他說，到了悉尼西區，找工作就不用英文了，只要懂越南話或者廣東話就行了。他說六年前他也住過越南阜，那時候他英文也不好，在餐館和肉店同時打兩份工。晚上他在餐館做洗碗和幫廚，老闆和員工都說廣東話。白天他在肉店賣肉要面對客戶，但一個星期也就碰到一兩個說英文的，每一種肉都標有價錢，而來肉攤買散裝鮮肉的大都是煮食行家，他們知道自己要什麼，很少問這問那，直接用手指著肉說要多少斤、多少百克。你只要聽懂基本的數字和簡單的禮貌用語就行，根本無須多費唇舌，一周都說不上幾句英文。

「工作要怎麼找才能找得到呢？我在這裡沒有熟人。」我雖然有了社會福利吃穿不愁，但一個大男人總不能成日無所事事，我也想找份工作多掙點錢。

「不用熟人介紹。你買份報紙看看，上面有很多招工的，中文報上有，越文報上也有。按著報紙打電話去問，合適的話他們會叫你去面試的。你也可以直接跑到人家的店鋪或者工廠去問。像你這樣身體健壯的小夥子，如果不挑剔，找份工作應該不難的。」李大哥說。

李大哥跟我們講起他的第一份工作。他說，那時他們才到悉尼一個星期，是他姨媽擔保來的，來了就暫時住在她家。他姨媽不會英文，她平常買東西都到越南阜去買。越南阜的蔬菜和鮮肉比姨媽住的地方便宜很多，而且種類也多。

週末他們跟著姨媽到越南阜買東西，買完東西她帶他們到一個餐館去吃午飯。那個餐館店堂不大，裝修簡陋，但來食飯的人很多。他們點了兩碗麵和兩盤菜，麵上來吃完了，等了很久那兩盤菜怎麼也不上來。

姨媽實在忍不住了就問餐館的人怎麼那麼慢，恰恰問的又是老闆娘。老闆娘向他們道歉，說廚房人手不夠忙不過來。「不夠你就招人呀，怎麼可以讓客人在這裡老等？」姨媽說。「招了，老大姐，你不知道招個好用的人有多難，剛做熟又走人，忙的時候還這個有事那個生病的，唉……」老闆娘一臉的無可奈何。

「這我倒是沒有想到，真是不當家不知柴米油鹽貴。」姨媽同情地說。她說完瞪著他們看了一陣，突然伸手把剛走了兩步的老闆娘拉了回來。「大妹子，我這裡有兩個現成的勞動力，是我的親外甥。剛到悉尼，他們都是大風大浪裡摸爬滾打出來的，能吃苦，七天都可以上班，你看他們行不行？」

老闆娘走了回來，她喜出望外：「真的？我廚房幫工肚子疼剛走，一大堆碗沒人洗。」她看了看他們，最後把目光停在李大哥的臉上問：「你，行不行？」

「行。」李大哥緊張地點了點頭。

「跟我來。」她轉身走了，李大哥趕緊站起來跟她到了廚房。她遞給他一條廚用防水圍裙和一雙膠手套，指著水槽裡外的幾大堆碗碟說：「你洗碗吧。」於是李大哥還沒有反應過來就懵懵懂懂地成了廚房的洗碗工。

大家都覺得奇怪，廚房洗碗洗菜為什麼不找李大哥的老婆反而找了他。事後李大哥也好奇地問了老闆娘，她說：「我本來是要叫你老婆的，但她飯都沒吃。洗碗是個體力活，我哪能讓她空著肚子幹？一站就幾個小時，餓暈怎麼辦？」

原來如此！其實那天真正空著肚子的是李大哥，他姨媽和老婆都吃過麵了，他只喝了老婆剩下的一口麵湯，可是裝麵條的大碗卻實實在在地蹲在他的面前！

李大哥的老婆看他有了工作，心裡也癢癢的，她跑到對面的雜貨店去問人家招不招工，人家說夠人手了，但他親戚的工廠正招人呢，於是給了個地址教他老婆怎麼坐車去。第二周，李大哥的老婆也到悉尼西區的一個製衣廠上班去了。

李大哥夫妻有了工作就有了收入，三個月後就租了房搬出了姨媽家開始了自己的獨立生活。幾年後他們付了首期買下了房子。有了自己的收入和資產，他們又把自己的弟弟從香港難民營裡擔保出來接到悉尼開始新的生活。

聽完李大哥的找工經歷我信心倍增，以為自己也會很快就能找到工作。我能說白話（即廣東話）、越南話和普通話，又有在伽琅島做餐館廚房的經歷。

可是此一時彼一時也，事實是我們搬完家後，我和李洪濤到越南阜的亞洲餐館和雜貨店問了個遍也沒有人要我們。

用我們鄰居的話來說，「以前是工找人，現在是人找工」。時過境遷，現在的情況已與以前大不相同。以前是勞動力短缺，很多工作沒有人做，尤其是工廠和服務行業。可是到了八十年代後期，澳洲經濟進入蕭條，很多本地人都找不到工作。

在越南阜找工未果後，我和李洪濤又結伴到市中心的唐人街去，結果也是一樣。

第二個星期我們決定改變策略，不再往人多的集鎮去找。我們買了一張全天通的火車票準備沿著鐵路找過去，只要看到有工廠就下車。

可是情況更糟糕，第一個站下來後，我們都還沒有走到工廠，就在交叉路口看到一個牌子，上面用中文寫著：「這兒沒有工作，請您到別的地方去試試」。

第二個工廠的廠門前也有一個中文提示牌，但那牌子就寫得有些無禮了：「這兒沒有你要的工作！」。

走了一天去了五個工廠和一個農場，情況都差不多。我突然有股好奇：為什麼個個工廠都用中文來寫提示牌？難道這裡的老闆都是中國人？我拉著李洪濤走進了廠區。

那是一個做床墊的工廠，裡面有四五個車間，幾乎看不到人影。我們走著說著突然碰到了一個高大的白種中年漢子，他看我們有點不知所措的樣子便問我們找誰。「Manager（管理人員）」李洪濤說完又改口，「Boss（老闆）」他說。中年漢子把我們領進一個車間，裡面有兩個男人一個女人，他們戴著口罩和手套在一堆海綿之間說著話。中年漢子走到其中的一個男人邊上說了幾句，那個男人便放下手上的工具走了過來。他走到我們身邊拿下口罩，也是一個高鼻子的白人。

李洪濤用蹩足的英文比手劃腳地把我們的來意說明，床墊老闆也比手劃腳地說了一陣，見我們有點兒茫然，他便把我們帶到工廠門口，指著上面的中文牌子用走調的中文念著：「這裡沒有工作」。很明顯，這個牌子是針對中國尋工者而設的。可以想像，這鐵路沿線的工廠肯定有不少中國人來問過，以至於廠家都有點不勝其煩了。

鄰居說，你想想啊，一下子來了那麼多學英語的中國留學生，又沒有什麼職業技能，悉尼人口不足三百萬，它怎麼可能在短時間內消化得下那麼多的低端就業人員？你還是想想別的辦法，別跟那些語言不通的留學生搶飯碗了，他們也怪可憐的。

「可是我也不懂英文啊！」

「但你有技能呀」

「我？我有什麼技能？」

「你不是在餐館做過嗎？你有廚房工作的經驗啊。」

「啊？那也算呀？」

「當然啦，澳洲很重視工作經驗的。」

我是屬於有技能的人？看來我還真不能自輕自賤。「工作總是能找到的，你要有耐心。經常看報紙上的招工廣告。」鄰居好心地指點我。

我平靜下來，不再饑不擇食地盲目亂找。我開始買一些較大的中文報紙來看，留意上面的招工廣告，如果有「熟手油鍋」和「懂廣東話和國語」這類的要求我就會好好看看，對照一下自己合不合要求再打電話去。三個星期後的一天我給一個叫「翻尋味餐館」的老闆打電話時，他約我第二天下午去餐館面試。

我現在知道找工作的艱難了，對能否被錄用沒有什麼把握，但我還是很認真地準備了一下，我回想著自己在難民營的餐館裡都做了些什麼、做了多長時間、抄過什麼菜、最受客人歡迎的菜式有哪些。

我的面試是下午三點半，我提早十五分鐘到了翻尋味餐館。當時餐館裡只有一個年近六旬的長者坐在靠牆的一邊看報紙，他左手邊放著一杯茶，右手拿著一支鉛筆勾來畫去。我不知道他是來就餐的客人還是餐館員工。我站在餐館門口往裡看時他抬起頭來看了我一眼，我笑了笑，他也笑了笑。

我說：「你好。」，他點了一下頭回應我說：「你好。」我覺得他的笑和答話好像都是無意識的，只是在機械地模仿我。我擔心他以為我是來吃飯的，忙解釋說「我是來找工作面試的。」這回他沒有接話了，代之以手勢來招呼我過去。

我有點不知所措，看他那麼面善又不好拒絕，想想離面試時間還有十多分鐘，我便走到他桌前。

「過來過來，看看這裡該填什麼？」。他指著報紙上的小方塊格子說，「這橫排的提示是『千里戈壁』，豎行是『終年積雪』，中間共用的字應該是『長』字，長沙和長白山，可是這豎行中只有兩格呀。

我看了一下，心想，人家又沒有說是『終年積雪』的山，幹嘛要叫長白山啊？突然想起吉林省與朝鮮邊界的地方確實有個地方叫長白，於是笑了笑說，「我覺得老伯是對的，應該是長沙和長白。」

「可是，要求填中國的地名啊。」長者說。

「『長白』就是個地名，在東北的國境線邊上，是個少數民族自治縣。」

「真的？這就對了。你看，這下面的橫行是『九十九』，猜字。那不就是『白』字嗎？」

「『九十九』與『白』字有關係嗎？」我有點兒糊塗。

「有呀，『百』字少一橫就是『白』字，而一百少一不就九十九？所以『白』就等於『九十九』了嘛」。老伯看著我，目光裡充滿了期待，期待我能明白他並同意他的推理。

「啊，我明白了。」我高興地叫了起來，老伯似乎得到了鼓舞，拍了拍他旁邊的凳子意思是叫我坐，並把報紙往我這邊挪了挪，「這個，『誇誇其談』是海口，『一江春水向東流』，你說是哪裡？」

我一看老伯這架勢，八成把我當成與他一樣無所事事的人了。

「對不起，老伯，我沒有空了，我是來面試的。」我沒有坐，相反站直了腰身，把目光從報紙上移開。

「我知道呀，」老伯說。「這不都差不多完了嗎？就剩兩格。」

「真的不行了，我面試是三點半，很快就到時間了。萬一給老闆看見多不好。」

「我就是老闆呀。」他說著站了起來，我愣了一下。

「你進來」，他背著手往廚房走去，我反應過來跟他進了廚房。

「你說你在餐館做過？」，老闆認真地看著我的眼睛，似乎要看到我的心底深處去。我點了點頭。

「你都做些什麼？」

「起初是洗碗洗菜，切菜切肉，煲湯煮飯，執油鍋。後來廚師忙不過來時也讓我炒菜。」我擔心老闆誤會，接著解釋：「我做的都是普通的菜，餐館的大菜、招牌菜都是師傅親自做的。」

老伯耐心地聽完，從一個大麻包袋裡拿起一個洋蔥橫放在墊板上，他拿起菜刀，左、右、中三刀下去，只見莖盤和蔥尾已分開了去，洋蔥也已從中間劈開均分成兩半。老闆把左手背在身後，手起刀落，「嚓、嚓、嚓、嚓、嚓」眨眼功夫便把半個洋蔥切成了蔥絲，而且切得又細又勻。我正在心裡讚歎時，他把菜刀交給我說：「你來，切給我看看。」我右手接下了菜刀，左手把剩下的半個洋蔥扶正，「嚓、嚓、嚓、嚓、嚓」，我也飛快地舞動菜刀把半個洋蔥切完，但我的洋蔥切得大小不一，非常難看。我心想，這下沒戲了。

可是老闆卻笑了，他說：「你用刀嫺熟，確實不是生手。」我看著切菜板上那兩堆刀功不能同日而語的洋蔥，有點不好意思地笑了笑。

「你不要與我比，我是專門訓練過的。」老闆說：「你什麼時候可以來上班？」。我喜出望外：「現在。」

「我現在不用你。這樣吧，你星期六早上九點鐘過來。」老闆拍了拍手把我送出了門口。「『一江春水向東流』我怎麼也想不出來是哪裡，你想到了下次來了記得告訴我啊」他說。

「通海，在雲南省。」我回頭笑了笑。

「有文化，這孩子」我聽到老闆對著我的背影嘀咕。其實他哪裡知道，我哪有多少文化，只不過我碰巧有個要好的戰友就來自雲南的通海縣。

我在「翻尋味餐館」的工作起初是廚房雜工，餐館忙不過來時我幫著執掌油鍋，有時也做一點簡單的菜式和炒粉炒麵。老闆是個中國字謎迷，喜歡買登有字謎的中文報紙，下午沒有客人時就坐在店堂裡猜字，偶而還拉我一塊兒玩。我與老闆慢慢的也就熟了，他人很樸實，對我和別的店員都很和氣，有時我甚至有點錯覺以為我們是失散多年的伯侄。

第二十九章　邂逅蔚安

有了工作便有了新的寄託，日子變得充實起來，時間不知不覺地過去。

我雖然氣蔚安，但她畢竟是我在悉尼唯一的親人，我心裡無時無刻不記掛著她，還有我那淘氣的兒子，想起他我心裡就又甜又痛又酸。我對自己說我一定要努力掙錢，掙多多的錢，等我們見面時，老婆想買什麼就給她買，兒子想吃什麼玩什麼我也買得起。

我也想過再在報紙上刊登尋人啟事，但又擔心蔚安生氣。她是個愛面子的人，我上次把我們的事登在報紙上已經惹她不高興了。她還是個孩子，脾氣又倔，愛我行我素，即使後悔了也不會承認。但是一日夫妻百日恩，我不相信她真的會一輩子不理我。「小鬍子」不是她叔叔嗎？我們這批從拘留中心出來的人是經小鬍子的手安排到各家各戶去的呀，她叔叔知道我去了誰家，她也應該知道啊！可是她為什麼就不聯繫我呢？難道真的不想再與我有瓜葛？但我轉念又想，她叔叔好像不知道或者不想知道有我這個作為「蔚安的丈夫」的男人的存在呢，他不是沒有擔保我到澳洲來嗎？我現在自己找上門來了，蔚安有沒有告訴他呢？如果沒有，那她叔叔自然就不會留意我去了誰家。她就要候著時機才好打探我的消息了，我還是耐心地等待吧，整年的日子都過來了，也不在乎多幾日。

忙忙碌碌中時間很快就過了一個月。我總是想，等我穩定下來，我一定想得出更好的辦法去找蔚安。這其間我一直留意著餐館的客人，心裡老是僥倖地想著，沒準蔚安和小鬍子也會來翻尋味餐館吃飯呢！尤其是週末我更不會放過，餐館人特別多，我只要一有空就會出到外堂去幫忙收拾杯盤碗筷，我的勤快往往讓侍應生感激不盡，也贏得了老闆的好感。

我再次見到小鬍子時，是走出拘留中心整整三個月後的一個星期六。事情十分湊巧。本來週六是個非常忙碌的日子，我一般是早上九點鐘到餐館，一直到晚上九點半才下班，整日都窩在廚房裡。

可是那天餐館的一個侍應生病了，外面忙不過來，老闆娘就代替侍應生照顧餐館的客人，讓我代她去超市買飲料。我按她寫的購物單到 Woolworths 超市買了滿滿一購物車的可口可樂、雪碧、橙汁和蘇打水。走到半路我看見一個人很像小鬍子，他正急匆匆地橫過馬路往附近的一家診所走去。機會難得！我推著車子狂奔起來，終於在他伸手去推診所的門之前叫住了他：「叔叔，您好。」我用越南話說。按規矩，我得跟著蔚安叫他叔叔。

他有點兒詫異地看了我一眼，突然眉開眼笑說：「啊，想起來了。你不是吳星嗎？小夥子，你還好嗎？你怎麼會在這裡？我記得你住到南邊去了呀。」

小鬍子的腦子真好用，我們幾十個人認他們兩個，竟然連他的名字都搞不清楚；而他一個人認我們幾十人，我既不當頭又無什麼特別之處，他竟然會記得住我的名字和去向，我對他頓生好感和欽佩之情。我由衷地說：「叔叔真是好記性。我當初是住在南邊，後來搬過來了，現在在翻尋味餐館做工呢。叔叔，您喝點什麼不？」我想他以前可能是對我有成見才沒有擔保我與蔚安一塊兒到悉尼來，這回很想殷勤一些給他留個好印象，以後見著蔚安也有個好交待。於是俯下腰去，想拿瓶可口可樂給他，同時心裡還極快地閃著念頭：這可是我第一次給餐館採購東西，我不是要拿它做我的人情，我回到餐館會告訴老闆娘的，我會給錢的。

「不用了，不用客氣。翻尋味餐館呀，我們經常去的，下次到那裡去看你。」他用手阻止我從推車裡拿可樂，準備離開。我有點不知所措，正要開口向他要地址、告訴他想去他家看望他和蔚安時，一個女人從診所裡面開門走了出來。

我眼前一亮，激動得大叫起來：「蔚安！是你呀」。

「你們認識？」小鬍子叔叔既意外又高興。

「是呀，我們是……」我正要說下去，蔚安搶過了話題：「對呀，我們的關係淵源可長了，六七年前在越南就認識了，後來又一起逃難到伽琅島，住在一個難民營。我跟你說過的，在難民營裡，我們一塊兒逃難出來的都很好，像親人一樣。他也很照顧我，就像我的親哥哥一樣。對了，吳星，這是我的先生。」蔚安摸著她的肚皮說，她臉上表情似笑非笑，眼光在我和小鬍子之間飄遊不定。

什麼？小鬍子不是你叔叔，而是你老公？好哇，死不要臉的女人！沒心沒肝的婊子！原來你竟然瞞著我改嫁了！難怪不要見我呢！一個半老頭子，都可以做你的爸爸了，你怎麼可以嫁給他？就是因為他有套房子有個身份嗎？

我想我當時的臉色一定非常難看。而小鬍子的臉上也不像剛剛那樣和顏悅色了，他仰起頭細細地打量起我來，從我的臉看到胸膛再往下體掃瞄。他顯然看出了我那身寬大的舊衣服下面強健的體魄，目光慢慢暗淡下去，代而浮起一層淡淡的憂傷。最後他把眼光拉回到我雖然鬍子拉渣但仍不失年青英俊的臉上說：「嗯，確實是個不錯的男人！」，這字面上看起來是讚美的話但聲音裡卻充滿了敵意。

這時蔚安故意誇張地摸著肚皮、滿臉堆笑地對小鬍子說：「你進去看一看吧，看輪到我沒有？」，把小鬍子支開了。我這才留意到蔚安的腰圍已經比以前粗了很多。她懷孕了？天哪！這怎麼可能呢？分開不到一年半，她不單嫁了人還懷上了別人的種？

我簡直要瘋了，我恨她！討厭她！我推了車子就往她身上撞過去，蔚安驚得花容失色。但不知為什麼，車子即將撞到她時，我比她還驚恐。我死命拉住購物車，但是購物車好像著了魔一般往蔚安身上撞了過去，怎麼拉也拉不住，我只好用盡力氣把它往旁邊推。謝天謝地！車子擦著蔚安的衣裙，往地勢較低的車道裡滑去，沒有碰傷蔚安。沉重的購物車帶著十多箱的飲料「哐當」一下撞到了一輛停在路邊的私家車上停了下來。我轉身下到車道把購物車推回人行道時，蔚安已經不見了。

第三十章　誤進警局

我看不見蔚安，再看看被我撞出兩個凹坑、烏黑賊亮的新車，心裡開始發虛，推著購物車子迅速地離開。

「以為你自己識打地洞呀！」我剛轉過橫街拐角、腳下才鬆弛下來。突然地，一男一女兩個中年人攔在了我前面。男子一臉憤怒，用廣東話罵著：「屌你老母，撞完就想一走了之。」

女的看了我這個高出她男人一個頭的人一眼，臉上露出擔心的神色，「別生氣，你好好跟人家說嘛。」她低聲地說著並用手肘子碰了碰她男人。

「我怎麼能不生氣？！才買的車就給這個鳥人撞成那樣！」男的對著女的大聲咆哮起來。

「我都叫你不要停在街邊你偏不聽？如果聽我的停到對面的停車場不就好了嗎？」女的不高興了，臉上的擔心一掃而光，取而代之的是埋怨。

「啊，我停在街邊不是因為你呀？一陣講腰疼一陣講腳痛。」

……

這對男女似乎忘了攔我下來的目的，兩人吵了起來。我趁機想跑，可是我剛挪動一個腳，那男人反應過來轉到了我前面，「還想溜？」

「這阿叔，你想怎麼辦嘛？我老闆娘還等著我買東西回去的。」餐館本來等著飲料用，我因為蔚安已經耽誤了一陣子再扯下去恐怕老闆娘不高興了。

「誰個是你阿叔？喔——，我想怎麼辦？你想怎麼辦吧？不成就叫警察嘞！」

我嚇了一跳。叫警察來幹什麼？捉我？我剛恢復自由可不想再被投入監獄。

「大哥」我謙恭地改口，「警察就不用叫了，你說賠多少就賠多少吧。」我拿出了錢包，誠意地準備賠償他的損失。

「喔——，我哪知道要多少？」那個男人吊高嗓門叫，彷彿是我在詐他。這真是奇怪了，既然攔住我要我賠又不知道自己要多少這不明擺著難為我嗎？

「誰難為你了？哪有撞壞人家的車不賠的？」

「我這不是要賠嗎？你又不肯給個數！」

「不是我不肯，我怎麼知道要多少喲？」

「這樣吧，我全數給你行不行？」我把錢包打開伸到他面前。

「你想耍賴是不是？」那男的怒氣又上來了

「有沒有搞錯？這樣的人都有的？」那女的也一臉不滿。

我真是有嘴難辯，心裡也是又急又氣。我錢包裡裝著餐館給我發的兩個星期的薪水，我還沒有花多少，估計還有三、四百，怎麼不夠補兩個洞？而且那其實還不是洞，只是凹進去的兩個坑而已，不入風不透水的，車不一樣照開嗎？如果看著不順眼，回去用鐵錘敲平不就行了嗎？

「分明是你耍賴想敲詐我。」我終於忍不住了脫口而出。

「誰敲詐你？你說清楚！」那個男的彷彿受人玩弄了一般，臉漲得通紅。「你別站著了，趕緊去打電話，這種神經病不值得勞氣，直接叫警察來就行了。」

我心想，這是些什麼人啊！難道他們跟警察有什麼關係、怎麼動不動就叫警察？看來今日運衰，只有一逃看能否躲過一劫。於是我趁那女的走進附近店鋪借電話用時用力把那個男的推開、推著購物車狂奔起來。

我穿街過巷地到了我們餐館，回頭一看，那一對男女並沒有跟來，我鬆了一口氣把車子推進店裡。我卸下飲料後，擔心那對男女找過來看見我，就藉口廚房裡忙、好言好語地請餐館的一個女待應生把購物車推到斜對面的超市購物車存放地了。

我回到廚房心裡「撲通撲通」地亂跳。

「你沒有事吧？阿星？」老闆問我。

我本來想把剛剛的倒楣事說說，這時外面有很吵的救護車聲，吵得我們互相聽不見對方，我只好搖了搖頭穿上我的企身防水圍裙去洗碗。我把上午用過的碗筷杯盤洗好，正要準備中午的麵湯料時，看見老闆娘心情不爽地走了進來。

「阿星你出來一下。」老闆娘一臉的烏雲。

我跟著老闆娘走出廚房一看，媽呀！有兩個越南女人站在餐館門口，而她們的後面是四個渾身掛滿了武器的高大警察，警察後面還有一些人，黑壓壓地把餐館堵得不透一絲兒風。

「是他嗎？」警察問。

「沒錯，就是他。」那兩個女的肯定地說。

警察問了很多話，那兩個女的比手劃腳地說著，結結巴巴的英文弄得雙方都十分的無奈。警察顯然比那兩個女人更有耐心，他們一直認真地聽著。

我的老闆不知何時站在了老闆娘身邊，老闆娘小聲地用潮汕話埋怨她的丈夫，說他什麼人都往餐館招，言下之義我就是那種「什麼人」了。

我還未明白怎麼回事，老闆娘過來跟我說，警察讓我跟他們走一趟。

「為什麼？」我問。

「你做了什麼事你自己不知道？這是一個法治的社會，不要心存僥倖想瞞天過海，大街上那麼多人，他們都不是瞎子。」老闆娘表情裡除了有點恨鐵不成鋼外更多的是不滿和厭惡。

「話別說得那麼刺耳」，老闆輕聲地提醒老闆娘。

她的話豈止刺耳，簡直是在刺心！只覺得胸腔裡有一股火苗竄起，燒得我腦子懵懵的，把對疼痛的感覺降到幾近麻木的地步。

我的腦子閃過一些零碎的念頭：那麼多警察都是衝我來的嗎？是誰叫來的？是那對車主嗎？可是他們為什麼不在這裡？我這是算被逮捕了？！我就這樣被抓去？為了車門上的兩個坑？那對狗男女是什麼人？警察局是他家開的嗎？我忿忿不平地想。

我看了看慈眉善目的老闆一眼，彷彿抓到了最後一根救命稻草，我說：「可是，我還要上班」。

「不用上了，以後都不用來上班了。」老闆娘冷冷地說，「我們餐館雖然廟小香稀，但是我們一直以來都只請安分守己、有善心的人來做事。」

老闆娘這話什麼意思？我是個沒有善心的惡人？她要炒我魷魚？

這下完了，我費盡九牛二虎之力才找來的工作要丟了。

「你快點走吧，這麼一幫警察在門口堵著，人家還以為我們餐館出什麼事了呢，誰還敢上這兒來吃飯？」老闆娘揮了揮手像趕蒼蠅一樣想把我趕走。

我轉身走了出去，到了門口，我突然有一種絕望的感覺，忍不住回頭對老闆說：「阿伯，對不起，給您添麻煩了。對不起，我不能再陪您猜字謎了……」說著說著愈覺傷心，彷彿老伯就是我在這異國他鄉的唯一一個老鄉、親人，想到我從此就要離開他一個人到監獄裡去生活，又生出一種不捨和冤屈感，眼淚禁不住就滾了下來，說到後面我聲音都有點啞、說不下去了。

老伯走了過來，他說：「阿星，到了警察局要把事情說清楚。一定要說實話。」他拍了拍我的肩膀，這種親近讓我感覺到了他的真誠和信任，我點點頭走了出去。

我以為出門之後警察會把我銬了起來。可是沒有，他們兩個人留在了後面等我出去之後才跟了出來。出到大街上他們自動分開，一左一右一前一後地把我圍在了中間。這看似無意實是有意的隊形我馬上就明白了，他們是在防備我逃跑或者襲擊。可是至於嗎？究竟是什麼原因讓警察們像防暴徒一樣地防著我？不就是車門上的兩個坑嗎？難道還有其他？對了，他們好像說站在警察前面的那兩個女人是目擊證人。難道是我與蔚安爭吵、用購物車去撞她時她們也看見了吧？但是蔚安並沒有被撞著啊！還有那對車主，為什麼不來？……

我在四個全副武裝的高大警察的「護送」下往警察局走去。當我們穿過自由廣場步行街那刻有「天下為公」「止於至善」的牌坊時，我看到幾個熟悉的臉孔，我狠不得找個地洞鑽下去。我究竟犯的是什麼事啊！我想起在難民營裡到海上交接魚蝦的事情，我開始也以為是正當營生，沒有想到竟是犯法的走私行為。我開始害怕，難道我又在不知不覺中在這個陌生的國土上犯法了？

我以為警察會把我關進臨時監獄或類似的地方。可是到了警察局後，他們讓我登記了姓名和進來的時間後便把我帶到一間像會客室的房子裡。房子裡面有一張直徑約一點二米的圓桌子，桌子的周圍擺著四張椅子，靠牆還有一個書架，裡面放滿了大部頭的書。

一個警察倒了杯涼水給我，並示意我坐下休息，還說了一些話。見我沒有反應，他拿來紙筆，從書架裡拿出一本「大部頭」，極快地翻了幾頁，在一張紙上又寫又畫的最後把紙放到我面前。只見紙上寫著幾句中文字：

「吳先生，請等一下。我們給你請中文翻譯，她來幫助你，她在路上。」

看著紙上那兩行幼稚但還算端正的中文字，我很震驚。「吳先生」、「請」和「幫助你」幾個字讓我心裡生出怪怪的滋味。他們對我那麼禮貌客氣，難道他們沒有把我當犯人看？！可是這又是為什麼啊？我那時連自己都不把自己當人看了，看到別人把自己當人看除了有點受寵若驚之外更多的是新奇和不解，還帶著莫名的感動。

我心裡突然放鬆了下來。「Thank you very much」，我對他說，感覺自己把這句英文說得特別真誠也特別動聽。我說完拉開就近的一個椅子坐好，感覺自己坐得還蠻大方得體，與剛剛在餐館時藏頭縮尾和在街上猥猥瑣瑣的那個阿星好像不是同一個人似的。

翻譯是個在海外出生在澳洲長大的華人女子，她的耳朵很好，我說什麼她都明白，但她說的中文腔調怪怪的，我常常聽不懂，於是她只好又換個句法重譯一遍。

我們的談話在一個不大的會議室，一個女警察坐在我的對面問我話，翻譯坐在我和問話女警之間，兩個警察站在女警的後面兩側面對著我，我能感覺得出他們的目光都集中在我的臉上，估計是在配合女警觀察我的反應。

翻譯說警察把我帶到警察局主要是想瞭解一下一個小時前在米勒街上的傷人事件。

傷人事件？我哪裡知道？但我想起臨走時老闆囑咐我的「一定要說實話」，我心裡謹慎起來。我對這個新的國家還很陌生，一句話說得不對不知道會有什麼後果。就像現在，不明不白的就被帶到警察局來了。

這麼想著我把已滾到嘴唇邊上的「我不知道」換成了「我不清楚」。

「你別緊張，靜下來慢慢回想一下。」女警說。

我有點奇怪：難道是蔚安報的警？可是我並沒有傷著她啊！她怎麼可以這樣？！這個無情無義的女人！太歹毒了！

「米勒街在哪裡？」我問。

女警站起來把我帶到牆上的越南阜地圖指給我看，米勒街確實就是我碰到蔚安的那條街。我想了一下說：「我是一時衝動才推車去撞蔚安的，但是我沒有撞到她。我是為了避她才撞壞那輛車的。我說的都是實話。」

女警問：「你能詳細描述一下當時的情景嗎？包括時間、地點、什麼人在場等等。」

我只好把撞蔚安的經過更詳細地說了一遍。女警耐心地聽完我的敘說才問：「蔚安是男的還是女的？」

「蔚安當然是女的。」

「多大年紀？」

「二十歲。」

「與你是什麼關係？」

「她是我老婆。我們一塊兒從越南偷渡出來，住在印尼的咖琅島六年了，還生了一個兒子。她有個叔叔在悉尼，去年把她和兒子接來了。她說過來悉尼之後再擔保我過來的。可是她不但沒有擔保我，相反，她知道我到了澳洲後也不聞不問。我為了到澳大利亞找她差點就死在海上了。到了這兒我很高興，我登報紙到處找她，可是她很絕情，不但不想見我，還說我打擾了她的生活。我一直不知道為什麼她會那樣，今天早上她告訴我她有了別的男人，還把肚子搞大了。我一下給氣糊塗了才推車去撞她的，但是我最後還是沒捨得傷她。於是把購物車往右邊推了一下，只碰到她的衣服，哪裡會受傷啊！還傷人呢！那是她瞎扯的。」我越說越氣，心想，最毒婦人心，真的一點沒錯阿！她為什麼叫警察？分明是想陷害我。

女警叫我平靜一下，並倒了一杯涼水給我。

「你把購物車往右邊推了一下，是吧？」

「是的。」

「那之後發生了什麼事？接著說。」女警微笑著問我。

「我的購物車上放著好多飲料，很重，人行道上鋪的是磚頭，粗糙不平，而且往右邊的車道傾斜。我一下子控制不住，購物車就自己衝向車道了。」

「購物車有撞到行人或者車輛了嗎？」

「沒有撞到人，只是把停在馬路邊的一輛車子的車門撞得凹下去了兩小塊。」

「你還記得是什麼樣的車子嗎？」

「車是黑色的，很亮，看起來很新。」

「記得車牌號碼嗎？」

「沒有看。」

「之後呢？」

「我很緊張。我把購物車拉回人行道時。一看蔚安不見了，我推著車子就跑。」

「車主當時在場嗎？」

「好像不在。但是當我到了路口，剛轉過彎，有一對男女擋在了前面，他們說我撞了他們的車。

我想他們應該就是車主了。」

「你知道他們的名字嗎？」

「不知道。他們沒有說。」

「你能描述一下他們的樣子嗎？」

「男的又黑又瘦，矮小個子，也就一米六多一點點吧。長得腦袋尖尖、脖子長長的，樣子粗魯，一上來就罵人。」我一想到他就生氣，不知不覺地就把他描述得醜醜的。

「你與他們發生爭執了嗎？」

「我不想與他們爭執的，我想自己有錯開始也就忍了。但他一上來就開口罵人，而且，他們還很不講道理。」

「怎麼不講道理法？」

「他們說要我賠。我也沒意見，當場就把錢給了他們，把我所有的錢都給了他們，可是他們又不肯要又不讓我走，可是我得回來上班，他們就威脅我要叫警察。我想他們一定是地痞流氓，欺負我才到澳洲，人生地不熟，故意找茬子敲詐勒索我，所以我趁那個女的進商店裡打電話時推著車子跑走了。」

「你有沒有打人？」

「沒有。」我肯定地說。

「那你怎麼跑走的？那個男的攔你了嗎？」

「有呀，但他不是個子矮小嗎？沒幾兩力氣，我這麼用力一推……」我突然打住不敢往下講了。

「之後呢？你推了之後他怎麼樣了？」

「我不知道，我沒有回頭看，我只顧推著車子往前跑，一直回到餐館就沒有再出去了。然後你們的同事就來了。」

「就這些？」

「就這些。」我點了點頭，想起我回餐館不久後聽到的救護車聲，一種不詳之感像黑網一樣罩住了我。對呀，他後來怎麼沒有追過來呢？我推著車子他空手，按理他爬起來後是可以追上我的呀，難道我一推之後他就……我不敢想下去了。過了很久，我才小心翼翼地問：「我後來好像聽到救護車在附近，是為他而來的嗎？」

女警點點頭說：「是的。」

我覺得我那一推不至於吧？於是心存僥倖地問：「那你們怎麼知道是我呢？」

「有證人，她們當時就在店門口，看見了你們吵架，你動手推人，那個男人摔地上撞在水泥邊上不動了。她們打電話救人報警……」

「他死了嗎？」我誠惶誠恐地問。

女警搖了搖頭，突然咧嘴一笑：「他當時暈倒了，路上的人都以為他死了，很緊張。現在在醫院裡，醒過來了，情況還好。」

原來警察不是蔚安叫來的！也不是車主叫的！他們是過路的人叫來處理我們「打架」事件的。警察在問我話之前根本就不知道我推車去撞蔚安和購物車撞壞別人的車門的事，是我自己不知不覺地順著女警的問話乖乖地招了出來。

當時我反應過來之後覺得自己好愚蠢直後悔沒有提高警惕。但是後來發生的事情讓我為自己的「愚蠢」慶幸，因為正是我老老實實的交代救了我。

本來我是以當街行兇傷人被警察帶走的，證人們看到的事實是：一個強勢者（我的塊頭比車主高大很多），撞壞人家的新車後肇事逃逸（可惡）還當街傷人（犯法）。但是警察聽完了我毫無遮掩的敘述後，知道我並沒有蓄意撞車和行兇，傷人只是意外，而這「意外」是基於我的弱勢（擔心被當地人欺負、敲詐）。我也並非一味肇事逃逸，而是曾經誠心地想賠償，只是我誤會了車主、也不懂當地的律法。

翻譯告訴我車主不收我的現金並非是有意找茬，而是他們真的不知道需要多少錢去修車。車主的車買有保險。正常的程序是：車主要通知保險公司，保險公司告訴車主把車開到指定的汽車修理點評估後才知道要多少錢修理。他們開的車叫 BMW，我後來才知道這車很貴的，那門上的兩個凹至少都要上千元，我錢包裡那區區三四百怎麼可能搞定？在當地人看來，我要麼是神經病要麼就是耍無賴，可是聽完我的陳述，警察們明白我不是有意耍賴而是出於無知。

當我以為進了警察局就出不來了、並正為此懊惱時，翻譯員竟然告訴我可以回家了。我當時就想：是翻譯員聽錯了還是我聽錯了？

而更巧的是，女翻譯員竟是「翻尋味餐館」老闆的閨女，她回娘家餐館吃飯時與父母聊起我的事時才發現，原來那個開著BMW的車主竟是「翻尋味餐館」的生意冤家，多年前曾經用過下三爛的手段整過「翻尋味餐館」。老闆娘也因此知道我並不是證人描述的那種「惡人」，我無意中為他們報了一下「仇」也讓她心生快意，加之短時期內餐館想要找回像我這樣任勞任怨、勤快好用而又略有廚藝的廚房雜工實在不易，於是他們決定重新雇用我，老闆老伯親自到警察局把我接了回去。

第三十一章 誤會蔚安

我沒有給那個車主賠償兩千多元的修理費，於是只給他們付了一種叫「Excess Fee」的兩百元。此為後話。車主受傷要住院兩周，據說單是醫院床位費一天就一百多，加上醫療和藥費、伙食和營養費，可不一大筆錢？想想自己真倒楣。可是出乎我的意料，車主出院以後並沒有再來找我麻煩，我誠惶誠恐地過了一天一夜終於忍不住了問老闆，這才知道車主的醫療和住院費是政府全包的。我想我當時的表情肯定不止是心情輕鬆，一定還露著一臉的驚訝和羨慕，因為老闆娘笑著對我說：

「阿星，你不用羨慕他，你也一樣，如果哪一天有病住院或者做手術了你也不用出一分錢。去時帶上你的醫療卡，走時簽個字就好了。這就是澳大利亞的公費醫療，每一個澳大利亞人都可以享受的。」

其實這些我在拘留中心時就聽說過，但當老闆娘這麼告訴我時，我才敢相信這個「福利」我也有份，心裡真的很感動，有一種想要哭的感覺，突然一個念頭奔了出來：「要是我們家鄉也有公費醫療該有多好啊，那雪梅姐姐就不會死了」。

雪梅姐姐是我的鄰居，我們同宗同祖，她算是我的遠房堂姐，她的弟弟萌仔比我大三歲，我叫他「萌仔哥」，我小時候老愛跟在萌仔哥屁股後面玩兒，我媽說我的童年生活裡有一半時間是在雪梅姐姐家過的。雪梅姐姐長得十分美麗，是我們小孩子眼中的仙女。

雪梅姐姐十七歲時得了一種怪病，渾身無力，四肢發黃發漲。大隊的赤腳醫生來看過，他說自己治不了，她的病要送到省城的大醫院才能救治。可是雪梅的家裡兄弟姐妹七個還有兩個小侄兒，生活一直就十分拮据，緊挨著雪梅姐姐的妹妹十四歲只能掙半個勞動力的工分（農村那時以工分計酬），而最小的弟弟和妹妹分別是十歲和八歲。雪梅上面有一個哥哥和兩個姐姐，姐姐們已經嫁人，大哥已有兩個幼小的孩子。家裡只有她爸爸、大哥大嫂是全勞動力。她媽媽很早就得了風濕病加上生孩子多、常年腰酸背疼的早成了半個病人，只能在家做做飯、餵餵豬、理理菜園子，家裡大小事情主要由能幹的大哥大嫂決定。他們打聽過醫療費用，要一萬多，加上交通、住院、陪房和伙食費，那得更多。而村裡人的一天勞動只值三毛錢，他家一天拿足也就只有一元一角五分，一年下來收入不足四百還要養活一家十二口人，根本送不起病人入院治療。最後商量再三，她家決定不送她去省城住院治療，只在鄰村的一個老中醫家抓點中藥煎著吃碰碰運氣。雪梅的媽媽每晚忙完就守在雪梅床前，雙眼無助地看著自己的親閨女一天天地走向死亡。雪梅姐姐也知道家裡無法送自己去醫院，她無怨無尤，在床上躺了兩個多月。但我們都知道她有多麼地留戀人世！她媽媽前後三次來叫我媽去幫她穿壽衣，可是當我媽幫她換好壽衣、壽鞋、梳好妝容後她卻又清醒過來，她問我媽：「五嬸，你幾歲嫁給我五叔的？」

「十七歲」我媽說。

「就我這麼大啊」，雪梅姐姐頓了頓又說：「可是我還沒有對象。」

「沒關係，等你病好了五嬸給你說一門好親事。」我媽強忍住眼淚對雪梅說，「現在新社會新時代，姑娘都不願意太早嫁人。」

「可是人家知道我得過這種怪病會不會嫌棄我、不要我啊？」雪梅擔心地問。

雪梅姐姐並不知道她的生命之火已經燃到盡頭，她仍然憧憬著找個好郎君，結婚、生子過上每個女人都會過上的日子。

雪梅姐姐生病時我去看過她很多次，每次看到她浮腫的四肢但依然漂亮的臉蛋，我怎麼也不敢相信仙女般的姐姐只能這樣地躺著等待死神。媽媽說雪梅姐姐斷氣前她的兄嫂都不敢進屋，他們覺得無法面對她。

萌仔哥當兵後也得過一場怪病，聽我媽媽說，比他的親姐姐雪梅病得還厲害呢。「可是為什麼萌仔哥沒有死？」我妹妹很好奇。

「醫好了，聽說在省城的大醫院裡住了一個多月。」

「不是說住大醫院要很多很多的錢嗎？萌仔哥的爸爸媽媽去哪裡弄很多很多的錢啊？！」我妹妹困惑地問。

「萌子哥看病不用錢的。」我媽說。

「為什麼？」

「他是公家的人呀。」我媽理所當然地說。

「『公家的人』看病就不用錢了？」

「是呀，『公家的人』不單看病不用錢，每月還有工資領呢！國家給他們吃的、住的，到他們老了、幹不了活了國家就養著他們。不像我們農村人，要自己種了有才有。他們吃的是『國家糧』，有國家管著嘞。」媽媽羨慕的眼神觸動了我們。
「『公家的人』那麼好！我也要做『公家的人』。」我妹妹憧憬地說。
「你以為『公家的人』是誰想做就做的？」
「那萌仔哥又可以？」
「人家萌仔哥當兵了，是解放軍呀！」媽媽毫不掩飾對萌仔哥的讚賞。
「我長大也要去當兵。」我和妹妹異口同聲地說。
從那一刻開始，我和妹妹就開始為能夠成為吃國家糧、病有所醫、老有所養的「公家的人」而努力。三年以後，我如願以償地當了兵，也成了「公家的人」，而我的妹妹更有出息，她初中畢業後因為學習成績優秀而考上了師範學校，戶口一下從農村遷到了城市，成了未來的國家幹部。
扯遠了，還是回到那天我去幫餐館買飲料意外遇到蔚安的事情吧。且說那天上午老闆把我從警察局領回來後，我回到翻尋味餐館繼續上班。正在我心情沮喪地邊備菜邊胡思亂想時，老闆娘的小孫子上完中文課、背著書包一蹦一跳地過來了，他邊走邊唱著新學的中文兒歌《小二郎》：「小呀嘛小二郎呀，背著書包上學堂，不怕太陽曬也不怕風雨狂，就怕先生說我懶，沒有學問呀無顏見爹娘呀。啷裡啷裡啷裡啷……」
我突然一怔：對呀，蔚安說的「我的先生」並一定是她的男人，也有可能是她的老師呀！我怎麼會一下認定是她的男人呢？小鬍子都那麼老了，蔚安那麼年輕漂亮，怎麼會嫁他呢？我真是糊塗！有病！廣東人、香港人還有很多海外華僑不是都稱呼老師為「先生」的嗎？我在難民營教書時學生和家長們也都叫我做先生的啊！「先生」，多文雅呀，我怎麼就盡往歪處想啊？
我茅塞頓開。對！小鬍子一定是蔚安的老師了，他既不是她的叔叔，更不可能是她的男人！我那個老婆我知道，她是個好強有上進心的人，她年紀輕輕的自然會想著要學英文，要學習英文自然要有老師，而她只會說越南話自然要找個會講越南話的老師了。她不是去看醫生嗎？不懂英文怎麼看醫生？我們在難民營裡時要去看馬克醫生的時候不也是帶上譚先生去作翻譯的嗎？現在蔚安生活在英文世界裡，學習語言最重要了，而實用場景對話是最好的學習機會。我差點兒錯怪她了。

可是，我剛把心裡的那個疙瘩撫平另外一個疙瘩又起來了：不對呀，卡市有會講越南話的醫生啊！那也有可能她要看的那種病正好沒有越南醫生呢。可是，蔚安為什麼會住在小鬍子家呢？但是誰說蔚安住他家了？我自己替她辯護：那次你從拘留所出來看到她拿著雨傘來接小鬍子和客人沒準碰巧她去拜訪老師。學生到老師家去拜訪，這在中國不也是很平常的事嗎？

我不斷地對自己重複說：蔚安沒有嫁人，你別胡思亂想了！她口中的「先生」只是對老師的尊稱。說得多了我自己便信了，我相信蔚安根本沒有懷孕，她只是長大長胖了，腰自然就變得粗了些兒。這樣想著我心裡寬慰了很多：蔚安在悉尼沒有受什麼苦，他的叔叔待她不錯，日子過得寬裕，自然就心寬體胖了。她不是看醫生去了嗎？一定是肚子又疼了。她這人不愛運動，一定要坐著吃完，吃完還是坐著。在伽琅島時她就經常鬧肚子疼，而且一疼就是十天八天的，這兒醫療設備好，看病又不用錢，是該好好檢查、徹底根治了才好。我成天疑神疑鬼弄得自己不得安寧不算，還差點因為誤會了她、害了她也害了我自己，真是該死！

散居悉尼各市區的很多越南人周末都愛到越南阜來逛街、購物、下館子吃飯。

雖然事情已經過去了好久，但我還是不由自主地沿著去超市的路走回剛才蔚安去過的那個診所。我推開診所的門，側著身子、儘量輕手輕腳地走進候診室。

這是我來澳洲之後第一次單獨進入這種關著門、靜悄悄的地方，我往候診室掃了一眼，不見蔚安。我看見幾個門都關著，心想，沒準蔚安正在裡面看醫生呢。我決定留下等一會兒。

我看見角落裡有幾個空座位，遂往那兒走去。我正要坐下，前臺的年輕漂亮的接待員「Hello」

了一聲，我的雙腿一下子彈直起來，側過頭看去，門口沒有人進來。我想她是在跟我打招呼，於是我向她笑了笑也說了聲「Hello」又點了幾下頭才坐下。心想，這兒的接待員真有禮貌。

我剛坐下接待員又抬起頭對我笑了笑，嘴裡嘰哩咕嚕地說了一通，我只聽懂其中「How are you？（你好嗎？）」的問好，我連忙站了起來、躬腰點頭說：「Good，good，good（好，好，好）」，臨了還說了兩聲「thank you（謝謝你）」才坐下。心裡有點兒受寵若驚的。

這個接待員確實長得好看，我忍不住又抬頭去看她，我發現女接待員還在看著我，臉上保持著溫和友好的微笑。我有點兒不知所措了，用手指了指自己，又伸長脖子、眼睛從左向右掃視了一下全候診室的人，意思是「我在找人」。也不管接待員明白沒有，我讓自己鎮定下來、不再看她、安靜地坐在角落裡。

誰知這會兒接待員竟朝我走了過來。就坐一會兒也不讓呀？我心裡緊張起來。

「哪裡不舒服？脖子還是眼睛？」她用越南話問道。

「沒有。」我陪著笑臉站了起來，又不甘心就此走掉，於是指了指醫生診室，用越南話說：「我等人。」

「啊？那你請坐。」她微笑著走開了。

我忐忑不安地坐在那裡雙眼緊張地掃視著每一個緊閉著的房門。第一個診室的門開了，出來了一個女人，是越南女人，但不是蔚安。第二個診室的門開了，出來的還是女人，但也不是蔚安。第三個診室的門開了，出來的是一個老人，男的。蔚安可能會在最後一個診室了，我心裡開始激動。感覺等了很久很久，最後一個診室的門終於也開了，可是，出來的是一個大肚子的澳洲女人，還帶著兩個孩子。

糟蹋時間！我抬腳就走，我小跑著回到餐館，奇跡似的，小鬍子和其它幾個人竟然坐在我們小餐館裡那張最大的三號桌子有說有笑。

我簡直不敢相信自己的眼睛。我定了定神細看，確實是小鬍子，他側著臉正跟旁邊的人說話呢，而坐在他旁邊背對門口的那個女人正是蔚安，我從背影就看得出來。天見憐我，竟把我日思夜想的女人又送回到我的面前了。我不再猶豫跨進店門就往三號桌子走過去。

「阿星，你去哪裡了？怎麼不說一聲就跑出去？一走就走了那麼久。你把這外賣送到興宜服飾去吧，快去快回。」還未等我走到三號桌，老闆娘就把一袋食物塞到我手裡轉身往廚房走了。我只好提著外賣再次出門。

興宜服飾賣的是消閒服裝，高大漂亮的男女塑膠模特穿著純棉的T—Shirt衫和牛子褲瀟灑地站在玻璃櫥窗裡。我把外賣放在櫃檯上收了錢往外走時，不經意中看到了鏡子裡的自己。

我發現自己穿得很破舊很難看，頭髮又長又亂，鬍子拉茬。上衣是老闆穿不了送給我的，深褐色的T—Shirt很寬大，肩線都掉到手臂上了。下身穿的還是船停在公海時別人送來的救濟物資，白色帶綠色條塊的運動褲，本來很漂亮，像電視裡打高爾夫球的人穿的，可是我差不多天天穿它，穿了幾個月，油污醬漬沾在上面，皺巴巴的沒了款式，顏色也不太能分辯了，看起來很拖沓。

我有一種想把模特身上的衣服脫下來穿到自己身上的衝動。我走過去看了一眼，發現模特翹臀上掛著的牌子寫著$39.95，上衣上還有一個牌子是$29.95。我心裡悻悻然的想：下次吧，等我有更多的錢了一定來買一套。我把老闆給我的$8外賣錢緊緊地捏在手心，離開了興宜服飾。

「阿星，你給三號桌添個小轉檯吧」我剛進餐館門，老闆娘就叫道。我從側牆取下一個帶轉檯的檯面，還未走到三號桌，門口進來一對三十多歲的夫婦。男的是個長相斯文的越南人，女的正是瑪麗。

「Hi, Sinh, glad to see you, how are you?（嗨，阿星，見到你真高興，你還好嗎？）」瑪麗親熱

地招呼我。

「Good, good, good. Thank you。」我很高興看到瑪麗，她像是我久別的親人或者是好友，她大步地走到我的面前，雙手緊緊地握住了我那只空著的左手：「Oh, you work here, you got a job! Great! I'll come to see you when I pass by.（噢，你在這兒工作。你找到工作了，很棒啊！我以後路過會來看你的）」她笑著說。

三號桌的所有人包括蔚安的注意力都被吸引到我們身上來了，他們中有的人已經站了起來，原來瑪麗夫妻是來和他們聚餐的。蔚安沒有起身，她朝我看了一眼，我定定地看著她，我以為她會站起來撲到我身上，可是沒有，她眼神慌亂地把視線移開了。

我拿著轉檯走到蔚安的邊上：「蔚安」我說，我看到她雙肩一抖，好像被嚇了一跳的樣子，「讓開一點，我要放轉檯」，我只好改口。我把大桌上的茶壺和杯盤碗碟往外面挪開，把轉檯搭在大圓桌正中，再把每個人的碗筷擺好。我做這一切時故意做得慢吞吞地，想與蔚安多待一會兒。

「蔚安」，我又叫了她一聲，她又抖了一下，但並沒有應我。

「你怎麼了？」小鬍子側過臉來問她，而她一聲不響地盯著前面，好像跟誰都不認識似的。

小鬍子用手拍了一下蔚安的肩膀，「你沒事吧？」他問。她回過神來，說：「沒事呀，我聽你們說話呢」。瑪麗夫妻還未坐定，他們站著又跟我聊了起來。

瑪麗的丈夫說，很高興認識你，你與蔚安的事我們都聽說了，真太讓人感動了。我替我大哥大嫂感謝你。感謝你在蔚安最困難的時候幫助她、照顧她及她的孩子。

「那是我們的孩子。」我糾正他，有點困惑地看著他們。

「對，我們知道，你們一直把他當作自己的親生骨肉來疼愛，這真不容易啊！」

「阿星，過來把春卷撈了，炸得有點兒過火了。」老闆在廚房裡正忙著炒菜，他從櫥窗裡探出頭來叫我。

櫥窗是我們餐館的主要運輸通道，它開在外堂與廚房之間的隔牆上，兩邊加了托板，外堂點好的菜單從櫥窗的左邊送入，廚師做好的菜從櫥窗的右邊出來，侍應生從櫥窗裡把菜端走，省了來來回回地往廚房裡跑。

我趕忙告別瑪麗夫婦趕回廚房幹活去了。我撈完了春卷，執著油鍋，心裡越想越糊塗：瑪麗的丈夫說我們把蔚安的兒子「當作自己的親生骨肉來疼愛」是什麼意思？那本來就是我自己的親生骨肉呀。父親疼愛自己的孩子天經地義，與他的大哥大嫂有什麼關係？難道他大哥就是蔚安的叔叔？那他也是蔚安的叔叔了，那瑪麗就是蔚安的嬸嬸了。難怪瑪麗要幫我們，難怪瑪麗去拘留中心的第一天要找的人是我。原來如此！蔚安說不理我卻又找人來幫我救我出來，這足以證明她是關心我、想我留下來的了。

我想著想著心下高興起來，我拿了櫥窗上的點菜單，找到三號桌的，把它調到最前面。我和老闆按著點菜單順序，很快就把三號桌的菜一個接一個地做了，我把菜端到櫥窗，大聲地叫著：「三號桌」，侍應生快速地走過來，把一盤盤熱哄哄、香噴噴的菜端到三號桌去。

我從櫥窗裡看了好幾回，三號桌的人有說有笑的吃得很開心。只有我那聰明而有點兒滑頭的老婆蔚安低著頭靜靜地吃。看她吃得那麼專心有味，她一定知道桌上的很多道菜是我做的。

人心情一好時間也過得快，我才忙過一陣，正想著蔚安該吃飽了，我得出去與她說說接下來我們的生活怎麼安排的事情，侍應生端著一疊盤子回來了：「三號桌的客人讓我跟你說聲再見。」

「什麼？他們走了？」我腦子一下懵了。我還沒有把自己的電話給我老婆，而我老婆也沒有告訴我她住哪裡、什麼時候她搬過來呢。

「走了。還讓我給你帶話呢。」

「說什麼了?」我急切地問。

「哪個客人說的?她坐哪邊的?什麼時候回來?」。

「說要回來找你。」

「坐哪邊我倒不記得了,好像不止一個人這樣說。」

「男的還是女的?還有沒有說什麼?」我想,蔚安怎麼能這樣匆匆忙忙就走呢?太不合情理了!我是她丈夫,千里迢迢來找她,那麼久那麼難得才碰上,她應該留下來等我,我午餐忙過後就可以與她商量一下找房子搬到一起去住這些大事了。瑪麗是她的嬸嬸,她一定知道我們打官司打贏了,我已經有了合法的身份,我做工的時間短沒有存上什麼錢,但我們是難民,一出拘留中心就拿到社會福利了,吃飽穿暖是不成問題的。蔚安和我們兒子來澳也有一段時間了,不知道她現在拿到身份沒有?

唉,都怪我,我應該把真相告訴老闆,一看到蔚安進門就應該向老闆告假去陪蔚安的,至少也應該叮囑侍應生,見三號桌買單就進來跟我打聲招呼。真是笨蛋一個,把找回來的老婆又活活地搞丟了!

我捧著自己的頭,十分煩躁,頭似乎又沉又悶又漲。此時已是下午兩點半,客人不多了,我跟老闆告了下午及晚上的假。我想蔚安他們一定沒有走遠,越南阜就那麼幾條街,我一定能把她找回來。

我的第一個目標是篤筒路,人們回家前都愛到那兒去,那裡的蔬菜、水果、副食品又多又好又便宜。

我大步流星地往篤筒路趕,途中雙目不停地搜索,不肯錯過任何一個與蔚安身材相似的年輕女子。我在篤筒路像一隻獵狗一樣快速而機敏地搜尋每一個可能的商店,但沒有蔚安,也不見小鬍子及瑪麗他們中的任何一人!

我跑回蔚安就診過的診所，希望看到她回來複診又或者拿體檢結果什麼的。可也沒有！

我跑了約翰大街和派克路的女仕時裝店、兒童服裝店、雜貨店，甚至是金鋪首飾店，可是連她的影兒也沒有！

我感到絕望，頭開始劇痛起來，心也一陣陣地揪疼。站在大街上，我忍不住用越南話放聲大喊：「蔚安，你在哪兒？」我喊著走著，不少人站住遠遠地看著我，迎面過路的人都儘量往一邊躲、想離我遠點兒。他們一定以為我是瘋子，我看著街上人們光鮮的衣著，再看看自己破舊寬大皺巴巴而沾滿油漬的衣服，也覺得自己像個瘋子，十分可憐而又讓人生厭。

「蔚安，蔚安，蔚安」我仍然喊著，但聲音已經小得只有我自己聽得見。

「你怎麼又回來了？」老闆娘在餐館門口攔住我時，我才發現自己又兜了回來。「我……」我有點不知所措。

「回就回吧，今天晚上的班我已經找人頂替你了。」老闆娘有點兒不耐煩地說，並沒有抬眼看我。星期六晚上是一周中最忙的，加之已有一個侍應生生病沒來，我上午沒幹多少活卻惹出一堆事，午飯後向老闆告假時老闆娘已經一臉的不高興了。

「實在是對不起」我賠著不是低著頭走了出來。

「阿星，」那個侍應生追了出來，「你剛出去，坐三號桌的那個女的就回來找你。」

「哪個女的？」

「唉，年紀很輕、長得挺漂亮的那個。」

那就是蔚安了！中午坐三號桌吃飯的只有三個女人：蔚安、瑪麗和一個五十大幾的阿媽。老天不成全，硬是讓我們擦肩而過了！

「我以為你上廁所去了，讓她等一會兒。可是她好像很焦急的樣子，不肯等。」

「她是……」我心裡充滿傾吐的欲望，很想找個人說說我和蔚安的事。這個侍應生做到下午三點，她趕著去接孩子，「再見，」她邊走邊朝我揮揮手。我把話咽了回去，淚也吞了回去，人人都那麼忙，哪裡有空聽別人說與自己無關的事兒？蔚安甚至忙得連認丈夫的時間都沒有。

「啊，對了，她說改天有空會再過來看你的。」臨過馬路前，侍應生回頭扔下了最後一句話。

「改天有空會再過來看你的」這句話像是一貼特效藥，我重複著它，頭不疼了心也不揪了。我開始歡呼雀躍起來，忍不住吹起了口哨。

「改天有空會再過來看你的」像是一個海誓山盟，晚上我滿心歡喜地想著它入眠，白天我充滿期待地想著它備菜、煲湯、執油鍋、做小炒。我想著想著忍不住就跑到前廳去看，而後又跑到街邊去望。希望蔚安再次出現在翻尋味餐館。

我們那條街的店鋪較小，沒有廁所，上廁所都到自由廣場附近的購物中心去。自從遇見蔚安後，我就特別愛上廁所，只要餐館不忙，我就跟他們說「我去上個廁所」說著腳下就已經往外邊邁了。到了街上，我四處搜尋蔚安的身影。進了購物中心，我也是邊往廁所走邊到處看。

有一天，老闆忍不住關心地問我：「阿星，你是不是生病了？」我有點兒轉不過彎了，搖了搖頭。老闆說：「你就不要瞞我了，實在不行，就去看看醫生吧？沒有必要死撐著。我看你成天跑廁所，拉肚子有好幾天了吧？」我這才意識到我上廁所有多頻繁。

第三十二章　痛失蔚安

「阿星，你怎麼了？起來吃點東西吧，吃完了咱們聊聊，大嫂有重要的話要跟你說。」我的房東李嫂不知道什麼時候打開房門進來了。

李嫂已經好久沒有理我了，我隱隱約約感覺到他們夫妻冷戰有些時日了，但我實在沒有心情去過問他們的私事。前段時間我與蔚安相見卻不能相認已經把我折磨得精疲力盡，這段日子我們相認又不能相聚更讓我精神接近崩潰，我連續幾日失眠頭疼，上班回來洗洗就睡了。今早實在撐不住了，我向老闆請了假在家休息。李嫂現在突然關心起我來，但是我實在沒有什麼情緒去理他們，自己的老婆跟別人跑了，還有什麼東西是重要的呢？我把臉埋在枕頭底下裝著聽不見。

「阿星，過來陪我喝一杯。」李洪濤見我沒有動靜，也在門口大聲地叫嚷起來。他一般要六點鐘肉店關門後才回來，難道我已經在房裡待了一整天？我怎麼不覺得餓？我舉了舉頭，真沉。我轉過身用雙手撐著床想爬起來，但雙手酸軟無力。我睡了一天為什麼還那麼累呀？我睡著了嗎？

「病了，嘴唇都燒乾了。」李洪濤不知道什麼時候也來到了我的床頭。

李嫂拿來了我的水杯和退燒藥，臨走時她用眼睛和手勢示意丈夫別忘了把藥帶出去放好，似乎擔心我瞎吃藥。

吃過退燒藥半個鐘頭後，我覺得頭不怎麼疼了，便走到廚房裡想弄點東西吃。

李嫂還在廚房忙碌，「好些了沒有？」她問。我點了點頭。

「阿星，這邊來，我正等著你起來飲酒呢。」李洪濤在飯廳招呼我。我已經一天沒有吃飯了，聞到香味就真真切切地感覺到肚子確實很餓，我走過去在李洪濤對面坐下。

「來，喝。」李洪濤舉起杯子，仰頭就乾。

「慢慢地喝吧，別一上來就乾，阿星正生病呢。」李嫂站在李洪濤對面看著我問：「阿星，你以前成過家？」我點了點頭。

「你的前妻叫蔚安是吧？」

「別提那個賤貨了，李嫂。」我央求。

「蔚安昨天……」李嫂想繼續說。

「叫你別提就別提了。」李洪濤打斷了他老婆的話，「來，阿星，我們飲酒食肉。」他給我夾了一個烤雞腿。好像是為了補償剛剛李嫂的「過失」似的，他使盡渾身解數地給我講他聽來的故事。他越講越來勁，把李嫂的注意力也吸引了過來。

「還記得我們店的小凡嗎？差點就進了妓院。」李洪濤說。

「哪個？」李嫂插話。

「就上次幫你斬排骨的那個。你說她長得蠻漂亮的，還問人家有對象沒有。」

「你說那個小幫工呀，我沒有說她長得漂亮呀。」

「有，你說她的嘴巴很好看。」

「嗯，她嘴巴好看，她有對象沒有？」

「我明天幫你問問」，李洪濤說。李嫂嘟噥：「行，你繼續講吧，她怎麼差點進了妓院的？」

「她那時剛到悉尼時很窮，來了急著找工作。到處打電話，人家都回說要熟手（有經驗者）。有一天她和住在同一個出租房的朋友看到中文報紙上有招按摩女工的，說不需要經驗，她們便打電話去問，女老闆用走調的普遍話問了她們的基本情況後便讓她們去面試。

面試時女老闆介紹說，我們公司要招的是性工作者，主要是為客人提供『性服務』。小凡當時不太明白『性服務』的具體工作是做什麼，但已經感覺出不妙了，心存僥倖地問：你廣告上不是說招按摩女的嗎？「沒錯啊，不同的客人需要不同的服務，按摩是其中的一項服務內容。」女老闆說。

小凡心裡有點虛虛的，又問：『除了按摩，是不是還要跟客人睡覺？』。怕女老闆不明白她的意思，小凡解釋：『我不是說一般的休息睡覺，而是那種、那種……』，她面紅耳赤，說不下去了。

『我知道你想說什麼，性交嘛』，女老闆大方地說：『你願意給客人做什麼服務是你的選擇，我們不會強迫你的。但是我們這兒的員工的收入是提成的，多勞多得。收費是按提供的服務項目來收費，當然了，Full Service（全方位服務）收費最高。』

小凡的朋友比她膽大，問道：『你說的性工作者就是妓女吧？』

『妓女是帶有偏見的稱呼，我們不這樣叫自己。在澳洲，性工作者也是一種職業，為有需要的客人提供服務，像其他工作一樣，也是正當營生。就像開餐館的，他們滿足客人的轆轆饑腸；我們幹這一行的，解決的是客人的性慾望饑渴，本質上都一樣，都是為了滿足客人的生理需要。我知道你們從中國出來，在那裡妓女是非法的。但這兒不一樣，我們是光明正大地開門做生意，向國家登記過，向稅務局納稅的。你們到了國外還抱住那些陳舊的觀念不好。你們想想吧，人肚子餓了是不是要吃東西？』小凡點了點頭。

『那男人下邊的那個東西餓了怎麼辦？你不是男人你不知道，男人那東西餓了比肚子餓了還難受十倍百倍的，你說怎麼辦吧？』女老闆問，小凡搖了搖頭。

『到大街上去拉個人來解決一下？行嗎？』』小凡又搖了搖頭。『對，不行，那叫強姦！是犯法的！為了讓那個東西吃上那麼一頓，就要去坐牢，聽說在中國還可能要槍斃。你說，是不是很冤很可憐？』女老闆歎著氣問她們，小凡和朋友不自覺地點了點頭。」

「『所以就應該有人願意出來幫助他們、解救他們、為他們滿足性方面的生理需要，對吧？這樣社會上犯罪的人不就少了嘛？性壓抑久了還會得精神病的，對於這些人，我們就是他們的心理治療師。你不要瞧不起我們這一行，我告訴你們，入了這行你就會知道，你提供的服務是很有價值的，我們的工作跟護士、醫生一樣重要。我敢保證，當你看到客人滿意而去而你的口袋日益鼓漲起來後，不讓你做你還不幹呢！』」李洪濤學著妓院女老闆那自豪的聲調把我和李嫂都逗樂了。

「『其實這個工作沒有你們想像的那麼難，我們的客人都很好的，很有教養的。你們可以試試，不喜歡就不做』，老闆說得句句在理，怯生生的小凡和她的朋友聽得腦子都有點轉不過來，只好跟著女老闆的思路走了下去，她們差點就要留下來『試工』了。但是小凡在國內有個男朋友，她想，自己與男朋友還未『試』過呢，怎麼可以在這兒給別人『開發』了？於是轉身走了。」

「她那個朋友呢？」李嫂問。

「留了下來『試工』啦。」

「然後呢？」

「哪裡還有『然後』？肯定一試就成了職業妓女了。很快，就有了大把的錢。」

「小凡他們屋裡的人知道嗎？」

「當然知道了。他們知道她做妓女後都很吃驚，不願意跟她說話，在背後說她髒，有人不願意用她用過的洗衣機，改用手洗衣服。當然了，她也不願意生活在別人的白眼下，不久就自己找地方搬了出去。」

「那她現在怎麼樣了？」

「我哪裡知道？我們食酒，阿星。」李洪濤轉了話題。

我吃飽喝足沒事幹了，就坐在客廳裡跟小孩子一塊兒看動畫片。

李嫂有一句沒一句地在廚房裡跟李洪濤說起了蔚安，「蔚安已經算不錯的了，那麼艱難的日子，她都沒有走上小凡的朋友那條路子。」

「是呀，一個女人家，沒有身份，還帶著個小孩，又沒有什麼文化也沒有什麼手藝⋯⋯」我忍不住豎起耳朵聽，這才知道蔚安昨天來過這裡，她與李嫂聊了很久，李嫂還留她吃了中午飯。

原來，李嫂與丈夫冷戰的這段時間，她表面平平靜靜，該買菜做飯還買菜做飯，該接送孩子還接送孩子，日子似乎照常地過著，但她晚上睡不踏實，白天做事就丟三拉四，有點魂不守舍的。

昨天早上，李嫂如常七點起床做早飯，她想好要做牛肉腸粉的，放腸粉下去蒸後才發現家裡沒有牛肉了。那就湊合著吃齋腸粉吧，她想。可是她又發現醬油也沒有了。大蒜、醬油和蔥花是她家腸粉的必備配方。我不能只加點鹽巴到腸粉裡敷衍孩子吧？她想著就快速拿起鑰匙去市場了。

李嫂家沒有車，所以租房時特意租了距離市場較近的房子，步行十分鐘就到了亞洲超市，但來回一趟也去了半個小時。回來做早餐、照顧孩子吃飯、給他們裝水、準備打包的上午茶點和午飯，還得給小兒子換尿片，弄得自己都沒有時間吃早餐。近九點了，她匆匆忙忙地推著小兒子去送兩個孩子上學。

李嫂平日送完孩子上學後會推著小兒子到附近的公園去玩一陣或者到市場去溜一圈買點日用品或食品回家。但那天早上她實在又餓又累，送完孩子後就徑直回家了。她正要把早上吃剩的腸粉熱了來吃時，看到一個女人的身影在窗外晃了一下。那身影有點鬼鬼祟祟，李嫂一下警覺起來。她輕輕地關上微波灶的門，側身躲到了餐廳靠門的一角。

「哚、哚」兩聲很輕的敲門聲在前門響起，李嫂猶豫了一下決定不去理它。心裡閃過一個念頭：她是不是上星期三來過的那個女人？老公不是去上班了嗎？她這個時候跑來幹什麼？難道老公趁我送孩子的時候又折回來了？他這也太大膽了！我可不是每天上午都會花兩三個小時在外面的啊！李嫂想到臥室去看看老公是不是在裡面，剛邁出一個腳又收了回來，她擔心驚走了那個女的。她這會兒心裡十分矛盾，既希望那個女的與老公無關、是自己走錯了門，又有種想要「捉姦在床」、讓真相大白的衝動。可是她忘了去想，如果丈夫真的與別人相好了她又能怎麼樣？

敲門的女人發現沒有人開門，她又「哚、哚、哚」地敲了三聲，敲門聲聽著不是十分利索，彷彿有點兒哆哆嗦嗦的。「有人嗎？」她用越南話叫了三次，見沒有人應，她用手輕輕地推了推門，門沒有閂，「吱」的一聲開了，她試探性地邁步進了門。她似乎蠻熟悉環境，一進門廊就急急地左轉進入走廊往臥室走去。

這個女人顯然來過這個房子！李嫂想。

李嫂感覺著那個女人的腳步到了走廊的盡頭，並打開睡房的門走了進去。那女人走動的每一個腳步彷彿都踩在李嫂的心頭，沉重而尖銳。李嫂終於忍受不了，她甩開大步穿過廚房朝臥室走了過去，剛走一半她想起上個星期三橫飛出來把自己打暈的涼鞋，心有餘悸地轉回了廚房。她拿起一把菜刀，看了看又放了回去。她翻出另一把小一點的水果刀，還是放了回去，最後她走到門廳的屋角操起了倚在牆上的雨傘。

李嫂畢竟是個心地善良的女人，她潛意識裡只有自衛，根本沒有想過要砍人傷人，所以看著尖銳鋒利的菜刀和水果刀便自然放棄。她轉過門廳進入走廊，那個女子迎面便撞了上來。

「你？」她們不約而同地說，那個自行入屋的女子驚得張著嘴巴。

「臭婊子，你跑到我家裡來幹什麼？」李嫂扔下雨傘，掄起手掌用力地就抽了過去。那女子條件反射般地側了側頭，手掌落在了她的耳朵和脖子之間，雖然力度已經小了很多但仍然打得她的耳朵嗡嗡作響，她一個急轉身跑進了走廊正對的中間那個臥室，並在李嫂反應過來之前關上了門、把門壓下、用身體靠在門上用力頂住不讓李嫂進來。

那是住客阿星的屋子，她進那裡幹什麼？李嫂有點兒想不明白。她擰了擰門把手又推了推門，發現那女的把門頂死了。

主臥室（也就是李嫂夫婦的睡房）在走廊的左側，房門開著，李嫂走到裡面細細地看了個遍，發現丈夫並不在裡面。她又走到右側孩子的睡房裡看了一遍，也沒有人。

難怪那婊子往中間那個臥室走呢，原來老公也躲在裡面呢！今日被我捉個正著，看你如何狡辯？李嫂想著走回中間那個臥房，她把身體靠在房門上右手搭在門把手上。她定了定神，然後用力吸了一口氣一下轉動門把手、同時用身體把門往裡面頂。門一下就開了，李嫂差點跌倒地上。原來那個女子己經不再頂在門上，而是退到屋子的一角了。

住客的屋子十分簡單。門左側是一個四方形的牛奶箱子，箱子上是個破舊的牛子布豬籠袋。右邊是一張床，床上的被子疊得棱角分明、整齊得像一塊巨型豆腐，靠牆夾角的床頭裡面放著一疊衣服。正對門是一張舊桌子和兩個舊凳子，那是住客從街邊撿回來的，看著陳舊但仍很牢固。

屋裡除了那個女人並沒有其它人！

李嫂一下子懵了，她站在門口竟然有點不知所措。

那個女人縮在桌子邊上露出一臉的膽怯，「我不是小偷，真的不是，」她哆哆嗦嗦地把手提袋打開，遠遠地傾斜著舉到李嫂的面前：「你看，我真的沒有拿你家的東西，也沒有拿他的。」她指了指住客的床。

李嫂越聽越糊塗，「你跑到我們家來幹什麼？」

那女子看到李嫂沒有要再打她的意思，鎮定了一些不好意思地苦笑了一下說：「我的醫療卡丟了，我來找找。」

李嫂這會兒才留意到這個女人長得蠻漂亮的，尤其是笑起來時非常嫵媚。李嫂這時反應過來，問：「你跑來我家找醫療卡？你的醫療卡怎麼會跑到我家裡來？」

「我來過這裡。」，那個女人停了一下接著聲明：「不過我從來沒有拿過你家的東西。」

「你來過？什麼時候？」
「上個星期」女人說。
「來幹什麼？」李嫂一說完似乎就明白過來，她露出一臉的厭惡。
李嫂想起那橫飛而出的高跟鞋和這個女人光著屁股從臥室那頭飛奔出來的情景，心裡又絞疼起來。

那是上星期三下午的事了。
李嫂家屬於那種典型的男人掙錢女人管家的家庭。丈夫李洪濤在一個肉店做工，他的生活作息簡單而有規律：早上吃完早餐八點半準時去上班，下午肉店關門後他搞搞衛生六點不到便下班了。李嫂不做工，主要的活兒是料理家務、準備一日三餐和接送孩子上學。
那天她照常地吃完午飯帶小兒子到市場蹓躂一圈，買上當晚的青菜，帶兒子回家的路上順便到附近的公園玩玩。
綠茵茵的公園裡用大圓木頭圈出一塊月亮形的空地，「月亮」的中間是一套秋千，「月亮」的一頭是滑梯，另一頭是翹翹板。地面鋪了十多釐米厚的 **mulch**，這些 **mulch** 主要由樹皮和軟木加工而成，三、兩公分不等，澳洲人常常用來鋪在兒童遊玩的戶外地方，以避免孩子摔傷。
李嫂剛一鬆手，兒子就像出籠的小鴨子，步履蹣跚地往秋千跑去。秋千架上有三個並排的秋千，最高最大的一個是用汽車舊輪胎做的，中間的一個是一塊扁平的橡膠，最小也是最安全的一個是橡膠做成的像個籃子形狀的嬰兒座位，後面有塊膠板托著腰，前面還有一個護欄，小孩坐下去怎麼也掉不出來。
李嫂把菜掛在樹枝上，把兒子抱到有護欄的秋千籃裡，可是兒子不高興了吵著要下來。李嫂把兒子抱了下來，兒子跑到車胎做的秋千底下昂著小腦袋跟媽媽說：「坐這個。」

李嫂說：「不玩這個，要摔跤。我們坐籃籃去。」兒子前天才試坐過輪胎秋千，幾個來回一不小心摔了下來。也不知道是忘記了還是孩子天生就有屢敗屢試的精神。他頭一歪，不容置疑地說：「不！要這個。」

李嫂有點兒心煩，但也只好遷就兒子把他抱到輪胎上。兒子高興了，咧開小嘴笑了起來，把李嫂的那一點點不耐煩笑得無影無蹤。

「仔仔，坐穩了，媽媽要開始蕩了」，李嫂站在孩子後面一手扶著輪胎一手扶著孩子的後背輕輕地蕩了起來。秋千在空氣裡畫著優美的弧線越蕩越高，孩子「咯咯咯」的稚嫩歡笑灑滿公園，逗得李嫂也時不時地發出心滿意足的笑聲。

正蕩得高興，有個黑人媽媽帶著兩個三、四歲的小男孩來了。兩個黑孩子一踏入公園便放開雙腿往滑梯那邊跑去。這是一個給比較小的孩子玩耍的公園，裡面的滑梯較矮，頂部離地也就一米多高，後面有幾級矮小的木臺階供孩子們上下，臺階旁邊還有一條大纜繩供孩子們做扶手。先到滑梯前的那個黑孩子四肢並用地往臺階上爬去，後到的那個也不甘落後，腳一踩上臺階雙手就拉住纜繩往上吊。兩人幾乎同時攀上滑梯頂部，他們激動得又笑又叫的，先後從滑梯上滑了下來，一屁股摔在了滑梯口下的樹皮渣子上，樂得又笑又叫。

李嫂的兒子停止了笑聲，他盯著兩個黑孩子看了一會兒，便自個兒從蕩著的輪胎上滑了下來，「撲」的一下臉朝地上摔了下去，還未等李嫂反應過來他已經爬了起來，還未站穩便掛著一身的樹皮渣子往滑梯那邊衝，剛跑幾步便被拌倒。李嫂從背後追上來要扶他，誰知他爬起來又跑了。他跑到滑梯那邊，學著黑孩子四肢並用地上了臺階，加入了滑梯隊伍。

滑梯又小又短、臺階又窄，李嫂的兒子爬得慢，而兩個黑孩子年紀大些機靈很多，步調很不一致，就有點堵了，孩子們往往要等待或相讓一下才能輪著玩。三個孩子玩了兩個來回，兩個黑孩子「哄」

的一下跑去玩「月亮」另外一頭的翹翹板了。

李嫂的兒子自己溜了兩趟滑梯，又覺得沒有意思了，吵著也要去玩翹翹板。可公園裡只有一套翹翹板，人家也剛上去且一上一下的正翹得開心，怎麼可能參加進去呢？

可是兒子一定要去，他跑到翹翹板的這頭看看，又走到另一頭去摸摸，跟這個孩子說幾句，跟那個孩子說幾句。

黑人媽媽對李嫂笑了笑說：「They are making friends(他們試圖交朋友呢)」。李嫂亦報之以微笑，用蹩腳的英文說：「Yes,yes,make friends（是的，是的，交朋友）……」

兩個媽媽正比手畫腳地聊得漸入佳境，孩子們尖叫了起來，只見李嫂的兒子抓著坐在翹翹板一頭的那個孩子又推又拉的，試圖把那個孩子弄下來，那個孩子比李嫂的兒子高大，他根本就推不動他。

李嫂急步走了過去，邊走邊叫說：「仔仔，別打架。」兒子不聽，他又往另一頭跑去，正趕上翹翹板往下擺，壓著了他的腳，他「哇」地一聲大哭起來。

「不哭，不哭。」，李嫂抱起兒子，看了看他的腳，發現並無大礙。「仔仔玩滑梯去，好不好？」她說。「不好！要翹翹板！」兒子執著地喊，喊完掙脫李嫂又往翹翹板跑過去。

李嫂真生氣了，說：「不玩了，不玩了，仔仔不乖，我們回家！」。兒子這會哭得更厲害了，他抱著翹翹板賴著。李嫂也由不得兒子蠻來，抱起就走，兒子兩隻小腳踢來踢去試圖掙脫媽媽的懷抱，弄得李嫂煩了，大吼一聲「再踢我打你屁屁！」也不再多作解釋，兩手一用力夾住兒子就走，掛在樹上的青菜也忘了帶。

李嫂抱著吵吵鬧鬧的小兒子回到家，開了門放下兒子。她看到廚房時想起了掛在公園樹上的青菜，正要回身出門時一個女人迎面飛撞過來。屋裡厚重的窗簾全關著，有點兒灰暗，在李嫂的視力恢復正常之前她感覺到手背撞在了一個女人嫩滑的屁股上，然後她就聽到女人的尖叫和喘息聲，接著她看見一個除了一件紅色文胸之外啥都沒穿的女人越過她的右側向客廳跑去。

憤怒與羞辱直往李嫂頭上衝去，她突然覺得站立不穩，「不要臉的，你……」，她剛叫出半句，一隻精緻的白色女涼鞋飛了過來打中了她的額頭，然後是很多隻很多隻的女人涼鞋，有白色、金色、銀色，越飛越快，像雨點、像星星，李嫂覺得站立不穩，她試著伸手去扶牆但扶空了，她摔了下去。

李嫂醒來時發現自已躺在地上，她看見小兒子坐在她臂彎裡手裡拿著一個奶瓶，屋裡靜悄悄地除了兒子吸吮空奶瓶的「嘖嘖」之聲別無雜音。她有點兒奇怪自己怎麼會躺在地上，她坐起來理了理頭髮，有點糊塗。

李嫂極力回想起剛回來時的情景，一件鮮紅的文胸和白嫩的圓屁股突然跳進她的腦海，她怒火上湧，直衝胸膛，她朝臥室大叫著：「李洪濤，你這個沒良心的！怎麼可以幹這種事？！」

她邊罵邊站了起來，還未站直她覺得一陣頭暈眼花，腿下一軟她坐回了地上。她稍作休息，雙手揉了揉額角這才慢慢地站起來。她走進主臥室，發現房裡空空；她低下頭去看床底，發現裡面並沒有人。她挨個打開了衣櫃的門，可是裡面除了衣服什麼也沒有。她打開孩子的睡房，把剛才的動作重複了一遍，也一無所獲。她看了看租客的睡房，房門緊閉。租客星期三要上班，他早上出去要到晚上九點多才回來。但她還是推了一下，沒推開，房門鎖了。

李嫂沮喪地走了出來，無力地坐在飯桌邊上，回想起剛進屋時見到的一幕，她簡直要被氣瘋了。

小說裡總會描寫被氣瘋的人會做些無用的蠢事，比如嗷嗷大叫、摔盆砸碗、踢門撞牆……總之是一切可以發洩憤怒的越有破壞性的行為他們寫得越起勁。但是現實中的李嫂什麼也沒有做，她被氣得一塌糊塗，腦子像卡了帶一樣無法正常思考運作，哪裡想得到那麼多點子來做？即使想得到她也沒有辦法去做啊！因為瘋狂嚎叫會嚇壞兒子，鍋碗瓢盆摔壞了要錢買，房子弄壞了可能會被房東趕走還得花錢賠償。當然了她沒有看客圍觀、無法激起她的表演欲而且還找不到發洩的對象，我也就沒有必要在這裡毫不負責地給讀者虛構幾段來表示她的憤怒和怨恨。

李嫂的表現沒有一點兒戲劇性，她像個入定的尼姑靜靜地坐在飯廳的一角，喃喃地重複著一個簡單的句子：「他怎麼可以這樣？他怎麼可以這樣？」，聲音小得連她自己都聽不見，兩行清淚無聲地沿著她臘黃但依然平滑的臉頰往下流淌。

直到廚房裡有了響動，看到兒子拿著空奶瓶在冰箱旁邊轉悠，李嫂才反應過來兒子餓了，腦子接著慢慢地恢復了功能。她站起來給兒子倒了一瓶鮮奶把兒子抱在懷裡，兒子拿著奶瓶靠在媽媽身邊安靜了下來。

李嫂抬起頭越過廚房平視著通往臥室的走廊，心裡又亂了：丈夫這是怎麼了？他怎麼可以把別的女人帶回家來？來澳洲才兩年不到啊！上班也沒幾個月，掙了那麼幾個小錢就這樣子了？真有錢了還不知道怎麼樣了呢！那個女人是誰？妓女？我暈倒時他都不管，看來不會是妓女了，一定是他的相好了，有了相好才會對我那麼絕情，恨不得我死了算了。他肯定是聽到兒子的吵鬧知道我回來了才讓那個女人逃跑的。那麼，涼鞋就是他扔出來的了！他是扔出來打我的嗎？為什麼要用鞋子來打我？想打暈我免得我撞見事情敗露？還是想打死我他就可以跟相好的女人過了？他是想要我死，真狠心啊！我們同甘共苦十多年，我還給他生了三個孩子……

李嫂頭腦紛亂地想著，越想越傷心，心窩深處竟隱隱作痛，痛得她都快要喘不過氣來了，她覺得有點支持不住了，想找個東西來支撐，於是無意識地抱著兒子的手越來越緊，直到兒子被她抱得疼痛難忍「哇」地一聲大哭起來她才清醒了些，她淚流滿面地看著兒子，突然記起接孩子的事情來，她邊抹眼淚邊站了起來，她拿起鑰匙、把兒子抱到嬰兒推車裡，推起兒子去接孩子了。

李嫂到了學校門前，發現學校的人都走光了。她不見孩子，便繼續往裡走。進到學校，遠遠看見兒子和女兒正在小娛樂園裡玩吊環，娛樂園的不遠處站著學校的女校長。偌大的校園靜悄悄的就剩下她的兩個孩子和校長了。

「咕咯咯」響的嬰兒推車驚動了女校長，她笑著跟孩子說：「蕾蕾，媽媽來了，你們可以回家了」。蕾蕾懂事地招呼弟弟下來，搖著小手向校長說了「再見」便拉著弟弟的手走了出來。

李嫂看著一雙相親相愛卻稚嫩幼小的子女，心裡一酸：可憐的孩子啊，媽媽差點就給你那狠心的爸爸害死了，你們差點就成了孤兒了。爸爸跟別的女人好了，不要我們了。忍不住又傷心落淚。如果媽媽死了，誰照顧你們啊！？她這麼想著心肺功能似乎強壯了起來。他想我死，我偏不死！還要活得好好的，把我的兒女帶大。李嫂想著雙手慢慢握成了拳頭，死死地抓住了手推車的車把，她抹乾了淚水，雙眼視線跟著孩子慢慢前收。

李嫂的兒子看到媽媽和弟弟，很是興奮，甩開姐姐的手就跑了過來：「媽媽、媽媽」，李嫂習慣性地蹲了下來，兒子撲在媽媽的懷裡又親又叫的，李嫂抱著少不更事的兒子鼻子一酸眼淚就要掉下來。蕾蕾早就注意到媽媽今天反常的舉止，平日媽媽一看見她與弟弟大老遠地就會張開嘴笑，媽媽那好看的笑容讓人看了心裡便踏實無比。可是今日媽媽不僅遲到，而且笑容也不見了，相反地，她一臉的倦容和愁苦。

「媽媽，你生病了嗎？」蕾蕾擔心地問。李嫂點了點頭。

「媽媽哪裡痛？」女兒心疼地看著媽媽，李嫂用手指了指胸口。

女兒剛剛學了一些人體常識，覺得媽媽指的地方好像是心臟部位，於是仰著小臉問：「媽媽是心痛嗎？」李嫂實在忍不住了，淚水像斷線的珠子一串串地就往下流。她點了點頭，強忍著沒有哭出聲來。

「媽媽，我們去看醫生吧。」蕾蕾看著媽媽，眼睛紅了起來，她疼愛地抱著李嫂說：「媽媽，人的心臟最重要了，心臟生病人會死的，我不想媽媽的心臟生病，我不想媽媽死」。以蕾蕾的年紀，她知道生與死的概念，但未必真正明白生與死對她的生活意味著什麼。而對於李嫂，一個「死」字卻道出了萬般滋味，她把一對孩子抱在懷裡抽泣著說：「沒事的，媽媽的乖女兒乖兒子，媽媽不會死的。」說罷，再也忍不住了，雙眼就像雨天的屋簷，淚水滔滔而下。

李嫂痛快淋漓地流完了眼淚，抹了下眼睛和臉額，吸了幾下鼻子，她覺得氣順了很多心裡也輕鬆了一些，彷彿她的憤怒、委屈和怨恨都跟著眼淚流走了一樣，她輕輕拍拍孩子站了起來，領著孩子慢慢地回家。

李嫂回到家照常地洗刷煮食。

李洪濤照常的六點鐘回到家，像什麼事都沒有發生過一樣。他照常地一回家就直接去洗澡換衣，用香皂把一身的肉腥味洗去才出到正廳裡跟孩子們玩，直到李嫂把飯菜做好端上餐桌他才一左一右拉著大小兩個兒子過來並招呼著蕾蕾洗手吃飯。今日李嫂照常做了兩個菜：水菇炒青菜和紅蘿蔔燜排骨。排骨燉了大半鍋，她連鍋端到了桌上，準備一頓吃不完下頓煮熱了再吃。

往日的這個時候是李家最熱鬧的時候，別的時間一家人各忙各的也就吃晚飯時候最齊。五歲的大兒子個子矮小，但他喜歡自己夾菜，他蹲在椅子上吃幾口就會站起來夾菜，小兒子喜歡挨著一日不見了的爸爸坐下，看到哥哥夾什麼他也會跟著吵著要吃一樣的，而蕾蕾和李嫂總有說不完的話。可是今日李嫂挨著女兒坐下後便一言不發、慢條斯理地吃著她的米飯，連眼皮都沒有抬起來看丈夫一眼，而蕾蕾似乎也失去了往日的談興。

李洪濤起初沒有留意到這些變化，直到小兒子鬧著爬上飯桌用手去抓鍋裡的紅蘿蔔時，李嫂把小兒子從桌子上粗魯地趕下桌去，還說了句莫名其妙的話：「碗裡的與鍋裡的不是一樣的嗎？幹嘛偏偏要吃著碗裡的又看著鍋裡的？」她說得很不耐煩，說到後半句話時，聲音裡已經摻雜著怨恨，而且眼睛誰也不看，很明顯不是針對兒子說的，她只是借題發揮。

家裡也沒有別人，孩子又小，她這不明顯在說我嗎？李洪濤有點兒不高興了，他說：「你這是幹什麼嘛？說誰呢？」

「沒說誰！」李嫂沒好氣地說。

「怎麼了你？」

「我這不還活著嗎？我能怎麼了？」李嫂頭也不抬地說。李洪濤碰了一鼻子灰，心裡有點堵。但看到老婆一臉的愁苦，他又覺得不該跟她計較了，轉而問孩子們：「是不是你們誰調皮搗蛋、惹媽媽不高興了？」

「我沒有」，大兒子搖了搖頭，小兒子也跟著哥哥把頭搖得更急促。

「媽媽生病了。」蕾蕾可憐兮兮地說。

「生病了？」李洪濤有點兒意外，她早上不是好好的嗎？

「對，媽媽的心疼。」蕾蕾說，「很疼，疼得媽媽都哭了」。蕾蕾想起媽媽淚流滿面的樣子，她感同身受，忍不住把手放在自己胸口上護住。

「你心臟不舒服？」李洪濤心裡也很緊張。

「你當然恨不得我得心臟病了。心臟病死得快嘛。可是我的心臟好得很呢！」李嫂說。

「你說什麼呢？」李洪濤不滿地嘟噥。

「別再假惺惺了，我說什麼你最清楚！」李嫂把碗一推，她不想再跟他坐在　起吃飯，站起來想走。

「鬼才知道你說什麼！神經病！」李洪濤真生氣了，他咆哮一聲「啪」地把碗筷往桌上重重地一放也站了起來，嚇得孩子們面面相噓。他說完轉身就走，在李嫂離開飯桌之前已經跨出了飯廳。

李嫂本來以為丈夫做了虧心事，自己有理由發脾氣，沒想到丈夫竟是這麼一個理直氣壯的態度，對自己還這麼凶，她越想越寒心，飯也吃不下去了。

晚上李嫂抱了枕頭離開主臥室到孩子的睡房跟蕾蕾擠在一起睡。可是蕾蕾那個九十公分的單人床實在太小，李嫂心裡又有事哪裡睡得安穩？第二天，李嫂讓大兒子去找爸爸睡覺，她睡在了兒子的小床上。夫妻開始了曠日遲久的分房冷戰。那段時間李嫂很少言語，李洪濤脾氣很差，動不動就斥責孩子。

我自從在餐館工作之後就很少在家吃晚飯了。李洪濤夫妻在這點上倒是比較公平，他們說，你一周沒幾餐在家裡吃，我們早餐吃得又簡單，你就別交那麼多伙食費了，一週二十元就足夠了。我後來一周上六天班，在家吃晚飯的時間就更少了。早上我起來時他們要麼匆匆忙忙地在吃早餐或準備出門，晚上我回來時李嫂和孩子們往往已經睡了，只剩下李洪濤一個人在廳裡看電視，所以他們夫妻之間的冷戰開始幾天我渾然不覺，後來知道了但自顧不暇，也就懶得過問。

昨天上午李嫂送孩子上學之後回來正好撞見上次來過的那個女人，她本來以為可以「捉姦在床」的，可是發現丈夫並沒有在家等著與女人幽會，而那個女人卻往住客阿星的臥室走去。

「你是怎麼進來的？」李嫂質問那個女人。

「我不是自己進來的。」

「那誰帶你進來的？」李嫂追問。

「他」那個女人指了指住客的床。

「你是說阿星嗎？」

那個女人點了點頭。

「他帶你來幹什麼？」。

那個女子看到李嫂臉上厭惡的表情，意識到李嫂把她當成做皮肉交易的妓女了。連忙解釋說：「我和他認識，一塊兒從越南坐船出來的。」李嫂聽到這裡突然放下心來，笑意從內心浮到了臉上，她半自言自語地說：「我還以為你是來找李洪濤的。」

「李洪濤是誰？是你嗎？」那個女子一臉迷茫。

「李洪濤是男的，我老公。」李嫂明白自己冤枉了丈夫，她的聲調裡竟有了幾份自豪，說完情不自禁地裂嘴一笑。她真的高興得有點不能自己了，興沖沖地走過去想拉那個女子的手，但她拘謹地把手藏了起來。

「現在想想，你大哥大嫂還真的很不錯啊！不單把我們全家擔保過來，還供我們吃住。」李嫂真心實意地對李洪濤說。

「是呀，我們其實很幸運了。你想想，像蔚安，多不容易！一個弱女子，又帶著那麼小的孩子。想留下來，除了嫁人還能怎樣？」李洪濤說，他說得很大聲，明顯是說給我聽的。

「誰說不是呢！蔚安沒有像小凡的那個朋友一樣去做妓女已經很好了。」

原來蔚安來澳洲時拿的是探親簽證，簽證期限只有三個月。為了能夠長期留在悉尼，她叔叔一直在幫她物色對象，後來碰上了小鬍子，小鬍子很喜歡她而且對她的孩子也特別好，她便跟小鬍子快速結了婚留了下來。

小鬍子和他的前妻也是坐難民船過來的。他們有一個女兒，他的前妻在孩子三歲時過世了。小鬍子一個人帶著女兒過了好多年都沒有再婚，直到見到蔚安。

給蔚安介紹對象時，蔚安的叔叔一直強調蔚安是個未婚的可憐女子，她在難民營還是個孩子時就被人糟蹋了不算，還帶回了一個孽種。小鬍子最能理解這種厄運對女人的傷害，他偷渡時他們船也有女孩被海盜強姦而懷孕的。作為男人他們沒有能力保護與自己同船的落難女同胞，上岸以後，男人們自覺地把船上受過海盜糟蹋的女子都娶去了，小鬍子的前妻就是在偷渡船上被糟蹋的女子之一。

小鬍子很同情蔚安的遭遇，他說他不介意蔚安的過去，孩子是無辜的，他會好好地對待他。他的條件只有兩個，第一，蔚安要好好地對待他的女兒，第二，蔚安要真心想與他過口子而不是把結婚作為跳板拿了身份便跟他掰了。

現在蔚安其實並沒有拿到澳洲永久居留的身份。她與小鬍子登記結婚後小鬍子以擔保人和家屬的身份向移民局遞交了家庭團聚的申請要求把蔚安留下。移民局給了蔚安一個兩年的臨時居留簽證讓她暫時合法地留在澳大利亞。她兩年之後能不能拿到身份完全取決於移民局對她婚姻真實程度的評估結果和小鬍子想不想把她留下來。如果小鬍子願意讓她留下來，他就會向移民局提交申請，如果移民局相信這是一樁真實的婚姻，一般就會給蔚安辦理永久居留的身份。如果移民局認為它是一個為了騙取居留權的假結婚，就會拒絕她的申請，那她臨時簽證到期後便必須離開澳大利亞。

原來如此！「可是，她為什麼不早點兒把實情告訴我？」我心裡很不是滋味。

「她說她是準備告訴你的，但是你沒有給她解釋的機會。」李嫂說。

我回憶起上次見面的過程，不好意思地低下了頭。

那天我剛到餐館蔚安就來了，蔚安是個愛打扮的女人，在難民營時有事沒事就把嘴巴塗得紅亮亮的。前些日子她去看醫生、來我們餐館吃飯時也化了妝，身上穿著薄而柔軟的無袖上衣，露出兩節豐嫩的手臂。可是那天她來找我時，她穿得保守而不起眼，跟廚房洗碗的大嫂差不多。臉上也滴粉未施，乾淨的素面顯得有點兒蒼百，嘴唇還是粉紅的，只是不夠擦了口紅時豐滿水潤。

我已經失去一次機會，我寧願丟了工作也不要再丟了老婆，所以我毫不猶豫地衝進廚房對老闆說我要請假一天。他抬頭看了看我，又從櫥窗裡向外瞄了蔚安一眼，笑了笑點了點頭。

「兒子呢？你怎麼不帶他一起來？」想起兒子，我心裡溫暖而心痛，那麼久不見了不知道他長成什麼樣子，會不會跟爸爸生疏了？

「上學了。」蔚安平淡地說。

「才幾歲，上什麼學？我們去把他接出來好好玩一天。」我想起這個主意，自己先激動起來。

「我們住得很遠的，改天吧。」蔚安說，並沒有被我的情緒感染。

「沒事的，我跟你一塊兒坐車去接。」我熱情洋溢地說。

「都說他上學去了，不看。」蔚安竟然強硬起來，這讓我十分意外。

「我們都一年沒見面了，那麼屁點的孩子上學就那麼重要嗎？」我提高了嗓門。

「見一面你又不長肉，有什麼好見的。」蔚安嘟噥著。

「嘿！你這人怎麼變得這樣沒有人性的？我做爸爸的見下兒子都不讓？」我不高興了。

蔚安的言行讓我覺得不可理喻。我與她生活了六年，儘管平時她愛拿主意做決定，小事兒我也懶得去理去想也就順了她；但自從我們同居後，家裡的大事兒都是我拿主意的，在家裡我是個說一不二的人，我認為這是男人在家裡最起碼的權威。我不做決定也罷，只要我做了蔚安就不會反對，當然啦，反對也沒有用。

可是她今天怎麼了？她沒有帶兒子出來見我已經大大的不對，我沒對她發火也就罷了。現在讓她去把兒子接出來玩玩，與一年不見的爸爸團聚，她竟然會不同意！她看到我不高興也不再說話，低著頭走著，故意與我拉開距離。這人心哪，怎麼說變就變，我們本來應該高高興興、親親密密的啊！我心裡覺得彆扭，本來想帶她到越南阜最大的茶樓去飲茶的，這會兒已興趣全無，想想兩個人面上陰陰沉沉、各懷鬼胎地坐在人山人海、熱熱鬧鬧的茶樓，太奇怪了。

我要找個避靜的地方把事情弄個明白，於是我把蔚安帶回了我的住處。回到家時發現李嫂不在家，我突然忘了與蔚安生氣，關了門轉過身就抱住了她。

蔚安的反應讓我覺得很生疏，她沒有像以前一樣把手圈在我的腰間，也沒有把身子輕輕擠在我的胸前，她有點生硬地站著，不對我投懷送抱卻也沒有要擺脫我的意思。

我心裡覺著有些異樣，但也管不了那麼多了，我已經一年沒有碰過老婆也沒有碰過任何女人了。接觸到她柔軟的皮膚便急不可待，我三下兩下就解開了她的衣服，我把她抱到床上，身子向下壓去。

「不」，她突然把身子側到一邊，雙腿往上縮去，把身體弓成一個大蝦狀。

不什麼？女人到了澳洲就變怪了就不再是女人了？就不用盡女人的本分了？誰管你那麼多，老公睡老婆天經地義！難道你就不想我？才分開一年就生分了，連跟老公親熱親熱都忘了？我偏要上來，等我把你搞得渾身舒服時就怕叫你不做都不行呢。我有點惡作劇地把她的身子掰過來，正要往裡衝刺時，蔚安用手護著肚子，「你不要這樣，我是個孕婦啊。」她閉上眼睛小聲地哀求。

「什麼？」我如五雷轟頂！我瞪著她的腰，她的腰身確實粗了不少。

「哪兒來的野種？！」我對自己本來要做的事已經毫無興趣，站了起來一屁股坐在了床頭，憤怒地瞪著她掉在床腳的內褲。

「我結婚了，我的意思是我跟別人結婚了。」蔚安邊說邊坐了起來，她停了停咽了下口水，有點兒怯生生地繼續說：「我本來應該早點兒告訴你的，但我不敢，我怕你發脾氣、怕你傷心，也不知道這樣的事怎麼樣向你解釋。」

「解釋個鳥！你愛嫁誰就嫁誰！想嫁多少次就嫁多少次！賤貨！傷心？我犯得著嗎？」

我覺得我的頭要炸了，我不想再聽她的解釋。我狠狠地連抽了她三個嘴巴，把她的裙子扔到她的臉上，又從桌上拿起她的手提包往她身上砸：「砸死你，婊子！不要臉的女人！」她側了一下身子，露出又圓又白的肚皮，手提包狠狠地砸在了門上。我更氣了，拿起了檯燈對準她肚子裡的野種就砸：

「婊子！」，誰知電線拉住了檯燈，檯燈飛到半路掉落到地上，碎了。我罵著：「滾，滾，你她媽的給我滾，滾得遠遠的。要讓我再見著，非掐死你不可！」她抓著裙子和內褲、打開房門逃了出去。我抓起她那對淫蕩的高跟涼鞋一隻接一隻地往外追砸。我扔完鞋子接著把她的手提包也一塊扔了出去，扔完她的東西我「碰」地關上了自己的睡房門，把自己的頭埋到枕頭底下無聲地哭了起來。

我當時只顧發洩我的憤怒和絕望，沒有留意李嫂回來了，也不知道她被我扔出去的鞋子打暈這回事。

「阿星，其實你能留下來，應該感謝蔚安的。」

「李嫂，你別提這個，一提我就生氣。她離開珈琅島時是說過到了悉尼就擔保我過來。可是她有嗎？」

「阿星，你這樣說就有點兒不講道理了。剛剛不是才說過？她都自身難保，怎麼擔保你啊？！」李洪濤批評我說。

「那她也不應該一去就杳無音訊，我給她寫信她也不給我回，害得我天天為她提心吊膽的。那也罷了，我九死一生偷渡來澳洲找她，她竟然不理我！」我說起這事就來氣，忍不住就站了起來。

「她怎麼不理你了？她不是把你從拘留中心弄出來了嗎？」

「我出來是瑪麗律師幫打的官司！跟她有什麼關係？」

「啊？跟她沒有關係？！瑪麗是誰？你認識她嗎？來澳洲的偷渡船每年那麼多，她為什麼就偏幫你打？是因為她無所事事？還是因為你有錢有勢？不要忘了，她給你們打官司是無償的！」李洪濤一連串的提問讓我啞口無言。

「阿星，其實幫你們打官司的那個洋律師是蔚安的弟媳婦，你知道嗎？」李嫂平靜地說。

原來如此！我重新坐了下來。李嫂慢條斯理地把這件事的來龍去脈告訴了我。

蔚安從越南社區報上知道我偷渡來澳後，十分焦慮。但是為了自己和孩子的身份和對小鬍子的承諾，她不能到難民營去認前夫，相認之後她不單救不出我反而把自己也賠了進去，因為無能為力她感到絕望之極。

最後她想到了做移民律師的瑪麗，瑪麗的丈夫是小鬍子的弟弟。儘管她和瑪麗是妯娌關係，但因為語言不通，她們的關係其實很淡，但是蔚安還是決定找她試一試。

為了能把事情談透，蔚安瞞著小鬍子花錢請了一個翻譯去見瑪麗。她當時己經作了最壞的打算：如果瑪麗肯接我們的案件，她會付她律師費，哪怕再貴，貴到上千元她也會慢慢還她。可是，當瑪麗告訴她這不是千元的案件，就是萬元、十萬元也未必能贏時，蔚安當場就哭了。蔚安後來又去找過幾次瑪麗，把很多逃難的細節都講了出來，又說了很多我在難民營如何照顧她及孩子的故事。可是她把我是他男人的事情隱瞞了，只說我像「親哥哥」一樣照顧她。她每次都把眼睛哭得又紅又腫，把瑪麗的心都哭軟了哭碎了。瑪麗終於決定挺身出來救我們。

我們全船的人都認識瑪麗，都知道是她救了我們，對她感恩戴德的，卻沒有人知道第一個真正想救我們的是一個他們從未謀面的越南女子蔚安。如果沒有蔚安的出手相助，便不會有瑪麗的出現，就不會有我的今天。

我在房裡又躺了一天，回憶這一年來發生的事情，還是無法接受蔚安己經是他人之婦的事實。對於我們的兒子是蔚安被人糟蹋後帶回來的孽種的說法，我更覺得荒謬無比，那一定是蔚安的叔叔胡編出來瞞天過海、博人同情的。我一定要找蔚安把兒子要回來！

第三日我回去上班了。

老闆娘問我：「病好了？」我點了點頭。「看你無精打彩的樣子，如果還沒有好你就多休息兩天。」老闆娘說。

老闆娘心地還算善良，只是生意太忙，有時說話衝了點兒不太顧及別人的感受。她對我也不算太差，但很少跟我講話，我心裡有點兒怕她。這兒要找個勤懇能幹的人不容易，所以老闆最怕的是員工突然請假，尤其是在忙碌的週末。

「我還可以，下午不忙時我回去休息一下也行」。我是有點兒頭重腳輕的，但我真害怕一個人死寂寂地睡在屋裡。

我一直覺得蔚安是個心計很重的女子，我還以為心計重的女人都是膽識過人、處險不驚的。可是李嫂後來告訴我，那天蔚安從我的房子裡逃出去後，十分害怕，身子一直抖個不停，回去就病倒了，八成是嚇的。

蔚安後來要去產檢時才發現醫療卡不見了。她回想起上次她去看醫生時還在，在那之後她來找過我，我把她打出門去後又把她的包包和鞋子到處亂扔，她的東西從包裡倒了出來，她估計醫療卡可能拉在我們房子了，又不敢跟小鬍子說，就自己跑出來尋找，正巧碰到李嫂在家。

李嫂把蔚安帶到客廳裡，蔚安不敢落座，她急急地環視了房子一周才敢坐下，可是剛坐下她又站起來轉身就要走。

李嫂拉住她的手提袋說：「出了什麼事?你得跟我說清楚再走。」當時李嫂的第一個念頭就是作為房客的我把妓女叫到家裡來，而且還跟妓女發生了糾紛。如果真是這樣，她會把我趕走。

蔚安眼淚一下流了出來，說：「大姐，我不是做皮肉生意的，阿星是我以前的男人，但是我現在有了別人了。我不能待在這棟房子裡，他回來碰見了會殺了我的。」她說時雙唇發紫、牙齒抖得咯咯作響。

李嫂只好鎖了門把她帶到後街的公園，坐在公園的木條凳子上，蔚安的眼睛四處飄飛，講一句又停一下，精神無法集中，生怕我操著傢夥自天而降。最後李嫂只好把她帶到更遠的一個公園裡。

「他那麼可怕呀，我得小心點兒。」李嫂也是個女人，還帶著三個年幼的孩子，想著家裡住著一個可怕的單身男人，心裡也有點兒擔心。

「他脾氣不好，但他不是個壞人，他不會像對我那樣對你的，我保證他不會傷害你們的。他現在是被我氣糊塗了。」蔚安擔心李嫂把我趕走，還是替我作了辯解和無力的擔保。

事情過去好久了，我平靜了下來，也能面對蔚安再婚的現實了。她一個人帶著個年幼的孩子，找人結婚是她唯一的出路。要不簽證到期她要麼回越南，要麼回印尼的難民營去。可是為了離開越南，她們家的人都已經葬身大海，她回到越南也是孤兒寡母、一無所有。難民營只是她通往澳大利亞或其它西方自由發達國家的驛站，她前後折騰了近十年，終於到達目的地了，她怎麼可能再回到那裡去？她再婚時也沒有想到我也能來澳大利亞。現在我來了她不能與我相認，但她已盡了她的一切能力去幫我而且還真的把我和同船難友救了出來。是她給了我重生的機會，我要感謝她感激她才是。

她為什麼要救我呢？是希望我能出來與她破鏡重圓了？我們在一起生活六年了，而她與小鬍子才生活了一年，那感情怎麼可以與我們相提並論？對，我應該說服她與小鬍子離婚，回到我的身邊來。

我打電話約蔚安出來，想當面試探一下她的想法，順便把孩子的事情弄清楚，可她不肯來。我費了很多口舌，她後來終於答應了，卻又說要帶著她丈夫小鬍子、小叔子還有瑪麗一塊兒來。我不明白，讓李嫂打電話找她談，蔚安說，她害怕，怕萬一我發起脾氣來要殺她，她現在肚子大了跑不動。

我十分震驚，我沒有想到蔚安那麼怕我。我真的像殺人犯嗎？我對著鏡子自問。我想起船上那個奄奄一息的弱小女人，我不單沒有救她，還乘人之危偷走了她的金子，我又想起更遙遠的大河蝦，她趴在我腳背一起一伏幫我吸蛇毒的背影、她撞在苦楝樹上一臉血污而我卻拋她而去：我知道我不是個什麼好人，但我也不算是惡人吧？至少我沒有殺人啊！轉而我又想起上次在大街上推著超市的購物車撞蔚安的肚子、在我的房裡用檯燈砸她的事。我想我大概把她嚇壞了。我不再堅持約她出來了，我決定在電話裡與她好好談談。

「我明天就去租房子，你搬出來跟我一起過，帶上咱們的兒子。」我說。

「不行，我跟他正式結婚了，到政府去登記過的。」

「你跟他離婚吧。」

「我不能離，我要住夠兩年才能拿到身份，現在離了就拿不到了。」她毫不猶豫地說。

「我現在不也有身份了嗎？你離了回來就是我老婆。我一樣可以給你辦身份的。」

她在那頭不出聲了，過了很久才遲遲疑疑地說：「我覺得不太好。我跟你在伽琅島都沒有登記的，怎麼證明我們是夫妻關係？」

「是沒有登記，那我也可以跟你去這裡的政府重新登記結婚呀！」

「我都已經結了，怎麼可以再跟你結？」

「怎麼不能！你那邊離了這邊就跟我結不也一樣？說來說去你就是不想跟我過！你貪他什麼？半老頭子一個，不就是貪他有間破房有部破車嗎？」我開始生氣。

「不是的！」她激動地在那頭吼了一句。

「你就是！不是你為什麼不肯離開他？」

「他對我好，他疼我。」

「我對你不好嗎？我不疼你嗎？我在大風大浪裡給你抓蝦摸蟹，冒著被亂槍射死的風險掙錢養你，我連命都不顧了到澳大利亞來找你。我還不夠好？」

「他尊重我。」

「他怎麼尊重你法？他讓你管錢了嗎？他讓你當家了嗎？我可是每一個子兒都給了你。你回想一下，整個難民營有誰能像你那樣穿金帶銀？我把你當女王來捧著養，還不夠尊重你？」

「不跟你說了，說不清。總之，我不想跟他離，我想跟他過下去。況且我還有了他的孩子。」

「我們也有孩子呀。」

「我跟你沒有孩子，豹兒跟你沒有關係。」她肯定地說。

「操你媽的蛋！良心真是被狗吃了，竟敢睜眼說瞎話！全難民營誰不知道豹兒是我的大胖兒子？」我覺得怒火直往心口竄，怎麼壓也壓不住。我拍的一下狠狠地把話筒扣上了。對於這種絕情女人，沒什麼好說，等我打探好她的住址，趁小鬍子不在家時把她打個半殘再把兒子搶出來就是。

兒子不是我的種

我覺得自己真是個徹頭徹尾的失敗者，老婆跟人跑了不算連孩子也沒有了。我心情沮喪地踱到後院裡。李嫂正在後院晾衣服。在我與蔚安關係緊張的那段日子，李嫂曾經是我們溝通的中間人。她與蔚安通過多次電話，好像她們還挺談得來的。

「人往高處走，水往低處流。我窮光蛋一個，又不懂英文，她看不上我不要跟我過也就罷了，幹嘛一定要把我兒子也說成不是我的？難道這樣就可以圓了她是未婚女子的彌天大謊嗎？我們沒有那一紙證書就不是兩公婆了嗎？天知地知她知我知，全難民營的人也都知道，我吳星是她蔚安的老公，她蔚安是我吳星的老婆！難民營裡多少人不也是搬一起住就算是結婚了？誰在乎什麼結婚證書？」

「阿星，她說那個孩子不是你的可能會有她的道理。」李嫂平靜地說。

「有什麼道理？難民營就那麼一小塊地方，我們白天在一起晚上也在一起，如果她真跟別人有一腿，早就傳遍整個難民營了。」

「那倒是的，但有沒有別的可能呢？她告訴過我她被印尼大兵綁架了一個星期。」

「那怎麼可能？我與她過了幾年都沒有懷上，怎麼人家搶走一周就那麼巧？」我說完這話時突然意識到一件可怕的事情：難道我播的種子不發芽？我與大河蝦也生活了兩年，她的肚子好像也毫無變化。而蔚安與小鬍子一年不到就搞大了肚子，不可能吧？難道蔚安就是因為我沒有生育能力才不願意回來跟我過的？

我得找她問清楚！我折回房子再次撥通了蔚安的電話。

「你說兒子不是我的種？」問這話時我底氣都有點不足了。

「對，他不是你的骨血。但是我在伽琅島上也沒有做過對不起你的事。」她趕忙表白。

「是那群印尼畜生幹的？」

電話那頭沒有回答，算是默認了。

「可是，我們在一起那麼多年了，你為什麼，為什麼就沒有懷上我的孩子呢？你是不是說，我生不了孩子？」我緊張得說話都結巴了，心裡對蔚安生出幾分歉意，口氣也就帶了些低聲下氣的味道。那會兒，對我而言，不能生育似乎與不能做愛等同起來，覺得自己都不是個男人，還有什麼資格責備她？

「不是的。不關你的事。」她說。

「啊？不關我的事？」她不怪我？我重複著，竟生出一份感激之情。

「我不敢要孩子，我們生活在那種地方怎麼可以要孩子？」

「那又是為什麼？」我有點兒半信半疑，不知道這生不出孩子來怎麼變成了她的事了。

蔚安講起了我們離開越南前夕的事。

蔚安十一歲時就跟著王老先生了，她把王老當成自己的親人來依靠和信賴，王老也把她當作親侄女來疼愛。王老臨終前把蔚安交給我要我帶她一起離開越南。在此之前他曾經與蔚安長談過一次，他說：

「孩子，你生不逢時，大伯老了，不能照顧你一輩子，往後的日子你一切都要靠自己了。你將來可能會遇到很多劫難，你是個聰明的孩子，要學會審時度勢，尋求逢凶化吉的法子。如果有機會，要牢牢抓緊，千萬不可錯過。有時劫難也可能變成機遇。你是個女孩子，等你長大成人，你會碰到一些追求你的男人，如果你不能確定他是你的終身依靠，不要與他生孩子。有了孩子你就會被牢牢困住，再有機會也不容易把握了。」王老說完喘了口氣，叫蔚安拿來紙筆，在紙上又寫又畫地教蔚安關於女人月經與排卵的關係，告訴蔚安關於安全期與容易受孕期的計算方法。雖然那時蔚安還是個尚未發育的小女孩，連月經是什麼她都不知道，但是她牢牢地記住了王老的話，並把它當作了她生活的指南。

我想起蔚安與我生活在一起的時候，除了月經期外，她每個月還會有十天半月鬧肚子痛不舒服不願意與我親近。我曾經勸她去看醫生，她不肯去，說看不好，因為是遺傳的，她外婆她媽媽都有這個毛病。她被印尼大兵綁架時就是她「肚子不舒服」的日子，她睡到床的另一頭離我遠遠的不讓我碰，故此印尼大兵把她的嘴巴塞起來我都不知道。

原來是這樣！她本來就沒有想過要與我過一輩子呀！我只是她在劫難中的一個機會而已！？

「你不喜歡我為什麼又不說？」

「我沒有不喜歡你。但我那時還小，我還不知道我想要什麼樣子的生活，想要找什麼樣的人過日子。」

「你現在知道了？」

「是的。」

「什麼樣的日子？」

「沒有人對我發脾氣，沒有人打我罵我。我不用擔驚受怕，不用擔心做錯事、說錯話。家裡總是乾乾淨淨，家人總是和和氣氣。老公真正把我當作他的愛人來關心來愛護，而不是他的出氣筒。我現在的老公就是這樣。他疼我、關心我、處處幫著我。我在廚房裡做菜他就幫我洗菜、拿盤子，我在花園裡種菜忘了帶帽子，才一轉身想回去拿他就已經把帽子送到了跟前……」蔚安喋喋不休地跟我說著小鬍子的好，她說得那麼流暢美好，讓我覺得她已經打過幾十遍腹稿了。

我放下電話，眼前閃過蔚安的影子，她抱著兒子、一臉惶恐地站在難民營小木屋的一角，她的臉是那麼的年輕和稚嫩，她雖然做了母親，其實還是個孩子。而我已是接近而立之年的中年男人了，可是我怎麼就從來沒有想到她還是個孩子，她會因為我的壞脾氣而害怕和受傷呢？

我回憶著我們在難民營的日子。我不得不承認，確實如蔚安所說，我和她在難民營裡常常因為芝麻小事爭吵不休，我經常對她發脾氣，還曾經打過她好幾次。

有一次我拿著皮帶追著她在難民營裡繞了好幾圈，弄得滿街的人追著看熱鬧。她當晚就跑回以前的舊房子跟大夥兒住了，並揚言不要再回到我們的小茅屋去。我有些後悔，決定放下男人的自尊去請她回家。其實我也沒有真打痛她，但她是個愛面子的人，她覺得在外人面前丟盡了顏面，我好說歹說她就是不肯跟我回去。我更覺丟人，心頭火起，硬是把她拖了出來扛在肩上就走，又引來一陣勸解和圍觀。我很快就把此事忘得一乾二淨，可是她很久之後仍對此耿耿於懷，幾個星期之後我們為此事又吵過一架，她說要與我分手，我更生氣了，心想，我抽你兩下怎麼了？我們小時候村裡那麼多的男人打老婆，不也一直活得好好的、沒見過一個女的鬧離婚的！怎麼就你金貴？你這個無理取鬧的女人，不教訓你你還真不知道這個家誰做主呢！於是我又把她揍了一頓並關在房子裡兩天不讓出門。

真是奇怪，以前我回憶逝去的日子時記起來的總是我們在一起開心的日子，總是我對她的好、她對我的好，可是今天想到的都是不好的。

我感到心裡刺刺的不舒服，彷彿被蔚安的那個老男人奚落了似的。蔚安的話不斷地在我腦子裡重複，我好懊惱：夫妻打架不是常事嗎？我是她男人不能教訓她嗎？不知道那個老男人給她吃了什麼藥一下子搬出這麼多亂七八糟的道理來？

蔚安的話不單斷了我對她回到身邊的念想，而且從精神上徹底地打擊了我。我形單影孤地行走在街上，來來往往的行人如織，我留意到有些男人都人到中年了上街還拉著老婆的手、幫老婆拎菜提包。我還發現，甚至有些男人背著嬰兒，而他們的女人卻空著手啥都不拿、還要理直氣壯地走著。大男人背孩子在我們廣西老家會被笑話的！

第三十三章　影子為伴

天氣一天天地變熱，而人卻隨著年齡的增長變得越來越怕冷，下午沒人時老闆娘把空調關了說餐館裡太涼。

我在廚房裡又熱又悶，洗刷完畢把豬骨頭和老雞放到大鍋裡煲湯後，看看沒事我便出到外面透透氣。當我經過步行街的牌坊時看到一個女子的背影很像蔚安，我偷偷地跟在她後面。

那女子的身上穿著一條粉紫色的連衣裙，裙上點綴著一層層的細碎花兒，花色很像我在伽琅島給蔚安買的那條，那花色蔚安特別喜歡，只是那條是有領子有袖子的。而眼前的這個女子穿的是吊帶的，後背較低，她細長的脖子和粉藕般的手臂全露在陽光下，閃著迷人的光，讓人忍不住生出想捉來摸一下、捏一下、啃一下的念頭。她的裙擺只及大腿的一半，腳上穿著高跟涼鞋，使她漂亮的雙腿看起來更加修長勻稱。她慢慢地走著，肥肥的兩瓣臀就有點兒誇張地隨著細軟的腰肢人幅度地一上一下地搖擺著，彷彿衣裙底下放著的是兩袋水。

女子走到牌坊的另一頭停了下來，背對著我坐在牌坊下面的大理石上。我正要走上前去辯認，一個男人手捧兩個雪糕笑容滿面地向她走了過去。那個男人停在了她前面，他把右手的單色雪糕遞給她，含情脈脈地看著她嘗了兩口，他把單色雪糕接過來，再把左手的黃、白、褐三色雪糕遞給她，看著她開始吃了，他才吃那個被她舔過的單色雪糕。

那個小夥子面容英俊，二十五歲上下，個頭比我還高，上身穿著淡藍色的衫衣，大熱的天還打著領帶。他下身穿著深藍色的西褲，薄薄的褲子前後一條筆直的摺子從褲腰直挺到褲腳，帥氣得像櫥窗裡擺著的男模特。穿得那麼斯文又長得那麼好看，我猜想他一定有一份很體面的好工作。

我突然生出一種憤怒：這個蔚安！前幾天還口口聲聲跟我說找到了夢寐以求的家園，這會兒卻在外面與別的男人這般親密！原來她愛的其實只是一棟好房子、跟裡面住著的那個男人狗屁關係都沒有！可憐的那個老男人與我一樣，都只是蔚安那個賤人的一個機會而已。

可是蔚安怎麼就如此能耐啊！一個才二十歲出頭的女子，也不算見過太多的世面，卻能左手心裡捏著一個有房有車的老男人、右手掌上玩著一個長相和工作一樣體面的年輕帥哥！

我再也看不下去了，我要去揭穿這個女人的真面目！我邁開大步就竄了過去⋯⋯

小夥子本來成九十度站在蔚安左側邊，見我朝他們走去，他可能感覺到了我『來意不善』的氣勢，迅速地轉換了位置，站到蔚安的右側前面把她護住。我正要開口罵人時，那個女子轉了下身體、仰起臉來問小夥子：

「怎麼了，親愛的？」她說的是英文，原來她不是蔚安！只是一個與蔚安長了一樣的背影的越南女孩。

我有點兒尷尬，退了兩步，一隻手舉在額前另一隻手抬起來不斷地揉著眼眼。他們以為我剛剛從較暗的室內出來被炙熱的太陽曬花了眼，看了我一眼，相視一笑繼續吃他們的雪糕。我站了一會兒覺得自己有點兒傻，便慢慢地走了。可是我捨不得走遠，我想像著蔚安也穿著那樣好看的連衣裙和高跟鞋的樣子，便忍不住又走了回去。

那一對年輕人已吃完雪糕，那個帥氣的男人此刻正蹲在女子前面，雙手放在身前擺動著，而女子輕輕地笑著。幹什麼呢？我有點兒好奇地走了過去。原來女子穿高跟鞋累了，男子正捧著她的腳幫她按摩腳底。他單膝跪在水泥地上把筆挺的西褲拉得跟我的勞動褲一般地皺，為了愛護他的女人便顧不得愛護他那條好看的褲子了。換了以前，我會嘲笑他的，可是現在我卻在心裡暗暗地羨慕他。

我聯想起蔚安幫我按摩的事，心裡就生出一種酸楚的心痛：蔚安現在是不是也經常幫那個老男人揉捏？可能不是這樣啊！是反過來：那個老男人揉捏蔚安，把她揉得舒舒服服的所以就不再想走了。我怎麼就不懂得幫她揉揉而只要求她替我捏捏呢？

我開始心生愧疚。

「我不要再過被人隨意打罵的日子了。我是人，而不是別人的出氣筒！」蔚安的話像釘子一樣釘在我的腦子裡，揮之不去，越紮越深。在相當長的一段時間裡我非常鄙視自己。我神情萎縮、精神恍惚地走在街上，看著那些打扮斯文、衣著光鮮的男男女女，我就不由自主地生出深深的自卑，覺得自己很混蛋、很粗野、一無是處，不單不配擁有年輕漂亮的蔚安、甚至不配擁有任何女人，不配活在這個文明的國土裡。越想越覺得人生無望，活著是一種累贅、是一種受罪。

在伽琅島難民營時，我們都覺得那裡的生活無法忍受，個個都抱著非走不可的想法，可是我現在卻非常後悔讓蔚安離開難民營。夜深人靜時聽著窗外呼呼的風聲回想著與蔚安在難民營的日子，愈是覺著那逝去的日子甜蜜美好，甚至連爭吵也變得溫暖有趣。

一九九〇年春節。李洪濤一家除夕夜到他大哥家吃年夜飯，他邀我一起去，但我一個外人，人家一大家子難得在一起，我不想去攪了人家的興，自己一個人在家裡過也更自在些。

我已經很久沒有開心過了。過年了，我也想好好慶祝一下，不能再委屈自己了，於是也像別人一樣買魚買肉。一個有**PR**（永居）身份的人，第一次過年，是該好好慶祝一下。我跟自己說，於是特意給自己買了一瓶白酒。我精心地給自己做了四個菜：清蒸鱸魚、淮山燉油雞、椒鹽排骨和筍絲炒酸菜。

悉尼夏日的太陽落得遲，近八點了後院依然陽光燦爛，草地和樹葉反射著柔和的光芒。晚霞在遠處的天邊燒出一條條的火焰帶和紅沙河，輝煌無比。我從廚房的吊櫃上取下一個盛果汁的玻璃杯，給自己滿滿地倒了一杯，無色的液體在透明的玻璃杯裡閃出幾個迷人的氣泡。

好久沒有喝過酒了，我端起杯子嗅了嗅，濃濃的酒香撲鼻而來，我忍不住就把那杯酒喝了。我給自己再滿上一杯，坐下，我看著一桌可口的肉菜，心裡奔起一個念頭：如果蔚安和兒子也在該有多好！這些都是他們喜歡吃的菜式。這麼想著便心裡一酸，眼前浮現起蔚安穿著我買的寶藍色裙子逛年街、坐在我懷裡剝年柑餵我被鄰居看見時她不好意思地把臉埋在我懷裡的情景……往事一幕幕撲面而來，我不知所措，眼淚就撲撲簌簌地掉了下來，同時深深的孤獨感向我壓了過來，壓得我氣都喘不過來，只好放聲大哭。我哭得過於傷心，不時被自己的淚水噎住了，有好幾次差點喘不過氣來。

我哭了不知多久，彷彿要把一輩子壓抑下來的淚水都要哭完，哭到後來我都不知道自己為什麼哭了，只覺得身子很累很虛，但氣似乎順暢了許多、心頭也輕鬆了不少。

我醒來發現自己歪在正廳的沙發上。此時天已全黑，正廳裡沒有開燈，只有廚房的燈是亮著的，我回頭看著燈火闌珊處的飯廳，竟有點想不起來自己是在哪兒。我疲憊地站了起來向亮光處走去，看到飯廳和廚房的擺佈，我才記起自己已身在悉尼、住在越南華人李洪濤的家裡。我看到桌上的酒肉，以為是李嫂做的晚飯。

「李大哥，吃飯了」，我朝房裡喊了一遍，沒有人回答。我又挨個地喊「李嫂」、「蕾蕾」、「仔仔」……依然沒有人回應我，只有空寂的回音在屋裡迴響，孤獨感又狂捲回來。可是很快轆轆的饑腸就把我帶回到飯桌邊，我留意到桌子的一角有個已空了一半的酒瓶。我覺得有點口渴，端起那半杯果汁準備喝時卻聞到一股酒氣，我再看看那半瓶白酒和一雙筷子一個碗，這才慢慢地意識到原來是自己在過年。迷迷糊糊地，我吃了一些東西便上床睡了。

我睡得很沉，第二天醒來，李嫂一家已經吃好穿好了，他們跟我說「新年好」時我有點意外，但看到他們臉上洋溢著的興奮和孩子們身上簇新的衣裳我也受了感染，遂也感覺出一股子新年的新氣象來。我對自己說：「新的一年一定要好好地活著。」

我心裡雖然無法放下蔚安，但對她的背棄已經不再那麼憤怒了。

按李嫂的話說，蔚安不想跟我重拾舊歡其實對我並不是一件壞事。「你想想吧，就算她回來跟了你，但帶著兩個別人的孩子，你不是一輩子幫別人養兒子嗎？你願意嗎？以前不知道真相也就罷了，現在知道了你心裡會痛快嗎？以你這麼好的條件，找個年輕的女子結婚不難啊。」

「我哪有什麼好條件？」我沮喪地說。

「你年紀輕輕，身強體壯的，人生得高大，相貌又長得好看……」

「李嫂，真像你說的那麼好我也不至於淪落到這個地步。」我知道李嫂好心想安慰我，打斷了她的話。

「阿星，我說的是真的。你經濟條件也好。」

「我經濟條件算好？你不是在說反話吧？人家有房有車，我啥都沒有。」我苦笑。

「阿星，過日子是長遠的事。你還年輕，不爭這一朝一夕。你有廚藝，做著一份全職的工作，每週領著不錯的薪水，將來也會有屋有車的。你不抽不賭又不亂花錢，三幾年你就可以有錢買屋了，買車更容易了，二手車幾百塊錢就可以了，花個三五千的就能買很好的了。」

「還不錯的薪水呢。我聽餐館的人說那個經常到餐館吃午飯、在聯邦銀行工作的小姑娘拿的工資比我多一倍呢，人家一周才上五天班每天只幹八個小時，而我每週上六天班每天幹十個小時呢。」

「阿星哪，你錯了，人家那是帳面上的。我敢打賭，一年下來你存的錢一定比她的多得多。你想想啊，她要交好多稅的，而你在餐館拿的是現金，而且還領著全額的社會福利，加起來說不準比她多呢。他們當地人供車供房養狗養貓，交這費那費的，花錢大手大腳的，天天在外頭吃，買酒買煙買衣服還要年年度假。而你什麼開銷都沒有。」

「我怎麼會沒有開銷？我也要吃也要住呀」我說。

「咱們租房子都找便宜的，房租開銷小。他們可不，哪套房子漂亮就租哪套。咱們不欠債，是吧？你知道嗎？他大嫂說澳洲的很多人都欠著一屁股的債的。他大哥大嫂說是買了房子，但那也不是自己的，銀行拿著他們的房契呢。錢都是向銀行借的，每月要還銀行一大筆的利息的。你知道嗎？你還有身份，單是你這身份就不知有多值錢！」李嫂說。

我也就這身份還值點錢吧，這個我早就知道，我們船裡的人拼了九死一生的代價從越南逃出來，又不惜一切地從印尼橫渡大海就是衝這個來的。

第五部　有位佳人，在水一方

第三十四章　初識顧小芬

在悉尼這個陌生的世界裡，一個被老婆拋棄的男人，一個貧窮落後、對當地的語言、文化和習俗一無所知的外鄉人，除了孤獨地為活而活著，我找不到更多的人生樂趣和意義。當我拖著勞累的身軀下夜班回來，看著一個個牛高馬大、精神飽滿的男男女女從身邊走過，我審視著街燈下自己細長而搖戈不定的影子，我便知道這個我曾經自以為豪的魁梧身軀在這個人種高大的西方世界裡是多麼的渺小和卑微！這種讓人絕望的孤獨和自慚形穢壓迫著我，直到有一天當我向比我更加弱小的生命施予同情和力量時，我才發現自己卑微的生命原來也有其不可替代的意義，我的人生也因此變得光彩鮮亮起來。

那是一個夏日的早晨，我休假在家。睡了個遲遲的懶覺起來，透過廚房開闊的窗口我看到外面陽光明媚，蔚藍的天空纖塵不染，悠閒的白雲自在地飄遊，我第一次無端地生出一個想到外面走走的欲望。吃過早飯，我換上了乾爽舒適的休閒衣褲走了出去。一會兒，我就坐在了去悉尼市中心的火車上。

我第一次單獨一個人去悉尼市裡，也不太清楚哪一個站是市中心，火車上的報站我又聽不太明白，但我也沒有明確的目的地，坐了二十多分鐘，看到越來越多的人下車我便跟著走了出去。

我漫無目的地亂逛，走著走著來到了一個綠樹成蔭的大公園。公園裡一派祥和安樂的景色。人們把野餐地毯鋪在厚厚的綠草地上，大人們坐在樹蔭下的地毯上或聊天或看書或看孩子玩耍或閉目養神；有些是一家自得其樂，有些是幾家一起熱鬧。孩子們三五成群地在草地上玩耍，有丟飛碟的，有打橄欖球、曲棍球的，小女孩們追著蝴蝶又笑又叫，幾個小不點的孩子手裡拿著麵包或薯條在餵鴿子，一個剛會走路的男嬰兒憨憨地跟著鴿子轉圈圈。

我穿過公園裡的小徑往遠處看似鬧市的方向走去。接近公園大門時人越來越少，很安靜漂亮的環境，靠公園的鐵圍欄處有一些露天長椅，很舒適的樣子，我忍不住在一顆大樹下的木椅子上坐了下來。我看著遠處孩子們跑來跑去的身影和公園裡美麗的景色感慨萬分，怎麼也沒有想到原本以為擁擠而熱鬧的市中心竟會有這麼閒散逍遙的地方。

突然一陣陣「息息」聲傳來，有點像壓抑著的哭泣聲，我認真聽了一下，確定聲音是從左邊傳來的。我落坐之前留意到確實有個女人躺在我左邊不遠處的一條長椅上，但我沒好意思細看。出於好奇，我轉過頭假意欣賞風景用眼角瞟了一下躺在椅子上的人，發現她不知什麼時候已經坐了起來，身體前傾雙手緊緊地抱著一個手提包，看樣子是一個年輕的亞洲女孩，帶著些許稚氣的瓜子臉甚是好看，只是面容愁苦，臉色和嘴唇都很蒼白。

我這一看不打緊，她竟跟著我的目光走了過來。「You,Chinese?（你，中國人？）」她抖抖嗦嗦地問我。

「Yes」我說著用力地點了下頭，說完又趕緊用中文補上：「對，我是中國人，說中文的。」

「我也是中國人。」她也用中文來說了。

「你好，你坐。」，我站了起來想把椅子讓給她，其實椅子很長夠我們兩個人坐，但我很久沒有這麼近距離地跟一個異性單獨在一起了，而且是一個長得非常好看的年輕異性，她還主動與我搭訕，我有點受寵若驚，惶惶然的不知如何是好。

「我從上海出來的，前天到的悉尼，來留學的。說好有人接的，可是又沒有來。我到了學校才發現學校都關門了。騙子！嗚嗚嗚，我想回家……」她說不下去了，抱著包包哭了起來。

「怎麼回事？誰騙了你？你坐下來慢慢說。」澳洲人最講誠信了，怎麼會有人騙人？我聽了很意外也很生氣，狠不得馬上把那個騙子揪出來揍一頓。

那女孩沒有坐下，「我的箱子」，她說，轉身向她剛才坐的那張長椅走去，那張長椅上躺著一個大箱子。我跟著她走了過去。

她彎下身子想把箱子搬下來，突然身子一晃就跌了下去。我嚇了一跳想把她扶住，但因為有些距離，只拉住了她的上衣一角。她身子下滑，軟軟地暈倒在地上，她的衣服被拉到了胸前，露出了皮白肉嫩的細腰。

我蹲了下來幫她把衣服拉好，摸了摸她的手腕，慌亂中我感覺不到她脈博的跳動。糟了！我腦子「轟」地一下亂了起來。我又伸手去探她的鼻息，老天保佑！雖然氣息很弱，但總算還有氣出入。我定了定神，想著必須把她送往醫院，但我又不知道醫院在哪兒，我把她抱了起來，準備往人多的地方走去，醫院不是叫 Hospital 嗎？我抱著暈倒的她去問人找「hospital」別人總是會明白的吧。我才走了兩步她便醒了過來，我喜不自禁，長舒了一口氣：「嚇死我了。」

「我沒事，就是有些頭暈，你把我放椅子上，我躺一會兒就好。」

我把她放在木椅子上，看著她蒼白的臉和發乾的雙唇，心裡生出無限憐愛，那會我覺得她特別需要我的幫助和照顧，而我也特別想留下來照顧她。

「你怎麼了？」我蹲了下來，儘量放低放柔聲調，對著一個這麼柔弱的女孩，我擔心自己過大的嗓門嚇著了她，讓她再暈死過去。

「可能是血糖低吧。這兩天沒怎麼吃東西。」她有氣無力地說。

「為什麼不吃東西？人是鐵飯是鋼，怎麼可以兩天不吃東西呢？」我焦急起來。她不說話了。

我想起她說被人騙了的事，估什她口袋裡沒有錢。

「我也正餓著呢。這樣吧，咱們一塊兒去吃飯。我請你。」

「不好吧？」女孩猶豫著。

「有什麼不好啊。親不親故鄉人嘛。我比你早來悉尼，也算是地主了，盡點地丰之誼是應該的」。

女孩感激地看了我一眼。她又躺了幾分鐘，才慢慢坐起來。我幫她拉行李箱，她跟著我，我們朝著人多的地方走去。我看她連走路的力氣都沒有，想伸手去扶扶她，她無力地躲閃著說：「不用，我可以的。」我知道她連說話的力氣都沒有了，也就不敢多問，只把腳步放得非常之慢以便能與她並排著走，這樣她摔倒時我就可以及時扶住她。

我們在最近的一個餐館停了下來，也不知道是什麼風味的食品，餐館已經有一些人在吃東西了。我們旁邊的人在吃有湯的白色圓麵條，上面有不同顏色的海鮮和紫菜，看著十分好吃的樣子。我左手伸出兩個手指頭跟服務員說「two noodle soup（兩碗湯麵）」，並指了指旁邊那個桌子的碗說「that noodle soup（那種湯麵）」。後來我看到有人吃煎餃，我又依樣畫瓢地要了兩份。

我們倆埋頭吃麵，我的額頭開始冒汗。我看了一眼女孩，她的臉慢慢有了血色。我結了帳出來，女孩子開口說話了：「謝謝你。」

「不用謝。這麼點小事不用跟我客氣。」

「花了你不少錢吧？」

「沒有多少。」我說，「只是個路邊小吃店，花不了幾個錢。」

「我不是客氣。我昨天經過這裡，已經看過價錢了。海鮮烏冬湯麵要四塊五，我折成人民幣算了一下，我爸爸一個月的工資也就夠買八碗麵，我沒有捨得買。」

「那你兩天什麼都沒吃呀？」我同情地看了看她。

「有啊，吃了點兒麵包，還有烏梅乾。我的朋友知道我喜歡吃，出國前送了我好幾包，實在餓了我就含一顆。」她說著停了下來，從手提袋裡翻出了一包烏梅乾：「就這種，很好吃的。送你一包。」她開心地笑了起來，笑得天真燦爛。我想她那一刻一定忘記了身在異鄉的窘境。

「你留著吧，說不準哪天它又成了你的救命糧呢。」我剛說完，只見她兩眼便浮上了迷茫的薄霧，清澈的雙眼迅速變紅，淚水從眼角和下眼瞼上涔了出來。

「你一個人在公園過了一夜？」我問。女孩點了點頭。

「你不害怕呀？膽子不小嘛！」

「怎麼不怕？人生地不熟的。我也沒有想到要在這兒過夜的。但後來實在太累了，想躺下休息一下等沒有那麼累了就回去找他們的。誰知道一躺下就睡著了，醒來時天已經微微亮了。在家待著好好的，跑出來幹什麼啊！早知道這樣我就不出來了。」女孩說完又有些自嘲地補充說：「昨晚也可能不止我一個人在公園裡過夜，我醒來時看見遠處有兩個人。」

「真的？長什麼樣子？」我有些好奇。

女孩回憶了一下說：「好像中年人吧，挺壯的。兩個都是白人，但是他們也不像是一夥的，各自推著自己的車子往不同的方向走去，車子上面好像還有被子。」

「我想你看見的可能就是澳洲人口中的所謂『猴樂死』。」

「『猴樂死』？那是什麼？」

「『猴樂死』就是沒有家的人。」我說。

「啊，『猴樂死』，嘻嘻嘻，太有意思了，你真會給人起外號。」女孩子被我逗樂了，竟笑個不停。

她不知道我哪裡是給人家起外號，我只是英文太蹩腳，把 homeless（無家可歸者）給說走調了。

「為什麼澳洲也會有人無家可歸？」女孩好奇地問。

「我也不太明白。」我實話實說。

「還是白人啊！」

「對呀，無家可歸者好像大部分都是白人。」

「他們是澳洲人嗎？」

「應該是吧。」我說完又有些猶豫了，「我也是聽來的。」我補充。

聽李嫂說，澳洲每個城市都有這種人，他們把捲著的鋪蓋放到一輛超市的購物車上，白天在鬧市的街邊或坐或躺看人來人往，晚上在乾淨的街角、辦公大樓的牆邊、立交橋底下或者公園裡過夜。他們大都是成年人，有男有女，看起來身體也沒有什麼明顯的毛病或傷殘。「澳洲的福利那麼好，不知道那些人為什麼還把自己弄成那樣？」李嫂說，「住我們對面的那家人就領著社會福利，他們也是兩夫婦帶三孩子，住的房子比我們好，但政府補貼完後他們只需要交二十多元的房價差額。」李洪濤補充說：「如果收入不高還可以申請政府公屋，但要排隊就是了，政府公屋的租金就更便宜了，有工作有收入就交一點，沒有工作政府就幫你出了。」如此說來，為什麼當地人中還會有「無家可歸者」就連李嫂夫妻都想不明白。

「他們為什麼不住在家裡要住在公園裡？」蕾蕾好奇地問她大伯。

「他們沒有家。」

「他們的家呢？」

「他們沒有錢買房子也沒有錢租房子，所以就沒有家咯。」

「沒地方住，多可憐啊！為什麼沒有人管他們呀？」蕾蕾同情地問她大伯。

「有一些好心的人幫他們的，譬如，有一些福利機構會定期給他們送麵包、送衣服和被子。政府也在想辦法給他們安排住房，就是一時安排不過來。還有呢，一些人有了住的又住不穩，冬天冷了住進去一段，天一暖他們待不住又走出去了，走到哪兒算哪兒，又成了無家可歸者了。」她大伯解釋。

「他們是不是走迷路、不懂回家了？」蕾蕾天真地問。

她大伯是這麼解釋的：「不是不懂回家，而是不喜歡待在屋裡。蕾蕾呀，你就這麼想吧：他們就像候鳥一樣，天冷了就飛到暖的地方去過冬，天暖了又回來。他們喜歡在大自然裡自由自在地生活，你讓他們住進屋裡他們就不舒服，就像把鳥兒關進了籠子裡。」

女孩說：「人家住公園是有屋不想住，我是沒地方去才住的公園。」說完就不再出聲了。

女孩名叫顧小芬，今年二十三歲，是來悉尼一個叫 International Language Institue of Davis（戴衛斯國際語言學院）的私立學校學習英語的。顧小芬的父母親都在機關上班，在上海屬於溫飽不愁的人家。她師範畢業教了一年書，家裡東挪西借地幫她交了一個學期的學費和生活費，並由學校聯繫了半年的住宿。

三天前顧小芬坐上了從上海飛往悉尼的飛機。像那個時期大部分的留學生一樣，她的機票是單程的，因為他們都不知道自己的歸期，他們的「歸期」並不是由他們來規劃的，而是由要去的那個國家來決定的。當然了，很多人都希望最好是沒有「歸期」，而是能永久地留下來成為有合法身份的澳洲人，自由地想什麼時候回去就什麼時候回去，而且是以外國「華人」的身份。出國前顧小芬是依依不捨的，但並沒有後悔；途經香港轉機時，她心裡有些忐忑不安但更多的是憧憬與興奮，她想，我下次回國經過香港時一定要在香港停留兩天，到外面的香港街頭去走走。

本來學校說會派人到機場去接她的，說好了取了行李在機場出口找一個手舉牌子、上面寫有

「Xiaofen Gu」的接機人。小芬到了機場，看不到有舉著「Xiaofen Gu」牌子的人，也找不到掛有 International Language Institue of Davis 或者 ILID（英文縮寫）的接待站。她想會不會是自己弄錯日期了？她拿出信件艱難而仔細地閱讀著，發現日期確是今天。可能碰到塞車吧，她心想，大城市都這樣，在上海不也經常塞車？她耐心地等待著。時間一分鐘一分鐘地流逝，看著外面夜幕慢慢罩下她緊張起來。心想，會不會信件打印錯了，把 AM 打印成了 PM[1]？她看了看手錶，又想上海的時間跟悉尼的時間也不一樣啊！是差兩個小時還是三個小時呢？這些她本來很清楚的，但經這麼一折騰，她開始懷疑起自己的知識和記憶了。最後，她終於鼓起勇氣走向機場的公共電話亭。

電話是無人收費的投幣電話，顧小芬沒有用過。她以為像中國街邊私人收費的電話一樣，拿起電話就拔，但電話發出「滴滴滴」的聲音，她知道這不算接通了，但她還是心存僥倖地對著話筒「Hello」了幾聲，聽到那頭死寂寂地沒人搭理她才放下電話。此時正好有個中年西洋女人走了過來，她停在了隔壁那座電話機邊。顧小芬掛上電話走出電話亭，走過去看人家打電話。洋女人回頭看到她，露出一臉的驚訝，弄得顧小芬也一臉迷糊。

「I don't know how to call。I watch I learn.（我不懂打電話，想看看你怎麼樣打）」小芬憋了老半天，終於說了句沒有文法的「英文」，但西洋女人顯然接觸過這種只說關鍵詞的非英語背景的人士，她馬上就猜明白了顧小芬的意思，友好地笑了笑並向旁邊挪了挪，留出一半空位給顧小芬，語句緩慢而耐心地用手比劃著告訴顧小芬，要先放硬幣，等到顯示幕上顯示收到了錢時再拔電話號碼。

顧小芬沒有硬幣，她在上海的銀行裡只換到塑膠鈔票，她拿出一張五十元的塑膠票子，臉上又

1 AM 和 PM 是英文十二小時制的時間表達法。AM 用於上午時間，PM 用於下午時間。譬如，8:00AM 和 8:00PM，前者是上午八點後者是傍晚八點。AM 也寫作 A.M. 或 am，PM 亦可寫成 P.M. 或 pm。他們來源於拉丁語，A.M.=antemeridiem(beforenoon)（0:00-12:00），P.M.=postmeridiem(=afternoon)（12:01-24:00)。

是一片焦急。洋女人猜出了她的窘境，說可以到對面的商店去找零錢，可是顧小芬不明白洋女人說什麼（她在英語課上是聽得懂的，但今日一緊張就好像什麼都聽不明白了）。洋女人看到顧小芬一臉的迷茫，她要了顧小芬的電話，投了幣，幫顧小芬拔通了學校的電話，但對方無人接聽，只有一個留言在熱情地播放著。西洋女人留了言，說有個中國過來的叫「Xiaofen Gu」的女學生在等著接機。西洋女人告訴顧小芬讓她過一會兒再打，並從自己錢包裡拿了一把硬幣出來送給小芬。顧小芬感動得一連說了好幾個「Thank you very much（十分感謝）」。雖然接機的人沒有及時來接她，但她從這個友好的西洋女人身上感到了體貼、關心和友愛，心裡暖暖的。

顧小芬每隔一段時間就打一次電話，直到把西洋女人送她的那把硬幣打完也沒有人接聽。會不會來接機的人記錯了時間？顧小芬不願意相信沒有人來接她，又開始為對方尋找新的理由、為自己尋找新的希望。她雖然很累了，但是她不敢睡，擔心錯過了來接她的人。可是她在機場等了整整一夜，到了天亮還是沒有人來接她。

顧小芬絕望了，她相信安排來接機的人徹底把她忘了。幾年來堆積起來的對西方文明世界的熱情和嚮往在她心裡開始降溫。第二天早晨，當溫暖的陽光照進千家萬戶時，小芬拖著沉重的行李走出了時尚但清冷的悉尼機場。她站在到達大廳的門外迷茫地張望，不知道是太陽刺眼還是遭遇刺心，她的眼淚開始在眼眶裡打轉。

機場外空蕩蕩的，幾輛的士停在計程車通道上，最前面的那輛的士司機正在幫客人搬行李到後車箱上。顧小芬不敢去坐計程車，但她又看不到有公共汽車走過，心裡有點慌亂。她口袋裡只有不到三百元的澳幣，現在情況突變，前途渺茫，她有種危機四伏的感覺，哪裡還敢亂花一分一厘的錢？她看到不遠處走來一個人，便在心裡回想著出國前學的《許國璋英語》裡問路的句子。等人家走近了，她拿著語言學校的信去問人家：「How do I catch bus to International Language Institue of Davis?（我怎麼樣坐公車去戴衛斯國際語言學院？）」，來人停下了腳步看了看她信上的地址，搖了搖頭說，對不起我不知道，你去問問在計程車道旁的機場工作人員吧。

此時正好有輛飛機到達，人們取了行李陸陸續續地走了出來，機場外的人行道和計程車等候站一下子熱鬧了起來。小芬拖著行李轉了個身，發現計程車道上的機場工作人員正忙碌著安排客人們上車，她便拉著行李箱向另一邊走去。這時的小芬已經平靜了下來，一夜沒怎麼睡的眼睛經過一段時間的適應已不再對悉尼早上白花花的陽光躲躲閃閃。她抬頭又四周看了一遍，發現前面不遠處有個牌子豎立在路邊，她走了過去，發現真的就是巴士站，牌子上列著兩路公共汽車途經的地點。她一陣激動，拿著信件與途經的站名一一對照，但沒有看到她要去的路名。

「該哪一站下車啊？」，她又犯難了。可不能坐錯車啊，坐錯了就真的找不回來了。她拿著信又去問一對拉著行李箱從到達廳走出來的老人。

老頭停了下來把行李箱豎在地上，他從口袋裡摸出一副老花眼鏡看了看地址，說，就在去我家的路上，你要不要搭我的便車（a lift）？小芬不明白 lift 是什麼意思，但她看老人慈眉善目的樣子，而且他知道小芬要去的地方，卻又不急著告訴她哪個站下車，便半猜半估地問了句：「You can send me to my school?（你可以送我去學校？）」

「Yes（對）」，洋老頭看小芬明白了他說的話，開心地咧著大嘴巴笑了。

小芬跟著老夫妻上了一輛的士。老頭坐在副駕駛坐上，小芬和老太太坐在後排。老太太微笑著溫和地問小芬從哪裡來？小芬聽懂了，說「I am from China（我從中國來）」。她又加了一句：「I came here yesterday」（我昨天到了這裡）。

老太太有些吃驚：「Do you mean you stayed in the airport last night?（你的意思是你昨天在機場過夜？）」

「Yes」小芬覺得老太太說的每一個單詞她都懂，但連在一起就有點兒長有點兒難懂了，聽了下半句忘了上半句。但機場（airport）和昨晚（last night）她是聽到了，半猜著老人是問她昨天是不是在機場過夜。遲疑了一下她答道：「Yes」。

洋老頭回頭同情地看了她一眼，試探著問她，你的學校沒有告訴你怎麼坐巴士、在哪個站下車嗎？小芬應了一句「No」，她本來的意思是沒有聽明白老頭子問什麼，但老頭以為她聽懂了，回答「No」是說學校沒有告訴她。

「I am so sorry to hear about that. They should have done a better job.（我感到非常抱歉，他們應該把工作做得更好一些）」，洋老頭露出一臉的抱歉，彷彿在為做錯事的人內疚。

約摸過了二十分鐘，的士停了下來，老頭指著馬路對面的一個兩層樓的紅磚建築物說，那就是你的學校了。小芬順著老頭指的方向看過去，她看到幾個長得像中國人的青年圍在牆邊，於是謝了老夫婦下了車。

小芬過了馬路走上人行道。紅樓的左邊是一家很大的家俱店，第一層的牆全是玻璃的，裡面整齊地擺著一套套的沙發、茶几，有木的、布的和皮的，每一套看起來都那麼的舒服。傢俱店裡亮著柔和的燈光，裡面卻看不到人影，不知道是還沒有開門還是本來就少有客人光顧。紅樓的右邊卻完全不同，牆是整齊的紅磚，紅磚之間是白色的洋灰，看著暖爽而整齊，顯得特別的結實。

小芬終於看見掛在牆上的「International Language Institue of Davis的牌子了，牌子雖然不大，但夠醒目了。牌子下面是兩扇對開的大門，門框和大門是淡褐色的木材，門框上沿著門線嵌著兩塊玻璃，看起來像大門的延伸，使大門顯得高大而氣派。

終於找到了，小芬舒了一口氣，心裡有點兒興奮，雖然她還沒有入學，但心裡己把自己當作這個學校的人，有了一種歸屬感。她停下了腳步，把綁著頭髮的膠圈取下，用手梳理了一下黑亮的長髮，把頭髮重新捋順在後腦上紮成一條結實的馬尾。她從手提袋裡取出學校的信函，拉起行李箱、精神飽滿地向那扇莊嚴的大門走去。

剛剛圍在牆邊說話的幾個人停止了說話，一起回頭看著小芬。小芬朝他們友好地看了一眼，伸出右手去推學校的大門。門很重，她推不開，於是把行李箱豎在地上，雙手一起去推。

邊上那一堆人從小芬的衣著和行為已經判斷出了她是自己的同胞，其中有一個女生走過來用中文對小芬說：「別推了，沒用的」。

「你們也是這個學校的？」小芬問。

「是呀。」

「你也是新生嗎？」

「嗯」

「你們怎麼來的？」

「我與他們一起坐公共汽車過來的。」

「我找不到公共汽車。學校說好來機場接的又不來。」小芬終於找到了可以傾聽自己抱怨的人。

「我們也一樣啊，也沒有人來接。幸好同一架飛機上有幾個人都來這個學校，我們就一起去找公共汽車坐過來了。」

「這裡哪有什麼鳥學校？！只有一家黑店！」另一個男生忿忿不平地說，還走上來用力地踢了大門兩腳。

「什麼？沒有學校？這不掛著牌子嗎？」小芬指著大門上面的牌子不解地問。

「那不就是個騙人的招牌嗎？什麼狗屁國際語言學校，都是騙人的！」

「都說西方世界文明，我看澳洲就夠他媽的野蠻了。看那馬路上的房車，輛輛都只坐一個人，人人那麼有錢，卻還要騙我們辛辛苦苦借來的學費！」

……

人們罵著發洩著他們的憤怒和不幸。小芬這回聽明白了，她滿懷希望的出國留學生涯原來是個騙局！學校收了他們的學費和部分生活費，現在卻把他們拒之門外。她如遭電擊，大夏天的突然就發起抖來，怎麼也穩不住，她腳下一軟一屁股坐在地上哭了起來。原來靠在牆邊的幾個人看著小芬，露出一副束手無策的樣子。旁邊的女生蹲了下來勸解小芬：「你別哭，我們一起想辦法」，可是話才出口，她就知道自己什麼辦法也沒有，於是跟著顧小芬一起哭了起來。

是呀，他們有什麼辦法呢？他們年紀輕輕、閱歷尚淺，從一個「家→學校→單位」一條線全都規劃好的社會主義國家進入到一個人種、語言、文化、社會制度和教育體系都完全不同的國家，個個都像劉姥姥進了大觀園，本來就有一種眼花繚亂、心懸懸腳虛虛的感覺，現在剛從飛機上下來就掉入這種被人誆騙的大圈套，人生地疏，英文又不好，身上還沒有幾個錢，這不走到窮途末路了，還有什麼辦法啊？！

人越來越多，有些是結伴而來有些是像小芬一樣孤身一人的。有些人帶了一些乾糧和零吃，同是天涯淪落人，餓了就分著吃一些。

到了中午，有幾個男生商量著到附近去看看有無大排檔可以吃到便宜的東西。他們往人多熱鬧的街道走去，發現有兩條街上餐館很多，但是都不便宜。有個日本餐館人很多，有煎餃、麵條、魚生、烤雞飯和烤牛肉飯，價格在四到八元之間。他們掐指一算，幾十元人民幣呢，天價！在北京，小籠包子八毛就一大籠，廣州發達物價高些，但是一碟蝦腸粉也就一塊二人民幣。

他們繼續往前走，來到了一個很大的超市，門大開著，裡面的商品琳琅滿目，一行行一架架擺得煞是整齊好看。人稀稀落落地進去，出來時推著購物車，上面滿滿地堆放著統一的灰色塑膠袋，有個健碩男人，不推車子，左右手上各拎著幾大袋子的東西，露在外面的手臂上顯出一塊塊的斜條肌肉，像美國電影裡的猛男。

男生們被裡面的商品和開放式的烤房飄出來的麵包香味吸引住了，在超市門口停了下來。有人想往裡走，被旁邊的高個子同學攔住了，他說：「超市的東西一定很貴，我們到別的地方去看看有沒有便宜的小商店。」高個子年輕人從北京來，算是個富足人家的孩子，北京那會兒也開始有超市了，都開在地段講究的大樓裡。他與父母去逛過一趟，只買了一包綠箭牌口香糖，因為裡面的東西實在太貴了，沒法買。他媽媽一比較，說超市花十元錢買的東西不夠她花兩元在外面地攤和小店買的東西實惠。她說：「每樣東西都包裝得那樣花俏，像精心打扮過的姑娘，好看是好看，但那不花錢呀？你看看這生菜，一小把一塊錢，連菜頭一塊賣給人家，虧他們還用透明的盒子包著呢，還放冰箱裡，一頓都不夠吃。我在街邊隨便花個三毛錢就可以買到一棵大白菜，吃好幾天呢！」。

「沒事，只看看，不買就是」，他們中的很多人都沒有進過超市，這會兒被好奇心俘虜了，腳下止不住就往裡走。

「嗨，這麵包不貴啊，一澳元兩條，那麼長。」有個廣州來的小夥子看著上面一個貼著「Special（特價）」紅牌子的麵包架叫著。他拿起一條數起來，「有十八片呢」他興奮地叫起來。這種方形麵包他在廣州中山路的一個麵包店買過，上面標著「法國三明治」，人民幣一元一袋，每袋五片。這裡兩條麵包可以分裝成七袋，在廣州也得賣七塊錢啊！而這兩條才一塊澳幣，折合人民幣也就六塊多，比廣州還便宜啊！還有大瓶裝的可口可樂，在廣州也是昂貴飲料，賣四塊多一瓶，可是這個超市把可樂擺在最顯眼、面向入口的地方，正在大減價，五毛一瓶，為起來也比廣州便宜。大夥兒一高興，一口氣買了六條麵包和四瓶可樂，總共五澳元。

五元澳幣在日本餐館也就只買到一碗麵條只夠一個人吃。而這六條三明治和可樂，卻足足餵飽了一大群胃口正旺的年輕人。人們醒悟過來：餓了不一定要下館子啊，超市有大把吃的，又好又便宜。這一發現讓年輕人放鬆了很多，他們掂量著自己貼身口袋裡薄薄的一遝澳幣，感覺不算太壞，至少不至於餓死街頭！

吃飽喝足的年輕人心情安定了很多，頭腦開始冷靜下來。有人提議，我們不走了，就在學校大門口等，只要是活人，他們總是要進出採購吃喝拉住的東西吧？其實他們也沒地方可去，他們剛到悉尼，住宿是學校聯繫的。

這些年輕人是按照他們在中國生長的環境和常識來推理行事，他們以為校長和老師們一定會住在學校，像他們在中國的老師一樣。可事實上沒有一個教職員工住在這兒，對他們而言，學校只是一個上班的地方，下班就回家。學校關門了，他們自然就不來了。

顧小芬沒有怎麼吃大夥買回來的麵包，她當時情緒極差，感覺口乾舌燥的倒不怎麼餓。而且她是個有潔癖的人，看到大夥兒牆上摸地上坐的，手也不擦一下拿了麵包就啃，人人扛了可口可樂對著瓶子口牛飲，傳到她手上時已經有好幾個人喝過，她覺得不舒服，拿了一瓶新的開了喝，她才喝了一次再想喝時又已經被傳到別人手裡，她乾著喉嚨啃了一片麵包就吃不下去了。

大夥兒在學校門口等了大半天，並不見有人進出。很多人與顧小芬一樣，已經一天一夜沒睡了，有人坐在人行道上靠著行李打起盹來，有些人倦縮在牆邊睡著了。小芬也很睏，但她不願意躺在人來人往的街道上，她看到對面的公園裡有椅子，便拉了行李走過去。

顧小芬坐在公園的木椅上，想著家裡熱熱鬧鬧，自己一個人流落在異國的街頭。她想家極了，在公園裡哭了起來。

「我千裡迢迢趕來、學校明明就在那裡，可是門卻關得死死的，連個鬼影都沒有。」顧小芬眼睛又紅了起來。我想起昨天是週末。於是跟她說：「昨天是周末呢。」

「週末跟我有什麼關係？」小芬落寞地說。

「怎麼沒關係？週末學校都不上課的。」

「你的意思是那個學校還在？昨天關門只是因為週末休息？」

「很有可能啊。李嫂的孩子都不上課了。」

這麼一想我們都激動起來，我幫小芬拖著箱子朝學校走去。

到了學校門口，我看不到小芬描述的那幫中國留學生了。「可是他們昨天明明在的啊，都說就在這門口過夜了，怎麼就不見了呢？」小芬自語著，突然看到學校門上貼著一張紙條，只見上面用整齊娟秀的中文寫道：

上海來的顧小芬同學：

你在哪裡？我們在找你。

不管發生了什麼事，你千萬要堅強！不管你失去了什麼，你還有我們！我們都在等著你！見信務必與我們聯繫。

署名是「你患難與共、血肉相連的中國同胞」。上面還有連絡人的電話。門兩邊的牆上也貼著內容一樣的紙條，三張紙條都是從同一本口袋式電話本上撕下來的，字跡也出自同一個人，想來留字條的人擔心紙條太小容易被忽視或者被風刮走所以多留了兩張。

顧小芬很感動，她扁著嘴忍住哭聲把三張紙條撕了下來細細地疊在一起緊緊地捏在手心上。我們找到了一個投幣公共電話亭，接電話的是一個叫劉斌的人。小芬把自己的情況在電話裡說了，劉斌給了個地址讓小芬坐火車到他家去暫住，並詳細地告訴小芬怎麼樣坐車、哪兒下車、下車之後怎麼走。

我本來可以就此告別顧小芬的，但顧小芬有點驚魂未定的樣子，如果找不到那個地方怎麼辦？

幫人就幫到底吧，乾脆把她送到那兒再說。我心下裡想，顧小芬現在已經夠可憐了，如果那個紙條又是個騙局，是有人趁火打劫那她怎麼辦？女孩子出門在外遇到困難很容易誤入歧途的。

我想起李洪濤店裡那個小幫工小凡差點誤入妓院的遭遇，不放心顧小芬一個人去找紙條上那個從未謀面的劉斌。

顧小芬還沒有在悉尼乘過火車，她不知道地鐵站的標誌，我自告奮勇地當起了她的嚮導。到了劉斌住處，來開門的並不是劉斌，而是頭天在學校門口與顧小芬抱在一起痛哭的那個女生。

那個女生叫周亞萍，正是留紙條的人。她說劉斌去打工了，交待她在家裡接待新到的同胞。周亞萍也是上海人，像顧小芬一樣，她的五官也生得端正秀麗，只是臉上有很多粉刺發痰後留下的疤痕，顏色淺深不一，有的還很立體，使她的臉看起來坑坑窪窪，特別是與臉上白璧無瑕的顧小芬站在一起時，周亞萍的臉便給人一種髒兮兮的感覺。

劉斌的「家」

劉斌的家是一個舊式但還算寬敞的兩房一廳。

廚房是開放式的，齊腰高的檯面很寬大。檯面兩邊靠牆、一邊靠廳，俯瞰是一個大寫的「U」字形。「U」字的頂部是水池和放碗台，左彎凹處的檯面上放著一個白色「美的」牌電飯煲和一個舊得辨不出顏色的 toaster（烤麵包片的電器，在西方人的家裡是必備的），「U」字前面那「豎」的檯面正中央是煤氣爐，煤氣爐的四個灶頭的周邊有很多油漬和乾枯的食物汁液和殘渣，煤氣爐旁邊的檯面上擺放著油鹽醬醋。「U」字後面那「豎」的檯面上放著兩個紙箱。小紙箱上面是一堆信件、幾份中文報紙和幾個洋蔥，大紙箱上面堆滿了大白菜，估計有十多棵。

周亞萍說，昨晚劉斌帶他們去超市，看到大白菜從 $0.99 減到 $0.29，他們便一古腦兒把所有的大白菜全買了回來。廚房的地上放著一袋吃了一半的二十五公斤裝的大米、兩袋二十公斤的馬鈴薯和一袋十公斤的紅蘿蔔。馬鈴薯和紅蘿蔔還未開包裝口，上面分別貼有特價 $3.99 元和 $2.99 元的紅色標籤。估計也是昨天「掃蕩」回來的。

櫥櫃檯面外是飯廳（Dining room）和家庭活動室（Family room），估計有二十多平方米。廳裡面擺著一張長方形的簡易飯桌，地上還有十多個牛奶箱，閒散地把飯桌圍在中間。我的二房東李洪濤家裡也有很多這種牛奶箱，他把它們反過來扣在地下、上面放上撿回來的木板門，做成兩張結結實實的單人床給女兒和兒子。劉斌家的牛奶箱也是倒扣在地上的，每個箱子上面還放著　大疊的免費中文報紙，估計是當椅子用的。

澳洲神器——牛奶箱

說起澳洲的牛奶箱，我真的忍不住想多說幾句，因為它與我們那個時代的中國（大陸）移民和留學生有著千絲萬縷的聯繫。毫不誇張地說，牛奶箱是我們那代中國人初入澳洲時不可或缺的組合家俱和工具，就我去過的中國留學生家而言，少則三五個，多則十幾、幾十個。單個倒扣著是方正的椅子，雙雙疊著四對就是一張小方桌，六個倒扣著上面加個撿來的組合板、木板或者門板就是一張舒服的單人床，靠牆橫放著、箱口朝外往上疊就是書架、鞋架和儲存櫃，幾個箱子倒扣著往上一疊還可以變成爬高摸低的腳手架、方梯子，當然了，原本它是天生的搬運箱和工具箱……真是無所不能、無處不在。

有人認為澳洲牛奶箱是我們那個時代的中國留學生在澳洲尷尬生活的寫照，但在我心中它是我們一窮二白時代的諾亞方舟，載著我們數以萬計的中華兒女大軍直渡了澳洲和中國南北經濟極度懸殊的大洋，使貧窮的我們每天打工回來也可以像所有的澳洲人一樣可以舒服地坐著吃飯、安穩地躺著睡覺！

你也許會問，「牛奶箱」是何方神器竟有如此通天之能？在此容我慢慢道來。

其實牛奶箱和澳洲人一樣，長得最是樸實無華。它是一種長、寬、高為36x36x32.5釐米的箱子（可能叫籃子更合適，因為它四面鏤空），由高品質的塑膠製成，尺寸不大不小正合常人兩圍，四面都留有手抓的空檔橫竿，非常方便搬動。它輕便耐磨，堅固而沒有毛刺。它通風透氣、不潮不黴、不鏽不腐，還有各種好看的顏色，有成熟男人喜歡的深黑、墨綠、朱紅和深藍，也有小女子們喜愛的天藍、鮮紅和淺灰色。它樣子四平八穩、方方正正，不管是正放倒扣還是橫放豎擺都穩重可靠。

這麼完美的設計，澳洲人只用它來裝運牛奶，實在屈才啊！是我們中國留學生慧眼識神器，發現了它無窮無盡的潛在功能，使其從街尾暗港登堂入室，一度成為留學生們最愛的組裝家俱。

為什麼只有我們中國人才具有如此慧眼？我想，大概是因為我們有著人類社會發展的最為原始的動力——對生存的渴望和對幸福的嚮往，而它恰恰滿足了我們囊中羞澀的現實——它是「免費」的！

牛奶是澳洲的最基本的食物，每天一車車的牛奶運送到各大超市和咖啡館，超市和咖啡店把瓶裝牛奶擺上貨架後就把空牛奶箱堆放在貨倉後門以便下趟送貨的車把它們回收運走。我也不知道從什麼時候開始、又是由誰起的頭，總之，每一個中國留學生都知道不用破費錢財去買家俱，僻靜的超市後門有撿之不盡的牛奶箱。

介紹完功德無量、平凡而又神奇的澳洲神器，讓我們回到劉斌的家和他們的現實生活吧。

劉斌也是International Language Institue of Davis（中國學生都叫它做「戴衛斯國際英專」，劉

斌他們直接就叫它「國際英專」或者「英專」了）的學生，他是去年來到澳洲的。昨天他打工回來「路過」學校時，把流落街頭的八個同校新生全部「撿」了回家，給他們飯吃，讓他們睡在他家裡。

周亞萍說，劉斌家的「原住民」有四個，加上新生，總共十二人。「你們怎麼住啊？」我問。

「我們打地鋪呀。有地毯，蠻舒服的。」周亞萍說。

按照澳大利亞出租房的規定，兩個睡房的居民房子長住一般是不能超過四個成年人的。可是那段日子，一、二十個中國留學生擠在一個兩房或三房的破舊公寓裡是常事。對這些年輕人來說，這不算委屈，他們出國前大多數都是住集體宿舍的，學生宿舍都是上下鋪，十多個學生住一個臥室很正常，有些是一家三代住著十幾平方的筒子樓。

我拉著顧小芬的行李箱繼續往屋子裡走，周亞萍熱情地過來幫我，並找了個角落把行李箱放下。周亞萍像個主人領著我們在屋裡轉了一圈，邊走邊介紹。她說房子是劉斌牽頭與其它三個人合夥租下來的，租時不帶家俱。我們所見到的家俱都是劉斌他們弄回來的，「有腳的」（床和桌子）是買的二手貨，「沒有腳的」（床墊）是撿回來的。主臥室裡放著一張實木雙人床，一張書桌，書桌旁邊的牆上靠著一個大床墊。另一個睡房小些，裡面放著一張自製的單人床（當然是以牛奶箱為床架），牆上並排靠著兩個床墊。周亞萍說，「你們看，這屋大著呢，劉斌這屋昨天睡了六個人、小的那屋睡四個，廳裡睡兩個。廳那麼大，別說你們兩個，再來十個也睡得下。」

「他不住這裡」顧小芬指著我笑笑說。

「啊？那你住哪裡？」周亞萍轉過臉來問我。

「我住別的地方。」我說。

「那你是？劉斌的朋友？」周亞萍猶豫地問。

「不是，他是送我過來的。」顧小芬替我回答了。

「啊，你在哪個學校？」周亞萍好奇起來。

「我不是留學生。」

「你是中國人嗎？」

「是呀。」

「那你不留學怎麼出來的呀？」周亞萍更好奇了。我一下不知道怎麼回答她才好，就沒有接話。她看我不說話，便用一種似是高深莫測又似是心知肚明的眼光看了我一眼，然後對顧小芬說：「昨天看你哭得死去活來的樣子，那麼絕望，一點都不像有熟人的樣子。有人接應你你也不跟我們說一聲，不聲不響地就走了，害得我們到處找你，白白替你焦急。我還擔心你失望之餘心裡受不了做出什麼蠢事來又或者尋了短見，走前還特意留下紙條給你。那些紙條可是從我最珍愛的電話本上撕下來的啊！可是，原來你在悉尼有熟人，我還替你擔什麼心啊！」周亞萍覺得自己自作多情了，心裡的不舒服寫在了臉上。

「不是啦，我跟他也是今天才認識的。」顧小芬解釋說。

「真的？！你行啊！」周亞萍一下開心起來，大大咧咧地拍了顧小芬一下，把顧小芬嚇了一跳。

「坐，坐，坐」，周亞萍對我客氣地招呼著。

才放好東西，劉斌就回來了。劉斌說，學校現在正在放暑假，要過幾天才開學。但往年學校都會派人去機場接新生並安排他們的住宿的，他不知道為什麼今年出了這樣的事，心裡也有些忐忑不安。他打電話去學校，沒人接。他又打電話去問同學，有一個同學說，他剛接到一個親戚從國內打來的長途電話，要他明天早上去機場接他表弟。「這學校怎麼可以這樣?不能接也不早一些通知他們，都要去趕飛機了才收到信。」

劉斌對顧小芬說，估計學校也給你發信了，可能信寄得太遲你沒有收到。

我看顧小芬找到了自己的同學，暫時有了落腳的地方，學校也還開著，心裡踏實下來，沒有久坐便回來了。

時間真是世界上最好的金創藥啊！它把無數個晝夜灑在我破碎的心上，讓我在繁忙的勞作中蹣跚前行，慢慢地忘記了傷痛，精神氣和自信心也跟著慚慚恢復回來。

顧小芬偶爾給我打個電話，跟我聊聊她和朋友們的事情，但更多的時候是我打過去，為著給她省點兒電話費。本市的電話座機固定收費，時間長短不限。我們每次一聊就是幾十分鐘甚至一個多鐘頭。顧小芬平時人多的時候不怎麼愛說話，但是一對一的或者是在電話裡頭她總是有說不完的話題，一會兒說他們找工作的酸甜苦辣，一會兒說他們留學生裡鬧的各種笑話。

顧小芬說，有一天我們睡到半夜，男生臥室裡有人口齒不清地用英文叫喊，把我和周亞萍都吵醒了。第二天周亞萍笑他們：「不得了啦，連做夢講的都是英文啦！」。

劉斌大笑：「什麼破英文啊，除了我們，誰聽得懂他說什麼？！」。

「他說得那麼帶勁兒的，都說了些什麼呀？」我們都很好奇。

「他說 **"I give you color see see!"**」有人笑著說。

「什麼意思？」我們一頭霧水。

「我給你顏色瞧瞧，妙吧？」他笑。

「啪—」正在喝牛奶的周亞萍忍不住一口奶就噴到了我的臉上，那股膻味兒，熏得我五臟六腑都翻了出來。

「太『中國特色』了！還有呢？」周亞萍邊笑邊擦牛奶。

「沒有了，他就一直重複著 **"color see see,color see see……"** 把我們吵醒，說著他 **"not three not** four"[1]的英語，又把我們哄睡了。」

原來那個叫阿四的同學在賭場打工時常常把賭場的東西帶回來，後來被經理發現了，認為這是一種盜竊行為，就把他解雇了。

「他在賭場搞衛生比別人在唐餐館打工掙的錢可多多了，那工作丟了真可惜！昨天他出去見工又沒有拿著，心裡堵得慌，夢裡就罵人了，發洩發洩吧。」顧小芬說。「哎，現在我們慘了，還得自己買廁所紙。」

「什麼？」她突然就轉了話題，我以為自己聽錯了。

「你不知道，我們房子裡用的很多東西，像廁紙呀，洗手液、洗廁精，還有那些洗浴缸洗不銹鋼的各種各樣的清潔劑，都是阿四從賭場拿回來的。你想啦，那些清潔劑比米比油還貴，我們哪兒捨得買？現在他把工作丟掉了，我們不都得自己買嗎？」

原來如此！這些留學生活得不容易啊！我很想幫幫他們，但我心有餘而力不足，我唯一能做的是一旦知道有地方要招人就趕緊告訴顧小芬，但每一份工作出來都有人比她更早趕到或者更合適做。

實在沒有別的辦法了，有一天，我把顧小芬帶到我們餐館的老闆跟前，我說：「大伯，我這個朋友來悉尼留學，借了學費出來的，家裡不可能給她寄生活費的。她只帶了兩百多塊錢出來，又找不到工作，現在是坐吃山空，真的連吃飯的錢都成問題了。每次去面試人家總是要了有經驗的，實在是沒有辦法了，你看看能不能幫她一把？」

老闆為難地說：「可是，我這兒已經夠人手了。小本經營，雇不起太多人。」

「我知道，大伯，你能不能讓她做兩個星期？讓她有個機會熟悉一下餐館的工作，這樣再去找

---

1 "not three not four"，有初學者把成語『不三不四』直接按字面翻譯成英文，成為笑話，學生們也就拿它來開玩笑。

工作別人就不會嫌她沒有經驗了。」不等老闆說話，顧小芬就急切地說：

「大伯，我給你白做，不用給我付工錢，只要讓我留下來就好了。行嗎？我會努力的，不會給你添亂子。」那麼斯文秀氣的女孩，有著那麼動聽的嗓音，卻用著那麼可憐的聲調來央求一份粗活，聽得我心都疼了。

「姑娘，我哪能讓你白做啊？」老伯沉吟著，最後說：「這樣吧，你週末有空就過來，先在我這兒做著。你好好學，邊學邊找，你去找工時就說在我這兒做過，有經驗。把我的電話寫給他們，他們可以給我打電話。」

老闆人好，他沒有虧待顧小芬，不單給她付工錢，只要有炒錯了或者沒有人來認領的外賣，下班時都給顧小芬帶走，有時帶回去的東西夠她吃好幾天的。

顧小芬也十分的勤快，端茶倒水、端菜打飯、擺桌收碗、洗碗洗菜、拖地倒拉圾，有什麼做什麼，忙進忙出，晚上還把中英文對照菜單拿回家去背。在我們餐館上了幾個星期後顧小芬就在別的鎮找到了一份 part-time[1] 的餐館雜工，洗碗、端菜和收拾碗碟。按原先商量好的，她找到工作就不用來我們餐館了，因為我們確實有足夠的人手。

顧小芬離開我們餐館後我很不習慣，我喜歡看著她苗條的身子在外堂與廚房之間穿梭。那個身子曾經那麼柔弱無力地躺在我懷裡，頭髮上散發著淡淡的香波，讓我當時就生出一股要幫助她照顧她的衝動。這種衝動在她離開我們餐館後依然揮之不去，我在這種半牽掛半擔憂的心境下不知不覺地品味出一種簡單而甜蜜的幸福。這種淡淡的幸福使我從失去蔚安的傷痛中走了出來，回到一種單純而快樂的現實生活中。

1 Part-time job 可以理解為兼職，指一周只做少量時間的工作，與之相對應的是 Full-time job，Full-time job 是全職工作，一般要求每週工作五天或者做夠 38 個小時。

顧小芬有了經驗之後找工作就容易多了，不久另外一家餐館也要了她，於是她白天上課，週末和平日的晚上都去打工。打著兩份工的顧小芬日子慚慚忙碌起來。

我們餐館一般星期四到星期天較忙，星期一生意最淡，所以老闆會安排我週一或者週二休息。以前我和顧小芬一般會在我的休息日裡打電話聊天，可是自從她打了兩份工後，她基本沒有給我來過電話。我閒下來時心就有點定不下神來，給她打電話又總找不著她。

顧小芬他們房子的電話就放在飯廳靠牆一個倒扣的牛奶箱上，她打電話時都是坐在地毯上說話的。我好不容易打通一次，好激動，有很多話想說。說了一會兒她說她的喉嚨有些兒乾，讓我說，她躺著聽。我說到後面，發現不對，原來她在地上睡著了，是同屋子的周亞萍聽到我一個人在電話另一頭說得正起勁，就撿起話筒假裝是顧小芬。我意識到顧小芬打工有多累，很心疼，也就不捨得有事沒事就給她打電話，可是心裡又放不下她，老想著能聽聽她的聲音或者能見到她的身影。

第三十五章　小芬生病

有一天休息我實在待不住了，就坐車到了顧小芬的學校。我在學校門前站了一會兒，看到一群群黑頭發的年輕人背著書包進進出出，說著我熟悉的中國話。他們都是顧小芬的校友，我想，說不準他們中有人就是她的同學呢。想到顧小芬的同學可以與顧小芬坐在一起學習，我生出一種想到她們學校學習英語的衝動，於是我攔住了一個學生，問他報名處在哪兒，他把我領到了一個辦公室的門口，指了指裡面說：「你進去問他們吧。」

我看到辦公室裡有個中國人模樣的男人，鼓了鼓勇氣止想走進去，剛邁出一步手臂就被一個有力的手揪住了：「吳大哥，你找顧小芬嗎？」。

我轉過身見是周亞萍，便跟著她走了出來，「不，我是來報名的。」

「報名？給誰報名？」

「我自己。」我說完竟莫名其妙地有點不好意思起來。

「你別急著報啊，到別的學校看看再說。」周亞萍小聲地說，「這個學校可能有問題，現在正鬧得凶呢。」

「什麼問題？」

「顧小芬沒有跟你說呀？」

「我都好久沒有跟她聯繫了。」

「學校縮減老師，改了上課時間，沒有夜課了。學生們很生氣，要趕回來上下午課很多人就沒法打工了。人都要餓死還上什麼課啊！吳大哥，你不是要上班嗎？怎麼來上課啊？」。

我這才醒過神來，我其實只是想來看看顧小芬，想跟她在一起、坐在一個課堂上，竟把上班的事拋諸腦後了。但是我也真的曾經想去上學的，學上一口流利的英語。

我雖然與顧小芬很熟悉了，但我從來沒有單獨約她出去行過街、吃過飯、看過電影。可我做夢都想啊！那麼漂亮可人的一個女孩子，走在身邊是多麼讓人賞心悅目的事啊！就是想想都已經讓人陶醉。可是醒著時我從來不敢去約會她，除了她很忙這個客觀原因之外，另一個潛在我心裡說不出口的原因就是我不懂英文，都不知道該約她去哪兒玩好。電影院放的都是英文片，我看不懂。吃飯吧？但除了有中文字的中餐我可不敢帶她上別的餐館去，拿起菜牌點菜時沒有一樣看得明白的多丟人啊！

所以我只敢去她住處探她，與大夥兒在屋子裡聊聊天。我安慰自己說「獨樂樂不如眾樂樂」呵。偶爾我也與他們一起做飯，我燒幾個泰國或馬來西亞風味的餐館菜色給他們吃，並搏得幾聲讚譽，晚飯後吹吹牛，有人開始打呵欠時我才戀戀不捨地離開，然後我孤獨地下樓行走在行人稀少的街道上。

顧小芬他們住處不遠有一個酒吧，好像總是那麼熱鬧。每次我去看顧小芬回來，都能看到很多的男男女女站在門外聊天，放眼看去，白人占了多數。不管春夏秋冬，那些洋女人都露著光溜溜的胳膀和長腿，豐滿的乳房從低胸的裙子上蹦出半截，襯上深深的乳溝在夜燈裡閃爍著白瓷般的光芒。有些女人的手指上夾著香煙，紅色的指甲在煙火下顯得亮麗誘人。她們穿著很高跟的鞋子，有著挺翹的屁股，大眼睛、高鼻樑下面的紅唇反射著迷人的亮光，使她們看起來更加美豔、勾魂。深夜了，她們看起來還那麼的精神，還不肯回家。

每次我從酒吧經過，一樣的遺憾總是爬上我的心頭：如果我能說一口流利的英文多好啊！我就可以帶著顧小芬來這兒玩。其實我並不知道他們在玩什麼，但我想裡面一定很好玩，他們一定是玩得太開心太激動了，沒有人想回家。

「顧小芬來上學了嗎？」我問。

「沒有呢？」

「為什麼？」

「她生病了。」

「什麼病？」我一聽急了。

「不知道，盡吐的。」

「我跟你回去看看她吧。」我說，周亞萍點了點頭。顧小芬都不在學校我待在這兒幹嘛？我把去諮詢上學的事丟到腦後，跟著周亞萍回去了。

「顧小芬好像病得不輕，昨晚沒怎麼睡，吐了好幾次。有一次還沒有走到馬桶就吐了，吐了廁所一地。吐完她還想著把地弄乾淨，我把她趕回房裡了。」周亞萍邊說邊領著我打開了公寓的門。

進了屋，周亞萍推開了一個睡房門。顧小芬躺在地上的床墊上，我朝屋裡叫了幾聲「顧小芬」，見沒有反應我心慌了，抬腳就往屋裡走去。我蹲下來把手伸到她的鼻子下，發現有鼻息進出，我提到嗓子眼邊的心終於放了下來。我摸了摸她的額頭，好像也不怎麼燙，看來她是太累睡著了，我走了出來順便把門帶上了。

我問周亞萍顧小芬去看醫生沒有。

周亞萍搖搖頭說：「沒有，聽說看醫生很貴，哪敢去?不過我們都從國內帶了一些感冒片和止疼藥來，就是沒有止吐的。」

「她發燒不？」我問。

「有時燒有時不燒。她前天就有點兒感冒，吃了些感冒靈，到昨天反而加重了，晚上吐了好幾回。整個人暈乎乎的連站起來的力氣都沒有了。」

周亞萍剛說完便聽到顧小芬房裡有動靜，我們同時跑了過去，看見她站了起來又跌回床墊上。

「你要去哪？」我問。

「她要吐。」周亞萍已經衝了過來，手上拿著一個塑膠袋。她把袋子打開，「你扶她起來」。我剛把顧小芬扶到洗手間，她就吐了起來，她吐得很凶很辛苦可是吐出來的東西很少，只是一些黃色唾液。

周亞萍端來一杯熱水，顧小芬嗽了嗽口靠在牆上有氣無力地扔下一句話「我要回家」便暈乎乎地癱了下去。我把她抱回屋裡，跟周亞萍說：「不能再吐了，再這樣吐下去恐怕就頂不住了。我得帶她去看醫生，人命關天，萬一出了什麼事怎麼辦？」。

周亞萍一聽也慌了：「啊？是呀，人命關天。但是我們花不起那個錢啊！」

我說：「錢你不要管，我來出。」我在悉尼還沒有去看過醫生，但我知道這兒有些診所看病要預約。怎麼辦？我拿來黃頁電話本翻了翻，有點不知從何下手。「周亞萍，你懂用黃頁嗎？」我問。

周亞萍正在清理顧小芬的嘔吐物，她從洗手間伸出頭來有點不相信自己的耳朵似的問：「你說什麼？」

「看醫生要找哪一頁？」我大聲地問。

「啊？」她又很意外地看了我一眼，終於明白我是真的不懂，說：「醫生是Doctor，你翻DO打頭的那頁。」我一翻，果然如此，裡面好厚一大打都是屬於「Doctors–Medical Practitioners」的。我把黃頁給了周亞萍，「你去打電話預約，我來拖地」。

周亞萍問了好幾個診所，都說今天沒有位置了，要明天或者後天才行。

「我們直接去醫院吧。」我說，讓周亞萍把顧小芬的手提袋拿了，我背著她下樓去了。我們攔了一輛的士，司機一見我背著一個病人便毫不猶豫地下車來幫我，並簡明地問「Hospital?」，「Yes」周亞萍說。

十分鐘不到司機就把我們送到了附近醫院的急診室，他叫我們等一下，自己下了車從急診室門口推了一輛輪椅過來。

我們把軟癱的顧小芬放在輪椅上推進了急診室，護士很快就從玻璃門後面走了出來，她讓我們把顧小芬推到了觀察室，給顧小芬的手指梆了一個帶線的東西，那條線又連到一個儀器上，儀器上便出現了一條條扭曲的線條，她又給顧小芬量了血壓，問我們顧小芬來醫院前的情況，我聽不懂護士說什麼，周亞萍也聽得很辛苦，說得更辛苦。但有一點我聽明白了，就是問病人的姓名和出生年月。

護士把顧小芬推進了病房，一會兒一個女醫生過來了，她看了看顧小芬的記錄卡、又觀察了一陣心電圖、跟護士說了些話就走了。兩分鐘後，兩個女護士走過來，她們給顧小芬掛上了吊針、取走了一些血樣，跟我們說了幾句話，周亞萍都問有所答，她們笑了笑走了。看到醫生臉上輕鬆和微笑的表情和病房裡來來往往的醫護人員，我心安下來。

我把周亞萍叫到急診室的走廊外面，我問她，顧小芬得的是什麼病？她說不知道。

我說：「你沒問呀？」

「沒有。」

「你怎麼不問呢？」

「人家說了我也聽不懂，問了又有什麼用？」

「那護士都跟你說了些什麼？」

「不記得了」

「怎麼會呢？」

「真的，我當時好像聽懂了一些，半猜著應付過去的。但是我問她們顧小芬會不會死時，她們都笑了，告訴我不用擔心。」

「你真的不懂英語呀？」周亞萍笑著問我。我點了點頭說：「只懂幾個簡單的句子和常用的單詞。」

「你不懂英語怎麼在澳洲開展工作？」

「我的工作不需要英語也可以『開展』得很好啊。」我聽著她那文縐縐的話大笑起來。

「真的？那你上班時都做些什麼啊？」周亞萍瞪著眼睛好奇地問。周亞萍的眼睛又大又亮十分有靈氣，如果她不是一臉的豆疤，想來也應該是一個美人啊！

「我呀，上午的工作主要做湯底和配菜，中午主要負責油鍋，晚上切肉、備菜、執油鍋，餐館忙不過來時我也會幫著炒炒菜、洗碗和……」

「等等，你在哪裡上班？」周亞萍一副腦子進水了的樣子，雙眼發直地打斷了我。

「餐館呀！」

「你不是外交官呀？」

「誰說我是外交官了？」

「顧小芬呀。唔，其實她也沒有說，是我猜的。可是，那天我問她你是不是在大使館上班的時候，她只是笑而不答，那不是默認了嗎？」在周亞萍的認識範圍裡，來澳洲的中國人，除了自費留學的語言生和國家派出的外交官、學者和工作人員之外，她不知道還有別的類型。她看我身上沒有什麼書卷氣不像學者，但五官端正、腰板挺直的便理所當然地認為我是外交官了。顧小芬也不否認，讓周亞萍心裡羨慕不已，她對顧小芬說：「你真夠幸運的啊！頭天還在學校門前痛哭流涕，第二天就交上了個外交官，還親自護送到家。」。顧小芬笑了笑，回了句：「哪有啊？」用周亞萍的話來說，顧小芬的那句「哪有啊？」語意模糊、表情曖昧，很有一點默認的意思。

顧小芬人生得嬌美俏麗，看著讓人賞心悅目，她話說得軟聲細氣的，聽著讓人耳順心怡。她的話往往不說透，讓人想聽又聽不夠或者聽得不太明白，不太明白就會去琢磨，一琢磨她人也就活靈活現地出現在眼前，越琢磨就越有意思就越覺得她可親可愛。而周亞萍則相反，聲音粗大，話說得又直又透，不管你想聽不想聽她都竹筒倒豆子般滴溜溜地全倒出來。還怕別人聽不懂似的，有時說完還要加注解。

為我「驗明正身」之後，周亞萍與我說話就更直截了當了：「你和顧小芬在談戀愛嗎？」

我被她的提問嚇了一跳，想也不想地答道：「怎麼可能？！」。

「怎麼不可能了？」她反問。

「人家顧小芬長得那麼漂亮，說話還那麼好聽，我怎麼敢跟人家談啊？」

「你也長得蠻英俊的嘛」周亞萍斜眼看著我，一臉壞笑。

「可是人家顧小芬是大學生，大城市裡出來的。我一個粗人，不明擺著是癩蛤蟆想吃天鵝肉嗎？」

「那你為什麼要那樣幫她？」周亞萍收斂了笑容。

「我怎麼就不能幫她了?你不也在幫她、照顧她嗎？」

「那不一樣，我們是同鄉，又住在一起。可是你與她才見過幾次面啊！」她還是一副不理解的樣子。

「劉斌也是男的，他以前跟你們連面都沒見過，也沒跟你們中的哪個談過（戀愛），不也收留了你們？」

「可是，看醫生不一樣啊！可能要花很多錢的。」

「我總不能見死不救吧。」

「你真是個好人，對朋友那麼仗義。對呀，醫院怎麼到現在還不叫我們去交錢?」

我們的話題很自然就轉到了醫院和看病這些事上。

周亞萍很感慨地說：「這兒的醫院怎麼那麼好啊！我們在上海看病可艱難了，排隊、掛號、排隊、交費、排隊、體檢、排隊、看醫生：排隊，排隊，每個地方都得排隊，而且還得先交錢。等了半天進到門診室，醫生頭也不抬地板著臉跟你說幾句話就打發你走，多問一句都嫌煩。我那時就想，做醫生肯定是天下最煩人的職業，來跟他說話的都是病人，這個腹瀉那個拉不出屎，這個心臟跳得太急那個心臟跳不動了，真是件件都煩人啊！可是我現在有點懵了，你看這兒的人，好像做醫生是件很輕鬆很讓人愉快的職業似的。你有沒有發現?這兒的醫生護士都笑咪咪的勒。」

我點了點頭：「他們確實個個都慈眉善目的。跟我們說話都慢聲細語的，很耐心。你問什麼他們都要跟你解釋，可是我又聽不懂。」我很遺憾地搖了搖頭。

「你以為就你聽不懂呀？我也聽不懂的啦！真急死我了。你知道嗎？前年我媽在上海住院時，我到醫院照顧了她半個月，真難受啊！我真的很不願意進那個地方，可是又不得不去。那裡的醫生沒有給過我們好臉色，好像我們都欠著他們祖宗的錢似的。負責我媽那個病房的護士更讓人討厭，特別地瞧不起人。她看我們的眼色呀，就像一把毒錐子，紮得出血。她跟我們說話的口氣，讓人聽了就想咬她一口。」

「她為什麼要看不起你們？」

「因為我們是江北人。」

「你不是顧小芬的同鄉嗎？那你應該是上海人那，怎麼又變成江北人了？」

「對你們而言，我們都是上海人。但是對上海人而言，我們只是江北人。」

「江北人？什麼意思？」

「江北就是江蘇啦，現在很多住在上海的人都是解放前從江蘇移民過來的。對世代居住在上海的人而言，江北人就是外地人」

「就像我們現在，對澳洲人而言，我們也是外地人。」我好像有點明白了。

「你說的還不夠準確，在這兒，我們不僅是外地人，還是外國人，連人種都不一樣。但是，你看啊！人家澳洲的醫生和護士一點都沒有看不起我們的意思。可是，在上海，那是我們自己的國家、自己的城市啊！可是我卻常常遭人白眼……」周亞萍越說越激動，臉上的豆疤也漲得紅通通的，讓人不忍心看。我想安慰她，又不知道說什麼好。憋了半天，終於說了幾句：

「你也不用傷心，我們每個人都有過被人家瞧不起的經歷，因為世上總會有那麼些視利小人。

他們看不起你不是你的錯，是他們沒有教養。其實別人怎麼看我們不要緊，關鍵是我們不要看不起自己就行了。」

「對呀，你說得太對了！別人怎麼看我我管不了，但我不能看不起我自己！哎，不說那些了，我們回去看看顧小芬吧。」周亞萍兩手掌交互拍了拍，彷彿要把過去的不愉快拍掉似的。

我們再回到病房時，顧小芬病床中間多了一張桌面，桌面上還有一本中英對照字典，她正坐在病床上邊查資料邊填自己的病歷卡。她左手還在打著吊針，臉上的氣色已經好多了。她看到我們進來，有點兒意外：「你們怎麼來了？」

我聽了心裡一震，心想原來顧小芬在路上已經失去了神智、連怎麼來的醫院都不知道。好險啊！如果不及時送院，真可能出大事了。剛剛在外面周亞萍說起看醫生住院費用時我心裡還七上八落，真怕一時腦子發熱做下的「仗義」之舉把自己弄得一文不剩，可是這會兒我心裡反而暖洋洋的，覺得只要顧小芬好好地活著，我花再多的錢、哪怕債臺高築也值得。

護士過來了，她跟我們說顧小芬要留在醫院裡過夜。我們可以回去了，醫院會照顧她的。顧小芬也催我們回去。

周亞萍去問醫院的前臺，發現從醫院到她們住的地方只要坐一趟公共汽車就到了，於是我決定先跟周亞萍坐車回到她們那兒再坐火車回家。

下了汽車，周亞萍問：「要不要上我們那兒做飯吃了再走？」。顧小芬又不在家我去幹嘛？我搖了搖頭，走了。

「吳大哥，你帶匙鑰了嗎？」周亞萍突然從後面跟了過來。我摸了一下口袋，確實沒有。這才記起我把匙鑰放在了他們廚房檯面上，走時匆匆忙忙忘了拿。

「我說吃了飯再走的，對吧？天留我也留。」周亞萍得意地笑了，她腳下蹭了蹭，像個小女孩一樣輕快地跳了幾步，笑容掛在眉間與唇邊，從背後都能感覺到她綻放的笑容。她的笑容本來也很美，只是臉上豆疤擠進了我的視線，很快就把美麗的笑容擠得支離破碎，讓人心酸。我可以想像，在她長青春豆之前，一定也與顧小芬一樣好看、一樣招人喜歡的。

「要不我請你吃飯吧。」我說，周亞萍搖了搖頭，她說：「還是我請你吃的好，哪好意思還讓你破費？我們回家去，我做給你吃。」

周亞萍廚藝很好，她炒的酸辣土豆絲尤其好味。我說：「看來上海菜也不亞於粵菜啊」。周亞萍大笑著說：「這裡哪有上海菜啊！都是東南西北四不像，跟劉斌他們現學現賣的。」

「你還真有悟性，一學就會，不做廚師真浪費了。」我也大笑起來。

「就是，本姑娘只是樣子生得笨拙，其實心靈手巧得很，學什麼像什麼。只可惜小時候沒有機會學畫畫啊！要不，我現在就可以天天畫鈔票了。我就專畫那種綠色的，一畫就是一百元，保證誰也辨不出真假。」周亞萍把自己逗得笑了起來，笑得熱淚盈眶。

第三十六章　失蹤

週六晚上，我剛下班回家就接到顧小芬打來的電話，她用慌裡慌張的口氣說：「劉斌不見了」。

「不見就不見，人家幹嘛要老是讓你見著？」我以為她是跟我開玩笑，但我一點都不覺得好笑，相反，心裡有點莫名其妙的不開心。

「我是說他失蹤了。」顧小芬用認真而嚴肅的口氣更正自己的說法。

「怎麼會失蹤？人家可能加班了。」

「我也這麼想啊，可是他昨天也沒有回來。他又不是鐵人，加班一天有可能，怎麼可能兩天都連續加班呢？」

「你問問他的朋友吧。」

「劉斌的幾個同屋都沒有回來。我找誰問呀？」

「那問問他的別的朋友，他們會不會到別的朋友或者老鄉家玩了？」

「我沒有他們的電話。」

「那你就報警呀！人失蹤了要找警察才有用的。」

「我哪敢招惹警察呀。那不是自尋死路嗎？」

「怎麼報警就自尋死路了？就因為我們是中國人？中國人到澳洲來留學，出了事不找他們找誰呀？」

「吳大哥，你不知道。劉斌他們都是黑民，報警不是自投羅網嗎？」

「他們不是留學生嗎？怎麼變成了黑民？」我不明白，顧小芬這才跟我道了真相。

原來，澳洲政府對留學生的出勤率有規定，語言生要達到 80% 的出勤率才能拿到合法的學生簽證。

劉斌是借錢出來的。他課餘時間拼命打工掙錢，除了要掙夠自己的房租、伙食、日用以外，還要掙將來的學費和還債。自從國際英專取消夜課之後，他因為白天打工無法在下午兩點半前趕回到學校上課，又不能把千辛萬苦找來的工作丟了，就乾脆退學，一下變成了沒有學生身份的「黑民」。

「你別把事情往壞處想，說不定他到誰家玩得太晚了就不回來了呢。你再想想還有沒有什麼同學與他平日走得較近的。」

「好吧，我想想我還能問誰吧。」顧小芬哽咽著掛了電話。

顧小芬在電話裡哭泣的聲音讓我心疼，我突然想起剛剛只顧著聊別人的事了，都忘了問她自己的事，她是不是也「黑」了？想著她面如桃腰如柳的嬌弱女子也要遭受如此的心身折磨我就寢食難安。我拿起電話打了回去，可是那邊總是忙音。

我輾轉反側無法入睡，想像著擔驚受怕、天天吃著廉價的紅蘿蔔、大白菜和馬鈴薯過日子的顧小芬，心裡就升起一種莫名的惋惜和不忍，恨不得馬上就去見她，搞清楚她是不是還有學生簽證。如果她也黑了怎麼辦啊？！她現在安不安全？她會不會被移民局發現？她會被遣返回去嗎？

一想到她要離開澳洲我就心慌。她回去了我怎麼辦？我去哪裡找她？怎麼找啊？不行！她不能回去！我要想辦法留她下來！可是，我有什麼辦法？除非她願意⋯⋯我不敢想下去了，我有自知之明，我知道自己不配，可是我就是止不住要想她，替她操心，為她擔驚受怕。

我抬頭看看臺鐘，已經是淩晨三點了，我告訴自己必須睡覺，不能再胡思亂想了。我開始數羊：

「一隻羊，兩隻羊，三隻羊⋯⋯」

我們的小洗碗工說過，她睡不著的時候就數羊，有時數到幾十隻就數不下去睏得不行了，從來沒有數到過一百隻。可是我數到三百隻時還是沒有睡意，怎麼到了我這兒就不靈了呢？我有些懊惱，難道是我數得不對？

想起來了，洗碗工說，想像著有很多羊，一隻跟著一隻跳過籬笆。可是羊長成什麼樣子呢？我開始回想自己見過的羊，好像想不起來。於是又想電視裡和羊毛製品的包裝袋上的，有了一些模糊的毛絨絨的輪廓了。我開始想像著數：「一隻羊跳過籬笆⋯⋯」可是它們為什麼要跳過籬笆呢？它們那麼笨拙遲鈍的憨樣子，真的能跳過籬笆嗎？怎麼跳啊？把身體貼著籬笆四腳翻滾過去嗎？我這麼想著時，就怎麼也數不下去了。

可是，為什麼鬼佬要數羊啊？洗碗工說她是用英文數的，羊的英文是「sheep」，念起來發音有些像睡覺的單詞「sleep」。呵－，我好像明白：可能是因為發音相近。那我找個與「睡覺」發音相似的中文字念不就好了？呵，有了，「睡覺」、「水餃」不是差不多嗎？於是，我開始數水餃：「一隻水餃，兩隻水餃，三隻水餃，四隻水餃，五隻水餃……」

我的身體已經很累，但是腦子卻很活躍，心裡愈加煩躁。我翻了個身，俯臥著繼續數。當我數到「八十七隻水餃」時肚子「咕嚕、咕嚕、咕嚕」連叫了三聲，我口裡念著「八十八隻水餃、八十九隻水餃、九十只水餃」，心裡想的是「趴食八隻水餃、趴食九隻水餃，就食煮水餃」，眼前浮現出一盤美味的水餃……趴著食也行啊！我再也無沒趴在床上了，一個鯉魚翻身坐了起來，起身下床，輕手輕腳地往廚房摸去。我把冰箱裡的速凍餃子翻了出來。

我煮好水餃把肚子餵飽時天已經朦朦亮了，我回屋打了一會兒盹就到餐館向老闆請了一天假。我從越南阜買了一大堆的速凍餃子、鮮肉、青菜和水果坐車去看顧小芬。雖然我幫不了顧小芬把失蹤的劉斌找回來，但我至少可以去關心一下她看看我有沒有可用之地。

屋裡就剩下周亞萍和顧小芬了，四個「原住民」全部失蹤，新來的人要麼出去打工要麼去找工作要麼去學校了。

幸福的是，顧小芬不是「黑民」！可是，她又生病了，她一生病就上吐下瀉的，像上次一樣。但是這次她自己有經驗了，知道不需要上醫院，只要不讓身體脫水就行，所以她不斷地喝溫開水。她上次去醫院醫生並沒有給她用藥。醫生告訴她，她是病毒感染，只要把肚子裡的病毒排乾淨，身體就會慢慢康復的，於是只給她注射了一些生理鹽水。

「什麼是生理鹽水？」我上次看到她在醫院打吊針時還以為那是藥呢，原來不是！這生理鹽水那麼神呀！吊針一紮，我看到顧小芬的臉慢慢的就有了血色。

「好像就是一些鹽放在水裡，與人的血漿的成分很像」，顧小芬說著，突然想起要給水裡加點鹽。看著快要虛脫的顧小芬，我想起葡萄糖水容易吸收，於是讓周亞萍下去買，我幫忙拖拖地。

因為顧小芬吃不了東西，我們也就不像往常一樣有很大的激情弄吃的。到了下午兩點，感覺實在太餓了，周亞萍才去做了一大鍋粥並炒了一大盤的土豆絲。

我們正吃著午飯時，一個二十出頭、身單體薄的男子開門走了進來，身體疲勞得有點站不穩的樣子。周亞萍站起來、撲過去抓著那個男子的手臂搖晃起來，並高興地大叫：「阿四，你還活著！你還在悉尼！你失蹤了那麼多天，嚇死我了！」說著說著她竟激動地哭了起來。

我不知道阿四叫什麼名字，他是劉斌那裡最早的住客之一。我去看過顧小芬好幾次，但從來沒有碰見過他。用周亞萍的話來說，阿四就像是一個傳說，關於他的故事很多，但都是從別人那兒聽來的，因為阿四自己從來不說。

顧小芬的說法更有意思，她說：「阿四就像是一個虛構的人物。我知道他跟我們同住在一套房子裡，但我看不見他，因為我還沒有起床他就出去了，我睡覺時他還沒有回來。」

聽說阿四打著好幾份工，忙得連談戀愛的時間都沒有，而吃飯經常是在路上或者火車上，睡覺是在課堂上。

阿四不好意思地把手臂從周亞萍手中抽出，心事重重地問道：

「其它人呢？」

「都還沒有回來。」

「他，誰呀？」阿四警覺地看了我一眼，有點不太歡迎的樣子。

「他是吳大哥，我和顧小芬的朋友。你坐下，我給你盛飯去。」周亞萍又高興得腳下一蹭一蹭地像個小女孩，她先給阿四端來一杯水，接著又端來一大碗粥。

阿四是真渴了，他一口把水喝完，「移民局的人來過嗎？」他問。

「移民局？沒有吧？顧小芬生病了，我們很多時間都待在家裡，沒有見陌生人來過啊。」

阿四並沒有坐下來吃飯的意思，他掃了一下室內，問周亞萍：「拖把呢？」。

周亞萍以為阿四聞到了顧小芬嘔吐過的味道，接著說：「我都拖過的。還有味道嗎？那我把窗門都打開好了」，說完跳過去想開陽臺的門。

「周亞萍，我問你拖把在哪裡？」阿四顯然急了，提高了嗓門。

周亞萍嚇了一跳，她不知道拖把在哪兒，她也想不明白為什麼阿四一回來就要找拖把，她迷茫地看了看阿四，又看了看我。

「在洗衣缸裡」，我說。我拖完地後把拖把洗乾淨後就留在洗衣缸裡了。

劉斌的單元房裡沒有單獨的洗衣房，進門的右手邊是廚房，門朝左手邊開，左邊往裡走兩步有個雙門壁櫃，洗衣機和洗衣缸就藏在壁櫃裡。

周亞萍趕緊打開壁櫃門，「在這呢，你想拖哪裡？你坐下吃飯，我去拖。」她殷勤地叫著把拖把拎了出來，不小心拖把的長柄就敲在了阿四的頭上，阿四一陣疼痛，「弄痛了嗎？」，周亞萍騰出手想去摸阿四的頭，但伸出去後又縮了回來，拿著拖把不知如何是好。阿四皺著眉頭問道：「誰把拖把放在陽臺上的？」

「沒有啊，不是在這裡嗎？」周亞萍被阿四的話弄得更糊塗了。

「我不是說今天。我是說前天和昨天。前天是誰把拖把放在陽臺上的？」阿四把嗓音又提高了幾十個分貝，聲音拉得老長。

「是我。」周亞萍的聲音有點兒戰戰兢兢的。

「哪兒放不好？你為什麼一定要放到陽臺上去？」阿四的臉拉得比聲音更長。

「那天煮飯時醬油瓶打翻了，我拖地時發現拖把有一股黴味，看外面太陽好，就想把它放陽臺上曬曬、除除味。」

「曬就曬，你幹嘛還非得倒豎著放不可？」阿四的聲音裡包著一團怒火。

「我……」周亞萍有點怕怕的，一時答不上話來。

「我，我什麼？你覺得那樣好玩是嗎？真是有毛病！」阿四的怒火終於沒有包住，從口中滾了出來，燒得他的臉紅紅的，閃著一片凶光。

周亞萍看著怒火中燒的阿四，臉上竟生出幾分的驚恐，帶著一陣茫然。

「倒豎著曬容易乾嘛。」我有點看不過眼插了一句。

我不開口可能還好，這一插話，周亞萍的眼淚就湧了出來。她想自己平日對阿四那麼關心友好，煮飯時總是會記著給他留一份免得給大夥兒吃光了，她又想起這幾天的事，心裡好生委屈，眼淚便再也止不住了。

前天周亞萍回到家一放下書包就在廚房忙開了，想著讓阿四和劉斌他們回來就有飯吃，本來還有另外一個女生幫手洗洗菜的，但廳裡那幫男生想玩牌，湊不夠對，就叫那個女生過去一塊兒玩。那個女生把菜籃子放在水槽邊，轉身時菜籃子打翻了，她伸手去接菜籃子時，又把周亞萍手上的醬油瓶撞掉了。那個女生弄了一地的太白菜、醬油和水之後卻一溜煙地開溜跑去陪男生打牌，周亞萍就只好把拖地、洗菜、燒飯煮菜的事全包了。而她做好一桌的飯菜等著人回來吃的，可是等到飯菜涼了，該回來的人不單沒有回來吃飯，也不回來睡覺。

這幾日周亞萍不單要照顧生病的顧小芬，還為阿四和劉斌他們擔心得連覺都睡不好，可是阿四一回來就這麼粗魯地對待她。

「你那樣做會嚇死人的，你知道嗎？」阿四看著周亞萍可憐兮兮的樣子，意識到自己的脾氣可能大了些，聲音低了下來。

「怎麼倒放個拖把就嚇死人了？」周亞萍不明白。

「你是真不知道還是沒有腦子？倒豎拖把是我們的報警信號。你們剛來的那天晚上劉斌沒有跟你們說過嗎？」

原來，阿四和另外一個「原住民」早就「黑」了。他們來澳大利亞半年之後，因為交不起第二個學期的學費又不想欠著一屁股的債回中國去，而是選擇「黑」著打工掙錢。

他們有個約定，如果有移民局的人上門抓人，不管是誰，一定要在被押走之前把家裡那把有著七彩布條的拖把倒豎著放在陽臺上以保全別的難兄難弟。兄弟們如果看到「危險警報」時不要回家，能躲多遠躲多遠，直到警報消除才回來。

周亞萍他們剛到那天劉斌是說過這事兒，但那天太多事情要聊要問要交待，而且人多嘴雜，房子裡鬧哄哄的，有些話免不了就聽漏了，周亞萍壓根兒就不知道有「危險警報」這回事，而其它人新來乍到，還無法身臨其境，當時聽著既覺新奇又覺恐慌，可是接下來的日子天天都有新鮮事兒發生在自身，那「聽來的」就像水過鴨背很快就被人忘之腦後了，就像一個初玩電腦遊戲的小學生，一路殺將下去越玩越刺激，誰還會回頭去回想剛入場時的情景？

今天早上我拖完地把拖把留在了房子裡竟然無意中解除了他們的警報，當晚劉斌和其他「原住民」也陸陸續續地回來了。

我這才知道當時劉斌他們房裡住著的那幫中國留學生裡有近一半人都已經「黑了」。平日他們就算同奔一個地方也儘量不一塊兒出門。中國人嗓門大，一大群中國人在街上大聲地說著中文一看就知道是語言生，容易引起人們注意，如果真要抓「黑」，一抓一個准。分開行動的話，如果前面的人被抓後面的人還可以及時抽身逃跑。

前天阿四打工回家，看到陽臺上出現了倒豎著的拖把，以為有「敵」情，躲到一個老鄉家去過夜了。別的兄弟與阿四一樣，也都躲了起來。他們幾個分別在不同的地方打工、學校又不上課，躲了起來互相之間就很難聯繫。他們不知道是誰被抓了，都互相替對方擔心，自己也擔驚受怕。第一天阿四不敢打電話回來，擔心移民局的人正在他們房裡「守株待兔」。阿四白天忙著打工，在兩個不同的地方奔波忙碌，昨晚回家時看到警報還在不敢回家，回到老鄉處他打過兩次電話，但家裡都占線。他今天下班早，回來發現拖把不見了，這才放心地回來了。

阿四才吃完飯，劉斌也回來了。

劉斌與阿四一樣在別的朋友那兒借住了兩宿，也是幾個人擠一屋裡，連換洗的衣服都沒有。

那天劉斌回來看到「危險警報」他先是一驚，但他沒有像阿四一樣慌不擇路地轉身就跑，他停下了腳步四周觀察了一下，發現並沒有可疑之人，於是便走到離家最近的一個公園的一個椅子上坐下。他看著來來往往下班的人們，他們或匆忙或散漫，但他知道他們都有一個確定的方向，只有自己，不知道今日哪兒安身、明日又將立命何處？心裡十分的苦悶。

第三十七章　周亞萍的出國與回國

劉斌、阿四「失蹤事件」發生不久，周亞萍真的失蹤了。

那天打電話給我的不是顧小芬，而是劉斌，我很意外。

劉斌問我：「周亞萍昨晚有沒有在你那裡過夜？」

「怎麼可能？她每次來都是與顧小芬一起的，從來沒有在我這兒過過夜。」

劉斌說：「我們知道，只是想這次會不會有意外，抱著僥倖問問。她昨晚沒有回來。大家都在找她。」

周亞萍在中國上的是外語學院，主修的是英文和俄語。外語學院的學生最有出國的熱望和傳統，一九八八年當國際英專的教務領導到上海去做招生訪問時，周亞萍她們宿舍八個人傾巢而出，一大早就從學校出來、倒了兩次班車趕去劇場聽演講。聽完演講後周亞萍她們又擠到前面七嘴八舌地問起了關於學生打工的事，那個會中文的華人雇員說，在澳洲，學生半工半讀很普遍的，很多當地孩子十四、五歲就開始打工掙自己的零花錢，大學生半工半讀就更普遍了。

「澳洲人一個月工資多少？」一個憨頭憨腦的男生擠了進來問。

「你是說平均工資嗎？」雇員反問。

「對。」男生肯定地說。

「大概一千到兩千元之間吧。」雇員想了想回答。

「是人民幣還是美金？」男生又問。

「都不是，他們用澳幣。」雇員溫和地笑了笑回答。

「餐館端盤子一個月能掙多少？」男生還問。

「這個不好說。侍應生的工錢經常是計時的，特別是學生，大都做兼職。一般全職工人才有固定的年薪，兼職或者短期工作一般按工作時間或者工作數量計酬。」

周亞萍心想，要問就要有的放矢，別浪費大夥兒的時間，人家澳洲人一個月掙多少錢關你啥事啊？她上去把男孩擠到了一邊，大聲地問：「侍應生一小時能掙多少錢？」

「這個不好說。」雇員回答。

「說個大概也行。」這回那個男生好像明白過來，幫著問。

「侍應生也分很多種，三、四元到七、八元的都有，不同的餐館給的不一樣。」

「就算三元一小時吧。一天幹上八個小時就二十四澳元，哪不相當於我姐姐一個月的工資了？」那個憨憨的男生小聲地計算著嘟噥著。周亞萍回頭看了這男生一眼，發現這個男生的臉蛋清亮圓潤甚是可愛，於是又多看了兩眼。這多出來的兩眼就把男孩的注意力和勇氣都勾出來了，於是演講諮詢結束之後他就跟在了周亞萍她們後面請姑娘們去喝汽水，於是一瓶冒著二氧化碳的洋汽水就把單純的周亞萍的心騙走了。向膽大直率的周亞萍為自己的春心萌動慌了神，分手時竟忘了向那個男孩要電話。

那個憨厚可愛的男孩就是阿四。可是我見到的阿四的臉龐卻不再圓潤人也不再憨厚了，他的臉與身子一樣單薄，疲憊的面容上是一雙機警的眼神和緊張的雙唇。

周亞萍剛到悉尼的那天，當她在劉斌的家裡看到阿四時，她激動得淚水漣漣。她覺得老天爺對她太好了，漂洋過海的，讓他在這兒等著她。這樣想著她彷彿明白了為什麼學校會忘了到機場來接自己，因為冥冥之中老天爺自有安排啊！如果接到別的地方去，那她不就遇不到她思念了整整一年的心愛的男孩？

還是讓我們回到一九八八年吧。周亞萍和同宿舍的姑娘們聽完招生演講會回到學校之後的那幾個星期，出國留學幾乎成了她們宿舍每天必須的話題。

一年之後，周亞萍家東挪西借的總算籌夠了五千澳元，周亞萍一畢業就直奔國際英專來了。

周亞萍有一個和睦的大家族。她從小就愛讀書，成績一直很好，這次家裡那麼順利地給她籌夠學費，也是托她自小而大掙來的好名聲。她爸爸和媽媽兩邊加在一起有十幾個堂表兄弟姐妹，就數周亞萍書讀得最好。她要出國留學，伯、叔、姑、舅個個慷慨解囊相助，就連八十多歲的老外婆也把為數不多的積儲全部取了出來，用顫抖的雙手把那一大疊非常平整的十元大鈔給了周亞萍的媽媽。

周亞萍的媽媽不肯要，她說：「媽，錢已經籌夠了，這點錢你就留著自己花吧。」

可是外婆不幹，她說：「出門在外，無親無故，無依無靠，錢哪有夠的？」說完把錢塞到了周亞萍的手裡，周亞萍也不肯接。

外婆流下了眼淚，她說：「好孩子，你去那麼遠的地方。外婆老了，幫不上你什麼了，這點錢你得帶上，讓外婆心裡踏實些。」

周亞萍看了下外婆又看了下媽媽和舅舅舅母，不知如何是好。外婆緊緊握住了周亞萍的手：「好孩子，快拿著吧。就當是外婆借給你的。等你學成回國，再還外婆。」外婆用手巾擦著眼角：「外婆老了，還不知道能不能等得到你回來。澳大利亞那麼遠的地方，也不是想回來就回得來的啊。」

「你外婆會長命百歲，一定可以等得到你回來的。」舅舅走了過來，他把錢塞到了周亞萍的手上，扶老母親坐了下來。

周亞萍把外婆給的兩千多元人民幣換成了幾百元澳大利亞的塑膠鈔票作為安家費一個人拉著行李來到了悉尼。

那時很多人出國是覺得外國容易掙錢，是借了讀英語的名目出國「發財」去的，但是周亞萍是個真想讀書的人，她出國前就想好了，讀完已交學費的語言學校的英語課程之後就想辦法轉到正規大學去讀專業課程。她要讀研究生、之後還要讀博士，至於讀什麼方面的研究生和博士她還不十分清楚。當時資訊有限，她還不清楚澳洲有哪些大學、大學裡有什麼學位可以讀，但她想到了悉尼再去學校問吧。

周亞萍原以為自己主修的是英文，找工作會比較容易。首先把自己的生活費解決了、再把下學年的學費掙足了、然後把借親戚的錢還上之後就可以安安心心地去讀她的書了。

可是到了悉尼後，周亞萍的計畫全亂了。因為她發現，澳洲人說的英語跟她在學校學的很不一樣，不單是口音不同，連用詞也不一樣，很多時候她根本就聽不明白他們在說什麼。加上正值澳洲經濟蕭條，工作機會少之又少。她買了很多報紙打了很多電話又親自上門去找了很多餐館、商鋪也沒有人聘用她，眼看就要坐吃山空，心裡急得恨不得把每個沉重厚實的澳幣都切成幾個薄片片來花。

戴衛斯國際英專是當地最大的私立英語學院之一，學生是清一色的黑頭發、黃皮膚的亞洲人，其中又以中國人占了絕大多數，他們中的大部分人都像周亞萍一樣借了錢出來，經濟條件好一些的頂多也只是家裡給交了一年的學費，至於自己的生活費和往後讀書的學費，幾乎無一例外地都要靠自己，所以每個人都在打工或者找工作。幸好學校的課程安排很靈活，聽、說、讀、寫每一門課都排有日課和夜課，所以白天打工的人晚上就可以回學校上課，而晚上打工的人就白天去上。

大概人們大多在白天打工，所以晚上的課一般都很滿，而白天的學校反而比較冷清。

當時有好幾間私人英語學院設在靠近悉尼市中央車站的地段，每天下午三點到五點之間，可以看到很多黑頭發的年輕人背著書包、拖著疲憊不堪的身體從各路火車、汽車上走下來，出了車站又朝著不同方向的語言學校走去。

戴衛斯國際英專也離市中心車站不遠。學校有個很大的多功能廳，是學校集會和新生註冊的地方，也是學生們休息、聚會和資訊交流的場所。裡面設有多台電話供學生免費使用，還有很多桌椅，有自來水、飲料機器，甚至還有兩個微波灶。考慮到來自中國的留學生們以前沒有使用過微波爐，校方特意在微波灶後面的牆上貼了一張中文說明書。白天每節課之間或者晚上上課前學生們都喜歡待在這兒休息、聊天，訴說尋工的苦與樂，分享打工的遭遇和體驗，議論留學和移民形勢、探討前途、交換租房和其他生活資訊。

周亞萍白天去上課，上完課後就待在學校的多功能大廳，拿著報紙在上面尋找工作，看到合適的就打電話去問。心想如果人家要人，我從學校坐車去面試更方便。可是打了很多電話也沒有人叫她去面試。

周亞萍後來認識了一個上海女生，聊起來才發現她們曾經住在同一條街道、上過同一個小學和中學，彷彿見了親人一般，兩人有說不完的話兒。後來那個學姐找了個五十多歲的洋人男朋友，並且很快就搬去同居了。那個洋人住在城市的另一頭，因為上班太遠學姐就把周亞萍推薦去頂替她的工作。

那是一份比較輕鬆的清潔工作，在一個巧克力工廠搞衛生，包括吸塵、抹門窗玻璃、清潔廚房和廁所、把各個房子和車間的垃圾桶清空，把垃圾分類倒到大垃圾箱和回收箱裡。一個星期去三次，四點到七點，每週也就幹九個小時，拿到五十二元的薪水。巧克力廠是西方人經營的，按澳洲的勞工市場給的薪酬，比顧小芬在中餐館打工的薪酬高了三分之一。這「肥差」來得不易，周亞萍做得特別用心，她嘴巴甜、膽子大，見人願意主動打招呼問好，別人也就對她多了幾分注意，一來二去的幾個月下來，她也能把工廠裡常見的人的名字記得七七八八了。

有了這九個小時的工作，周亞萍心裡一下踏實了下來，她的伙食費、生活費、房租和交通費一下全解決了，生活有了保障。周亞萍沒有停下她勤快的腳步，她仍然不停地找工，並抓住一切有可能的工作機會。

有一天周亞萍去包裝車間清理垃圾桶時發現那個叫 Cindy 的包裝女工還未下班，就跟她多聊了幾句，Cindy 也是個愛說話的人，她告訴周亞萍她下個月就不來這兒上班了，因為她要跟家裡人搬到昆士蘭州去。周亞萍知道消息後便立刻去找管理人員，央求他讓自己去學習打包裝以備將來 Cindy 走了好有人頂替。

「我真的很需要這份工作，要不我下學期的學費就沒有著落了。請讓我試試吧。」周亞萍用急切的目光看著管理員。「培訓階段你們不用付我工錢，如果我學得不好你們可以不錄用我。」周亞萍誠懇地說，管理員被她的態度打動了，答應了她。

操作包裝機器算是有點技術含量的工作，周亞萍人勤眼巧，又學得十分認真，而 Cindy 又是個好心人，傳幫帶的工作做得耐心、細緻而有條理。周亞萍不久就把包裝車間的工序學會了，Cindy 離開時周亞萍基本能獨立工作了。

周亞萍當上了巧克力工廠的包裝車間工人，這意味著她找到了一份可以一天做八個小時的工作，但這份工作必須在工廠正常運作的白天來上班。於是周亞萍就改成晚上上課，她本來很想保留搞衛生的那份工作，但時間上安排不過來，就只好推薦給另外一個還沒有工作、正苦惱著的女同胞來頂替了。

巧克力工廠的工作是分工段接龍式的，配料、打漿、製糖、著色、成品，最後才到包裝車間。周亞萍本來可以像別的工人一樣早上八點工作到五點工廠關門的，那樣她就可以拿足全天的工時，一天四十多元澳幣的收入，都快趕上她爸爸一個月掙的工資了！但是工廠離學校還有一個多小時的車程，她開始還嘗試著趕去上傍晚六點鐘的課，但趕到學校時第一堂課已上了一半。碰到路上塞車或者錯過了一趟巴士，到學校時一堂課已經結束。

按照澳洲政策，海外留學生要報讀全日制才符合簽證資格，語言生每週要到學校上夠十五個小時的課才算全日制學生（full time student）。所以周亞萍就只好保留了兩堂白天的課。可是好不容易有了份工作，又不能好好地去做，放著綠花花的鈔票不賺，周亞萍真不忍心啊！如果工廠每週七天每天二十四小時都開門多好啊！那樣她不上課不睡覺時就去上班，一天幹它十六個小時！周亞萍實在不捨得丟下工作，於是選擇了蹺課。

可是，如果白天的課她全逃的話，她的出勤率就成問題了，所以逃了兩次課後周亞萍心虛虛的，第二周只好忍痛割愛提前下班去上課。

一週三十多個小時的工作給周亞萍帶來了不菲的收入。她生活上很節儉，能省即省，她給自己設定的伙食費是每週十元。除了減價的麵包外，她從來不在外面買現成的食品，堅持自己做飯，午飯也自己帶。這樣除了房租、水電、交通費等必須開銷外，她一個星期能存近兩百元。

周亞萍掐指一算，以此速度，三個月就能存夠下學期的學費了。

有了工作錢來得真容易啊！她心裡特別興奮。如果我周末再打一份工，說不準借親戚的錢一年也就可以還清了。想著欠著人家的錢周亞萍心裡就難受，所以她從來沒有停止過尋找工作—平日有了工作但週末兩個大整天她閒不住啊！她需要一份工作來充實她的時間和腰包。所以不久之後她就開始了她的第三份工作—餐館雜工。

一九九〇年七月的一天，顧小芬和周亞萍都接到了一樣的學校通知，要求所有上晚課的學生下完課後到多功能大廳去開會，學校有重要的決定要宣佈。

顧小芬和周亞萍這兩個月因忙於打工比較少時間與同學溝通和關心學校的事。放學後她們背著書包隨著人流湧到了地下大廳，她們看到黑壓壓的一片人頭，也不知道是因為學生們都太累還是心情緊張，總之她們覺得今天的氣氛不對勁，好像說著話的都愁雲遮臉而沉默的人也是心事重重。

伴隨著一陣「滴噠、滴噠」有節奏的高跟鞋敲擊地面的聲音，年輕、高挑、漂亮的女校董出現了。

她穿著一條紅色無袖連衣裙、外加一件黑色西裝上衣，十分優雅地出現在人們眼前，魚貫而出的還有幾個學校負責人，包括那個曾經到上海做招生宣傳的會說中文的華人雇員。七月份是悉尼最寒冷的季節，但是高大健碩的西洋人大多只穿一件貼身衫衣外加一件西裝外套，而相比之下顯得矮小瘦弱的年輕的中國學生幾乎不論男女，外套裡面都穿著禦寒毛衣，毛衣大多又厚又密實，一看便知是親人們親手織就。

學生們安靜了下來，一致把注意力轉到校領導身上。女校董掃了一眼大廳裡的學生，又看了一眼身邊的幾位同事，轉過臉對著眼前一大片烏黑頭髮的學生們，露出了一個禮節性的微笑：「女士們先生們，晚上好。」她說，「最近因為教員的變化，我們的課程將有一個較大的調整。對於因為課程調整給大家帶來的不便，我深表歉意。」她收起了好看的笑容，開始宣佈新的教學安排：

取消晚上的課程，每天最晚的課只能上到五點半，所以上下午課的同學必須在下午兩點半之前趕到學校上課以保證出勤率，出勤率不足將會被取消學生簽證。

女校董的話由那個會說中文的雇員用中文翻譯，重複了一遍。人們聽後不知所措，有那麼幾秒鐘的時間學生們彷彿缺氧了、腦子一下失去了思考能力，等他們反應過來後，大廳裡立即沸騰起來。人們異口同聲地問：「為什麼？」

「學校老師不足。」女校董說。

「兩點半鐘前就要趕回學校來上課，這還怎麼打工？這不明擺著想餓死我們？」學生們在下面絕望地議論。

周亞萍實在忍不住了，她擠到前面問校長：「學校不夠老師，為什麼不多招一些？如果兩點半鐘就要趕回學校來上課，我們就很難打工了。」

「安排好打工與學習的關係是學生們的事。我的工作是在人手短缺的情況下怎麼樣保證學校的正常運行。」

「怎麼是我們自己的事了?當初你們到我們中國去做宣傳時是怎麼說的?你們說，學校的上課時間是很靈活的，我們可以選擇白天上也可以晚上上。你這不是騙我們嗎?你知道我們找到一份工作有多艱難嗎?你這樣時間想改就改，你考慮過我們嗎?兩點半就得回到學校來上課我們怎麼打工?失去工作我們怎麼生活?」

留學生們群情激憤，大部分的學生的英文都沒有好到可以吵架的份上，於是就用中文直接質問那個會中文的學校雇員。

幾個膽大的女學生在周亞萍的帶領和鼓舞下圍住了校領導，她們提出疑問，與校方爭執起來。她們越說越激動，越說越傷心，越說越憤怒。女校董初初還努力回答學生的問題，試圖平息大家的憤怒，但是當她所有的努力換來的只是學生的吵鬧和謾罵時，她終於失去了耐心，有些惱火地重申一遍：學校取消夜課的決定不會改變，然後帶著她的同僚走了。

人們給氣得說不出話，乾脆就罵人喊口號，場面一片混亂。

「Liar，you fucking liars(騙子！你他媽的騙子！)」

「Fuck you!（操你）」

「無恥的小人！」

「Piece of shit（狗屎）」

「貪得無厭的資本家！」

……

女校董在人們中西合璧的謾罵聲裡回到她的辦公室，她覺得這些中國人說話沒禮貌很粗野，沒法與他們交流和論理，她想著當初接任這個學校時的雄心勃勃和現在經營的艱難，很是灰心，她覺得自己受了留學生們的誤解和侮辱，竟流下了委屈的眼淚。

從小豐衣足食的女校董當然無法理解失去工作之後的這些海外留學生要面臨的將是什麼樣的生存環境。學校取消夜課就等於把留學生的生存之路堵死了，當生存都成了問題時，誰還能心平氣和地跟你論理？當人們失去理智時又怎能顧及禮貌和風度？

周亞萍失蹤的第三天，顧小芬告訴我，周亞萍被移民局關起來了。一起被抓的還有與周亞萍一起在國際英專「鬧事」的三個女同學，罪名是「違反學生簽證超時打工」。她說她們很快就會被遣返回國。至於周亞萍是怎麼被抓的，顧小芬也不太清楚，學校裡流傳著好幾個不同的版本：

有人說是移民局接到舉報後直接到工廠把周亞萍抓了。

也有人說是學校通知周亞萍去移民局的，周亞萍於是自己送上門去了。而那天正好是巧克力工廠的出薪日，移民局官員從周亞萍的口袋裡搜到了她的工資單，上面記錄著她最近兩周每週近三十個小時的工作時間，比合法打工時間超出三分之一。證據確鑿，當場就把人扣下。

另一個版本聽著讓人心酸，我特別不喜歡，說的是一個中國女孩子知道周亞萍把校領導惹惱後，便趁此機會向學校舉報了她。周亞萍剛被抓走這個女孩就跑去找周亞萍的車間主任，想去頂替周亞萍的工作。而更可悲的是，周亞萍曾經有恩於這個女孩子，因為她在澳洲的第一份工作——巧克力工廠的清潔工正是周亞萍轉讓給她的。

周亞萍上飛機之前，我跟著顧小芬和劉斌去給她送行。我沒有想到有那麼多人來送她們，有顧小芬認識和不認識的。劉斌說，很多人也是周亞萍不認識的，但是因為周亞萍的勇敢和不幸，留學生們敬重她、關心她，都想來送送她。

顧小芬抱著周亞萍泣不成聲。周亞萍抬頭看見我，拍了拍顧小芬的背說：「乖，別哭了呵，被遣返的又不是吳大哥喲。」說完裂嘴對我笑了笑，彷彿要安慰的人真的是顧小芬。我心裡一酸，向前跨了一步把顧小芬和周亞萍擁在懷裡，劉斌接著走了過來，其他朋友也圍了上來，人越來越多，相擁相抱著久久不願分開。

臨走，周亞萍對大家說：「我走了，這一去將不再回來。你們要保重，要當心，事實上」她說不下去了，喉嚨被無限的心酸和悲苦噎住了，淚水像水晶珠子般一滴滴滑落下來，她咬住了嘴唇，抬手把淚水抹去：「事實上的澳洲遠非我們原來想像中的那麼美好」，周亞萍強忍著淚水終於把那句話說完了。說的人不甘中帶著無限的悲傷，聽的人深有同感，心裡一片淒涼。

人們目送著周亞萍與另外三個女孩在移民局官員的押送下走了。一陣悲淒的口琴聲從人群中飄出，有人輕輕吹起了那首著名的《送別》，人們跟著吟唱：

長亭外，古道邊，
芳草碧連天。
晚風拂柳笛聲殘，
夕陽山外山。
天之涯，地之角，
知交半零落；
一壺濁酒盡餘歡，
今宵別夢寒。

當人們回過頭來時，發現吹口琴的瘦高的青年男子已經淚流滿面，他好看的雙眼裡是極度的憂傷、無奈和絕望。

突然，周亞萍轉過身快步走了回來，對著吹口琴的男子裂嘴一笑說：「阿四，你今天怎麼不上班啊？」她的聲音溫柔得讓人心碎，淚水在她的眼裡搖晃，使她的眼神變得像迷霧，遙遠而深邃，讓人有一種想跟著它去看個明白的欲望。

阿四停下了吹奏，「我，」他嘴巴一扁，說不下去了，趕忙把口琴放回唇邊。

「我可以抱一下你嗎？」周亞萍問阿四，阿四點了點頭，放下口琴。她用雙手圈住了他，連同他垂在身旁的雙手，極快但是有力地抱了他一下：「要保重，要堅強。」阿四點著頭。「阿四，謝謝你。我在澳洲的日子因為有你而甜蜜。我會永遠記住你的。」周亞萍說完放開他，轉身大步地走了。

阿四本能地伸出手要去抓周亞萍，但沒有抓著，他呆呆地站了一會兒，拿起口琴繼續吹奏，很多人哭了。人們目送著周亞萍等人的身影消失在遠處，不由自主地輕輕跟著吟唱：

長亭外，古道邊，
芳草碧連天。
問君此去幾時來？
來時莫徘徊。
天之涯，地之角，
知交半零落。
人生難得是歡聚，
惟有別離多。

第三十八章 「四十大千」的「洋插隊」

周亞萍及她的朋友被遣返回國這一事件對「黑民」留學生震憾很大，一時之間風聲鶴唳，人人自危。當時大部分的自費留學生是背著一身的債務出來的，課餘拼命打工掙錢是他們不得不走的道路，有些人一邊讀書一邊同時打著幾份工，打工的時間加起來比全職工人[1]還多。但是澳洲法律規定，全職學生[2]上課期間一周打工不能超過二十個小時，超時便是違法。海外人員在澳洲做了違法的事，澳洲政府一般的做法就是把他們驅除出境。

「教育出口」是澳洲的一個重要產業[3]，那時到澳洲接受短期英語培訓的要求很低，學生只需要繳交四周的學費就可以辦理學生簽證到澳洲留學。學費每週不過百元，也不需要經濟擔保。一九八七年下半年門檻略有提高，要求繳交一個學期的費用和一千美元的經濟擔保。加上一張國際機票和幾百元的安家費，到澳洲留學所需也就三、五千美元。可是對於當時月工資不足百元人民幣的普通中國家庭而言，幾千美金就是一個天文數字。但是人們把出國當作人生發展的一個契機、一個發財的機會。澳洲留學機構在中國各大城市舉辦的推介會幾乎無一例外地場場爆滿，走出推介會場的人們動員家人

---

1 澳洲全職工人(Full Time)每週工作時間一般為三十八至四十個小時。

2 全職學生，包括本地生和海外留學生。二十個小時的打工時間是指週一到週五，不包括週末和假期。

3 澳洲的「教育出口」政策已經實施了近半個世紀，它已經成為澳大利亞的一個重要產業。大、中專院校近三分之一的生源來自海外。早期的海外留學生主要來自英倫、歐洲大陸、美國、加拿大等西方發達國家。上個世紀七十年代到八十年代中期，在澳洲留學的亞洲華人子弟不多，主要來自香港、臺灣、新加坡和馬來西亞等地區。一九八六年五月，澳大利亞總理霍克訪問中國期間向中國總理趙紫陽提出派送學生到澳洲交流學習的建議，得到中國政府的首肯，開啟了中國人赴澳留學的歷史。

東挪西借地籌備留學費用，最後巨債纏身的年輕人則義無反顧地奔赴「南洋」，興起了中國歷史上的赴澳留學熱潮。

到一九八九年六月，在澳洲學習英語的中國學生已達兩萬人。到一九九零年更翻了一倍。

這批語言生戲稱自己是「洋插隊」，比照一九六七年到一九七七年發生在中國大陸的知識青年上山下鄉（「土插隊」），他們有共同之處，那就是：兩者都是以城市的知識青年為主體，他們都是離家別親、受盡煎熬。不同的是：知青下鄉大部分人是被動的，而留學生出國是主動的。結果也就很不一樣：「土插隊」的知青時時刻刻都在尋找機會離開農村回到自己的城市；而「洋插隊」的留學生們則是使出渾身解數想留在異國他鄉，所以他們基本無一例外地當歸不歸，英語課程結束之後就選擇「潛伏」下來打工，希望回國時除了還債還能帶上一大筆錢財回國發展，像祖祖輩輩「下南洋」淘金一樣。結果，到一九八九年六月十七日，當澳洲政府宣佈給中國留學生一年的延期簽證時[1]，過半數的中國自費留學生已是逾期滯留的「黑民」。

1 學運之後，出於同情中國學生的命運，澳洲政府出臺了一系列政策：一九八九年六月七日澳洲政府公告，鑒於中國那邊事態的發展尚不明朗，簽證到期的中國留學生不用立刻回去，澳洲政府願意把他們的簽證延長到七月底。一九八九年六月十七日，澳大利亞總理霍克在坎培拉的國會大廈會晤了二十一名華人代表，在聽取代表們的訴求時，霍克和很多聯邦議員流下了同情的眼淚。之後，霍克宣佈准予中國留學生延長一年的簽證。一九八九年十二月九日，澳大利亞政府宣佈，六月二十日之前抵澳的中國公民，包括學生、遊客和非法居留澳洲的中國大陸公民（即黑民），再獲延期簽證半年，至一九九一年底，並可以以人道主義的理由申請永久居留。

語言學校關門風波

當越來越多的海外語言生進入澳洲時，人們看到了英語培訓這個潛在的市場，越來越多的機構參加進來想分一杯羹，並很快出現了惡性競爭。可是，很多中國留學生本來就是借了留學名義出來的，一個學期結束後就不再繼續繳費註冊，所以學校生源不斷流失。澳洲的人工高，老師的工資是語言學校最大的開銷，以盈利為目的私立學校後來發現獲利微薄時，為了減小開支，他們開始裁減老師，縮減課時，甚至取消了晚上的課程。

夜晚課程的取消給打工學生帶來毀滅性的打擊，學生為了上夠課時就不得不放棄部分工作，放棄工作也就意味著沒有足夠的收入來維持生活，更別說繳交下學期的學費了，於是繼續註冊的學生越來越少，學校的經營進入惡性循環。當私立學校發現辦學無錢可賺、很多來「留學」的人並非為了學習英語，學校只是他們進入澳洲的跳板時，乾脆宣佈破產關門。這種倒閉風潮像瘟疫一樣，很快傳遍澳洲各大城市，幾個月裡各地的私立語言學校紛紛宣佈倒閉，僅悉尼和墨爾本受影響的中國學生就有八千多人。

而顧小芬所在的國際英專在幾次「縮水」之後也終於宣佈破產。按照澳洲的法律，破產的公司是不需要賠償學生的學費的，留學生們辛辛苦苦打工賺來的學費打了水漂，沒有學上也就無法續簽學生簽證，失去學生簽證的留學生們便別無選擇地淪為非法「黑民」。

憤怒的留學生們組織起來進行了聲勢浩大的維權活動。他們打著「還我學上，還我簽證」、「還我人權」的標語上街遊行，抗議學校關閉。他們選出代表與政府談判，要求政府出面解決學校倒閉給留學生帶來的災難。澳洲的主流媒體接著介入，不斷報導留學生問題，敦促政府出面解決。很快政府委派官員接見了中國留學生代表，並給出了解決方案：

政府拔款賠償學生的學費；
教育局協助學生轉到公立學校就讀；
移民局給持續學習的學生簽發有效的學生簽證。
但是很多學生還是選擇一「黑」到底，不再讀書，把全部的精力拿來打工掙錢。
「黑民」的生活充滿了難以言狀的艱難。本來生活在陌生的人文和語言環境裡已經十分的不易，他們還得像「地下工作者」一樣躲躲藏藏，惶惶度日。
進入「黑民」圈子後，人與人的關係就變得陌生而疏遠了，他們互不信任甚至互相提防，不熟悉的人一般都不願意透露自己的「底細」，譬如，中文的真名實姓、家鄉何處、出生年月日等帶有明顯的個人識別標記的資料。「黑民」們交換聯繫方式大多數時候只給個英文名字和電話號碼，一般不留地址，以防暴露之後被移民局一窩端。於是叫 **David**、**Peter**、**Michael**、**John** 和 **Jenny**、**Anna**、**Mary**、**Tina** 等常用英文名字的中國留學生有很多，很難說清楚誰是誰。而留學生們都是租房子住，哪裡便宜、交通方便或者離打工的地方近就往哪裡搬。頻繁的搬遷使留學生們的生活就像候鳥，有時幾月不見就再也找不著人。
在這樣的情境下，人的思想和感情被壓抑和扭曲，人情和友情隨之變得淡薄。但是也有另外，像收留顧小芬和周亞萍的劉斌就是一個，充滿了人情和溫暖。男男女女十多個人擠在他那裡，有幾個新生甚至沒有找到工作或者只打著零星的散工。劉斌家是他們這些落難者的家園，房租有工作的一塊兒負擔著，沒有工作就免費住宿。劉斌還常常給家裡存上一些麵包、大米、麵條、馬鈴薯、洋蔥和紅蘿蔔，供來來去去的新舊同胞充饑果腹。那些食物雖然在澳洲最是便宜，但這種患難之間的真情卻是無價的。都說「天底下沒有免費的午餐」，可是劉斌與他們素不相識，而自己也是一窮二白靠著苦力賺點小錢，卻讓那麼多的落難同胞免於忍饑挨餓、流落街頭。多少年後，當人們回憶起初來澳洲的日日夜夜時，雖然事隔多年，劉斌給予這些年輕人的溫暖依然明晰可感、讓人心暖。

因為學校關閉顧小芬突然多出了很多時間，她沒事就跑到我們鎮來玩。她跟我說得最多的是「黑民」們躲避移民局搜捕的故事。有些學生拜訪朋友像特務接頭一樣對暗號，暗號對不上就不敢開門以免「引狼入室」。她說，我的那些朋友們個個可都是打遊擊戰的能手，他們對「反圍剿」戰術用得可得心應手啦，敵進我退，敵疲我打。當然了，這「打」非主席所言「打擊」之「打」，而是「我打工」之「打」也。

顧小芬當時是笑著給我講的，但我聽著卻覺得心酸無比，這種躲躲藏藏的痛苦日子我最有體會。

劉斌的行為更是匪夷所思，周亞萍被抓之後他就把工作辭了。「你知道他現在在哪裡嗎？」顧小芬故作神秘地問我。

「不知道。他不會跑到偏遠的農場躲起來了吧？」。

「怎麼可能呢？！他可是劉斌呢！」顧小芬直著脖子不樂意地叫，在她心目中，劉斌就是英雄好漢。

「好、好、好，他是劉斌，你的偶像，那他總得吃飯吧？要吃飯總得打工吧？人都『黑』了，不躲農場也得躲到別的地方，不都一樣嗎？」

「不，他偏不躲！他跑到移民局對面的一個餐館去幹了，而且還是跑堂的，一週六天，**Full-time job**」。

「他這不是自投羅網嗎？分分鐘都會被逮住的！」我心裡替他捏了一把汗說。但是想到工作難尋，我又理解了，「不容易啊！哪裡有工就去哪裡做，生存要緊，由不得挑來揀去了。」

「這你又錯了！人家劉斌不是走投無路。他說了，有時最危險的地方反而是最安全的。換了你是移民局官員你會懷疑一個天天在自己面前大大方方地晃來晃去、熱情友好的小夥子竟然是你要抓的人嗎?他還說，只要有移民局官員到餐館來吃飯，他都會特別禮貌友好地招呼他們，陪他們多說幾句話，給他們留下好印象，讓他們覺得中國人其實很友善。」

「我明白，劉斌是給留學生做禮儀大使去了。」

「差不多。別人黑了都躲著，能離移民局的人有多遠是多遠，可他偏偏要跑到他們的眼皮底下走來走去做跑堂，我想想就好笑。」

對劉斌而言，痛苦已經成為過去，他意識到自己需要的是勇敢地面對，理智地找出一條可行的道路。周亞萍被遣送回國的時候，我們離開送行的人群、回到海德公園時，他就對著路燈吶喊：「我不要這麼躲躲藏藏地過日子了！我要堂堂正正地活著！」

國際英專宣佈破產的那天，劉斌的思路一下子明朗起來。他想起了有膽有識、與之有幾面之緣的黃大哥。劉斌曾經聽過他的演講，他號召全澳的中國留學生們不管是「6.20」前來的還是「6.20」後來的，都要團結起來一起去爭取澳大利亞永久居留權。他現在越想越覺得黃大哥的話有道理，於是下完班之後他拎起背包，直接去找他。在路上他非常認真投入地思考起留學生的出路來，以至於火車到站了都忘了下車。

那晚他們談到很晚，他留在黃大哥家過夜，一條告別黑暗、告別絕望但也荊棘叢生的希望之路展現在他的眼前。

黃大哥不是來學習英語的，與劉斌不一樣，他是「6.20」之前一年多就出來了，完全符合澳洲政府公佈的「四年臨居」簽證[1]資格，可是他沒有申請，因為他是在讀博士，有三年的有效簽證。他實在太喜歡太平洋南邊的這塊自由的土地了，所以他特別能理解同胞們想留下來的心願，於是他與很多「6.20」後來澳的學生站到了一起，為他們出謀劃策，幫助他們申請「難民」。

可是澳洲政府說了，對申請「難民」的中國留學生要「個案處理」，意即不是你申請了難民我就得批，移民局要一個個處理，具體問題具體分析，如果你成為「難民」的因素不復存在，那你就不是難民。如果「難民」申請未獲批准，你就得捲鋪蓋回國。如果你不回去，你就是非法居留，只要被澳洲移民局逮著，就會被強行遣返。

這「6.20」前和「6.20」後究竟是怎麼回事？

說到澳洲政府給予中國留學生的「四年臨居」簽證，我想在這裡作個補充介紹，因為，它可能是澳大利亞兩百年歷史裡除「淘金時代」之外最引人注目的一次中國人集體大移民了。

「四年臨居」簽證的動議起因於一個自一九八九年四月開始、由北京的大學生主導、在全國高

1『四年臨居』簽證，一九九〇年七月，澳大利亞總理霍克和移民部長韓德發表聯合聲明。聲明指出在一九八九年六月二十日前抵澳的中國公民，可以申請一個四年臨時居留的特殊類別簽證。這就是『四年臨居』的來由。同一時間，美國、加拿大等國家也以各種方式批准了大批中國公民的移民申請。

校發起的長達兩個多月的學生運動[1]。

可是，為什麼六月二十日前到達澳洲的就給予「四年臨居」簽證、六月二十日後的就不給？以六月二十日為界線，是因為與此相連的還有另外一個事件。

學運之後，中國政府決定重新審核出國人員，審核合格的人員會在退回來的護照裡發現多了一張蓋有公章的紙片，裡面寫有准許出境的證明，俗稱「出境紙」。自一九八九年六月二十日起，所有出境的中國公民除了必須持有中國護照、飛機票和所去國家的簽證外，還必須持有公安部門發放的「出境紙」。

澳洲政府由此認定一九八九年六月二十日以後到達澳洲的人士都是經過中國政府的審核，有「政治問題」的已經被禁止出境，因而能通過正常途徑出來的學生都不存在政治迫害的問題，「6.20」的劃線由此而來。

可是，六日二十日之前出來的人基本都沒有參加過這次學生運動，他們更不存在受政治迫害的問題了。難道六日二十日之前來澳和之後來澳的中國學生真有什麼本質的差別？

當然沒有，只是政策總是要有個標準來限制移民人口的不平衡。

1 這個學生運動提出爭取新聞自由、實現民主制度、反貪反腐反官倒、反任人唯親等等口號，運動很快發展到全國的省會城市並波及二線城市，有幾百萬的學生和民眾參加。五月間，上百萬的大學生罷課罷學從各地湧到北京，數以萬計的學生滯留在天安門廣場靜座、絕食試圖與政府談判。後來事件的發展出人意料地失控了。五月底政府宣佈北京城進入戒嚴，規勸學生按時撤離天安門廣場，並出動武力對天安門進行清場。一九八九年六月三日晚間至六月四日凌晨政府派遣的解放軍與試圖阻攔部隊行進的民眾在天安門廣場附近爆發了流血衝突，導致數以百計的人員傷亡，這個事件成為這次學生運動的核心事件，所以這個學生運動又被稱作「六四事件」，簡稱「六四」。

試想想，一個當時人口不足兩千萬的小國，它每年的移民額度有限，一九八八年它的總移民是十四點三萬，一九八九年是十四點五萬，移民來自五大洲的幾十個國家。到一九九〇年底，在澳的中國留學生已經達到四點五萬人，如果讓所有的中國學生都一古腦兒地留下來，一下占了三分之一的移民名額，那麼那些結了婚等著辦理家庭團聚的新婚夫妻、排了幾年隊等著來澳洲與子女團聚的年邁父母、在澳大利亞工作了很多年正在焦急地等待著拿長期居留身份的外籍人士、還有難民營裡滿懷希望被澳洲人道主義領出大門的各國難民怎麼辦？於是六月二十日就成了這個用來限制中國留學生的「標準」。以此「標準」一劃線，便把一大半的中國留學生劃了出去。

既然「6.20」前來澳的中國留學生沒有直接參與學運，那為什麼他們的居留簽證又與學運有關連呢？

這件事說來話長。

咱們都知道，中華民族歷來就是個鄉土情重的民族，中華兒女愛家愛國，尤其是出了國門之後，這種家國情結就變得更加地具體而真實。所以，對大多數中國人而言，不管是出國留學還是移居海外，他們頭幾年的生活可以說都是「身在曹營心在漢」，對祖國的關心程度遠比對居住國的深得多，到澳洲留學的中國學生也不例外。

自一九八九年四月中旬中國學運開始，海外的留學生就十分關注事態的發展。當大陸學生運動如火如荼的時候，澳洲的中國留學生也組織了大規模的聲援活動。

有一天，一個女學生抱著一個硬紙箱子來到翻尋味餐館。人們以為她是來找工作的，可是她說她不是，她手上抱的是籌款箱，想籌集善款，從經濟和感情上支持學運。老闆二話沒說，就讓她把籌款箱放在櫃檯上顯眼之處，親自取來彩色大水筆在紙箱的正面寫上：「請支持中國學運」，並帶頭往箱子裡放了一百元澳幣，客人們見了，你幾塊我幾塊的也往箱子裡放錢。

悉尼的聲援活動愈演愈烈，我那時剛從拘留所出來，蔚安又不理我，心裡實在憋悶。突然發現有那麼多中國人聚集在一起、說著我熟悉的語言、激情地關心著自己的國家，我好像找到了與我有關係的事情一樣，也參加到聲援活動中去。

有一次我跟著幾千名學生徒步走了三個多小時去中國駐悉尼領事館。他們要到那兒集會遊說，想通過領事館把支持學運的聲音傳回祖國。領事與其它外交人員都出來了，留學生們的大遊行就有點兒像勝利會師，因為當時駐守澳洲的很多中國外交官員與留學生一樣，對這次學運也滿懷期待，以為通過這次運動可以促成自己的政府進行政治改革、清除貪污腐敗、依法治國，創造出一個自由、民主、清明的社會環境。

領館負責人說了很多激動人心的話，多年以後當老留學生們聚在一起閒話當年時有些人還止不住淚流滿面，依然清楚地記得領事動情的話語：「同學們，辛苦了，謝謝你們對祖國的關心和熱愛。你們的心意我十分明白，你們的激情我也十分理解，我與你們感同身受，因為我也深愛著我們的國家，因為我的孩子也正在天安門前絕食。」

「同學們，請你們相信政府。政府是人民的政府，它一定會聽取人民的聲音，清除貪污、腐敗，還人民一個公平公正的社會，把我們的祖國建設成一個平等自由、民主法治、繁榮富強的國家！」

可是後來不知怎麼的，事情一下子變了。學生運動被宣佈為「非法的」「政治暴亂」，對學運持溫和態度、表示願意聽取學生意見的國家領導人趙紫陽被免去了中共中央總書記的職務，北京市實施軍事戒嚴，學生運動的主要組織者和負責人被逮捕或者受到通緝。

當時我在學生聯合會的會長家，大家聚在電視機前看新聞，聽到這些消息後我們都很吃驚，一時反應不過來。會長最先明白過來是怎麼回事，他轉過身一腳踢向就近的一個「凳子」（牛奶籃子在地上翻了兩個跟斗，上面墊坐的中文報紙掉在地上，會長便開始用腳去踢去踩地上的報紙，邊踩邊狠狠地罵：「真他媽的！他奶奶的！」。一個女生把沙發墊緊緊地抱在懷裡，傷心地抽泣。其他人也有罵娘的也有不說話的，都一副悲痛欲絕的表情。

我覺得很洩氣、很煩躁，也很憋悶。我呆坐了一陣，實在受不了啦，心下轉而想：不就是不讓學運了嗎？又沒有拉你們去上戰場啊！我們都還活著呢，這已經很好了。於是說：「你們別這樣好不好？天又沒有塌下來。」

沒有人理我，我又說：「你們死了嗎？沒死就都給我好好地活著！自己的事都還沒有著落，管人家學運不學運那麼多幹什麼？！你們先把自己的肚子搞飽，要死不活有鳥用？！想想自己明天還能不能待在悉尼吧。」我看不得他們那副絕望的樣子，說完我就走了。才到樓下，就碰到幾個學生來找會長，說要商量遊行之事。

第二天，悉尼的中國留學生組織了更大規模的聲援活動。墨爾本、阿德雷德、佩斯等城市的遊行活動也聲勢浩大，所到之處，不斷有當地市民加入。

「四十千」爭取留居澳洲運動

學運像海潮一樣從中國大陸橫渡大西洋席捲到澳洲，來勢洶猛，呼嘯而來，退潮之後，在澳洲大地留下的，是數萬名當歸不歸的中國留學生。

一九九〇年七月澳洲政府給了「6.20」前的兩萬中國留學生「四年臨居」承諾後，那些留學生安下心來過日子。少數想做學問的繼續讀書，而大部分是想掙錢的，他們乾脆退學把全副身心投入到工作和創業中去，「黑民」們從各個隱藏處重新顯身，過起了踏踏實實打工掙錢、堂堂正正地做人置業的生活。

可是六月二十日之後入境的中國留學生還有兩萬五呢，他們又怎麼辦？他們也想留在這片民主自由而富裕的國土裡啊！那沒有辦法，還得老路照走——上學，打工，交學費，繼續上學……可是，就這條艱難的留學之路卻風波不斷。

夜課的取消使得一些語言生為了生活放棄學習淪為「黑民」。一九九一年初開始的私立語言學校倒閉浪潮使中國留學生「黑民」的數量劇增，達到歷史頂峰。

失去合法身份之後的留學生不單出國深造的「留學夢」被揉得粹碎，而且還要提心吊膽地活著，他們白天外出打工走在路上擔心被人逮住，在工廠或餐館打工擔心移民局來搞「打黑」的突然襲擊，晚上睡在床上還擔心被人甕中捉鱉。

殘酷的現實使留學生們認識到：要想在澳洲生存和發展，首要的是爭取澳洲的居留權。而要爭取澳洲的居留權，不管他們心裡願意不願意，當時擺在他們面前的正正當當的路只有一條，那就是申請「難民」。於是，「6.20」後的大部分中國留學生都向澳洲移民局遞交了難民申請。

澳洲是一個全民選舉政黨執政的國家，政府三年一選，工党和自由黨是當時最大的兩個黨派，給予中國留學生「四年臨居」的決定是由工黨作出的。工黨在澳洲歷史上屬於中間偏左的黨派，它比自由黨更體恤弱勢群體。中國學生們開始擔心，如果下屆選舉自由黨獲勝，如果他們不支持我們留下來，那「四年臨居」簽證到期之後怎麼辦？當時他們中的很多人已經在澳洲安居樂業，有的結了婚、生了孩子，有的讓配偶辭去了中國的工作，把他／她和孩子接了出來。他們要離開這個打拼了幾年的國度，再舉家遷回中國可不是易事。隨著時日的逼近，爭取居留權的問題又重新提到了「6.20」前的中國留學生前面。

從一九九〇年下半年到一九九三年底，中國留學生在澳洲大陸掀起了另外一場曠日持久、聲勢浩大的中國留學生運動，但這次他們的目標不再是為了遠在大洋彼岸的祖國的民主自由和繁榮昌盛，而是為了自己和家人爭取腳底下這塊異邦異族的土地上的合法永久居留權。

因為共同的目標，慢慢地「6.20」後和「6.20」前的兩股中國留學生力量便擰在了一起成為一個整體，共同為爭取居留權而努力，留學生簡稱其為「四十千」留居運動。

「四十千」即是四個「十千」也就是四萬之意。因為在英文計數裡沒有「萬」這個單位，四萬便是「**Forty thousand**」，中文報紙為了順從英文也就跟著直接翻譯為「四十千」或者「四十大千」了。

我知道西方國家都有政治避難的說法，但是這些語言生並沒有受到祖籍國政府的通緝或者政治迫害。他們利用「學運」為理由申請澳大利亞的留居權，而澳洲朝野也真的支持他們，這件事情我一直都想不明白，雖然我一直關注這個事件的發生和進展過程，但由於對這個新國度的人民、文化和政治制度知之甚少，所以我很難去理解為什麼澳洲政府會制訂出一系列的政策來幫助他們留下來。

「他們同情學生，」劉斌說。

可是學生們怎麼會起來示威遊行？我更是不理解。

「你離開中國太久了，當然無法理解。這十年裡，我們國家發生了翻天覆地的變化。經濟搞活了，人們的眼界也打開了，大家想要更多的民主和自由，想讓國家變得更好。」顧小芬解釋說：「不像你們那時，老強調『以階級鬥爭為綱』，大家忙於沒完沒了的政治運動和階級鬥爭。」

「實際上，我認為很多的鬥爭都與『階級』無關，只是形形色色的窩裡鬥和窩外鬥而已。」劉斌插嘴說，「這運動那運動沒完沒了的，二十七年就搞了五十五次，你鬥我我鬥你的，精力都拿來內耗掉了。」

「很可惜呀，如果那些時間拿來好好的搞經濟，建設有利於民生的事業，像醫學醫療、農業技術、輕工業和民用工業，該有多好。」黃大哥感歎地說。

「我不知道你們家鄉的情況如何，但是我們的農村老家，一九七九年之前，大部分人都不能吃飽穿暖。

「我們那也差不多，我當兵前，除了過年過節，我好像大部分時間都沒有吃飽過。」

「其實那個時候已經開始推行改革開放，不再搞階級鬥爭了。」這個我倒是記得的。說起國內的變化，留學生們很踴躍，七嘴八舌地要給我補上這一課。他們滔滔不絕地說開了。

「在農村，廢除了集體合作社，搞生產責任制，後來又搞分田到戶。吳大哥，你們老家肯定也一樣。農民耕種忙乎的是自己的土地，那勁頭大了，披星戴月的不知疲倦。我記得以前老吃不飽，青黃不接時到處借糧食。可是從一九八三年之後我家就不缺糧食了，我媽還經常挑米去賣，說吃不完。以前我們那兒流傳著一句話，叫什麼來著？好像是『忙個一年只有半年糧，另外半年鬧饑荒』。後來就變成『忙上半年就有一年糧，另外半年可以四處晃』。」

「對的，年輕人晃到城裡，被城市的繁華熱鬧和新奇事物吸引住了，留了下來。」

「你就是那個晃到城裡留下來的年輕人吧？」我打趣。

「也可以這麼說。不過，我是借了恢復高考的政策以讀書的名義『晃』進去的，畢業之後政府給安排了工作留在了城裡。我每個學期放假回來，都看到很多從農村出來找工作的年輕人睡在火車站和附近的街頭。」

「他們沒有城市戶口，能進城做工嗎？」在我的印象中，城市是很難進去的，小時候有不少城裡的知青下到我們那兒，想調回城裡去都很難。我想，城裡人吃飯是按戶口分配糧票的，要有糧票才能買到糧食，農村人沒有糧票，進了城吃什麼？

「能啊，辦個暫住證就可以了。城裡開了很多的工廠，蓋著很多的摩天大樓，還有很多高級飯店和旅館，都要人去做工。我的高中同學，只要沒有考上大學的，基本上都到城裡去打工了。」

「有一些膽子大、腦瓜子靈的人，做起了生意，變得很有錢了。」

「對的，我一個大學同學，畢業一年做生意就發了，在國貿大廈租了一整層樓。」顧小芬說。

「那麼厲害，他做什麼生意？」我好奇起來。

「做進出口貿易。好像是什麼都做，進口的轎車、化肥和一些工業用品。他都是從政府那裡拿的指標和批文，他爸爸是市裡的領導。」

「這就是典型的『官倒』，靠著當官的爸爸，把政府牌價的物資高價倒賣出去，從中獲取暴利。」劉斌做著注腳。

「人們觀念變了，徹底地變了，不再講什麼『地富反壞』了，也沒有『四類分子』了。」

「富了才光榮呢！我記得有一段時間政府還搞『萬元戶』評選活動呢。報紙、廣播、收音機、電視裡都播他們。還有很多的『誇富』活動，五花八門，有些還給『萬元戶』遊行，像以前鬥地主一樣。」

「怎麼一樣呢？地主胸前掛的是破鞋子，頭上戴著難看的高帽子，還挨打，全家人都抬不起頭的。可是『萬元戶』胸前戴的是大紅花，敲鑼打鼓地接受表彰。」黃大哥笑著溫和地糾正。黃大哥人生得斯文，平日不太愛說話，但是一旦情緒上來說起來卻是一套一套的。他身上有一股濃濃的書卷氣，像個很有學問的人。

「嘿嘿，是不一樣。總之，政府變著花樣告訴老百姓：有錢是光榮的。鄧小平說，『不管白貓黑貓，抓到老鼠就是好貓』，要人們解放思想，拋開顧慮去賺錢。」

「我們學校還組織我們去深圳特區參觀過。一進城，就在大路口見到一個大牌子，上面寫著『時間就是金錢，效率就是生命！』」

「『時間就是金錢，效率就是生命』，這幾乎成了深圳人的口號。」

「豈止深圳？它後來成了全國改革開放的口號了！叫得人熱血沸騰。人們拿出當年幹革命的熱情來發家致富，你追我趕。城裡到處都是工地，這兒蓋高樓、修工廠，那兒修立交，到處都生機勃勃的，哪像澳洲？死氣沉沉的，想找份零工打打都那麼鬼難！」

「我們學校裡學生的『致富』熱情也很高啊！課餘也做起生意來。每個學期放假回到學校都會發現有新的商店開張，好些是學生弄的。」顧小芬說。

「真的？學生都做些什麼生意？」顧小芬聲音如鶯如燕，美妙動聽，我就喜歡聽她說話，所以故意逗她。

「我們班的一個男生包了學校裡的一個小賣部，專賣冰淇淋、速食麵和女孩子愛吃的零食。對了，他還賣名牌香煙。」

「都有些什麼牌子的？」

「有萬寶路、健牌、七星、大中華，我想想啊，還有熊貓、駱駝、三個五。」

「哇，這些都是貴煙啊，我都抽不起。看來你們學生還是很有錢啊！」我很意外。

「不是啦，他賣的都是假煙。」

「假煙？別人知道嗎？」

「應該知道吧，但是誰在乎呢？我們宿舍的人最知底細了，也照樣買來抽。」

「啊！你們女生也抽？」

「我們抽著玩的，主要是想要那股瀟灑勁。」

「啊？你覺得女人抽煙很瀟灑嗎？」我覺得匪夷所思。

「你不覺得嗎？反正我們覺得是。好多好萊塢的女明星都抽煙的，像英格麗·褒曼，奧黛麗·赫本，她們手裡夾著香煙的樣子多迷人呀！還有梅豔芳和鞏俐，也抽過。我們宿舍曾經為此討論過，一致認為她倆抽煙時的樣子最有味兒，我們還特意模仿，看誰學得最像。」顧小芬說著從旁邊男同學手裡把煙拿走。

「你別抽！」我叫了起來。她好像沒有聽見，用食指和中指夾著香煙送到唇邊，眼簾垂了下來，濃密的睫毛鎖住了視線，好像是若有所思又像在品味醉人的煙香。

「像不？」她問。

「什麼？」我們都沒有反應過來。

「我學得像不像？」

「像誰？」

「梅豔芳呀！」她說。

「哪裡知道？我又沒有看過梅豔芳抽煙。」看她裝模作樣的姿勢，我忍住笑。「我們宿舍的人說我學梅豔芳最像了。」她沉浸在回憶裡的樣子如詩如畫，真是怎麼看都看不夠。不過，我還是不喜歡女人抽煙，尤其是我想要追求的女孩子，更不能讓她也好上這口。

「我覺得你不抽煙的樣子更好看。」我說，「女人家什麼不好學要去學人家抽煙？」

「抽煙怎麼了？有什麼不好的？」顧小芬不服氣了。

「盡燒錢！口氣又臭。抽煙會讓人的皮膚變得很粗糙的，沒有什麼好的。」我說。

「你不抽當然不知道煙有多好抽。」男同學說，我覺得他是有意討好顧小芬。

「誰說我不抽？」

「顧小芬說的，她說你不抽煙不喝酒不賭博。」

「我現在不抽，以前抽過。」

「戒了？」

「嗯。」我含含糊糊地敷衍了一聲，心裡卻想：這兒的煙那麼貴，誰捨得買？不想戒也得戒啊！

不過，實在太想時，我也會去買一包解解饞，只是不在顧小芬和她的朋友面前抽而已。

「別打岔，別打岔，」顧小芬搓著雙手說，「我們剛才講到哪裡了？」大概是意識到自己跟男生聊過我的「隱私」有些不好意思，她故意打斷我們的對話。

「聊到你的假煙生意。」我打趣。

「不，不，不是我的，是我們同學的。他的生意是冰淇淋，煙是順帶的。」她笑著糾正。「他的冰淇淋實在太好吃了，奶油巧克力甜筒，上面堆著花生米，還是脆的。」她說到後面半閉起了雙眼，好像正在享受那美味的甜筒。

「為了吃上甜筒，我們宿舍的人都幫他打過工，就因為他說只要上夠四個鐘頭班就有一個甜筒。」

「四個鐘頭才換一個甜筒？你們的時間也太廉價了吧？」我聽了有些吃驚。

「不是的啦，人家有給我們工錢的，甜筒是另外送的，作為獎勵。」顧小芬分辯說。

「你這個同學很有生意頭腦。」黃大哥點評。

「是的，他賺了不少錢。畢業後也不找單位，直接去做生意了。」

「我在大學裡也做過生意。」阿四笑笑，插了一句。

「真的？做什麼生意？」沒有想到像阿四這種靦腆得近乎木納的人也會做生意，我驚奇地問。

「我承包了一個書亭，就在我們宿舍旁邊。」他說，「不過，不是賣書的，我沒有什麼本錢。我租書。」

「租書也要本的呀，你不也要先進了貨才有得出租？」

「我的店很小的，很多書是原來店裡有的，我補充了一些舊書，是從要畢業的高年級學生手裡買來的，很便宜的。」

「掙錢嗎？」我問。

「起初還挺賺錢的。但是後來學校門外也開了兩間，他們不單租書，還租錄影帶、雜誌和畫冊，人家有本金，店面大，什麼書都有，我的生意就少了，也就賺夠生活費吧。」

「你們那裡的人愛租什麼書？」劉斌也很好奇。

「武俠小說最好租，經常是借到光，還有人等著借。港臺言情小說也不錯，主要是女生借的。其他類別的流行書，像《厚黑學》、《醜陋的中國人》，三毛的遊記等，也很搶手。」阿四說。

「《醜陋的中國人》我有買啊，我們宿舍的人喜歡得很，輪流著看呢。」說到她喜歡的書，顧小芬來勁了。

「黃大哥，你們宿舍讀什麼書呢？」顧小芬見黃大哥不說話，偏過頭去問他。

「我們理科生不像你們有那麼多空，我們就讀專業書。」黃大哥謙虛地笑了笑。

「我才不信呢！」，顧小芬雙手撐著下巴笑看著黃大哥。

「我們有很多作業的。讀研究生時好一些，我看了點蔡志忠的漫畫和佛洛依德。」黃大哥也笑著看著顧小芬，看得我心裡酸酸的。

「蔡志忠的漫畫我也看過。但《佛洛依德》沒看過，是什麼樣的書？」顧小芬問。

黃大哥解釋：「佛洛依德是一個心理學家，他寫了很多關於精神分析心理學的書。」

「我們宿舍愛看梁羽生、金庸和古龍的。」阿四說。

「我也喜歡金庸啊！」終於有我聽得懂的了，我興奮地接過話題。每次他們一談讀書和學校的事，我就接不上話，明顯的跟他們不是一夥人，我真怕顧小芬也有這種感覺。

「吳大哥也看武俠小說呀？你最喜歡金庸的哪一部？」不善言辭的阿四為有同類感到意外和驚喜。

「我最喜歡《笑傲江湖》了。」我說，其實我就只看過這一部。

「我也很喜歡《笑傲江湖》」阿四笑了，我們開始聊起了令狐沖，越聊越起勁。

坐在我與阿四之間的顧小芬不喜歡武俠小說，她聽得索然無味，站了起來，走到斜對面的黃大哥旁邊坐下，兩人開始聊得火熱。我突然就沒有了聊令狐沖的欲望了，我閉上了嘴、坐直了身子、伸長了脖子、豎起了耳朵。

他們聊起了他們的大學，都是我不懂的另外一種生活，但我真的很想進入到顧小芬的生活裡，不管是過去、現在還是未來，我都很感興趣，都聽得津津有味。

顧小芬說，有一次去聽李澤厚的演講會，五百個座位的演講廳裡擠進了近千人，過道站不下了，她和朋友只好站到窗臺上去。窗臺不到十公分深，無法貼身站穩，只好用一個腳站著一個手拉著窗裡的鐵窗櫺與窗子站成九十度角。站到手腳麻了想換另一個手時，一轉身與後面的人撞在了一起，原來那個一點二米寬的窗臺上已經密密麻麻站了七、八個人，而她背後的人正聽得聚精會神，給她一撞，雙雙跌了下來，又砸到了地下站著的一幫學生身上。

我沒有上過大學，聽得我羨慕不已。顧小芬斜著眼看著我，笑說：「你羨慕我們？我們還羨慕你呢！圍城啊，城外的人想進去，城裡的人想出來。」

顧小芬說的是實話。

記得顧小芬和周亞萍第一次到我住的地方來時，她們房前屋後細細地看了一遍。

「這麼大的房子就你們三個人住？」周亞萍臉上是一副不可思議的樣子。

「我們不是三個人，是六個。」我糾正她。

「我說的是大人。小孩怎麼能算呢？你知道嗎？在上海小孩坐車是不用買票的！學生半票。你這三個大人帶三個孩子，頂多算四個好了。」她站在客廳的一角用細嫩的手指撫摸著落地窗簾幽幽地說：「你還說自己是個窮人、你的房東也是窮人。可是連你們這些澳洲『窮人』都住得那麼豪華，那澳洲的富人住的該會是什麼樣子的房子啊？！」

周亞萍用「豪華」來形容我們花四十五元一周租來的房子，我反問她：「豪華？你是說我們的房子嗎？」

「還不夠豪華呀？你看這窗簾布啊，那麼厚那麼結實！廚房那麼大，還有專門的飯廳、客廳。還有單獨的沖涼房、洗衣房、廁所、儲物室，就你和他們一家住。在我們那兒，要住好幾家人的。我們就是五家人住在一排舊式老房子裡的，每家人只有一個房間，廚房和廁所幾家人合用。我小時候那樣，現在長大了還那樣。但小時候我們個子小，三姐妹擠在一張床上睡可有意思了。可是現在長大了，還那樣擠著住就緊張彆扭。」

「可是最彆扭最緊張的還不是在家裡擠，而是出到外面，我幾乎每次出門都被人扒荷包。」

「你還好，每次出門也只擔心被人偷錢，而我媽可就不一樣了。」顧小芬笑著說，「我媽不是擔心我的錢包被人打劫，她擔心我被人劫了去賣。好笑吧？我只聽說拐賣小孩的，哪有連大人都賣的？」

「有啊，怎麼沒有？我們學校就有一個女研究生被人騙去賣了。研究生啊！ 個年級一百多人也就招三幾個，夠聰明了吧？可是那些騙子都沒有讀過多少書，卻把研究生騙去賣了。」周亞萍說著與顧小芬笑成一團。

同是上海過來的，但顧小芬家住的就寬敞很多，她爸爸是市政府的一個領導，住著有三個睡房的新式樓房。

顧小芬說，我媽媽常常嘮念以前的事，有時還略帶懷念的口吻：「以前日子過得緊巴巴，上有老下有小的一大家子，有時吃了上頓愁下頓的，不容易啊！但半饑半餓地也把你們拉扯大了。那時的社會治安可不像現在這麼亂。那時連門都不用鎖，根本不用擔心有人來偷東西。」

「『那時你也沒有什麼值錢的東西可偷呀』，我爸爸從報紙上抬起頭來插了一句。」

「『就算有也不會有人偷的，那時哪裡有什麼小偷！現在是不愁吃不愁穿了，但門上了鎖不算，還要加保險鎖、防盜門、防盜窗，也不是家家屋裡都存著金磚金條呀，可現在的賊子什麼不偷？對街那家人被人家撬窗進去了，把孩子偷走不算，連餅乾和雨傘也一起拿走！社會這麼亂，就算吃得飽也睡不安穩過不踏實啊！你們政府總該做點什麼，把治安弄得好些，讓社會風氣好些吧？』我媽說，她總是把在市政府上班的爸爸當作政府來投訴。」

對這些事情，劉斌有自己的看法，他說：「這種訴求不是你媽媽一個人的，很多人都有這種想法。平心而論，現在的生活比以前好多了。像我們那，吃飽穿暖已經不是事了，可以說人們想吃什麼就可以買什麼。有些人還特別有錢，都買轎車了，想幹什麼就幹什麼。但也有些人還很窮。像我有一個遠房姨媽，以前很窮，前幾年生活好了起來，卻生了一場不明不白的病，住了兩個月醫院，病治好了，但家裡欠下一大窟窿的債，她說都不知道猴年馬月才能還完。」

第三十九章　同是天涯淪落人

一個星期五十多元的社會福利金支付我的房租和日常開支已經綽綽有餘，餐館打工的收入我全部存了銀行。正如李嫂說的，我不抽不賭，也沒有什麼應酬、愛好和開銷，兩年裡我就存夠了買房的首期。

那時悉尼的房子比現在便宜多了，我去看了一個離越南阜商業中心只隔兩條街的一套二房一廳Unit（單元房），我記得當時也就賣三萬左右，我也去看過一塊占地五百多平方的三臥室的花園洋房，開價不到八萬，而現在（二〇一五年初）同路段、規格相似的花園洋房已經賣到五十多萬了。

我那時已存了近萬元的現金，按百分之二十首期付款計算，我已經有能力買個兩臥室的單元房了，但我當時並沒有特別想買房，老是想存著現金方便回家時帶走。

「你以為你真的可以回去嗎？你以什麼身份回去啊？你不怕他們把你當成特務或者間諜？一進海關就把你抓起來投到監獄裡去，讓你既見不著你的家人又回不來澳洲，那你怎麼辦？」樹生說。

我知道他說的是真心話，不要說我這種不明不白的身份，就算是樹生他自己也是有家難回。

我從來不對別人談起我在中越戰爭中的經歷，在澳洲，樹生是第一個知道這個秘密的人。同是天涯淪落人，樹生自己也是一個「回不去」了的人，但他的「回不去」與我的不同，用他的話說，我是別無選擇而他是自作自受。

我真正結識樹生正是四萬中國留學生爭取澳洲居留權運動如火如荼之時，悉尼所有的中文報紙都有報導，尤其是最近出現的《大世界》，好像通篇都是關於中國留學生爭取居留權的文章。餐館的食客也經常議論此事。

星期二早上我睡了個懶覺起來，吃了點麵包喝了杯牛奶，也沒什麼事可幹，有一種渾身是勁沒有地方可使的感覺。幹什麼好呢？我問李嫂要不要我幫做什麼，她搖搖頭。我是勤快慣了的人，頭天已經休息夠了，總得幹點什麼事，於是我拿了吸塵器把房子吸了一遍，看看還不到十點，想想乾脆到市中心去走一趟算了。

我拿了錢包鑰匙走過卡市市區，到了火車站我買好火車票，突然想起好久沒有看報紙了，於是折回附近的一個雜貨店，我彎下腰正準備拿放在報架上的《大世界》時發現另一隻手也正伸向該報，我忙把手抽了回來。那只手把報紙拿起後，發現下面是鐵格筐子，原來這是最後一份了。他把報紙給了我說：「只有一份了，你拿去吧。」我也沒有多想就拿走了。

我在市中心轉了一圈下午六點多才坐火車回來，我在火車上剛坐下，就有一個人在我後面拍了一下我的肩膀。我回頭一看，正是早上讓報紙給我的那個人。

「你那份《大世界》還在嗎？」他問我。

「在呀」。

「借給我看看？」

「借什麼？給你吧。」我上午坐在火車上己把想看的都看過了，想起他早上的禮讓，我對他就有了好感，從包裡把報紙拿出來給他，我覺得他很面熟，乾脆挪到他那排椅子上坐下。他翻了翻報紙，然後指著一篇文章說：「這是我寫的。」

那篇文章我早上看過，文風輕鬆詼諧還帶有一些痞氣，可眼前這個人卻長得斯文而嚴肅。不是說「文如其人」嗎？怎麼不像啊？我看了一眼那篇文章的作者又看了看他，狐疑地問：「你叫黃樹生？」

「是你？黃大哥！」

「是你？吳大哥！」

我們倆幾乎同時認出了對方，我們曾經在劉斌家見過。互通姓名之後，黃樹生也不看報紙了，我們倆就一路地聊了回來。

火車到卡市時己近黃昏，我們下了火車，走過人行天橋，下到東邊出口，從出口到公路還有一段約兩百米的「7」字形人行道。人行道有近兩米寬，才下車的和去趕車的各占左、右半邊朝著相反的方向匆匆行走，黃樹生和我一前一後走著，突然不知從哪兒冒出一個瘦個子看似越南人的小夥子跟我說話，不知道為什麼我會以為他是要向我借火機之類，我便應了一聲「Yes」，然後就伸手去摸口袋，但匆匆忙忙的邊走邊摸我也沒有找到打火機，看看那個瘦個子，已經落在我後面兩米遠，中間還隔著三個行人。我邊走邊向後面搖了搖手，示意他我找不到打火機，然後就甩開大步往前走了。

我走下人行道，正要轉入我回家的馬路時，有個西方男子從旁邊走了過來，他個子不高，一頭金髮又長又亂，失去了它該有的光彩和自尊，一條灰色的圓領套頭上衣寬寬地掛在他身上。我看他也就二十多歲的樣子，但瘦瘦扁扁的臉上沒有一絲年輕人的生氣。「This way」（這邊走），他跟我說，見我沒有反應，他便伸手來拉我，好像我是他的熟人或者同夥，他要與我同行或給我帶路，嘴裡嘰哩咕嚕地說了一通英文，可是我一句也聽不懂。我沒有出聲繼續前走，他就跟在我旁邊，時不時問我一句：「Okay?」。他也不像壞人的樣子，可是我心裡還是生出一點點的不舒服，畢竟我在這個地方生活不久，對這個地方的人的行為十分陌生。這種不舒服隨著他的緊緊尾隨很快膨漲起來，「他想幹什麼？」我心裡打了個問號，這麼一問竟把自己問出了一身冷汗。

人們出了火車站便各自四散，此時路上只有我和那個金毛小子，我看著遠處就要拐入另一個路口的黃樹生大聲喊了起來：「黃樹生，你等等。」便快步走了過去，那個「金毛」男子也甩開大步跟了過來。

「你不是要回家嗎？」黃樹生停了下來，回頭看了我一眼。我和他住在不同街區，下完火車過了天橋我們已經道別，這會兒我跟了過去讓他有點兒奇怪。

「這個傢伙老跟著我，不知道他要幹嘛。他嘰裡呱啦地說了一大堆英文，我沒聽懂。」，我追上黃樹生剛說完，回頭便看見那個「借打火機」的越南小子朝我們走了過來。「你等等」，金毛對我說，然後便走向那個越南小子。

原來他們是一夥的！他們不會是黑社會的吧？我拉起黃樹生就跑，邊跑邊跟他說：「他們是黑社會，咱們不要直接回家，不能讓他們知道我們住哪裡！」。

黃樹生不明白發生了什麼事跟著我在公寓樓邊繞了幾個圈，發現那兩個人沒有跟上來時才帶著我上了他的公寓樓。

黃樹生給我倒了一杯水，很嚴肅地說：「你跟我說清楚，你不是說到悉尼才一年嗎？怎麼就跟黑社會結上樑子了？」

我也不明白啊！我只好把剛剛發生的事跟黃樹生講述了一遍，黃樹生也不明就裡，但是他真誠地說「我信你」。

萍水相逢，黃樹生的一句「我信你」讓我感動不已，我留了下來，跟他一起做晚飯。他把自己珍藏的好酒拿了出來與我分享，喝到半高時藉著酒勁我把自己一直不為外人道說的經歷和盤托出，黃樹生也把他「回不去」的苦衷跟我說了。

原來，黃樹生在中國有一份薪水低但地位高的工作——中國科學院屬下一個生物研究所的研究人員。

一九八六年品學兼優的黃樹生被領導推薦去參加難度極高的公派出國留學人員 **EPT** 考試。據說那種試考的都是最難的單詞和最容易出錯的語法，當時他們研究所甄選了四個人去考，只有他一個人的英語出線了，拿到了一個到澳大利亞做訪問學者的名額：國家給他每月三百六十澳元的生活費，期限是一年，他必須自己去聯繫接收訪問學者的單位。那時還沒有互聯網，他從澳大利亞駐中國使館拿到了一份澳大利亞公立大學的名單和聯繫地址，像很多那個時候的中國人一樣，他把學校名單流覽了一翻，認為敢掛上「**Australian National**」、校址又是該國的首都坎培拉的 **Australian National University**（澳大利亞國立大學，簡稱 **ANU**）自然是澳大利亞最頂級的大學了，雖然他當時對坎培拉一無所知，但他還是把ANU放在了他的首選申請裡。

一九八七年，黃樹生如願地拿到了ANU醫學院的訪問邀請信。他在研究所的導師很高興地為他出具了證明，他順順當當地到公安局辦理了護照，澳洲使館很快就給他辦理了簽證。

按規定，他還可以領取一次性八百元人民幣的出國人員置裝費。這個「置裝費」對於現在的人而言顯然是個歷史名詞了，而對於上個世紀八、九十年代的人們，那是榮耀和體面的象徵。「置裝費」顧名思義，是購置服裝的費用。那時大部分人還在為溫飽問題而努力，很少人把心思用在個人的穿著打扮上，尤其是那些一心撲在工作和學問上的知識份子。而公派出國的往往是這些行業或學業上的精英骨幹，為了讓他們在出國時穿著打扮不失體面不損國威，國家給每個出國人員發放一筆置裝費，供他們購買出國之需的西裝、皮鞋、公文包、旅行箱。不同時期不同地方略有差異，大約五百到八百元之間，這對大多數人來說已是數目不菲，相當於普通幹部一年的工資。黃樹生是他們所改革開放之後第一個公派出國的年輕人，他到財務科領取置裝費時能明顯地感覺到人們眼中的羨慕。

西裝革履+皮革公文包在中國曾經成為一種定格的「出國文化」，所以從中澳建交的七十年代到本世紀初的三十年時間裡，只要在澳洲的名勝景點、酒店茶樓裡看到穿西裝皮鞋的亞洲遊客，幾乎可以斷定他們是中國公派的出國人員。

正如音樂家鍾愛精良的樂器、畫家講究顏料刀筆硯的品質一樣，胸懷醫藥生物科學家夢想的讀書人黃樹生一到澳大利亞國立大學的約翰．科廷醫學研究所就被這兒舒適的實驗室和精良先進的設備儀器驚呆了，約翰．科廷醫學研究所在世界的崇高名望和高素質的研究隊伍也深深吸引了他。

我記得第一次與黃樹生單獨聊天時他就說，你不要小瞧澳大利亞，雖然它人口只有一千七百萬，還不到你們廣西省的一半吧？可是它的醫學研究厲害得很，很多重要的發明和發現都是澳洲人搞的。就單單ANU的約翰．科廷醫學研究所就出了三個諾貝爾獎得主。你知道青黴素吧，它就是以前在我們所工作的 Barn Howard Florey 研製成藥物的。

黃樹生老家在河北農村，他隨父母在北京市長大，大學上的是醫學院，大學畢業後他考取了中國科學院屬下的生物研究所的研究生，主要是研究人體的病毒。他是屬於恢復高考後的第一批研究生，也是改革開放後早期公派出國留學到澳大利亞的人員之一。

我們那一代是在偉大的理想主義教育下成長的，喜歡文學的人都想寫出《紅夢樓》《悲慘世界》那樣的傳世之作，理科生把陳景潤、華羅庚和居禮夫人作為自己的偶像和努力目標。黃樹生與大部分天資聰慧的孩子一樣，年少時便樹立了要在科學領域裡有所作為的淩雲壯志。

黃樹生上學時他老家曾流行過一種類似感冒的病毒，死過好幾個人，而且都是年少的孩子，他姑婆的孫子也得了此症。村民們都知道姑婆在北京城裡有個在大醫院做領導的大侄子——樹生的爸爸當時是醫院的黨委書記——都動員她帶孫子到大醫院去看。

那時窮鄉僻壤的村民都迷信大城市裡的大醫院，覺得大醫院裡的醫生有起死回生之能耐。於是姑婆向鄉鄰借了錢滿懷希望地帶著孫子進城求醫。姑婆進城求醫單是路上便花了整整兩天。他們先走兩個多小時的泥路去坐班車，班車在顛簸的路上繞行六個小時把人送到火車站時已是傍晚，他們在火車站附近的一個親戚家過了夜，第二天一早去趕火車，火車再走一天才到北京。

姑婆艱難曲折的進城求醫之路不單費時還費錢，可是大醫院並沒有把姑婆的孫子救活。更讓姑婆不能接受的是，醫院為了防止不明病毒的傳播和擴散，要求立刻把孩子火化。

姑婆抱著孫子僵硬的身體哭得死去活來硬是不讓醫院火化，她說是無論如何都要讓孩子的父母「生要見人死要見屍」。她請求樹生的爸爸去醫院說情，讓她的孫子多留兩天，等她買了棺木把孫子帶回村去，讓他見過父母之後就地安葬在他從小戲耍遊玩的熟悉土地裡。「如果他被燒成了灰，魂都找不著了，我怎麼帶他回家？我這次不帶他回去，他以後又怎麼找到回家的路啊？」姑婆傷心無奈地哭著說。

樹生的爸爸當然不可能為此去求誰的情，因為醫院裡他官兒最大。他試圖說服自己的姑姑讓孩子的父母親來北京一趟跟孩子見個面。可是姑婆帶孫子出來時家中已無可用之資，她的兒子要來趟北京哪有那麼容易？首先得先籌到路費，所以姑婆也說不準她的兒子能不能來、什麼時候可以趕到。

樹生的爸爸說，表兄的路費我來付。可是姑婆不肯。還有，姑婆家除了她年輕時候來過北京其它人一輩子都沒有離開過村子，她擔心兒子不懂路，他一人進城來把自己弄丟怎麼辦？那時鄉下沒有電話，最近的郵局離姑婆的村子也有十多里路，郵遞員一般要隔日才進他們村一趟，拍個電報對村裡人而言不單昂貴而且還可能要等到第二天才能送到，如此多周折很難在電報裡商量事情。作為醫院領導，樹生的爸爸最後拔通了老家郵局的電話，讓人直接到村裡去找了表兄到郵局來商量，表兄悲痛過度失去了主張也無法遠行，最後只好委託樹生的爸爸處理他幼子的後事。

姑婆借了滿身債務帶著希望而來，卻是如此結局，想著離開村子時她帶著的是能說會走、生動可愛的乖孫子，而回去時卻是冷冷的一罈骨灰，她怎麼也無法接受這個事實。樹生的爸爸看在眼裡疼在心裡，他到單位預支了工資，打算讓姑婆回去把債務還了。姑婆雖然人窮但自重自愛，她不願意要侄兒的錢，樹生的爸爸媽媽只好把她送走。姑婆上了車後，樹生的爸爸馬上就到郵局把錢匯回村裡讓他表兄拿了去還人家。

樹生的爸爸回到家後悶悶不樂，夜深人靜時他站在陽臺上昂天長歎：「我們愧對人民的信任啊！」因為，直到姑婆的孫子離開人世時他們醫院裡都還沒有弄明白那個孩子究竟得的是什麼病！

樹生目睹他爸爸痛心疾首的樣子心裡大為震動，他開始有了明確的目標，將來要致力於威脅人類健康和生命的病毒的研究。

黃樹生來澳洲時才二十六歲，正所謂風華正茂。「科學無國界」，他的上司是個猶太血統的澳洲人，心地善良樂於助人，他很欣賞黃樹生的聰明和勤奮，當樹生跟他聊起國內研究資訊的艱難和設備的落後時他深表同情，他說樹生如果你想留下來我願意做你的推薦人。於是在那個猶太老師的幫助下黃樹生拿到了澳大利亞的博士獎學金，到悉尼大學去讀他夢寐以求的生物醫學博士。獎學金有一萬多一年，按照他的生活標準，除了吃住花銷還能存下大半。

黃樹生正為此高興時，他接到了大使館的通知，他一年的公派留學時間已到，大使館正在安排他的回國行程。

那時公派的留學生人數不多，中國駐澳大利亞使館便相當於是留學生們的單位，留學生們出來後都會到大使館去報到。

人們都知道現在的中國大使館坐落在坎培拉價格最昂貴、風景最優美的 Yarralumla 使館區。往使館門口一站，透過白色的鐵欄柵門看到的最醒目的是四根大紅柱子、飛簷的前庭和屋頂上黃燦燦的琉璃瓦。它與英國使館相鄰，距離著名的澳洲國會大廈只有一公里路。其北面是坎培拉最高級的酒店—凱悅酒店（Hyatt Hotel），各國領導人訪問坎培拉大都在此下榻。中國大使館西面與美麗的格裡芬湖（Lake Burkey Griffin）只隔著一條馬路，斜對面是綠樹如蔭的北京公園（Beijing Chinese Garden）和娜拉公園（Canbera Nara Park）。大使館裡有幾個宏偉的殿堂，裡面陳列著古老的編鐘和掛圖。內庭院裡建有美麗的遊廊、亭子、湖泊和舒適的員工宿舍。當然啦，對很多大陸留學生而言，印象最深刻的恐怕是大使館裡那個超大的廚房和廚房師傅妙手蒸出來的美味多汁的水餃和小籠包子。曾經有一段時間，部隊出身、熱情好客的大使先生逢年過節都會把那些去國離家的留學生們請到使館聚餐，給他們好吃好喝完了還會提供各種文化娛樂，包括唱歌、跳舞、打乒乓球，讓他們一解鄉愁。

可是二十世紀八十年代的中國大使館卻是另一番景象，它是一套陳舊簡陋的板房，建築物的前半部分是接待室和辦公室，院子後面的房間是員工宿舍。它在坎培拉北部一個叫 Mitchell 的廉價工業區，距離澳洲國會大廈有十五公里，它附近的唯一一個建築物是汽車加油站，後面不遠處是大部分時間都是空置荒涼的坎培拉展覽公園（Exhibition Park In Canberra），此公園主要用於各種主題活動的露營和展覽、舊書買賣和一年一度的農業會展。九十年代富氣的中國新使館建成後老使館被人接手下來改成了 Motel（旅館）。

話說黃樹生接到通知後匆匆忙忙地趕到 Mitchell 的中國大使館去見教育官員。樹生告訴官員他拿到了澳大利亞的博士獎學金、暫時就不回國了。教育官員面露難色，他說，小黃呀，按照國家公派留學政策的規定，你學習期滿是必須按時回國的。祖國培養了你，又把這麼寶貴的機會給了你、送你出來學習人家先進的技術和科研成果，你不應該辜負党和祖國人民對你的厚愛與信任。你應該回到最需要你的祖國去，用你學到的知識服務人民、報效祖國。

樹生說，到了海邊，才知道大海的廣闊。我出了國，見到了那麼多有能耐的人、看到了那麼多在國內看不到的資料，才明白自己對所學領域的知識有多膚淺。現在申請到了澳洲政府的獎學金，有機會待在這兒深造三年，專心讀完博士，一定會有更大的收獲，學術上會更上層樓。

教育官員說：「做學問搞研究呀，主要看個人的資質和努力。你真想做研究在哪裡都可以做的。中國也有很多的大學者大專家，國門都沒有出過也有很大的建樹。像陳景潤，一個中學老師，幾平方米斗室，不也把世界最難的哥德巴赫猜想搞出來了？美國人都把他寫進大學教材裡了，人家國門都沒有出過，可是他的學術成果卻走出了國門、走到全世界去了。是不是？」

面對使館教育專員的雄辯，樹生愈是顯得笨嘴笨舌，他想說，自己做完博士才回去，那樣學有所成更能報效祖國。可是還沒等他開口，教育官員已經接著往下說了：

「小黃呀，你是咱們國家公派出來的，你要申請澳洲政府的獎學金留下來，也是件好事，但按理應該先跟我們通通氣、徵求一下我們的意見的。國家把你們交給我們，我們就得對你們負責任呀。

我們也不是反對你留下來，但做人做事要有個交待，是吧？你先回國報到，以後你想出來再出來也行嘛。」

黃樹生心想，我只是想有個好的環境來搞研究而已，科學無國界。他想想也沒有必要辯了，從法律上說他能不能留下來是澳洲移民局說了算，因為他的澳洲簽證還差兩個星期就要到期了。幸好他申請的澳洲政府獎學金已經批了下來，他像來時一樣匆匆離開了大使館，拿著獎學金的資料轉道到澳大利亞移民局去申請延長他的簽證。

我們每個人每天都說那麼多話聽那麼多話，其實大部分都是毫無意義的，跟放屁一樣很快就消失在空氣裡，連自己都不知道它們去了哪裡何況旁人？可是有時你可能聽到那麼極少的幾句有價值的話，你聽明白了並抓住了就可能會改變你的一生，你聽不明白它亦與屁無異，機會便與你擦肩而過。這就是芸芸眾生與個別有心人的區別。

在移民局遞交完申請出來，黃樹生碰到一個看起來像中國人的男子，那人長著一副和善面相，樹生對他友好地點了下頭並用中文打了下招呼：「你好」，那個人也回了句「你好」，於是他們聊了幾句。樹生告訴他自己的簽證快到期了要來延長簽證，那人似乎心情很好，他用很難懂的香港普遍話告訴樹生，他可能以後就不再需要來申請延長簽證了，因為他的技術移民申請得到了批准，他很快就會成為澳大利亞的永久居民了。

黃樹生這才知道澳洲政府每年都有一定數量的技術移民名額，他忍不住又折回移民局去問，移民局的官員接待了黃樹生，耐心地回答了他的問題，告訴他技術移民必須具備的資格。樹生發現自已的年齡、學位、專業都可以拿到很高的評估分，如果他能拿到在澳大利亞的博士學位，評估分數將會更高，更利於申請技術移民。他很激動，問清楚技術移民的申請程式後，他高高興興地回來了。

可是當黃樹生心情興奮地把他拿到了澳大利亞國家獎學金的消息和他將來可能通過申請澳洲技

術移民獲得在澳洲永久居留權的計畫寫信告訴父母後，他父親不但不為他高興，反而氣得急火攻心住進了醫院。父親在醫院裡打著吊針給樹生寫了一封信。信的初稿是這樣的：

逆子樹生：

你身為中國人，怎可生出移民他國之念！想想你從小學、中學、大學到研究生，你的父母和老師花了多少的心血來教育你？國家花了多少的資源來培養你，還送你出國留學！你本該竭盡所能、用你的一生來報效你的祖國和人民。你倒好！到了外國就被人家的花花世界給蒙住了、腐蝕了，把祖國人民對你的殷切期待和你對國家的責任拋諸腦後。你拿了人家國家的獎學金，這不是什麼光榮的事，而是恥辱！誰告訴你「科學無國界」的？如果真沒有國界，美國人為什麼不把自己的原子彈技術交給我們？祖國養育你二十六年，師資和財產耗費不計其數，可是人家一萬元就把你買去了！區區的一萬元啊！就讓你拋鄉棄國，效忠外邦異族，淪為助紂為虐之徒，你這是有失國格人格啊！你尊嚴何在？！我們黃家的臉面何在？！

他越寫越氣，終於寫不下去，躺下休息了。樹生的媽媽進來，她看見信箋的開頭「逆子樹生」便不高興了，而當她把信看完，臉都氣歪了，她質問丈夫：「你這都寫的什麼玩意兒？！什麼叫『效忠外邦異族』、『有失國格人格』？現在都什麼年代了？你還亂扣人帽子！我們科的老譚的兒子拿了美國人的獎學金，人家就覺得孩子特厲害父母特榮光，拿著到處說。怎麼到了我家兒子就變成了恥辱就有失國格人格了？！我的兒子是靠自己的本事贏來的獎學金，不是乞討來的救濟款！就算是救濟款，也沒有什麼可丟人的。中國窮，是事實。實驗室裡的儀器比不上人家，也是事實。現在，就連國家都可以接受人家資本主義銀行的扶持款呢，怎麼我們就不可以拿人家的獎學金？」

樹生的爸爸給妻子這一鬧，只好把信重寫，但他的中心思想和立場是不變的，那就是兒子不能違反出國人員的規章制度逾期不歸。不過，這次他換了口氣，信寫得有情有意、語重心長。

我兒樹生：

知道你在外面一切均好，我和你母親都頗為放心。我們一切都好，只是你母親思兒心切，日日計算著你歸家的日期。

前些日子你們研究所的領導拜訪了我，他說你有逾期不歸的打算。我和你母親十分震驚，以為其中必有誤會，直到閱你來信，方知你確有此念。

樹生我兒，母親生養了你、國家培育了你，又承蒙政府選送，你有幸出國留學，我與你母親皆為你自豪，都盼著你學有所成，早日歸來。你生在新中國長在紅旗下，一身學識和本領，全是新社會新制度所教所賜，你當以報效祖國為己任，切不可移民他鄉拋棄祖國，辜負了祖國和人民對你的期望。你公派出國，按政策規定，學完即須歸國，你也曾簽名蓋章承諾遵守規章制度。現學業期滿，歸期將至，望我兒務必與政府有關人員好好合作，速速辦理回國手續，按時歸國。你父身為黨員、又是領導，你又是個大有前途的人，絕不可貪圖眼前利益，因小失大，做出失信於黨失信於人民之事，自毀錦繡前程，成為街坊四鄰的笑話。

黃樹生接到他父親的信之後，心裡矛盾極了，他一直很尊重甚至有點兒崇拜自己的父親，自打那麼大他還沒有跟父親爭吵過。可是他這次真的不能回去，他擔心他一回去就出不來了。那時出國沒有單位的同意是很難出去的，因為幾乎所有的出國手續都要求有單位出具的證明，包括去醫院體檢、做護照、買機票。還有，如果他回去後再出來，買機票得自己掏錢，八千多人民幣，鉅款啊！

於是他趕緊寫信回家與父親解釋不能回去的理由，但那些理由在他父親看來與「違規逾期不歸」的行為相比都是不值一提的，他父親是堅定忠實的共產黨員，又是國家大醫院的黨委書記，貫徹黨和國家的政策本來就是他的職責所在，他自己又是個嚴於律己的人，怎麼可能容忍兒子違反國家的規定呢？更要命的是書信這一來二去的就一個月，而在這期間黃樹生單位的領導們頻頻與黃樹生的父母親聯繫，讓他父親倍感壓力。

初初單位還寄希望於黃家父母，以為他們能協助說服兒子回國。後來聽駐澳洲的中國使館工作人員彙報，他們找樹生做思想工作沒做通，單位一時還不知道怎麼處理這件事。他們又打電話找了黃樹生的母親，母親心裡是支持兒子留在澳大利亞的，說話自然就流露了出來，樹生單位的領導碰了一鼻子灰，也就不再努力，轉而開始著手準備對樹生違規的處理方案。他們擬了好幾條，包括黨內處分（樹生大學時就入了黨）、收回樹生的單身宿舍和傢俱、追回國家培養費等等。

樹生的宿舍是一棟五十年代蓋的蘇聯式紅磚樓房，樓高七層，中間是走廊，一八個房子在走廊兩邊一路排過去，走廊的盡頭是公共廁所和水房。樹生的房子有十三平方，傢俱有一張單人鐵架床、一張帶抽屜的原木書桌、一張原木椅子和一個書架，這些家俱除了書架是樹生從家裡搬去的之外，都是研究所的。

樹生人走了收回房屋和傢俱給新來的研究生住也是合情合理，但這培養費就讓人十分難受了。當時的演算法是，他上大學四年應該為國家服務五年，上研究生三年，又須服務五年，所以他必須在國家單位工作夠十年才能脫離單位（包括出國和辭職經商—即下海）。可實際上他研究生畢業一年多一點就出國了，還欠八年九個月零五天的「服務期」，按他當時每月九十六元人民幣的工資計算，折合成人民幣他欠國家單位一萬九十六元。研究所把他的「欠款」結算出來後，不單通過駐澳中國大使館給樹生寄了過來，還給他父母也寄了一份。一萬多元啊，什麼概念？那個時代「萬元戶」是受政府表彰和封號的大富翁了，可樹生這是欠債啊！而對於他父親，那可不是一般的錢財上的欠款，更是一張精神上的帳單，裡面一個個數字圈出來的是他兒子對單位對祖國的背棄！是祖國對背信棄義者的宣判和極具象徵意義的懲罰！

就在樹生的單位草擬和討論對樹生的處理意見的時候，樹生與他父親也吵翻了，父親視樹生為逆子和叛國者，揚言要與他斷絕父子關係，並從此對樹生的事不聞不問。

學運以後，在澳大利亞的中國留學生走上街頭聲援學運，之後又開始了聲勢浩大的爭取居留運動，這些事件在澳洲鬧得沸沸揚揚，在相當長的一段時間成為社會的熱點，執政黨總理和反對黨的黨魁都頻頻為此發表言論。中國駐澳大利亞大使館和領事館那段時間也很緊張，他們關注著事態的發展，記錄下有關的人物和言論，隨時彙報給中央有關部門。後來大使館把帶頭鬧事和對中國政府和黨發表過不恭言論的人列入黑名單，事件平息之後的那幾年他們回國的簽證一律遭到拒絕。當時帶領大家與澳洲移民局打官司獲勝的樹生也被列入了黑名單，他聯想到父親對他的態度，賭氣地放了一句話：「不讓回就不回嘛，黃土地有什麼可眷戀的？」說完心一酸，自語道：「不過，老母親還是要的。」

當然了，這些都是後話，我們且回到一九八九年，對於一個有十多億人口、每天都發生著翻天覆地、關係著成千上萬人切身利益的事件的泱泱大國，四萬出了國門的年輕人在南半球鬧著不肯回國要留在人家的地盤上這件事根本引不起國人的關注，而大陸媒體對「四十大千」中國留學生在南半球進行著的自以為聲勢浩大的留居運動亦不予報導，但是民間還是有所傳聞的，尤其是那些自費出國留學多的城市，像北京、上海、廣州等地。

樹生因為與父親鬧僵了，極少與家裡通信，但他家大院裡也有人到澳大利亞自費留學，他的母親從別的父母那裡略有耳聞，回來便把資訊傳給丈夫。樹生的父親對此表現出深惡痛絕，他說：「你看，你看，這都是些什麼人啊！好端端的青年，怎麼一出國就變了呢？連做人的基本原則都丟了。拋棄生養自己的祖國不算，還要在外面罵自己的黨、罵自己的政府。還要去乞求別人的同情留下來，真是喪盡骨氣！人家不肯就遊行鬧事，簡直是流氓行為！地痞行為！這學運與他們八竿子打不著邊的，卻還要拿了來申請居留，純粹是胡扯，是藉口，是利用。沒錯，是利用，每一個政治事件都會被人利用並從中謀求好處，就像每一場戰爭都會有人從中尋找機會發戰爭之財、發國難之財一樣。」他發洩著自己的不解和不滿，見妻子不吭聲，有點兒對牛彈琴的感覺，心情落寞地踱開了。

「因為我媽支持我留在澳洲，與我爸關係搞得很不好，我心裡難受啊！我哪有叛國？我就是捨不得這來之不易的獎學金，我爸怎麼就不明白我呢？！」樹生雙手壓在桌面，用胸部撞著桌沿。」

「你不要急，給他點兒時間，他以後會明白的」，我安慰他。

吃過晚飯，樹生一定要送我回家，他說：「我們回來的路上我帶你繞了好幾圈才進來的，你出去一定分不清東南西北了。反正我也沒有什麼事，就送送你吧。」

快到市區時，黃樹生指著左邊的公寓，說他以前住過這個公寓。我沿著他手指的方向看過去。那是一幢舊式的四層樓公寓，樓下是停車場，沒有車庫門，裡面空空蕩蕩的一輛車都沒有。在昏暗的路燈下，我隱隱約約地看到樓梯後邊有幾團似動非動的東西。我們有點好奇停了下來想看個明白，這時有個嬰兒的哭聲傳了出來，然後就看到那幾團東西動了起來，等它們走到路燈下，我們才看清楚原來是搖搖晃晃的三個人，其中有一個還推著嬰兒車，另一個正是兩個小時前在車站旁邊攔住我的金毛！

我拉了黃樹生往回走，走了一段路發現金毛並沒有跟過來，而是朝著我們相反的市區方向走了，我們這才轉回身跟在他們後面慢慢地往市區走去。走了一段，他們三個人手分了，兩個各往左右兩個路口走去，剩下的一個繼續往前面走，他越走越慢，最後倒在了地上。我們心有餘悸，於是拐到別的路走了。

第二天剛上班，就聽餐館的人在議論，說昨晚有人注射毒品過量死在了馬路上。我拿來報紙一看，那條街我知道，不遠處有個公共電話亭，正是頭天那個走在我們前面的人倒下去的地方。原來那三個人窩在舊公寓的停車場裡是在進行毒品交易和注射。

我把昨晚在火車站被人跟蹤的事告訴了老闆。老闆說，卡市是悉尼有名的毒品集散地，他估計火車站那個越南小子是向我兜售毒品，是我會錯了意以為人家向我借火機，我應了個「Yes」，人家以為我要買毒，就讓同夥金毛過來帶路、講價或者交貨。老闆老伯看我有些緊張，安慰我說，沒關係的，我們過我們的日子，他們賣他們的毒品，沒有什麼可怕的，他們很少做殺人放火、打家劫舍的事，我住在卡市幾十年了也沒有覺得有什麼不安全的。

我跟老闆說，我敢肯定昨晚走在我們前面的那個人就是報紙上的那個。「你還碰到他了？」有個工友問我。於是我眉飛色舞地把我從黃樹生家出來後發生的事講了一遍。老闆邊聽邊搖頭，聽到後面，他有些痛心地說：

「阿星呀，如果你昨天能打個電話沒準就救了一條人命啊！澳洲人見到有人不舒服了都會上前去關心的，見到有人受傷更會毫不猶豫地上前幫助。可是你們看見人家倒在地上卻繞著走了，你們怎麼能夠這樣啊？旁邊就有公共電話亭，打個電話叫救護車也不耽誤你們多少工夫呀！」

聽老闆這麼一說，我心裡確有一點點愧意。但轉念又想，他不是個毒癮嗎？死了就死了有什麼可惜的？於是我說：「吸毒成癮，還要吸過頭，自找的。這種人，社會渣子，救他有什麼用？」

「你怎麼會這樣想呢？吸毒的人也是人啊，才三十多歲，那麼年輕的一條生命。你知道嗎？我們卡市的很多人，包括我自己，如果不是澳洲人的幫助，早就死在公海裡了。那時我們船上都是快要死了的人，人家救我們起來不單要給我們吃給我們喝還要給我們治病吃藥。救我們對他們又有什麼用呢？人家傻是不是？我們留下來後還要與他們搶地盤、爭飯碗，他們憑什麼救我們？還有你，你們船上的人，你說人家讓你們留下來對他們又有什麼用呢？做人要有良心、懂得感激啊。都是生命，沒有貴賤，都該珍惜。佛祖說：『救人一命，勝造七級浮屠』。唉——」老闆長長地歎了一口氣搖著頭無奈地幹活去了。

我看著他有意與我疏遠的身影，心裡有點兒難過。一整天，我反復咀嚼著老闆老伯的話，心裡越想越不是滋味。我意識到自己昨晚確實是見死不救，可是，我為什麼會變成這樣的人呢？我原本是個生性善良的鄉村孩子，為了一隻死去的蛐蛐可以傷心半日，我也曾經是個敢作敢為的正直少年，為了保護弱小的鄉鄰而與比我強大的孩子打到鼻青眼腫。

我從什麼時候變成這樣的人的？大河蝦一臉血污和偷渡船上那個瘦小的女人一張一合地叫著「水、水、水」的樣子交錯地出現在我腦子裡。見死不救？戰場上那一堆堆的屍體定格在我的腦子裡，怎麼救啊？那麼多的生命，而且是年輕的健康活潑的生命，「叭、叭、叭」地一排子彈掃過來，就倒了一大片，人就沒了，誰珍惜了？是誰把他們送進去的？我覺得心揪了起來，我不願意再想下去了。我對自己說，我能怎麼樣？現在想來，我可能是長大後心腸變硬了，也可能是當時因為自己是初到悉尼的外鄉人，把自己定位成了弱者，又因為當天傍晚的不明遭遇，仍然心有餘悸，不想再招惹麻煩。

「都是生命，沒有貴賤，都該珍惜。」我把老伯的話說給黃樹生聽時，黃樹生看著我沉重地點了點頭，「說得好啊！一個操刀掌勺的廚子也能說出這種話，不簡單哪，不簡單，我們真是白活了。」

那段時間，我與黃樹生經常混在一塊。雖然他是個博士生我只是個高中生，但我們有個共同的愛好，那就是我們有空都喜歡寫點東西投到中文報紙上去。一份報紙三毛五毛的也是錢，我們不會天天買報紙，但是如果我看到有他的文章刊在上面我就會把報紙買下給他，他也一樣。

我們都來自大陸，又都是單身，有較多的空餘時間和共同話題，特別是關於女性的話題，不知怎麼的說著說著就覺得當務之急應該是找女朋友了，可是這女朋友怎麼找呀？我和黃樹生都分租在別人家裡，就算有了女朋友也沒有地方相處啊，可是我們都是踏著貧窮走出來的邊緣人，還不適應這個物價昂貴的新環境，雖然我們也聽說過很多人的戀愛是從 night club（夜間酒吧）開始的，但我們怎麼可能捨得花好幾塊錢到酒吧去買高價酒喝？其實就算捨得，也鼓不起勇氣進去。而且，像我們這種傳統的中國男人，希望自己的女人是溫良勤儉的，哪敢去接近那種三更半夜泡酒吧的女孩子？

「我們去合租個房子吧？」我說，「我們租個四睡房的房子，租下來後拿多餘的兩個睡房出來分租，招兩個女的進來。」

「好啊，好啊，招租時要把好關，專招那種有希望發展的好女孩。」黃樹生有些興奮地說。

「那是自然！」我附和，想招誰來住，其實我心裡早就想好了。

我們一拍即合，我把李嫂花了好幾個月播種、剛剛在我腦子裡發芽的關於按揭買房的念頭連根拔起拋到九霄雲外去了，轉而與樹生商量起一塊兒租房子的細節來。我們都沒有車，黃樹生的學校在悉尼市內，他每天都要坐火車去，便想找離火車站近的住房，交通方便也容易分租。

在悉尼的各個大鎮，靠火車站近的基本都是 apartments（公寓樓），我們留意了好一陣，見不到有四個睡房的公寓樓出租。好不容易在代理商的櫥窗上看到一套四睡房 townhouse（排房），我下午抽個空檔便去找房產代理。

代理商熱情地接待了我，他是個西方人，不懂中文也不懂越南話，辦公室的一個略懂中文的文書幫我做了簡單的翻譯，她說人家不想把這套房租給像我這樣的人。我一聽急了，問「人家」是誰？代理商說「業主」。這就奇了怪了，業主都還沒有見過我怎麼就不肯租給我呢？我才從餐館出來，一身的油氣和廚房調料的味兒，上身是件褪了色的過時的圓領衫，下身穿的是我來越南阜才買的黑色棉布便褲，但前些日子不知在哪兒沾了些灰白色的油漆，怎麼洗也洗不掉。我看看自己的打扮，心情很是不爽，心裡狠狠地罵了句：「他媽的狗眼看人低」便步出了房產代理商的辦公室。

「這位先生等等」，誰知那個代理追了出來，文書也跟了過來：「他問你想租多少錢的房？

「關你屁事！」我心裡罵著假裝沒有聽到走了。我那時還沒有跟房產代理商打過交道。不知道大部分代理都會問這個問題，譬如要多少個睡房、什麼類型的、哪個路段、價錢預算等等，知道了這些資訊後他們就會根據情況去幫客戶找房源。我和黃樹生不知道這些，以為只在代理商辦公室的櫥窗看看就好，看中了才去找他們，所以沒事就在房產公司的玻璃櫥窗轉悠。有時碰到上班時間，人家出來想跟我打招呼，知道自己聽不懂英文，我便緊張地抬腿走人了事。

但我今天有點兒不甘心了，我又不是白住你的房子怎麼沒見面就不肯租給我了？就因為我不會說英文還是因為我穿得邋遢？我懷著一肚子的不滿去找黃樹生，想他英文好人又長得斯文，由他出面去租成功率大。

第二天他回來告訴我，人家也不想租給他。我說為什麼？他說，代理商說，業主有個要求，只租給有孩子的家庭，不租給一群單身者。原來這樣！我聽了心裡平衡了一些。

找了很久都沒有找到價格適中的四個睡房的排房和公寓，我們只好退而求其次改看三個睡房的。後來看中了一套帶個大陽臺的三個睡房公寓，有廚房、飯廳、客廳、洗衣房、浴室和一個小衛生間，離火車站只有幾百米，雖然有十幾年的房齡了，但維護得很好，看起來還很新，價錢也合適。我和黃樹生都很喜歡，於是決定合夥租下來。

第四十章　有位佳人，在水一方

一九九一年年底，我從李洪濤家搬了出來，和黃樹生一起租住在卡市火車站不遠的公寓樓裡。有了自己的住房後，我就有點急不可待地想請顧小芬搬過來一起住。我們還有一間睡房空著，我們給她的房價很低，但她說她住慣了劉斌那兒，不想搬。

過年了，我邀請顧小芬到我們那來一起過。她早早來了，還帶著劉斌、阿四和另外四個朋友。我和黃樹生在新家煮了好多好吃的。黃樹生有一個錄影機，也不知道他從哪兒弄來了幾盤錄影帶，是一部叫《渴望》[1]的電視連續劇。

出國後大家都只顧打工掙錢，忙於滿足生理需求，還沒有機會關心過自己的精神需要。聽說有錄影帶，大家端著茶水就圍住了電視機。這一看不打緊，大家被《渴望》裡的劇情深深吸引了，連片頭片尾都不漏，看得連吃飯都忘了。裡面的歌曲煞是好聽，我們跟著學唱，唱著唱著眼淚就出來了。午飯大家就著牛奶啃麵包，邊啃邊看。晚上六點多大家實在太餓了，顧小芬催我去煮飯。我不

1　《渴望》是一九九〇年代中國家喻戶曉的電視連續劇。故事以文革、知青回城、改革開放為背景，講述了善良孝順、年輕漂亮的女工劉慧芳面對兩個追求者的艱難決擇：一個是車間副主任宋大成，一個是來廠勞動的大學畢業生王滬生。前者老實憨厚、與慧芳青梅竹馬且有恩於她，後者才華橫溢卻身處困境。渴望愛情的慧芳不顧母親的反對與滬生結了婚而踏入了一場坎坷的婚姻生活。該劇由魯曉威、趙寶剛執導，張凱麗、李雪健、黃梅瑩、孫松、藍天野主演，於一九九〇年十二月在中央電視臺的黃金時段分五十集播出。該劇開創性地以寫實的視角直面那個社會動盪、是非顛倒的年代，揭示了人們對愛情、親情、友情以及美好生活的渴望。「舉國皆哀劉慧芳，舉國皆罵王滬生，萬眾皆歎宋大成」，成為當年的一道獨特風景，它創下的巔峰效應成為一個時代的神話，被稱為中國電視劇發展的歷史性轉折的里程碑「注：部分評語引自百度百科」。

肯漏看，說煮飯可以，但是你們不准繼續看了。有人說：「你煮你的飯，我們接著看，吃好飯我們陪你重看一遍。」。另一個不幹了：「不要重看了，我明天要上班，讓我們先看完。你以後慢慢看嘛，反正你們有錄影機我們沒有。」

黃樹生最後還是把錄影機和電視機關了，他說：「大家一起做飯吧，今天是過年呢。」大家這才反應過來，有些不情願地從沙發上站了起來，但很快大家的情緒又上來了，廳裡的女生們開始交流著對慧芳、滬生、宋大成愛情的看法，而在水池邊洗菜的顧小芬唱起了《渴望》主題曲，其他女生很快也加了進來：

悠悠歲月，
欲說當年好困惑，
亦真亦幻難取捨。
悲歡離合都曾經有過，
這樣執著，究竟為什麼？
……

她們唱著唱著就心酸起來，有些唱不下去了。「這歌詞怎麼好像是為我而寫的？」，有個女生說著哽咽起來。她的話觸到了大家的痛處，女生們淚水漣漣，歌就唱得斷斷續續，還跑調兒。另外一邊的劉斌和阿四唱起了《好人一生平安》：

有過多少往事，
彷佛就在昨天；
有過多少朋友，

彷彿還在身邊。

……

男生的聲音很快就蓋過了女生的，聲音在屋子裡撞擊得有些淩亂，於是女生們吸著鼻子咽下淚水就跟著轉唱《好人一生平安》：

也曾心意沉沉，

相逢是苦是甜；

如今舉杯祝願，

好人一生平安。

誰能與我同醉，

相知年年歲歲，

咫尺天涯皆有緣，

唱得最激情澎拜的阿四突然停了下來，他呆呆地望著面前那堵牆，「咫尺天涯皆有緣……」

人們的歌聲也隨著阿四的反常舉動而慢慢停了下來。

「也不知道周亞萍怎麼樣了？」阿四說。

「她沒有給你來信呀？」顧小芬抹了一下眼淚，有點兒意外地問。

「沒有啊，她為什麼要給我來信？」阿四奇怪地問。

「她喜歡你呀。你是真不知道還是假裝不知道？」顧小芬反問。

「不可能！你別亂說啊。」阿四說完開始發愣，然後是有點兒把持不住的激動，但很快他就平靜下來了，心想：周亞萍怎麼會喜歡我？我看她對誰都比對我好，而且我和她又不熟。不過他這樣想著時覺得自己還真的挺掛念她的，他想起她細長的脖子和她穿著拖鞋走來走去的「噠噠」聲。然後就有點可惜地想，那個周亞萍，白長了一個聰明的腦瓜子，可是臉上那麼多疙瘩，我媽媽不會喜歡她的。這麼想著的時候阿四都有點不好意思起來，她怎麼跟我媽媽又扯上關係了呢？他這麼想的時候心裡竟升起一股委屈：周亞萍，你怎麼可以跟誰都那麼熟、唯獨跟我老是怯生生的？

阿四想著想著覺得沒意思極了，手中的活也不自覺地停了下來。

「阿四，發什麼呆呢？」，顧小芬叫他拿墊板叫了三聲他都毫無反應，她有點兒不耐煩了。

「你自己沒長手呀？」阿四杵在原地不動。我反手把墊板交給了顧小芬。可是顧小芬不高興了，她衝著阿四說：「你這人怎麼這樣子？」

「我怎麼樣子了？我怎麼樣子關你屁事！」阿四竟然把手中的土豆往檯面上，拍，轉過身挺著脖子朝顧小芬吼起來。大家嚇了一跳，顧小芬覺得臉面上很過不去，她強忍怒氣給自己找了個臺階說：「事不關己，高高掛起。切我的菜，切！」，然後把墊板剁得「咚咚」作響。

「你為什麼要拿我尋開心？」阿四這會兒卻不依不饒地，他把雙手交叉在胸前，氣鼓鼓地走到顧小芬的身旁問。

「我拿你尋開心？你是個讓人尋得到開心的人嗎？太高估自己了吧？」顧小芬心煩地回敬，她平日很少跟阿四相處，她不明白這個人怎麼這麼難纏。

阿四突然就像被人紮了一針的輪胎似的，氣一下子跑了，交叉在胸前的雙手無力地滑落下來，他疲軟地走到沙發上坐下，自言自語地說：「她對誰都比對我好，還要騙我說她喜歡我。」他抓起自己的書包，想一走了之，但才站了起來他就後悔了：我能去哪裡呢？我已經兩年沒有過過年了。

阿四很想念過年，與家裡人一塊兒熱熱鬧鬧地過大年，嗑著瓜子看《春晚》。可他這一回去，回到那個空空的、樓梯裡散發著洋蔥和牛排的誘人香味、讓人老是感覺到饑餓的公寓裡一個人孤孤單單地過年嗎？他重新把書包放回客廳一角的地毯上，從書包裡摸出口琴，自顧自地吹起了王傑那首讓無數年輕人興奮又絕望的《是否我真的一無所有》：

……

黑暗之中沉默地探索你的手
是否我真的一無所有
明天的我又要到哪裡停泊
天上飛過是誰的心
海上漂流的是誰的遭遇
受傷的心不想言語
過去未來都像一場夢境
痛苦和美麗留給孤獨的自己
未知的旋律又響起
是否我真的一無所有
黑暗之中沉默地探索你的手
是否我真的一無所有
明天的我又要到哪裡停泊
痛苦和美麗留給孤獨的自己
未知的旋律又響起
是否我真的一無所有
心中的火再沒有一點光和熱
是否我真的一無所有

昨夜的夢會永遠留在心中
是否我真的一無所有
黑暗之中沉默地探索你的手
是否我真的一無所有
明天的我又要到哪裡停泊
天上飛過是誰的心

……

那歌就像是專門給我們寫的，我們不由自主地跟著唱。阿四一遍遍地吹，我們就一遍遍地唱，直到樹生叫「飯好了」時，大家才緩過氣來。當阿四坐到滿是食物的飯桌邊、吃著美味的飯菜時，他的五臟六腑都舒服起來，他的心情也越來越好，終於又有說有笑地與大家說起話來了。

年輕的我們無所畏懼，情緒來得快也去得快，酒肉一入口我們就興奮就滿足，我們吃過飯又高高興興地繼續看《渴望》，這錄影一看就停不下來，我們看了個通宵。新年的第一天，早餐還沒有吃完，顧小芬就決定要搬過來與我們一起住了，她笑著把眼睛眯成了一條縫說：「吳人哥，你早就應該告訴我你們這兒有錄影啦，那我想都不想就搬過來了，你們不早就做上二房東了嗎？」。因為一夜未睡她雙眼紅腫，但是依然很好看，她說：「一個人住一個房間多奢侈呀！我得再找個人過來分租，我做三房東。」

「那是一間最小的睡房，兩個人住是不是有些擠？」我說，我極其不希望顧小芬屋裡還有別人。

「沒事的，兩個女生住一間房挺好的。」黃樹生笑著對顧小芬說。

「就是嘛」，顧小芬一副勝利的表情。

我笑著說：「如果你只想住半間的話，我那間房分一半給你好了。」

「你怎麼那麼討厭？」顧小芬白了我一眼，生氣地嘟起了嘴巴。

但我覺得顧小芬並沒有真的生氣，因為她嘟嘴巴的時候臉上閃過一絲嬌羞，同時還用眼角瞟了我一下，明顯的是想看我對她的反應。蔚安以前也那樣看過我，我明白那是女人在喜歡的異性面前的一種反應，所以我故意不看她，但忍不住微笑浮上嘴角，我趕緊抬起手輕握拳頭把臉上的笑容擋了起來，心裡竟然湧起一陣暖流。我想，顧小芬是喜歡我的，這樣想著時渾身都激動起來，手腳竟都有點兒抖動得把持不住，我把手放在雙膝上，雙腳故意作出更大幅度的抖動來掩飾我的激動。

「別在女同志面前亂說話，弄得人家難為情。」黃樹生用手肘子頂了頂我，並且偏過頭極快地翻了一下白眼，說：「人家打工不容易，哪能像你一樣一人住一個大房子？」。我反應過來，對呀，我們以前不是計畫要招兩個女孩子的嗎？顧小芬要找個女孩子來同住不正合適？

「嗯，也好，就找個你們學校的女同學吧，這樣你們就可以結伴去上學，有個照應。你們在劉斌那兒都四個人住一間房，現在兩人住一間也算是很大的改善了。」我趕緊附和。

過了一周顧小芬搬了過來，帶著一個日本製造的小型 Sony 放音／答錄機，裡面有個女人用著非常煽情的聲音、千回百轉地吟唱著：「有位佳人，在水一方」，甜滋滋的歌聲唱得人意亂情迷，不知如何是好。

顧小芬不久就帶了一個女的過來看房子，那個女的長得還算端正，就是有些老成持重的樣子。三十歲了吧？我偷偷地向顧小芬打聽，才知道這個女的結婚了，而且還有個孩子，她老公帶著，她是一個人出來的。

本來我就不太樂意顧小芬屋裡有別人，現在好了，她竟然帶來了一個看起來有點兒嚴肅的已婚婦女。如果她真的要與人合租一個房子，為什麼不帶一個單身女孩過來？最好是年輕漂亮的，這樣，樹生就可以有別的選擇而不會打顧小芬的主意了，雖然我暗示過他我很喜歡顧小芬，但是像顧小芬那樣漂亮的女孩哪個男人不喜歡？而且人家樹生是相貌堂堂的博士生，將來要做大學問的，而我永遠只是一個廚子，不懂英文的中國廚子。如果樹生要跟我一起追顧小芬，我必敗無疑。

更讓人忐忑的是，顧小芬搬過來的第二周我好不容易找到機會跟她說我喜歡她時，她竟以為我開玩笑，說：「你別油嘴滑舌啊。」我說：「我說的是真話」。她用很誇張的神情問：「真的？那謝謝你了！」說完竟不以為然地笑笑說：「說明本姑娘不是一個討人厭的傢伙嘛！」

我暗示她我想與她進一步發展時，她拿出一副不明白我說什麼的樣子來。我很受困擾：她是真不明白還是變相的拒絕？而且我很快發現她好像對所有的男人都很好，包括對黃樹生、劉斌和我們的鄰居。而最最要命的是，我發現她那對我而言「獨一無二」的嬌羞竟也會出現在她與別的男人聊天和開玩笑的時候，這個發現讓我開始懷疑她對我並沒有什麼特別的意思，是我自作多情；這個發現也讓我明白，如果想追顧小芬，我和樹生是站在同一條起跑線上的。

記得第一次我向顧小芬說起黃樹生時，我告訴她我們是「像兄弟一樣的好朋友」，這個說法我是想了半個晚上才想出來的。其一，我想讓顧小芬知道我跟博士都可以成為好朋友，從「物以類聚，人以群分」的常識裡可以推出我也是個夠得上檔次的人了；第二，我在顧小芬面前說樹生是我的「像兄弟一樣的好朋友」而又暗示過樹生我在追顧小芬，是想讓樹生有個「朋友之妻不可欺」的壓力放棄與我爭顧小芬的念頭。事實上我們都是闖蕩江湖多年的大男人，雖然互相信任但是人多數時候我們還是習慣獨來獨往，很少為對方操心。可是顧小芬搬過來後，好像是為了證明給她看我們真的是兄弟，樹生和我好像變得親密了，我們誰都想在顧小芬面前表現得更出色，故此常常一起做飯，有空的時候約著一起上街買菜、一起外出遊玩，當然了，我們會「順便」約上顧小芬。

顧小芬被我們的友誼感動了，她用很情緒化的口吻說：「我真羨慕你們，在異國他鄉，還能有個這麼關心自己、在乎自己的朋友。我出來那麼久，也認識了不少的人，有些還是同一個城市出來的，可是個個都只顧著賺錢，都覺得別人的死活跟自己沒有關係。」我和樹生好像被人揭穿老底一樣，竟有些兒不自在。

顧小芬緩解了一下情緒，調整了一下坐姿說：「挺想念周亞萍的。她那時對我那麼好，可是我有時還嫌她煩，多事，真奇怪，我當時怎麼會那樣呢？」，她改用半開玩笑的口氣說：「要不，我也加入你們做兄弟？咱們來個吳、黃、顧卡市三結義」。

「一個女人家，誰跟你做兄弟？」黃樹生眯著眼睛笑，但看得出來他不是在拒絕她的靠近，相反，他心裡特別喜歡顧小芬這種表示親熱的方式。

「女人家又怎麼啦嘛？」顧小芬半嘟著嘴的樣子最嬌俏了。

「沒事啦，你加入我們還不容易？你在我們兄弟中選一個，你就是妻子或者嫂子，不就成一家人了嗎？」我說完自己都忍不住笑了起來，我想她一定得羞成一個大紅臉的。

「你們想得美，人家顧小芬可是名花有主的人了。」顧小芬還沒有來得及反應，她的「同房」就不知道從哪裡崩了出來插了一句，弄得我們三人目瞪口呆。顧小芬不滿地看了同房一眼，有點兒不好意思起來。我也很尷尬，「開玩笑的，顧小芬你不要生氣啊」我說完自己先離開客廳，樹生接著也走了。

顧小芬的「同房」就是上次來看房的那個在中國有孩子的女人，幾天前才搬進來的。

她剛搬來那天，想著她是顧小芬的朋友，從她進門起我就對她很熱情很友好，跑進跑出地幫她搬東西，告訴她哪兒買菜哪兒坐車。她讓我叫她「婷娜」。可是我叫她「婷娜」時，她不高興了，皺著眉頭說：「什麼停這兒停那兒的，難聽死了，你以為我是一部車子呀？我叫 Tina，T、I、N、A，英文是沒有聲調的，你懂嗎？」語氣裡帶著一股不屑，我覺得很沒趣，弄得我後來就有點兒不知道怎麼與她相處了。我也曾經嘗試著對她好一些，但是她對我總是不冷不熱的，好像是有意與我保持距離一樣。可是她對樹生的態度就不一樣了，有事沒事就一臉和氣地與他談論一些我摸不著邊際的大話題。

我和樹生的生活因為顧小芬的「名花有主」而重新跌回到現實中，我們過回以前獨來獨往的生活，我做我的廚子，他讀他的博士。不過，偶爾我和樹生會一塊兒喝酒。我們四人偶爾也會一起看錄影，但借錄影帶時我們不再先問顧小芬想看什麼，而是樹生想看什麼就借什麼，反正錄影機是他的，而我對影視業一無所知，樹生借什麼我都覺得好看。

錄影機和電視機都在客廳裡，偶爾有暴力和色情的，我們就在顧小芬和 Tina 不在家時看。有一次看到一半顧小芬回來了，我們趕緊關機聊天。

另外一次是被 Tina 撞著，當時看得太投入沒有聽到她開門的聲音，等我們關機時她已經站在廳裡了。我們正看到興頭上，忍不住，看她一進睡房我們又打開錄影看，她一出廳裡我們又關了。來回幾次後，Tina 說：「你們看吧，沒事的，我不看就是。反正我要做飯沒空看。」可是，很快 Tina 就端著麵條過來了，看得連麵都忘了吃。

顧小芬回來看到我們在看錄影，很高興地大叫：「啊！你們看錄影也不等我！」，背著書包就往沙發上蹭。

「哎呀，媽呀，都看起英語電影來了。你們兩個看得懂嗎？」她瞄了我和 Tina 一眼。

「懂」Tina 眼皮都沒有抬地答道。

顧小芬在 Tina 旁邊坐了下來，可是不到三分鐘，錄影裡出現了親熱的鏡頭。初初是輕吻，而後是「撲噠撲噠」地又吸又啃的，男人開始扯自己的領帶，扯完又去解女人的衣服和文胸，女人的兩個大奶子就彈了出來。顧小芬措手不及，看著女人的大胸脯，驚愕地張著嘴，等她反應過來時，發現男人的褲子也不見了。她閉著眼睛站了起來，書包都忘了拿就逃回屋裡去了。

可是屋子隔音不好，外面男女交歡的叫喚聲穿牆而入。初初顧小芬還試圖用手按住雙耳，可是很快她就發現她舉著的雙手其實挪到了耳朵後面的脖子上，雙耳正全神貫注地聽著外面的聲音，眼前竟交錯地浮現出錄影裡那女人碩大的奶子和男人的胸毛，而那男人和女人的相貌她竟然一點都記不起來了。那晚，顧小芬不敢再走出客廳，直到我們三個看完錄影各自回屋她才出來吃了兩片麵包，她看看牆上的掛鐘，已經深夜十二點四十了。

第二次顧小芬看到我們三人又在看英文錄影時，她正眼都不看我們就進屋去了。

一天，只有我和顧小芬在家時，顧小芬說：「我真不明白，那麼多好帶子，你們為什麼一定要借那樣子的來看呢？」

「『那樣子』是啥樣子呀？」我逗她。

「就是那些烏七八糟的東西」她說。

「既然你覺得烏七八糟還看？」

「我沒有看啊。」

「沒有看你怎麼知道烏七八糟呢？」

「**Tina** 告訴我的」。

「不是我借的。不過其實也沒有什麼。人體而已，最自然不過的東西，有什麼看不得的？」我把樹生跟我說的話重複了一遍，試圖讓自己心裡舒服一些。

「可你們看的哪止這些？還有更黃的。」

「那又怎麼樣啊？人家樹生的同事說了，你們都是近三十的人了，什麼不能看？這兒的 18+ 片只限制十八歲以下的未成年人」。

「什麼是 18+ 片？」

「18+呀，就是給十八歲以上的人看的，換句話，就是給成年人看的。」

「啊，我明白了，就是他們說的『成人片』。『成人片』就是黃色電影呀。你知道的，看黃色錄影在中國是要被抓起來的。」顧小芬急了。

「看錄影又不犯法，誰抓我們？」

「可是，在中國，只有流氓才看那種東西。」

「你說什麼？你說誰是流氓？」我有點急了。

「我沒說你。我只說看黃色錄影的。」

其實我不太想跟顧小芬討論這種事情，因為我連自己都還沒有說服呢，每回看完後我都會生出一種罪惡感，如果不是跟著樹生，我自己還沒有膽量去借這種電影看呢。可是既然開了頭，我又不想丟了面子，而且她是我心中的公主，就算她不是我的什麼人，我也不想讓她覺得我是個多麼不堪的人。於是我搜腸刮肚地想著樹生和 **Tina** 關於這個方面的說辭，鸚鵡學舌地辯護：「什麼流氓行為？說得那麼難聽。『七情六慾，是人的正常生理需求，』這可是你的好朋友 **Tina** 的原話啊。這是澳洲西方社會，就是要存天然，而不是滅人性。你看看，人家十八歲後就可以愛看什麼就去看什麼了。」

「你見過誰家十八歲的人看那種東西了呢？」

「人家看不看你也不知道，是吧？反正你和我一樣，也沒有什麼西方人朋友。不過，人家帶子上寫了嘛，18+，意思就是十八歲以上就可以看。我們都快三十歲的人了，為什麼不能看？人家還有專門的紅燈區呢！正經開門做生意的，專門跳脫衣舞給人看。」

「你也去看呀！」

「我為什麼不去？就五塊十塊噴，我又不是出不起！」

「真沒有想到你也是這樣的人！」顧小芬說，我覺得她的聲音裡有一股貶低我的氣味。我被惹毛了，挺了挺胸提高了聲音說：

「我是什麼樣的人你管得著嗎？管好你自己吧！」

「我？我怎麼了？」

「我又怎麼了？我只不過看點錄影而已，不像某些人處處留情。」

「你說誰呢？誰處處留情了？」

「別問我，誰做的誰知道。」我用一副尖酸刻薄的口氣說，說完竟有點兒解放了的感覺，好像比看錄影還過癮。我拎起錢包和鑰匙出門上班，聽到顧小芬對著我的背影說了兩個字「你、你」就說不下去了，我猜想著她憋得要哭的樣子，心裡升起小勝一回的快感。

但很快我的快感就被一種疼痛取代，我想回去跟她說「顧小芬，其實我不想你受委屈」，但我的腳步還是「嗒、嗒、嗒、嗒」地帶著我蹭到了樓下，我在樓下待了好幾分鐘，不知道我要去哪裡去做什麼。後來看到顧小芬下樓來了，而且她看起來人好好的，我才想起我是在去上班的路上，於是方向明確地走向了餐館。

我原來以為顧小芬已經名花有主了，就是一個與我毫不相干的女人。但我的內心深處並不這樣認為，它好像開了一面心窗，想方設法地超越我的雙眼，要去感覺她、關注她。我突然想明白了：不管顧小芬是誰的女人，她跟我都是有關係的，她不開心時我就沒有了方向，只要她好好的我就恢復了正常。

想明白了我心裡舒坦了很多，我覺得一天的日子過得很充實很期待。

晚上我下班回到家，發現 **Tina** 還在廚房裡做飯，她的睡房門開著，顧小芬不在裡面。樹生坐在沙發上看《澳洲新報》，廁所和沖涼房裡也沒有人。

「顧小芬還沒有回來？」

「沒有呢。」樹生抬頭看了我一眼，想說什麼但最後還是沒有說，又低下頭去看他的中文報紙。報紙裡有半版是關於「四十千」中國留學生的居留問題。

顧小芬星期二不打工啊，應該是下完課就回來的。這麼想著時我心裡就焦急起來，「Tina，你知道顧小芬去哪裡了嗎？」

「不知道。」Tina頭也不抬地答道。

「她幹嘛去了，那麼晚還不回家？」我急了起來。

「人家幹嘛去了關你什麼事？」Tina接著說，她這回不單抬起了頭，還轉過了身，直視著我。

「當然關了，她是我們的朋友，又住在我們這兒。如果她有什麼閃失，不單跟我有關，跟你、跟他，跟我們三個人都有關係。」我理直氣壯地回她。

「跟我有什麼關係喲？我又不是她的什麼人，她去哪裡也沒有跟我說。」Tina嘟噥著轉回身繼續煮她的晚飯。

我被自己的話嚇了一跳，她不會有什麼閃失的！我安慰著自己，想把自己說出的話收回去。但是一想到「閃失」兩個字我心裡就「突突」直跳，坐立不安。我提起外套就往外走。

秋天的悉尼白天溫度有二十四、五度，不冷不熱，十分的舒服，但是夜裡還是十分的涼。我沿著火車站的方向走去，一路上常有人來往。

我走到車站時，剛好有趟火車進站。我站在入口處往裡面張望。突然有個甜甜的聲音出現在耳邊：「嘿—」，我不用回頭都知道是誰。

「你從哪裡來？我沒有看到你出站呀。」

「我從天上來。」

「天上掉下個顧妹妹喲。」我心花怒放，喜上眉頭。

「吳大哥，那麼晚了，你要去哪兒？」

「我？不去哪兒。出來……」，我本來要說「出來接你」的，但臨時又改了口：「出來走走，吹吹風，涼快涼快」。

「還涼快？都要凍死了。」顧小芬把兩個胳膊抱緊，縮了縮肩膀。

「你幹嘛不帶件外套出來？」我說著把自己手中的外套遞了過去。

「我本來也沒有想到那麼晚才回來的」，她說，「我不要，你穿吧。」我看著她抖縮著的單薄雙肩，心疼得狠不得摟在懷裡暖暖，因為著急話也就變成命令式的：「我都熱，穿它幹嘛？你穿！」

顧小芬把外套接了過去，乖乖的穿了起來。那一刻，我心中充滿了甜蜜，比吃奶油巧克力甜筒還甜。

「我的外套穿在你身上真好看。」我說。

「亂說，我又不是男的。」顧小芬嘟著嘴巴小聲地說，臉上飄過一陣嬌羞。

我們都有點兒不知所措，一路無話。

上了樓梯，我開了鎖正要推門，「等等」，顧小芬說著極快地把外套脫了下來還給我，自己開門先跨了進去。我有些意外，伸手接下外套，心裡有些失落。

「回來了？」Tina 和樹生正坐在沙發上看電視，看到顧小芬，臉上都露出開心的笑容。

「嗯，你們吃過了嗎？」顧小芬說。

「吃過了。你還沒有吃吧？他去接你呀？」Tina 看到我跟著進屋，有些意外，她轉了話題，朝我努努嘴問顧小芬。

「他出去散步，路上碰到，就一塊兒走回來。」顧小芬解釋。

「那麼巧？」Tina 語氣裡帶著狐疑，雙眼像探照燈一樣在顧小芬和我的臉上照來照去，一副要弄個清楚的樣子。

「對，我就是專程去接顧小芬的。」我突然不知從哪兒來的勇氣和脾氣，挺起胸堂大聲地宣佈。

「啊？」樹生把嘴巴張成了個大寫的「O」字。

「我應該想到的。」Tina 收起了笑容，臉沉了下去，她看了顧小芬一眼，露出一副憂心忡忡的樣子。

我對顧小芬情有獨鍾，Tina 早已看出來了，她含沙射影地提醒過我，人家顧小芬是有主的人，讓我不要白費心思打她的主意了。本來我還真有點兒顧忌她，自打她搬來後，我連開個玩笑都要先想三分鐘，就怕她聽著不舒服、不小心得罪了她，更怕招來她的奚落。可是我現在不怕她不在乎她了，我喜歡顧小芬我關心顧小芬我就光明正大地去做，你愛說就說，不愛看就別看！

顧小芬不再說話，逕自回房間去了，Tina 也跟著回去，顧小芬沒有跟她說話又走了出來。

「你吃飯沒有？」我問。

「還沒。你呢？」顧小芬小聲地反問，但她沒有抬頭看我。

「我早在餐館吃過了。不過現在還真有點兒餓了，一起吧？你想吃什麼？我來做。」

「什麼都行。」她更小聲了，像是怕別人聽到一樣。

我心花怒放：「樹生，一會兒吃宵夜」我朝樹生喊了一聲，打開冰箱，發現我的那一格儲物櫃子好空，只找到四個雞腿和一包榨菜，我在樹生的保鮮袋裡找到了一些蔥苗。幸好我有各種各樣的醬料和調味料。

「吃宵夜了」我吆喝著心情愉快地把三大碗桂林米粉端到了桌子上。

樹生剛要在我左邊坐下，我指指右邊的凳子說：「你坐那邊去，這碗是顧小芬的。」。

「嘿，不都是一樣的嗎？」樹生直著嗓子叫。

「當然不一樣了，顧小芬的那一碗有兩個雞腿。對不起了，兄弟，我們都吃過晚飯的，但顧小芬還沒有。」我邊說邊把左邊預留給顧小芬的凳子往我身邊拉了一下。

「怎麼就三碗？」樹生有些明知故問，我沒有理他。顧小芬發了一下呆，還是站了起來。她拿來**Tina**的大瓷碗，從自己的碗裡夾了一個雞腿出來放到**Tina**的碗裡，「我午飯吃得多，還不餓。」，她還要往大瓷碗裡分麵條時，樹生攔住了，他說：「我這有，我剛吃過晚飯，還飽。」於是拿起自己的碗就分了一半麵條和麵湯到**Tina**的碗裡。

「**Tina**，出來吃夜宵」樹生興致勃勃地叫，好像還有些兒興奮，弄得我莫名其妙。

Tina應了一聲，出來了，好像什麼事都沒有發生一樣。

「太好吃了」顧小芬和樹生幾乎是異口同聲，說完張著嘴伸著舌頭直呵氣。又酸又辣的桂林米粉，讓他們欲吃還燙、欲罷不能。我看著十分滿足。

「你們想不想看錄影帶？」

「當然想了，我都好久沒看了。」

「我們每週都有借啊，誰叫你不看的？」樹生說。

「你們盡借些不三不四的東西，誰想看？」

「什麼？我哪有借不三不四的東西？我每次借的都是好電影。」

「什麼亂七八糟的畫面都有，還好意思說是好電影！騙誰呀？」

「顧小芬，我沒有騙你。」樹生一本正經起來，「我到現在為止，借的全部都是正兒八經的好片子，像上周的《**Fatal Attraction**》（《致命誘惑》）、上上周的《**The Color Purple**》（《紫色姐妹花》），都是獲奧斯卡獎的。」

「這些鬼佬，既然是那麼好的片子，為什麼一定要放那些東西？」顧小芬嘟噥了一下。

「我也是這麼想的。」我附和她，「我們可以借點別的嘛。」

「我同事說 Ghost 很好看，我就借 Ghost」。

「鬼片呀？嚇不嚇人的？」顧小芬有些擔心地說。

「我也不知道，但聽說好像是愛情電影，中文好像翻譯成《人鬼情未了》。聽說在中國也很火。」樹生說。

「電影嘛，神也好鬼也好，不都是人演的？沒什麼可怕的。」我喜歡《聊齋》裡的故事，沒想到西人也有講人鬼戀愛的，我都有點兒迫不及待了。

可是等樹生借到《人鬼情未了》時，已經是另外一個週末了。我和顧小芬都在餐館打工，週末是餐館最忙的時候。

我回家的路上要經過顧小芬打工的餐館。自從那天去車站接過顧小芬後我就天天忍不住想去接她，但又擔心她不願意，我只好假裝在回家的路上正好碰巧遇到她，於是與她一起走了回來。可是不知怎麼搞的，平時還算能說會道的我突然就變得不懂聊天了，我一路搜腸刮肚找話說，可是一開口就覺得自己的話題好笨。「巧碰」了兩次之後，連我也覺得有些無聊和尷尬，可是下了班我又止不住往她餐館行走的腳步。

第三天我們店裡九點不到就沒客人了，老闆讓我早些下班。走著走著，發現遠處有人推著超市的購物車走過來。「有了！」我心裡大叫一聲，高興地大步往超市走去，還真開門！我在超市裡轉了一圈，找到冷凍食物行。我回憶著以前顧小芬的描述，一格格冰箱仔細找過去。突然，一個圖案出現在我的眼前，頭上堆著一堆花生米、圓圓的。「花生甜筒！」站在比我還高的冰箱前面，我幾乎尖叫了起來，走上前去伸手就拿，一下撞到了玻璃門上，這才意識到我忘了開冰箱門。

我拿著甜筒回來，發現顧小芬已經離開了餐館，我趕忙往家裡快步走去，才轉過街角我就看見她在我前面。「顧小芬」我喊，她回過頭來，我趕了過去，「那麼巧，你也下班了？」我說，說完就後悔。「吃甜筒」，我說，她停了下來看著我，一時沒有反應過來。我迫不及待地把一個方形紙盒從超市的購物塑膠袋裡拎了出來，我把包裝盒用力一撕，「劈、啪」兩下東西落地的聲音，我看到懷裡的包裝盒裡還有兩個，原來一盒有四個！

「給你」，我把手上的兩個甜筒同時送到顧小芬的手上，她接了一個，「兩個都拿著」我說。「都給我，你呢？」她笑著問。「我的在這呢」我蹲下，把地上的甜筒撿了起來，發現竟然有紙包著，好開心，我用手抹了抹，把沾在紙上的草碎子抹去。

「好吃！」顧小芬說，我看著她開心的樣子，我的心都化了。

「你也吃呀。」顧小芬被我看得有些不好意思了，催我。我剝開了一個甜筒，也往嘴裡送，「哇！你怎麼從那頭吃呀？哈—哈—哈」顧小芬笑得眼淚都流了出來。

我這時才留意到她的甜筒是從大的那頭吃起的，手上的一半還有紙包著，而我手上的甜筒是「全裸」的，那尖尖的半節已經不見了，我的手抓在甜筒豐厚的頂部，溶化的雪糕和著花生顆粒正一滴滴地沿著我的手腕往手肘處流。我也被自己逗樂了，一邊用舌頭去舔手上的花生和奶油一邊說：「真的好吃，難怪你老念念不忘」。

「我哪有念念不忘？是你念念不忘吧？」顧小芬又開心的笑起來。

「我是第一次吃甜筒，讓我念念不忘的，是那個愛吃甜筒的人。」我半開玩笑地說。

「油嘴滑舌」顧小芬嘟噥了一句，不理我了，開始剝另外一個甜筒的包裝紙。

星期六那天，本來我九點半就可以走了，但我沒有走，而是留在餐館裡幫洗碗工收拾廚房，其實是想拖延時間。顧小芬打工的餐館在鬧市裡頭，生意比較好，她週末一般要到十點才下班。拖到差不多十點了我離開餐館時，老闆說：「阿星，今大有個外賣客人沒有來取，你們帶回家做宵夜吧。」

我拿了一看，有四盒呢，我拿了顧小芬愛吃的檸檬蜜糖蝦和煎餃，剩下的兩盒留給了洗碗工。

我走到顧小芬打工的餐館時，看到她還在拖地，我不敢叫她又不願意走遠，於是跑到對面馬路暗中看著她。

那家餐館也是一個越南華僑開的，悉尼小鎮裡典型的裝飾：門面不大，靠街那面牆是全玻璃的，左邊玻璃牆上貼著菜單和價錢，中間是一個單扇玻璃門，門的正中央掛著一個「OPEN」的牌子，右邊是幾張廣告，一張是香港某歌星悉尼演唱會的，一張是佛教堂活動時間表，還有幾張是店主的朋友的招租和商店轉讓資訊。

推門進去後，店堂左側是一個窄面的高臺，檯面正中間是一個收小費的瓶子、一盒牙籤，左邊是一個財神、右邊是一盆發財樹。檯子的後邊是一台收銀機、幾疊速食盒子，這些盒子是供堂食客人打包吃剩的食物用的。高臺邊上是兩張凳子，供來定外賣的客人等候時坐。店堂右側的角落裡是一個一米八的高大立式冰箱，裡面擺著各種牌子的飲料。最上面是礦泉水，有自然的和帶氣泡的，接下來一排是運動飲料，之後是可樂、雪碧、橙味汽水，下面半個冰箱都是果汁，有蘋果、梨、芒果、香蕉、鳳梨、草莓、櫻桃、西芹、紅蘿蔔、獼猴桃、百味果……真是應有盡有，不同形狀的瓶子、不同的牌子、各式各樣的花色和圖案，真是漂亮誘人極了。

店堂裡全是四人坐的長方形小飯桌，共有三行六排。往裡走是廚房，與店堂隔著一堵板牆。從店堂的門口隱約可見廚房裡面有兩三個人走動。

顧小芬此刻正側身在大冰箱旁邊賣力地拖地。她穿著 V 字領的黑色 T-shirt 和黑色西裝褲子，黑亮的頭髮紮成一個大馬尾辮子高高地從頭頂向後腦垂下，發尾隨著她拖地的節拍在她白淨好看的脖子上掃來掃去，她曲線分明的腰身和臀部在她弓腰幹活時也顯得分外迷人。當我看到她提著拖把和水桶往廚房走去時我知道她一天的工作結束了，我從馬路對面走了過去。

「下班了？」我問，她點了點頭。

「累嗎？」我又問，她搖了搖頭。我們又無話了。本來我們以前很聊得來的。她搬來我們那兒住之前幾乎什麼都談除了戀愛不談以外。可是，自從那天我去車站接過她以後，她幾乎沒有跟我主動聊過，我問她話時，問一句她就答一句，簡單得就像答記者問一樣。可是她又不像討厭我的樣子，我每次「碰巧遇到」她時，她也跟我一起回來，只是不言不語安靜地在我旁邊走著。

「餓嗎？」我問，她搖了搖頭。

我把手上的白色塑膠袋在她面前晃了晃，又問：「真的不餓？」。她看到了那熟悉的外賣盒子，停下了腳步深吸了一口氣，「真香啊！」她裂嘴一笑。她這一笑把我一天的勞累都笑沒了，也把我剛剛的緊張趕走了，我拉起她的手說：「走，我們回家吃蜜糖蝦，還有煎餃」。很奇怪，以前我也曾經無數次策劃過要去拉她的手，但每次到了後面又退縮了。可今天我想都沒有想，基本出於本能的，我還沒有來得及想她的手就到了我的手裡，拉得自然。而她也好像沒有意識到似的，直到我們走出好幾步，她才開始想掙脫我的手，我沒有放。我側眼看她，滿臉嬌羞，迷人極了，我知道我不能放她走了。她又試圖掙了幾下，見我沒有放手的意思，也就任由我抓了。

我們就這樣手拉手地走回公寓，朦朧的路燈下我能感覺到她一臉的笑意，我的心快樂得都要飛了，我張開嘴歌聲就飛了出來：「一條大河…」

「那麼晚了還唱那麼大聲，不嚇著人家？」顧小芬邊笑邊說。

於是我改成了小哼哼：「波浪寬，風吹桃花香兩岸…」

我們回到家時，樹生和 **Tina** 坐在電視機前正在熱烈地討論《人鬼情未了》的結局，他們已經把錄影看完了，兩人都興奮得雙眼放光，**Tina** 更是一臉潮紅。

「好看嗎？」顧小芬問。

「太好看了！」Tina說。

「裡面真有鬼嗎？」

「嗯。」

「嚇人不？」顧小芬又問。

「不，一點都不。」Tina說。

「是真的，一點都不可怕，我們都看兩遍了。」樹生說。

「你膽子大吧？你說，比起《畫皮》來，哪個可怕些？」

「我沒有看過《畫皮》，不知道。」樹生老老實實地交代。

「沒事的，這個鬼是個好鬼，比人還好。」Tina深情地說，一副意猶未盡的樣子。

我們邊吃夜宵邊看，樹生和Tina一邊看還一邊跟我們講解劇情，宵夜吃完後他們說要回去休息了，剩下我和顧小芬坐在客廳幽暗的燈光下繼續看。

一會兒Tina從浴室那邊一路打著呵欠回屋關門關燈睡覺了，樹生的睡房很快也響起了呼嚕聲。我起身把客廳的燈關了，只留下過道的燈亮著。

電視上的Sam和Molly在陶瓷作坊裡激情地相擁在一起，坐在昏暗的沙發一角的我被撩撥得心癢癢的，我往坐在沙發正中的顧小芬身邊挪了一下，伸手去抓她的手。「不要，」她驚慌地叫著，條件反射般地把手抽出去藏了起來。可是她藏得不是地方，當我試圖再去追逐她的雙手時，我碰觸到了她溫軟的大腿，我渾身血液噴張，再也壓抑不住，我撲了過去把她整個人抱在了懷裡。顧小芬象徵性地掙扎了一會就不再動了。

「搞什麼鬼你們？」Tina不知什麼時候站在了門口，她眯著雙眼斜視著我們，臉上露出一種似笑非笑、讓人捉摸不定的表情。

顧小芬掙脫出去坐到了沙發的另一邊，「Tina，你怎麼還沒有睡呀？」她盡力裝得平靜地問。

「怎麼睡喲？電視那麼吵。」

「那我們把聲音調小些吧。」顧小芬慌裡慌張地拿了一個搖控亂按一通，把錄像都按沒了。

「我沒有要打斷你們的意思，繼續，繼續。」Tina古怪地笑了一聲，轉身走回屋去了。

顧小芬本來還僥倖地以為客廳裡暗Tina看不見我們剛剛抱成一團，可聽完Tina的話她嚇了一跳。Tina一進屋她就緊張地說：「糟了，她一定是看見了。」

「看見就看見，有什麼好怕的？」

「她會跟別人說的。」

「說就說吧，男歡女愛，很正常的，她不也這麼說嗎？」

顧小芬不再說話了，她坐在沙發一邊心亂如麻的樣子，我再往她身邊挪時她就躲到沙發的一角去。我坐到她身邊，看著她問：「你真的有男朋友？」

顧小芬不說話。不說話就是默認了。

顧小芬名花有主，Tina早告訴我和樹生了，但是我情迷心竅，總是懷著僥倖。現在從顧小芬本人這裡得到確認，那就是千真萬確的，是很不同的感受，心裡很酸很痛。

我沒有心思看電影了，坐在那兒呆呆地看著畫面一個個地轉換，也不知道電影什麼時候完的，只見顧小芬把電視關了，我也就默默地自己回屋。我覺得渾身無力，和衣靠在床頭，心情糟糕透了。她的男朋友是什麼人？長得什麼樣子？他們到什麼份上了？拉過手嗎？

廢話！什麼年代了？連手都沒有拉過算什麼男朋友？可是她為什麼又願意讓我牽著她的手回家？這不說明她喜歡我嗎？但她怎麼可以這樣？自己已經有男朋友了還跟別人手牽手？

可是，人家沒叫我牽啊！不是我硬牽著不放的嗎？

他們親過嘴嗎？看她那麼傳統的樣子，電影裡的人親嘴她都臉紅，估計沒有。可是人家說話有時也臉紅你就認為人家不會說話？可是人家比你會說多了。

我歎了口氣，脫了衣服上床。

他們上過床嗎？我知道我不該那樣去想她，但是，男女之間的事不就那麼回事？看似很遙遠的兩個人，從寫信到牽手可以花幾個月、幾年甚至更久，但是一旦肌膚相親了，從擁抱、親吻到上床，也是可以一氣呵成的。

抱著顧小芬時的感覺真好，她的身體那麼柔軟，脖子那麼細嫩，臉蛋那麼光滑。她薄薄的小下巴放在我的肩膀上時我能清晰地感覺到她的呼吸。啊，對了，她是願意讓我抱的。我沒有強迫她。我想起來了，我抱著她的腰時，是她把上身靠過來的，她把下巴放在我的脖子和肩膀之間、臉頰貼在我的臉上。如果不是那個女人出來打擾，我們會一直擁抱著看完電視的。

天啊！那麼說，她是喜歡我、需要我的了？！我差點就錯過了這個重要的細節。我又不是什麼童男，我已經與三個女人有過夫妻之實，我計較什麼呢？喜歡就行了。什麼男朋友不男朋友的，天遙路遠，說不準哪天就散了。我近水樓臺，還讓什麼讓？！

我一個鯉魚翻身跳下床衝出屋去，想把男女相愛該做的事情一氣呵成做完它。

可是客廳裡黑漆漆一片，顧小芬也回屋去了。

我故意在客廳裡走來走去地弄出聲響來，顧小芬沒有出來。我不甘心，回屋拿了外套再回到客廳，我開了電視和錄相機，還故意把音量調大，把《人鬼情未了》又看了一遍。可是我在客廳裡看到淩晨兩點顧小芬也沒有出現，倒是 Tina 一會兒喝水一會兒上廁所的出來了兩趟，我把錄相看完後沒有理由再坐在客廳裡了，只好回屋睡覺。

此後顧小芬好像有意躲著我似的，她改變了平時的起居時間，要不就早早地出門、要不就關在屋裡直到我走了才出門。她也不再與 Tina 一起去上學，而是一個人獨來獨往。

看來她是決定要與我了斷了，我想，我成全她好了。我在人前假裝什麼事也沒有發生過，該睡就睡該吃就吃。可是有些事情已經發生過了，我的生活就沒法回復到從前。沒人的時候我常常對著顧小芬的東西發呆，尤其是她掛在陽臺上的衣服。躺在床上時我輾轉難眠老是想著牽著她的纖纖玉手、抱著她柔軟的身子的感覺。

這樣過了兩個星期，我心裡越來越不舒服。心想，不願意跟我好就算了，有必要像老鼠躲貓一樣躲著我嗎？我又不會把你捉來吃了或者奸了！有時心裡堵得慌老想發脾氣又找不到人發，有一天我對著廚房的一個大鐵桶恨恨地踢了一腳，結果把鞋頭踢破、腳指甲踢壞不算，還遭了同事一陣白眼。

又過了兩個星期，我實在受不了啦，週六晚上我跑去顧小芬打工的餐館對面等她。一走出熱鬧街區我就跟上去直截了當地問她：「為什麼要躲著我？」

「我哪有躲啊？」

「沒有就好」我伸手去抓她的手。她不肯，往馬路邊躲著，一下撞到了路邊的大樹上。我抱住她心痛地說：「都要上樹了，還說沒躲？」

顧小芬搖搖頭沒有說話，伏在我懷裡哭了起來。她哭得很委屈的樣子，聽著讓人心疼，我有點不知所措只好一個勁地說：「不哭，不哭。撞疼哪裡了？給我看看。」

「是你不理我的。」她自顧自地說，「不理就不理，有什麼了不起的？！我是有男朋友，你又不是現在才知道的，幹嘛還要天天跑來等人家？」

原來她早就知道我以前不是「巧遇」她，而是有意來等她，可是她為什麼一直不揭穿我呢？

「那廂邊，你挖人家 Tina 的牆腳，這廂邊你又對我始亂終棄。」她哭著說著，弄得我都糊塗了。

「你這是怎麼了？是不是這段時間學校有什麼演出？你背臺詞背多了？」我這一說把她逗笑了，

她止住了哭聲歎了口氣，終於把憋了一個月的話說了出來。

原來，顧小芬的男朋友是 **Tina** 的表弟。難怪呢，**Tina** 怎麼橫看豎看都看我不順眼。顧小芬人生得好看，行為舉止得體，**Tina** 對她自然沒有什麼可挑剔的，所以就只好盯住我了。她只要一看到我對顧小芬獻殷勤就會找機會提醒我，讓我不要打她的「歪」主意，因為人家已經名花有主，而且那是個很有才華學識、人又生得斯文好看的「主」，顧小芬與他在一起是郎才女貌、金童玉女。

那晚看到我與顧小芬抱成一團後，**Tina** 很吃驚也很惱火，顧小芬回屋後她們就吵了起來。顧小芬說，好吧，你說我腳踩兩隻船，那我就把另外那隻腳收回來。於是第二天顧小芬就給 **Tina** 的表弟寫信，告訴他要跟他分手，原因也說得明明白白——因為自己喜歡上了別人……她還要繼續說下去時，我把她的嘴堵住了，當然我是用嘴去堵的……

我牽著顧小芬的手回家了，這次她不再推躲，我也光明磊落。

回到公寓，看著她進了她和 **Tina** 共住的房間後，我把拎著衣服正要去沖涼的樹生攔住了。我說：「我今天特別高興，因為顧小芬跟我和好了。」我故意說得很大聲讓屋裡的 **Tina** 聽到。

「跟你和好？你們鬧意見了？」樹生輕聲地問，我這才意識到 **Tina** 並沒有把我們之間的事告訴樹生。

「我說的是我們相好了。」我說。**Tina** 也拎著衣服出來了，樹生挪了挪身體讓她走過。

「你和顧小芬？可是她不是有男朋友嗎？」樹生一時腦子轉不過彎來。

「他們分手啦。」

「啊？」樹生一臉茫然的樣子。過了一會兒他才湊過來問：「是因為你『橫刀奪愛』吧？」

「嗯」我朝樹生點了下頭，我對他的用詞滿意極了，對！就是「橫刀奪愛」！我心裡升起一種雄武的勝利感。

沖涼房已有人，樹生只好把衣服拎回來，「你行啊！我得向你學習。」他對我樹起了大拇指。「你敢？」我向他揮了揮拳頭，露出一副凶凶的臉相，「我不會允許任何人從我身邊『橫刀奪愛』的！」我半開玩笑地威脅他。

「嘿！誰說要奪你的愛了？」樹生說，帶著嘲弄的口氣，我並不介意，反正我把自己想要表達的意思說出來了。我心情舒暢地坐在客廳的沙發裡順手拿起樹生看過的中文報紙佯裝看報，睛睛盯著顧小芬的房門，只盼著她出來多看我幾眼。

Tina剛出來，顧小芬就拿著睡衣往洗浴間走去。我「噌」的一下站了起來，跟了過去。她忍住笑往前走，到了洗浴間她看到我還跟著，「你別這樣」，她嬌嗔著示意我走。

我回到客廳坐下繼續翻報紙。

Tina拿著水杯，她雙唇緊閉、目不斜視地走向廚房。我今天突然發現她其實並不可怕，樣子也不像我曾經以為的那麼令人討厭了，我甚至覺得她其實也不難看，並為以前在心裡罵過她「醜女多作怪」而生出一絲愧疚。「**Tina**，看不看報紙？」我站起來走到廚房，試圖對她表示友好。她瞪了我一眼，但礙於樹生也在場，她還是回了我一句「不看了」，雖然很冷淡，但我一點也不計較，相反，我對她的鬱鬱寡歡多了一份同情，希望她能開心一些，畢竟，我搶了她表弟的女朋友。

顧小芬從洗浴間出來後，樹生拿著衣服要去沖涼，我一把抓住他：「兄弟，讓我先洗」，不等他反應過來我就已經奪路而去，搶先占了沖涼房。樹生站在過道裡發了一陣愣，無可奈何地折了回去，「嘿，你們今天都怎麼了？我本來最早回來、最早想去沖涼的，結果弄到最後一個。」他苦笑著大叫起來，我也不想多做解釋，也解釋不通啊！我其實只是想著沖涼房裡仍然留著顧小芬的餘香，而那餘香是屬於我的，我不想別的男人沾了去。

我聞著顧小芬的護髮香波，快樂地在沖涼房裡吹起了口哨。我洗刷好後又吹著口哨抬頭挺胸地走回了房間。

樹生推開了我的房門，一臉懷疑地問：「你真的把顧小芬追到手了？」

「真金般真，如假包換！」

「真行哪！兄弟，上次你說要把她搶過來我還以為你開玩笑呢。」

「No，No，No。」我學著鬼佬的樣子得意地搖著頭，「兄弟，你不是老跟我說你那個佛洛依德嗎？有些話我可是記在心裡的，他怎麼說來著？『沒有所謂的玩笑，所有的玩笑都有認真的成分』，是這樣說的吧？」

那天晚上我興奮得無法入睡，好幾次都想潛入顧小芬的房間把她偷出來抱個夠、親個飽，但每次下了床又放棄了，除了顧忌她的室友 Tina 外，我更擔心顧小芬。一個連正常性愛電影都覺得下流不堪的女孩子怎麼可能接受「門口才牽手、進屋就上床」的模式，她肯定會把我當作流氓打出門去的。但我真的特別想對她耍流氓，最後我還是因為恐懼這一行為所帶來的惡果只好關在屋裡對自己流氓一翻、直到雙手沾滿淫穢物才算平靜下來。

幸好我當時忍住了，後來我才知道顧小芬不單外表冰清玉潔，精神上也是如此。在大學時，她與前男朋友的交往也僅僅限於一起散散步、散聊天、吃吃飯和看電影。有一次看電影回來，那男的拉了一下她的手，正好給她的朋友看見，她羞死了一周都沒理他，他之後就不敢再碰她了。

畢業後男的留校讀研究生，顧小芬到了城市的另一頭的中學去教書。男友住在三人合住的研究生宿舍，顧小芬則與一個女教師合住在學校的女單身樓裡。從大學到中學要轉幾次車，加上等車、擠車、坐車、走路的時間，到了顧小芬的學校就是吃午飯的時間了。待個兩、三個小時就得回去，要不就趕不上末班公共汽車了。

有一次顧小芬的男友來看她時因為人太多只顧擠車，上到車上才發現 BB 機和錢包被人偷了，連打電話和買車票的錢都沒有。他只好下車折回學校向人借了錢再去坐車。他饑腸轆轆地到了顧小芬那兒已是下午三點多，食堂早已經關了門，顧小芬因為等他也沒有吃上午飯。他們吃了點零食墊墊肚子拖到五點鐘學校食堂開飯。吃過晚飯已是五點半了，想回去已經不太可能。當然，留在顧小芬宿舍過夜更是想都不敢想的事。顧小芬才二十二歲，一個未婚女子到學校才兩個月就敢留男人過夜，就算不被開除也會被口水沫子淹死。

但是誰沒個急難時呀？沒事，學校同事都會互相幫忙的：不管是誰，女性朋友和親戚來訪，過夜時一律到女教師宿舍去借宿，男性朋友和親戚則到男教師宿舍去擠。

顧小芬生得花容月貌的，中學裡還單著的男教師就有十幾個，獻殷勤的有一打。她的男同學來借宿，男單們自然十分樂意幫忙，他們把學校小賣部的啤酒和魚皮花生全部買了扛回宿舍，當晚他們喝到淩晨兩點。顧小芬與女同事離去後他們又接著玩牌。顧小芬早上去叫男友吃飯時發現他們依然在玩，個個眼睛紅腫，可手上的撲克牌卻抓得死死的，沒有一點想休戰的樣子。單男們不太清楚這男同學與他們漂亮女同事的準確關係，潛意識裡都想在牌局上較勁，以資削弱男研究生在學識和長相上的強勢。

那天下午，男友在回去的公共汽車上站著打了個盹，結果把借來的錢也睡沒了。本來他買完票特意把剩下的錢放在夾克的內口袋裡，還把夾克拉鍊拉到貼近脖子處，自信從外面看不出他還有個暗袋在裡面。可還是沒有躲過小偷的火眼金睛，可憐的癡情書生只好走路回家。幸好最後一趟車走的都是他熟悉的路線，讓他在天黑前終於回到了學校。

顧小芬去探男朋友時的遭遇也不比她的男友好。第一次上車時新買的手提袋被割了一個口子。第二次把一個高跟鞋的跟給擠掉了，而更尷尬的是，就在她深一腳淺一腳地往母校走時，碰到了大學裡整整追了她四年的班長。

那時讀研究生一個月有幾十元生活費補貼，顧小芬工資有兩百多。在如此交通不便、留宿堅難的狀況下，他們的交往很多時候就停留在書信和精神上了。他們之間最親密的接觸是在顧小芬出國的那個月，男友到顧家去拜見她的父母了，顧小芬把男友送到車站，臨別時男友緊緊握住顧小芬的手不放，臨上車時在她臉頰上吻了一口。

我與以前的三個女人，都是先上床再相處，可是與如此冰清玉潔的顧小芬談戀愛，我得學著單純的相處而不能有別的想法，真的很難，但也很刺激，有時還覺得很殘忍、很委屈。

晚上睡覺，我想像著顧小芬把那張水嫩精緻的臉蛋靠在我張開的臂彎裡入睡的樣子。早上醒來時，第一件事就是張開臂膊想像一下那個溫韻迷人的身體抱在懷裡的感覺。每一次的感覺和想像都讓人血脈噴張，無法自制，於是又重複著流氓自己，直搞得精疲力盡，真應了佛洛依德的另外一句話叫「男人用下半身思考」啊！

這樣過了一個月，我終於迎來了抱得美人歸的時刻。

那是一九九二年深秋的一個傍晚。白天我終於拿到了我夢寐以求的路面駕照。我人生的第一輛轎車——一九八八年產的白色 TOYOTA CAMRY(豐田佳美)——兩個星期前就買好放在我們公寓樓的停車場裡等著我。自從我去火車站接顧小芬那天晚上起，我就想擁有一部自己的車，這樣我就可以更好地照顧她。我自恃以前在部隊開過車，所以跟師傅學了幾個小時就去考試了，可是我的考試一敗再敗，考到第五次才通過。

我拿著有考官簽字的半張薄紙惴惴不安地來到公路局，幸好我紙一遞進去人家就知道我要幹嘛。當我端詳著貼有我頭像的駕駛執照時，我激動得眼睛都濕了。駕照在澳大利亞不僅僅是合法駕駛的文件，還是身份證明。我對著駕照裡的頭像起誓：從今往後，你就是顧小芬的司機、僕從。

我顛著步子回到家，吹著口哨拿起抹布到停車場把我的車子擦了一遍又一遍，直到它每一寸都賊亮賊亮為止。我的車子雖然是二手車，但只走了五萬公里，而且車主保管得好，還很新，樣子也很體面。

戴衛斯國際英專倒閉後，顧小芬轉到了悉尼西區公立的 **TAFE**（技術學校）就讀，離卡市近了很多。

我開車出門時天下起了大雨。

當我打著彎勾的大雨傘站在學校門前等待顧小芬時，我心上流淌著很複雜的感情：有了感情歸宿的心定和滿足，感覺著被人愛著的甜蜜和自己可以愛人的自豪。當我看到長髮披肩的顧小芬長裙飄飄地向我走來時，我的視線竟有些模糊不清，懷疑自己看到的是一個下凡的仙女。當顧小芬把她的纖纖玉手搭在我的臂彎一起走向停車場時，我渾身上下流淌著的幸福就像外面的大雨一樣暢快淋漓。

小芬上了車，我問她想不想在外面吃飯。「好呀，」她說。

「想去哪裡吃？」

「戴衛斯公園邊上那家日本餐館。」

「戴衛斯公園？在哪裡？」

「就是我們初次認識的那個公園。」。

我把小芬帶回那個日本餐館，她要點我們第一次來時吃的一模一樣的食物：海鮮湯麵和煎餃。

吃過飯後雨已小了很多，小芬說：「我想去戴衛斯公園走走」。

我們打著同一把雨傘來到了公園。「這就是你當初過夜的椅子吧，」我指著被雨水打濕的長椅子笑著說。

顧小芬點了點頭，默默無言地站著，淚水開始在眼裡滾動。她歎了一聲，怔怔地看著長椅邊的大樹，「你去那邊等我，我一會兒過去。」顧小芬說。

她吸了一口長氣，表情十分虔誠，雙眼又噙上了淚水，口中念念有詞：「天地為證，大樹有情，讓我遇見了他。波波，不是我絕情，是我福薄。與其天各一方，牽腸掛肚，聚期茫茫，不如互相放下，把自由還給對方。你是人中麒麟，將會前途無量，你應該屬於更好的女人。從今而後，你我兩忘，遙祝你幸福綿長。」

顧小芬說完又站了一會，心情似乎輕鬆了很多，她走過來笑了笑說：「儀式完畢，回家。從此我就是你的人了。」

「真的？」我看定她，她微笑著點了點頭，我大喜，把傘往地上一丟把顧小芬攬入懷裡，當我的舌頭接觸到她的舌頭時，我確信是真的了，她那柔軟的舌頭就跟我的絞在一起，直到我們氣喘吁吁時它們還不想分開。

我是心裡唱著歌回到我們公寓樓的。

「我背你上樓」，我說著蹲下身子，她躲到一邊去了，我背對著她用手去找她拉她，她「咯咯」地笑著躲著，突然用雙手把我的眼睛蒙了起來，我趁機蹲下張開手往後面一攬就把她攬到了背上。

「放我下來。」

「不放。」

「你不放我下來我就不放手。」

「你不放沒有關係啊！我們合二為一，我做你的雙腳、你做我的眼睛。」我說，於是我背著顧小芬，在她的指揮下一路笑著上了樓。

到家了，顧小芬和 Tina 的門大開著，Tina 不在，樹生的門關著。樹生的門平口就是關著的，出門前他習慣於把門關上，回屋後他也會關門。

「樹生，樹生」，我叫著，我真高興，恨不得要向全世界宣佈：我真的有女人了，顧小芬這回真正屬於我了。

「不用叫了，沒有回來」，顧小芬說。

「沒有回來更好」，我壞笑著說，一把抱起顧小芬就往我房裡走去，「不，不好」她蹬著雙腿像個淘氣的孩子。

我把顧小芬放在我床上把門關上。

「你要幹什麼？」她「呼」地一下坐了起來，臉上閃過一絲恐慌。我在床沿上靠著她坐了下來，我輕輕地捋著她光澤秀美的長髮說：「傻瓜，我不會害你的。你是我的女人，我會好好地待你、愛你。我發誓，只要我還活著……」

我說著自己都有點兒想哭，「只要我還活著」，是的，活著，那一刻，我特別覺出這兩個字的美好和份量。我不是說著逗她開心的，那一刻，我決定要好好地活著，只為眼前這個讓我牽腸掛肚整整兩年的女人！因為我決定了要用我的一生一世去愛她，保護她，照顧她。

我停了好一會兒才把激動的心潮和淚水壓了回去，接著說：「只要我活著，我就會盡我所能照顧你，不讓你受苦、受委屈，不發脾氣不罵你不打你。我發誓，我說到做到！」

在這陌生的世界裡，顧小芬也孤身一人奔波了兩年多，她也太需要一個關心她的人互相陪伴、互相照顧。她早就喜歡上了我，她也知道我喜歡她、特別想要她。但她不知道我有多大的擔當，我最終想從她那裡得到什麼，是短期內的床笫之歡還是一輩子的長相廝守。所以，她對我若即若離、反反復復，今天，當她下定決心要告別舊愛時，她終於得到了新歡的承諾，她哭了。

我抱住了她，替她擦去眼淚。

我開始輕輕地吻她，舌頭開始絞纏在一起，直到她的身體酥軟、氣喘不止。

我把她平放在床上，開始解她的衣服，她乖巧地躺著，閉上了雙眼。當我把她剝得只剩下內衣內褲時，我被她像玉蘭花一樣白皙細潤的美麗肌膚驚呆了，有好一會兒我不知所措，聽著自己蹦蹦亂跳的心，有一種缺氧憋氣、手腳不聽使喚的感覺。

「你怎麼了？」我聽到她在說話，「沒什麼，」我說，眼光無法從她的身體上移開，但是腦子已經恢復了正常。我把她的內褲脫去，她不好意思地轉過身去，捲曲著身體。她渾圓的臀部和白皙修長的雙腿太美了，我從來就沒有見過那麼漂亮的女人胴體，我禁不住蹲在床沿親吻起來。「老天爺！你對我太好了！」我心裡叫著，又伸手去脫她的胸罩，當她一絲不掛地躺在我的床上時，我感動得哭了起來。它冰清玉潔得像個天使，凹凸有致的線條美不勝收。樹生說得對，女人的身體就是最生動美妙的藝術品。

當我抱住顧小芬的身子——那個生動美妙的人體藝術品時，我第一個念頭就是完全地霸佔它、永遠地擁有它，不讓任何的男人看它、碰它。「我們結婚吧」，我說，這是我能想到的最有效地保障我的佔有權的方法。

「嗯」顧小芬閉著眼睛答道，光滑的雙臂從我兩側伸到我的背後，溫柔地環住了我的身體。我突然就忍不住了，撲在她身上淚流滿面。「抱緊我，不要放手。」我流著眼淚乞求道。

「好，不放，不放」顧小芬應承著，雙手輕輕地拍打著我的後背，像母親哄孩子一樣。

「一輩子，就這樣，抱著，不放手。」

「好的，一生一世，相擁相伴，永不放手，永不分離。」顧小芬喃喃著，眼裡也擒上了淚水。「一生一世，相擁相伴，永不放手，永不分離。」我重複著顧小芬的話，很莊嚴地，我把它當作我對顧小芬的承諾和我們之間的海誓山盟。

激情過後，我把顧小芬摟在懷裡抱得緊緊的，不想讓她離開，哪怕只有一秒鐘，我也不想。小芬很乖，她就那樣安靜地待在我懷裡，直到她的肚子發出「咕咕」的聲響後，她有些羞澀地問：「你不餓嗎？」。我看了一下手錶，「怎麼就八點多了？還真餓啊！我們出去吃飯吧」我說，把小芬的上衣、裙子和內衣一件件地捋好放在她身邊，我看著她穿衣服。

「你也穿啦，別老看著我。」她嬌嗔地笑了笑。

「你穿衣服的樣子很溫柔、很好看。」我說，並從地上撿起自己的褲子穿上。我回過身，發現她已經把衣服穿好了，我把她拉到跟前，開始解她的扣子。「不是要出去吃飯嗎？」她低著頭，用眼角飛飄了我一眼說。

「我喜歡看你不穿衣服的樣子」，我說著加快了手上的動作。一會兒，小芬就一絲不掛地站在了我面前，她這回不再羞澀，而是抬頭看著我，她灼熱的目光燒得我渾身是火，我再次把她攬入懷中，放到床上。

當我牽著一臉潮紅的小芬走出我的睡房時，不知怎麼的，竟然撞在了 **Tina** 的身上，我們都嚇了一跳：「你怎麼在家呀？」我們三個異口同聲地問，而後我看到顧小芬原本已經潮紅的臉更加紅了，而 **Tina** 的臉也竟然紅了起來，弄得我們更不好意思。「我們出去吃飯」，顧小芬說完開門逃也似的跑下樓去了。「我們要結婚了」我回頭跟 **Tina** 說，她沒有理我、徑直往自己房裡走去，我想她是真的討厭我懶得理我了，我搶走了她的表弟媳婦。但她臉紅什麼呢？我和樹生的兩個睡房在過道的這一頭，**Tina** 和顧小芬的在另外那頭，中間隔著洗浴間和廁所，可是我們為什麼一出門就撞在 **Tina** 的身上？我有些兒懵，竟不知道 **Tina** 是從哪兒冒出來的，也不願意多想，我趕緊下樓找顧小芬去了。

我要結婚了，我向我們餐館的人宣佈。

顧小芬也寫信把她要結婚的悄息告訴了在上海的家人。她的家人很驚詫，因為顧小芬之前並沒有跟家裡人說過與那個研究生分手的事。她家裡希望她嫁個學歷相當的青年才俊，但考慮到她也年紀不小，轉眼就奔二十六歲了，在海外書讀得苦，打著低濺的工，身份不知何時才有著落，也就勉強同意了我們的婚事。

顧家的態度沒有影響我的心情，我天天快樂著去上班，努力把每一份菜每一個麵做得美味可口。週二不上班時我開車去接我的美人。周末我到她的餐館等她下班，我不再站在街對面的陰暗處，於是站到門前的街燈下堂堂正正地等她。碰到樓梯上沒人時我就蹲下說：「我背你上樓」，她就「咯咯咯」地笑著趴到了我的背上。

像所有進入戀愛的男人一樣，我發自內心地想讓我的女人開心。悉尼有很多風景名勝，可是我住在悉尼三年，卻連歌劇院這種象徵性的景點都沒有去看過，也不是沒有時間，主要是沒有要去看的欲望。可是自從戀上顧小芬後，我就老想著出去玩。悉尼真的太適合談戀愛了！有那麼多浪漫迷人的地方。於是一有空我和顧小芬就跑出去。我們坐在悉尼歌劇的臺階上看人來人往，我們吃著各種不同口味的甜筒在情人港看海鷗，拿著薯條和炸魚片在曼麗海灘看人們衝浪，天暖的日子裡在邦迪海灘堆沙丘、踏海浪……

有一次我們從 Circular Quay 上了一艘輪渡，到 Mosman bay 下船時把相機忘在船上了。顧小芬傷心了半天，因為相機裡的那卷膠捲是我們戀愛以來拍的所有的照片。下午我們碰巧坐上了同一艘船回來，顧小芬僥倖地問了船裡的工作人員，人家還特別高興地說，終於找到了相機的主人，把顧小芬高興得淚水橫流。

我又開始看房子，但我這次不是看出租房，而是看現賣房。我要給顧小芬買一套房子，我們要搬出去結婚。我去問了銀行，銀行同意借我八萬元，我付兩萬的首期。

幸福的日子像美味的雪糕，不知不覺就化得不知去向。在春天將至之時，我的房子也有了眉目。我在米勒街看中了一套三睡房的花園洋房，廚房寬敞明亮，走十幾分鐘就到火車站，離顧小芬上班也就走十來分鐘。我與房產代理商講好帶小芬去看一眼再拍板，時間定在一九九二年的八月三十日的下午。

可是，那天下午顧小芬沒有如約前來。

這段時間悉尼的中國留學生正在舉行大規模的集會遊行活動，抗議澳洲移民局強行遣返簽證過期的中國留學生。劉斌和樹生都是學生運動的領袖人物，顧小芬不喜歡政治，但因為這事件與自己緊密相關，加上劉斌和樹生的關係，重要的集會她都會去，**Tina** 更加積極，幾乎是逢會必去，據說兩百人赴坎培拉請願團[1] **Tina** 也去了。

晚上九點鐘我回到家，只見樹生一個人坐在飯桌旁盯著杯子裡的水發呆。

「出事了，出大事了！」樹生看見我，呆滯的目光閃動起來，他站起身走了過來，眼睛裡充滿了悲慟和恐慌。「**Tina**，她—」他還沒說完，就「啊—」地一聲哭了：「沒—了」，他扒在我的肩膀上，軟塌塌的沒了平日的精氣神。

原來，**Tina** 乘坐的小車在奔赴坎培拉請願的路上出了車禍，兩人死亡一人重傷。

我把樹生攙扶到沙發上，他扭過頭去傻傻地盯著右側方，喃喃自語：「她水都來不及喝，就匆匆走了。」

我順著他的視線看去，飯桌上放著 **Tina** 的水杯，杯裡還有一杯滿滿的水。樹生的雙眼也如 **Tina** 的水杯，慢慢的全是淚水，看得我無比難過。

「顧小芬呢？她有跟著去嗎？」我心裡惶恐起來。

「沒有，小車出事的事，是顧小芬打電話回來說的。」

「她去了哪裡？為什麼還不回來？」

1 一九九二年的八月底，悉尼的中國留學生在韓天笑等人的領導下，組織了兩百人前往三百公里外的澳大利亞首都坎培拉請願呈辭，試圖說服澳大利亞政府讓四點五萬的中國留學生永久地留在澳大利亞。

「我不知道，她說，還要通知完另外幾個朋友才能回家。」

「是哪幾個朋友？你有他們的電話嗎？」

「我不知道。你去問劉斌。」

可是劉斌去了坎培拉，我根本沒法聯繫他。我只覺得心頭「突突」地跳個不停，跳得我坐立不安。我開了電視，坐在客廳的沙發上，眼睛卻緊盯著門。十點半了，不見顧小芬回來。十一點，還是不見她回來。我實在坐不住了，開了門，沿著回家的路走出去。我在路上走了幾個來回，沒有見到顧小芬的影子。看看時間已是十一點半，我想我還是回家去看看，萬一小芬從街道的另外一頭回家了呢？可是，等我回到家一看，她不在！我們在家裡等到十二點多，她還是沒有回來。樹生說，她今天是騎單車出去的，要通知很多人，那麼晚了會在同學家過夜的，你不用等她了。

我想想也是，她以前去同學家玩得晚了也會留下過夜的。我與樹生各自回了屋，可是我躺在床上卻怎麼也無法入睡。

第二天早上，樹生接到一個醫院打來的電話，說我們的 roommate（室友）在醫院裡，希望我們去看看她。樹生放了電話就來拉我起床：「阿星，Tina 沒有死，她在醫院裡。你快點起來，帶我去醫院。」他竟然有點兒歡天喜地的快樂。「謝天謝地，Tina 還活著，活著就好，活著，要活著，阿星，你走快點，Tina 還活著……」。他邊下樓梯邊扣扣子，激動得有些語無倫次。

我帶著樹生往醫院開去，因為晚上沒有睡好覺得陽光特別刺眼，好幾次轉錯路，搞得我更加心慌意亂。

到了醫院，我們意外地在大門口碰到阿四和另外兩個同學。他對著我們搖了搖頭，一雙憂傷的眼睛悲苦地躲閃著不敢看我。

「看過她了？」樹生問，阿四點點頭。

「她住哪兒？帶我們去吧。」阿四又點點頭，轉身帶著我們往回走。

轉了幾個迴廊，走到盡頭一個安靜的房間，阿四停住不走了。

我和樹生越過阿四走進病房，發現裡面躺著的人頭上纏著紗布，臉青腫變形讓人不忍心看，紅腫的鼻子上插著氧氣管，一隻眼睛封著紗布，把半張臉都封了起來。

「Tina，是我，樹生，還有阿星。你沒事的，你會好起來的」，樹生說。她聽到聲音，睜開了沒封的一隻眼睛，她定定地看著我，嘴巴張了張但沒有發出聲音，眼淚大滴大滴地往下滾。我發現這只淚眼非常熟悉，抓過床邊的病歷卡一看，原來她不是Tina，而是我親愛的小芬！我驚恐萬分，緊緊地抓起了她垂在床邊無力的小手。我的愛人！我的天使！你怎麼把自己傷成這樣？！

原來，顧小芬在街道的拐彎處撞車了。她奔波一天，心焦體累，在拐彎處忘了打轉彎手勢，加上沒有吃午飯血糖太低，事發之時想拐開力不從心，頭暈目眩、眼前一黑就從單車上摔了下來，以柔弱的血肉之軀撞在行駛著的車上。

醫生來了，他說顧小芬內臟受損嚴重，估計沒法堅持到第三天。

顧小芬，我的愛人，我的新娘，活不了三天了？！我如晴天霹靂，站立不穩。

不會的！顧小芬，你不會死的，我們約好了，要一生一世，相擁相伴，永不放手，永不分離！你怎麼可能只活三天？！不可能！不可以！因為我不同意！

可是，顧小芬最後還是廢約了，她沒有再回到我們的出租屋。而是一個人走了，留下我孤孤單單地一人漂泊在悉尼異鄉。

顧小芬走時把我的愛情連同生命也一塊兒帶了去，從此我開始了行屍走肉般的生活。偶有神志清醒時，我抱著顧小芬的Sony聽《在水一方》。那是顧小芬最愛聽的歌，也是顧小芬最愛唱的歌：

綠草蒼蒼，白霧茫茫，

有位佳人，在水一方。
綠草萋萋，白霧迷離，
有位佳人，靠水而居。
我願逆流而上，
依偎在她身旁。
無奈前有險灘，
道路又遠又長。
我願順流而下，
找尋她的方向。
卻見依稀彷彿，
她在水的中央。
我願逆流而上，
與她輕言細語。
無奈前有險灘，
道路曲折無已。
我願順流而下，
找尋她的足跡。
卻見彷彿依稀，
她在水中佇立。
綠草蒼蒼，白霧茫茫，

有位佳人，在水一方。

磁帶裡那個甜滋滋的聲音讓人心醉，我聽著聽著就不由自主地把裡面的女人想成是我的顧小芬——那個說話嬌柔、身段甜美的靚麗女子——於是情為之傾，心為之碎，茶飯不思，生死兩忘。

半夜，我看到我的新娘站在我的床前穿衣服，她穿得很溫柔、很好看。「小芬」，我小聲地喚著，她不應我，穿好衣服就往外走，我伸出手去抓，沒有抓著。

「小芬」，我又喚了一聲，她停了下來，低著頭用眼角飄了我一眼，雙頰飛霞，我伸手去攬她，她又走了，我追了過去，開了門，小芬不見了，卻奇怪地看到 **Tina** 穿著一件半透明的睡衣、顛著一個大屁股從樹生的房間裡走了出來，施施然地往廁所晃去。「鬼呀！」我大叫著開了門往樓下跑去。

樹生光著腳丫子追了出來，他拉住我的手說：「阿星，別怕，是我，樹生，你跟我回屋去。」

「我不回，你屋裡有鬼！」，我掙扎著，牙齒都害怕得打抖。

「不是鬼，是 **Tina**，她還活著，只是在坎培拉的朋友家裡小住了幾日。撞車的是另外一個 **Tina**，不是咱們屋的，是留學生們傳錯了話。」樹生柔聲柔氣地跟我說。

可是誰信呢？**Tina** 是住在小芬房間裡的，而那個鬼是從你屋裡變出來的，「我不回，你屋裡有鬼。」我搖著頭，想從樹生的手裡掙脫出來。

「你說得對，我是心裡有鬼，不像你那麼光明磊落。我是早就喜歡上了 **Tina**，她也喜歡我。」樹生歎了口氣，「兄弟，是你的勇敢鼓勵了我。是小芬的離去才讓 **Tina** 最後下了決心：愛就愛了，生命短暫，不能再等。」

第六部　騙婚

第四十一章　無來由的「親戚」

「鈴、鈴、鈴，鈴、鈴、鈴」

一陣刺耳的電話鈴聲把我從遙遠的回憶裡拉了回來。

「吳方成，我告訴你，你跑到哪兒都跑不出如來佛的手掌心。吳方成，你這個叛徒、逃兵，你再不回來，我就把你的全部醜事抖給中國公安局，看你還能活著回來不?!」

夏慧英氣勢洶洶地說完，「啪」的一聲把電話掛斷了。

怎麼這個女人也知道我的底細?竟然要脅起我來了。

碰、碰、碰……

「開門，開門，開開門。」氣還沒有順過來，一陣急促的敲門聲催命鬼似的響了起來。

「哪位?你找誰?」

「你的親戚，舅舅來看你了。」

我開了門，兩個男人並排著擠了進來。領頭的一個約三十五、六歲，中等個子、臉色偏黃、缺乏血氣，看起來屬於那種才接近溫飽邊緣的人。另一個高個子則是小康型了，二十大幾，身架子兒挺拔而矯健，額上油光，臉上泛紅，雙手起落之間有一種不發自威的震懾，讓我想起在悉尼的小街小巷裡學開車時、迎面來了一輛大貨車，讓你躲無處躲、只好戰戰兢兢地面對的那種不安和威脅。

「溫飽型」很熱情地握住了我的雙手。他自我介紹說他姓夏，是我的叔叔。他又指著「小康型」說，他是你舅舅。

我的叔叔、舅舅？怎麼那麼年輕？我都近四十了。怎麼我不知道我父母親有這麼些弟弟？我父母親都姓吳，我的叔叔和舅舅也應該姓吳才對呀。這個「叔叔」和「舅舅」一定是冒牌貨，但他們怎麼會知道我的名字呢？又怎麼會找到這兒來？找我有什麼企圖？

他們似乎一下就看穿了我的心思。「溫飽型」在我的旁邊坐下，不慍不火地解釋：

「大侄兒，他是你太太慧英的弟弟慧雄，按輩份，你該跟著孩子叫他舅舅，但現在的年輕人不講究這一套了，你就直呼其名、叫他慧雄吧。我是慧英的叔叔。」

「前段時間，慧英通知我們，說你回來了。但一直不見你來探我們。大家都焦急了，擔心你人生地不熟，會不會出什麼意外。現在的世道比不得從前了。」

「慧英也很擔心你，她從悉尼打了好幾趟電話過來。她說你出來有一段日子了，按理應該回去了。孩子快出生了，她行動不便，希望你能早點回去。」

「她沒有說別的？」

「對了，她好像提起簽證的事，我不是很清楚，總之，她說你一定要儘早回去。」

送走了這兩個「親戚」，我不想再見到他們，於是趕緊收拾行李退了房，搬到了白山市小北區一個不起眼的旅館。

「大侄兒，開門。」第二天淩晨，我還在沉睡中，兩個「親戚」又找上門來了，他們提了一條香煙、幾瓶米酒、兩隻燒鴨、一盒煎餃、一大袋鹽乾花生。他們在我房裡一泡便是一整天，又吃又喝又抽的，弄得整個房子烏煙障氣。

臨走時夏慧雄留下話：

「姐姐叫姐夫快點兒訂票回去。我們明兒會再提些吃的喝的過來陪姐夫，免得姐夫一個人在這兒太悶。姐姐叮囑我，只要姐夫不上飛機，我們就應該來陪著。明天，我們決定搬過來與姐夫一起住。」

這夏慧英，真夠辣！我心裡狠狠地罵了一句，很是後悔自己鬼迷心竅怎麼會去招惹一個如此狠毒的醜女人。

自從我的美麗新娘顧小芬離世後，我對別的女人就失去了好奇和興趣。

一九九二年兩百名中國留學生代表赴坎培拉請願伴隨著車廢人亡事故引得澳洲朝野轟動，兩個留學生以自己的鮮血和年輕生命為代價，在四萬中國留學生爭取澳大利亞永久居留權的道路上鋪寫了一曲悲愴之曲，留學生們踏著悲歌繼續他們的留澳征途。

第二年，澳洲政府針對四萬多中國留學生出臺了幾個特殊的移民政策，讓「6.20」前和「6.20」後的中國留學生只需要提出移民申請並通過簡單的英語測試和身體健康檢查就可以獲得永久留居（PR）的資格，澳洲的中國留學生運動終於在勝利中降下了帷幕。

阿四卻沒有如大多數的幸運留學生一樣順利地拿到 PR。因為他身體檢查時發現得了好幾種病，不得不辭掉工作在家休息和治病，坐吃山空。積儲花得七七八八時，他的 PR 終於批了下來，他卻跑到悉尼大橋去跳海自殺了，聽說他是喊著：「我拿到 PR 了！」跳下去的。劉斌幫阿四整理遺物時，發現阿四在自己心愛的口琴譜的每一頁上都寫滿了潦草而重複的句子：「我死也要死在悉尼」。琴譜裡還夾著一張照片，是顧小芬和周亞萍的合照，那是她們在我家玩時我替她們拍的。

劉斌拿了身份後又回學校報名讀書去了，他一邊打工一邊讀電腦課程。他畢業時正值電腦行業的黃金時期，他進了IBM，做上了他期待中的白領工作。

樹生博士畢業後在澳洲沒有找到像樣的研究工作，只好在一個實驗室做化驗員臨時工，工作簡單而瑣碎，但是收入還可以。後來他申請到美國的一份博士後研究工作，據說是一個很有名的研究所提供的，他決定到美國去發展。與樹生同居了兩年的Tina糾結了一陣，還是決定留在悉尼，理由是她剛剛向國內訂了一批貨，她要等到貨物上岸、處理完後才能離開。樹生替Tina交了半年的房租，又把自己這幾年的積儲留了下來作為她的周轉貨款，並告訴Tina「我在美國那邊的家門一年三百六十五天的分分秒秒都為你開著」，戀戀不捨地獨自登上了赴美的飛機。

樹生一走Tina就把樹生給她租的房子退了，還找房屋仲介鬧了一陣把樹生給她預付的房租退了回來。她沒有給老朋友們留下電話、地址和任何的餞別話語，突然之間好像就從人間消失了。

失去了顧小芬和黃樹生作為紐帶，我與留學生的關係也就慢慢地疏遠了。我龜縮回卡市過回我那周而復始的日子，從廚房油鍋做成了小廚師、而後又學成了點心師傅。

兩年後我在唐人街意外地碰到Tina，她和她的丈夫帶著他們的兒子在逛街。沒想到Tina的丈夫長得比樹生還要斯文還要好看。他聽我說我們以前曾經一同租房住時便生出一股他鄉遇故知的親近感，說要讓Tina帶他和兒子到卡市來拜訪我。Tina的兒子已經跟Tina一樣高了，長得健康而壯實，叔叔長叔叔短的把我叫得心裡暖洋洋甜滋滋的。我滿心歡喜地給Tina留了我的住址和電話，可是Tina卻沒有聯繫過我。

再次見到Tina是很多年後，而且是在中文報紙上，她已經不再叫Tina了，而是有著多個頭銜的周文瑾女士：悉尼僑領，澳洲京滬商會會長，越劇曲藝文華社社長，中澳文瑾文化交流協會會長。據報紙上的介紹，她不單為悉尼的華人華僑和中澳文化交流作出了傑出貢獻，而且還是一個雙邊貿易的傑出代表，是最早大批量把澳洲的護膚品和保健品銷往中國以及把中國的建築和裝修材料銷往澳大利亞的成功生意人之一。

第四十二章　夏慧英

夏慧英是兩年前從福建到澳洲來的，當時她拿的簽證只有三個月期限。她是費盡心機才出來的，出國前就沒打算要回去。以她當時的情形，想留在澳洲找人結婚是最快的途徑，但她的臉疙疙瘩瘩的又方又粗，很難讓男人動心。介紹人找到我，我看著夏慧英高大粗壯的背影搖搖頭說，我還沒有打算結婚。介紹人說，人家也沒有說要真的跟你結婚，她只是圖個身份，等身份有著落了，你們就分開。夏慧英答應給我兩萬澳元的報酬，同時還可以分租我的一個房間。我想想也划算，反正我近期也沒有打算要結婚，把自己的身份「租」出去、什麼都不用就可以拿兩萬，順便又把房子分租出去了，就答應了這樁交易。

「結婚」後，夏慧英給了我五千元作為首期。我以家庭團聚的理由給夏慧英辦了個臨時居住簽證。說好餘下的一萬五千元要等拿到永久居留身份時再兌清。

夏慧英搬到了我寬敞乾淨的公寓裡分租了一間睡房，每週房租加電氣費五十元。就像所有合租房子的人一樣，我們雖然住在同一個屋簷下，卻是各煮各的、各過各的日子。當時我在一個中越棉餐館做小廚和點心師傅，週二到周日上班，只有週一休息。我一般早上十點半出門，晚上九點半下班。而夏慧英打著好多份工，早上六點鐘出門，晚上八點回來。她晚上回來後，快手快腳燒飯做菜，在我回來前吃好飯、沖好涼、躲到自己房裡，儘量少與我打照面。

我們兩個人就像生活在兩個世界裡，對對方一無所知，也沒有好奇，有時幾個星期都見不到對方，見面時也就客客氣氣地點點頭或說聲你好，再無話可說。我們就這樣忙忙碌碌地過了一年多。

第二個耶誕節的前夕，當我推開房門時，有點兒意外，桌子的中間站著一盆枝葉鮮紅的聖誕花，花的四周是幾支忽明忽暗的蠟燭。

我在椅子上坐了下來，心裡頭湧上一股喜慶的歡樂，夾雜著一份感激。夏慧英光著腳丫從她的房裡走了出來，穿著一條無袖的紫藍色碎花連衣裙。她的胳膊細潤光滑而健康，她的腳白皙秀氣而美麗，跟她的「門面」有天壤之別。

「Merry Christmas（聖誕快樂）。」她笑著，鼻子上有幾粒微小的汗珠，臉上閃著光。

「Merry Christmas.」我也笑了，第一次正眼看她。大概這一年她太拚命打工掙錢了，我發現她瘦了很多，腰身分明起來，臉也小了一圈，在柔和而昏暗的燈光下，她的粉刺疙瘩不再喧賓奪主，而是不知去向了，臉蛋兒看起來清秀了不少，多了份女人味兒。

「我幹活的地方都停工放假。也好，休息幾天，來澳洲那麼久了，還沒有休過假呢。你呢？」夏慧英在我的對面坐下，咬了一下嘴唇，笑著，微低著頭但挑著雙眼看著我。

「我休假兩天。」我不敢正眼看她。

她站了起來，拿了一罐可樂，倒了一小半到自己的杯子裡，把剩下的大半連罐塞到我的手裡。

她想起了什麼，站起來又拿來一個杯子，從我的手裡把罐子拿走，把裡面的可樂倒到杯子裡，又從冰箱裡拿了一塊東西出來：「要冰嗎？天氣真熱。」她說。

「這哪兒有冰呀？」我笑著問。

「這兒，我做的。」她得意地舉起一塊白色的東西，「我今天沒事，看著這些小格子琢磨了半天，原來是製冰模子。」

我看著那些晶瑩透剔的冰塊，又看了一下她白皙秀美的雙腳，覺得它們一樣可愛。正想著如何才能把冰塊從那些小方格裡弄出來時，那雙美麗的腳靠了過來。

「嘩啦、嘩啦」，夏慧英左手拿著製冰模子，右手把把兒往右邊一擰，一陣脆響，冰塊兒快快樂樂地灑了一盒。她用手撿了幾塊，一塊一塊地往我的杯裡放，杯裡即刻響起絲絲幸福的回應。我覺得她的心其實比她的外表細膩而優美。

「我房間裡的電視大概壞了，花花的，我可不可以看你的？」她試探地問。

「看吧，反正我也沒時間看。」

「弄壞了不怨我？」她眼睛裡閃滿了熱情。

「你又不是小孩子，怎麼會故意弄壞它呢？如果它碰巧壞了，只能說它到了該壞的時候，怨不得別人。」

「我借了套錄影帶，中文的，你想看嗎？」她沒有等我回答，就把錄影帶放進錄影機裡了。

我走了過去，和她坐在沙發上看了起來。

瓊瑤的愛情劇，劇情很吸引人，看到半夜，她坐到了我的懷裡，細嫩的手放在我的大腿上。我抓起了她的手，並帶著它們輕輕地在我腿上移動。

廳裡燈光暗淡，我聽到女人的喘息，是錄影裡的女人和我懷裡的女人的喘息聲揉合在一起的。我的腦子失去了思維的能力，像錄影裡的主人公一樣，我溫柔地撫摸了她的身體。她很激動的樣子，我情不自禁地把她放倒在沙發上。那一刻我覺得她很好，我做得前所未有的溫柔和體貼。

第二天早上，我做了很精緻的點心，我們坐在一塊兒吃飯，像所有新婚的恩愛夫妻。

「真好吃。你知道嗎？我初初來時，有個老鄉介紹我去茶樓做點心妹（侍應生），我才做了一天老闆便叫我不要去了。我到現在還不知道為什麼，我也不想去計較了。但那些點心可愛的樣子，我老是惦記著，也不知道是什麼味道，心裡一直遺憾沒有趁別人不在時嚐嚐。」她的手插在椅子與大腿之間，上身搖晃著，咬了一下嘴唇，有點不好意思地笑著。笑得我的心起了漣漪，揉痛的感覺溫柔地在身上爬著。

「你喜歡，我天天做給你吃。」我這麼想著說著，用手圈住了她。那一刻，我真的覺得她很惹人疼愛，我真的很想結婚，跟她堂堂正正、真真實實地結婚。

「你才兩天假，哪能天天做？」

「這你就不懂了。嘿，你不讓我做還真不行呢。你知道嗎？我是我們餐館的點心師傅。我的工作就是做點心。」

耶誕節後，我沒有再收夏慧英的房租，她也沒有再自己掏錢買家裡日用的東西。

三個星期後，夏慧英告訴我，她的例假過期了還不見來，可能是懷孕了。我有自己的孩子了，這是我的第一個骨血，我激動得想大聲叫喊。

我要做爸爸了！原來我那麼喜歡孩子，那麼渴望做爸爸！我怎麼就沒感覺出來？我想著、笑著，好像不認識自己了。

快樂的日子像尼姑手中的塵拂，把我平日的謹慎和小心眼兒撣得乾乾淨淨。

我的孩子，他漂亮而快活地在媽媽肚子裡遊著、他出來了、會爬了、會站了、在陽臺上亂跑，他把小腳丫踮起來，小腦袋探了出去……不行，不能去，太危險了！

我出了一身冷汗，醒了。我躺在床上心有餘悸，我開始有了一個長遠的計畫。

春節之後，我帶夏慧英去看了幾套房子，我說，住樓上的單元不安全，陽臺太高了，萬一我們的孩子爬到陽臺上的欄杆上去玩多危險啊！我要買一套有花園的單層洋房給你和我們的孩子們住。

她沒有吱聲。我問她喜歡哪一套，她說，你喜歡哪一套就買哪一套吧，我無所謂。

「都不喜歡？」

「不是。」

「房子是給你和我們的孩子住的，你不能無所謂。」

「我正在考慮，要不要把孩子打掉，我都還沒有身份呢。」她說得很慢，沒有看我。

「誰說你沒有身份？臨時身份也是合法身份。」

「說是這麼說，誰知道是真是假。到時孩子生下來，移民局一聲令下，我還不是得乖乖地抱著孩子滾回福建老家去。」

「怎麼會呢？那是我們的孩子，我是入了澳洲國籍的。」

「不要忘了，我們是假結婚。」她憂心忡忡地說。

「這你就錯了，我們的結婚登記是真真實實、有法律效力的。真假只在於你和我怎麼看。我們把它當真它就真，我們把它當假它就假。我們現在不是好好的？」我伸出手，想把她摟過來。

「我是瞞著我爸爸媽媽的。我只告訴他們我有了臨時身份，卻沒有提過結婚的事。我擔心他們不同意。」

「為什麼？」

「反正理由有很多，我也說不清楚，我的預感是他們不會同意。」

我看著她手臂和脖子上年輕泛光而充滿彈性的肌膚，又摸了摸自己鬆鬆垮垮的肚腩。是的，單是這十五載差異的年輪，就可以輾碎很多美好的夢想。

我心頭涼涼的，腦子清醒了很多。多年來我第一次失眠了。

我確實想疼她、照顧她，我真的很想擁有一個有她和孩子的家。我沒有再徵求她的意見，買下了一套花園維護得很好的三房兩廳洋房。

我決心要做一個好爸爸、好丈夫。我天天從餐館帶各種各樣吃的回來：點心、餃子、包子、燒臘、鹵水鴨掌、炒粉炒麵。夏慧英很喜歡吃，每天都能把食物消滅得乾乾淨淨。看著她日益壯大的肚子，知道我的孩子也在吃我做的食物，我很自豪很開心。

夏慧英不再提拿掉孩子的事。有一天她摸著圓圓的肚皮說：「阿星，我聽人家說，從國內嫁過來的人，如果懷孕了就證明他們是真結婚，就可以拿到永久居留身份，不再需要等候兩年。要不你去移民局問問是不是真的？」於是我拿著醫生的證明，從移民局拿了申請表，準備把她的身份弄妥，讓她安安心心地把孩子生下來。

我第一次那麼細心地規劃自己的新家。我買了一張很大的床，一套很大方的飯桌。搬家那天，我把她房裡那些撿來的破電視、破音響、破椅子全丟了。我希望夏慧英把工作辭了，她自打來悉尼後便沒日沒夜地打工，太累了，應該在家裡養養身子，悶了就弄弄花園。她很聽話，把主要的工作都辭了，只留了一份洗衣店的工作，一周上兩天的班。我一周收入近八百元，一半還銀行的房屋貸款，另一半交給夏慧英做家用。

一天，餐館的購物單留在頭晚的外套裡了，老闆叫我回來拿，我高興壞了，我很少半下午回來，我要給夏慧英一個驚喜，要看看她在家裡做少奶奶的幸福樣子。走近家了，我踮起腳尖繞到房子的側門，輕輕地開了花園側門進去。

夏慧英正從晾衣架上收衣服，穿著一件半皺的舊睡衣，很居家女人的樣子。

我把自己羨慕死了，我做夢也沒有想到我還會再有自己的女人——一個不用為柴火油鹽發愁、只安安心心地在家做女人的女人。我挺胸昂首走在街上，覺得氣順氣壯了很多，看著自己的影子，我覺得它特有責任心、特有男人氣概。

我越來越喜歡自己的房子。戀家，那種我以為只有小女人和沒出息的男人才有的心態，在我心裡一天天的加劇。每到下午兩點半到四半點之間，餐館閒下來，我就無法抑制要回家看看的念頭。老闆說，行呀，五點鐘前儘量回來。

我大喜過望，提了一盒雲吞小跑著衝出餐館。

遠遠地，我看到有個人影站在我家門口，那是一個青年男子，手上提著速食盒，盒裡明顯的是我從餐館帶回去給自己的女人和孩子吃的點心。

「那個男的是誰？」才一進門，我就逼不及待地問。

「一塊兒出來的老鄉，現在還『黑』著呢（指沒有身份），怪可憐的。」夏慧英解釋說。

「你吃過沒有？」

「有哇。」

「你不是把點心送人了嗎？」

「我吃飽了，剩下的才給他的。我又不是牛大肚，哪能吃那麼多？」夏慧英嘟噥著。

疑雲開始在我頭頂盤繞。我還以為我的孩子那麼能吃呢，原來餵「黑」去了。我把雲吞放下，不動聲色開車走了。

我仍天天帶一堆吃的回來，心裡卻多了個心眼兒。半下午，我偶爾會開車到自己的住處兜兜但不進去。我碰到過那「黑民」一次，他來了一會兒便走了，提著我帶回去的點心。

我開車跟著他。我看到他上了巴士，我跟著巴士。我看到他下了巴士，進了一個洗衣店。洗衣店裡走出來一個中年女人，她向「黑民」交待了幾句提著手袋走了。我在洗衣店對面看了很久，很想把「黑民」年輕的小白臉刮花。

半下午出去「兜兜」取代了我回家的欲望。但自從那天我跟蹤過小白臉以後，我就沒有再見他來過。

夏慧英的肚子慢慢大了起來，鼓漲的親情充實著我的心。我自豪地帶著我的女人與兒子上街、定期到醫院產檢。醫生送夏慧英出診室時，坐在門口的我順口問了一句：「孩子什麼時候出生？」

「預產期是七月二十」，醫生有點奇怪地看著我，彷彿在說，你怎麼做人家爸爸的，連這個還不知道？

我心裡也奇怪，夏慧英不是說九月底嗎？

「你說孩子早產？」我追問了一句。

「預產期是指足月後正常生產的日期，不是早產。」醫生操著不太標準的普通話，還想說什麼，夏慧英把我拉走了。

看我繃緊著臉，她有點兒擔心，「你剛才跟醫生說什麼？」她用手肘頂了頂我。

「自己坐車回去！」我扔下一句話，自個兒走了。

十月懷胎，鬼都知道，我與夏慧英第一次親熱是耶誕節，而孩子的預產期是七月份，孩子怎麼會是足月而生？那孩子分明是去年十月就懷上了。我他媽的給人當花槍耍，還自得其樂呢！

我想起那個「黑民」，我想把他斬了。我想把夏慧英那個醜女人的東西扔到大街上，我還要活生生地把她的野種掐出來，我想把她碎屍萬段。

但是我怎麼忍心傷害她？這幾個月來，她對我千依百順，這份感情，不會是假的。我自己也不是什麼處男，又何必要求別人是貞女。我在醫院裡就把她一個人丟下，也怪可憐的。她會不會怪我？她不會吧？沒準我一回去她就抱住我求我原諒她。她說，我錯了，不該去做那種事，但是，那是在與你相好之前的事了，我早就不跟他來往了。我是因為喜歡上你才離開他的。給我一次機會吧，我是真心喜歡你的。我們把這個孩子打掉，等我身體康復後，我們再要自己的親骨肉。我還年輕，你想要多少我就給你生多少。我應該不理她，一個晚上不吭聲，甚至兩天三天不理她。我要讓她知道我特別在乎這種事，這樣她以後就不會與別人亂搞。

我想我還是很在乎她的。

漂泊一生，傷心無數，我原以為我不再在乎誰，不會再成家。但這幾個月，夏慧英給了我家的舒適和溫馨，我已經習慣了這種家的感覺，它驅走了那纏了我十多年的「有家難回」的無奈和「無家可歸」的淒涼，我不再重複那些淒慘痛苦的回憶。人到中年，我想我還是很願意有一個家的，我不想再回到以前的獨身生活狀態。

我沒有心情再上班了，向老闆請了個假回去。

我回到家時，夏慧英已經把自己的東西搬到了她原來住的房子裡去。她的房裡還坐著一個男人。那個男人轉了身，卻不是「黑民」小白臉，而是一個陌生人，又粗又壯的一個中年男子。

我十分詫異，鎮靜了一下，裝著沒有看見他們，準備進自個兒的房裡去。

「吳先生，我想跟你談談。」那個男人從夏慧英的房子裡走了出來，沉著聲音說。

「沒有什麼好談的，我又不認識你。」

「你不認識我不要緊，但你一定認識它。」他揚了揚手中的紙片。那是我與夏慧英簽的私人協議書。

「那是我與夏慧英之間的事。」

「夏慧英的事就是我的事。」粗壯男人說，「我希望你能履行你的協議。」

我不想與他說話，可他並不在乎，繼續說：「她為你做飯洗衣已經有十九個星期共一百三十五天。以時下住家工人的市場價計，每週三百元，報酬是五千七百元。做愛六十七次，是不上套的，一次至少也要一百元，共六千七百元。合計共一萬兩千四百元。協議書上說好，夏慧英付你兩萬澳幣，你幫她搞到身份。結婚登記時她付你五千，事成之後支付差額一萬五。可是，她伺候你四個多月，已經無形中支付你一萬兩千四百元了，她的身份卻仍無著落。你說怎麼辦吧？」

怒火從我的心頭一股股往外衝，我想壓都壓不住，我衝進廚房，抄起一把菜刀，高高地舉到頭上，邊走邊用左手指著門怒吼：

「你給我滾！馬上滾！」。粗壯男人不敢再看我一眼，跑著逃走了。

我本來以為，夏慧英是真心想與我過日子的，沒想到她來這一手！氣死我了！我轉過身，一腳踢開她的房門，看著我手上的菜刀，她的臉一下子青了，結結巴巴說：「那不是我的意思，是他自己一定要那樣做的」。

「連屌你幾次都記下來，你他媽的還狡辯？還不上套的呢！真會賣啊！」

「不是的，我沒有記。」

「你沒有記，那就是別人記的，是吧？。還有人專門給你記帳收錢，真他媽把自己當婊子了！你這個醜女人，真他媽會賣啊！把妓院開到我家裡來，連房租都免了。」

我沒有要砍她的意思，只是沒有意識到自己還拿著菜刀。可我不再相信她的話，但她一開口，我就放棄了與她爭吵的念頭。爭吵只是為個是非曲直，吵清楚了，心平和了，便又親親密密過日子。可是我們的事情已經到了這種田地，還過什麼日子？我們的關係，本來只是交易，除了錢財和身份，我們還有什麼？她肚子裡的孩子不是我的，她也已經搬出我的房間，還與別人合夥來對付我。她往日對我的溫柔和討好都只是圈套，既省了房租和伙食又賺了人工，一周七百五十元，旱澇保收，去哪兒找這麼輕鬆的活計？我她媽的怎麼就這麼愚蠢！一周幸幸苦苦掙來的血汗錢竟然全給她算計了去？！想想以前自己在餐館執油鍋洗碗時，幹死幹活一周也就兩三百元，我真想把她從窗口扔出去。

「鈴，鈴，鈴，鈴，鈴，鈴，鈴，鈴……」

電話在廳裡不知疲倦、毫無顧忌地響著。我沒有要接電話的意思，夏慧英也沒有。半個鐘頭內，它竟響了十多次。他媽的，我又不開殯儀館，死了人也輪不到來找我！

我終於忍無可忍地衝過去，摘下聽筒丟到地上。一陣粗言爛語從聽筒裡傳了出來。原來是剛才從這兒逃走的那個傢夥！

第二天，那個傢夥又塞了一封信到我家來，軟硬兼施，先陳述給夏慧英辦身份的好處：我什麼都不用做，只管簽名和坐收漁利—簽證一旦到手，她就把「剩餘」的兩千六百元給我結清，其它的事和費用她全包，比如去移民局拿申請表格、填表格、送交申請、申請費用等等。如若不照辦，夏慧英可能很快要被遣送回中國，我的日子也不會好過，他會把我們的協議書送到有關部門，我會因此而落下合夥欺騙的罪名；而且，我還極有可能收到來路不明的意外「禮物」。

你對我不仁，我也就對你不義！我是從死人堆裡爬出來的，我怕誰？！

我不會給夏慧英申請永久居留簽證的。想算計我？沒那麼容易！她還有三個月的有效簽證，到期她不走都不行，而我的房子是買了保險的，她要怎麼折騰就怎麼折騰。

如此下作地算計我、還想穩穩當當地拿到身份？沒那麼容易！想起當初我是怎樣地艱難才留在澳洲的，就更堅定了我對夏慧英的毫不留情。

我與夏慧英在同一個屋簷下冷戰了幾天，她沒有要搬出去的意思。而那個粗壯男人卻是一刻也不放過我，白天，他到我工作的餐館來，一壺茶一碗麵再加上一張中文報紙，一坐就是半天。我一回家，他就打電話來騷擾。

第七部　只想有個家

因為夏慧英，我終於決定「出走」——逃離我一心一意為夏慧英創造的家園。

因為夏慧英，我又一次被迫走上離家的路。

正因為夏慧英，我才下定決心去找尋真正屬於我的家。

第四十三章　我是誰？

雲低了下來，潮霧從山城周邊的角落升起，慢慢地向墓地飄遊過來。我不知道自己在白山市烈士陵園的墓碑前站了多久，臉上濕糊糊的一片，分不清是淚水、鼻涕還是霧水。「乒乒乒乒」的子彈呼嘯聲在我耳畔迴響，我又看見我的戰友一個接一個地倒下……

「烈士吳方成」的牌位重新映入我的眼簾，一陣厭惡感湧上心頭，我抬起右腳往墓碑踢了過去。

「呼」的一聲，一個大東西劈頭蓋臉朝我飛了過來，沉重地砸在了我的頭上。

那沉重的一擊來自我的側面，我無法辨認那是什麼東西，外面溫厚柔軟，內裡堅硬銳利，它砸在我的腦袋上，那麼突然。我側臉看去，奇怪地看到那個拿著東西砸我的人正是我自己：消瘦而英俊的尖臉，橫蠻而執著的目光。

「喂，你在幹什麼？」我驚奇地問。

「砸死你，打——靶——鬼」，拿著東西砸我的那個「我」沒有回答我的問題，反而用我鄉村的俚語咒罵我。

一股小小的血流從我腦袋的內部順著我的鼻子滲入我的喉嚨，我用舌頭舔了舔，鹹鹹的，竟有一絲兒說不出的舒暢。在吮血的快感中，我又挨了另一次沉重的襲擊，我想回過頭去再看看，但腦子已經不聽使喚，暈乎乎的只覺得眼前混沌一片。

我意識到自己將要死去，心裡一陣輕鬆。我對自己的感覺有點兒奇怪，我一直以為自己很怕死，可現在我發現自己對死竟能如此從容，除了有點兒遺憾不知道襲擊我的那個人是誰、他為什麼長得像我、為什麼要襲擊我以外，我覺得自己真的死得其時、死得其所，在毫無準備、毫無怨尤、毫無留戀的情況下，達成了我人生的圓滿和罪惡的解脫。

倒下去的剎那，我聞到母親身上那特有的味道，那種帶著乳香和狐臭的汗味；她乾燥而粗糙的雙手撫過我消瘦而蒼白的臉蛋，真實的溫暖讓我感到前所未有的舒適和安祥，渾厚與充實浸透我的全身。

在死亡的原野裡穿行給我帶來了陽世所無法得到的快樂，我不再需要躲躲藏藏，黑暗使我的靈魂得到完全的解脫。

我以為我從此可以在這黑暗的世界裡舒展自如，可無聊的現代醫學技術卻剝奪了我死亡的權利。我肉體的感覺被喚醒和重新調整，溫柔的雅蘭床褥和女性的氣味又再次挑起我生之欲望。

「他醒了，他醒了」，我睜開半隻眼睛，一隻小巧的鼻子湊了上來。

「俄先生，外事處和公安局的領導來看你了。」一聲小心翼翼的女性嗓音鑽入我仍在陰陽交接處遊蕩的大腦。

「嚴重嗎？」領導問。

「顱骨開裂，有輕微的腦震盪，伴有間歇性失憶。」醫生回答。

「這樣的事情出現在我們美麗的白山市，簡直是一種恥辱！」一個空洞的聲音從我的側邊傳來，離我很近。

「處長您放心，我們一定會把問題查個水落石出的。」一個洪亮厚實的聲音從屋子的一角傳來，那聲音聽著有點兒耳熟，它讓我想起我們軍營裡的指導員。

「俄先生真像我的一個戰友。」那聲音洪亮的人壓低嗓門對他身旁的人耳語，「不過我那個戰友二十年前就犧牲了。」他歎息著說，聲音飄飄忽忽地傳入我已經慢慢蘇醒的腦中，生之煩惱又一次襲擊著我，我倦世而逃，又一次陷入了那無限自在的黑暗裡。

我再次醒來是一九九九年的初夏，窗外滴滴答答的雨聲敲打著我沉甸甸的腦袋。床頭櫃上是一疊厚厚的《白山晚報》。

我是來自另外一個世界的人，這《白山晚報》與我毫無關係。我站了起來，感覺到了下體的膨脹，我目標明確地往不遠處寫著「廁所」的方向走過去。

從廁所回來，放縱後的輕鬆讓我有了一點兒生之樂趣。我坐在柔軟的沙發上，撿起了一點兒對這個世界的好奇。白色的床單和窗簾整潔而舒適，窗外的美人蕉正在怒放，像妓女臉上的胭脂，豔麗而鋪張。遠處是一座石山，石縫間長滿了形形色色的野花，透著逼人的美麗和誘惑，像吸血的狐妖，讓人情不自禁。

好死不如賴活著！一股偷生的竊喜捉住了我的心頭。

長期培養的偷生慣性讓我本能地站了起來，迅速地去熟悉周圍的環境。打量了一下四周，確定沒有什麼不妥的地方，我關上門，較為平靜地翻閱起那疊《白山晚報》來。

「澳洲遊客憑弔烈士亡靈，俄星先生慘遭歹徒襲擊」

標題用大紅的鉛體印刷，十分觸目驚心。右側邊是一張彩色照片，看起來有點兒面熟：圓圓的腦門、豐碩的下巴，泥灰色的肥臉像極了澳大利亞廉價的土豆。

餓星？這名字實在讓人生厭，澳洲可是個食物豐富而廉價的國家，什麼「星」都可能有，這「餓星」可還真沒有見過。我心裡嘀咕著往下翻。

「澳洲遊客大難不死，現代醫術救死還生」

黑色的標題，四號宋體，正文有豆腐方塊大小。

又是餓星？我好奇地閱讀起來，原來人家叫俄星，文章裡出現了他的原名：Sinh Ngo。那不是我嗎？對，我的英語名字。

難道前面那份報紙上的「泥土豆」是我？我不再是消瘦而英俊的尖臉？

這幾年來我一直忌諱照鏡子。這倒不是因為我生得醜陋，相反地，我一直認為自己長得還算瀟灑機靈。我曾經在澳洲的公立圖書館裡讀過一本小人書，說有一種魔鏡可以照出人的靈魂。我知道那只是個騙小孩子的鬼話，但從那以後我便再也沒有仔細地照過鏡子，因為當我一拿起鏡子我就會想起我的靈魂。直面自己的靈魂讓我心裡不爽。現世的利益堪可留戀，我幹嘛自找煩惱去剖析自己的靈魂？所以我喜歡在晚上刮鬍子，而且一般都是在剛沖過涼、鏡子裡還罩著一層水汽、朦朦朧朧的燈光下刮。

我拉開床頭櫃，我的錢包和一些細小的物件被整整齊齊地放在裡面。

我看到了我的澳洲護照。對，我是來自澳洲的人，死了一百次我都會記得。為了奔向那塊傳說中南太平洋的祥和淨土，我曾經九死一生在海洋裡漂流了整整三十一天。我翻開護照，那是八年前的照片了，雖然腦袋不算太圓，但臉確實是泥土色的，與報紙上的照片相比，只能說一個是說不上形狀的普通土豆，一個是典型的圓土豆，找不出有什麼本質上的差別。

我疑惑起來：我究竟是誰？我就是這個泥土豆嗎？我為什麼是這個樣子？但是那個長得更像我的人又是誰呢？他為什麼要襲擊我？這是什麼地方？我又為什麼會在這裡？

我重新把報紙拿起來又翻了翻，確定我所在的地方叫白山市。

可是我為什麼會在白山市呢？

我努力回憶我來白山市的目的。

不，來白山市本不是我的原意，我是來廣西的小白村找人的。

不對，我不是來找人的，我是回家來了。

可是我的家在哪兒呢？小白村又在哪兒呢？

我想得頭暈腦漲，腦子時兒澄明清醒、時兒混沌一片。

我想得精疲力盡，和衣靠在醫院的沙發上，昏昏沉沉地便睡著了。

醒來時天已經全黑，我脫了外衣上了床，閉上眼後卻睡意全消。

窗外夜風呼嘯，伴著近處的雜草長茅和遠山的松濤翠竹，此起彼伏，吹得人心神恍惚。門外走廊裡似乎有很多人在走動，嘈雜的人聲、凌亂的腳步和輪子滾動的聲音，一陣陣撞擊著我的腦殼、刺激著我的神經，把我腦海深處那埋藏了二十年的記憶撞得四處飛流，一幕幕的遠景漸行漸近，感覺觸手可摸：對，我是回家來的。我的家在小白村。小白村的四周有很多山，山上長著稀稀落落的松樹，一年四季撐著好看的墨綠松針。石縫裡長著各色的鮮花，花叢裡流連著多彩的蝴蝶。山上有很多岩石，在傍晚的紅霞裡，在綠色的樹林掩襯下，灰色的岩石看起來一片粉白，那是我們快樂的寶藏。男孩子們從石窟窿裡掏鳥蛋和蜜糖，小姑娘們在石縫裡找磨菇。每年冬天，下過第一輪霜後，山上的青草變黃乾枯，村裡的媽媽和大姑娘們成群結對到背風的山腰把黃草割下捆成一把把，或挑回家燒火煮飯、墊床取暖，或挑到村裡的公窯去，作為燒石灰的燃料。

燒石灰的原料取自山上的石灰岩。爸爸嫌買火藥花錢，遂自製火藥。村裡有棟廢置的舊祠堂，爸爸就把那兒當作他的作坊。

爸爸與萌仔哥負責炸石。萌仔哥那時有十三、四歲，半大小夥子了，他五官端止，清爽氣，特別招人喜歡。萌仔哥是我的遠房堂哥，他家的房子與我家的在同一條街上，他是村裡公認的最有出息的小夥子之一。製火藥是一件危險但刺激的事，萌仔哥的許可權是把製火藥的原料混合在一起，製成火藥的最後工序只有爸爸可以執行。只要爸爸不在，萌仔哥總是樂意帶我一塊兒去。跟萌仔哥在一起幹活是一件非常開心的事，他總是有講不完的故事和笑話。

萌仔哥還教我製造煙花和炮竹。舊祠堂的牆腳常常長出一層毛，看上去軟軟的像剛出殼的小鴨子身上的絨毛，但摸起來卻是粗粗硬硬粉脆的，我們叫它硝毛。硝毛是一種會著火的東西，到了一定的壓力還會發生輕微的爆炸。我們把爸爸弄丟的火藥碎末子刮在一起，與硝毛混合攪勻，用紙包緊製成炮竹，把藥引子灌在細長的油紙管裡便成了煙花。

每當孩子們知道要放炮竹時，天一擦黑就會跑到村裡的大曬坪上。等大家到齊，我把炮竹放在曬坪旁邊的土堆中間，膽子大一點的小男孩們就會爭著要上去點火，於是大家學著大人的樣子劃拳，誰贏了誰就上去點，輸了的便很不甘心地往土堆邊越擠越近。炮竹一響，孩子們「轟」的一下跑了，來不及跑的小小孩子便會被炸起的泥土弄得灰頭土臉，大點兒的孩子們看著小小的泥猴兒把肚子都笑痛了才想起要抱小弟弟小妹妹到水圳去洗臉。

炸岩石是另外一件更激動人心的事，它一般在傍晚進行。下午，爸爸和萌仔哥帶上自製火藥到後山找好地點，放藥的地方儘量靠近公窯。爸爸以為我會子承父業，他找放藥的岩石時總是帶上我。他說，火藥威力有限，岩石不可太完整圓潤，石質不可太硬，有風化斑剝、呈灰色、長著紫紅色斑點的最好。千萬不要找青色的大石板，那種岩石硬得像鋼鐵。找好地方，他們把火藥塞到石縫之間，把藥引子拉到遠處安全的地方。萌仔哥此時已經跑到山頂上喊了：

「放石炮了—放石炮了—行遠了啊—」，他的聲音洪亮悠長，在山巒間起伏迴響，在微風中餘音嫋嫋。幹活的停下活計，趕路的趕忙後撤，伸長脖頸，豎起耳朵，牛入圈，鴨歸巢。家家的廚房升起冉冉炊煙時，爸爸點起了火藥的引子。

「轟隆」一聲巨響，石山上升起一團灰白的煙霧。那煙霧孵在松林上、倚在晚霞邊，久久不散。那是我爸的又一個傑作。看著那美麗的暮靄，我和妹妹總是十分自豪地笑了。

後來萌仔哥入了伍當了兵。

萌仔哥是個聰明勤奮好學的人。往日在村裡頭，只要他能夠接觸到的有文字的東西，像報紙、留聲機的說明書、村裡老奶奶包古董後丟棄的廢報紙，他都會拿來細細地讀，讀不懂的就查字典。雖然他只有初中學歷，但認的字卻不少，而且寫得一手漂亮的粉筆字，還懂畫一些山林松濤的素描。他熱情和善，樂於助人，刻苦耐勞，很少與人計長短爭得失。到了部隊，他人緣也很好，指導員非常喜歡他，常常找他幫忙出牆報，連隊裡組織拉歌比賽找他寫橫幅、做宣傳、拉號子。再後來，他被推薦保送到一個大城市的軍事學院讀書去了。

「你萌仔哥是個有出息的人，你要好好讀書，學學他的樣子。」爸爸的心底裡有了新的希望，他不再翻來覆去地教我辯認岩石的種類了，有時他會差我到山頭去喊「放炸藥了」。

他說：「跑步上去，聲音要洪亮，像你萌仔哥一樣。」

他又說：「萌仔哥在部隊也是很辛苦的。經常要跑幾十里路。軍號一吹，半夜三更也得起來，有時還得打上背包、拿上瓢盆。吃不了苦便當不成好兵。」

「幹嘛半夜三更起來，有敵人來嗎？」，我心裡有點兒酸溜溜的，故意打岔。憑心而論，我其實很崇拜萌仔哥，我希望自己有朝一日也會像他一樣出息。在村裡頭，我也算是個人物了，但是在我老爸的眼裡我似乎不怎麼的。

「沒有。操練呀。『養兵千日，用兵一時』嘛」。爸爸有點兒不耐煩地說。

通過讀書考大學進入城裡當上國家職工或者國家幹部、吃上「國家糧」是我們農村孩子最崇高而偉大的理想，但這個理想對於大部分孩子來說跟與上天摘星星攬月亮一樣艱難，鄉下教學品質無法與城裡人比不算，我們還得做很多的農活和家務，除了課堂上，很少有時間在課餘時間讀書學習。所以當兵便成了很多男孩子們的出路。在部隊表現好，入了黨立了功，退役以後可以在派出所或鎮政府謀得一官半職，運氣好的還可能分配到城裡，如能像萌仔哥一樣上軍校，那就更是前途無量了。

一九七七年徵兵，我們村很多男孩都報了名，最後只有我一個人入選。記得我是入冬時走的，門框上貼著嶄新的鮮紅對聯，是鄉政府送來的。上聯是「參軍光榮」，下聯是「保家衛國」，橫批是「軍人之家」。爸爸的眼睛濕濕的，嘴巴笑得比臉還大，說話時中氣比平日足了很多。上任不久的鄉長給我戴上了大紅花，鑼鼓熱熱鬧鬧地響了起來。鄉長激動地說：

「成仔呀，謝謝你，你給我們鄉里爭了光、添了彩。成仔呀，要好好珍惜這個難得的機會啊，到了部隊要好好幹。成仔，你知道不?你大叔我想當兵想了一輩子，可就是沒那個命，沒輪上。」

鄉長一口一聲「成仔」，那是在叫我。對，村裡人喜歡在男孩的名字後加個「仔」，像「成仔」、「萌仔」。女孩子後邊加個「妹」，像我妹妹叫春梅，人家管她叫「春妹」。春妹有個好朋友叫蓮妹，她有時也跟著我與萌仔去刮硝毛，她是村裡頭長得最漂亮的女孩子。

但到了部隊以後沒有人再叫我「成仔」了，他們都叫我吳方成。我被分配到寧波軍區。我認的字也不算少，但字寫得七歪八扭的，所以沒有萌仔哥運氣。但我不氣餒，我勤勤懇懇，吃苦在前享受在後，學習上不斷努力，思想上追求上進。我的目標是爭取入黨，三年期滿退伍時不至於讓我老爸丟臉。

那是二十世紀七十年代冷戰後期的事了，當時蘇聯和美國兩個超級大國互相對立，形成東西方兩大政治陣營。作為第三世界代言人的中國在國際政治中的影響力與兩個超級大國相比，相去甚遠。

我國曾經視蘇聯為老大哥，可是後來兩國關係破裂。原本與我國交好的越南也跟我們反目了，他們與蘇聯合夥整出一個什麼友好條約來[1]，企圖從戰略上對我國形成南北合圍的態勢。

一九七八年底，我們團奉命向雲南開進，在中越邊境一帶進行適應性訓練。大家心裡都清楚：要打仗了。我們是既緊張又興奮。報紙和收音機關於邊境的報導越來越多。連隊會議和學習裡的主要內容也轉向邊境戰情的傳達和討論。從這些渠道，我們知道很多關於越南這個忘恩負義的小霸王的無恥行經：

越南投靠蘇聯之後，仗著有大樹做靠山便不斷地在中南半島惹是生非、擴張勢力。

對內，越南政府掀起了更加瘋狂的「排華」活動，使得很多已經在越南生根置業的中國僑民無家可歸，成為難民。一九七八年「排華」活動達到高潮：大量的華裔政府官員被解雇、獨立開業的華裔商人被迫停業，華人學校被強行關閉。在北部的戰略要地，華人甚至被逼接受「忠誠測試」。在政府的授意和縱容下，富有的華人被迫繳納多達數百萬越南盾的出境稅後，被趕上破舊的漁船駛向茫茫

1 指蘇聯和越南於一九七八年十一月三日簽訂的『Treaty of Friendship and Cooperation with the Soviet Union』《蘇越友好合作條約》。

怒海，有三分之一的人不幸葬身大海，而另外的三分之二（一百多萬）的越南華僑在香港和東南亞各地登陸住進了難民營。

對外，越南不斷挑起邊境紛爭，對中越邊境的陸地、海洋提出主權要求，宣佈將西沙群島、南沙群島等島嶼納入越南版圖，同時出兵佔領了南沙群島的部分島嶼。一九七八年底，他們入侵西南邊的鄰國、中國的盟友、「同志加兄弟」的柬埔寨，推翻了波爾布特領導的赤棉政權，試圖建立印度支那聯邦。

七十年代初期及中期，在越南反對法國殖民主義的獨立戰爭和國內統一戰爭中，我國曾經從政治、經濟和軍事上不遺餘力地支持他們。我們中國人民曾經忍饑挨餓、勒緊褲帶給他們送去無數的大米和槍枝，甚至戰士的生命，幫他們把外國侵略者趕出國土，支援他們重建家園。而他們卻吃著我們的白米拿著我們的槍，時不時地騷擾我們的邊境居民，轟炸我們的邊防衛兵，侵佔我們的神聖領土。

每次政治學習回來，我們都群情激憤：祖國的神聖領土豈容侵犯？！教訓這個小霸王是我們人民軍隊義不容辭的職責！

我最後一次看到我可愛的小白村就是在那段日子，那麼多讓人激動得喘不過氣來的事情都在那一個月裡堆了過來。

我接到家裡的電報，說是母親病危，我被特批回家探親了。

媽媽躺在床上有氣無力的。東村的老中醫來過了，留下很多的草根樹葉子。西村的「活神仙」也來過，說今年媽媽有大劫，生死只在一瞬之間，需要喜事相沖相扶，熬得過三十天便過了人生大劫。

晚上萌仔媽叫我和爸爸到她家去吃飯，飯桌上還有蓮妹的父母。酒足飯飽之後萌仔媽把我叫到院子裡，她問我喜不喜歡蓮妹。

蓮妹是村裡頭的月亮，誰不喜歡？我不敢想，因為我自知不配。而且村裡頭的人都認為，蓮妹與萌仔是最般配的一對，遲早要走在一起的。

萌仔喜歡蓮妹，這是村裡無人不知的事。但萌仔媽卻說，部隊的一個實習護士很喜歡萌仔，那個護士的爸爸是軍事學院的主任，萌仔正在很認真地考慮他的人生大事。

人窮志不短，富貴不能動其心，威武不能屈其志。這是我們山裡人崇尚的美德，萌仔怎麼能這樣？青梅竹馬十幾年，評長相、論賢慧，沒有幾人能與蓮妹相比。萌仔一定是看上人家有城市戶口，老爸又是主任。攀上了那門親事，自己前途無量呀，真是勢利小人。我替蓮妹生氣，萬般憐愛湧上心頭。

「你問過蓮妹嗎？她同意不？」。

「我問過她媽媽了，她歡喜得不得了。你一表人材，又參軍去了，前途無量呀，將來分配了工作，把蓮妹帶到城裡去，不曬太陽不淋風雨的，那有多好！我們這是為蓮妹好，她也老大不小了，附近幾個村子像她這般年紀的出嫁了一半，未出嫁的那一半也大都己經收了訂婚禮金了。女人不經熬的，她這樣待下去青春一過，就很難找到好人家了。」

但我自知論長相、論學識、論聲望，我沒有一樣比得上萌仔，蓮妹也從來沒有對我表現出過特別的興趣。我心裡猶豫起來，嘴裡嘀咕著：「人人都說萌仔哥與蓮妹相好，我怎麼能趁他不在時打他相好的主意呢？」。

「成仔，話可不能亂說啊，萌仔怎麼可能有相好呢！他小小年紀就出去當兵了，我還沒有來得及請媒人為他說親，也從來沒有向哪家姑娘下過禮金呢。」萌仔媽一本正經地瞧定我、一板一眼地說。

「你，一個堂堂正正的革命軍人，怎麼也這般見識？村裡人愛嚼舌頭、說閒話，見風就是雨，你就什麼都信了？你見過他們倆在一起做過什麼不正經的事了嗎？」

「沒有。萌仔哥和春蓮都是正經人，怎麼會做不正經的事！」我趕緊聲明。

「就是啦，你是個革命軍人，不要相信那些捕風捉影的事。」萌仔媽拍了拍我的肩膀友好地說。

萌仔媽雖然說得不無道理，但我知道蓮妹與萌仔相好這件事是真的，不是村裡人捏造的，從我懂事時候起，我就隱隱約約地感覺到，蓮妹與萌仔有一種莫名的、難解的默契。

「成仔，蓮妹有什麼不好的，你怎麼看不上她？」萌仔媽急了，用話激我。

「誰說我看不上她？她那麼好的女孩，打著燈籠都找不著！她不會看不起我就已經很好了。」一股勇氣直衝我的腦門，我想，我又不是你那勢利兒子，怎麼會嫌她？相反地，還有誰比我更疼惜她、更配做她的丈夫？「如果她能嫁給我，那真是我八輩子修來的福份。」

「好，有你這句話我就放心了。那我這就進屋跟她媽媽說去。」萌仔媽雙手往自己單扇斜襟的衣服上一拍，利索地轉身回屋去了。

我和蓮妹的婚事就在當晚的飯桌上出人意料地定了下來。我爸爸媽媽都很高興，從萌仔家回來一看才九點鐘，爸爸意猶未盡地對我說：「成仔，爸爸帶你去再喝一頓！」。他叫妹妹點上煤油燈到屋腳等他。他把自製的燒酒連壇抱出來交到我懷裡，然後蹲在雞窩邊把裡面那兩隻大母雞抓了出來。爸爸一手一隻地提著兩隻活雞、我捧著一壇燒酒便到蓮妹家去了。

我陪著我爸和蓮妹的爸爸喝完一杯又一杯，一直把酒罈喝了個底朝天。我爸爸正喝得興起，從屋角撿了個大酒瓶塞到我懷裡：「成仔，到隔壁阿叔家去看看有無燒酒了，有就先借兩斤來，我下次釀了還他。」

我提著酒瓶往外走，可是不知怎麼的走著走著卻到了蓮妹的屋子。幾杯濃度很高的自製米酒燒起了我前所未有的勇氣，過度的激動讓我昏了頭。擋不住那嬌羞的媚態，我抱住蓮妹便狠狠地啃了起來。她沒有出聲，淚兒在眼裡打著轉。她抽泣的雙肩和淚汪汪的眼睛讓我興奮莫名。我開始摸索著解她的褲子，她反抗著，笨拙的我無法得逞。一股無名之火從我的體內直衝腦門，我口不擇言地喝道：

「了不起呀你？你以為你是誰？我連自己的老婆都碰不得！」。我把她按倒在床上，粗魯地扯開了她的手、扒下了她的褲子。她怔了一會兒靜了下來，不再反抗。

我醒來時已是淩晨五點，發現自己躺在蓮妹的木板床上，身上蓋著一條薄薄的舊棉被。小木桌上的煤油燈孤苦零仃地亮著，蓮妹歪歪地坐在牆角的小板凳上，兩隻細細的胳膊鬆鬆地折疊著無力地趴在小木桌的一角。看樣子她已經睡著了。我占了她的床？我一骨碌坐起來就要下地，卻發現自己赤身裸體的，我趕忙鑽回棉被裡，回想著夜間的事我十分後悔。我四處看了看發現自己的衣服被整齊地疊著放在床尾，於是我輕手輕腳地把衣服穿上、整理了一下床和被子。我走到小木桌旁邊想把蓮妹抱回她的床上，我才俯下身子、手還沒有碰到她她就醒了過來，看到我的樣子和姿勢她嚇了一跳，站了起來往牆角裡躲，邊躲邊說：

「你，你，你還想幹什麼？」因為緊張她話說得結結巴巴的。

「我不幹什麼。看把你凍得，到床上睡吧。」我第一次那麼溫柔地對女人說話。

她不動，兩隻手下意識地放在背後好像在躲藏什麼東西。

我想起她站起來時手上好像拿著一張紙。我想討好她，於是無話找話地問她在看什麼。她不說話，只是把那張紙藏得只剩一個角了。這反而勾引起我的好奇心，於是我決定要拿來看看。她十分緊張，拿了那張紙在屋裡躲躲閃閃。

我想，不就是一張紙或者一封信什麼的，人都是我的了，我拿你的東西來看看有什麼了不起的？！我捉住她的手搶了起來，紙張被撕成了兩半：她拿的那半是信，我那半是一幅畫，畫的是我們村裡的舊祠堂，不十分像，比實際的要漂亮些。我猜想那是萌仔畫的，心裡酸溜溜。帶著點兒憤怒、妒嫉和自卑，我把門甩在後面走了，走得有點兒灰溜溜。

村裡幾十戶人家，什麼事情都瞞不住，才一袋煙工夫，我們的事就傳遍了整個山村。

天還未亮透蓮妹的媽媽就來了。她對我父母說，成仔和蓮妹都還小，時間又過於匆忙，但也只好將就著把婚事辦了，免得出了什麼意外，讓他們的老臉沒地方掛。

爸爸假裝羞愧地垂下了頭，嘴裡免不了口是心非地罵我幾句：「那兔崽子，怎麼就那麼沒有出息。」可他的雙眼卻漾著歡樂的淚光，罵完我還忍不住「嘿嘿」地笑了兩聲，誰都看得出他心裡正直樂著呢。媽媽躺在床上，臉上有了人氣，混濁的眼睛也閃著亮光。她喘著氣說：

「真沒想到啊，我還能親眼見到成仔成親。」

蓮妹媽走後，媽媽激動地與爸爸商量起我們的婚事來，說著說著她坐了起來。這是她病倒以後第一次自己坐起來。

我們的婚事就定在我回家後的第四天。結婚的頭天晚上媽媽已經可以起身幹點輕鬆的活兒了。她伸著腰說：

「唉—，睡了一個月。骨頭都睡累了，手腳都睡懶了。」

結婚那天媽媽收禮接客，忙裡忙外，臉上掛滿了歡喜，一點都不像病人。「活神仙」也來了，她一臉的得意，指著我媽逢人就說：「看，給我說中了，喜事一沖，她便逃過了大劫」。彷彿我媽的命是她撿回來的。「活神仙」與我家既不沾親也不帶故，可那晚回禮時我媽回了她很大一塊豬腿肉，這種禮遇一般只有輩份極高的近親才可以得到。

結婚兩周後我接到連隊的電報，讓我提前返回部隊。蓮妹是個勤快的女子，她住進我家後天天早早便起床幹活。我歸隊那天她也是早早醒了卻賴在床上不肯起來。妹妹來叫我們吃飯時，蓮妹突然一把拉住我說：

「我想問你一件事。」

「說吧」

「我可不可以跟你一塊兒去？」她說話時聲音有點兒顫抖。
「不行。」
「我恨你」，她說，眼睛看著窗口。
「我不想你走。」她頓了頓嗚嗚嗚地小聲哭了起來。
一回到連隊就感覺到氣氛完全變了，我意識到我們真的要對越南開戰了，要給這個小霸王一個結結實實的教訓。果然，很快便開了動員大會，整個連隊裡都洋溢著一種熱血沸騰的義憤填膺。考驗我們的時候到了。我們連夜寫了請戰申請書，很多戰友用針把手指紮破，用鮮血在申請書上簽下了自己的名字。保家衛國，建功立業！這是我們軍人夢寐以求的事業。但在這和平時期打仗的機會本來就極微，現在有幸碰上了，誰都不想錯過。我既無一技之長，又不是黨員，十分擔心自己沒法選上，情急之下我咬破手指，用自己的鮮血寫下了慷慨激昂的請戰書。
我最後如願地被甄選上了。時勢造英雄！作為一名軍人，在這和平時代我卻能有機會真正地走上戰場實現我保家衛國、建功立業的夢想。我激動得整個晚上都睡不著。
部隊整合時，我們來了個新的指導員，這個新的指導員正是萌仔哥。第一天集訓完畢，他把我叫到了辦公室。
「我結婚了」，我告訴他。
他驚詫起來，說：「怎麼檔案裡沒有寫？」
「才上個月的事，家裡張羅的，我事先也不知道，沒來得及向組織請示和彙報」。
「恭喜你了，是誰家妹子？」
「是蓮妹。」
「什麼？你說你娶的是蓮妹？我們村的吳春蓮？！」萌仔大叫起來，眼睛睜得像銅環。

「是」，我心裡有點兒虛虛的。

「你怎麼可以這樣？！朋友之妻不可欺啊！你不知道我們相好嗎？！」

「是你媽做的媒。我跟她說你喜歡蓮妹，但你媽說，那是村裡人亂說的，沒有那回事」。

「我媽還跟你說了些什麼？」萌仔的臉給氣得通紅，我看著心裡頭特別緊張。只好實話實說：

「你媽媽說，你也正在考慮結婚的事情，你生病時那女的還特地到醫院照顧了你一個月，她的爸爸是你們軍事學院的主任。你媽媽是當著我、蓮妹和她的爸爸、還有我父母的面說的。」

「胡說八道！哪有誰特地到醫院來照顧過我？我住院時確實認識了一個姑娘，可是人家不是特地來照顧我的。她是個護士，本來就在醫院工作，我們那個病房正好由她照顧。可是我已經明明白白告訴她了，我不會與任何姑娘建立戀愛關係的，因為我在村裡已經有了對象。我也跟我媽說得清清楚楚，除了蓮妹，我不會跟任何人結婚的。」萌仔十分激動，從抽屜裡拿出手槍，我以為他要蹦了我。

「萌仔哥，你可別亂來！」我一邊嚷著一邊往外退。

「吳方成！你給我站住！」萌仔哥大喝一聲，我嚇了一跳，本能地停住了腳步。

「成仔，你回來。這是木頭槍，假的，我自己做的。蓮妹很想知道手槍是什麼樣子，我便照著我的手槍給她做了一把，還沒有機會交給她。就把它交與你轉給她吧。」他苦笑了一下平靜了下來，問道：

「蓮妹她還好嗎？她同意嗎？」

我似是而非地點了點頭，接過那支假手槍。我看到萌仔哥用牙齒咬著自己的下唇，淚水在雙眼裡打轉，我趕忙轉身離開了他的辦公室。

那晚我心裡很難過，我有點恨自己「以小人之心度君子之腹」。萌仔哥不是勢利小人，他一直愛著蓮妹。萌仔哥、蓮妹和我三人都被萌仔哥的媽媽騙了。

第四十四章　重回小白村

我在白山醫院被人無微不至地照料著，泥土色漸漸淡了下去，臉上泛起了紅光。市領導派人來醫院探望過我兩次，來人旁敲側擊地試圖要問出我來白山市的目的。那是我私人的事情，我對誰都不想說。

在醫院裡又住了一個月，白天我可以自由自在地在醫院裡逛蕩，我試圖遊蕩到外面去，但往往迷失在人流和建築群之間。照顧我的護士是個有著一隻可愛小鼻子的姑娘，人不算漂亮但很親和。我跟她說我想去小白村。

護士說：「小白村早就已經從中國版圖上消失了」。

我很吃驚，心想，小白村雖然距離越南不遠，但也沒理由給它霸佔了去啊，「我們不是打贏了嗎？」我說。

「什麼？」護士有點兒莫名其妙。我想她畢竟還小，不知道那段歷史。我閉了口，不打算作進一步的解釋。

護士寬容地笑了笑，她說，白山市的前身之一就是小白村，改革開放後發展起來的。十五年前這附近只有六條村，不足三千人，現在已發展成一個五十多萬人口的城市了。

我舒了一口氣，難怪當我走在這個陌生的城市裡，有時對著某些情景會浮出一種莫名其妙的似曾相識感。

護士是個熱心的好姑娘，她很樂意幫助我。我說我來小白村找我的親戚吳志偉（我沒有告訴她那是我父親）。我把他的年齡及舊住址告訴了她。

幾天以後護士告訴我，說吳志偉己經不在人世。二十年前，一次放炸藥炸岩石的時候，過了幾分鐘不見炸藥響，大家都以為碰上了悶炮，於是照常出來幹活了。又等了幾分鐘，見仍無反應，吳志偉想應該沒事了，於是便跑上山去，想收回炸藥以後接了引子再用。誰知剛一挨近炸藥卻響了，當場被飛起的石頭砸死。誰知道喪事才辦完，他家裡又接到部隊的通知，說他的兒子吳方成在越南戰場上犧牲了，面都沒見著，屍首也沒有，只送回來一個乾糧袋，袋裡有一支雕得非常精緻的木頭手槍和一個又大又結實的椰子殼。椰子殼上寫著家鄉的地址，椰子殼裡是一封戰前寫下的遺書。吳大娘經過這兩次打擊，舊病復發，落下個半身不遂。她女兒嫁得遠，上有老下有小的日子也不容易，沒有能力照顧母親。所幸她還有個兒媳婦通情達理，賢慧孝順，又能吃苦，一人帶著遺腹子，農田、菜地、山上山下，男人女人的活計她全包了，拉扯兒子長大，老人終得頤養天年。

吳志偉的兒子走時，他兒媳吳春蓮才十九歲，人長得十分標緻。春蓮二十二歲時有一個小生意人看上了她，說願意出錢接吳大娘到城裡去看病。吳大娘托人打聽過那個生意人的底細，知道他是個正派人，同意春蓮再婚，而春蓮自己也沒有說什麼。年底生意人給吳大娘、春蓮和她小小的兒子都買了新衣服，準備辦個證明，幾個苦命人湊在一塊兒互相照應著過日子。可是大隊隊長和黨支部書記都不同意，說春蓮是烈士家屬，應該受到國家和人民的尊敬和保護，他們決不允許任何人打她的壞主意，大隊隊長帶著民兵營長把生意人趕出了村。生意人後來還來過，但才到村口就給隊長堵住了。村裡人還指著人家大聲議論，說人家臉皮厚，有了幾個臭錢就了不起了，無法無天了，想要誰就要誰了。又有人議論，說有的人就是命好，憑了一張花頭臉，長年蜂舔蠅追的，好不熱鬧。趁機把春蓮也羞辱了一番。從此，春蓮人前人後變得更加謹慎，生怕一不小心便落了話柄。

「你認識吳春蓮嗎？我想見見她。」我問。

護士姑娘找來了吳春蓮的住址：「山南區小白街一二九號十一棟四樓四〇五號房。」

我沒有讓計程車送我到小白街一二九號。我在小白街的街口下了車。雖然我從來沒有在這兒住過，但這兒是我的家，我想好好地看看。我把地址捏在手心裡，沿著小白街走呀走。二十年的漂泊讓我心無所依，今兒總算回了家，我的鼻子酸酸的，有點兒想哭。

79…101…105…121…，我心裡數著，沒想到小白街那麼長，我心裡急了起來。

天差不多黑了，一二九號第十一棟四樓的所有人家都亮著燈。蓮妹已經回來了，我心裡一陣狂喜。當我踏入樓梯時，過道的路燈自動亮了起來，我有點兒意外。

她變了麼？還認得我麼？她肯認我這個丈夫麼？這些問題又一次緊緊地捉住了我的心。我緊張起來，腳步有了幾分猶豫。

「你需要點兒時間來緩解你的心情，到家了，放鬆點兒。」我安慰著自己。

我聽到屋裡有嘈雜的水流聲，我想像著一個溫柔賢慧的妻子在為她久別的丈夫洗菜做飯，心裡溫暖起來，舉起的手不再猶豫，我模仿著住家男人外出歸來的樣子，有力地敲響了四〇五號房的大門。

「來了」，一個女人應著，拖鞋焦急地跟了過來，那一聲聲有節奏的「的答答」踩在我的心頭，我舒服得想流淚，我擦了一下眼睛。

門開了，似曾相識的臉蛋，陌生的表情和打扮。

她穿著一條裙子，短髮蓬鬆地向上向後翻出兩個不太明顯的波浪，很大方的髮型。她耳垂上掛著耳環，脖子上戴著項練，不是一條，是很多條，細細的一小把。很時髦很遙遠的一個女人。記憶中的蓮妹只穿黑色、軍色和藍色的衣褲。我愣了一下，聲音比想像中矮了半截，話也莫名其妙地轉成：

「我找吳春蓮女士」。

「我就是，請進來」。她連口音都變了，用一口標準的普通話答著，禮貌而大方地把我讓進屋裡，招呼我坐下，倒水、泡茶、上茶、拿水果……她的熱情和客氣讓我明顯地感覺到我只是個客人、外人，而不是出遠門歸來的男主人。

「吃點梨，這兒是蘋果，還有瓜籽」，她說著，並不看我，口氣有點兒慌亂。

「蓮妹，你真的不認識我了？我是成仔。」我心裡不是滋味，站起身來走了過去。

她的手哆嗦了一下，水果刀停了下來。

「你不是死在越南了嗎？都二十年了。死了就死了，還回來幹什麼？」她用我們的家鄉話說著，側過臉去儘量不讓我看見她的表情和淚水。

她還是認我這個丈夫的。我心裡一熱，想著她為我捱了那麼多的苦，又心酸又慚愧。

是呀，連我自己都以為自己死在越南戰場上了。人們都以為我血濺沙場為國捐軀了，白山烈士陵園裡豎著我莊嚴的墓碑，家裡多年來一直領著烈士的撫恤金津貼。

「砸死你，打靶鬼！」，一陣咒罵聲粗魯地在房裡響起，那個更像我、在烈士陵園裡襲擊過我的「尖臉」肩上掛著那個襲擊我的傢夥不知從哪兒衝了過來，手裡舉著菜刀。

蓮妹攔腰抱住「尖臉」摧促我：「成仔，你快走！」，並大聲地阻止他：「亮仔，把刀放下！這個叔叔是好人，你不能打他！」

我被這突而其來的變化驚呆了，本能地退到門口。「尖臉」從蓮妹的懷裡掙脫追了出來，蓮妹跟在後面。「你快走呀，能走多遠就多遠。」她無奈地叫著，帶著哭腔。

我本能地抬起腿，衝出了蓮妹的家門。

我不能一輩子當逃兵！蓮妹是我這一生唯一的留戀了，我是為她而來的，我怎麼能走？想起我在烈士陵園無端地被這個人砸了兩下差點兒與蓮妹陰陽兩隔，怒火頓時從我的腳底衝到頭頂。我停下腳步、掉轉身子，飛快地撲向那個叫亮仔的青年，從後面捉住了他的手，用力一扳，把他的手折到了後面。

「成仔，你別弄傷了他」，蓮妹說著走過來把菜刀從亮仔手裡拿走。

我握著亮仔的手，一種奇怪的親和感從心頭掀起，溫情頓時從我的心頭蔓延到手掌，我的手鬆了開來。

「砸死你，打靶鬼！」。亮仔從蓮妹手裡一把搶過菜刀，舉著刀又向我砍了過來。「你快跑呀！」蓮妹無奈地叫著。這回我不再憤怒，看了蓮妹與亮仔一眼，我快步跑下了樓梯，走出了小白街。

人們急匆匆地或騎單車或走路，他們都在朝著明確的方向前行。只有我，漫無目的地逛。好端端的夫妻團圓，半路殺出個程咬金。如果不是蓮妹攔著，我非好好地教訓他一頓不可。

可是我與他素不相識、無怨無仇，他為什麼那麼恨我、一次又一次地想害我？亮仔的樣子一次次地從我心頭閃過。他怎麼來到蓮妹家的？難道他一直在跟蹤我？他與蓮妹是什麼關係？難道是母子？那他就是我兒子了？

我被自己的推理和聯想嚇壞了。不可能！我抗拒著自己的想法。但我馬上又肯定了自己的推理。從第一次見到他，我就覺得他比我還要像我，確切地說是像年輕時候的我。

想著亮仔那副兇神惡煞的樣子，我不寒而慄，他為什麼要殺他的親生父親？

種種的困擾壓迫著我，壓得我喘不過氣來，我的神經像被駭客襲擊過的電腦網路，一片癱瘓。

沒有了控制的雙腿又把我帶回了蓮妹的家門口。

「她好點兒沒有？」蓮妹問。

「還不是老樣子。不吃不睡，又哭又鬧，昨晚又折騰了一夜。」一個男人壓著嗓門說。

「看你那兩個大眼圈，都累成這樣，還不知道早點回來。能早個一、兩個鐘頭回來，喝碗湯打個盹，也好多了。」蓮妹軟聲軟氣地抱怨。

「我也沒有辦法，案子太多，沒法脫身啊。」男人說。

「萌仔，就是鐵打的也會累的，你這樣拚下去，真熬出病來怎麼辦啊？」蓮妹的聲音有點兒擔心。這麼巧，原來是萌仔哥！我不由得激動起來，推門而入。可門從裡面閂住了，我停止推門彎起手指用力地敲了幾下。

「亮仔回來了」，萌仔哥說。裡面忙亂了好一陣兒，蓮妹才趿著拖鞋走了過來。

「亮仔，別敲了，馬上就來了」。

他們都把我當做亮仔了。

這麼說亮仔還沒有回家，這麼晚了他在外面幹什麼呢？想著想著我擔心起來，走下樓去找亮仔了。

「亮仔，亮仔」，蓮妹對著樓梯叫了幾聲，不見回音轉身隨手把門掩上，無奈地自言自語：「還沒玩夠呢，又走了」。

我沿著小白街走到了烈士陵園，又從烈士陵園找到市中心公園，始終不見亮仔的身影。我迷了幾趟路，天快亮時我疲憊地走回到蓮妹的家。

我剛想敲門就聽到一個男人的聲音從裡面傳出來：「我走了，天還早，你再睡一會兒吧」。我吃了一驚，護士明明告訴我說蓮妹一直沒有再結婚的，怎麼會有男人在家裡過夜？我心裡有點兒窩火。我再細細地聽，好像是萌仔的聲音，難道他還在蓮妹家？我閃到了上一層樓梯想看個究竟。我見到一個成熟而高大的身影從裡面閃了出來，手上並沒有攜帶任何行李，不像來做客的樣子。我滿腹狐疑輕輕地跟著他下了樓梯。他轉過樓角在路邊叫了輛摩托車走了。

我心裡不是滋味，憤怒、沮喪和絕望像一隻蛀蟲把我的心咬得坑坑窪窪。我這一生結過幾次婚，但只有第一次是明媒正娶的；我跟五個女人生活過，但在我心裡只有一個妻子—那就是蓮妹；我築過幾個家，但沒有一個家我真正把它當成家的。在我心裡，只有小白村的家，那個有了蓮妹的家才是我真正的家。這些年來支撐著我活下來的，就是這個家這個女人！但現在這個家並不需要我，這個女人也已經不是我的女人了！

繼而我又懷疑起護士的情報來了，想想一個漂亮的、死了丈夫的十九歲寡婦怎麼可能二十年不再結婚？又不是講古仔編故事。

一個單身女人她愛嫁給誰就嫁給誰，我一個死了的人有什麼資格在這兒偷偷摸摸窺探人家的隱私和獨個兒生悶氣？

我的心像一個破碎的茶壺，被漿糊隨便粘補著塞回胸腔裡，粗糙而刺疼，隨時都有被震碎的感覺。

我覺得前所未有的累。戰戰兢兢地捧著那顆易碎的心，我沮喪地離開了小白街。

走在人海茫茫的路上我哭了。二十年的親人分離，二十年的生死劫難，我上窮碧落下赴黃泉，終於找到了我的女人，可是她卻不再屬於我，不再在乎我。

當我站在白山市烈士陵園憑弔我的死難戰友時，我再次哭了。淚水，洗乾淨了我心眼裡的塵埃，讓我開始正視我的靈魂。當我看到自己的「靈位」厚顏無恥地擠在烈士排位中時我對自己已經非常的憎恨了，我抬起腳又踹了過去。

我踢在了亮仔英勇無畏、壯烈犧牲的父親身上了，所以亮仔上次要用那個硬東西來打我。對了，那是一個椰子殼和一支木頭手槍，裝在他父親用過的乾糧袋裡，這是他從未謀面的父親給他留下的寶貴遺產。亮仔的父親是一位英雄、一座豐碑、一個榜樣，我有什麼理由和資格去摧毀它？

在好心的護士的幫助下我找到了在別的城市教書的妹妹。從妹妹的嘴裡我證實了亮仔確實是我的親生骨肉，他本來是一個聰明懂事的孩子，十歲上學回家時不慎摔進了未蓋蓋的下水道裡，大夥兒都以為他沒救了。萌仔哥開車帶著亮仔到處求醫，才撿回一條小命。從此以後亮仔落下了病根，只要精神一受刺激他就瘋瘋癲癲。

萌仔就是白山市的現任公安局局長。他的妻子—曾經在醫院照顧過他並且瘋狂地愛上了他非他不嫁的那個女護士—一次在南沙島上執行任務，一場暴風雨吹倒了房子把她壓成了殘廢，除了腦袋和心臟還好外，其它都碎了，下身切除的切除，修補的修補，已沒有了女人形，更別說性功能了。十幾年來，萌仔哥一人照顧一家子，孝敬岳父岳母，撫養幼女，為妻子洗臉擦背、把屎把尿。自從亮仔出事後，他又和蓮妹一起擔負起照顧亮仔的責任。春蓮和萌仔雖無夫妻之名，但已有夫妻之實，誰都知道，連他的岳父岳母都知道。但是沒有人責備萌仔，因為沒有人配。萌仔哥對他的妻子不離不棄，對岳父岳母盡心盡力、仁至義盡，但他畢竟是男人，而且他與春蓮是青梅竹馬一直相愛的，是上一輩人活活地拆散了他們，而我，也是其中的參與者。

「哥，自從你走後，嫂子就沒有過過一天好日子。亮仔還沒生下來，媽就開始生病躺床上了，是嫂子幾年如一日地伺候她，給她吃喝，幫她抹身，為她送終。她拿著一份烈士撫恤金、幫人打點小工，一家三口相依為命，難得開心過。直到遇到萌仔哥，經濟上，他給她幫補家用；感情上，他與她相互支持、相互依靠、相互慰籍。萌仔哥回到她的生活中那一年，我看到嫂子開始有了笑容，她似乎一下子年輕了許多。哥，你不知道，你走了之後的那十年，嫂子老得真快，一下子變得讓人不可思議，現在她比以前年輕多了，而且還胖了一些。」

「哥，萌仔哥在嫂子與他妻子家兩頭跑，沒有人覺得他不對。可是你這一回來，嫂子夾在你與萌仔哥之間，不知道她會怎麼想。要不，我先去嫂子那兒探探她的口風？她知道你沒有死，而且回來了，沒準她會很高興呢。」

我告訴妹妹，她已經知道我回來了。

我在妹妹家想了一夜，最後決定與萌仔哥見個面。

萌仔哥握著我的手半天，才說：「成仔，你知道嗎？我們連隊去時有一百多人，回來時只剩下十七人了，現在加上你有十八個人了，我真高興啊！」我搖著頭、點著頭，鼻子酸酸的、眼睛澀澀的。

「春妹，打個電話給你嫂子，叫她出來一起吃飯。」萌仔哥對我妹說。我阻攔住了他們，我今晚只想與萌仔哥一醉方休。

我們喝了很多酒，萌仔哥說著說著聲音就啞了，眼淚「叭嗒、叭嗒」地湧了出來。我抹著自己的鼻涕和眼淚對萌仔哥說，男人大丈夫死都不怕，哭什麼？

萌仔說，誰哭了？我這是高興呀！

我說，是該高興，我竟然還能活著，還能回來，還可以跟你一起吃酒。可我這眼睛不知怎麼著，酒從嘴裡喝下去，卻怎麼從眼睛裡流了出來，就是止不住，可能是漏了。

「我也是，喝太多了，漏出來了。」

「你怎麼活著出來的？」萌仔哥不停地搖著我的胳膊問。

一個女人救了我，一個越南女人。我不是逃兵，真的不是，萌仔哥。你要相信我。

我相信，你不是逃兵，你是我的好戰友，好兄弟。

你也要相信她，她不是特務，她雖然是越南人，但她是好人，好女人，不是特務。

我相信，我全信。她不是特務，她是好女人。

謝謝你，萌仔哥。謝謝你信任我。很久了，沒有人相信我，我也不相信任何人。我一直留著我的肩章、帽徽，留著我的軍人證。為什麼？我喜歡它呀！我曾經是個光榮的中國人民解放軍戰士呀！它證明我確實是中國人呀！可是，那個醜女人，那個夏慧英，她砸開了我的櫃子，拿走了我的軍人證。她硬說我是逃兵，還威脅我要報告給公安局。去報呀，我才不怕呢。

對，讓她報去，怕什麼？有你萌仔哥在呢。萌仔哥抱著我的肩膀說。

我們哭著，笑著，說著，喝著，抱著。

我們抱著，喝著，說著，笑著，哭著。

很久沒有那麼開心、那麼暢快過了。

春妹也跟著我們笑，跟著我們哭。

蓮妹也跟著我們哭。她不知什麼時候進來的，還帶著亮仔。亮仔穿戴整齊，看起來神志清醒，還相當英俊機靈，像極了當年的我。

我好喜歡這樣啊！一家人這樣地團團圓圓。

可我知道我應該走了。

我走了再回來，我是他們的親人，我們又可以這樣地團團圓圓。如果我不走，我就什麼都不是，我們就不會再有這樣的團團圓圓。

我從中國的小白村走出去，經越南，繞印尼，到澳洲，再回到小白村，我以為我真的回家了，可是沒有！沒有人在家裡等著我回來。當我的情感在不同的女人身上繞了一圈再回到我的初戀、我的結髮之妻身邊時，我原以為我的人生繞了三百六十度也回到了原點，可是沒有！生活一絲不苟地向前走著，沒有人因為我的缺席而停下腳步，我像被轉動的圓球甩出去的切線，只能繼續往前。

第二天，告別了萌仔哥、我妹妹、蓮妹、亮仔和小白村/白山市，擺脫了夏慧雄及「溫飽型」的糾纏，我坐上了去中越邊境的客車。我要去看她，那個冒著生命危險救我、保護我、真心實意愛過我、為我付出她的所有的越南女人「大河蝦」。

第四十五章　再見大河蝦

客車沿著崎嶇的山路蜿蜒而行，走走停停，一路拾掇著旅客和行李。車上很快就擠得滿滿的，連過道上都放著小竹凳，上面坐滿了人。人們打著招呼、高聲說著話，個個都神清氣爽的。山上開滿了不同顏色的野花，十分的招搖和燦爛；灰色的崖石邊懸著粗壯的芒杆和松樹，樣子艱險而俏皮。

靠近中越邊境時路上慢慢熱鬧了起來，路邊出現了各種攤檔，有賣水果、飲料和零吃的，有賣掃把、草帽的，還有賣小工藝品、小飾物、小鈴鐺的。小販們操著不同的方言土語，與客人們討價還價，客人們或大包或小包的，人人各有收穫，他們大聲地吵鬧、說笑、呼朋喚友，十分的忙碌和滿足。

我在廣西的防城港市西面下了車，跟著一幫遊客辦理了入境手續，跨過一條橋便可進入越南境地。步行在這條幾十米長的邊防橋上，看著來來往往的兩國行人，我心中感慨不已：一條小小的溪流，岸邊拾起一粒小石子用力一扔便到了對岸，便到了另外的一個國度，連八九歲的孩子也能扔得輕鬆自如；蹚橋而過，也只幾分鐘便到。可這人心的跨越，卻是經歷了如此漫長的歲月，從七十年代中後期的衝突到七九年的中越戰爭、八十年代法卡山激戰、老山戰役……一代代年輕的生命在政治權柄的左右下就這樣前撲後繼地斷送了；而兩個國家的人民，除了遭受被仇恨燒灼的悲憤、流離失所的苦難、失去親人的慘痛，他們得到了什麼？

和平真好，越南與中國本來就應該是這樣，親近而友好地互相往來，像兩個近親的大家庭。

汽車出了芒街沿著崎嶇的山路往西北行駛，青山滴翠，綠樹如雲，陡峭的石灰岩隨山而立，偶有山泉下注，形成涓涓瀑布，像越南的女子，婉約、美麗而別緻。

車越往北走，山愈是多姿、崖愈是陡峭，兜兜轉轉來到一個三面環山的寬闊湖邊。湖水灼灼，閃出一層比一層更深的碧綠，遠處幾隻奇特的獨木舟橫在湖心，舟上忽靜忽動的想必是打漁人在撒網。湖邊的山腳下是一條寬敞的新路，忽隱忽現地轉出一些人影，走近了，是忙碌的趕集女人。

大河蝦會在這兒麼？一個念頭湧上來便再也拋不去了。我在人群中搜尋著大河蝦的身影。大河蝦與大多數的越南女人一樣，身手靈活，行動敏捷。我仔細地察看每一個年輕女人的臉，她們看起來都很像大河蝦，但又不是大河蝦，我覺得大河蝦與她們所有的人又都不一樣，我心裡開始產生一種焦慮的緊迫感，我想馬上見到她，我想知道她現在過得怎麼樣，這十多年來又是怎麼過來的。

我沿著我十八年前離開的山路走了回去。我彷彿又回到了我們的小茅屋，冬天我們相擁而眠以取暖；我看見自己出走那天大河蝦氣喘噓噓地追了出來的情景，我以為她要追我回去，可是她沒有，反而把她前夫給她定親的禮金送給了我。

這十八年來我幾乎忘記了大河蝦以及與她在一起的日子，這會兒卻一幕幕歷歷在目，連她的表情和她的氣息都活了過來，在我的眼前和身邊重現、環繞。

遠遠的，我看到三洋湖畔我們的小茅屋了，我忘記了勞累快步地跑了過去。

「大河蝦，我回來了。」我邊跑邊喊。

沒有人應聲。

我走近茅房，發現房子已經十分破舊，木樁和柱子都發黴變成灰黑色了。房門關著，門上有把鎖像征性地掛著，但沒有鎖上。

我開了房門，發現裡面除了一張舊床和一條破舊的被子外什麼也沒有，地上長著一堆堆的蘑菇。很明顯這屋子已經很久沒有人住了。

大河蝦哪裡去了？難道她已經不在人世了？我的心一緊，淚水一下模糊了我的雙眼。

不會的！不會的！她是一個堅強的女人，有著大山一樣的毅力和鋼鐵一般的意志，她一定會好好地活著，她一定會活著等我回來！

我走到床前坐了下去，床搖晃起來，還發出木質斷裂的聲音，我趕緊站了起來。我伸手去摸了一下被子，被子潮濕而冰涼，還發出一股黴味。我把被子鋪開，我認出這是十八年前我與大河蝦曾經用過的被子。我正要把被子疊回去時，裡面掉出了一個本子。

我翻開本子，只見第一頁是後來加上去的，頁面的抬頭用中文寫著：致吳方成。那就是寫給我的了？只見上面寫道：

「阿成，如果你還活著，如果你回來找我，你一定會回到這兒來，你也一定會打開這個本子。「我還活著。你走了以後我就告訴自己要一直活著，活到你回來。」

我止不住就嚎啕大哭起來。我以為不會再有人在原地等我，可是這個大河蝦，我曾經把她看作是我生命中最微不足道的女人、我想盡千方百計要甩掉的女人，卻真真實實地想留住我和我的過去，一心一意地在原地等著我的歸來！

哭痛快了，哭舒暢了，我擦乾眼淚繼續往下翻。本子裡記錄著大河蝦的一些零雜事兒，大部分是用越南文記的，有少許中文。我翻了一下，發現用中文記錄的大部分是與我有關的東西，譬如：

一九八〇年年二十六，下大雪，他上山不見回來，我擔心害怕，一夜沒睡。

一九八〇年過年，他不願意要孩子。他不想與我一起生活，遲早要走的。

一九八一年，年宵才過他就走了，他走時我沒有哭。他走後我哭了很久。

一九八一年九月九日，我女兒終於安全出生了，她爸爸是中國人，我要給她起個中文名字。叫什麼好呢？就叫吳盼盼吧。盼她爸爸早點回來。

一九九〇年十二月一日，阿成，我們要搬到山外的鎮裡去住了。我是想一直住在這裡等你的，可是女兒已經九歲，我想該送她去讀書。我們會經常回這兒來的，等你。

下面記錄了她在鎮裡的地址。

原來我還有個女兒！我等不及再往下看，拿著本子衝出茅屋。

待我見到大河蝦時，我才發現她已經不再年輕。她站在破舊的屋簷下，眯縫著雙眼衝我笑，笑出一額角的皺紋。她的上門牙掉了一顆，空空的露出半邊的風。我覺得好心疼，走過去拉起了她的手，心裡的慚愧一點點的浮上來，順著我的眼淚慢慢地滲出去。

「我以為你會一去不回頭，可是你回來了，你真的回來了！整整十八年啊！你音信全無。可是老天有眼，老天真的有情有義，他把你送回來了，他沒有讓我白等。」大河蝦對著蒼天拜了又拜，淚流成河。

我和大河蝦的女兒已經十七歲了，她長得很健康，臉形和五官跟我特別的像。我走時大河蝦已經知道自己懷孕了，但她知道我不想要孩子也不願意留下來，所以沒有告訴我。這個堅強的女人，這個唯一真心實意愛過我、一心一意為我著想的女人，那麼艱苦的日子，她卻把她一生的積蓄送給了我這樣一個忘恩負義的人，一個人勇敢而頑強地活了下來，還養育了一個女兒，而我卻直到走投無路的最後一刻才想到要去看她。真是慚愧啊！

第四十六章　只想有個家

我想要一個家，一個真正屬於我、有大河蝦和我們的女兒吳盼盼的新家。

我突然也希望所有想安居樂業的人都有一個自己的家。

我滿懷希望地回到了澳大利亞。這時夏慧英已經住到醫院裡了，她是肚子疼後自己坐車到醫院裡去的，她是醫院婦產科裡唯一一個沒有人陪著來的即將臨盆的產婦。

孩子的父親呢？他怎麼不送你來？護士一臉困惑，夏慧英抹著眼淚搖著頭、什麼話也答不上來。

原來，那個幫著夏慧英經常來騷擾我的粗壯中年男人並不是夏慧英的孩子的父親，而是夏慧英的債主。孩子的父親確實是那個小白臉「黑民」，他和夏慧英都是借同一個債主的錢出來的。

那個債主專門從事從中國弄黑民到澳洲的生意，他提供從做身份證明、經濟擔保、做中國護照、辦理澳洲簽證、購買國際機票、入境聯繫、找黑工和找人結婚等「一條龍」的服務，根據各人的具體情況，收費從二十萬到一百萬人民幣不等。

小白臉和夏慧英是同一個村一塊兒打鬧大的，可謂青梅竹馬、感情深厚。可是小白臉家裡窮，六個兄弟姐妹，他是老大，上有爺爺奶奶，一家十口擠住著一套破舊的屋子。

小白臉的父母托人向夏慧英的父母提親時，夏家說，他們自由戀愛，我們不反對，可是結了婚他小倆口住哪兒？總不能帶著幾個弟弟妹妹睡一屋子吧？小白臉的父母想想也是，又不能讓小白臉倒插門到夏家去住，於是打退堂鼓了。

小白臉不幹，說幹嘛要退？沒房我們不會蓋啊？

「我們家經濟這樣？兄弟姐妹又要讀書，什麼時候才能有錢蓋房？」

「等大弟和二妹畢業了就好了。」

「那至少也要四、五年。所謂一家有女百家求，你等得可人家閨女等不得呀，人家有了好人家是要嫁的」。

小白臉一聽急了，連夜跑出去問夏慧英：「如果你爸爸媽媽給你選了好人家你會不會嫁？」

「我當然不會了，你把我想成什麼人了？」夏慧英生著氣、紅著臉說。

小白臉放心了：「好，你等我，多則五年，少則三年，我一定賺夠錢蓋房子。」那時鄉下窮掙錢機會少，進城打工也就勉強幫兄弟姐妹幫補學費而已，小白臉去哪兒賺錢來蓋房了？

近代赴南洋「淘金」曾經是福建一帶男兒發家致富的出路之一，當代邊境管制嚴格，「偷渡」出國也就一脈相承下來成為他們那兒傳統的「翻身」辦法。好男兒志在四方，有本事就出國去打拼，很多人這樣想，小白臉借錢出國的想法很自然地就得到了父母的支持。

小白臉到澳洲後，初初還經常給夏慧英寫信，可慢慢的信就少了，而後就沒有了音信。夏慧英急了，以為小白臉出事了，又或者給「花花世界」的女人勾去了，經常夜不成眠、食不知味的。最後夏慧英不顧父母兄弟的勸阻也借了錢找到澳洲來，來了之後才知道小白臉既沒有出事也沒有變心，而是因為一天到晚像機器一樣忙碌打工，身心疲憊，累得連浪漫的力氣都沒有了。

現實是殘酷的，小白臉和夏慧英雖然在異國他鄉重逢，可是他們卻不能住在一起，他們的命運掌握在別人的手中，因為他們欠著一大堆的債務。他們弄出小孩來時夏慧英還欠著債主十多萬人民幣呢，債主十分生氣。夏慧英平日靠力氣活掙錢，她懷孕後慢慢的會失去掙錢的能力，這就意味著她會無法償還債務。債主要夏慧英去墜胎，可她死活不肯。她說那是她與小白臉的孩子，她不忍心，而且她聽鄉下老人說過第一胎是不能打的，打了以後容易習慣性流產，導致終生不育。她們鄉下最傳統，女人不但要生孩子，還必須生男孩，她可不能成為不下蛋的母雞，那樣怎麼對得起小白臉及他的父母？

「住院很貴的，你哪裡去弄錢生孩子？」債主說。

「大不了回福建生。」

債主一聽急了，夏慧英一走，不意味著她欠他的十幾萬元撈不到手了？他無論如何不會讓她這麼輕易走掉的。

債主不讓夏慧英走，她還真的走不了，因為債主拿著她的護照，雖然她的簽證早已經過期了，但那個護照卻是唯一一個可以證明她是中國人、可以拿來買機票回到生她養她的地方的證件了。

最後在債主的謀劃下，想出「假戲真做」利用我來為夏慧英的孩子打掩護和掙「陪夜」錢的怪招。

「做『那個』多少次，我真的沒有記，我對天發誓。」夏慧英豎起食指指著天空說。

「哪那個『六十七次不上套的』是怎麼弄出來的？」

「我的債主老是追問我『睡了幾次』？我實在沒辦法就隨便說了一個數字。」夏慧英解釋說。

「真會隨便啊！你隨便一下就訛我六七千。」我苦笑。

「起初我也不知道他問這個來做什麼。真的，我沒有騙你。」

「誰信啊？那你為什麼不說三次五次、或者十次八次的，而偏偏要說那麼多？」

「我們在一塊兒都好幾個月了。如果我說三、五次，不就等於說你不行嗎？那你多沒面子啊！」

夏慧英笑了起來，笑得我啞口無言。

夏慧英說，小白臉發現被我跟蹤後，他擔心暴露了債主的計謀和孩子的秘密，遂辭去了洗衣店的工作轉到一個遠郊農場幫一家潮洲人種菜，與夏慧英不再見面，只是偶爾打打電話。

就在夏慧英生產前的三個星期，小白臉停止打電話來了。夏慧英等了好幾天，仍不見他的音訊，遂硬著頭皮打電話給他的農場主人。農場主人說他回中國去了，並簡單講述了事情的經過：

那是兩個星期前的一個深夜，當小白臉與另外兩個「黑民」正睡得迷迷糊糊時，突然感覺到有人推開了他們的睡房，而後聽到農場女主人急促的叫聲：「快走，從後院出去，警察來了！」

小白臉趕緊坐起，穿著褲叉、抱起褲子、光著腳丫就往後門跑去。他穿過黑黑的過道正要出門時燈突然亮了，人聲吵雜，警察已經到了。「小白臉」和其他非法民工被警察逮個正著，幾天後就被遣送回中國，而農場主人也因為使用非法民工而被狠狠地罰了好幾萬。

「他在福建的家比我家還窮，來到悉尼之後又擔驚受怕、東躲西藏，做了三年的黑民，沒日沒夜地辛苦掙錢，可是怎麼也沒有想到，出國的債務剛剛還清就給警察逮住送回去了。還沒來得及給自己和家裡人掙錢呢，白白辛苦了三年。家裡人都等著他在澳洲發財寄錢回去蓋新房呢……」夏慧英邊說邊替自己和小白臉傷心。

生活原本不容易，每個人都有每個人的不幸。

每個人都有嚮往美好生活的權利，為了生活得好一些，夏慧英已經非常努力了，可是美好的生活卻似乎與她無緣。為了她愛的人，她背負重重債務、漂洋過海、孤身只影來到澳洲；為了她的孩子，她忍辱負重、強作歡顏跟我假扮夫妻，眼看身份就要到手卻陰謀暴露……

我原諒了夏慧英。

我不忍心看著夏慧英和她的孩子被移民局驅除出境，在她的臨時簽證過期之前我以夫妻團聚的名義幫她申請了永久居留簽證。我給她的孩子買了一張结實的嬰兒床，在她坐月子時幫她買菜購物、照顧她的孩子。

夏慧英拿到永久居留簽證兩個月後，我和她正式而友好地離婚了。我幫她在附近找了一套房子，把她和她的孩子安頓好後我開始辦理大河蝦及我們的女兒來澳洲的事宜。

我的心情日益明朗開闊起來，把擔保書寄出去後我開始裝修我的家，滿心喜悅地等待著我的家人的到來。

整整二十年，我尋尋覓覓，不知道自己是誰，家在何處。

我曾經是一個熱血澎湃、渴望建功立業的解放軍戰士，也是一個疑神疑鬼、自作聰明的亡命之徒，還是一個愛佔便宜、不負責任的難民，一個唯利是圖、見死不救的偷渡者，一個見利忘義、愚蠢無謀的無賴。

不！我是一個烈士、一個亡靈、一個英雄！

其實都不是！我只是一個嚮往自由和渴望真情的男人。

我要脫掉所有骯髒的外衣，讓純淨的自然去洗滌；我要扒開污穢的靈魂，用明麗的陽光去沐浴。還我自然、還我純真。

家是什麼？

家是一份信任、一份關愛、一份溫暖、一份親情、一個責任，是一個你自然流露、真情洋溢的地方，是一個能包容你的優點和缺點的地方，是一個需要每個成員都共同付出和關心的地方，是一個你準備為之奉獻和犧牲的地方。

家在哪裡？原來，家就在我自己的心裡！

大河蝦來到澳大利亞後，我才發現她其實是一個非常聰明能幹的女人，她關心我愛護我，那種體貼和奉獻，幾乎是出自本能的、不帶一絲兒的勉強和做作。大河蝦是個十分勤儉樸實、刻苦用功的人，她到悉尼不久便到一個越南人辦的餐館做雜工。她工作勤快、做事認真負責、對人親和而熱情，很快就得到了大家的好感，並且還與老闆娘成了好朋友。

大河蝦的前夫的媽媽說大河蝦「克夫」真是冤枉她了。

大河蝦剛到悉尼不久，我們在一個朋友家聚餐時碰到一個香港人，酒足飯飽後他把我拉到一邊悄悄地用廣東話對我說：「吳生呀，你好福氣，揾到一個貴人。」。我當時以為他喝多了拿我尋開心，便敷衍他說：「兄弟我記住了，你是一個貴人，以後要仰仗你了。」

那人盯著我一字一頓地說：「我從來不胡言亂語。你看她，一臉的吉相，如觀音娘娘般，讓人心有所依，思無所慮，觀之神閒，聽之心靜。她寬大的前額，罩著的是夫家的命；嘴唇上平順的線條便是源源不斷的財路。」那個人指了指大河蝦。原來他說的貴人是她呀！

「你說她長得像觀音娘娘？」記憶中電影和小人書上的觀音娘娘可都是面如桃膚如脂的，我看著大河蝦臘黃而削瘦的臉額說：你老兄什麼眼神？

那個人竟有點兒惱怒了，他說：「你曾屢遭劫難，還不是一般的劫難，那可都是生死劫啊！因為她你才逢凶化吉，對也不對？」他說完雙眼直愣愣地看著我要我回答，我有點哭笑不得。心想，這傢夥是哪路子人？他是怎麼打聽到我的事情的？

事後我問朋友，才知道那個香港人是個小有名氣的相面師。我回到家裡細細地看了大河蝦的臉額幾遍，還是怎麼也無法把她與旺夫旺財的貴人聯繫起來。當然了，我是在新中國教育下長大的，本來就不會相信什麼看相算命之說，不久就把這件事情忘得一乾二淨。但是有一件事卻是事實，就是自打二〇〇〇年我把大河蝦從越南接到悉尼以後，我做什麼事都很順利。

我認識很多在餐館打工的人，有不少與老闆關係弄得十分緊張導致不歡而散，能與老闆平和相處已經是難能可貴的了，而能與老闆做到朋友的份上更是鳳毛鱗角。可是大河蝦就那麼神，一個窮鄉僻壤大山裡出來的村姑，還曾經長期過著與世隔絕的生活，到了悉尼，竟然與她的老闆娘成了莫逆之交。老闆娘說，只要有大河蝦在她就放心，所以當她兒子在澳洲北部的皆士蘭洲病倒時她一走就是一個月，把餐館全權托給了大河蝦管理。

二〇〇二年，大河蝦的老闆娘把我與大河蝦找了去。老闆娘問我，你在廚房也有些年頭了，你們老闆能做的菜你都會做嗎？我說會，現在如果我們老闆有事不能來時就都由我掌杓。

「那你已經是大廚的級別了。你知道大廚值多少錢嗎？」

我搖了搖頭，我從來沒想過。我們餐館不大，大廚只有一人，那就是老闆自己，我只是個幫廚、頂多算個小廚。但我的工資比洗碗工多了一倍多，我一直很滿意這個待遇。

「我給你舉個例子，上個星期我腰疼，請了一個大廚來替我，還是多年的老朋友了。中午客人不多、吃得簡單，都是些麵、粉之類，我女兒就自己來，那大廚只來做晚飯，五點開工九點半收工。我給他付的薪水相當於餐館所有其他人的薪水的總和。」老闆娘說。

「其他人？有幾個人？」我不敢相信。

「不算我，共有四個，一個廚房雜工、兩個侍應生，還有一個在廚房和餐館之間跑，哪裡忙幫哪裡。」

我不知道大河蝦的老闆娘為什麼要跟我們說這些。心想，她是不是想請我來做大廚呢？我聽大河蝦說過，那個偶爾來替代老闆娘的大廚其實已經退休，只是不忍心看到老朋友帶病勞累才出來幫一幫的。

「我女兒很快就要遠嫁歐洲了，她不能再來餐館幫我了。這餐館是我老伴頂下來的，經營了二十多年，它替我把房子還完了，把兒女養大了，我們的責任也算完成了。是該賣的時候了。」

「什麼？你要賣掉餐館？」大河蝦替老闆娘著急。

「我年事已高，腰腿都不好了，不賣又能怎樣？請廚師那麼貴。像我們這種小餐館，如果要請廚師，就沒有什麼賺頭了。而且，我一個老太婆，也操不起這份心了。還是賣了的好。」

「吳星啊，你年輕、有手藝，老婆又能幹。如果你不怕操勞，就把這餐館頂了去自己做，辛苦幾年把房子還完再說。你們不用馬上給我答覆，先回去想想，兩個星期內告訴我想做還是不想做就行。」老闆娘說完用手撐著腰艱難地站起來，捶著側後腰蹒跚著雙腿慢慢地走了，月光下她的影子拖在身後顯得沉重而孤單。

當時隔壁那條街有個類似的餐館也在轉讓，出價二十七萬，老闆娘的生意比那個餐館稍好些，按理也可以賣到二十七萬或更多，可是老闆娘只要我們二十五萬。我當時其實還沒有能力買下那個餐館的，我把自住的房子抵押給銀行，算來算去也只能貸到二十一萬。

做廚師的哪個不想當老闆？可是我們借不了那麼多錢，我正在猶豫不決時，有幾個人聽說我們的老闆娘要退休了，想盤下她的餐館來經營，其中有一個人願意按隔街那個店的出價二十七萬來買，但是老闆娘告訴人家說她的餐館已經有買主了。

最後老闆娘不顧自己子女的反對，讓我們把另外的四萬元欠款寫成了借條，她說：「反正我現在也不差那幾萬塊錢，你什麼時候有錢了再還我就是。」

我們把餐館頂下來後，我自己親掌大廚之職，大河蝦負責購物和管理餐廳，她也是餐廳裡最主要的侍應生。我們的生意越做越紅火，年底大河蝦把四萬元欠款還給老闆娘時特意從銀行多轉了一萬元的利息給她。老闆娘怎麼也不肯收利息，她從銀行把多餘的一萬元提了出來送到我們家裡，氣哄哄地對大河蝦說：「你把我當什麼人了？四萬元錢才七個月就收你一萬元利息，我不成了放高利貸的了？」。

大河蝦說：「大姐呀，那不是利息，是分紅。我們不是沒有全買下你的餐館嗎？你還有四萬元的股份呀。都是你帶出來的客人和生意，現在我們有好的盈利了，大家當然要一起分我才對得起你們啊！你不能讓我變成忘恩負義、過河拆橋的人啊！」

老闆娘感動得眼淚都快流出來了，她扶著大河蝦的雙手因了激動而發抖，她不知道說什麼才好，只是一味地重複著：「好妹子，好妹子，真的是我的好妹子。」

老闆娘的丈夫因早年腰部受傷多年前已經退休在家，他也很感動地說：「真是仁義之人啊！難怪我老婆一直說你們的好呢！她老跟我說，這個大妹子不單能幹，還心好、公平、仗義。你們見利不忘義，難得啊！」。

老闆娘夫婦高高興興地把那一萬元紅利收下了，並問我們說：「如果你們有什麼需要我們的，儘管說。」

「如果大姐願意，你還可以把股份放回來，我們可以更換和添置一些新的廚具，你每年年底就領分紅過年。」大河蝦拉著老闆娘誠懇地說。老闆娘聽說我們餐館要用錢，把我們剛還她的四萬元連同紅利五萬一塊兒又打回我們的帳號。大河蝦按頭年餐館的出讓價二十五萬算，讓老闆娘擁有20%的餐館股價。

我不明白大河蝦的做法。我是跟她說過想買個大型的洗碗機並更換一些舊的碗碟，但那些只是小錢，我們有足夠的錢去添置，並不需要老闆娘的錢。

可是大河蝦卻說：「做人要有良心，我們現在每天收工後能坐在後臺數錢，是大姐給的，我們不能忘了她的恩情。你想想啊，餐館是她夫妻倆一手創辦的，是他們經營了一輩子的事業，你知道她心裡有多麼的不捨？我們給她在餐館裡留些股份，不僅僅是讓她可以分紅有收入，更是滿足了她心裡的一份念想，讓她覺得這個餐館自己還有份，心裡會好過一些。」我聽後心裡很是感慨：大河蝦想得真貼心啊！生意人誰不愛錢？錢進了口袋誰還會拿出來？可是大河蝦卻能！她真的是舍利取義！

開餐館工作時間雖然長，我成日忙得團團轉，但是因為是自己的生意，越做越有勁，根本不覺得累。大河蝦天天都開開心心，臉色比初來時白皙和圓潤了很多，身體也略顯豐滿了一些，她成日笑意盈盈，加之面善心好，看著還真有點像觀音娘娘呢。

第四十七章　後記

話說「小白臉」被移民局遣送回中國之後，曾經想重新做一個假身份證再次偷渡，但是因為是第二次偷渡，「蛇頭」的開價比第一次貴了二十萬，他一時湊不夠錢。但是他沒有放棄到悉尼與老婆團聚的念頭，他說，「我會捲土重來的！」他暗下決心，下次再到悉尼，一定要有一門手藝，能快快地賺多多的錢，早早把本還上把錢賺了，就算三年之後再被移民局抓了也划算。於是他特意找人去學貼瓷磚，他學得可用心了。不久，夏慧英來信，告訴他，她順利生產，母子平安，並且有可能很快拿到身份。「小白臉」很是興奮，學習貼瓷磚的勁頭更足了。

當夏慧英的大胖兒子蹒跚學步時，夏慧英帶著他回福建老家了，她得到了「小白臉」家人的隆重接待，並正式與「小白臉」登記結婚了。又過了半年，「小白臉」坐上了飛往悉尼的飛機，這次，他可不是由「蛇頭」辦理的偷渡客，而是堂堂正正地來澳大利亞探他的老婆來了，來了之後夏慧英又以家庭團聚的名義把他留了下來。

我再次見到「小白臉」時，他已經不能再被稱為「小白臉」了，因為他已經脫去了原來的那一身稚氣和一臉蒼白，身板壯實得像條大水牛，臉堂赤亮亮的泛著健康的紅光。夏慧英說他已經是個真正的手藝人了，可以獨立地貼整個房子的瓷磚，工作多得週末都沒有時間休息。

「休什麼息，一家四口我坐得安心嗎？」他瞥了一眼夏慧英的肚子笑著說，我仔細一看，原來夏慧英已經懷上了第二胎。

老闆娘退休後經常到我們餐館裡來吃飯，帶著他們的新朋舊友和七親八戚。大河蝦把他們捧為上賓，每次都親自為他們寫菜單，寫完交代好廚房後就陪他們坐著喝茶聊天，等菜上桌後她才離開。

夏慧英和蔚安偶爾也來餐館吃飯。孩子上學之後，她們都想出來找點事做，但因為要接送孩子，工作時間又不能太長，不容易找到工作。

大河蝦爽快地說：「大姐這兒正需要人手呢，到大姐這兒來幫忙吧，時間由你們挑。」於是夏慧英和蔚安從此便在餐館幫忙了。三個女人勤快利索、盡心盡責，幫我把餐館的生意做得紅紅火火，直到如今。

對了，我一直沒有告訴你我們餐館的名字。我想，如果你不來越南阜，說了也是白說。如果你來過越南阜，你可能已經留意到，有一個餐館是由三個女人操持的，沒有人看得出哪個是老闆娘哪個是打工的，因為她們都像是餐館的主人，相處得就像一家人一樣和諧，她們以餐館為家、同心協力，她們很開心很溫和，每一個來過餐館的客人都有一種新奇的感覺—那種回到了家的感覺，那就是我們的餐館—家鄉菜館。

大河蝦秉承樸質的經營理念：「家的味道和家的價錢」。在別的餐館的菜每年按照通貨膨脹的比例漲價時，我們接手餐館後的三年裡沒有漲過一分錢，可是我們賺的錢卻一年比一年多，因為我們餐館的回頭客越來越多，營業額大幅度增加，第二年增加了近一半，第三年翻了一倍。

國家圖書館出版品預行編目資料

人生400度 / 何玉琴著. -- 初版. -- 臺北市 : 博客思, 2019.05

面； 公分

ISBN 978-957-9267-15-1(平裝)

857.7 108004365

現代文學59

人生400度

作　　者：小黑牛 Yuqin He
編　　輯：陳勁宏、古佳雯、張加君
美　　編：陳勁宏
封面設計：陳勁宏
出 版 者：博客思出版事業網
發　　行：博客思出版事業網
地　　址：台北市中正區重慶南路1段121號8樓之14
電　　話：(02)2331-1675或(02)2331-1691
傳　　真：(02)2382-6225
E—MAIL：books5w@gmail.com或books5w@yahoo.com.tw
網路書店：http://bookstv.com.tw/
https://www.pcstore.com.tw/yesbooks/
博客來網路書店、博客思網路書店
三民書局、金石堂書店
總 經 銷：聯合發行股份有限公司
電　　話：(02) 2917-8022　傳 真：(02) 2915-7212
劃撥戶名：蘭臺出版社　帳號：18995335
香港代理：香港聯合零售有限公司
地　　址：香港新界大蒲汀麗路 36 號中華商務印刷大樓
C&C Building, 36,Ting, Lai, Road, Tai,Po, New,Territories
電　　話：(852)2150-2100　傳真：(852)2356-0735
經　　銷：廈門外圖集團有限公司
地　　址：廈門市湖里區悅華路 8 號 4 樓
電　　話：86-592-2230177　傳 真：86-592-5365089
出版日期：2019年5月初版
定　　價：新臺幣250元整（平裝）
ISBN：978-957-9267-15-1